OBIETNICA NASTĘPCY

Galeria Książki

TRUDI CANAVAN

OBIETNICA NASTĘPCY

PRAWO MILENIUM – KSIĘGA TRZECIA

Przełożyła Izabella Mazurek

Wydawnictwo Galeria Książki
Kraków 2017

Tytuł oryginału
Successor's Promise: Book Three of The Millennium's Rule

Design & illustration: Duncan Spilling – LBBG

Opracowanie redakcyjne i DTP
Pracownia Edytorska Od A do Z (oda-doz.pl)
Redakcja
Katarzyna Kierejsza
Korekta
Teresa Zielińska
Opracowanie okładki i DTP
Stefan Łaskawiec

Wydanie I, Kraków 2017
ISBN 978-83-65534-59-0 (oprawa broszurowa)
ISBN 978-83-65534-60-6 (oprawa twarda)

Wydawnictwo Galeria Książki
www.galeriaksiazki.pl
biuro@galeriaksiazki.pl

CZĘŚĆ PIERWSZA

TYEN

ROZDZIAŁ 1

Dźwięk dało się bardziej odczuć, niż usłyszeć – niczym głęboki wstrząs przeszywający ciało od samych stóp i wibrujący w piersi. Wszyscy rzemieślnicy tworzący koła garncarskie jak jeden mąż podnieśli wzrok, a gdy wrażenie minęło, odwrócili się do Tyena.

Spoglądał na ich zaniepokojone twarze wyrażające coraz większe, niesprecyzowane przerażenie. Wszyscy zamarli, dlatego niewielki ruch w pobliżu głównych drzwi warsztatu od razu przykuł uwagę Tyena. Zobaczył szybko wyostrzający się i ciemniejący cień ludzkiej sylwetki. Była to kobieta o ponuro zaciśniętych ustach.

– Witaj, Ceramiku Furso – powiedział, a gdy pozostali zwrócili się ku będącej magiem kobiecie, na ich twarzach odmalował się szacunek; każdy dwoma palcami dotknął serca na powitanie przywódczyni. Tyen poszedł za ich przykładem.

– Witaj, Tyenie Wheelmaker – odezwała się kobieta, materializując się wśród nich. – Wielkie Targowisko zostało zaatakowane. Potrzebujemy pomocy. – Rozejrzała się. – Od was wszystkich.

Tyen skinął głową.

– A napastnicy?

– Zniknęli. – Wzięła głęboki wdech i wypuściła powietrze z płuc; spojrzenie miała mroczne i udręczone. – Zawaliła się połowa zadaszenia. Pogrzebała wielu ludzi.

Rzemieślnicy popatrzyli po sobie ze zgrozą. Tyen wytarł tłuste ręce w szmatę.

– Udamy się tam natychmiast.

Kiwnęła głową i zniknęła im z oczu.

– Przeniosę was – zaproponował Tyen.

Pozostali wstali od urządzeń, przy których pracowali, i dołączyli do niego na jedynym skrawku wolnej przestrzeni w pomieszczeniu, tuż przed głównym wejściem. Złapali się za ręce – kobiety i mężczyźni połączeni uściskiem dłoni.

– Gotowi?

Wokół rozległ się potwierdzający pomruk, a potem wszyscy nabrali powietrza. Tyen zaczerpnął magii z daleka, by pozostawić w mieście moc dla magów o mniejszym zasięgu. W Doum magii było pod dostatkiem, dlatego powstała luka wkrótce miała zapełnić się otaczającą ją mocą – Tyen nie chciałby pozbawiać innych magów możliwości udzielenia pomocy na miejscu katastrofy.

Kiedy odepchnął się od świata, warsztat stracił barwy, a wszelkie odgłosy ucichły. Wyczuł świeży wyłom w mocy pomiędzy światami, od strony Domu Rady – bez wątpienia właśnie stamtąd wyruszyła do nich Ceramik Fursa. Tyen miał świadomość, że jego pracownicy przetrwają w tej przestrzeni tylko tyle, na ile starczy im powietrza, dlatego przenikając przez sufit i pierwsze piętro, pośpiesznie przeniósł ich ku niebu o barwie przytłumionego błękitu.

Patrząc z góry na Albę – największe miasto w Doum, słynące z wyrobów ceramicznych – rozglądał się za znajomą łukowatą fasadą budynku Wielkiego Targowiska.

Kiedy ją odnalazł, zamarł ze zdumienia. Po słowach Fursy nie spodziewał się tak wielkich zniszczeń, chyba że od czasu jej wizyty wydarzyło się coś jeszcze. Z niezwykłego falistego dachu zbudowanego z połączonych warstw płaskich cegieł została zaledwie jedna czwarta.

Tyen ruszył wraz z ludźmi do celu.

Wielkie Targowisko mieściło się w naprawdę pięknym budynku. Wewnątrz na straganach dniem i nocą sprzedawano najlepsze towary w mieście. *Dlaczego ktoś miałby to zniszczyć?* – zastanawiał się Tyen. Zaatakowali mieszkańcy innego miasta czy może innego świata? Napaść na Wielkie Targowisko była atakiem na główne źródło dochodów Alby. A także na miejsce, które w ciągu ostatnich pięciu cykli stało się dla Tyena nowym domem – pokochał je bardziej niż własną ojczyznę. Poczuł narastający gniew.

Bez wątpienia Ceramicy, wybrani przez mistrzów warsztatów w Doum, wiedzieli więcej. Mógłby zajrzeć w ich umysły, lecz prawo – podobnie jak w wielu innych światach – nie dopuszczało czytania w myślach bez zezwolenia. Nauczył się odruchowo przestrzegać tej zasady, bo gdyby choć raz dał się przyłapać na jej złamaniu, przepadłaby akceptacja, której pragnął. Zyskał co prawda uznanie jako potężny mag i wynalazca pierwszych napędzanych magicznie kół garncarskich, lecz jako człowiek z zewnątrz wciąż wzbudzał pewne podejrzenia.

Miasto przemknęło pod nimi niczym rozmazana plama. W miarę jak zbliżali się do celu, zrujnowany gmach stawał się coraz większy i wyraźniejszy. Kiedy znaleźli się przy strzaskanych ścianach, pośród cieni dostrzegli wielki stos gruzu. Rumowisko połyskiwało kawałkami potłuczonej glazury. Z chaosu gdzieniegdzie wyłaniały się pozostałości straganów, lecz towary i ludzie zostali przysypani. Niektórzy dźwigali fragmenty gruzu. Pozostali leżeli na ziemi wśród ocalałych kramów, a ich ubrania były poplamione krwią; niektórzy się poruszali, inni nie.

Widok obudził w Tyenie nieprzyjemne wspomnienie zawalonej wieży oraz falę wyrzutów sumienia. Odepchnął je od siebie. Od tragedii w Strzelistym Zamku minęło wiele cykli – cykl oznaczał

„rok" według miary magów i handlarzy podróżujących między światami, gdyż pojęcie roku w poszczególnych światach było inne – lecz Tyen wciąż wyraźnie pamiętał tamten dzień. Dlatego bardzo chciał się na coś przydać. *Tym razem mogę jakoś pomóc* – powiedział sobie. *O ile mi pozwolą.*

Obniżył się wraz z robotnikami w poszukiwaniu bezpiecznego miejsca na lądowanie. Postanowił, że nie będzie to wnętrze budynku, na wypadek gdyby pozostała część dachu miała runąć. *Fursa powiedziała, że prócz nas bliżej nie było innych magów, więc zapewne niewielu już tu dotarło. Lepiej wszystkich osłonię, bo mury mogą zawalić się na zewnątrz.* Na placu przed gmachem było tłoczno od gapiów. Ze środka co chwilę wybiegali ci, którzy postanowili pomóc, rzucali gruz na nieustannie rosnący stos, a potem szybko wracali. W pobliżu nie było dostatecznie dużo przestrzeni na lądowanie, więc Tyen wybrał miejsce oddalone o dwadzieścia kroków i zaczekał, aż stojący tam ludzie zauważą ich i usuną się z drogi.

Nie trwało to długo. Na widok grupy przezroczystych postaci zebrani szybko rozsunęli się na boki. Wówczas Tyen zszedł ze swoimi ludźmi do świata. Wszyscy zaczerpnęli suchego, pylistego powietrza i zaczęli kaszleć. Niektórzy przyciskali ręce do twarzy pod wpływem nagłego powrotu fizycznych oznak emocji, nieistniejących między światami. Po kilku głębokich oddechach doszli do siebie po podróży, wyprostowali się, a dłońmi, którymi przed chwilą trzymali sąsiadów, by połączyć się z Tyenem, teraz poklepywali się i ściskali, by dodać sobie otuchy.

– Zobaczmy, co da się zrobić – powiedział Tyen i ruszył ku budynkowi.

Kiedy weszli do środka, spojrzał w górę na resztki dachu. Ocalała tylko jedna z pięciu centralnych kolumn. Zaczerpnął magii i unieruchomił powietrze nad swoimi robotnikami, tworząc osłonę – być może odrobinę przesadził, bo pod wpływem chłodu w powietrzu od razu zaczęła powstawać mgła.

– Nie ma takiej potrzeby, Tyenie Wheelmaker – odezwał się z prawej strony męski głos. – Podtrzymujemy dach.

Tyen odszukał wzrokiem mężczyznę. Był to znajomy starzec, przeciskający się teraz między robotnikami.

– Mistrzu glazurniku Rayfie. – Tyen uwolnił powietrze. – Jak możemy pomóc?

– Czy ktoś z was potrafi uzdrawiać? – spytał Rayf.

Robotnicy popatrzyli po sobie, lecz większość pokręciła głowami.

– Ja trochę się na tym znam – rzekł jeden z młodszych mężczyzn. – Nie na magii uzdrowicielskiej, ale na bandażach i zakładaniu szwów.

– Ja trochę się podszkoliłem w Faurio – powiedział Tyen. *A potem rozpoznał mnie jakiś buntownik* – dodał w duchu – *i miałem do wyboru: zabić go albo uciec.* – Opanowałem podstawy.

Rayf przeniósł wzrok na Tyena i uniósł brew.

– Potrafisz leczyć za pomocą magii?

Tyen pokręcił głową.

– To potrafią tylko wiecznie młodzi.

Spojrzenie starca wyostrzyło się na wieść o umiejętnościach Tyena. Bez wątpienia zastanawiał się, czy ten potężny cudzoziemiec się starzeje – albo raczej co dla Doum oznaczałoby, gdyby się nie starzał. Wzrok Rayfa powędrował za plecy rozmówcy i starzec zmarszczył brwi. Podszedł do Tyena i odezwał się ściszonym głosem.

– Zajrzyj w moje myśli – poprosił.

Tyen usłuchał go i dostrzegł niepokój oraz skupisko straganów za swoimi plecami. Za linią ludzi uprzątających rumowisko, między naczyniami ustawionymi na ocalałym kramie, widać było cień. W jego głębi połyskiwała para oczu skupionych na wielkim stosie gruzu.

Rayf popatrzył z powrotem na Tyena.

– Nie mogę przeczytać jego myśli. Kto to? – wyszeptał.

Tyen uwolnił zmysły w poszukiwaniu nieznajomego. Kiedy odnalazł jego umysł, zmarszczył brwi.

To potrwa wiele godzin – myślał nieznajomy. *Im dłużej tu zostanę, tym większe prawdopodobieństwo, że ktoś mnie znajdzie. Dlaczego miałbym ryzykować, że trafię do więzienia, skoro nie ja zleciłem atak na to miejsce? Gdyby któryś z Ceramików rzeczywiście zginął, imperator nie targowałby się o mnie. Zostawiłby mnie na pastwę losu.*

– Nazywa się Axavar – szepnął Tyen. – Pochodzi z Murai. Mag ze szkoły magii.

– Był wśród ludzi, którzy to zrobili?

Tyen pokiwał głową.

– Kazano mu dopilnować, by żaden z napastników nie zabił Ceramika. Gdyby któryś z naszych przywódców zginął, imperator podjąłby działania tylko wobec tych, którzy zlecili atak.

Rayf zmrużył oczy.

– A kto go zlecił?

– Podejrzewa kupców z Murai.

Starszy mężczyzna syknął.

– Na pewno chcieli nas ukarać za ustanowienie minimalnej ceny. Których kupców podejrzewa?

– Nie myśli o nikim konkretnym. To tylko pionek. Za młody, by mógł mieć jakąś władzę.

I zupełnie nieprzejęty tym, co tu zrobił wraz ze swoimi pobratymcami. Tyen pokręcił głową. Zabijanie ludzi za to, że nie chcą sprzedawać towarów poniżej pewnej ceny, bo muszą z czegoś żyć, było niewiarygodnie okrutne. Jeżeli Axavar miał rację, kupcy z Murai doszli do wniosku, że ich przetrwanie zależy od tego, czy zdołają sprzedać towary z Doum z rozsądnym zyskiem – choć Tyen podejrzewał, że „przetrwanie" wcale nie oznaczało konieczności zmagania się z głodem, lecz wiązało się z uszczupleniem ich potężnego majątku.

– Co mam zrobić? – spytał.

Rayf zawahał się, a na jego twarzy odmalowało się niezdecydowanie. W końcu ktoś go zawołał i starzec nieco się ożywił. Obaj się odwrócili i stwierdzili, że do budynku zbliża się kilkoro ludzi w czerwonych szatach – jedna z tych osób skierowała się ku Rayfowi, pozostałe rozproszyły się wśród rannych.

– Och, doskonale. Dotarli uzdrowiciele z Payr. – Starzec z powrotem zwrócił się do Tyena. – Idź za nim, jeśli wyjdzie. Dowiedz się, kto jeszcze odpowiada za napaść i czy stoi za tym imperator.

Tyen skinął głową. Wziął głęboki wdech i odepchnął się od świata. Zatrzymał się w miejscu, z którego ledwie był w stanie określić swoją pozycję w stosunku do pomieszczenia. Wyglądało to, jakby zniknął, chyba że ktoś dokładnie by się przyjrzał. Szerokim łukiem zaszedł Muraiczyka od tyłu.

Mężczyzna w ostatniej chwili odwrócił się i go zauważył. A potem błyskawicznie śmignął między światy i uciekł.

Tyen popędził za nim.

Zrujnowane targowisko zniknęło mu z oczu. Materia między światami została zmącona po obu stronach świeżo utworzonej przez Axavara ścieżki. Gdy Tyen zaczął go doganiać, mężczyzna przyśpieszył. Tyen mógłby go schwytać, lecz przystanął i pozwolił mu na zwiększenie odległości. Niech myśli, że uniknął pościgu, dzięki czemu uda się prosto w miejsce, do którego zamierzał dotrzeć.

Czyli zapewne do pozostałych magów, którzy brali udział w ataku. Wówczas Tyen ostrożnie się do nich zbliży, trzymając się poza zasięgiem ich wzroku. Pojedynczy muraiski mag raczej nie powinien stanowić dla Tyena zagrożenia, nie wiedział jednak, jak silni są w grupie. Poza tym musiał uważać, by nie uznali jego działań za kontratak Doum; niektórzy mogliby wrócić do Alby i zaatakować ponownie.

Minął punkt równowagi między światami, w którym niczego nie było widać, i z bieli powoli zaczęły się wyłaniać cienie. Poniżej rozciągało się miasto, które szybko stawało się coraz wyraźniejsze.

Leżało u stóp klifu, z którego spływał ogromny wodospad, a tworząca się z drobinek wody mgła przesłaniała je. Miasto dzieliła rzeka, lecz obie jego części były połączone szeregiem eleganckich mostów.

Był to Glaemar, stolica najpotężniejszego kraju w świecie Murai, a zarazem siedziba imperatora władającego wszystkimi krajami z wyjątkiem kilku odległych państw, zbyt ubogich, by mogły być kuszącym celem podbojów. Tyen odwiedził ten świat mniej więcej w tym samym czasie, w którym osiedlił się w Doum, był bowiem ciekaw zamożnego i potężnego sąsiada, będącego głównym nabywcą towarów sprzedawanych przez garncarzy. W Glaemarze panował chłodniejszy klimat niż w Albie, kultura zaś była bardziej wyrafinowana – i mniej przyjazna. Bogactwo i władzę dziedziczono, ubodzy żyli w wiecznej niewoli. Zdolności magiczne dawały zaledwie skrawek wolności w obliczu nieugiętych wymagań związanych z pochodzeniem.

Ten świat za bardzo kojarzył się Tyenowi z własną ojczyzną, wielkim Imperium Lerackim, które podbiło i skolonizowało większość jego świata – choć w Belton, mieście wyposażonym w zaawansowaną kanalizację, śmierdziało znacznie mniej niż z zakrytych rowów w Glaemarze.

Axavar zanurkował ku swojemu światu, zwalniając dopiero w ostatniej chwili, by skorygować pozycję. Tyen podążał za nim w pewnej odległości, świadom, że mniejsze zdolności magiczne mężczyzny utrudniają mu zauważanie innych magów między światami. W końcu Axavar skierował się ku dużemu budynkowi z kwadratowym wewnętrznym dziedzińcem.

Tyen został na tyle wysoko nad miastem, by dla ludzi w dole stanowić jedynie punkcik. Mimo wszystko gdy zszedł do świata, stworzył wokół siebie kulę unieruchomionego powietrza, która miała zarówno pomóc mu utrzymać się w miejscu, jak i go osłonić. Zaczekał chwilę i wkrótce mógł zajrzeć w umysł Axavara.

Axavar wylądował w szkole magii. Ze wszystkich stron rozległ się odgłos kroków, gdy magowie odpowiedzieli na jego wezwanie. W jego myślach pojawiły się twarze mężczyzn i kobiet spoglądających z balkonów. Kolejne osoby przechodziły przez łukowate wejścia poniżej. Wszyscy wpatrywali się w niego, gdy udzielał mętnych wyjaśnień i przestróg.

Powiedział im, że zauważył go jakiś mag. Że być może za nim podążył. Że mógł w każdej chwili się tu znaleźć.

Axavar wyczuł ciemne linie wykwitające wokół magów, gdy ci zaczerpnęli mocy, przygotowując się na ewentualne spotkanie z intruzem. Lecz Tyen nie miał zamiaru doprowadzać do konfrontacji. Postanowił zajrzeć w ich myśli. Okazało się, że mistrz Rayf miał słuszność. Kiedy Ceramicy z Doum ustanowili ceny minimalne, kupcy z Murai postanowili dać im nauczkę – wynajęli pięciu magów z glaemarskiej szkoły i wysłali ich do Alby, by zniszczyli Wielkie Targowisko.

Wiedzieli, że imperator ukarałby ich w razie śmierci któregoś z przywódców Doum. Dla Muraiczyków śmierć mężczyzn, kobiet i dzieci pracujących przy straganach nie miała znaczenia, bo w ich kulturze sprzedawcy nie cieszyli się wysoką pozycją społeczną. Liczyli się tylko ludzie u władzy. Lecz w Doum handel kontrolowały rody garncarzy, strycharzy, dachówkarzy i innych rzemieślników – byli wśród nich krewni Ceramików. Członkowie rodów, którzy nie zostali obdarzeni zdolnościami artystycznymi, lecz mieli talent do liczb i negocjacji, byli równie ważni co twórcy, gdyż dzięki nim rzemieślnicy mogli skupić się na swoich zajęciach.

Współpracownicy Axavara wpatrywali się właśnie w dyrektorkę szkoły magii, kobietę o imieniu Oerith. Wątpiła, by pojedynczy mag z Doum ośmielił się zaatakować szkołę. Niemniej zdawała sobie sprawę, że będzie szukał informacji, a gdy dowie się, dlaczego Wielkie Targowisko zostało zniszczone, może wrócić, by zemścić się na kupcach albo nawet uderzyć na imperatora. Szkoła zostanie pociągnięta do odpowiedzialności za ujawnienie się Axavara.

Chyba że Oerith szybko wszystkich ostrzeże. Nazwiska kupców, którzy zlecili atak, nie zostały przekazane magom, kontaktowali się bowiem przez pośredników, lecz imperator prawdopodobnie je znał, a nawet jeśli nie, to z pewnością je pozna, gdy dotrą do niego najnowsze wieści. Oerith nakazała wystawienie straży i gotowość do obrony, po czym odepchnęła się od świata i jej umysł przestał być widoczny.

Co mam robić? – zastanawiał się Tyen. Przez chwilę czekał na odpowiedź Velli, ale przecież dla bezpieczeństwa zostawił ją w domu.

Rayf chciał poznać nazwiska kupców. Tyen mógł przetrząsnąć umysły mieszkańców miasta, ale trwałoby to zbyt długo. Zdaniem Oerith znał je imperator.

Tyen zwrócił się ku potężnemu budynkowi usadowionemu u podnóża klifu. Gmach znajdował się przy wodospadzie, dzięki czemu jego mieszkańcy mieli dostęp do najczystszej wody. Tyen rozejrzał się w poszukiwaniu ich umysłów. Odszukanie Oerith nie zajęło mu wiele czasu, a pośród tylu ludzi trudzących się zadowalaniem imperatora jego samego także łatwo było odnaleźć. Oerith przybyła już do sali audiencyjnej. Przekazała ostrzeżenie o magu, który ścigał Axavara, i spojrzała na pięciu mężczyzn klęczących w pobliżu.

Domyśliła się, że to właśnie ci kupcy. Tyen zerknął w ich umysły i potwierdził tę informację. Poznał ich nazwiska. Mógł odejść.

Wówczas jednak ich uszami usłyszał śmiech imperatora.

Skupił się na myślach władcy i zmroziło mu krew w żyłach. Ten człowiek był rozbawiony. Nie miał zamiaru karać kupców. Zastanawiał się za to, czy trudno byłoby przeprowadzić regularny szturm na Doum.

Żar przegnał chłód, gdy gniew na nowo doszedł do głosu, lecz Tyen zapanował nad sobą.

Jeśli się wtrącę, mogę pogorszyć sytuację.

Jeśli jednak niczego nie zrobi, miejsce, w którym tak bardzo starał się zadomowić i które pokochał bardziej niż własny świat, może ulec zagładzie.

Nie wiedział jednak, jak potężni są magowie chroniący imperatora. Na pewno byli silni.

Zajrzał w umysły osób pozostających najbliżej władcy i policzył magów. Okazało się, że miewał już do czynienia z taką liczbą i przeżył. Ale jaką mocą dysponowali? Wielu zastanawiało się nad szansami Murai przeciwko Doum, gdyby doszło do konfliktu, i choć uważali się za silniejszych, żaden nie zdobył doświadczenia w walkach między światami – mimo to więcej niż kilku miało o sobie dość wysokie mniemanie.

Konfrontacja z imperatorem byłaby ryzykowna, lecz Tyen gotów był na ten krok dla dobra swojej nowej ojczyzny. Wziął głęboki wdech, odepchnął się między światy i poszybował w dół.

Nie prześlizgnął się jednak przez dach komnaty audiencyjnej. To byłoby zbyt wyzywające. Zamierzał zmusić imperatora do rozważenia, czy warto robić sobie wroga ze świata Doum, nie chciał jednak, by władca pomyślał, że sąsiad właśnie przeszedł do kontrataku. Dlatego wylądował w pewnej odległości od komnaty i podszedł do strażnika.

Mężczyzna – kapitan – drgnął na widok materializującego się Tyena.

– Chciałbym porozmawiać z imperatorem w imieniu ludu Doum.

Kapitan zmrużył oczy, wątpił bowiem, by ktoś ważny mógł wysłać takiego zaniedbanego posła.

– Kim jesteś?

– Tyen Wheelmaker z Alby. – Tyen prychnął. – Ubrałbym się stosowniej do tej okazji, lecz pilniejsza jest konieczność zażegnania niebezpieczeństwa wojny między naszymi światami. – Odepchnął się, przemknął obok strażnika, po czym wylądował i wyzywająco obejrzał się przez ramię. – Wolisz, żebym sam poszukał imperatora?

Kapitan wyprostował się.

– Nie. Zaprowadzę cię. – Gestem dał Tyenowi znać, by za nim podążył, po czym ruszył korytarzami.

Podczas poprzedniej wizyty w Glaemarze Tyen oglądał pałac z zewnątrz, nie miał jednak oficjalnego pretekstu, by wejść do środka, nie widział zatem jego wnętrza. Nie tego się spodziewał. Zamiast zwyczajowego natłoku cennych przedmiotów i zbytkownych dekoracji mających świadczyć o bogactwie i majestacie, ujrzał ogromną przestrzeń, w której panował ład. Była podzielona na poszczególne pomieszczenia nie ścianami, lecz rzędami kolumn. Łukowate przejścia wychodziły na atria, dzięki którym światło słoneczne i wilgoć mogły odżywiać niebanalnie rozmieszczone rośliny w ogromnych donicach. Na bardziej przestronnych dziedzińcach ustawiono pergole. Zabiegi te łagodziły granicę między wnętrzem a otoczeniem budynku. Ponadto wilgotna mgiełka ciągnąca się od wodospadu, roznoszona wokół łagodnymi podmuchami, nawilżała i schładzała powietrze.

Jednak w pałacu nie brakowało dzieł sztuki. Tu i ówdzie pośród kolumn stały wyszukane rzeźby i donice na rośliny pochodzące z najlepszych warsztatów garncarskich Domry, a na podłogach widniały mozaiki równie imponujące jak te, które Tyen podziwiał przy głównym wejściu do gmachu. Jeżeli te wzory pokrywały cały widoczny z góry kompleks, rozciągały się na powierzchni dużej wioski lub nawet niewielkiego miasta.

Domy wielu zamożnych rodów w Glaemarze oraz innych muraiskich miastach zapewne także zdobiono w ten sposób. Wszystko, co nadawało się dla monarchów kraju czy świata, było atrakcyjne dla ambitniejszych mieszkańców, którzy chcieli pochwalić się dobrobytem i władzą. Kiedy Tyen przyjrzał się dokładniej, zauważył, że wszystkie kafelki pokryte są szkliwem. A zatem był to nie kamień, lecz ceramika.

Nic dziwnego, że kupcy są przewrażliwieni na punkcie kontrolowania cen przez Ceramików. Już na ten jeden produkt musi być ogromny popyt, nie wspominając o wyrobach garncarskich i rurach kupowanych w Doum.

Minął dyplomatów i dworzan, biurokratów i służbę. Zauważył, że wszyscy służący są młodzi i atrakcyjni, choć noszą gładkie, proste stroje uszyte z tej samej tkaniny. *W tak otwartej przestrzeni służby nie da się ukryć, więc zapewne imperator nie chce, by rzucała się w oczy.*

Kilkoro ludzi w innych, bardziej zdobnych uniformach przerwało rozmowę i utkwiło wzrok w Tyenie. Niektórzy ruszyli za nim, inni pośpiesznie odeszli. Magowie, jak wyczytał w ich umysłach, którzy sprawdzali wszystkich gości cesarza. Nie spodobało im się to, co zobaczyli – cudzoziemca w stroju typowym dla Doum, którego myśli nie potrafili odczytać.

A jednak nikt go nie zatrzymał, a z ich umysłów dowiedział się, że rzeczywiście zmierza do sali audiencyjnej. W końcu dotarli do wewnętrznych ścian. Od imperatora dzieliły go już tylko ogromne drzwi. Jeden z sześciu strażników otworzył ich skrzydło. Kapitan przystanął zdziwiony, lecz wzruszył ramionami i wprowadził Tyena do środka. Usunął się na bok i dał Tyenowi znak, by szedł przed nim.

Ku zaskoczeniu Tyena w komnacie panował półmrok. Było to, w przeciwieństwie do wielu innych przestrzeni pałacu, całkowicie odgrodzone pomieszczenie, a jedyne źródło światła stanowiły płomienie lamp zawieszonych we wnękach.

Pośrodku stał mężczyzna w średnim wieku. Miał na sobie prostą szatę ze złotej tkaniny, na której udrapowano tunikę ze szkliwionych koralików. Jej skromność z początku zaskoczyła Tyena, przypomniał sobie jednak, że w Murai niewiele było złóż gliny. *Pragniecie tego, czego nie posiadacie* – zadumał się – *a to dawało Doum przewagę… aż do dziś.*

Dwoje magów, którzy podążyli za Tyenem, kroczyło po obu jego stronach, a z ich myśli Tyen wyczytał, że mężczyźni i kobiety stojący wzdłuż tylnej ściany także są magami. Imperator został poinformowany, że nie są w stanie odczytać myśli Tyena. Wbrew ich radom władca postanowił spotkać się z posłańcem z Doum.

Jakiś ruch przykuł uwagę Tyena do pięciu wpatrzonych w podłogę mężczyzn, którzy przyklękli niedaleko. Byli dobrze ubrani, najmłodszy z nich nie dorównywał władcy wiekiem, najstarszy zaś liczył dwukrotnie więcej lat. Kupcy. Za nimi stała dyrektorka szkoły magii.

Gdy Tyen znów spojrzał na imperatora, ten uniósł brwi i podbródek, znieważony brakiem szacunku ze strony posłańca. Mając na względzie, że nie chce doprowadzić do kolejnych aktów przemocy, Tyen przybrał tę samą pozę co kupcy.

– Kto to jest? – władczo odezwał się imperator w języku muraiskim, a jego słowa odbiły się echem w pomieszczeniu.

– Tyen Wheelmaker – odparł kapitan zza pleców Tyena.

Głos imperatora wypełnił salę sceptycyzmem.

– Ceramicy wysłali sługę, by negocjował w ich imieniu?

– Nie, imperatorze Izetalo-Morazo – odparł Tyen. Potem zaś, wyczytawszy z myśli władcy, że ten zna język Podróżników, odezwał się właśnie w ich mowie. – Ceramicy wysłali mnie, bym się dowiedział, kto i dlaczego zaatakował niedawno Wielkie Targowisko w Albie. Ruszyłem za jednym z magów, mężczyzną, którego napastnicy pozostawili tam, by się upewnił, czy wśród ofiar nie ma Ceramików…

– A są? – spytał imperator, także przechodząc na język Podróżników.

– Nie wiem, imperatorze.

– Cóż, znalazłeś winowajców. Sam możesz ich spytać, co chcieli osiągnąć.

– Już się dowiedziałem.

– To po co tu przybyłeś?

Tyen spojrzał mu w oczy.

– Ci kupcy zaatakowali Doum – powiedział, nadając głosowi surowość. – To można uznać za wypowiedzenie wojny. – Zamilkł, po czym wstał. – Chciałbym się dowiedzieć, co p a n, imperatorze Izetalo-Morazo, zamierza uczynić. Potępia pan ich działania?

Władca ponownie uniósł podbródek, ale nie odezwał się, lecz zastanawiał nad odpowiedzią. Tyen sposępniał, gdy zajrzał w jego umysł.

– Nie pochwalam ich – rzekł imperator. – Podjęli ogromne ryzyko i powinni byli zapytać mnie o zgodę. – Władca rzucił kupcom srogie spojrzenie, ci zaś skulili się i zaczęli rozważać, czy przypadkiem nie pomylili się w ocenie tego człowieka. – Mają jednak prawo podjąć kroki wobec faktu, że Ceramicy odmówili negocjacji.

– A zatem nie ukarze ich pan?

Imperator gwałtownie przeniósł wzrok na Tyena.

– Tylko jeśli ucierpiał któryś z Ceramików. – *I zapewne będę musiał zrobić to odpowiednio ostentacyjnie* – gderał w myślach. *Ci Ceramicy to jakaś żałosna namiastka władców. To tylko słudzy zajmujący się rzemiosłem, którym tymczasowo powierzono władzę nad rozwydrzonym tłumem nazwanym „obywatelami".* – Proszę im przypomnieć, że sami są sobie winni – kontynuował. – Nie dotrzymali umowy. Sprzedawali towary zamówione przez Muraiczyków innym krajom. Tego nie można tolerować.

Tyen nachmurzył się.

– Skoro nie chcecie zapłacić stosownej ceny za ich czas i doświadczenie, dlaczego nie wolno im szukać klientów, którzy są gotowi ponieść takie koszty?

– Zawsze się u nich zaopatrywaliśmy – powiedział imperator. – To pradawne porozumienie wspierane przez Raena…

– Raen nie żyje.

Imperator przybrał kamienny wyraz twarzy i zacisnął usta w niezadowoleniu. Zapadła niezręczna, gniewna cisza. Tyen poruszył zakazany temat. W dodatku, z punktu widzenia historii światów, całkiem świeży.

Co to za karierowicz? – zastanawiał się imperator. *Ktoś wpływowy. Ktoś na tyle potężny, że nie boi się ani mnie, ani moich magów. A jednak jego akcent brzmi obco i choć jest podobny do mieszkańców*

Alby, ma w sobie coś nieznajomego. Czyżby był cudzoziemcem? To chyba możliwe.

– A jakie to ma dla ciebie znaczenie? – spytał. – Przecież nie pochodzisz z ich świata.

Tyen skrzyżował ramiona na piersi.

– Doum jest moim domem, a jego mieszkańcy to moja rodzina. Zrobię, co będę musiał, by go bronić.

– W takim razie broń go. Przekonaj Ceramików, żeby zrezygnowali z tej absurdalnej polityki cenowej.

– Nigdy nie ośmieliłbym się mówić im, jak mają żyć i dbać o własne interesy – odparł Tyen. – Widzę jednak, że pana, imperatorze, nie będzie łatwo do tego przekonać. Chyba że usunę całą magię z tego świata i odizoluję go od innych na kilkaset cykli. To zapewne zaszkodzi waszemu handlowi.

Imperator utkwił wzrok w Tyenie. Oerith zrobiła krok w stronę władcy, ten jednak gestem nakazał jej zostać na miejscu.

– Tylko Raen był na tyle potężny – powiedział.

– Nie tylko.

– Zabiłby cię, gdyby cię znalazł.

Tyen wzruszył ramionami.

– Wygląda na to, że jednak mu się nie udało. To niewielki świat, czego jest pan zapewne świadom. Znam przynajmniej dwie osoby o zasięgu umożliwiającym pozbawienie go mocy, a nie zdziwiłbym się, gdyby takich magów było więcej. Nawet gdybym nie zdołał zebrać całej magii za jednym razem, i tak mógłbym stworzyć wokół Glaemaru pustkę na tyle rozległą, że jej zapełnienie potrwałoby wiele cykli. Jeśli jednak wątpi pan w prawdziwość mych słów…

Tyen uwolnił zmysły i objął całe miasto, po czym pobrał połowę magii w promieniście ułożonych pasmach. To, co zostało, szybko wypełniłoby pustkę i żaden mag będący w trakcie wykonywania ważnej czynności – na przykład unoszenia czegoś ciężkiego – nie zostałby całkowicie pozbawiony mocy.

W pomieszczeniu rozległy się zduszone okrzyki, gdy magowie wyczuli, co się stało. Nim jednak któryś z nich zdążył wpaść w panikę i zaatakować, Tyen wypuścił magię z powrotem. Wypłynęła z niego, na chwilę całkowicie spowijając pałac. Zdumienie przerodziło się w podziw. Strach w ulgę.

– Dam panu czas na ponowne rozważenie swojego stanowiska i podjęcie decyzji, czy ci ludzie – Tyen zerknął na kupców – zasługują na karę za śmierć rodzin rzemieślników i Ceramików. – Z zadowoleniem stwierdził, że władca zamierza postąpić zgodnie z jego propozycją, mimo gniewu, że ktoś śmiał mu grozić. – Dziękuję za przyjęcie, imperatorze. Życzę zdrowia i szczęścia.

Nie czekając na odpowiedź ani na odprawę, Tyen zaczerpnął magii z jej nadmiaru w pałacu i odepchnął się od świata.

Kiedy znalazł się daleko między światami, jego satysfakcja nieco przybladła i zaczął się martwić. Jak zareagują Ceramicy, gdy się dowiedzą, że bez konsultacji z nimi groził imperatorowi Murai w ich imieniu?

Rozgniewają się czy będą mi wdzięczni? Naprawiłem sytuację czy ją pogorszyłem?

Chciałby porozmawiać na ten temat z Vellą. Na myśl o ukrytej w domu książce zdał sobie sprawę, że grożąc imperatorowi, sam mógł stać się celem ataku. Rozsądek podpowiadał, że byłby w stanie się obronić, lecz imperator mógłby zemścić się w sposób, który nie wywołałby sprzeciwu Ceramików, i na przykład zniszczyć mu dom. Po wydarzeniach tego dnia postanowił, że zacznie znów nosić książkę przy sobie.

Odnalazł ścieżkę z Doum do Murai, którą przetarł wraz z Axavarem, i podążył nią w przeciwnym kierunku. Stopniowo zaczęły się wokół niego pojawiać stragany w gruzowisku Wielkiego Targowiska.

A potem wyczuł cień. Ktoś go śledził.

Z niepokojem poszybował nad światem, odciągając maga od ruin. Z ulgą stwierdził, że ten ruszył jego śladem. Wywabił szpiega z miasta i odnalazł bezludne miejsce, w którym mógł doprowadzić do konfrontacji, nie narażając innych na niebezpieczeństwo. Zszedł do świata w wyschniętym jeziorze, zachłannie łapiąc oddech; jego pozbawione powietrza ciało musiało zapłacić cenę za tak długie przebywanie w przestrzeni między światami.

Kilka kroków dalej zaczęła materializować się ludzka sylwetka. Sylwetka kobiety odzianej w długą luźną suknię. Oerith? Inny mag imperatora, który postanowił rzucić mu wyzwanie? A może ktoś, kto miał przekazać wiadomość? Czy też zaszantażować w odwecie?

Jednak oblicze nieznajomej nie przypominało twarzy mieszkańców Murai. Kobieta miała ciemniejszą skórę i proste czarne włosy. A potem ją rozpoznał i jego ciało przeszył dreszcz, niczym błyskawica. Kiedy się zmaterializowała, zaczerpnęła tchu, by się odezwać, lecz nie chwytała łapczywie powietrza, co było charakterystyczne dla nieśmiertelnych magów.

– Tyen, prawda? – zapytała kobieta, która odmówiła wskrzeszenia Raena. – Pamiętasz mnie? Choć możliwe, że nigdy ci się nie przedstawiłam. Jestem Rielle.

ROZDZIAŁ 2

Od pałacowej służby dowiedziałam się, że coś się stało – wyjaśniła Rielle – i wkrótce zobaczyłam cię oczami kogoś innego.

Zauważył, że wygląda jakoś inaczej. Poważniej, ale tego można się było spodziewać. Była wyższa, niż zapamiętał, ale może tylko dlatego że za pierwszym razem zrobiła na nim wrażenie zdesperowanej i bezbronnej. Wciąż była tak samo piękna, a kiedy się uśmiechnęła, spuścił wzrok, by przestać się na nią gapić.

– I podążyłaś za mną – ni to stwierdził, ni zapytał.

– Pewnie chciałbyś wiedzieć, że tuż po twoim odejściu imperator zaczął planować na ciebie zamach.

– Och – westchnął Tyen. – Nic dziwnego.

– Jego magowie próbowali go od tego odwieść, choć nie ze względu na swoje przekonania, lecz instynkt samozachowawczy.

Podniósł wzrok.

– Sądzisz, że im się uda?

Zacisnęła usta.

– Moim zdaniem szanse są pół na pół. Imperator nie lubi, gdy się mu grozi, ale na pewno ma świadomość, jaki jesteś silny. Być może spróbuje ukarać cię w inny sposób. Lepiej upewnij się, że i ty, i wszyscy, na których ci zależy, jesteście dobrze chronieni i macie się gdzie ukryć.

Skinął głową, a myślami od razu wybiegł ku swoim robotnikom. Traktował ich jak pracowników i zarazem przyjaciół, nie chciał, żeby któremuś stała się krzywda; nie chciał, żeby ucierpiał przez niego którykolwiek obywatel Doum. Była jeszcze Vella. Ale imperator nie mógł o niej wiedzieć.

Lecz Rielle mogła. Nie był w stanie zajrzeć w jej umysł, co oznaczało, że jest potężniejsza od niego i może czytać mu w myślach, jeśli zechce. To było niepokojące. Do tej pory miał do czynienia tylko z jednym silniejszym od niego magiem – Raenem – i zakładał, że ten znacznie przewyższa go mocą. Choć Tyen nie zaglądał w umysły większości obywateli Doum, czytał w myślach innych ludzi i od bardzo dawna nie trafił na nikogo, kto byłby w stanie go powstrzymać.

Wciąż się zastanawiał, co Rielle robiła w pałacu w Murai. Takie po prostu miał szczęście, że gdy ten jeden jedyny raz posłużył się swoją mocą, by zrobić na kimś wrażenie, w pobliżu akurat znajdował się potężniejszy mag. Gdyby jednak pracowała dla imperatora, to przecież nie ostrzegłaby go o planowanym zamachu.

Ludzie nie ostrzegają cię o zagrożeniu, jeśli źle ci życzą. Ostatnim razem jej pomogłem. O ile mi wiadomo, nie ma powodów, by mnie nienawidzić.

W przeciwieństwie do większości mieszkańców innych światów. Bo pewnie by go znienawidzili, gdyby znali prawdę.

Przestał o tym myśleć, nim zdążył wyjawić zbyt wiele, i uważnie przyjrzał się Rielle. Uśmiechnęła się, a z pewnością nie zrobiłaby tego, gdyby dostrzegła jego tajemnicę – chyba że tak dobrze potrafiła się maskować. Bardzo chciałby mieć co do niej pewność.

– Chyba jeszcze ci nie podziękowałam za pomoc w ucieczce przed Dahlim – powiedziała.

– Nie musisz. – Wzruszył ramionami. – Pomogłem ci tylko zrobić, co trzeba. Chłopak doszedł do siebie?

– I tak, i nie. – Zmarszczyła brwi. – Odzyskał rozum, ale nie ma prawie żadnych wspomnień sprzed tamtego momentu.

– Czy on…? Mam nadzieję, że znalazł porządną kryjówkę.

Byłoby lepiej, gdyby Tyen nie znał miejsca pobytu chłopca, w którego ciele miał zamieszkać Raen po wskrzeszeniu. Niedostępność umysłu Rielle zwiększała w świadomości Tyena prawdopodobieństwo napotkania potężniejszego od niego maga.

Spojrzenie, którym go obrzuciła, było pełne rozbawienia i wdzięczności.

– Tak. Jest w bezpiecznym miejscu z dobrymi ludźmi, bardzo daleko stąd. – Westchnęła. – Bałam się, że jeśli zostanie ze mną, wciągnę go w kolejne konflikty, ale przez pięć cykli udało mi się unikać problemów, więc może niepotrzebnie się martwiłam.

– I przez cały ten czas mieszkaliśmy w sąsiednich światach.

Rielle uniosła dłoń w pełnym wdzięku geście zaprzeczenia.

– Nie, w Murai jestem dopiero od kilku miesięcy. – Spojrzała ku przedmieściom Alby. – Pracuję dla zespołu twórców mozaik. Imperator złożył u nich zamówienie. Podoba im się klimat w Glaemarze, więc przyjęli zaproszenie do pałacu na czas pracy nad zleceniem.

– A zatem pracujesz dla imperatora. – Tyen uniósł brew.

Czy to znaczy, że Rielle jest jego wrogiem?

Odwróciła się w jego stronę.

– Pracuję dla rzemieślników, którzy pracują dla niego. To przyzwoici ludzie, ale ja tak naprawdę nie jestem jedną z nich. Jestem obcą osobą, która posiada przydatne zdolności.

Tyen pokiwał głową.

– Wiem, jak to jest. Choć ciężko pracowałem, by Doum stało się moim domem, czasami ludzie i tak traktują mnie jak cudzoziemca.

– Nawet po pięciu cyklach?

– Nawet po pięciu cyklach.

Sprawiała wrażenie zmartwionej.

– Zastanawiałam się, ile to może potrwać. Nie mogę wrócić do domu. Ale nie chcę ciągle być kimś obcym.

– Ja też nie mogę wrócić do siebie. – Zmarszczył brwi. – Wiesz, po co byłem w pałacu?

– Kupcy zaatakowali tutejsze targowisko. Nie podobają im się ceny ustanowione przez Ceramików na zamawiane przez nich towary. – Zamilkła na chwilę. – I bez wątpienia wyczytałeś, co planują, jeśli sprawy nie ułożą się po ich myśli.

– Nie pozwolę im zaatakować Doum – rzekł ostrzegawczym tonem. A potem się skrzywił. – O ile Ceramicy pozwolą mi temu zapobiec. Irytują się, gdy się angażuję w cokolwiek prócz kół garncarskich, i zaczynam się zastanawiać, czy przypadkiem nie woleliby, żeby Muraiczycy ich podbili, niż żebym działał w ich imieniu.

Rielle przygryzła wargę.

– Ale bycie cudzoziemcem ma też swoje zalety. Podejrzewam, że imperator byłby bardziej skłonny pójść na kompromis, gdyby nie musiał pertraktować bezpośrednio z obywatelami Doum. Poprowadziłbyś negocjacje w imieniu Ceramików, gdyby ci na to zezwolili?

Tyen zastanawiał się chwilę.

– Tak. Ale skoro imperator nie lubi, gdy mu się grozi, to czy przypadkiem właśnie nie zaprzepaściłem szansy na to, by chciał mnie wysłuchać?

– Wprost przeciwnie. Nienawidzi cię za to, że mu się przeciwstawiłeś, ale szanuje za siłę i odwagę, jakich to wymagało.

Znów się skrzywił.

– Jakoś nie nęci mnie perspektywa bezpośrednich negocjacji z imperatorem. Może Muraiczykom też przydałby się przedstawiciel. Choć nie znam żadnego, z którym wolałbym rozmawiać. – Jego serce zatrzymało się na chwilę, gdy zdał sobie sprawę, z kim najbardziej chciałby pracować. – Mogłabyś przekonać imperatora, żeby pozwolił ci negocjować w jego imieniu?

Zmarszczyła brwi.

– Nie wiem. – W jej tonie kryła się niechęć. – Chciałabym ci pomóc, ale nie mam ani doświadczenia, ani przeszkolenia w takich sprawach.

– Ja też nie – rzekł Tyen. – Ale jeśli nic nie zrobimy...

– ...te dwa światy mogą znaleźć się w stanie wojny – dokończyła. – Dobrze. Zastanowię się, czy mu to zaproponować.

Tyen się uśmiechnął.

– Dziękuję. Muszę wracać do Alby, żeby przekazać, czego się dowiedziałem, i pomóc na Wielkim Targowisku.

– A ja muszę wracać do moich mozaik. Zostawiłam rzemieślników w środku debaty nad projektem. Znajdę cię w Albie?

– Tak. Pytaj o Tyena Wheelmakera. Większość ludzi potrafi wskazać mój warsztat.

Przechyliła głowę.

– Tymczasem, Tyenie Wheelmaker, życzę ci wszystkiego dobrego.

Zaczekał, aż Rielle zniknie mu z oczu, nie chciał bowiem odpychać się od świata tuż za nią, nawet jeśli udawał się w innym kierunku. Potem przeniósł się między światy i ruszył ku miastu. Gdy pojawił się na Wielkim Targowisku, jego serce przyśpieszyło, lecz nie ze strachu ani z obawy.

Rielle! Spośród tylu ludzi właśnie ona mieszka w sąsiednim świecie!

Po chwili się otrząsnął. Gdyby Dahli dowiedział się, gdzie przebywa, byłby jeszcze bardziej zadowolony niż Tyen. Lecz najwierniejszy sługa Raena w najgorszym wypadku pragnąłby ukarać ją za to, że nie chciała wskrzesić Valhana. W najlepszym zaś próbowałby ją zmusić, żeby zdradziła, gdzie jest chłopak potrzebny, by dopełnić dzieła wskrzeszenia.

Baluka, przywódca buntowników – a raczej Odnowicieli, bo pod taką nazwą byli teraz znani – na pewno chciałby wiedzieć, że jego była narzeczona żyje i ma się dobrze. Jednak wolałby nie znać miejsca jej pobytu, nie był bowiem potężnym magiem, a gdyby ktoś wyczytał tę informację z jego myśli, w końcu mógłby dotrzeć do niej Dahli.

U Tyena tajemnica była bezpieczna, a on z radością jej dotrzyma. Ta dziewczyna go zaciekawiła. Wiedział, że przed śmiercią Raena mieszkała w jego pałacu i że Dahli nauczył ją posługiwania się magią oraz zdradził jej sekret wiecznej młodości. Gdy Tyen ujrzał ją po raz pierwszy, właśnie miała wskrzesić Raena, kiedy jednak okazało się, że musiałaby poświęcić umysł niewinnego chłopaka, ocaliła go, ryzykując przy tym życie. Tyen podążył wtedy za nią, by pomóc jej uciec przed Dahlim.

Wzbudziła w nim podziw tą decyzją. Widocznie miała własne zasady i odwagę, by się ich trzymać, nawet jeśli ktoś miałby okrzyknąć ją zdrajczynią. Może zrozumiałaby decyzje, które on sam musiał podjąć. Czasami wyobrażał sobie, że znów się spotkają, zostaną sprzymierzeńcami, przyjaciółmi, a gdy ponosiła go wyobraźnia – że może połączy ich coś więcej.

Pierwsza część tych wyobrażeń właśnie się spełniła.

Uśmiechnął się. Kiedy jednak stanął przy straganach na Wielkim Targowisku, jego dobry nastrój się ulotnił. Od chwili jego odejścia nie dokonano zbyt dużych postępów, z drugiej strony jednak nie minęło wiele czasu. Magowie uprzątali właśnie ogromne rumowisko, ostrożnie unosząc gruz kawałek po kawałku, by nie zaszkodzić nikomu, kto został tam uwięziony. Dowiedział się, że chociaż magowie nie wyczuwają pod spodem żadnego umysłu, wszyscy mają nadzieję, że przynajmniej niektórzy z pogrzebanych tam ludzi są nieprzytomni, lecz żyją. Rannych i ofiary przeniesiono w inne miejsce. Tyen znalazł mistrza Rayfa przy drzwiach, gdzie rozmawiał z Ceramikiem Fursą.

Rayf zauważył go pierwszy, powiedział coś, a wówczas odwróciła się także zasępiona Fursa.

– Tyenie Wheelmaker – odezwał się Rayf. – Udało ci się podążyć za Muraiczykiem?

Tyen zdał im relację ze wszystkich wydarzeń. Na twarzy Fursy odmalowała się dezaprobata, gdy usłyszała o groźbie Tyena.

– To ryzykowny blef.

– To nie blef – odparł Tyen.

Spojrzał jej w oczy i wytrzymał jej wzrok. Zmrużyła powieki, on zaś nie musiał zaglądać w jej myśli, by wiedzieć, że mu nie uwierzyła.

– Tylko Raen mógł dokonać czegoś takiego – rzekła drwiącym tonem.

– Chciał, by ludzie tak sądzili – odparł Tyen.

– Słyszałem, że zabijał każdego, kto dysponował zbliżoną mocą, lecz zbyt małym doświadczeniem i umiejętnościami, by mu zagrozić – powiedział Rayf.

Odwrócił się do Tyena, taksując go wzrokiem.

– Chyba że przeciągnął kogoś takiego na swoją stronę i wyszkolił na sługę – dodała Fursa, mrużąc oczy.

– Podczas dwudziestu cykli nieobecności Raena narodziło się wielu potężnych magów – oznajmił Tyen. – Nie jestem jedynym, którego nie zdołał się pozbyć. – Po tych słowach wzruszył ramionami. – Poza tym Murai to dość mały świat. Wcale nie trzeba zaczerpnąć wiele magii, by znacząco wpłynąć na tamtejszą moc. Gdybym chciał, mógłbym bardzo utrudnić życie imperatorowi.

Fursa odwróciła wzrok, mocno zaciskając usta.

– Mimo wszystko – powiedziała, wciąż patrząc w inną stronę – nie powinieneś był mu grozić bez porozumienia z nami.

Tyen pokiwał głową.

– Zrobiłem to, bo rozważał coś jeszcze gorszego. – Powiódł dłonią dookoła. – Ale zapewniam, że nie będę już działał na własną rękę. – Powiedział im o Rielle, lecz przedstawił ją tylko jako znajomego maga z innego świata, który zajmuje się projektowaniem mozaik, po czym przekazał jej propozycję. – To bardzo prostolinijna osoba.

– Trafiła w sedno. – Rayf pokiwał głową. – Kompromis jest mało prawdopodobny, jeśli imperator będzie rozmawiał bezpośrednio z nami, gdyż rodacy mogą potraktować to jako oznakę jego słabości. Jeśli jednak negocjacje poprowadzą przedstawiciele obu stron, będzie mógł zdystansować się od ich decyzji. – Uśmiechnął się do Fursy. – Podobnie jak Rada.

Fursa skrzyżowała ręce na piersi.

– Owszem, lecz Rada musi zdecydować, kto będzie nas reprezentował. Być może znajdą się lepsi kandydaci.

Tyen zdusił westchnienie i zerknął ku magom przekopującym się przez gruzy.

– W tej chwili mogę jedynie zaproponować swoją pomoc. Powiadomcie mnie, proszę, o swojej decyzji, bez względu na to, jaka ona będzie. Wiecie, gdzie mnie szukać. – Spojrzał na Rayfa. – Zapewne mógłbym zająć się teraz czymś bardziej pożytecznym.

Starzec rozejrzał się po budynku.

– Nie jest to konieczne, mamy wszystko pod kontrolą.

Nie takiej odpowiedzi spodziewał się Tyen, kiedy jednak przyjrzał się dokładniej temu, co działo się na Wielkim Targowisku, zdał sobie sprawę, że podczas ich rozmowy przybyła kolejna duża grupa magów, a cała powierzchnia ogromnego gruzowiska falowała, gdy ostrożnie usuwali kolejne cegły. W pobliżu krążyli uzdrowiciele, gotowi pomóc ocalałym, lecz na ich twarzach malowało się ponure przekonanie, że ich usługi się nie przydadzą.

Tyen pokiwał głową.

– Rzeczywiście. W takim razie lepiej nie będę przeszkadzał.

Popatrzył na Fursę i przyłożył palce do serca, z szacunkiem skinął głową Rayfowi, a potem odepchnął się w górę przez pozostałości sklepienia. Rozejrzał się za znajomym kształtem dachu własnego domu i skierował w jego stronę. Zanurkował przez sufit, lecz zatrzymał się na piętrze u szczytu schodów, zamiast wracać do warsztatu, w którym czekały niedokończone koła. Kiedy otoczyło go powietrze, poszukał w pobliżu umysłów innych osób. Warsztat był opustoszały, gdyż jego pracownicy wciąż pomagali na targowisku. Sąsiedzi byli skupieni na pracy, domowych obowiązkach, handlu i wymianie informacji na temat ataku. Nie obserwowali go szpiedzy. Nikt nie zwracał na niego najmniejszej uwagi.

Jedyną osobą, która mogłaby mnie bezkarnie obserwować, jest Rielle.

Odepchnął od siebie tę myśl, lecz zawahał się i ponownie rozważył taką możliwość. Nietrudno byłoby jej odszukać to miejsce. Stał się na tyle znany dzięki stworzeniu napędzanych magią kół, że każdy, kto popytałby na ulicach, odnalazłby go bez trudu.

Ale po co miałaby go obserwować?

Czyżby ostrzegła go przed zamachem tylko po to, by wzbudzić w nim zaufanie? A może gdy doradziła, by zadbał o bezpieczeństwo bliskich, wyczytała z jego umysłu, kim są te osoby? Poczuł ucisk w żołądku, gdy przypomniał sobie, o czym wówczas pomyślał.

Vella.

Nie pomyślał jednak o miejscu, w którym ją ukrył. Mimo wszystko popędził do toalety. Stała tam wielka drewniana skrzynia z dziurą, w której zawieszono duży lej. Uchodził on do jednej z ceramicznych rur, które do niedawna nabywali tu kupcy z Murai i sprzedawali w innych światach. Delikatnie uniósł skrzynię i lej znad rury, a potem sięgnął pod podstawę. Odór ekskrementów, który nie zanikał mimo regularnego czyszczenia, był tam nieco bardziej intensywny; Tyen uważał, by nie dotknąć dolnej części leja. W żadnym ze światów toalety nie posiadały tak zaawansowanej konstrukcji i wentylacji jak w jego ojczystym świecie i mieście.

Szukał po omacku w drewnianej skrzyni. Odetchnął z ulgą, gdy jego palce trafiły na znajome zawiniątko. Zdjął je z haczyka, wetknął pod ramię i ustawił siedzisko na miejscu. A potem na nim usiadł. Odwinął materiał – w środku znajdował się woreczek, w nim zaś twardy, lecz elastyczny przedmiot. Przez dziurki w tkaninie widać było znajomą skórę okładki.

Zaraz po osiedleniu się w Doum rozmawiał z Vellą przynajmniej raz dziennie, rozdarty między koniecznością zachowania jej w bezpiecznym ukryciu a potrzebą rozmowy z kimś znajomym. Nie chciał także pozostawiać jej bez świadomości, bo w takim była stanie, gdy nie dotykał jej żaden człowiek.

Kiedy jednak zaczął ubierać się w tutejsze stroje, by lepiej się zaaklimatyzować, noszenie Velli przy sobie zaczęło stanowić pewien problem. W Doum było ciepło i przez cienkie tkaniny prześwitywały ukryte pod nimi przedmioty. Kiedy ludzie zaczęli dopytywać, co nosi pod koszulą, wiedział, że powinien znaleźć inną kryjówkę.

Im bardziej rozwijał się jego warsztat, tym mniej miał czasu, by z nią rozmawiać. Zamiast codziennie, rozmawiał z nią co dwa dni, potem co trzy lub cztery, a odstępy te stopniowo się wydłużały. Gdy jednak czekał zbyt długo, zaczynały dręczyć go bezsenność i niepokój, czy wciąż jest na swoim miejscu. Ich pogawędki stały się nieregularne i odbywały się w środku nocy.

Gdy wyjął ją z worka, jak zawsze poczuł jej ciepło. Wezbrała w nim czułość, ale i pewne wyrzuty sumienia. Choć traktował swoich pracowników jak przyjaciół, żaden nie był mu tak bliski jak Vella. Chciałby mieć więcej czasu na te rozmowy. Przypomniał sobie o obietnicy przywrócenia jej ludzkiej postaci – nie mógł pochwalić się w tej kwestii zbyt wieloma sukcesami, gdyż większość źródeł wiedzy na ten temat znajdowała się obecnie w rękach ludzi, którzy uważali Tyena za szpiega i zdrajcę.

Vella poznawała jego myśli, gdy tylko zetknęła się z jego skórą, nie musiał więc opowiadać, co się wydarzyło od czasu ich ostatniej rozmowy. Otworzył ją i spojrzał na znajome, niezapisane strony. Po chwili zaczęły pojawiać się na nich słowa.

Witaj, Tyenie. Widzę, że to dzień złych wieści.

Tak, choć nie było tak źle.

Rzeczywiście. A jednak zastanawiasz się, czy możesz zaufać Rielle.

W zasadzie nie mam powodów do podejrzeń, ale nie mogę pozbyć się wrażenia, że nie powinienem brać niczego za pewnik. Spotkałem ją wcześniej tylko raz. Wiem o niej tyle, ile powiedzieli mi i myśleli o niej Dahli i Baluka. Poza tym jeśli będę prowadził negocjacje w imieniu Doum, a imperator wybierze Rielle na swojego przedstawiciela, muszę traktować ją tak, jak potraktowałbym każdą inną osobę na jej miejscu.

To rozsądne.

Odmówiła poświęcenia młodego człowieka, by wskrzesić Raena, co świadczy o tym, że kieruje się moralnością, ale wcześniej postanowiła do niego dołączyć. Nie rozumiem, jak ktoś mógłby to zrobić, nie idąc przy tym na kompromis.

Dahli nie mógł czytać w jej myślach. Może tylko udawała pokorną sługę.

Raen wyczytałby to z jej umysłu.

Czyżby? Dowiedziałeś się przecież z myśli Dahlego, że Valhan nie zawsze był w stanie zajrzeć w jej umysł.

Gwałtownie nabrał powietrza, gdy mu o tym przypomniała. W takim razie nic dziwnego, że Rielle mogła czytać w myślach Tyena. *To z kolei oznacza, że Raenowi czasem się to udawało. Trudno uwierzyć, że zdołałaby ukryć brak lojalności, biorąc pod uwagę, jak trudno jest nie myśleć o rzeczach, które chce się zataić przed innymi.*

Może była lojalna, ale potem zmieniła co do niego zdanie.

Albo on nie zwracał na to uwagi, dopóki była mu posłuszna. Przygryzł policzek. *Ciekawe, czyby mi powiedziała, gdybym zapytał.* Zmarszczył brwi. *Choć takie wścibstwo byłoby niegrzeczne. Nie chciałbym jej rozgniewać, bez względu na to czy spotkamy się podczas negocjacji, czy nie.*

Jeśli chcesz dowiedzieć się więcej, być może Baluka będzie w stanie lepiej opisać ci jej charakter.

Musiałbym przyznać, że ostatnio się z nią widziałem, a to mogłoby mu się nie spodobać.

Nie musisz mu o tym wspominać. Wystarczy podsunąć temat, by zaczął o niej mówić.

Pokiwał głową. *To nie będzie trudne. Lubi wspominać.* Zabębnił palcami o jej okładkę. *W takim razie odwiedzę Balukę.*

Podniósł wzrok, skupiając go gdzieś poza drzwiami toalety, i zaczął obmyślać plan. By spotkać się z Baluką, musiałby zostawić wiadomość w jednym z kilku umówionych miejsc w innych światach. Musiałby ubrać się w strój, który nie kojarzyłby się w tak oczywisty sposób z Doum, by nikt się nie zorientował, gdzie Tyen teraz mieszkał. Ponownie spojrzał na kartkę. Vellę lepiej byłoby zabrać ze sobą, na wypadek gdyby imperator Murai lub tamtejsi kupcy kazali komuś przeszukać lub zniszczyć jego dom.

Zamknął książkę, wsunął ją z powrotem do worka i przewiesił sobie przymocowany do niego sznurek przez szyję. Wyszedł z toalety, przemknął do swojej sypialni i otworzył skrzynię z ubraniami. Pod koszulami i spodniami, które nosił na co dzień, leżały stroje, które zakładał, gdy podróżował do innych światów. Celowo były mało charakterystyczne i zaprojektowane tak, by łatwo pozwalały wtopić się w tłum. Tłum zwykłych ludzi, rzecz jasna – nie dało się bowiem przewidzieć, jakie stroje są modne wśród osób zamożnych i wpływowych.

Wybrał koszulę z długimi rękawami, podniszczone spodnie, ciepłe skarpety i skórzane buty oraz długą wełnianą kurtkę. Kiedy się ubrał, sprawdził ukryte kieszenie kurtki. W jednej z nich znalazł kilka kamieni szlachetnych, które wciąż stanowiły najpewniejszą walutę w różnych światach – tym bardziej kiedy sojusze i pokój, o które zadbał Raen, przepadły.

Odwrócił się do drzwi, lecz zawahał się i spojrzał na biurko.

– Żuczku.

Z górnej szuflady dobiegło stłumione brzęczenie. Szuflada otworzyła się i wychynęła z niej para czułków, a potem cały mechaniczny owad.

– Wyjdź. Zamknij szufladę. Do mnie.

Insektoid wybiegł na blat i zamknął szufladę. Osłony skrzydeł się otworzyły, misterne skrzydełka zamigotały i poniosły niewielkie urządzenie ku wyciągniętej dłoni. Tyen włożył owada do wewnętrznej kieszeni. Przez kilka warstw tkanin poczuł lekkie wibracje.

– Cicho – nakazał.

Wibracje ustały.

Ostatnimi czasy Żuczek służył przede wszystkim za stróża rzeczy Tyena. Tyen nie kazał mu strzec Velli, gdyż zbyt wielu ludzi wiedziało, że owad pilnuje cennych przedmiotów, zorientowaliby się więc, że książka jest wartościowa. Skoro pogodził się z myślą, że ktoś mógłby włamać się do jego domu lub zniszczyć go, wolał zapewnić Żuczkowi bezpieczeństwo, zabierając go ze sobą, niż poświęcić insektoida dla paru klejnotów i monet.

Zszedł na parter i zostawił wiadomość dla robotników, by na resztę dnia zrobili sobie wolne. Rozejrzał się po pracowni i gdy stwierdził, że nic nie wymaga szczególnej uwagi, odepchnął się od świata.

Nie chciał tworzyć ścieżki prowadzącej bezpośrednio z warsztatu, dlatego kilka razy poszybował nad miastem, nim udał się do jednego z sąsiednich. Powrócił do świata na zatłoczonym targu, by nieco zaczerpnąć tchu, po czym skierował się w dół.

Otoczył go szarawy mrok. Niewielu magów z własnej woli przeniosłoby się pod ziemię. *Niewielu magów, którzy nie są nieśmiertelni* – poprawił się w myślach. Aby tego dokonać, musiał przemieszczać się na tyle szybko, by wydostać się po drugiej stronie świata, zanim się udusi.

Dla nieśmiertelnych magów taki wyczyn nie stanowił zagrożenia. Dzięki wiedzy, która zapewniała im wieczną młodość, potrafili także się leczyć, mogli zatem po wylądowaniu naprawić szkody wywołane brakiem powietrza. Lecz nawet zmysły nieśmiertelnych buntowały się przed zapuszczaniem się zbyt głęboko pod ziemię. Coś takiego po prostu wzbudzało poczucie zagrożenia.

Tyen coraz bardziej się rozpędzał. Nim dotarł na drugą stronę, nabrał takiej prędkości, że wystrzelił spod ziemi w nocne niebo, zanim zdążył zareagować i się zatrzymać. Znów zmienił kierunek i obniżył się nad ziemię.

Znalazł się nad wodami oceanu, musiał więc stworzyć pod stopami platformę z unieruchomionego powietrza, by mieć na czym stanąć, żeby złapać oddech po zmaterializowaniu się w świecie. Kiedy już nie kręciło mu się w głowie i przestał odruchowo chwytać powietrze, zrobił jeszcze kilka oddechów przed kolejnym etapem podróży. Zorientował się w swoim położeniu po układzie gwiazd i wrócił między światy.

Ląd był niedaleko – półwysep, na którego brzegach znajdowały się wioski rybackie. W świątyni na szczycie cypla znalazł to, czego szukał: oficjalny portal dla podróżnych z innych światów. Takie punkty pomagały zlokalizować bezpieczne ścieżki wiodące między światami. Niemal wszyscy kapłani w świątyni spali. Poszybował ku miejscu, z którego opuszczano świat – do prostego kamiennego kręgu – i odepchnął się, podążając znajomym, dobrze przetartym szlakiem. Spowity w mroku widok przerodził się w czystą biel, w tej zaś zaczęły pojawiać się kształty i cienie, gdy minął punkt równowagi i zbliżył się do kolejnego świata.

Wylądował w innej świątyni, tym razem zrujnowanej, pośród okrytych śniegiem gór. Zimne powietrze wypełniło mu płuca. Podążył dalej, ku kolejnemu światu i niewielkiej grocie z ołtarzem, w której zgromadziło się kilkoro wyznawców, potem poszybował do ogromnej, pustej jaskini, w której ścianie widniał zniekształcony posąg. Ślady na podłożu wskazywały, że wiodą stąd cztery kolejne ścieżki. Wybrał jedną z nich i udał się w dalszą drogę, tym razem do świata spowitego we mgle.

Stamtąd przeskakiwał do kolejnych, z jednego oficjalnego portalu do drugiego. Zdarzało mu się mijać po drodze innych podróżnych. Wszyscy go unikali. Magowie wciąż nie ufali spotkaniom w bieli, choć już od ponad pięciu cykli nikt nie egzekwował wprowadzonego przez Raena ograniczenia w podróżowaniu między światami. Niektórzy nie byli w stanie wyzbyć się towarzyszącego im całe życie strachu przed napotkaniem cienia wśród bieli i karą śmierci za złamanie zasady ustanowionej przez władcę światów. Ci, którzy nie mogli już zdać się na opiekę Raena, obawiali się spotkań z ludźmi, których skrzywdzili, lub zagrożenia ze strony złodziei i band magów okradających podróżników albo dopuszczających się gorszych rzeczy.

Jak mawiał Baluka, kres rządów Raena wyzwolił zarówno ciemiężonych, jak i oprawców bez sumienia. W wielu światach sojuszników Raena zastąpili nowi tyrani. Za ich sprawą Odnowiciele mieli pełne ręce roboty – wymierzali sprawiedliwość i ustanawiali nowe prawa. Rewolucja nie wszystkim przyniosła dobrobyt i wolność; nawet ci, którzy liczyli na większe korzyści po śmierci Raena, poddali się złości i rozczarowaniu. Wymagali od Odnowicieli więcej, niż ci byli w stanie dać, Tyen zaś wcale nie zazdrościł Baluce konieczności uspokajania ich czy nawet zadowalania.

Postanowił zaczerpnąć tchu w ogrodzie skrywającym się w ciemnościach nocy. *Baluka bardzo by się ucieszył na wieść, że Rielle żyje i ma się dobrze. Należy mu się ta informacja. Mógłbym spytać Rielle, czy nie ma nic przeciwko temu, ale może lepiej, żeby nie wiedział, że mam z nią kontakt.* Baluka był magiem o przeciętnej mocy – dostatecznie silnym, by podróżować między światami, lecz nie na tyle, by zachować wieczną młodość. Z tego powodu wielu magów mogłoby poznać jego myśli.

Tyen wiedział, że jego wahanie bierze się z nawyku niewyjawiania tego, czego wyjawiać nie musiał. Wyrobił go sobie, gdy zaczął szpiegować. Czasami jednak miał wątpliwości, czy zasłużył na przydomek Szpiega, który mu nadano, gdy sojusznicy Raena rozsiewali plotki mające osłabić buntowników. Nie zajmował się zdobywaniem informacji dla żadnej ze stron – Dahli i Baluka oczekiwali po prostu, że powie im o tym, o czym według niego powinni wiedzieć. Przez pięć ostatnich cykli spełniał oczekiwania obu. Przekazywał także jednemu wieści na temat drugiego, tak by każdy był przekonany, że to właśnie po jego stronie stoi Tyen.

A po której stoję stronie? Nie był tego do końca pewien. Może po żadnej. Może po swojej. *Nie, gdybym był tak samolubny, po co miałbym się przejmować mieszkańcami Doum? Albo przemocą i niesprawiedliwością w innych światach? Albo tym, że Vellę uwięziono w książce wbrew jej woli?*

Gdyby ktoś spytał, powiedziałby, że utrzymuje kontakt z Dahlim, by znać jego zamiary, a z Baluką, by mieć powód utrzymywania kontaktu z Dahlim. Ale ta sytuacja miała drugie dno.

Gdyby Dahli znalazł sposób na wskrzeszenie Valhana, wszyscy magowie musieliby opowiedzieć się po jego stronie albo uciec i się ukryć – o ile znaleźliby miejsce, dokąd wpływy Raena nie sięgały. Tyen dowiedziałby się o tym jako pierwszy. Mógłby ostrzec ludzi.

Metoda wskrzeszenia Valhana mogłaby także przywrócić cielesną postać Velli, choć Tyen nigdy nie poświęciłby w tym celu drugiego człowieka. Ponieważ Dahli mógł znaleźć sposób, który by tego nie wymagał, Tyen znalazł pretekst do spotkań z nim – przyznał się, że ma kontakt z Baluką, i obiecał, że będzie przekazywał informacje na jego temat.

Baluka zaś sądził, że Tyen szpieguje Dahlego w interesie Odnowicieli. Tyen nie miał skrupułów co do szpiegowania Dahlego, lecz działania przeciwko Baluce wzbudzały w nim wyrzuty sumienia. Prócz Velli Baluka był osobą najbliższą definicji przyjaciela. Tyen z niecierpliwością czekał na spotkania z nim i lubił wspominać dawne czasy. Z wielką pieczołowitością dbał o to, by przekazywane przez niego informacje nie zaszkodziły przyjacielowi.

Kiedy Rielle dowie się o tym wszystkim z moich myśli, zrozumie – wmawiał sobie.

Minął jeszcze trzy światy, po czym zatrzymał się w ciemnym pomieszczeniu. Za pomocą krztyny magii wprawił w ruch drobinkę powietrza, aż się rozjarzyła. Zobaczył wokół siebie znajomą piwnicę. Zbutwiałe drewniane półki wyglądały jeszcze bardziej niepewnie niż ostatnim razem. Zanurkował pod nimi, wszedł po skrzypiących schodach i otworzył drzwi u ich szczytu. Jego uszy zaatakował gwar, gdy znalazł się w wąskiej, zatłoczonej uliczce. Przenikliwy zapach miejskiej krzątaniny wypełnił jego nozdrza. Nie dało się stwierdzić, jaka to pora dnia, lecz intuicja podpowiadała mu, że wczesny ranek. Nie miało to jednak znaczenia. Bywał tu o różnych porach i tłok zawsze był taki sam.

Pozwolił, by fala ludzi zabrała go z dala od miejsca, w którym zszedł do świata, a potem, gdy zbliżał się do celu, przepchnął się ku bocznym uliczkom i przez niewielki ryneczek w alejkę tak wąską, że wszyscy musieli bokiem mijać idących w przeciwnym kierunku. Natłok ludzi był tak uporczywy, że łatwiej było dotrzeć na koniec alejki i dołączyć do idących w przeciwną stronę, a potem skręcić we właściwe miejsce – w tym wypadku do pubu – niż próbować przebić się przez falę przechodniów.

W środku było cicho, przy stołach stało zaledwie kilku klientów. Przejrzał ich umysły, podchodząc do baru… i zamarł z dłonią nad dzwonkiem.

To on! – myślał jeden z nich, a serce podskoczyło mu w piersi ze strachu, ale i z poczucia triumfu. *To Szpieg. Nasz informator miał rację!*

Kiedy mężczyzna odwrócił się, by dać znać towarzyszowi obserwującemu to wszystko z drugiego końca pomieszczenia, Tyen odepchnął się od świata.

W przestrzeni między światami natychmiast pojawiły się trzy cienie. Tyen poszybował ku najbliższej często używanej ścieżce, lecz pościg deptał mu po piętach. Kiedy dotarł do wybranego szlaku, z pełną mocą ruszył przez kilka kolejnych światów.

Cienie zniknęły już przy drugim. Mimo wszystko nie zwolnił tempa. Trzymał się oficjalnych szlaków, więc łowcy mogli się domyślić, w którym kierunku podążył, lub wyśledzić go, zaglądając w umysły ludzi w pobliżu portali, którzy mogli go zauważyć. Dziesięć światów dalej zatrzymał się i zszedł z kamiennego kręgu w gęsty las. Przez niemal sto kroków przedzierał się przez gęstwinę. Unikanie sojuszników Raena nauczyło go już, że najlepszym sposobem na zmylenie pościgu jest podróżowanie bez użycia magii. Tu jednak nie zaszedłby zbyt daleko. Musiał posłużyć się innym fortelem.

Odepchnął się nieco, a potem zatrzymał i uwolnił zmysły. Zaczerpnął odrobinę mocy z przestrzeni między światami i wygładził bruzdę, którą stworzył swoim przybyciem. Następnie przemieścił się głębiej w przestrzeń i ponownie zatarł za sobą ślad. W rezultacie powstała powierzchnia przypominająca zagrabiony piasek, która wkrótce miała się wyrównać. Tylko mag świadom, że zacieranie śladów jest możliwe, mógł to dostrzec.

A jedynym znanym Tyenowi magiem potrafiącym tego dokonać był Raen. Nawet Vella nie znała tej sztuczki. Potrzebował całego cyklu na eksperymentowanie, nim opanował tę umiejętność, lecz i tak szło mu kiepsko w porównaniu do zmarłego władcy.

On miał więcej czasu na ćwiczenia – pocieszył się. *Mnie też po tysiącu cykli szłoby całkiem nieźle.*

Zatrzymał się jeszcze dwukrotnie, by powtórzyć tę czynność, a potem udał się do kolejnego świata, żeby zaczerpnąć tchu. Kiedy doszedł do siebie, pomyślał o magu, który go rozpoznał. Mężczyzna był zaskoczony, ale tylko tym, że Tyen rzeczywiście pojawił się w miejscu, w którym kazano mu go oczekiwać. Ogarnęły go strach, nienawiść i wyrachowanie. Tyen był zaintrygowany. Nie czekali na niego, by zemścić się za szpiegowanie buntowników, raczej wpadli na pomysł, że mógłby im przynieść jakieś zyski. Może chcieli go porwać. Może tylko zanieść komuś jego zwłoki. A może dowiedzieli się, że ma książkę, w której zawarto sekret wiecznej młodości, i liczyli na to, że mu ją odbiorą.

Może wspólnymi siłami daliby radę.

Tyen jednak w to wątpił. Nie zgubiłby ich tak łatwo, gdyby dysponowali wystarczającą mocą. Bardziej powinien martwić się tym, że ktoś im zdradził, gdzie go zastaną. Ten człowiek mógł o tym wiedzieć wyłącznie od Baluki. Albo wyczytał to z jego myśli, albo Baluka sam mu powiedział.

Skoro znali jedno miejsce, w którym Tyen zostawiał wiadomości, mogli znać pozostałe. Mógłby sprawdzić, czy ktoś czeka na niego w kryjówkach, lecz samo zbliżenie się do nich byłoby teraz niebezpieczne. Chciałby dowiedzieć się czegoś więcej o Rielle, lecz nie było to niezbędne do pomocy mieszkańcom Doum. Nie warto ryzykować.

W końcu jednak będzie musiał się dowiedzieć, kto za tym stoi. Pewnego dnia być może zechce przekazać Baluce coś ważnego. Musiał zatem znaleźć inny sposób, by skontaktować się z przyjacielem. Sfrustrowany i zmartwiony odepchnął się od świata i krętymi ścieżkami ruszył w długą podróż powrotną do Doum.

ROZDZIAŁ 3

Glina była chłodna i lepka. Pachniała dziwną czystością jak na coś, co wykopano z ziemi, z drugiej strony jednak została przecież poddana fachowej obróbce, nim trafiła do warsztatu Tyena. Usunięto z niej kamienie i zanieczyszczenia organiczne oraz bąbelki powietrza. Wystarczyło ją jedynie lekko zagnieść, żeby nadawała się do pracy. Zaniósł materiał na solidny stół, który właśnie do tego mu służył, po czym zaczął ugniatać go nasadą dłoni.

Myślami odpłynął ku zmartwieniom związanym z ostatnimi wydarzeniami oraz ku perspektywom na przyszłość. Od ataku na Wielkie Targowisko minęły trzy dni i nie dotarły do niego żadne wieści od Rady. Trzy dni. Czy poważnie potraktowano zagrożenie ze strony Murai? Wyobrażał sobie, jak w muraiskich kupcach wciąż wrą chciwość i pragnienie utarcia nosa twórcom z Doum, a w imperatorze płonie żądza podboju.

Jeżeli Rada u z n a ł a to zagrożenie za poważne, to czy nie informowała Tyena o niczym, bo jako cudzoziemcowi nie ufała mu na tyle, by powierzyć mu negocjowanie w jej imieniu? Gdyby wybrała swojego przedstawiciela spośród obywateli Doum, to czy imperator odmówiłby współpracy, jak sądziła Rielle? Spojrzał w dół. Glina była już miękka i jednolita. Odkleił ją od stołu, a potem zaczął ugniatać dodatkowo w dłoniach.

Dlaczego Rielle jeszcze mnie nie odwiedziła? Może imperator, podobnie jak tutejsza Rada, nie chciał, by w jego imieniu przemawiał ktoś obcy. Rielle nie była przekonana do tego pomysłu i mogła nie zaproponować władcy swoich usług. Tyen liczył jednak na to, że bez względu na rezultat Rielle osobiście przekaże mu wieści. Chciał ją jeszcze raz zobaczyć, musiał jednak przyznać, że myśl ta wzbudza w nim zarówno zapał, jak i niepokój.

Jest najpotężniejszym magiem, o jakim słyszałem. Potężniejszym ode mnie. A to oznacza, że potencjalnie jest niebezpieczna, zwłaszcza że nie jestem w stanie czytać w jej myślach, a ona może czytać w moich. Powinienem jej unikać. Mam zbyt wiele tajemnic. Na pewno w końcu się dowie, że krążące o mnie plotki są prawdziwe. Przeważnie.

A jednak gdyby rzeczywiście dowiedziała się o tym z jego myśli, poznałaby także motywy jego postępowania. Zrozumiałaby, że nie miał wyboru i działał w dobrej wierze.

Poza tym była jedyną znaną mu osobą podobną do niego. Nie tylko dlatego, że oboje byli potężnymi magami i potrafili czytać w myślach niemal każdej napotkanej osoby. Wiedział, że tak jak on pochodzi ze świata, którego nie dało się magicznie opuścić, gdyż był niezwykle ubogi w magię, a Raen zagarnął resztki tej mocy. Tyen podejrzewał również, że jedyne zasobne źródło magii w jego ojczystym świecie zostało opróżnione, gdy odszedł stamtąd po przygodzie z Kilrakerem, a Strzelisty Zamek runął.

Była zbiegiem, podobnie jak on. W ojczystych światach uznano ich za zdrajców. Oboje byli młodzi i niedoświadczeni w porównaniu z większością nieśmiertelnych magów z innych światów.

Gdyby przywódcy Murai i Doum o tym wiedzieli, nigdy nie wybraliby nas na swoich przedstawicieli.

Westchnął. Co zatem zrobią? Czy imperator weźmie pod uwagę groźbę Tyena, czy ją zignoruje? Czy Rada zabroni Tyenowi dotrzymać słowa i pozbawić Murai magii, jeżeli imperator zaatakuje, a przywódcy Doum wybiorą wojnę, by nie korzystać z pomocy cudzoziemca?

Uformował glinę w gładką, idealną kulę. Oszacował jej ciężar w dłoni oraz odległość od koła. Huknięcie nią o obrotową tarczę zawsze dawało mu satysfakcję. Zwłaszcza gdy, tak jak teraz, dobrze wycelował i glina lądowała na samym środku. Zaczerpnął odrobinę magii i skierował moc do kotła zamontowanego pod podłogą. Tłoki i zębatki zaczęły pracować, a ich energia poprzez ruchome ramię została przekazana do koła garncarskiego. Glina zaczęła się obracać.

Tyen zmoczył dłonie i szmatę, po czym wycisnął solidną porcję wody na kulę gliny. Dodał wody raz jeszcze, a potem, dla pewności, kolejny raz. Oparł łokcie o kolana, pochylił się i ścisnął obracającą się masę między dłońmi.

Jakie mam prawo, żeby się wtrącać? – zadał sobie pytanie. *Czy pięć cykli zamieszkiwania w świecie usprawiedliwia wyrządzenie krzywdy innemu światu tylko po to, by ten pozostał taki, jaki mi się podoba?*

Nie mógł wrócić do domu, nie miał więc wyboru i musiał ułożyć sobie życie gdzieś indziej, lecz wszędzie, gdzie się znalazł, wszędzie, gdzie ludzie byli w stanie przeżyć lub dobrze prosperować, uważali się za panów danej ziemi. To pozostawiało tylko dwa wyjścia: żyć według ich zasad lub je ignorować. Wybrał sobie miejsce, którego zasady mu odpowiadały, licząc na to, że w końcu zyska zaufanie i akceptację mieszkańców.

Pięć cykli było niczym w porównaniu do niezliczonych pokoleń, przez które miejscowi rzemieślnicy rozwijali swoje umiejętności i styl. Przecież ci ludzie na pewno woleliby ochronę zaprzyjaźnionego maga niż walkę w obliczu inwazji Muraiczyków, uważających ich za nic nieznaczących sługusów.

Być może najpierw spróbują obronić się samodzielnie. Obywatele Doum nie lubią mieć wobec nikogo zobowiązań – czy to finansowych, czy w postaci przysług. Podziwiam ich za to, nawet jeśli jest to irytujące.

Może dobrze by było zapewnić ich, że jedynym, czego oczekuje w zamian, jest spokojne życie w ich świecie. Mógłby zrobić to listownie. A może lepiej byłoby osobiście?

Regularnie dodając wody do gliny, delikatnie, lecz stanowczo uformował materiał w kształt gładkiej kopuły. Kiedy uznał, że jest idealnie symetryczna, zaczął ją ściskać, by się wydłużyła, a potem zgniótł ponownie w kulę i tak jeszcze kilka razy. Podobnie jak ugniatanie proces ten nadawał glinie bardziej jednolitą konsystencję, lecz zarazem wymagał większych ilości wody. Stopniowo glina stawała się coraz bardziej miękka i plastyczna.

A jeśli Rada zgodzi się, bym przystąpił do pertraktacji?

Jego dłonie drgnęły i musiał ponownie skupić się na symetrycznym uformowaniu materiału.

Jak to ujęła Rielle? „Nie mam ani doświadczenia, ani przeszkolenia w takich sprawach". On także nie miał. Choć przez chwilę przewodził buntownikom, niewiele było okazji do negocjowania wśród ludzi, których łączył wspólny cel i gdzie nie było miejsca na kompromisy. Z drugiej strony Rielle przez pewien czas żyła wśród Podróżników, którzy umieli dobrze się targować. Czy to zapewniłoby jej przewagę podczas negocjacji? Może blefowała, twierdząc, że się na tym nie zna. Jednak jej największym atutem pozostawała zdolność czytania w umysłach.

Którą z informacji wyczytanych z jego myśli mogłaby wykorzystać przeciwko niemu? Że posiada magiczną książkę, w której zawarto ogromną wiedzę? Baluka i Dahli o niej wiedzieli. Każdy mag silniejszy od Baluki także mógł się o tym dowiedzieć, zaglądając w jego umysł. Tyen nie sądził, by jej istnienie udało się zachować w tajemnicy. Aby nie stracić Velli, postanowił się ukrywać i polegać na swojej magicznej przewadze. Rielle dzięki swojej sile mogłaby mu ją jednak odebrać. Pozostało mu mieć nadzieję, że tego nie zrobi.

Mogłaby zdradzić imperatorowi, że Tyen to szpieg Raena, skoro jednak porozumienia z Valhanem były dla władcy korzystne, Tyen mógł jedynie zyskać w jego oczach. Rielle mogłaby powiedzieć o tym Baluce, lecz Tyen potrafiłby wytłumaczyć się przed przyjacielem. Był pewien, że Baluka by zrozumiał. No, przynajmniej na to liczył. Wątpliwe, by Rielle zaryzykowała spotkanie z Baluką, skoro szpiedzy Dahlego mogli obserwować Odnowicieli.

Jakie miał możliwości, by zyskać nad nią przewagę? Mógłby zdradzić Dahlemu miejsce jej pobytu. Mógłby powiedzieć imperatorowi, że nie dopuściła do wskrzeszenia Raena.

Nie mogę mu powiedzieć. Nigdy by się do mnie nie odezwała. Nie mogę nawet zagrozić, że mu o tym powiem. Nie dysponował żadnym atutami.

A gdyby tylko w ten sposób mógł ochronić Doum? Choć ona pragnęła pokoju między tymi dwoma światami, imperator mógłby oczekiwać, że Rielle dobije targu na zasadach jak najbardziej dla niego opłacalnych. Tyenowi nie będzie łatwo pozostać z nią w dobrych stosunkach i jednocześnie ochronić Doum.

Ale znajdzie jakiś sposób. Bardzo chciał osiągnąć i jedno, i drugie. O ile Ceramicy dadzą mu szansę.

Glina była gotowa. Gładka i podatna na ugniatanie. Położył koniuszki palców na szczycie bryły i nacisnął, tworząc otwór sięgający niemal powierzchni koła. Opryskał glinę wodą na tyle, by nadal była wilgotna, lecz by nie powstała kałuża, i zaczął rozciągać ją na boki. Dłoń z zewnątrz odpowiadała za kształt i kontrolowała gładkość ścianek. Kiedy koniuszkami palców dotarł do szczytu, przesunął je po krawędzi, by ją zaokrąglić. Potem zmoczył dłonie i zajął się wnętrzem miski – sprawdzał i korygował kształt, jednocześnie znów zmierzając ku krawędzi.

Po trzecim takim cyklu przerwał pracę. Na kole znajdowała się teraz prosta miska, której dno wciąż było przytwierdzone do jego powierzchni. Tyen sięgnął ku hakowi na boku koła i zdjął z niego drut z dwoma drążkami na obu końcach. Trzymając za drążki, rozciągnął drut i kciukami przycisnął go do powierzchni koła, a potem przeciągnął pod dnem miski, odcinając glinę. Kiedy dotarł do drugiego brzegu, naczynie zahaczyło się i przesunęło ku krawędzi koła, lecz Tyen zatrzymał drut, zanim spadło.

Ujął miskę w dłonie i przeniósł na półkę, na której miała wyschnąć, po czym cofnął się o krok, by ocenić swoje dzieło.

Nijaka miska stworzona przez nijakiego garncarza. O ile przetrwa wypalanie i szkliwienie. Jeżeli uda się ją dobrze pokryć glazurą, być może miska wzniesie się nieco ponad swoje skromne początki, Tyen wiedział jednak, że jest zaledwie odrobinę lepsza niż wytwory wrzucane przez jego nauczycielkę do cebrzyka na odpady, z których wyrabiano potem formy do odlewów.

Ale mnie to wystarczy, bo nie prowadzę renomowanego warsztatu. Westchnął, wzruszył ramionami i zaczął sprzątać.

Po opuszczeniu Baluki i buntowników przed pięcioma cyklami szukał spokojnego miejsca, w którym mógłby się osiedlić, z dala od chaosu wywołanego śmiercią Raena. Pomysł zrównoważenia dobrem zła przywiódł go do Faurio, świata uzdrowicieli, kiedy jednak rozpoznał go jeden z byłych buntowników, musiał salwować się ucieczką.

Zresztą nie miał zdolności uzdrowicielskich. Starając się skupić na nauce, marzył o Doum, gdzie kilkakrotnie spotykał się z Baluką i Raenem. O świecie pełnym gliny i garncarzy. Musiał znaleźć sposób, by zarobić na życie inaczej niż dzięki swojej mocy i magii mechanicznej. Garncarstwo do niego przemawiało. Było nierozerwalnie związane z ziemią. Prozaiczne. Skromne. Znalazł więc w świecie Doum kraj, w którym ludzie mieli kolor skóry i posturę zbliżone do jego własnych, a potem zapłacił komuś, by go uczył.

Lecz nie wszystko potoczyło się tak, jak się spodziewał.

Gdy nabył już odpowiednich umiejętności i opanował pracę w glinie, okazało się, że nie ma do tego talentu. W miejscu, w którym zdolności garncarskie rozwijano do poziomu nieosiągalnego w większości światów, nikt nie chciał kupować naczyń przeciętnego, nijakiego garncarza – zwłaszcza gdy nabywcy dowiadywali się, że zrobił je cudzoziemiec. Naczynie stworzone w Doum przez kogoś z zewnątrz nie było prawdziwym doumiańskim naczyniem.

Tyen uczył się i ćwiczył, lecz jego uwagę zaczęły przyciągać raczej narzędzia wykorzystywane przez garncarzy, zwłaszcza koła garncarskie, dlatego skoncentrował się głównie na ich ulepszeniu. Kwestionował każdą ich cechę lub jej brak. W końcu jego nauczycielka Porla miała dość narzekań i dała mu stare koło, by przerobił je, jak mu się podoba. Chciał wypróbować kilka pomysłów i zabrał się do pracy. W ciągu kilku dni stworzył koło napędzane magią – nie zaś wodą albo siłą mięśni zwierząt czy ludzi.

Ukrywał je przez niemal cały cykl w obawie, że jeśli dowiedzą się o nim kupcy z innych światów, zaczną rozsiewać plotki, aż w końcu ktoś rozpozna dzieło „wynalazcy" magii mechanicznej i zjawi się w Doum, by rozprawić się ze Szpiegiem. Jednak podczas podróży na spotkania z Baluką i Dahlim coraz częściej zauważał, że magię mechaniczną wykorzystuje się w zwykłych czynnościach, i wkrótce zdał sobie sprawę, że jego koła garncarskie stanowią zaledwie jedno z wielu jej zastosowań. Dlatego przedstawił prototyp nauczycielce.

Porla była pod wrażeniem, lecz zachowała dystans. Poprosiła, by dla niej też takie zrobił, dołączył kocioł oraz nauczył jednego z magów zajmujących się jej piecami, jak podgrzać wodę. Wkrótce opracowali metodę wykorzystywania ciepła z pieców do napędzania kół. W ciągu kilku miesięcy Tyen otworzył własny warsztat i szkolił pracowników w produkcji kół i kotłów oraz ich instalacji w całym świecie. Pod koniec piątego cyklu spędzonego w Doum zarabiał już całkiem nieźle i zyskał lokalną sławę.

Kiedy przybył do Doum, sądził, że ciągle będzie upaprany gliną, tymczasem co wieczór zmywał z siebie smar. Aby nie zaprzepaścić z trudem zdobytych umiejętności garncarskich, sprawdzał każde wyprodukowane w swoim warsztacie koło, choć musiał je dokładnie umyć przed przekazaniem klientowi.

Oczyściwszy się z wszelkich pozostałości gliny, wrzucił ściereczki do zlewu, wytarł ręce, odwiesił fartuch i ruszył na górę. Zwykle wieczory spędzał na wspólnych posiłkach z przyjaciółmi w którejś z gospód. Kiedy nie miał planów towarzyskich, dłubał przy częściach, tworząc małe, nieszkodliwe insektoidy dla dzieci pracowników lub znajomych. Przez trzy dni, które upłynęły od ataku, mieszkańcy Alby w większości przebywali w domach i unikali miejsc publicznych, więc Tyen jadał w pojedynkę.

Kiedy stanął na szczycie schodów, drgnął, słysząc niespodziewane stukanie. Odwrócił się i zszedł na parter. Gdy dźwięk rozległ się ponownie, Tyen zlokalizował jego źródło i podszedł do głównego wejścia. Uwolnił zmysły i z ulgą oraz zaciekawieniem dostrzegł posłańca. Otworzył drzwi.

Torba przewieszona przez ramię mężczyzny nie była wypchana, prawdopodobnie zatem doręczał właśnie jedną z ostatnich przesyłek.

– Wiadomość dla Tyena Wheelmakera. – Podał Tyenowi niewielką paczkę, którą trzymał w dłoniach.

– Dziękuję – odparł Tyen i wręczył posłańcowi monetę.

Zamknął drzwi i obejrzał paczkę. Jej ciężar i rozmiar były aż nazbyt znajome. Rozerwał nasączoną woskiem tkaninę. Na jego dłoń wypadł niewielki szkliwiony kafelek. Namalowano na nim małego owada.

Cóż – pomyślał – *niezbyt trafna pora.*

Zapuszczanie się między światy było ostatnią rzeczą, na jaką miał ochotę, gdy w każdej chwili mogły nadejść wieści od Rady czy Rielle. Z drugiej strony jednak było mało prawdopodobne, by Rada chciała się z nim skontaktować w nocy. Zapewne dotyczyło to i Rielle. Bez trudu mogłaby się dowiedzieć, jaka pora dnia panuje właśnie w Albie. Skoro ich światy miały kontakty handlowe, w obu można było zdobyć kalendarze przedstawiające zależności dni, pór roku i lat. Kupcy z Murai szczycili się pamięcią do takich informacji na temat krajów, z którymi handlowali.

W tej sytuacji nie było przeszkód, by spełnić prośbę Dahlego o spotkanie.

Kafelek był zielony, co oznaczało, że sprawa nie jest pilna. A jednak Dahli rzadko z własnej inicjatywy proponował spotkania. Wystarczało, że Tyen kontaktował się z nim mniej więcej co ćwierć cyklu i przekazywał ważne wiadomości. Kilka razy, kiedy to Dahli chciał się z nim widzieć, chodziło o ostrzeżenie Tyena przed niebezpieczeństwem, dlatego teraz, po odkryciu zasadzki, Tyen nie mógł zakładać, że powód spotkania nie jest z nią związany.

Wszedł do sypialni, przebrał się i przełożył Vellę z wewnętrznej kieszeni wszytej w spodnie robocze do torebki, którą specjalnie na nią zrobił. Kiedy wsunął książkę pod koszulę, przez otwory w torbie poczuł na skórze jej kojące ciepło. Dzięki temu mogła patrzeć jego oczami, a między światami mogli ze sobą rozmawiać. Sprawdził pozostałe kieszenie; Żuczek nadal był w kurtce, którą Tyen miał na sobie w poprzedniej podróży.

Tyen zaczerpnął magii i odepchnął się od świata. Pokój wyblakł niczym stara tkanina pozostawiona na słońcu. Tak jak poprzednim razem przed opuszczeniem Doum Tyen szybko podążył zawiłymi ścieżkami ponad miastem i zanurkował na drugą stronę świata. Przeskakując między światami, cofał się, zataczał kręgi i przystawał, by zatrzeć ślady – od dawna nie stosował takich środków ostrożności, lecz po nieudanej zasadzce uznał, że znów są niezbędne.

Choć Baluka nigdy nie wierzył w pogłoski, że Tyen szpieguje dla Raena, niektórzy buntownicy byli innego zdania. Tyen pogrążył się w ich oczach, gdy nie poddał się próbie mającej potwierdzić jego niewinność. Przez kilka cykli po śmierci Raena podróżowanie między światami wiązało się z koniecznością zgubienia pościgu. Stopniowo do takich sytuacji dochodziło coraz rzadziej, a ostatnio nie musiał już przed nikim uciekać. Albo ścigający przekonali się, że zawsze będzie od nich szybszy, i zrezygnowali, albo zajęli się ważniejszymi sprawami niż zemsta. A może w końcu uwierzyli Baluce.

Gdyby tylko miał rację. Tyen poczuł znajome wyrzuty sumienia, które z czasem wcale nie malały, po nich zaś odezwało się uparte przekonanie, że szpiegowanie dla Raena było w tamtym czasie jedyną rozsądną decyzją. Gdyby się na to nie zgodził, Raen by go zabił. Tyen wykorzystał swoje wpływy, by zapobiec konfrontacji buntowników z Raenem, a gdy nie był już w stanie dłużej ich powstrzymywać, koncentrował się na tym, by zminimalizować liczbę ofiar.

Lecz mimo poczucia winy nie przestał szpiegować. Wszystkie tłumaczenia i wymówki zaczęły kotłować się w jego głowie. Pilnowanie Dahlego. Utrzymanie przyjaźni Baluki i chronienie przyjaciela. Musiał przyznać, że odczuwał pewną dumę. Potrafił zdobywać zaufanie innych. Poza konstruowaniem insektoidów mógł to być jego jedyny wrodzony talent. Dlaczego więc nie miałby go wykorzystać do dobrych celów?

Ale czy do takich celów zalicza się niedopuszczenie do powrotu Valhana? – zadał sobie pytanie.

Z czasów szpiegowania dla buntowników wiedział, że tylu ludzi ucieszyłoby się z powrotu Raena, ilu byłoby niezadowolonych. Tego człowieka zarówno kochano, jak i nienawidzono, uważano za potwora i wybawiciela, mistrza i sługę. Światy po jego śmierci zarówno zyskały, jak i ucierpiały, a w razie jego powrotu byłoby tak samo.

Zastanawiając się nad wpływem tego wydarzenia na własną sytuację, Tyen uznał, że Raen byłby dla niego – tak jak wcześniej – zarówno źródłem zagrożenia, jak i dobroczyńcą. Valhan nie zabił go, gdy się spotkali po tym, jak Tyen pozbawił życia nowych potężnych magów. Dobili targu – Tyen miał zostać szpiegiem w zamian za to, że Valhan znajdzie sposób na wskrzeszenie Velli. Raen umarł, nim zdołał dotrzymać swojej części umowy, lecz Tyen wiedział od

Dahlego, że władca światów poczynił pewne postępy i po wskrzeszeniu zamierzał dokończyć to, co zaczął.

Sam Dahli stanowił dowód, że Raen czasem oszczędza potężnych magów, jeśli okazywali się użyteczni i lojalni.

Gdyby Valhan wrócił, Vella miałaby większą szansę na odzyskanie cielesnej postaci. Ale czy cena za to nie była zbyt wysoka? Czy złe uczynki Raena nie przeważyły dobrych? Oczywiście lepiej było czynić mniej zła niż dobra – lecz Tyen nie był w stanie stwierdzić, czy Valhanowi udało się to osiągnąć ani czy w ogóle do tego dążył. Wśród światów zapanował chaos, gdy Raen przestał je kontrolować, ale na dłuższą metę mogłoby się okazać, że bez niego będą funkcjonowały lepiej.

Albo będą dalej pogrążały się w chaosie, zginą kolejni ludzie i to Tyen będzie temu winien, bo nie pomógł Dahlemu wskrzesić Valhana.

Co o tym sądzisz, Vello? Czy postępuję właściwie?

– Uważam, że robisz, co w twojej mocy, by zachować bezstronność – odpowiedziała, a między światami jej słowa wyraźnie rozbrzmiały w jego głowie. – W swojej obecnej sytuacji będziesz mógł zminimalizować szkody spowodowane powodzeniem Dahlego, jednocześnie maksymalizując związane z tym szanse.

To brzmi jak bardzo wyrachowany plan.

– Nazwałabym to raczej „przezorną rozwagą".

Znajdował się już niemal u celu pierwszego etapu podróży – zatłoczonej świątyni, gdzie ludzie wieszali wymalowane na tabliczkach prośby do bóstw na gałęziach wiekowych drzew. Tyen wylądował w odosobnionym zakątku, złapał oddech i wtopił się w tłum. Na mniejszym, a co za tym idzie, mniej popularnym drzewie odnalazł zakodowane instrukcje Dahlego co do dalszej drogi. Kolejna podróż zabrała go do zrujnowanego starożytnego miasta wyłaniającego się spośród piasków ogromnej wydmy, gdzie niewielka zmiana w wyrytym na ścianie obrazie uczty powiedziała mu, dokąd ma się udać. Po drodze czekało go jeszcze kilka takich wskazówek. W przeciwieństwie do Tyena Dahli miał potężnych przyjaciół, którzy mogli przygotować dla niego te zawiłe ścieżki, oraz strażników wypatrujących każdego, kto mógłby go szukać, i przekazujących ostrzeżenia.

Zawsze kiedy Tyen wracał między światy, zacierał za sobą ślady. Znacznie go to spowalniało, z drugiej strony jednak niektóre wskazówki Dahlego wymagały pokonania pewnych odcinków bez użycia magii, co także zabierało wiele czasu. Przy każdym spotkaniu z Dahlim liczba światów, które musiał przebyć, była inna. Czasami było ich tylko kilka, czasami kilkadziesiąt.

Pewien rzeźnik w prowincjonalnym miasteczku przekazał mu, by udał się piechotą do małej chatki w sąsiedniej wiosce. Uznałby ją za opuszczoną, gdyby nie dym unoszący się nad pokrytym trzciną dachem, kiedy więc Dahli otworzył drzwi, Tyen przystanął zaskoczony. Sądził, że będzie musiał przenieść się znacznie dalej.

Choć Dahli zmodyfikował swój wygląd, zapuścił brodę i posiwił włosy, Tyen rozpoznał go, nim zdążył zajrzeć w jego umysł. Postawa i ruchy Dahlego ani trochę się nie zmieniły, a jego spojrzenie pozostawało niezachwiane nawet w chwilach, w których inni ludzie przez grzeczność lub z szacunku odwróciliby wzrok.

– Tak, to ja – rzekł Dahli, a potem usunął się na bok i przytrzymał drzwi.

Tyen wszedł do środka. Wnętrze chaty stanowiła pojedyncza izba z klepiskiem, na którym rozłożono tę samą trzcinę co na dachu. W jednym końcu pomieszczenia na solidnej belce zawieszono łóżko, w drugim zaś stał stół, a przy nim dwa stołki. Pośrodku, w prostym kamiennym kręgu, płonął ogień, a dym błądził pod krokwiami, szukając drogi ujścia.

Oczywiście nie był to dom Dahlego. Wypożyczył go od właściciela na kilka godzin. Wskazał jeden z taboretów, a sam usiadł na drugim. Przez długą chwilę po zajęciu miejsca lekko zacierał ręce, zastanawiając się, od czego zacząć. Wzbudził tym w Tyenie napięcie i niepokój, choć ten mógł obserwować jego rozważania.

– Masz mi coś do powiedzenia? – zapytał w końcu Dahli, unosząc brwi.

Tyen pokręcił głową, po czym zamarł, bo uzmysłowił sobie, że jednak jest inaczej.

– Choć w zasadzie tak. Kilka dni temu próbowałem zostawić wiadomość dla Baluki w jednym z umówionych miejsc i okazało się, że czeka tam na mnie trzech magów.

Mars na twarzy Dahlego był jedyną zewnętrzną oznaką zaskoczenia.

– Wiesz, skąd dowiedzieli się o tym miejscu?

– Nie. Nie zostałem tam na tyle długo, by zdążyli o tym pomyśleć.

– Czy Baluka mógłby cię zdradzić?

– Może gdyby ktoś udowodnił mu, jaką naprawdę odgrywałem rolę wśród buntowników.

Dahli pokiwał głową, Tyen zaś z ulgą stwierdził, że to nie on zorganizował zasadzkę – choć istniała możliwość, że jednak było inaczej i Dahli zablokował to wspomnienie, podobnie jak wspomnienia o miejscu ukrycia zapisków z eksperymentów Raena związanych ze wskrzeszeniem.

– Dlaczego zatem chciałeś się spotkać? – dopytywał Tyen.

Dahli zacisnął zęby.

– Minęło pięć cykli.

Tyen kiwnął głową. Widać było, że Dahli jest sfrustrowany. *Valhan mówił... nie, dał mi do zrozumienia, że jeśli Rielle nie przywróci go do życia, może zrobić to Tyen* – wspominał Dahli. *Tyen jest jedynym napotkanym przeze mnie magiem, który dorównuje jej mocą.*

– Chłopak jest już fizycznie dorosły – kontynuował Dahli. – Chciałbym coś z tobą uzgodnić: musimy znaleźć dla Valhana inne ciało.

Tyen nigdy nie czuł się komfortowo, wypowiadając imię Raena na głos. To było zbyt nieoficjalne. A jednak brzmiało naturalnie w ustach Dahlego, który był najbliższą władcy światów osobą, znaną jako jego Najwierniejszy. Choć nie tak bliską, jak by sobie tego życzył. Jego szczera miłość do Raena, mimo że nieodwzajemniona – a może właśnie dlatego że nieodwzajemniona – jakimś sposobem sprawiała, że Tyenowi łatwiej było mu współczuć. Do tego dochodził rozdzierający żal, który wciąż Dahlego nie opuszczał. *Czy to dlatego szpiegowanie dla niego nie jest dla mnie tak uciążliwe? Łatwiej byłoby mu odmówić, gdyby był człowiekiem pozbawionym sumienia czy emocji. Widzę, że żałuje tego, co zrobił dla Raena. Myślę, że gdyby nie Valhan, byłby dobrym człowiekiem, a jednak szanuję jego oddanie.*

– Nigdy nie twierdziłem, że musimy to zrobić – łagodnie, lecz stanowczo poprawił go Tyen. – Powiedziałem, że musimy znaleźć inny sposób. Nie zabiję kogoś tylko po to, by Raen mógł zyskać nowe ciało.

– A jednak dla Velli byś to zrobił.

Tyen pokręcił głową.

– Nie. Rozmawiałem z Raenem na temat innych możliwości. Podejrzewam, że wybrał chłopca, bo nie zostało mu wiele czasu. Gdyby upozorowanie własnej śmierci nie było częścią jego planu, zbadałby inne sposoby.

Dahli się z nim nie zgadzał, ale nie wypowiedział swoich wątpliwości.

– Zbadałby – upierał się Tyen. – To była część naszej umowy.

Jeśli Tyen miał być szczery, to nie pamiętał dokładnych warunków tej umowy. Może wcale nie stwierdzała tego z taką dokładnością. Pamiętał jednak, jak Raen przestrzegał go, że może metoda przywrócenia ciała Velli bez poświęcenia kogoś innego nie istnieje, i w takiej sytuacji to Tyen miał zdecydować, co zrobią.

Dahli przeciągle westchnął.

– Cóż, i tak go tu nie ma. Jeśli chcesz kontynuować jego eksperymenty i sprawdzić je na Velli, być może będziesz miał ku temu okazję. Przywrócę swoje wspomnienia i przekażę ci wszystkie jego zapiski w zamian za pomoc we wskrzeszeniu go. Ale będzie ci wolno zająć się przywróceniem ciała Velli dopiero, gdy on będzie cały i zdrowy.

Płomyk nadziei, który zapłonął w Tyenie, natychmiast zgasł.

– Nie zabiję nikogo tylko po to, żeby dowiedzieć się, jak kogoś nie zabić.

Dahli rozłożył ręce.

– Wystarczy zrobić to tylko raz.

– Nie. – Tyen stłumił narastający gniew. Zachował stanowczy, lecz opanowany ton. – Pomogę ci wskrzesić Raena, jeśli poznam metodę, która nie będzie wymagała ofiary. Wiem, że oczekuję od ciebie większego zaufania niż ty ode mnie, ale tak musi być. Nikogo nie zamorduję, żeby sprowadzić go z powrotem.

– Wielu jeszcze zginie, jeśli będziemy dłużej zwlekali – przestrzegł Dahli. – Wszędzie robi się coraz bardziej niebezpiecznie, wiele światów dąży do zguby. Wokół szaleją wojny. Ile czasu minie, nim te konflikty rozleją się po wszystkich światach? A ja nie... – Zamilkł, pokręcił głową i kontynuował, choć obawiał się, że wyjawienie kolejnej informacji nie jest rozsądnym wyjściem. – Nie wiem, jak długo przetrwa dłoń Valhana. Wygląda, jakby odrobinę się skurczyła. Jakby zanikała.

Tyen popatrzył na Dahlego ze zwątpieniem i współczuciem. Wyczytał z jego myśli, że mag ostatnio odblokował wspomnienie o miejscu ukrycia dłoni, by sprawdzić, czy jest bezpieczna, lecz musiało upłynąć kilka dni, nim na powrót się ono uformowało. Dahli obawiał się, że zatrze się na stałe, podobnie jak wspomnienia pozostałych informacji niezbędnych do wskrzeszenia Raena. Tłumienie wspomnień było nieprecyzyjnym, niebezpiecznym procesem.

Dahli liczył na to, że widmo utraty wiedzy na temat przywrócenia Velli ciała przekona Tyena do przyjęcia jego propozycji, zrozumiał jednak, że jeśli Tyen nie będzie mógł wykorzystać jedynej metody wskrzeszenia, ta wiedza na nic się nie zda.

Odchylił się z westchnieniem.

– Nie muszę czytać ci w myślach, żeby wiedzieć, że nie przyjmiesz mojej propozycji. I nie muszę ci mówić, że bardzo chcę znaleźć sposób, by cię przekonać.

Tyen wzruszył ramionami.

– Ta zasadzka, której uniknąłeś… Nie będziesz mógł teraz kontaktować się z Baluką?

– Są jeszcze inne miejsca, w których mogę zostawić wiadomość, choć oczywiście będę musiał zachować ostrożność.

– Spytam swoich informatorów, czy słyszeli o tym, że znów ktoś cię szuka albo wyznaczył nagrodę.

Nieśmiertelny mag sądził, że Tyen na pewno się zastanawia, czy to nie on zorganizował zasadzkę. *Chociaż z pewnością zdaje sobie sprawę, że gdybym naprawdę chciał jego śmierci, sprowadziłbym całą armię magów, która by sobie z nim poradziła. A zatem to spotkanie wymagało od niego nie lada odwagi. Albo zaufania.* Dahli uznał jednak, że ta druga opcja jest mało prawdopodobna.

Oblicze Tyena pozostało niewzruszone. Przyszło mu na myśl, że Dahli mógł zorganizować zasadzkę, choć wydawało się to raczej niemożliwe, skoro był mu tak potrzebny.

– Czy wciąż muszę mieć na oku Balukę? – spytał Tyen.

– Tylko jeśli to bezpieczne. Stanowi powiązanie z Rielle i chłopcem. Miałeś jakiś szczególny powód, by się z nim zobaczyć?

– Tak, ale to nic pilnego. – Nie rozwinął tematu, a Dahli nie dopytywał, przyjąwszy do wiadomości, że Tyen i tak nie powie mu wszystkiego; byle tylko przekazywał mu ważne informacje.

Zapadła niezręczna cisza. Tym różniły się spotkania z Dahlim od spotkań z Baluką. Dahli nie wdawał się w pogawędki, nie rozmawiał o sprawach osobistych. Baluka zawsze. Tyen zadumał się na chwilę; wątpił, by udało mu się zmusić Dahlego do rozmowy na temat Rielle. A jednak… może byłby w stanie.

– Dbam o to, by niektóre nasze spotkania miały charakter czysto towarzyski – wyjaśnił. – Czasami po prostu rozmawiamy. Gdy odpływa gdzieś myślami, często dowiaduję się więcej, niż gdybym zadał mu bezpośrednie pytanie. Na przykład kiedy mówi o Rielle, nie zawsze wyjawia wszystko, co myśli.

– Naprawdę? Pod jakim względem?

– Z jego słów można wywnioskować, że to osoba bez wad, on jednak sądzi, że jest inaczej.

– Postąpiła nielojalnie wobec niego i Raena. – Dahli zmarszczył brwi. – Zastanawiam się jednak, czy przekonując ją do złamania obietnicy danej Baluce, nie sprawiliśmy jednocześnie, że takie zachowania stały się dla niej bardziej dopuszczalne. Albo nawet bardziej prawdopodobne.

– Czy w wypadku Raena jej zasady moralne nie stały w sprzeczności z oczekiwaną od niej lojalnością?

Dahli przytaknął.

– Być może. Moralność niepoparta czynami, zmiana stron spowodowana brakiem doświadczenia. – Jego twarz rozjaśniło lekkie rozbawienie. – To wszystko jest typowe dla ludzi młodych.

Tyen uśmiechnął się krzywo.

– Ja też jestem młody i niedoświadczony.

– Od ciebie nie oczekuję lojalności – odparł Dahli. – Oczekuję jednak, że dotrzymasz swojej części umowy. – Uśmiech znikł z jego twarzy i zastąpiło go zamyślenie. – Zastanawiałem się także, czy nie popełniliśmy w jej wypadku błędu. Czy nie powinniśmy zawrzeć z nią wówczas umowy.

– Dlaczego tego nie zrobiliście?

– Valhan uznał, że to osoba, która się nie targuje. Chociaż... Wiem, że kiedy miała opuścić Podróżników, zerwanie zaręczyn z Baluką nie przyszło jej łatwo. Dręczyło ją to, choć odczuwała ulgę, że wyzwoliła się z tamtej sytuacji. – Wzruszył ramionami. – Ale to już przeszłość. – Uwagę Dahlego przykuł ruch przed domem. Obok przejeżdżał wóz pełen świeżej trzciny, ciągnięty przez ponuro wyglądające przysadziste zwierzę. – Chciałbyś jeszcze o czymś ze mną porozmawiać?

– Nie.

– W takim razie to wszystko. – Dahli wstał i odprowadził Tyena do drzwi. – Bezpiecznej podróży. I przemyśl jeszcze moją propozycję. Nie wiem, w ilu światach ostatnio bywałeś. Może powinieneś się rozejrzeć. Może w miejscu, które obecnie jest twoim domem, panuje spokój, ale zapewniam, że w innych jest inaczej.

Teraz trudno to raczej nazwać spokojem – pomyślał Tyen.

– Może się rozejrzę. Udanej podróży, Dahli.

Wyszedł i usłyszał za sobą odgłos zamykanych drzwi. Ruszył po swoich śladach. Pod wpływem sugestii Dahlego po jego karku przebiegł dreszcz. W ciągu ostatnich kilku cykli Tyen nie odwiedzał zbyt wielu światów. Choć podróżował przez mnóstwo, stanowiły zaledwie kamienie, po których przeskakiwał dalej. Nie zatrzymywał się, by przyjrzeć się zamieszkującym je ludziom i cywilizacjom. Być może borykały się z najróżniejszymi nowymi problemami, ale nie wiedział o nich, póki w miejscach zejścia do świata było bezpiecznie.

Biorąc pod uwagę konflikt między Doum a Murai, łatwiej było uwierzyć, że pozostałe światy także pogrążają się w wojnach i innych przejawach przemocy. Dahli był o tym przekonany. Ponadto niezachwianie wierzył, że jedyną osobą zdolną to powstrzymać jest Valhan.

Tyen pokręcił głową. *Mówiłem poważnie. Nikogo nie zamorduję, żeby sprowadzić Raena z powrotem.* Może po prostu wystarczyliby ludzie zdeterminowani, by znaleźć inne niż zabijanie sposoby na rozwiązanie problemów poszczególnych światów. A może potrzeba było tylko czasu.

Teraz był święcie przekonany, że Rielle przystanie na jego propozycję.

ROZDZIAŁ 4

Gdy kilka dni później jego sypialnia rozmyła się w bieli, Tyen zaczął się zastanawiać, jak to możliwe, że będąc pozbawionym odczuć fizycznych w przestrzeni między światami, jednak ma świadomość, że jest podekscytowany.

– Twój umysł pamięta uczucie – wyjaśniła Vella. – Tak jak ludzie, którzy po utracie kończyny czasami mają wrażenie, że ich ciało wciąż jest nienaruszone.

A czy ty pamiętasz, jak to jest mieć ciało?

– Nie. Kiedy jestem świadoma, to tylko dlatego, że potrafię posługiwać się umysłem osoby, która mnie dotyka. Czuję wyłącznie to co ona, ale nie mam pamięci własnego ciała. Gdy nie mam kontaktu z ciałem człowieka, nie mam świadomości, więc nie mogę pamiętać własnego ciała. Nie przypomniałam sobie też swojej fizyczności, gdy w dłoniach trzymał mnie Raen podczas waszego pierwszego spotkania – choć byłam świadoma, nie miałam dostępu do jego myśli ani nie wyczuwałam jego ciała.

Często zastanawiałem się, jak to zrobił. Może pozwolił ci sięgnąć do swojego umysłu na tyle, by dać ci świadomość, ale zdołał zablokować swoje myśli i wspomnienia. Chętnie bym się dowiedział, jak to osiągnął. Jeśli Dahlemu uda się go wskrzesić, będziemy mogli go zapytać.

– Może Rielle wie. Miała dostęp do wspomnień Raena, nim przerwała wskrzeszanie i ocaliła chłopca.

Możliwe. Tyen zmarszczył brwi. *Wszystko zależy od tego, ile się dowiedziała. Może wystarczy, by przywrócić ci ciało. Myślisz, że by to zrobiła?*

– Być może. Gdyby nie musiała nikogo zabić ani pozbawić umysłu.

Prośba o pomoc byłaby ryzykowna. Musiałbym jej zaufać, że mi cię nie odbierze. Raczej tego nie zrobi... a ja nie poczyniłem żadnych postępów. Może okaże się, że to właśnie jej pomocy nam potrzeba... i czasem warto zaryzykować.

Kiedy tylko te słowa uformowały się w jego myślach, zaczął w nie wątpić. Poproszenie Raena o pomoc w zwróceniu Velli ciała było warte ryzyka, bo zawarcie umowy dawało mu powód, by nie zabić Tyena za łamanie zakazu podróżowania między światami. Układ, który zawarli, nie przyniósł korzyści żadnemu z nich, ale gdyby Tyen go nie zaproponował, Raen nie dowiedziałby się, że można zachować czyjś umysł w przedmiocie, a co za tym idzie, nie upozorowałby własnej śmierci i nie zadbałby o wskrzeszenie.

A czego zażądałaby w zamian Rielle, gdyby to z nią umówił się na przywrócenie ciała Velli?

Nie zdążył się nad tym zastanowić. Z bieli zaczęły wyłaniać się dachy Glaemaru. Zszedł do świata wysoko nad miastem i poszybował ku monumentalnemu pałacowi.

Zgodnie z instrukcjami, które zostawiono dla niego w warsztacie, miał wylądować w miejscu, w którym budynek styka się z rzeką w części położonej najdalej w dół jej biegu. Można je było rozpoznać po kolorze wody – właśnie tam zapewne pracowali pałacowi rzemieślnicy. Brzeg plamiły oleiste, barwne pasma, a nad wodą stały skupiska niewielkich, skromniejszych budynków.

Od strony rzeki przy pałacu widać było chodniki i małe, okrągłe pomosty. Tyen się zbliżył, lecz przed wylądowaniem na jednym z niezajętych pomostów na próżno szukał znajomej postaci. Gdy zatrzymał się, by złapać oddech, jego uwagę przykuła połyskująca zewnętrzna ściana pałacu pokryta mozaiką. Ogromny obraz przedstawiał procesję smukłych, eleganckich mężczyzn, kobiet i dzieci spowitych w wytworne tkaniny, złoto i klejnoty; niektórzy jechali na grzbietach zwierząt, innych w specjalnych koszach nieśli umięśnieni służący. Tu i ówdzie mozaikę rozdzielały gładkie, szerokie łuki – kiedy podziwiał dzieło, spod jednego z nich wyłoniła się kobieta. Na jej widok przeszył go nerwowy dreszcz niecierpliwości.

– Tyenie Wheelmaker – odezwała się Rielle w języku Podróżników, wychodząc mu na spotkanie. – Witaj, tym razem oficjalnie, w Glaemarze.

– Rielle Lazuli – odpowiedział. – Dziękuję za zaproszenie.

Miała na sobie suknię bez rękawów ze srebrzystej tkaniny, w pasie luźno przewiązaną delikatnym łańcuszkiem. Podobne łańcuszki zdobiły jej głowę, niektóre sięgały brwi, a przy każdym uchu kołysał się długi wisiorek, wyraźnie odznaczający się na tle jej prostych, czarnych włosów i brązowej skóry. Na srebrnym łańcuszku na szyi wisiał misternie zdobiony srebrny cylinder zapieczętowany z obu stron; przez jego środek biegła szpara, z której dało się wywnioskować, że można go otworzyć. Choć zarówno jej strój, jak i biżuteria były proste, wyglądały bogato i elegancko, dlatego Tyen ucieszył się, że postanowił porządnie się ubrać na tę okazję – miał na sobie prostą, długą koszulę i pasujące do niej spodnie z cienkiego, czarnego materiału oraz ciemnobrązową kurtkę. Mimo wszystko jego ubranie było mało wyszukane w porównaniu z jej strojem.

Uśmiechnęła się i odwróciła w stronę budynku.

– Wejdźmy.

Ruszył dalej u jej boku. Szła powoli, delikatnym gestem wskazując kolejne zakręty.

– Co słychać w Albie? – spytała.

Zastanawiał się chwilę nad dyplomatyczną odpowiedzią.

– Uspokoiło się – powiedział.

– Zapewne uczestniczyłeś w wielu pogrzebach ludzi, którzy zginęli na Wielkim Targowisku.

– W zasadzie tylko w kilku. Mieszkańcy Doum oddają się żałobie w domowym zaciszu z rodziną i przyjaciółmi. Zdziwiłem się, że ktoś w ogóle mnie zaprosił.

Pokiwała głową.

– Nie znałeś zmarłych?

– Nie osobiście; byli krewnymi niektórych moich pracowników.

– Czy to zaszkodziło twoim interesom?

– I tak, i nie. Byłem bardzo zajęty. Sam wykonywałem większość pracy, by moi robotnicy mogli uczestniczyć w obrządkach. Od czasu ataku nie otrzymaliśmy nowych zamówień, dlatego niektóre opóźniłem, żeby ludzie mieli co robić po powrocie.

– Żadnych zamówień? Klienci chyba nie winią cię za tę napaść?

– Nie, ale ta katastrofa dotknęła wielu ludzi, a mieszkańcy Doum raczej nie zajmują się zakupami w czasie żałoby. Każdy ważniejszy warsztat ma swój stragan na Wielkim Targowisku. Prawie wszyscy stracili kogoś bliskiego.

Wisiorki w jej włosach zadzwoniły cicho, gdy pokręciła głową.

– Kupcy udają, że nie wiedzieli, jak ważne dla społeczności były ofiary ataku, ale nikt w to nie wierzy. Żaden szanujący się handlarz nie ignoruje zwyczajów panujących wśród ludzi, z którymi prowadzi interesy.

– Ani żaden imperator. Nie powinien także pozwolić, by kupcom uszła na sucho napaść na sąsiada bez jego zezwolenia.

Rielle zerknęła w bok, Tyen zaś w cieniu kolumny dostrzegł służącą.

– Imperator nie jest głupcem – odpowiedziała, a potem lekko się uśmiechnęła.

Mówiła łagodnym tonem, lecz nie dało się nie usłyszeć ostrzeżenia, pod którego wpływem po jego plecach przebiegł dreszcz.

Subtelnym gestem wskazała kolejny zakręt. Minął u jej boku otoczone kolumnami podwórze, a potem weszli między półki, stoły, łóżka, skrzynie, beczki i prostsze wersje ogromnych donic, które widział podczas poprzedniej wizyty. Rozejrzał się dokładniej i na wielu stołach dostrzegł rysunki po części pokryte niewielkimi kafelkami. Pochylali się nad nimi rzemieślnicy, dobierając kolejne elementy z tac i starannie układając je na szkicach. Inni rozdzielali kafelki według kolorów.

– To twoi współpracownicy? – spytał.

Przytaknęła.

– A to twój projekt?

Prawie ukończona mozaika, obok której przechodzili, przedstawiała widoczny z góry stół zastawiony jedzeniem.

– Owszem.

Na wizerunku liściastego warzywa dostrzegł niewielki obszar ciemniejszych kafelków, a gdy przyjrzał się dokładniej, zauważył, że przedstawiają małego owada.

– Imponujące dzieło.

– O tak, są bardzo zdolni.

– A jednak to ty na to wpadłaś. Jesteś im potrzebna.

Wzruszyła ramionami.

– Nie jestem niezastąpiona. We wszystkich światach jest mnóstwo artystów. Choć dobrych twórców mozaik nieczęsto się spotyka. Moja jedyna przewaga polega na tym, że potrafię czytać w myślach ich klientów, dlatego łatwiej i szybciej mogę się dowiedzieć, czego oczekują.

Właśnie zbliżali się do części pałacu otoczonej ścianami. Tyen zauważył, że to ściany ruchome – panele na podporach, które można było dowolnie przestawiać, zmieniając kształt i wymiary pomieszczenia, które tworzyły. W niektórych miejscach wisiały tkaniny, a gdy zza jednej z nich w pewnym momencie wyłoniła się młoda kobieta, Tyen zdał sobie sprawę, że służą jako drzwi.

– Tylko w komnatach imperatora są prawdziwe ściany – poinformowała Rielle. – Nikt z nas nie może tu liczyć na więcej prywatności, a i tak ten przywilej przysługuje tylko rzemieślnikom z innych światów, którzy nie są przyzwyczajeni do otwartych przestrzeni.

Poprowadziła go ku zasłonie, zza której wyszła młoda kobieta, odsunęła tkaninę i pełnym gracji gestem zaprosiła do wejścia. Znalazł się w podłużnym, prostokątnym pomieszczeniu. W jego drugim końcu stało łóżko przysłonięte przeźroczystymi draperiami. Pośrodku znajdował się duży kwadratowy stół z otworem, otoczony ośmioma krzesłami, choć nakryto dla zaledwie czterech osób.

Tam, gdzie właśnie stał Tyen, znajdowały się ustawione w krąg niskie ławy. Z jednej z nich z szerokim uśmiechem wstał siwowłosy mężczyzna, Tyen zaś zdumiał się, bo znał jego twarz.

– Tarren! – wykrzyknął.

Jego były mentor i przyjaciel zaśmiał się w odpowiedzi. Tyen nie wiedział, czy zobaczy jeszcze starca po opuszczeniu Liftre, szkoły magii zamkniętej pięć cykli temu, w której Tyen był i uczniem, i nauczycielem.

– Młody Ironsmelter – rzekł Tarren, a potem podszedł i chwycił go za ramiona. – To naprawdę ty. Liczyłem na to, że nasze drogi jeszcze się przetną. Dobrze wyglądasz.

– Ty również – stwierdził Tyen ze szczerym zdziwieniem.

Skóra starca nie była tak zwiotczała, jak zapamiętał Tyen, lecz wyglądała jędrnie i zdrowo. Trzymał się też bardziej prosto.

Tarren czule spojrzał ku Rielle.

– Zadbała o to moja ostatnia uczennica.

– Zaczęłam szukać nauczyciela po… cóż, gdy mogłam zacząć swobodnie się przemieszczać – wyjaśniła Rielle. – Dowiedziałam się o szkole magii opuszczonej po powrocie Raena i odnalazłam ją. Zastałam tam kilkoro byłych uczniów, którzy wrócili w nadziei, że zostanie ponownie otwarta. Jeden z nich poradził, bym poprosiła Tarrena o nauki, i wyjaśnił, jak dotrzeć do jego domu.

– Uczyłem nowych młodych magów – kontynuował Tarren. – Każdy samouk ma luki w wiedzy, lecz braki Rielle były wyjątkowo osobliwe. Jak ktoś, kto wychował się bez magii, zdołał zachować wieczną młodość, a zarazem nie umiał walczyć?

– Podstępem wydobył ze mnie większość informacji – powiedziała Rielle z dezaprobatą, lecz nie była w stanie ukryć sympatii. – Ale oczywiście nie wszystko.

– Każda dziewczyna musi mieć jakieś sekrety, w przeciwnym razie utraci aurę tajemniczości – dodał Tarren.

Rielle przewróciła oczami.

– Co za absurdalne powiedzenie. Zupełnie jakby tajemniczość była czymś na sprzedaż. – Popatrzyła ku drzwiom. – O, jest Timane, moja służąca.

Tyen podążył wzrokiem za jej spojrzeniem i ujrzał powracającą młodą kobietę. Timane uśmiechnęła się nieśmiało, gdy ją przedstawiono, i przywitała się niepewnie. Rozbawiła Tyena, bo jej zakłopotanie wcale nie wynikało z nieznajomości języka Podróżników – Rielle udzielała jej lekcji, by pomóc jej zyskać lepszą pozycję w pałacu – lecz z onieśmielenia na jego widok, bo bardzo jej się spodobał.

Jej włosy, intensywnie rude, sięgały niemal podłogi. Sądząc po wyglądzie, obie kobiety były w tym samym wieku. To mogło oznaczać, że Rielle ledwie wkroczyła w dorosłość, gdy spotkał ją pięć cykli temu. Nagle zrozumiał: Rielle potrafiła przekształcać wzorce – posługiwać się magiczną techniką, która pozwalała magom zatrzymać i odwrócić proces starzenia się – i bez wątpienia właśnie dlatego Tarren oznajmił, że to dzięki Rielle cieszy się dobrym zdrowiem.

– Czym się zajmowałeś od czasu naszego ostatniego spotkania? – spytał Tarren.

Tyen wzruszył ramionami.

– Próbowałem przetrwać. Konstruowałem koła garncarskie.

– Podobno przez pewien czas przewodziłeś buntownikom.

– Tak, ale nie z wyboru. – Powstrzymał się od spojrzenia na Rielle, która widziała go wśród przyjaciół Raena podczas nieudanej próby wskrzeszenia i na pewno zastanawiała się, co były przywódca buntowników robi wśród swoich wrogów. Przypomniał sobie, z jakim lekceważeniem odnosił się kiedyś do jego funkcji Baluka – pewnie rozbawiłoby to Rielle. – Na szczęście szybko zastąpił mnie ktoś lepszy.

Tarren pokiwał głową, Tyen zaś spochmurniał, gdy jego były mentor zaczął się zastanawiać nad krążącymi o Tyenie plotkami.

– Słyszałem o tobie także inne, mniej pochlebne opowieści. Wiesz, o co mi chodzi?

Przez twarz Tyena przebiegł grymas.

– O szpiegowanie dla Raena?

– Tak. Przepraszam, że poruszam tę kwestię. Chciałem tylko, żebyś o tym wiedział dla własnego bezpieczeństwa. – Tarren zerknął ku Rielle, bo pomyślał o tej plotce, gdy po raz pierwszy wspomniała, że Tyen zamieszkał w Doum. Podejrzewał, że wyczytała to już w jego umyśle, lecz rozmowa o oskarżeniach byłaby kłopotliwa, dlatego postanowił nie drążyć tematu. – Nie mówmy już o tym.

Przytaknęła mu w milczeniu.

– A zatem ponownie otwarto Liftre? – spytał Tyen.

Tarren uśmiechnął się.

– Tak. Ludzie powoli wracają. Niektóre zabrane stamtąd książki i kosztowności także zwrócono.

– Zajmujesz tam jakieś stanowisko?

– Nie. Jestem za stary. Nie mam już cierpliwości do niemądrych młodych uczniów. – Uśmiechnął się do Rielle. – A raczej mam cierpliwość do jednego, najwyżej dwojga naraz. – Uniosła brwi, ale Tarren mówił dalej. – I nie do końca jestem pewien, czy mądrze jest angażować się w coś tak... zauważalnego. Wśród światów toczą się przepychanki o władzę, więc Liftre łatwo może się stać czyimś celem.

– Albo ostatnim miejscem, w którym rządzi rozsądek – wtrąciła Rielle.

Tarren skrzywił się.

– Walka o to, by ludzie z tak różnych środowisk nie zwracali się przeciwko sobie, była trudna już przed powrotem Raena. Tych, którzy pragną ją wznowić, zahartowała wojna. Nie lubią kompromisów ani nie tolerują inności, a właśnie na tych wartościach założyliśmy szkołę.

– Może staliby się bardziej otwarci, gdyby połączył ich wspólny wróg. „Gdy wspólnego wroga brakuje..."

– „...wśród ludzi rozłam panuje" – dokończył Tarren, kiwając głową. Westchnął. – Tak czy owak, ostatnimi czasy polityka mnie nie bawi.

Tyen nie słyszał wcześniej tego powiedzenia i zastanawiał się, czy to wkład Rielle w wielki zbiór mądrości Tarrena, czy może nowa maksyma, na którą starzec wpadł po opuszczeniu Liftre. Czyżby nauczył Rielle także swoich metod kaligrafii?

– Ja również nie chciałabym mieszać się w politykę – powiedziała Rielle, przenosząc wzrok na Tyena – ale znalazłam się w sytuacji, w której trudno tego uniknąć. – Uśmiechnęła się ponuro. – Przejdźmy do stołu, żebyście mogli się posilić w czasie moich wyjaśnień. Prowadź, Timane.

Młoda kobieta powiodła ich do kwadratowego stołu, wskazując Tyenowi i Tarrenowi miejsca. Zanurkowała pod blat i po chwili wyłoniła się w otworze pośrodku. Wokół niej leżały tace z plastrami mięsa i warzyw oraz niewielkimi kulkami kolorowego ciasta. Między nią a rogiem stołu dzielącym Rielle i Tyena stał czarny półmisek w kształcie półksiężyca na drewnianej podstawce. Timane rzuciła na niego okiem, a potem polała zawartość odrobiną oliwy. Natychmiast rozległo się skwierczenie.

A zatem służąca jest magiem – pomyślał Tyen. Timane zerknęła na niego, a gdy ich spojrzenia się spotkały, zarumieniła się. Jej myśli od razu zdradziły mu, że nie dysponuje wielką mocą, lecz Rielle uczyła ją posługiwania się przynajmniej tą odrobiną.

– Imperator wie, że widziałam się z tobą po twojej ostatniej wizycie w pałacu, Tyenie – oznajmiła Rielle.

Odwrócił się do niej i zmarszczył brwi.

– Jakim cudem?

Wzruszyła ramionami.

– Na pewno ma szpiegów w Doum. Wie, że zaproponowałeś Ceramikom pertraktacje w ich imieniu. Nie zamierzałam oferować mu moich usług w negocjacjach, ale dziś rano wydał mi taki rozkaz. Muszę go posłuchać albo odejść z tego świata.

Tyen skrzywił się.

– Przykro mi. To moja wina.

– Ależ skąd. – Niedbale machnęła ręką. – Wiedziałam, że ryzykuję, kiedy za tobą podążyłam. Spodziewałam się, że zaprowadzisz mnie do Alby, gdzie będę rzucać się w oczy, i że imperator w końcu się dowie, że tam byłam. Obawiałam się tylko oskarżeń o zmowę. – Rozejrzała się po pomieszczeniu. – Podoba mi się moja praca przy mozaikach, ale wygodne życie tutaj nie jest dla mnie warte więcej niż ostrzeżenie przed niebezpieczeństwem kogoś, kto ocalił mi życie.

Powiedziała to lekkim tonem, ale minę miała poważną. Zastanawiając się nad odpowiedzią, Tyen patrzył, jak Timane drewnianą łopatką rozkłada rozgniecione kulki ciasta na podgrzewanej płycie.

– W takim razie zasługujesz na moją wdzięczność bardziej, niż sądziłem – powiedział z namysłem.

– Kto wie. – Między jej brwiami pojawiła się bruzda. – Być może zmienisz zdanie podczas negocjacji. Imperator ma duże wymagania.

Tyen pokiwał głową, z ulgą przyjmując fakt, że postanowiła tu zostać i wykonać rozkaz władcy.

– Jeszcze nie wiem, czy Ceramicy przystali na moją propozycję.

– Zgodzą się – powiedziała. – Bardzo wyraźnie dał mi do zrozumienia, że mam negocjować wyłącznie z tobą. Możliwe, że właśnie na taki obrót spraw liczyłeś... – Uniosła talerz, a Timane umieściła na nim okrągły upieczony placek. Następnie nałożyła na łopatkę kolejny, Tyen zaś szybko podał swój talerz. – Jednak za działaniami imperatora zawsze kryje się coś więcej. Muszę negocjować tak, jak mi każe, nawet jeśli tego nie popieram. Nie wolno mi czytać w jego myślach. Tobie również, a jeśli dowiem się, że zaglądałeś w jego umysł, będę musiała zerwać pertraktacje.

– Oczywiście.

Obsłużywszy Tarrena, Timane postawiła przed nimi niewielkie naczynie z zawiesistym pomarańczowym sosem i cicho cmoknęła.

Rielle zachichotała i łagodnym tonem wypowiedziała kilka słów w języku Murai.

– Według tutejszych zwyczajów zachowaliśmy się niegrzecznie, rozmawiając przy jedzeniu na tematy z nim niezwiązane. – Wskazała na talerz Tyena. – Smacznego.

Smażone placki były nieco mdłe w smaku, lecz jakaś dodana do nich roślina nadawała im przyjemną chrupkość. Ostry sos pozostawiał na języku uczucie mrowienia. Dziewczyna przygotowała jeszcze kilka placków, a potem zaczęła układać na podgrzewanej płycie plastry mięsa i warzyw.

Rielle odłożyła sztućce.

– Teraz, skoro następne danie jeszcze nie jest gotowe, możemy porozmawiać.

– Masz kontakt z buntownikami? – Tarren zagadnął Tyena.

Tyen spojrzał na Rielle, zastanawiając się, czy rozsądnie będzie wspomnieć o jej byłym narzeczonym.

– Tak. Co pewien czas spotykam się z ich przywódcą.

Zacisnęła usta w krzywym, wymownym uśmiechu.

– Co u Baluki?

– W porządku – odparł Tyen. – Jest przepracowany, a może nawet przytłoczony żądaniami wobec Odnowicieli.

Tarren zasępił się i wydał z siebie niski pomruk.

– Odnowicieli? Problem z ideą odnowy polega na tym, że każdy ma inne zdanie, co i w jakim stopniu należy odnowić.

Rielle zignorowała jego słowa.

– Wspominał o swojej rodzinie?

– O Podróżnikach? – Tyen pokręcił głową, a potem zamilkł, gdy coś wyłoniło się z jego pamięci. – Kiedyś powiedział, że wielu zarzuciło handel z innymi światami, bo stał się zbyt niebezpieczny.

Pokiwała głową.

– Niektórzy ludzie uznali, że Podróżnicy są sojusznikami Raena, bo pozwolił im podróżować, podczas gdy innym zabronił, i albo przestali z nimi handlować, albo ich atakowali. Po śmierci Raena w zbyt wielu światach leżących na utartych szlakach Podróżników zapanował chaos, przez co handel nie jest już bezpieczny ani opłacalny.

– Co zatem zrobią?

– Osiedlą się gdzieś, gdzie będą mile widziani, i zaczekają, aż znów będzie bezpiecznie.

– O ile takie czasy w ogóle nadejdą – wtrącił Tarren.

Rielle uśmiechnęła się czule do starca.

– Tarren i ja mamy różne opinie na temat przyszłości. Ja jestem optymistką. Raen był tylko jeden. Choć sojusznicy pomagali egzekwować jego prawa, było ich niewielu, biorąc pod uwagę liczbę światów. Wiele z tych światów nigdy nie odczuło wpływu rządów Raena, a jednak nie uległy zagładzie. Mimo to magowie, którzy żyli w strachu przed nim, sprawdzają granice zyskanej wolności. Tymi, którzy czynią zło, zajmą się albo Odnowiciele, albo inni magowie broniący pokoju i dobrobytu.

– Albo Następca. – W spojrzeniu Tarrena pojawił się błysk, gdy wypowiedział to słowo.

Rielle przewróciła oczami i popatrzyła na niego.

– Ale gdzie on jest? Czy to nie on miał zabić Raena?

– Raen sam się zabił – zauważył Tyen.

– To prawda. Czy zatem to nie Raen został Następcą?

Tarren wzruszył ramionami, jakby chciał powiedzieć, że wszystko jest możliwe. Tyen przeniósł wzrok z Rielle na Tarrena i z powrotem, a potem zajrzał w myśli starca. Nie znalazł tam wiedzy o nieudanej próbie wskrzeszenia. Nie powiedziała mu, więc Tyen także postanowił o tym nie wspominać.

Jeżeli Raen powróci do życia, to rzeczywiście zostanie Następcą, bo sam się zabił – pomyślał Tyen. *Ciekawe, czy właśnie taki miał zamiar.*

– Mówiłeś, że nie wierzysz w tę przepowiednię – przypomniał starcowi.

Tarren uśmiechnął się szeroko.

– Bo nie wierzę. Ale powiedziałem, że to proroctwo nieuniknionej zmiany. Tylko mag potężniejszy od Raena mógłby go pokonać…

– Albo nie potężniejszy, lecz bardziej uzdolniony. Lub mający więcej szczęścia – wtrąciła Rielle. – Albo ktoś dysponujący większą władzą polityczną, stojący na czele grupy magów, którzy wspólnie byliby w stanie pokonać kogoś znacznie potężniejszego.

– …można też interpretować tę przepowiednię jako zapowiedź z a s t ą p i e n i a go przez kogoś dorównującego mu mocą – dokończył Tarren.

Rielle skrzywiła się.

– Ktoś taki musiałby tego chcieć – powiedziała z niesmakiem.

Tyen powstrzymał uśmiech. Tarren zdecydowanie nie wierzył, że przepowiednia stanowi jakąś nadprzyrodzoną siłę gwarantującą, że przyszłość przybierze odpowiedni kształt. Bardziej intrygowała go myśl, że Rielle jako mag niemal dorównujący mocą Raenowi mogłaby zająć jego miejsce, a zarazem obawiał się, że gdyby tego nie zrobiła, tytuł przywłaszczyłby sobie ktoś mający mniej skrupułów.

– Światy musiałyby pogodzić się z nadejściem Następcy – podkreślił Tyen – czyby tego chciały, czy nie. Raen sprawował rządy oparte zarówno na strachu, jak i na przysługach. Obawiam się, że w niektórych wypadkach Odnowiciele nie mieli wyboru i poszli w jego ślady.

Tarren skinął głową.

– Ale światy nie boją się Odnowicieli tak, jak bały się Raena i jego sojuszników. Wielu z tych, którzy ich popierali, teraz ich nie szanuje. Każdą większą grupą targają nieporozumienia, sprzeczne idee i cele. – Rozłożył ręce. – Mogliby posłużyć się pojęciem Następcy, by się zjednoczyć i ocalić światy od chaosu. – Spojrzał na Tyena. – Jestem pewien, że Rielle by zaakceptowali. Wyszkolił ją Raen, być może na swoje miejsce, ale przyjaźń z Baluką złagodziłaby brak zaufania wynikający z jej powiązań z Raenem, zwłaszcza gdyby ludzie uwierzyli, że została zabrana od Podróżników wbrew swojej woli.

– Nie zamierzam rządzić światami – odpowiedziała stanowczo Rielle. – Ani kłamać na temat swojej przeszłości. Zwłaszcza gdy Baluka wie, że to ostatnie jest łgarstwem, a większość buntowników może wyczytać prawdę z jego myśli.

Stary mężczyzna ucichł. Wiedział, że nie jest gotowa na taką odpowiedzialność, nawet gdyby chciała, a za bardzo ją lubił, by popychać ją ku czemuś, co by ją unieszczęśliwiło. *Była zakochana w Raenie?* – nie po raz pierwszy zastanawiał się Tarren. Starał się wyczytać coś z jej twarzy, jak robił to już wielokrotnie, od kiedy dowiedział się, że zerwała zaręczyny z Baluką, by żyć u boku Raena – nawet gdy już była świadoma, że władca nie jest Aniołem, za którego go uważała.

Na to pytanie także bardzo chętnie poznałbym odpowiedź – pomyślał Tyen. Lecz jej umysł, jak zawsze, był poza jego zasięgiem.

Rielle zmrużyła oczy. Zerknęła na Tyena i zauważyła, że ją obserwuje, a potem westchnęła.

– Nie byłam zakochana w Valhanie – zwróciła się do starca. – Wierz mi, że sama wielokrotnie zadawałam sobie to pytanie, ale za każdym razem miałam pewność, że moje uczucie można było nazwać najwyżej podziwem dla kompetentnego, charyzmatycznego przywódcy. Spytaj Tyena, jeśli wątpisz w moje słowa.

Tarren przeniósł wzrok na Tyena, a ten zakłopotany zmarszczył czoło. Serce na chwilę zamarło mu w piersi. *Rielle sądzi, że potrafię czytać w jej myślach!* Wpatrzył się w swój talerz w nadziei, że w ten sposób nie da niczego po sobie poznać. *Ale to oznacza... że ona nie może czytać w moich!*

– Nie chciałbym naruszać prywatności tak zacnej gospodyni – wymamrotał.

Rielle zachichotała cicho.

– W takim razie będziesz musiał uwierzyć mi na słowo, Tarrenie. A teraz pora znowu się posilić. Tyenie?

Tyen podniósł wzrok. Timane właśnie podawała mu parujące danie. Uniósł talerz i uśmiechnął się z wdzięcznością, gdy nałożyła mu porcję. Oblała się pąsem i skupiła na serwowaniu posiłku Rielle i Tarrenowi.

Gdy zjedli, Rielle zwróciła się do Tyena.

– Skoro ja mogę być Następcą, równie dobrze może być nim Tyen. Jest potężniejszy ode mnie. Tyenie, byłeś przy konfrontacji buntowników z Valhanem?

Zamrugał zaskoczony i zawahał się, rozważając, czy mądrzej będzie przytaknąć, czy zaprzeczyć. Nie był w stanie rozstrzygnąć, wybrał więc prawdę zamiast kłamstwa. Już i tak o zbyt wielu kłamstwach musiał pamiętać.

– Owszem.

Błysk zaciekawienia w jej oku szybko znikł.

– Czy dałoby się przekonać ludzi, że to twoja obecność doprowadziła do śmierci Valhana?

– Nie. Zabił się chwilę po naszym przybyciu. – Tyen przełknął ślinę. – Poza tym nie zostałbym zaakceptowany jako Następca.

Tarren wyprostował się.

– Bo nazywają cię Szpiegiem? Temu akurat łatwo można by zaradzić. Rozsialibyśmy pogłoskę, że to sojusznicy zaczęli rozgłaszać tę złośliwą plotkę, by ludzie nie chcieli uznać cię za Następcę!

Oczy starca płonęły entuzjazmem, Tyen zaś niemal z poczuciem winy pokręcił głową.

– Przywództwo nigdy nie było mi w smak, tym bardziej przywództwo nad wszystkimi światami zamiast nad kilkoma setkami buntowników. – Znów potrząsnął głową. – Są ludzie, którzy znacznie lepiej ode mnie się do tego nadają, a to pociąga za sobą kolejne pytanie: dlaczego Baluka nie mógłby zostać Następcą?

Tarren rozłożył ręce.

– Pewnie by mógł. Nikt nie bierze go za Następcę, ale z czasem ludzie zmieniliby zdanie.

Rielle odchyliła się na oparcie i postukała palcami w krawędź stołu.

– Mam tylko nadzieję, że jeśli dla zachowania pokoju i ładu Następca jest niezbędny, to wkrótce nadejdzie i okaże się człowiekiem mądrym, życzliwym i sprytnym. I w przeciwieństwie do mnie doświadczonym i przeszkolonym w polityce. – Pokręciła głową. – Valhan przyznał, że nie jest w stanie przewidzieć, do czego doprowadzi jego ingerencja w sprawy poszczególnych światów, a rządził przez ponad tysiąc cykli. Nawet nie wiem, jak zapobiec wojnie między Murai a Doum. – Rzuciła okiem na Tyena i uśmiechnęła się ponuro. – Choć pewnie nie powinnam się teraz do tego przyznawać.

Tyen wzruszył ramionami.

– Moje doświadczenie jest równie marne.

– Ale przewodziłeś buntownikom.

– My próbowaliśmy w s z c z ą ć wojnę – przypomniał jej. – A nie jej uniknąć.

Skrzywiła się.

– Jakie mamy szanse? – Spojrzała na Tarrena.

Starzec zasępił się.

– Doum posiada coś, czego pragną mieszkańcy Murai, i nie dysponuje armią wyszkolonych magów. – Spojrzał na Tyena. – Obawiam się, że nie macie zbyt wielkich szans, jeśli nie uda się przekonać Ceramików do współpracy.

Tyen przytaknął.

– Albo przekonać imperatora, że wojna zniszczy to, co on chce odebrać.

– Zastanawiam się, co zrobiłby Valhan. Nie tylko żeby rozwiązać ten problem, lecz również zapobiec walkom w pozostałych światach. – Rielle potrząsnęła głową. – Z drugiej strony cieszę się, że go tu nie ma, bo podejrzewam, że użyłby przemocy. Jak zdążyłam zauważyć, nie był człowiekiem skłonnym do negocjacji.

Tarren skinął głową.

– Mówił ludziom, jak mają postępować, a oni za bardzo się go bali, żeby się sprzeciwić.

Milczeli przez chwilę, po czym Rielle wyprostowała się i spojrzała na Tyena.

– Masz jeszcze tego mechanicznego owada?

Tyen przytaknął, zaskoczony nagłą zmianą tematu. Odchylił połę kurtki.

– Żuczku, wyjdź.

W odpowiedzi dało się słyszeć wibracje, a potem insektoid wybiegł na ramię Tyena.

Wszyscy drgnęli, gdy z ust Timane wydobył się pisk. Służąca z przerażeniem wpatrywała się w Żuczka. Rielle uniosła się nieco i wyciągnęła ręce w uspokajającym geście, mówiąc coś w języku Murai, a Tyen wydał polecenie i owad pośpiesznie wrócił do kieszeni. Na ten widok służąca znowu pisnęła. Przeniosła wzrok z Tyena na Rielle, wymamrotała jakieś słowa, a potem zanurkowała pod stół, wyłoniła się z boku i wybiegła z pomieszczenia.

– Wróci, kiedy wyjdziecie – wyjaśniła Rielle. – W jej ojczyźnie żyje kilka gatunków jadowitych owadów. Im większe, tym bardziej śmiercionośne.

– Przeproś ją w moim imieniu – rzekł Tyen.

– Tak zrobię. Choć zauważyła, że owad jest mechaniczny, nie złagodziło to jej niepokoju. – Rielle spojrzała w kierunku, w którym odeszła dziewczyna. – Biedna Timane. Kiedy tu przybyłam, znęcali się nad nią inni służący. Wybrałam ją na swoją osobistą służkę i nauczyłam posługiwania się magią. Możliwe, że popełniłam błąd, bo dziewczyna uważa się teraz za moją lojalną wyznawczynię, nie zaś za osobę, która jest mi równa.

– Kim według ciebie mogłaby się stać? – spytał Tarren.

– Może przyjaciółką. – Wzruszyła ramionami. – Już dawno nie miałam przyjaciela. – Przeniosła wzrok na potrawy, które służąca zostawiła na podgrzewanej płycie. – Chyba są gotowe.

Wzięła do ręki łopatkę i nałożyła im na talerze plastry słodkich owoców, a potem polała je gorącym syropem.

– Spytałam o... Nazywa się Żudżek?

– Żuczek – poprawił Tyen.

Kiwnęła głową.

– Żuczek. Valhan przekazał mi go pod opiekę, kiedy ostatni raz z nim rozmawiałam. Powiedział na jego temat coś, nad czym często rozmyślałam. – Rzuciła Tyenowi przelotne spojrzenie. – Powiedział, że to nasza przyszłość.

Tyen miał wrażenie, że w jego żołądku coś drgnęło i szarpnęło się, jak po ciosie. Przypomniał sobie rój insektoidów broniących domu jednej z jego przyjaciółek z Liftre, która zaczęła sprzedawać je znajomym z sąsiednich światów. Te urządzenia można było przekształcić w bardziej agresywną broń. Czy to właśnie taką przyszłość przewidział Raen? A może zobaczył czasy, w których magicznie napędzane wynalazki ze świata Tyena rozprzestrzeniły się i stopniowo zaczęły pozbawiać mocy wszystkie światy?

– Wiesz, co miał na myśli? – spytała Rielle.

Tyen spojrzał jej w oczy. Na pewno dostrzegła wszystkie te scenariusze w jego myślach... chyba że rzeczywiście nie potrafiła w nie zajrzeć. Prawdę mówiąc, nie mógł wiedzieć, co wyobrażał sobie Raen. Przecież rzadko z nim rozmawiał. Pokręcił głową.

– Raczej nie. Nigdy nie dyskutowaliśmy na ten temat.

– W takim razie musimy zaczekać i się przekonać. – Napełniła własny talerz i obficie polała danie syropem. – Częstujcie się, przyjaciele. Świat, w którym serwuje się smaczne desery, nie może być taki zły, jak mawiał pewien mój przyjaciel.

Zadowolony ze zmiany tematu Tyen skierował myśli ku prostemu zajęciu, jakim było jedzenie.

ROZDZIAŁ 5

A zatem Rielle nie potrafi czytać w moich myślach – rzekł Tyen. *Jak to możliwe, skoro ja nie mogę czytać w jej?*

Albo kłamie, albo wasza moc jest taka sama – odparła Vella. Kiedy spotkaliście się po raz pierwszy, wspomniała, że nie jest w stanie zajrzeć w twój umysł, a wówczas nie miała powodu, by cię zwodzić.

Naprawdę? Nie pamiętam.

To było pięć cykli temu, miałeś pilniejsze sprawy.

Pokręcił głową. Przez cały ten czas nie musiał się martwić, że Rielle pozna prawdę o jego szpiegowaniu. A teraz nie mogła się o tym dowiedzieć. W duchu przeklął Roporiena za ten niewielki mankament w konstrukcji Velli, przez który nie zawsze przekazywała informacje z własnej inicjatywy. Odpowiadała na pytania i angażowała się w rozmowy, była w stanie przestrzec go przed niebezpieczeństwem, ale nie podawała informacji, które nie były w oczywisty sposób związane z tematem – lecz w jaki sposób to oceniała, wiedział tylko jej stwórca.

A zatem dorównujemy sobie mocą. Słyszałaś kiedyś o czymś podobnym?

To rzadkość, ale się zdarza. Jednak nie wiem nic o podobnej sytuacji między dwoma potężnymi magami. Przytrafia się to słabszym, być może tylko dlatego że jest ich więcej.

Skoro sam Raen miał problem z czytaniem Rielle w myślach, to czy byli sobie równi?

Nie. On był silniejszy, lecz niewiele.

W takim razie ja niemal dorównuję mu mocą.

To było zdumiewające, zwłaszcza że Raen nie zabił Tyena, a wiadomo było, że pozbywał się potencjalnych rywali. Skąd jednak władca światów mógł wiedzieć, jak silny jest Tyen? Sam Tyen nie wiedział, więc Raen nie mógł wyczytać tego z jego myśli. Tyen w żaden sposób nie zademonstrował swojej siły. Raen mógł poznać jego moc jedynie poprzez sprawdzenie go w jakiś sposób.

A jednak jedynym dowodem na to, że Tyen dorównuje Rielle mocą, było jej stwierdzenie, że nie potrafi czytać w jego myślach. *Muszę wziąć pod uwagę, że może udawać, żebym stracił czujność i pomyślał o sprawach, o których staram się nie myśleć.* Tyen zmarszczył brwi. *Jeśli tego nie uwzględnię, ryzykuję niepowodzenie podczas negocjacji.* Doszedł jednak do wniosku, że Rielle nie zachowuje się jak ktoś, kto się obawia, że można zajrzeć w jego myśli, a przecież powinna, skoro nie potrafiła zajrzeć w umysł Tyena. Chyba że ona także domyśliła się, że ich moc jest taka sama.

Jeżeli pozwolisz jej wziąć mnie w ręce, dowiem się prawdy – zaproponowała Vella. Jeśli odmówi, będziesz wiedział, że czytała w twoich myślach.

Jeśli nie odmówi, Vella dowie się wszystkiego, co Rielle wie na temat wskrzeszania. Po plecach Tyena przebiegł dreszcz pokusy, lecz zignorował to odczucie.

Nie, nie posłużę się takim podstępem. Dowiedziałabyś się, gdzie jest chłopak, a to naraziłoby go na wielkie niebezpieczeństwo. Wolałbym, żeby z własnej woli pomogła przywrócić ci ciało. Zabębnił palcami o okładkę Velli. *Zaczekamy na zakończenie negocjacji i dopiero wówczas poprosimy ją o pomoc, a ja będę miał cię przy sobie zawsze, gdy…*

Jego uwagę przykuł jakiś odgłos. Dochodził zza drzwi toalety, do której wszedł, by porozmawiać z Vellą. Był to stukot, lecz niezupełnie taki, jaki wydawałyby kostki palców uderzające we frontowe drzwi warsztatu. Gdy rozległ się po raz kolejny, przeszył go dreszcz. Zdecydowanie dobiegał z dołu, ale jakby z w n ę t r z a warsztatu.

– Tyenie Wheelmaker?! – zawołał ktoś. – Jesteś w domu?

Westchnął przeciągle. Ceramik Fursa. Było dla niego tajemnicą, dlaczego ta kobieta puka do drzwi jak zwykli ludzie, skoro może od razu pojawić się wewnątrz.

Nie, to nie tajemnica. To czysta arogancja. Lubi przypominać ludziom o swoim stanowisku i mocy.

Szybko włożył Vellę z powrotem do torebki i schował ją pod koszulą. Wstał i nacisnął dźwignię, za pomocą której do zbiornika wpuszczano wodę, dzięki czemu nie musiał narażać na szwank godności i wołać z toalety, by dać jej znać, że jest w domu.

Wyszedł z pomieszczenia i odezwał się dopiero, gdy znalazł się na szczycie schodów.

– Ceramiku Furso. – Przelotnie położył dwa palce na piersi i spojrzał w dół. – Witaj. Czemu zawdzięczam twoją wizytę w moich skromnych progach?

Weszła w zasięg jego wzroku i z konsternacją zmarszczyła czoło, jakby nie miała pewności, czy z niej szydzi, czy nie.

– Rada podjęła decyzję. Będziesz w naszym imieniu negocjował z Murai.

Skinął głową.

– Jestem wielce zaszczycony pokładanym we mnie zaufaniem i zrobię, co w mojej mocy, by doprowadzić do uczciwego porozumienia między Doum a Murai.

Jej wzrok padł na jego strój; uniosła brwi. Nie miał na sobie ubrań, które zwykle nosił w warsztacie, lecz te bardziej pasujące do buntowników, co było niefortunne, bo podkreślało jego obce pochodzenie.

– Sporządzamy właśnie listę celów i wymagań – oznajmiła. – Za trzy dni w południe spotkasz się z trojgiem z nas w Izbie Najwyższej, byśmy mogli ci je przekazać. Następnego dnia o świcie odbędzie się spotkanie z mistrzynią mozaik Rielle na Wyspie Kafelkowej.

Skinął głową.

– Izba Najwyższa, południe, za trzy dni. Wyspa Kafelkowa o świcie dnia następnego – powtórzył.

Fursa jeszcze przez chwilę wpatrywała się w niego w milczeniu – posługiwała się tą sztuczką, gdy chciała kogoś onieśmielić – ale nie zrobiło to na nim wrażenia.

– Muszę już iść – zakończyła. – Nie spóźnij się.

Uśmiechnął się i patrzył, jak kobieta znika mu z oczu, rozbawiony jej pożegnalnymi słowami. Traktując go jak dziecko, zdradzała tylko, jak bardzo musiała umniejszać jego znaczenie, by poczuć swoją wyższość.

Odwrócił się i rozejrzał po warsztacie. Był piąty dzień tygodnia, podczas którego rzemieślnicy odpoczywali i zajmowali się obowiązkami domowymi – choć nie wszyscy ściśle przestrzegali tego zwyczaju. Wielkie Targowiska w każdym mieście były zamknięte, więc warsztaty takie jak jego, które nie miały tam swoich straganów, otwierały się, by sprzedawać towary. Jeżeli miały pilne zamówienia, płaciły pracownikom stawki za nadgodziny.

Tyenowi zostały do ukończenia dwa zamówienia, każde na jedno koło. Za mało pracy dla niego samego, a co dopiero dla jego robotników. Powinien wywiesić tabliczkę informującą, że klienci mogą obejrzeć dziś jego wyroby, miał jednak coś ważniejszego do roboty – właśnie dlatego zmienił strój. Odkładał tę sprawę, teraz jednak zamierzał się nią zająć, nim jego uwagę zaprzątną negocjacje.

Przyszła pora, by sprawdzić, czy w pozostałych miejscach, w których zostawiał wiadomości dla Baluki, także przestało być bezpiecznie.

Wrócił do swojego pokoju, założył kurtkę, do wewnętrznej kieszeni wsunął Żuczka, odetchnął głęboko i odepchnął się od świata. Powziąwszy odpowiednie środki ostrożności, wyruszył do świata położonego najdalej od bazy Odnowicieli, po cichu licząc na to, że ci, którzy na niego polują – o ile nadal polują – nie będą chcieli zapuszczać się tak daleko.

Mniej potężnym magom, takim jak Baluka, łatwiej było ukryć się w tłumie niż w rzadko zaludnionych miejscach. Ich umysły ginęły w kakofonii pozostałych myśli. Tylko jeśli dokładnie się wiedziało, kogo szukać, a poszukiwana osoba nie poruszała się i znajdowała we wcześniej ustalonym miejscu, łatwo było ją znaleźć.

A zatem i ta kryjówka była równie zatłoczona co miasto, w którym zastawiono zasadzkę – mieściła się w okazałej świątyni, do której nieustannie napływali zamaskowani pielgrzymi. Tyen zszedł do świata, otaczając się osłoną unieruchomionego powietrza. Dzięki miejscowym pieniądzom, w które zaopatrzył się podczas poprzednich wizyt, kupił w jednym z tysięcy sklepów świątynnych szatę z kapturem oraz perfumowaną maskę. Wmieszał się w tłum wyznawców, klucząc wśród nich, by dołączyć do ludzi czekających w kolejce do ołtarza poświęconego bogu metali.

Czekając, badał otaczające go umysły. Sami pielgrzymi. Wychwycił myśli zarówno nabożne, jak i bluźniercze, znudzenie, jak i fascynację. Kilku pielgrzymów szukało innych ludzi, nikt jednak nie był potężnym magiem ani nie myślał o Tyenie czy Baluce.

Kolejka skróciła się i wkrótce wszedł do pomieszczenia. W powietrzu unosił się smród potu i dymu, którego nie były w stanie przytłumić nawet perfumowane maski. Z rozwartej kwadratowej paszczy płonącej pomarańczem ział żar. Pielgrzymi pośpiesznie podchodzili, wrzucali metalowe krążki do paleniska i umykali.

Nadeszła kolej Tyena. Kiedy zbliżył się do pieca, między monety wsunął niewielki zwitek papieru. Wrzucił je i zajrzał w umysły kapłanów pilnujących ognia. Kiedy zawinięty w papierek proch eksplodował z głośnym hukiem, podskoczyli i popatrzyli na siebie. Zamierzali zgłosić to naczelnemu kapłanowi, który z kolei wyśle wiadomość sekcie spisującej takie incydenty. Jeden ze sprawozdawców skontaktuje się z sojusznikiem Baluki, wiadomość będzie przekazywana dalej, dopóki nie dotrze do bazy Odnowicieli i ich przywódcy.

Tyen zauważył jednak, że nie tylko z tego powodu wystrzał zaciekawił kapłanów. Cztery dni temu w piecu rozległy się trzy strzały, a dzień wcześniej jeden. Zastanawiali się, co starają się przekazać bogowie.

Serce szybko zabiło Tyenowi w piersi. Na zewnątrz kapłan podał mu niewielki, kwadratowy skrawek grubej, mokrej tkaniny. Przyłożył ją do skroni. Pielgrzymi, którzy wyszli przed nim, właśnie się wachlowali, a fragmenty ich twarzy nieprzesłonięte maskami wciąż były czerwone od żaru.

Trzy strzały oznaczają, że Baluka zostawił mi wiadomość. Powinienem był ją już otrzymać. Może coś ją opóźniło. Może została przechwycona. Ale nie to było najbardziej niepokojące.

Przez ten wczorajszy pojedynczy wystrzał Baluka zjawi się tutaj.

Ale nie za sprawą Tyena. Jeżeli ktoś chciał sprowadzić tu Balukę, a ten szybko odpowiedział na wiadomość, na pewno był już w świątyni. Co zrobił, gdy nie zastał tu Tyena?

Tyen poczuł mrowienie na całym ciele i skierował zmysły ku ogromnemu budynkowi o wielu skrzydłach, w którym mieszkali pielgrzymi na tyle zamożni, by stać ich było na wynajęcie małego pokoju. Zwinnie przeskakiwał z jednego umysłu w drugi i zatrzymał się, gdy trafił na znajomy – jego właściciel był pochłonięty rozmową z przybyszem z innego świata.

Baluka postanowił zostać tu na noc. Jego ochroniarze znajdowali się w pobliskich pokojach – byli to potężni i szczerze oddani magowie, którzy mieli chronić przywódcę lub dać mu czas na ucieczkę, gdyby został zaatakowany. Ludzie ci nieustannie obserwowali umysły wokół budynku i Tyen z ulgą doszedł do wniosku, że nie odkryli niczego niepokojącego.

Istniała możliwość, że obserwował ich ktoś potężniejszy. Tyen starannie przejrzał umysły wokoło, lecz nie trafił na nic podejrzanego. W świątyni było jednak zbyt wielu ludzi, by zdołał sprawdzić wszystkich, a potężny mag mógłby spoza miasta zaglądać w ludzkie myśli, gdyby wiedział, gdzie szukać.

Muszę ostrzec Balukę – pomyślał Tyen. *Nawet gdybym miał zdradzić swoją obecność temu, kto go tu zwabił.* O dziwo, ta możliwość nie zaniepokoiła go w takim stopniu, jak się spodziewał. *Jeżeli dorównuję mocą Rielle, a Rielle jest niemal tak potężna jak Raen, to zdołam obronić nas obu, zwłaszcza z pomocą ochroniarzy Baluki. Niemal chciałbym, żeby ktoś zastawił tu zasadzkę. Dowiedziałbym się, kto za tym stoi i dlaczego.*

Baluka opowiadał właśnie historię z dzieciństwa kobiecie, która przybyła tu z pielgrzymką, więc Tyen nie dowiedział się jeszcze, czy przyjaciel podejrzewa, że to nie on go tu wezwał. W końcu Baluka powrócił myślami do swojej sytuacji. *Jakież to by było kojące, gdybym nie musiał przejmować się nieobecnością Tyena* – pomyślał. *I tym, czy światy pogrążą się w jeszcze większym chaosie, gdy mnie nie ma.* Westchnął. *Pośpiesz się, Tyenie. Nie mogę zostać tu zbyt długo.*

A zatem Baluka nie wie, że ktoś go zwiódł. Tyen powstrzymał się od poprawienia maski i swobodnym krokiem, pozornie bez celu, skierował ku budynkowi. Wszedł do pensjonatu i zapłacił nowicjuszowi za przekazanie Baluce, że przybył przyjaciel. Gdy Baluka otrzymał wiadomość, Tyen dostrzegł w jego myślach zarówno nadzieję, jak i rozczarowanie. Baluce podobała się kobieta, z którą rozmawiał, ponadto nie posiadała magicznych zdolności i w jej umyśle zobaczył, że i on spodobał się jej. Nie chciał jednak ani na chwilę odkładać spotkania z Tyenem, pożegnał się więc i wrócił do swojego pokoju po przeciwnej stronie korytarza.

Tyen po raz ostatni przejrzał umysły wokoło, po czym podszedł do drzwi Baluki i zapukał, zdejmując maskę.

Przywódca buntowników otworzył mu z uśmiechem.

– No! Nareszcie! Wejdź. – Zamknął drzwi za Tyenem. – Wszystko w porządku? Zacząłem się martwić, gdy nie odpowiedziałeś na żadną wiadomość.

– Żadnej nie dostałem. Wysłałeś więcej niż jedną?

Baluka zmarszczył czoło.

– Tak. Trzy. A potem dotarło do mnie twoje wezwanie.

Pokój przedzielała niezbyt dobrze dopasowana zasłona, zza której wyłaniało się niezaścielone łóżko. Resztę miejsca zajmowały dwa niskie krzesła oraz niewielki stół. Tyen unieruchomił powietrze wokół, by nikt nie mógł ich podsłuchać.

– Nie ja wysłałem tę wiadomość – oznajmił Tyen. – Choć przed chwilą wysłałem inną, bo dopiero teraz dowiedziałem się, że tu jesteś.

Baluka szeroko otworzył oczy.

– Ktoś zna nasz kod.

– I miejsca naszych spotkań. Kilka dni temu w Jarteen czekało na mnie trzech ludzi – rzekł Tyen. – Byli buntownicy. Chyba liczyli na zyski w zamian za to, że komuś mnie sprzedadzą.

Baluka zatarł ręce i zaczął krążyć po pokoju.

– Kto ich skusił?

– Nie zostałem tam na tyle długo, żeby się dowiedzieć.

– Nie ja – zapewnił Baluka.

– Wiem.

Baluka zacisnął usta bardziej z ponurego współczucia niż urazy, że Tyen zajrzał w jego myśli.

– Twoja kryjówka też przepadła?

Tyen pokręcił głową.

– Próbowali mnie ścigać, ale z łatwością ich zgubiłem. – Skrzywił się ze skruchą. – Przepraszam. Powinienem był powiedzieć ci o tym wcześniej. Założyłem, że jestem ich jedynym celem, a w moim świecie zajęły mnie pewne pilne sprawy.

– Jesteśmy tu bezpieczni?

– Sprawdziłem wszystkie umysły wokoło, nikt nie ma wobec nas złych intencji. Myślę jednak, że nie powinniśmy zostawać tu zbyt długo.

– Brzmi rozsądnie. Dlaczego chciałeś się spotkać?

– Żeby ci powiedzieć o zasadzce w Jarteen. – Tyen uśmiechnął się. – A skoro już to zrobiłem, teraz chyba twoja kolej.

Baluka przystanął.

– Pojawiło się nowe źródło problemów. – Sprawiał wrażenie zarówno zaniepokojonego, jak i skruszonego. – Podczas jednego z konfliktów, któremu musieliśmy zaradzić, posłużono się bronią opartą na magii mechanicznej.

Żołądek Tyena się zacisnął. Od Baluki biło współczucie; znał opinię Tyena na temat niewłaściwego posługiwania się jego „wynalazkiem". A jednak żal, jaki odczuwał na myśl o konieczności przekazania mu tych wieści, był niczym w porównaniu z poczuciem winy, jakie wzbudziły w Tyenie.

– Kiedy jej twórcy oznajmili, że to oni ją wynaleźli – kontynuował Baluka – twoi znajomi z Liftre postanowili wyprowadzić ich z błędu. Są bardzo skrupulatni w przypisywaniu zasług prawowitemu wynalazcy. Niestety zrozumiano ich niewłaściwie. Ludzie nie wiedzą, że przeznaczeniem magii mechanicznej nie było wykorzystywanie jej w walce. Sądzą, że taki był twój zamiar, bez względu na to, czy zrobiłeś to dla zysku, czy w związku z jakimś większym zamysłem.

Ucisk w trzewiach przerodził się w ból – nieustępujący skurcz. Tyen oddychał powoli, opierając się pokusie rozmasowania brzucha. *Co Raen powiedział Rielle? Że Żuczek jest przyszłością?* Przełknął ślinę, bo poczuł narastające mdłości. *Nie powinienem był nikogo uczyć magii mechanicznej. Trzeba było znaleźć inny sposób na opłacenie nauki w Liftre.*

– Dlatego muszę spytać – mówił dalej Baluka – czy istnieje jakiś sposób, by wyłączyć wszystkie te urządzenia bez konieczności przejmowania kontroli nad każdym po kolei.

Tyen podniósł wzrok i zaskoczony popatrzył na przyjaciela. Nie przyszło mu to do głowy. Zastanowił się, a potem pokręcił głową.

– Nic mi na ten temat nie wiadomo.

Baluka przygarbił się nieco.

– Co nie znaczy, że to niemożliwe – dodał Tyen. – W każdym projekcie jest jakiś słaby punkt. Zazwyczaj w każdym inny. Ale może istnieć jakaś łącząca je wada.

Wszystkie działają dzięki magii. Gdyby nie było jej skąd czerpać, przestałyby działać. Lecz wraz z powrotem magii znów by się włączyły. Chyba że ktoś wynalazł sposób, by mogły ją przechowywać. Wszystkie zaprojektowane przez niego insektoidy były w stanie przechować maleńką ilość magii, żeby nie przestały działać, przemieszczając się przez chmurę sadzy – w jego świecie tak właśnie nazywano pustkę po pobraniu magii.

– Wydaje mi się – powiedział Baluka ostrożnie – że gdybyś do nas dołączył, oświadczył, że magia mechaniczna nie miała być wykorzystywana w walce, i znalazł sposób, by temu zaradzić, może Odnowiciele zaakceptowaliby...

– Nie. – Tyen nie chciał, by jego głos zabrzmiał tak chłodno. Złagodził ton. – Wiesz, że zaakceptują mnie, tylko jeśli otworzę przed nimi umysł. Obaj mamy tajemnice, którymi nie chcielibyśmy się z nimi dzielić.

Baluka skrzywił się, słusznie zgadując, że Tyen ma na myśli sytuację, gdy podczas ataku sojuszników Raena w jego siedzibie obaj szukali Rielle, zamiast przewodzić buntownikom. Pochylił głowę.

– Byłbym gotów wyjawić im wszystko na swój temat, gdybyś tylko mógł znów do nas dołączyć. Wybaczyliby ci i prawdę, i kłamstwa, gdybyśmy... – Podniósł wzrok. – Gdybyśmy ich przekonali, że jesteś Następcą.

Tyen zmarszczył brwi i pokręcił głową.

– Następcą? – *Najpierw Tarren, teraz Baluka? Co się tu dzieje?* – Na wszystkie światy, dlaczego mieliby w to uwierzyć?

– Byłeś przy śmierci Raena.

– Jak mnóstwo innych. Którzy wiedzą, że popełnił samobójstwo, a ja nie miałem z tym nic wspólnego.

– Jesteś potężniejszy niż którykolwiek znany mi mag, a wiem już o większości magów w światach, do których można dotrzeć i w nich zamieszkać.

– Większości? – powtórzył Tyen i prychnął. – Wybacz, ale całe mnóstwo ludzi omija Odnowicieli szerokim łukiem.

Baluka nie spierał się, choć po jego bystrym spojrzeniu Tyen poznał, że buntownik zapamięta tę informację.

– Znasz kogoś, kto dorównywałby ci mocą?

Tyen zawahał się. *Powiedzieć mu o Rielle? Właśnie o niej zamierzałem z nim rozmawiać, gdy poprzednim razem chciałem się z nim spotkać.*

– Znasz, prawda? – Baluka wyprostował się. – Kto to? Mam nadzieję, że to nie żaden sojusznik albo przyjaciel Raena.

Tyen pokręcił głową. *Zadziwiające, że ludzie nie biorą pod uwagę kobiety jako Następcy* – zadumał się. A to dawało Rielle szansę na ciche, bezpieczne życie, zwalczył więc pokusę wypowiedzenia jej imienia.

– W trakcie swojego krótkiego życia poznałem dwie osoby, których myśli nie byłem w stanie przeczytać – rzekł. – Jedna nie żyje. Gdyby w interesie drugiej było przejęcie władzy nad światami, już by to zrobiła. – Pokręcił głową. Baluka nie wierzył w przepowiednie. Wiedział jednak, że mają ogromną siłę przekonywania, i obawiał się, że ktoś mógłby obwołać się Następcą, zagrażając porządkowi, jaki wprowadzali Odnowiciele, jeżeli Baluka pierwszy nie znajdzie wiarygodnego kandydata. – Dawno temu powiedziałeś, że Następca nie musi być najpotężniejszym magiem, lecz tym, który przypisze sobie zasługę uśmiercenia Poprzednika. Biorąc to pod uwagę, Następcą jesteś ty.

Baluka pokiwał głową.

– Ale wszyscy wiedzą, że to nie ja zabiłem Raena. Sam powiedziałeś, że popełnił samobójstwo. – Zamilkł, unosząc brwi. – Może w ten sposób chciał zapobiec pojawieniu się Następcy.

Jest niezwykle bliski prawdy – pomyślał Tyen. *Ale ten tok rozumowania jest niewłaściwy.* Tyen już nieraz chciał wyjawić Baluce, że Raen zaplanował własne wskrzeszenie i zamierzał z powrotem objąć rządy oraz doprowadzić do tego, by buntownicy wyniszczyli się nawzajem. Baluka powinien wiedzieć, że istnieje szansa na powrót Raena, jednak wtedy mogliby to odkryć potężniejsi magowie, którzy zajrzeliby w jego umysł. Magowie pragnący wskrzeszenia Raena, którzy odszukaliby Dahlego, żeby mu pomóc.

– Może ludzie powinni przestać liczyć na to, że ktoś ich ocali – mruknął Tyen. – Może powinni sami zająć się rozwiązywaniem własnych problemów.

Baluka dziwnie na niego popatrzył, lekko przechylając głowę.

– Nie wiesz, co się dzieje w innych światach, prawda? Za długo się ukrywałeś. Ludzie s t a r a j ą s i ę rozwiązać swoje problemy. Nie tak łatwo jest zapobiec wojnom lub je zakończyć.

Tyen niemal się skrzywił.

– Wiem. I usilnie starasz się pomóc. – Westchnął. Ta dyskusja nie miała sensu, a on i tak zabawił tu zbyt długo. – Lepiej już pójdę. Zobaczę, czy zdołam coś poradzić na te mechaniczne bronie. Gdybym mógł się którejś przyjrzeć, może znalazłbym sposób, by je wyłączyć. Masz jakąś przy sobie?

– Nie, ale polecę kilka zdobyć. Każę też ustalić, kto chciał cię schwytać, dlaczego, jak poznał nasz kod i skąd wiedział, gdzie na ciebie – na nas – czekać. – Zmarszczył brwi. – Musimy też obmyślić inny sposób na przekazywanie sobie wiadomości.

Tyen przytaknął. Pomyślał chwilę i wskazał miejsce, w którym Baluka mógłby zostawiać mu informacje. Musiał jeszcze zorganizować siatkę posłańców, którzy następnie przekazaliby je do Doum. Baluka zaproponował drugą kryjówkę.

– Coś jeszcze? – zapytał przyjaciel.

Tyen milczał przez chwilę. Słowo na temat Rielle w takiej chwili wzbudziłoby podejrzenia. Chyba że mógłby...

– Chwileczkę... Widziałeś?

Baluka utkwił wzrok w zasłonie. Tyen spojrzał we wskazane miejsce, ale nie zauważył niczego dziwnego. Pokręcił głową.

– Co?

– Oko. Przez chwilę w szparze.

Tyen odepchnął się nieco od świata i przemieścił za zasłonę. Od razu wyczuł ślad świeżo przetartej ścieżki. Wrócił i odsunął kotarę.

– Ktoś tu był – poinformował Balukę. – Dowiem się, kto i po co.

Zaczerpnął solidną porcję magii z obrzeży świata i podążył ścieżką. Wkrótce wyczuł przed sobą cień, który szybko się oddalał. Ruszył za nim, stopniowo zbliżając się do szpiega. Gdy minął punkt równowagi między światami, z bieli zaczęło wyłaniać się pomieszczenie. Pośrodku na krzesłach o wysokich oparciach siedziały cztery postacie. Każda była zwrócona plecami do innej ściany. Przyglądały się zbliżającemu się szpiegowi. Nagle jedna poderwała się na nogi i Tyen zrozumiał, że go zauważono. Pozostałe osoby wstały pośpiesznie i wszystkie za pomocą magii posłały krzesła w kąty pokoju.

Magowie nie uciekli. Tyen wahał się chwilę. Gdyby zszedł do świata, zostałby zaatakowany – nie miał co do tego wątpliwości. Zaopatrzyli się wcześniej w magię i byli gotowi do walki. Czy chciał ryzykować konfrontację? Mógł się pomylić względem Rielle i jednak zajrzała mu w myśli. Może nie był tak potężny, jak mu się zdawało.

W takim razie powinienem schwytać ich wywiadowcę. Może im na nim nie zależy, ale karta przetargowa niepewnej wartości jest lepsza niż nic.

Popędził naprzód i dogonił szpiega. Mężczyzna niemal krzyknął z zaskoczenia, gdy szarpnięciem został zatrzymany, po czym odwrócił się i z przerażeniem spojrzał na Tyena. Tyen wyczuwał jego wątłe próby wyswobodzenia się, z których wywnioskował, że nie jest on potężnym magiem. Zapewne także nie należał do wiecznie młodych, a to oznaczało, że by się udusił, gdyby Tyen zatrzymał go w tym miejscu.

Lecz Tyen także by zginął. Mógł zrobić dwie rzeczy: wrócić do Baluki albo zejść do pokoju, który miał przed sobą.

Decyzja była prosta. Powrót mógłby doprowadzić magów do Baluki, a Tyen nie chciał narażać przyjaciela. Lepiej było zająć się tymi ludźmi w świecie, w którym czekali.

Zbliżając się, Tyen przyjrzał się po kolei każdemu z mężczyzn. Żadnego nie rozpoznał. Kiedy zszedł, unieruchomił powietrze wokół siebie i szpiega, tworząc jedną tarczę, drugą zaś postawił między sobą a jeńcem, na wypadek gdyby ten zaatakował. Oddychał głęboko i spokojnie, starając się ukryć fakt, że zabrakło mu tchu. Nie mógł zdradzić wrogom, że nie jest nieśmiertelny. *Może pora dowiedzieć się, jak zachować wieczną młodość* – pomyślał.

Jego więzień z trudem łapał oddech, zarówno ze strachu, jak i z powodu skutków braku powietrza. Zaczął atakować osłonę oddzielającą go od Tyena. Nie wierzył, że magowie powstrzymają się, by go ocalić.

I nie mylił się. Tarcza Tyena zadrżała pod naporem ich ataku. Odpłacił im, tłukąc w ich barierę unieruchomionym i ogrzanym powietrzem. Blask po lewej stronie ostrzegł go, że znajdujący się tam mag próbuje rozgrzać powietrze na tyle, by osłabić osłonę Tyena. Zaradził temu, unieruchamiając w tym miejscu swą tarczę i w ten sposób ją schładzając.

Walka wyglądałaby tak finezyjnie, aż jedna lub druga strona okazałaby się słabsza lub sytuację zmieniłby czynnik ludzki. Czterej mężczyźni nie posłużyli się pociskami, Tyen zaś nie próbował oszczędzać magii, zostawiając otwory w swojej tarczy – tę strategię niezbyt często stosowano z dala od słabszych światów, takich jak jego ojczyzna. Wraz z upływem czasu Tyen zaczął powoli przyciągać do siebie unieruchomione powietrze swojej osłony, zwalniając jego wewnętrzną warstwę, by zaopatrzyć się w tlen i móc oddychać, zarazem jednak unieruchamiał kolejną warstwę od zewnątrz.

Jednocześnie obserwował myśli poszczególnych magów. Skupili się na ataku i obronie w obawie, że zginą, jeśli się zdekoncentrują. Przy takiej mobilizacji nie dało się wyłowić z ich umysłów zbyt wielu zamiarów. Postanowił zatem przez chwilę udawać, że słabnie i że jego tarcza zaczyna ustępować pod naporem ich mocy. Natychmiast we wszystkich wezbrała nadzieja i dostrzegł, co ich skusiło, by go tu zwabić.

Albo zginę, albo zyskam wieczną młodość – myślał jeden, powtarzając w głowie to, co tyle razy mówił pozostałym.

We czterech damy radę! – myślał drugi. *Wiedziałem, że razem będziemy silniejsi od niego. To nie Raen, lecz tylko jeszcze jeden relikt dawnych czasów.*

Za chwilę będzie nasz! – piał z zachwytu ten stojący przed Tyenem, a jego usta rozciągnęły się w zachłannym uśmiechu. *Nieśmiertelność! Uzdrawianie! I kto wie, jakie jeszcze sekrety znajdziemy w tej książce.*

Serce zamarło Tyenowi w piersi. Chcieli odebrać mu Vellę. Słusznie sądzili, że zawarto w niej sekret wiecznej młodości. To dla niej chcieli go zabić, choć zamierzali także odebrać mu tajemnice ukryte w jego umyśle.

Zastanawiał się, jak postąpić. Zaczekać, aż skończy im się moc, czy wypuścić szpiega i uciec? Nie wiedział jednak, jak poznali kod, za którego pomocą porozumiewał się z Baluką, oraz miejsca ich spotkań, czekał więc i obserwował, udając, że zbiera wszystkie swoje siły, a potem znów pozwolił, żeby jego osłona zadrżała, by na chwilę ich zdekoncentrować.

Jeszcze bardziej się rozentuzjazmowali, lecz nagle wszystkich ogarnął strach. Popatrzyli na siebie, a Tyen dostrzegł zarysy postaci w cieniu za ich plecami. Atak nieoczekiwanie ustał i zniknęli.

Zaskoczony Tyen skupił się na cieniach w pomieszczeniu. Rzeczywiście wokoło zaczęły pojawiać się jakieś postacie. Sześć, siedem... osiem. Serce zaczęło walić mu w piersi. Wytrzymał atak czterech, ale czy dałby radę ośmiu, skoro zużył już w walce tyle mocy?

Sięgnął po magię na obrzeża świata, lecz gdy do pomieszczenia zszedł pierwszy z magów, Tyen zajrzał w jego myśli i uspokoił się. Był to dowódca ochroniarzy Baluki.

– Potrzebujesz pomocy? – spytał Tyena.

– Już nie. Wystraszyliście ich – odparł Tyen. – Czy Baluka jest bezpieczny?

Dowódca skinął głową.

Umysły pozostałych przybyszów zaczęły kolejno pojawiać się w zasięgu zmysłów Tyena. Żaden go nie rozpoznał. Baluka wysłał magów, którzy nigdy nie odprowadzali Tyena na spotkania z nim.

– Dowiedziałeś się, czego chcieli? – spytał mag, patrząc na wywiadowcę.

– Tak. Ukraść coś, co według nich jest w moim posiadaniu. A zatem... – Tyen zwrócił się do jeńca. – Skąd wiedzieli, że się tu znajdziemy? Skąd znali nasz kod?

– Nie wiem! – wykrzyknął mężczyzna. – Wynajęli mnie, żebym sprawdził pokój i zobaczył, czy już przybyłeś.

Mówił prawdę. Tyen westchnął i wypuścił go. Szpieg natychmiast zniknął.

Dowódca odwrócił się do swoich współpracowników i omiótł ich wzrokiem.

– Za nim. Sprawdźcie, czy doprowadzi was do reszty.

Mężczyźni i kobiety popatrzyli na siebie i zniknęli. Dowódca spojrzał na Tyena.

– Bardziej małostkowy człowiek by go zabił.

Tyen skinął głową.

– Albo mądrzejszy.

Założę się, że nigdy nikogo nie zabił – pomyślał mag, lecz zamiast pogardy wezbrała w nim zazdrość i odpędził nieprzyjemne wspomnienia oraz poczucie winy.

– Baluka odszedł? – spytał Tyen.

Mężczyzna przytaknął.

– Robi się niespokojny, gdy za długo jest poza bazą; martwi się, co robią Odnowiciele pod jego nieobecność.

– W takim razie ja też odejdę. Dziękuję za pomoc.

Mężczyzna skinął głową. Tyen zaczerpnął magii, odepchnął się od świata i udał się do domu.

ROZDZIAŁ 6

Tyen wygładził koszulę swojego najbardziej odświętnego stroju i na jego piersi odcisnął się prostokątny kształt Velli. Spojrzał na swoje odbicie w małym lustrze w sypialni, odetchnął głęboko i wziął listę warunków przekazaną przez Ceramików.

Potem zebrał się w sobie, bo jego determinacja zaczynała już topnieć, ponownie wziął głęboki wdech i odepchnął się od świata.

Mam nadzieję, że nie poczuje się urażona tonem tych warunków – pomyślał. *Nie powinna, ale przecież musi przekazać je imperatorowi. Biedna Rielle. Pewnie pożałuje, że doradziła mi pertraktacje w imieniu Doum i że zgodziła się reprezentować Murai.*

Odruchowo zamierzał szybować nad Albą, lecz tym razem nie musiał ukrywać swej ścieżki. Przeniknął przez sufit i dach domu, uniósł się na tyle wysoko, by widzieć całe miasto, a potem ruszył na zachód.

Jak sądzisz, Vello, czy istnieje szansa, że imperator przystanie na warunki Ceramików?

– Wątpię, chyba że władca kieruje się pobudkami, o których nie wiemy.

Jej wyraźny głos w jego myślach dodał mu nieco otuchy. Rozmowa z Vellą zawsze sprawiała mu przyjemność. W takich chwilach wydawała się najbardziej ludzka. Gdyby nie to, że udusiłby się, gdyby został między światami, wymykałby się tam za każdym razem, kiedy chciał z nią porozmawiać.

Uważasz, że Ceramicy nie wiedzą, o co toczy się ta gra? Nie dostrzegają ryzyka inwazji na swój świat?

– Nie mogę mieć pewności bez zaglądania w ich myśli, ale byłoby dziwne, gdyby nie byli tego świadomi. Nie znasz żadnego powodu, dla którego nie chcieliby szukać informacji na temat sąsiednich światów. Nie mają charyzmatycznego przywódcy ani restrykcyjnej religii sprzeciwiających się instynktowi samozachowawczemu. Powinni wiedzieć, na czym stoją.

Dlaczego więc ryzykują, że rozwścieczą imperatora?

– Prawdopodobnie chcą pertraktować. Oczekują kompromisu, więc zaczynają od warunków, które są dla nich najbardziej sprzyjające.

Trudno się dziwić takiemu podejściu w społeczności przywykłej do targowania się o cenę swoich wyrobów. Zresztą imperator powinien być przyzwyczajony do negocjacji z mieszkańcami Doum.

– Jeżeli handlem zawsze zajmowali się kupcy, to niekoniecznie. Zapewne bardziej nawykł do tego, że wszyscy są mu posłuszni bez słowa sprzeciwu.

To brzmi niezbyt obiecująco.

Podążając nad widocznymi w dole drogami, Tyen dotarł do miasta Fabre, położonego o ćwierć obwodu świata od Alby. Było od niej mniejsze i leżało w obrębie łuku kamieniołomów piętrowo wyciętych w ścianie niskiego klifu. To właśnie stamtąd pochodziła glina, z której w Fabre wytwarzano słynne białe wyroby ceramiczne. Tyen nie zszedł jednak do miasta, lecz skierował się ku budowli położonej nieco za szczytem klifu. Z góry wyglądała jak kompleks połączonych kręgów, a przestrzeń między nimi wypełniała zieleń. Bielone ściany błyszczały w porannym słońcu.

Zmierzał do największego kręgu. Pośrodku znajdował się staw, na nim zaś wznosiło się kopulaste zadaszenie, do którego dochodził niewielki mostek – Wyspa Kafelkowa. Zbliżając się do świata, zaczął słyszeć dźwięk wody tryskającej z fontann wokół stawu. Po zejściu odgłos wyostrzył się, a otoczenie na powrót nasyciło barwami. Jego uwagę przykuły migoczące błyski maleńkich kafelków osadzonych w mostku i jego poręczy. Tworzyły mozaikę o jasnych barwach, przedstawiającą splecioną kwitnącą winorośl. Powiódł po niej dłonią. Biała fuga była szorstka w porównaniu z gładką glazurą.

Czy Rielle będzie pod wrażeniem? – zastanawiał się. *Tak długo żyje wśród rzemieślników zajmujących się mozaikami, że zapewne widziała już ich najlepsze dzieła.*

– Tyenie Wheelmaker – odezwał się ktoś.

Tyen się odwrócił. Do mostku zbliżał się mężczyzna w średnim wieku w prosto skrojonym odzieniu noszonym przez większość garncarzy, uszytym jednak z delikatniejszego materiału, na piersi zaś miał wyszyty symbol. Był to strój, który mógłby założyć urzędnik.

– Jestem Abler Tithen – przedstawił się. – Przekażę Ceramikom rezultaty spotkania i dopilnuję, byś otrzymał wszystko co potrzebne.

– Miło mi cię poznać, Ablerze Tithen – odparł Tyen.

Mężczyzna zacisnął usta w grymasie, który miał przypominać uśmiech, jakby ta oficjalna odpowiedź go rozbawiła.

– Ciebie również – odpowiedział. – Przedstawicielka imperatora Murai przybędzie wkrótce. Porozmawiacie tutaj. – Wskazał wyspę za plecami Tyena. – Czeka tam poczęstunek.

– Dziękuję – odrzekł Tyen. – Gdzie cię znajdę, gdy skończymy?

– Wyjdę ci na spotkanie.

Mężczyzna cofnął się o krok, odwrócił i odszedł. Tyen przeszedł przez mostek i wkroczył pod zadaszenie. Odgłos fontann od razu się zmienił – niewielka przestrzeń nie wzmogła go, lecz złagodziła. W środku dwa krzesła z trzciny stały po przeciwnych stronach okrągłego stołu z tego samego materiału, którego blat wykonano z drobniejszych pasm, by jego powierzchnia była jak najgładsza. Zauważył dwie szklanki, dzbanek wody, misy z owocami, drobne pieczone przystawki oraz solone ryby i marynowane wodorosty, które w Doum podawano gościom.

Odłożył dokumenty i usiadł. Czekał, przyglądając się mostkowi. Po chwili zaczął się niepokoić, że imperator zmienił zdanie. Rozważał, czy nie wyjść i nie spytać Ablera, po jakim czasie spotkanie można uznać za odwołane. Postanowił jednak się wstrzymać; potem zaś, gdy w końcu zdecydował, że wyjdzie, pośrodku mostku zaczęła materializować się postać.

Serce podskoczyło mu w piersi i zabiło szybciej. Choć sylwetka była niewyraźna, Tyen był przekonany – choć nie wiedział dlaczego – że to Rielle. Gdy cień nabrał ostrości, okazało się, że miał rację. Powoli zaczęła się obracać, przyglądając się sylwetce budynku oraz wyspie. Na jego widok uśmiechnęła się i stała jeszcze mniej przezroczysta.

Podniósł się i wyszedł jej na spotkanie. Po zejściu do świata nie zaczerpnęła łapczywie powietrza; to przypomnienie o jej nieśmiertelności przyprawiło go o dreszcz.

– Rielle Lazuli – odezwał się. – Witaj w Doum.

– Dziękuję – odpowiedziała. – Przepraszam za spóźnienie. Imperator zadbał o to, by coś mnie zatrzymało. Doszedł do bzdurnego wniosku, że będzie kontrolował sytuację, jeśli wpłynie na czas spotkania.

– Podejrzewam, że to uciążliwe bardziej dla ciebie niż dla mnie – odparł Tyen. – Ja siedziałem sobie wygodnie i nie musiałem znosić kaprysów władcy. Wejdź. Czeka tam na nas poczęstunek.

– Wnętrze, które i tak jest na zewnątrz – zauważyła, wchodząc pod zadaszenie. – To typowe dla Murai i Doum.

– Nie widziałem w Doum podobnego miejsca. Może twórcę zainspirowała architektura Murai. Zauważyłaś mozaiki?

– Tak. – Skinęła głową i rozejrzała się. – Czy Ceramicy wybrali to miejsce, bym poczuła się jak u siebie?

– Nie mam pojęcia.

Wzruszyła ramionami.

– Jeżeli tak, podziękuj im.

– Dobrze.

Wskazał krzesło, ona zaś usiadła z uśmiechem. Miała na sobie równie prostą suknię, co podczas spotkania w pałacu, tym razem jednak szaroniebieską, ale nie założyła biżuterii, jedynie wisiorek w kształcie rombu. Niczego ze sobą nie zabrała. Albo zapamiętała wszystkie warunki imperatora, albo były tak oczywiste, że nie musiała. Ta druga możliwość nie napawała optymizmem.

– Co słychać w pałacu?

Jej usta drgnęły w drwiącym rozbawieniu.

– Mamy dużo pracy. Imperator zamówił tyle mozaik, że zapewnił mi zajęcie na wiele cykli. Podejrzewam, że zrobił to celowo, by zachęcić mnie do osiągnięcia wyznaczonego przez niego celu podczas tych negocjacji.

– Rzemieślnicy są zadowoleni?

– Tak, pod warunkiem że wszystko ułoży się po jego myśli. Jeśli będzie inaczej… – Zacisnęła usta w wyrazie niezadowolenia. – Mogę jedynie liczyć na to, że nie ukarze mnie za niepowodzenie.

– Nie wiesz, co zrobi?

Kolejny krzywy uśmiech.

– Dopilnował, bym miała trudności z odnalezieniem jego myśli. Opuścił Glaemar i zabrał ze sobą kilkoro ludzi, którzy wiedzą, dokąd się udał. – Wzruszyła ramionami. – Nie w tym rzecz, że mi nie ufa. On nie ufa nikomu.

– A zatem wy również porozumiewacie się za pośrednictwem emisariuszy. – Tyen zachichotał. – Mnie Ceramicy także nie ufają.

Przez pewien czas milczeli rozgoryczeni, godząc się z sytuacją. Potem Rielle wyprostowała się, a uśmiech znikł z jej twarzy.

– Czego zatem domagają się Ceramicy?

Tyen uniósł dokumenty zawierające warunki Doum i zaczął czytać.

– Cóż – odezwała się, gdy skończył – przynajmniej o tym pomyśleli. Mnie imperator oznajmił po prostu: „Daj kupcom to, czego chcą, albo sam to wezmę".

Tyen się zasępił – jak wówczas gdy Ceramicy przekazali mu swoje żądania. Spojrzał na Rielle, nie mogąc wydusić z siebie ani słowa. Przyglądała się jego twarzy, jakby czegoś w niej szukała, on zaś przypomniał sobie, jak Baluka powiedział kiedyś, że chciałby móc ukrywać swoje myśli tak jak Tyen.

Wziął głęboki wdech i powoli wypuścił powietrze z płuc. Wspomniał opinię Velli na temat negocjowania. Czyżby imperator zażądał wszystkiego, co możliwe, wiedząc, że będzie musiał pójść na kompromis?

– A jednak cię tu wysłał – stwierdził.

– Owszem. – Rozłożyła ręce. – Ludzie muszą wiedzieć, z jakiej pozycji zaczyna.

– Listę żądań Ceramików odebrałem w podobny sposób.

– Może to ultimatum.

– Albo blef, żeby sprawdzić, czy łatwo zastraszyć Ceramików.

– Może jego słowa są skierowane do ciebie. Czy będziesz bronił tego świata, jeśli imperator zacznie wojnę?

– Tak.

– Nawet jeśli Ceramicy nie będą tego chcieli? Nawet jeśli zabronią ci się wtrącać?

Zmarszczył czoło.

– Raczej nie odrzucą mojej pomocy.

Uniosła brwi, domagając się odpowiedzi.

– W takiej sytuacji... Sam nie wiem. Musiałbym mieć pewność, że naprawdę nie chcą mojego wsparcia. Wówczas czekałbym w pogotowiu, w razie gdyby zmienili zdanie.

Skinęła głową.

– Przyjęli twoją pomoc w negocjacjach, a to dobry znak.

– A ty? – spytał. – Pomogłabyś imperatorowi w najeździe, gdyby cię o to poprosił?

– Nie.

– A gdyby dał ci do zrozumienia, że w razie odmowy nie będziesz mile widziana w Murai?

– Wyruszyłabym dalej. – Wzruszyła ramionami. – To tylko praca, a nie jest aż tak trudno ją znaleźć, bym musiała w tym celu brać udział w wojnie.

– A gdyby to Murai zostało zaatakowane?

Skrzywiła się i pokręciła głową.

– Nie mieszam się w miejscowe konflikty. Nigdy nie wiadomo, czy poprawiłabym, czy pogorszyła sprawę.

Skinął głową.

– Tak samo mówił Valhan.

– Mniej więcej. – Znów się skrzywiła. – A jednak się wmieszałam. – Spojrzała na żądania Ceramików. – Co powiemy ludziom, których reprezentujemy?

Tyen popatrzył na leżące przed nim na stole dokumenty, a potem na dłonie Rielle spoczywające w miejscu, w którym powinny znajdować się kartki z żądaniami imperatora.

– Nie podoba mi się perspektywa niekończącej się wymiany absurdalnych roszczeń, mimo że miałbym okazję cieszyć się twoim towarzystwem. Bądźmy rozsądni i zastanówmy się nad porozumieniem korzystnym dla wszystkich.

Tym razem nie uśmiechnęła się krzywo ani ponuro, lecz szczerze, z podziwem i zapałem.

– Tak! I przedstawmy tę propozycję obu stronom. Może im się nie spodobać, że dwoje cudzoziemców ustala zasady, jeśli jednak postąpimy roztropniej, może ich zawstydzimy i zaczną negocjować jak należy.

– Warto spróbować.

Tyen wstał i podszedł do wejścia do altany. W jednym z progów budynku natychmiast pojawił się Abler.

– Potrzebny nam papier i coś do pisania – zwrócił się do niego Tyen. Zamilkł, przypomniawszy sobie o nierównej powierzchni stołu. – I coś, co będzie można podłożyć pod kartki.

Abler skinął głową i zniknął. Tyen wrócił na miejsce i nalał wody do szklanek. Wkrótce posłaniec przyniósł potrzebne przybory. Tyen podsunął Rielle podkładkę, rysik i połowę papieru.

– Od czego zaczniemy?

Najpierw skupili się na pierwotnym źródle sporu między światami, a potem zajęli kwestiami poruszonymi przez Ceramików w długiej liście warunków. Mijały godziny, lecz ledwie zauważali upływ czasu. Zadanie nie było łatwe, oboje jednak podczas podróży mieli do czynienia z rozmaitymi ustrojami oraz formami handlu, a na temat Murai i Doum wiedzieli dostatecznie wiele, by domyślić się, jakie rozwiązania nie zostaną odrzucone jako zbyt dziwne lub niewykonalne zarówno przez Ceramików, jak i imperatora.

Zrobili przerwę, gdy Abler z dwiema kobietami podali im posiłek. Ogród skąpany był w blasku południowego słońca. Tyen zdał sobie sprawę, że oboje nie tknęli przekąsek. Przez chwilę jedli w milczeniu; w końcu Rielle spojrzała na niego zamyślona.

– Tarren wiele mi o tobie opowiadał – oznajmiła. – Przynajmniej to, co o tobie wiedział z czasów Liftre.

Tyen skinął głową, po czym zmarszczył brwi, gdy uświadomił sobie, co to znaczy. Tarren był jednym z niewielu ludzi, którym ufał na tyle, by powiedzieć o Velli. Nawet jeśli starzec nie wspomniał o książce, Rielle mogłaby dowiedzieć się prawdy z jego myśli. Mało prawdopodobne, żeby po pięciu cyklach znajomości z Tarrenem jeszcze o niej nie wiedziała. *W takim razie bez wahania mógłbym poprosić ją o pomoc w przywróceniu ciała Velli.*

Otworzył usta, lecz zamknął je z powrotem. Możliwe, że przez wzgląd na dobre wychowanie nigdy nie czytała w myślach Tarrena albo że Tarren nigdy nie myślał o Velli, gdy to robiła. Choć to raczej niemożliwe... *Lepiej nie wspominać o Velli, dopóki nie upewnię się, że Rielle już o niej wie.*

– Twój świat jest fascynujący – kontynuowała. – Wszystko robią maszyny napędzane magią.

– Nie wszystko – sprostował. – Inaczej nie byłoby pracy dla nikogo. Niestety miało to ogromną cenę: mój świat jest słaby, bo urządzenia zużywały magię szybciej, niż była wytwarzana.

– Tarren mówił, że podobno ludzie w twoim świecie nie wierzą, że tworzenie jest źródłem magii.

– Uznają to za prymitywne przekonanie. Przynajmniej w Imperium. W koloniach i na nieskolonizowanym południu ludzie znają prawdę.

– W mojej ojczyźnie posługiwanie się magią jest zakazane, chyba że jest się kapłanem.

Skinął głową.

– Bo magii jest niewiele. Oboje wychowaliśmy się w magicznie słabych światach.

– Czytasz mi w myślach?

Zawahał się.

– Nie.

Zmrużyła oczy.

– To jakim cudem...? No tak! Dahli ci powiedział. Albo wyczytałeś to z jego myśli.

Przytaknął.

Sprawiała wrażenie zasmuconej.

– Musisz wiedzieć o mnie znacznie więcej niż ja o tobie, skoro on dowiedział się o mnie wszystkiego, zanim zyskałam wieczną młodość. Musiałam otworzyć przed nim umysł, kiedy uczył mnie przekształcania wzorców.

– Czy to konieczne? Otworzenie umysłu przed nauczycielem?

– Nie mam pojęcia. – Pokręciła głową. – Tak pewnie wszystko odbywa się szybciej, ale sądzę, że jeśli wiesz, do czego dążysz, sam mógłbyś się nauczyć. Pierwsza osoba, która osiągnęła wieczną młodość, musiała dojść do tego sama, więc to możliwe. Próbowałeś nauczyć się sam?

– Nie.

– Dlaczego? Z twoją mocą mógłbyś to osiągnąć. Tarren twierdzi, że posiadasz odpowiednią wiedzę.

– Pewnie nie mam ku temu odpowiedniego powodu.

– A jakiego powodu ci trzeba? – Przechyliła głowę. – Uważasz, że to powinno być bezinteresowne?

– Nie. – Zachichotał. – Nie jestem aż tak szlachetny, żeby nie skorzystać z szansy na wieczną młodość, bo nie znalazłem ku temu dostatecznie szlachetnych powodów. – Zamilkł na chwilę. – Czy ktoś w ogóle tak postąpił?

– Być może.

– Cóż, podobnie jak większość ludzi chciałbym żyć jak najdłużej. Ale wiem, że to wymaga czasu i może pozbawić dany świat mocy. Czytałem, że ma też wady. – Przerwał na chwilę. – Nie miałabyś nic przeciwko, żebym cię o nie spytał?

Uśmiechnęła się.

– Oczywiście, że nie. – Pogrążyła się w myślach, a jej ramiona uniosły się i opadły. – Dahli powiedział, że można nieświadomie zmieniać swój wygląd, tak by podobał się tym, którzy patrzą, a jeśli nie zachowa się ostrożności, można zapomnieć, jak się pierwotnie wyglądało. – Zmarszczyła brwi. – Często zastanawiałam się, czy moja osobowość także się zmieni. Valhan miał w pałacu własny posąg, by wiedzieć, jak powinien wyglądać. Ja namalowałam autoportrety i zostawiłam je w bezpiecznych miejscach.

– Czy zmiana pierwotnego wyglądu naprawdę jest taka istotna? – spytał Tyen. – To mogłoby być kuszące dla kogoś, kto się sobie nie podoba.

– Ja także sądziłam, że nie ma to wielkiego znaczenia, ale może po kilkuset latach człowiek czuje, że coś utracił. Czasem pragnę stać się kimś, kim byłam kiedyś, gdy jeszcze nie wiedziałam o istnieniu magii i innych światów. Ale potem nachodzi mnie refleksja, że przecież każdy tęskni za czasami, gdy wszystko było niewinne i proste.

Tyen skinął głową, wracając myślami do młodości w Akademii.

– Czytałem, że wieczna młodość może odebrać część człowieczeństwa.

Rielle pokręciła głową.

– Ja czuję się bardzo ludzko. Czasami za bardzo. Jakby pod wpływem potężnej mocy moje ludzkie potrzeby i wady stawały się wyraźniejsze.

– Wiem, jak to jest. W takim razie wygląda na to, że każdy, kto wiedzie ciekawe i długie życie, mógłby przystać na takie problemy.

Zmarszczyła czoło.

– Poza jednym. Przynajmniej w moim wypadku. Utratą zdolności kreatora. Ale ty nie musiałbyś się o to martwić.

Uniósł brwi, słysząc te słowa. Była kreatorem, lecz wieczna młodość odebrała jej tę zdolność. W tej informacji było coś znajomego. Może wyczytał ją w myślach Dahlego. Albo Baluki.

– Żałujesz tego?

Kąciki jej ust opadły.

– I tak, i nie. Nie miało to dla mnie znaczenia. Wieczna młodość ma znacznie więcej zalet. – Uśmiechnęła się lekko. – I nie tylko ja z nich korzystam.

Skinął głową.

– Tarren. Uzdrowiłaś go, a może nawet odmłodziłaś.

– Jedno i drugie. Ale to, co dla niego robię, nie potrwa wiecznie. Nie chciał, bym z powrotem dała mu młody wygląd. Chciał tylko zyskać nieco więcej czasu i pozbyć się bólu. – Spojrzała na Tyena i ściszyła głos. – Choć wolałabym, aby się nie rozniosło, że posiadam takie zdolności, bo osoba, którą reprezentuję, mogłaby mnie zmusić, bym została jej uzdrowicielką.

– Uszanuję to.

Tyen zadrżał, gdy wyobraził sobie, jakimi sposobami imperator mógłby zechcieć przekonać Rielle, by obdarzyła go długim życiem w zdrowiu. *Może nie jest w stanie jej skrzywdzić, ale mógłby skrzywdzić ludzi, na których jej zależy, na przykład rzemieślników albo służącą.*

Rielle odsunęła pusty talerz i wzięła rysik.

– To było pyszne. Ale teraz zajmijmy się pracą, zanim ktoś przyjdzie sprawdzić, co knujemy.

I wrócili do poprzedniego zajęcia. Podczas kolejnych przerw wymieniali się opowieściami o swoich ojczyznach, o błędach popełnionych podczas nauki posługiwania się magią i o ludziach, których spotkali, od kiedy nauczyli się podróżować między światami. Gdy zakończyli pracę, mieli zaledwie zarys porozumienia – tylko to mogli zrobić w ciągu jednego dnia. Altanę spowijała ciemność. Tyen stworzył światełko, które zawiesił nad stołem. Rielle złożyła swoją kopię dokumentu i wstała.

– Muszę wracać. Moja nieobecność trwała znacznie dłużej, niż oczekiwano.

– Imperator zapewne spodziewa się, że wrócisz prosto do Murai.

– Dobrze mu zrobi, jeśli choć raz to on będzie musiał poczekać. – Podniosła wzrok i uśmiechnęła się. – Powinieneś wiedzieć, że Tarren mieszka w świecie Roh, w górach Puttila na południu, nad jeziorem Boaleu. Na pewno ucieszyłby się z odwiedzin.

Tyen skinął głową.

– Chętnie się z nim spotkam.

Uśmiechnęła się szerzej. Światło padało pod dziwnym kątem, skrywając jej oczy w cieniu, co nadawało jej twarzy ponętną tajemniczość. Łuk jej ust krył w sobie zaproszenie. Serce przyśpieszyło Tyenowi w piersi. Popatrzyła na niego w ten sposób celowo czy to pod wpływem swoich nadziei tak odczytał jej spojrzenie?

– Dziękuję – powiedziała cicho. – Powodzenia w rozmowie z Ceramikami. Nie mogę się doczekać kolejnego spotkania.

– Ja też. – Ukłonił się jak dżentelmeni z jego świata. – Oby rozmowa z imperatorem przebiegła korzystnie.

Skinęła głową w odpowiedzi i odepchnęła się od świata.

Gdy zniknęła mu z oczu, stał w milczeniu. Odniósł wrażenie, że wraz z jej odejściem ktoś zgasił ogień i wpuścił pod zadaszenie chłodne powietrze. Zdał sobie sprawę z własnego zmęczenia i niczego nie pragnął bardziej, niż wrócić do domu, by przemyśleć to spotkanie. Zostawił na stole listę żądań Ceramików, w połowie opróżnione talerze oraz mocno zużyte rysiki i wyszedł na mostek. W ścianie budynku natychmiast pojawił się prostokąt światła, w którym zarysowała się sylwetka Doumiańczyka. Tyen przywołał światełko, by oświetlić Ablerowi drogę.

Podał mu drugą kopię projektu porozumienia.

– Dziękuję za pomoc. Proszę dostarczyć to Radzie – powiedział.

– Uczynię to niezwłocznie – odparł Abler. – Możesz wracać do warsztatu.

Tyen kiwnął głową, zaczerpnął magii, wziął głęboki wdech i odepchnął się lekko między światy, by poszybować do domu.

ROZDZIAŁ 7

Roh było niewielkim, ciepłym światem. Nie istniały w nim oceany, lecz całe mnóstwo jezior. Wśród roślinności dominowały trawy – od gatunków ogromnych, rozpostartych niczym wachlarze i wysokością dorównujących najwyższym drzewom w świecie Tyena po maleńkie roślinki wyrastające na choćby najmniejszym spłachetku pylistej ziemi.

Tyen zbadał ten świat pobieżnie, gdy szukał miejsca, w którym mógłby się osiedlić. Już wtedy zastanawiał się nad Doum, Roh zaś w porównaniu wypadało nieco nudno. Odstraszył go brak technologii obróbki metali, choć chciał zostawić za sobą przeszłość związaną z magią mechaniczną.

Południowe góry na obszarze zwanym Puttilą były raczej wypukłościami w kobiercu zielonej roślinności, porastającej większość tego świata. Pośród nich leżał labirynt utworzony przez jeziora. Podążając wzdłuż zawiłych linii brzegowych, dopiero po dłuższej chwili odnalazł pierwszych mieszkańców. Trawy wodne zamazywały granicę między lądem a wodą, niektóre zaś były kilkakrotnie wyższe od człowieka. Domy miały postać platform przytwierdzonych do w pełni rozwiniętych okazów roślin, nad nimi zaś wisiały szersze dachy.

Zszedł do świata w jednym z takich domów, zaskakując człowieka skręcającego linę, i zapytał, gdzie znajdzie jezioro Boaleu. Język, którym posługiwał się mężczyzna, stanowił strumień płynnych dźwięków, których wypowiadanie przychodziło Tyenowi z trudem. Jego wymowa była tak daleka od poprawnej, że dopiero po pewnym czasie mężczyzna go zrozumiał. Zdolność czytania w myślach nie zawsze ułatwiała komunikację. Wskazówki, jakie w końcu otrzymał, były zbyt skomplikowane do zapamiętania, dotyczyły bowiem podróży łódką. Jeszcze kilka razy musiał się zatrzymywać i pytać o drogę, nim w końcu zobaczył jezioro, nad którym – miał nadzieję – mieszkał Tarren.

Kiedy tam dotarł, odnalazł go bez trudu. Pośrodku jeziora wznosiła się skalista wieża – pozostałość po dawnym kominie wulkanu. Na szczycie, wśród kolejnych traw, znajdowało się skupisko budynków. Na gankach i pergolach łopotały kolorowe proporce pokryte czarnymi znakami. Gdyby Tyen nie szybował tuż poza granicą świata, roześmiałby się w głos. Stary mag najwyraźniej nie rozstał się z kaligrafią i bez wątpienia zmuszał do niej wszystkich swoich uczniów.

Choć dla Tyena oczywiste było, że to dom Tarrena, nie mógł pozbyć się nawyków związanych z zachowaniem ostrożności. Minął wieżę, poszybował w najdalszy kraniec jeziora, zatrzymał się, by zaczerpnąć tchu, po czym szybko wrócił własnym śladem, tworząc ślepą ścieżkę między światami. Ruszył ku wieży, zacierając za sobą ślad.

Powoli zbliżył się do budynku, wypatrując oznak życia. Jakiś mężczyzna prał ubranie, kobieta pracowała w niewielkim warzywniku, przez okno zaś Tyen dostrzegł młodego człowieka pochylonego nad stołem i dzierżącego w dłoni duży pędzel. Potem, gdy szybował nad domem, zobaczył wpatrzonego w jezioro starca opartego o balustradę.

Schodząc na brukowaną ścieżkę za jego plecami, poczuł na ostatnim etapie działanie grawitacji. Tarren drgnął i odwrócił się, usłyszawszy odgłos nabieranego powietrza. A potem się uśmiechnął.

– Och – odezwał się. – Tyen. Dotrzymała słowa.

– Słowa?

– Że cię tu przyśle.

– Dlaczego miałaby nie dotrzymać, skoro ją o to poprosiłeś?

Tarren uśmiechnął się szeroko.

– Z zazdrości. Chce mieć mnie tylko dla siebie.

Tyen udał, że jest pod wrażeniem.

– Twoje metody nauczania musiały się znacznie poprawić od czasów Liftre.

Starzec zachichotał.

– W zasadzie nie może być inaczej, skoro mam mniej uczniów. Każdemu mogę poświęcić więcej czasu. – Skinął dłonią na Tyena i odwrócił się z powrotem do barierki. – Podziwiałem widoki. Ten jest wyjątkowo piękny. Mgła nie ogranicza widoczności. Wiatr nie marszczy wody.

Tyen podszedł do Tarrena i nie mógł się nie zgodzić – rzeczywiście widok był spektakularny. Rozciągało się przed nimi jezioro otoczone zielonobłękitnymi wzgórzami. Na pobliskim brzegu zamigotało, gdy gromada uskrzydlonych stworzeń wzbiła się w powietrze, a energiczny trzepot ich skrzydeł utworzył pełną wdzięku, harmonijną falę. W wodach jeziora, gdzieniegdzie przezroczystych, widać było ławice licznych drobnych żyjątek oraz jedno duże stworzenie opływające rdzeń wulkaniczny.

– Od jak dawna tu mieszkasz? – spytał Tyen.

– Od trzech cykli.

– Dlaczego tutaj?

Tarren wzruszył ramionami.

– Mało prawdopodobne, że ktoś zaatakuje ten świat. Jest tu mnóstwo wody i żyznych gleb, a uprawy z innych światów nie mogą konkurować z miejscowymi roślinami. Nie mamy wielkich złóż minerałów, które można by wydobywać. Jest z czego żyć, zasoby są równo rozmieszczone po całym świecie, ale tylko jeśli wiedzie się proste życie. Oczywiście obywatele Roh znajdują sobie powody do sporów. Są ludźmi, tak samo jak mieszkańcy innych światów. Ale raczej walczą o kwestie polityczne lub prawne. Albo gdy poddają się porywom serca.

Tyen obejrzał się przez ramię i popatrzył na dom.

– Ty go zbudowałeś?

– Nie, kupiłem od innego cudzoziemca. Jednego z byłych sojuszników Raena, który potrzebował lepszej kryjówki.

Tyen zajrzał w myśli byłego mentora, ale nie rozpoznał tego sojusznika. Tarren i tak powątpiewał, by imię, którym tamten mu się przedstawił, było prawdziwe.

– A co u ciebie? Zyskałeś w końcu wieczną młodość?

– Nie.

Starzec zmarszczył brwi.

– Dlaczego?

– Jeszcze nie nadeszła pora. – Tyen wzruszył ramionami. – Poza tym musiałbym zniszczyć w tym celu jakiś świat i zaryzykować, że się w nim uduszę.

– Pozbawienie świata magii nie jest równoznaczne ze zniszczeniem go – przypomniał mu Tarren. – Światy się odradzają. I choć niezamieszkane, a obdarzone mocą występują rzadko, to jednak istnieją. Może być ich coraz mniej, skoro Raen przestał kontrolować wiedzę dającą wieczną młodość. – Tarren położył Tyenowi dłoń na ramieniu. – Wiesz, że przyjdę po ciebie, jeśli utkniesz.

– A co z wadami nieśmiertelności? Co z ryzykiem nieodwracalnych zmian?

Starzec milczał chwilę, po czym cofnął dłoń.

– Nim osiągniesz mój wiek, przestanie to być istotne. Wszyscy zmieniamy się w miarę upływu lat. Nieustannie ewoluujemy, stajemy się innymi ludźmi. Wierz mi, że zupełnie nie jestem podobny do człowieka, którym byłem w twoim wieku, i wcale nie przeszkadza mi to aż tak, jak mogłoby się wydawać. Możesz zmienić się w kogoś zupełnie innego, ale to nie znaczy, że na gorsze. Masz mniej do stracenia, niż miała Rielle. Ona była kreatorem. A teraz gdy tworzy, generowana przez nią moc nie jest większa niż magia wytwarzana przez każdego innego artystę.

Tyen skinął głową.

– Baluka wspominał, że była kreatorem. Sądził, że to właśnie dlatego Raen zabrał ją do swojego pałacu.

Tarren zmarszczył brwi.

– Gdyby tak było, po co miałby umożliwić jej zyskanie nieśmiertelności?

Tyen pokręcił głową. Nie mógł zdradzić Tarrenowi prawdziwego powodu, dla którego Raen zwerbował Rielle – miała go wskrzesić. Starzec odwrócił się ku budynkowi.

– Wejdźmy do środka. Mam nowych uczniów i powinienem cię przedstawić.

Tyen ruszył za Tarrenem. Z jego umysłu wyłowił myśl, która sprawiła, że serce na chwilę zamarło mu w piersi.

Rielle pewnie wkrótce tu dotrze – pomyślał Tarren. *O ile wzięła sobie moje rady do serca, a nie po prostu zasugerowała Tyenowi, by mnie odwiedził.* W następnej minucie Tyena przeszył dreszcz – Rielle wyznała Tarrenowi, że Tyen jej się spodobał. Że chciałaby, aby połączyło ich coś więcej niż przyjaźń. Tarren zaproponował, by zaaranżowała spotkanie w tym świecie. Albo przynajmniej przysłała Tyena w odwiedziny, by starzec mógł wybadać, czy i ona wpadła w oko byłemu protegowanemu. Czy jest zainteresowany spotkaniem wybiegającym poza negocjacje.

Wybiegającym poza negocjacje? – zadumał się Tyen. *Tarren nawet w myślach jest uroczo powściągliwy.*

Starzec zerknął za siebie. Tyen przybrał neutralny wyraz twarzy, sądząc jednak po wymownym uśmiechu, który pojawił się na ustach Tarrena, nie zrobił tego dość szybko.

Stary, przebiegły romantyk – pomyślał Tyen. *Mam ochotę udać brak zainteresowania, żeby się z nim podroczyć. Ale to mogłoby zniechęcić Rielle, a tego przecież nie chcę.*

Tarren jednak nic nie powiedział. Prowadził Tyena przez kolejne pomieszczenia, a gdy dotarli do pracowni, przedstawił mu swoich uczniów. Ściany ozdobiono tu kaligrafowanymi proporcami, Tyen zaś ze zdumieniem dostrzegł wśród nich swoje dzieło. Lecz mimo wszystkich spostrzeżeń, wyjaśnień, prezentacji i pogawędek jakaś cząstka umysłu Tyena nie mogła przestać się zastanawiać, co zrobić po przybyciu Rielle – o ile ona w ogóle się tu zjawi. Czy to, o czym marzył, miało właśnie się ziścić? Spodobał jej się. Polubiła go. Chciała, by zostali kimś więcej niż przyjaciółmi. Może tylko kochankami. Nie śmiał marzyć o niczym więcej. Nie wiedział, czy w ogóle chce czegoś więcej. Seks to jedno, ale dzielenie z kimś życia to coś zupełnie innego. Nie potrafili czytać sobie w myślach, a do tego nie przywykło żadne z nich. Lecz nawet gdyby potrafili, mogliby sobie z tym nie poradzić.

Gdy tylko Rielle zajrzy w myśli Tarrena, dowie się, że Tyen zdradził odrobinę zainteresowania. Ale dowie się jedynie, że to Tarren tak sądzi. Tyen miał nad nią przewagę, co nie było sprawiedliwe.

Chyba że powiem Tarrenowi, że mi się spodobała.

Nie był jednak w stanie wydusić z siebie słowa. Poza tym chyba lepiej, żeby Rielle dowiedziała się o tym od samego Tyena?

Próbował obmyślić, co jej powie, ale zupełnie się zaplątał. Nie był ekspertem w nawiązywaniu intymnych relacji z kobietami. Kiedyś nie zauważył, że spodobał się Sezee, a gdy się w końcu zorientował, było już za późno. Yira natomiast od razu jasno dała mu do zrozumienia, jakie ma intencje, nie musiał więc niczego się domyślać ani interpretować wskazówek. Od czasu śmierci Raena zniechęcał do siebie kobiety, których zainteresowanie wychodziło poza sferę fizyczną, nie chciał bowiem nikogo wciągać w swoje sprawy, dopóki nie będzie pewien, że to bezpieczne. Dzięki zdolności czytania w myślach umiał ocenić oczekiwania kobiet i wiedział, jak je skusić.

Zdał sobie jednak sprawę, że właśnie to wzbudza w nim niepokój. Choć Rielle ułatwiła mu zadanie, komunikując się za pośrednictwem Tarrena, to gdy zostaną sami i nie będzie mógł zajrzeć w jej umysł, znów stanie się tym nieporadnym, zagubionym młodzikiem, którym był w swoim świecie.

Nim zdążył wybiec myślami poza tę chwilę, Tarren zaprowadził go na okrągły dziedziniec i właśnie tam Tyen ją zobaczył – stała zwrócona do nich plecami i przyglądała się kwiatom pnączy porastających połowę ściany. Tym razem także miała na sobie prostą sukienkę, lecz w kolorze krwistej czerwieni. W fantazyjnie upiętych włosach połyskiwały klejnoty.

Gdy usłyszała odgłos ich kroków, odwróciła się i zamrugała zaskoczona widokiem Tyena, a potem się uśmiechnęła. Jej spojrzenie powędrowało ku Tarrenowi. Kiedy przeniosła je z powrotem na Tyena, jej uśmiech się zmienił. Stał się tak samo figlarny jak wówczas, gdy żegnała się z nim na Wyspie Kafelkowej. Ciało Tyena przeszył dreszcz, który skumulował się w okolicach krocza. Na szczęście Rielle nie spojrzała w dół, lecz odwróciła się do Tarrena, skrzyżowała ręce na piersi i uniosła brwi w wyrazie jawnej dezaprobaty.

Starzec sprawiał wrażenie niesłychanie z siebie zadowolonego.

Nie pozwól, by twoje rozdrażnienie wszystko zepsuło – powiedział sobie Tyen, gdy wyszedł jej na powitanie i elegancko się ukłonił.

– Rielle Lazuli – odezwał się. – Cóż za niespodziewany zaszczyt.

Zaśmiała się cicho.

– Myślę, że nie do końca niespodziewany. Powiedziałam ci, gdzie szukać Tarrena, choć mogłam się tylko domyślać, kiedy go odwiedzisz.

– W takim razie miałem szczęście, że zgraliśmy się w czasie.

– Ja również – odparła i zawahała się. – Cieszę się, że mamy okazję spotkać się nieoficjalnie i porozmawiać bez ryzyka, że ktoś nas podsłucha.

Tyen milczał przez chwilę. Czyżby Tarren źle odczytał motywy, dla których zachęciła Tyena do tych odwiedzin?

– Czy w związku z naszymi negocjacjami chciałabyś powiedzieć mi coś, co miałbym usłyszeć tylko tu i teraz?

– Nie – zapewniła.

Spuściła wzrok. Nastała chwila ciszy. Tyen zaklął w duchu. Jakim sposobem przybrali ten oficjalny ton? Postanowił skierować rozmowę na swobodniejsze tematy. Tarren milczał, kołysząc się z pięt na palce i żałując, że nie może zderzyć ich głowami. Tyen chwycił się pierwszego pytania, jakie przyszło mu do głowy.

– Jak imperator zareagował na proponowane przez nas warunki?

To tyle, jeśli chodzi o swobodniejsze tematy.

Na chwilę podniosła wzrok.

– Przysłał dość zwięzłe pismo. Zasugerował, że dałam się zastraszyć i pozwoliłam opracować porozumienie korzystniejsze dla Doum. Mam czekać na jego oficjalną odpowiedź. A Ceramicy?

Wzruszył ramionami.

– Podobnie.

Skupiła wzrok na Tarrenie, który przyglądał im się, nie zamierzając się wtrącać.

– Mentorze, będziesz tak stał i się gapił czy zaprowadzisz nas dokądś, gdzie będziemy mogli usiąść i porozmawiać? – spytała, nie kryjąc poirytowania, choć w jej głosie jednocześnie pobrzmiewała nuta sympatii.

Tyen zakrył uśmiech dłonią.

– Oczywiście – odparł Tarren. – Znam idealne miejsce. Bardzo wygodne. Odosobnione. Dopilnuję, by nikt wam nie przeszkadzał.

Starzec ruszył korytarzem. Rielle z rozbawieniem zerknęła na Tyena i podążyła za Tarrenem.

– Nie zauważyłam żadnej ścieżki między światami – oznajmiła. – Jak się tu dostałeś?

– Uznałem, że nieuprzejmie będzie zostawić za sobą ślad prowadzący wprost do domu Tarrena.

– Czyli... lewitowałeś?

Pokręcił głową.

– Nie.

Nie powiedział nic więcej, więc zerknęła za siebie, mrużąc oczy, ale nie naciskała.

Tarren wyszedł z domu i poprowadził ich w dół schodami wykutymi w zboczu wulkanu. Wiodły do jaskini. Jej wlot zabudowano szklanymi panelami, w których zamontowano drzwi. Wnętrze było okrągłe, w niszach w ścianach stały posągi mężczyzn i kobiet. Na głęboko osadzonej w skale ławie ułożono duże poduchy. Pomieszczenie mogłoby pomieścić kilka osób. Pośrodku stał stół w kształcie półksiężyca, a jego zewnętrzny łuk wpasowywał się w wygięcie ławy. Na blacie ustawiono dzban wody, butelki wina, misy z owocami i innymi przekąskami, które nie psują się zbyt szybko.

– Polecę kucharzowi, by zaczął przygotowywać posiłek na później – rzekł Tarren, gdy usadowili się na ławie. *Na znacznie później* – dodał w duchu i wymknął się za drzwi. *Jeżeli zostaną tylko przyjaciółmi, i tak będę zadowolony* – uznał i ruszył z powrotem schodami. Przystanął i spojrzał za siebie na drzwi. *Ludzie pomyśleliby pewnie, że oszalałem, skoro zaprosiłem do swojego domu dwoje najpotężniejszych magów. Ale każde z nich z osobna znam od pięciu cykli. Poradzą sobie.*

Rielle zachichotała, a gdy Tyen odwrócił się w jej stronę, uśmiechnęła się.

– Przepraszam, jeśli wprawiłam cię w zakłopotanie. Przyznaję, że to nie był wyłącznie pomysł Tarrena. Naprawdę chciałabym lepiej cię poznać. Myślałam, że to niemożliwe, bo ze względu na negocjacje stoimy po przeciwnych stronach barykady, ale po naszym pierwszym spotkaniu zdałam sobie sprawę, że jesteśmy tego samego zdania: utknęliśmy pomiędzy imperatorem a Ceramikami, choć nasze cele są podobne.

Skinął głową.

– Rzeczywiście, jeśli brać nas pod uwagę, w tym konflikcie są trzy strony. – Westchnął. – Negocjacje dowiodły, że mimo wszystkiego, co uczyniłem, by Doum stało się moim domem, zawsze będę kimś obcym, kierującym się cudzoziemskimi motywami.

– Ale oczywiście są one zgodne z motywami Ceramików.

– Nie wszystkie. – Pokręcił głową. – Oczywiście wolałbym, żeby nie podejmowali nierozsądnych decyzji pod wpływem dumy.

– Kusi cię, by zajrzeć w ich myśli i upewnić się, że nie snują pochopnych planów?

– Nieustannie. A ciebie?

– Próbowałam – przyznała. – Bez powodzenia. Imperator zbyt dobrze się ukrył. Może nawet nie ma go w Murai i przeniósł się do sąsiedniego świata, a magowie przekazują raporty i rozkazy. Na jego miejscu tak bym zrobiła.

– Opuścisz Murai, jeśli zaatakuje Doum?

Rielle zmarszczyła czoło i pokiwała głową.

– Spróbuję przekonać rzemieślników, żeby odeszli ze mną. Przebywanie w pałacu mogłoby okazać się dla nich niebezpieczne.

– Dokąd się przeniesiesz?

Jej twarz przybrała czujny wyraz, który po chwili złagodniał.

– Nie wiem. Ale jeśli chcesz, postaram się pozostać z tobą w kontakcie.

– Bardzo bym chciał – odparł z uśmiechem.

Odwróciła się do niego całym ciałem.

– Czy ty…? – Zamilkła, przyglądając mu się, po czym przygryzła wargę.

Serce przyśpieszyło mu w piersi, gdy czekał, aż Rielle dokończy pytanie. Dlaczego się zawahała?

– Tak? – wymsknęło mu się, nim zdołał się powstrzymać.

Skrzywiła się ze skruchą.

– Wciąż masz kontakt z Dahlim?

Tyen nieco spochmurniał.

– Tak. Co prawda nie widywałem się z nim zbyt często od czasu… Spotykamy się, jeśli zajdzie taka potrzeba.

– Czyli… wiesz, czy nadal próbuje wskrzesić Valhana?

Po skórze Tyena przebiegł dreszcz. Przytaknął.

– Oczywiście.

– Bez powodzenia?

– O ile mi wiadomo, bez.

– Tak jak się domyślałam, w przeciwnym razie zapewne już byśmy o tym wiedzieli. – Westchnęła. – Wybacz. Musiałam zapytać. Żeby mieć już ten temat za sobą. – Zamilkła. – Powinnam dowiedzieć się o tobie pewnych rzeczy, nim… nim będę mogła ci zaufać.

Narastające w nim napięcie zelżało. Możliwe, że doprowadziła do tego spotkania tylko po to, by spytać o Dahlego. *To ma sens. Pięć cykli temu byłem jednym z ludzi Raena. Ale ona także.*

Cóż mógł jej powiedzieć, by udowodnić, że może mu ufać? Rozważył i odrzucił kilka pomysłów. I właśnie wtedy przyszła mu do głowy odpowiedź. Była oczywista – a Rielle w końcu i tak by się tego domyśliła.

– Nie potrafię czytać ci w myślach – oznajmił.

Uśmiechnęła się.

– Wiem.

Zamrugał zaskoczony, a potem zasępił się nieco z rozczarowania.

– Skąd?

– Twoje zdumienie na widok Tarrena było pierwszym tego sygnałem. Gdybyś mógł zajrzeć w moje myśli, zobaczyłbyś, że wyczekuję chwili waszego ponownego spotkania. Były też inne momenty.

– Mogłem nie zaglądać w twój umysł przez grzeczność.

– Czyżby? – Uniosła brwi. – Znalazłeś się w pałacu władcy, który chce zaatakować twoją nową ojczyznę, negocjujesz warunki traktatu w imieniu świata i ludzi, których kochasz, i nie czytasz w moich myślach?

Zaśmiał się.

– Cóż, pewnie bym czytał. Ale mogłem udawać zaskoczenie.

– Obojgu nam twoja reakcja wydała się szczera, a Tarren zna cię znacznie lepiej niż mnie. Były także... inne wskazówki. – Wzruszyła ramionami. – Pod pewnymi względami byłoby mi łatwiej ci zaufać, gdybyś potrafił czytać w moich myślach. Bo jeśli wyjawiłbyś Dahlemu miejsce pobytu chłopca, wiedziałabym, że nie można ci wierzyć.

– Ale byłoby za późno.

– Zabezpieczyłam się na tę ewentualność.

– Oczywiście. – Zadumał się nad jej słowami. – Co jeszcze w takim razie chcesz wiedzieć, by móc mi zaufać? – spytał.

Wzięła wdech, wypuściła powietrze z płuc, a potem zrobiła to raz jeszcze.

– Dlaczego tam byłeś?

Przez chwilę zastanawiał się, o co jej chodzi, ale wkrótce się domyślił.

– Podczas wskrzeszenia?

Przytaknęła.

Rozważał, ile może jej powiedzieć. Uznał, że na pewno nie całą prawdę.

– Po śmierci Raena Baluka chciał, bym cię odnalazł. Zauważyłem szlak wychodzący z pałacu i podążyłem nim. Przetarł go Dahli. Kiedy go dogoniłem, wyczytałem wszystko z jego myśli. – To przynajmniej była prawda. – Pozwoliłem mu sądzić, że zawarłem umowę z Raenem i zostałem jego szpiegiem. Zabrał mnie w miejsce wskrzeszenia jako źródło dodatkowej mocy, dla obrony i żebym przeniósł wszystkich, gdyby w tamtym świecie zabrakło magii.

– Zaufał ci, choć nigdy wcześniej cię nie spotkał?

Tyen wzruszył ramionami.

– Dla buntowników robiłem zwiady i zbierałem informacje. Dużo się o Raenie dowiedziałem. Wystarczyło, by przekonać Dahlego, że jestem jednym z jego szpiegów – a było wielu, o których Dahli nie miał pojęcia.

Uniosła brwi.

– Nie prosił, żebyś otworzył przed nim umysł?

– Nie.

Odwróciła wzrok.

– Pewnie bardzo mu się śpieszyło. – Szybko spojrzała na niego z powrotem. – A teraz nie ma wobec ciebie podejrzeń?

– Nie więcej niż każdy. – Tyen wzruszył ramionami.

– Dlaczego wciąż się z nim spotykasz?

– Chcę wiedzieć, czy znalazł nowy sposób na przywrócenie Raenowi życia. – Zamilkł, po czym postanowił, że przyszła pora, by sprawdzić Rielle. – Jest świadomy, że skoro światy pogrążają się w chaosie, w wielu z nich ludzie ucieszyliby się z powrotu Valhana.

Spojrzała na niego spode łba.

– W takim razie to głupcy.

– A jednak postanowiłaś zamieszkać w jego pałacu.

Zerknęła na niego, a potem wpatrzyła się w swoje dłonie.

– To prawda. Wtedy wydawało mi się, że to właściwa decyzja. – Skrzywiła się. – To b y ł a właściwa decyzja, bo inna doprowadziłaby do mojej śmierci. Zabiłby mnie, gdybym do niego nie dołączyła. Dowiedziałam się o tym w trakcie próby wskrzeszenia. Mogłam zajrzeć w jego umysł i poznać prawdę. Po wskrzeszeniu i tak planował mnie zabić.

– To… dziwne. Wierzył, że go wskrzesisz, kiedy dowiesz się czegoś takiego? Czy może nie zdawał sobie sprawy, że będziesz w stanie odczytać jego zamiary?

– Chyba miał świadomość, że to możliwe, ale wierzył, że i tak to zrobię, by ocalić światy od chaosu, który zapanowałby po jego śmierci. Pokazał mi wiele miejsc, którym przysłużyły się jego ingerencje, by mnie przekonać, że to on jest źródłem stabilności światów.

– I mu się udało.

Zadrżała.

– Wtedy tak.

– Dlaczego w takim razie zmieniłaś zdanie? – dopytywał Tyen. – Nie z powodu zagrożenia życia, prawda? Chodziło o chłopca?

Wyprostowała się.

– Tak.

– Mimo iż wierzyłaś, że bez Raena światy pogrążą się w wojnach.

Zmrużyła oczy i spojrzała na niego z wyrzutem, ale nie wycofała się.

– Nie jestem głupia. Wiedziałam, że będą konsekwencje. Ale nie byłam w stanie ocenić, czy więcej ludzi ucierpi i zginie po jego śmierci niż za jego rządów albo po jego powrocie. Utrzymywał porządek, ale nie zapobiegał przemocy ani okrucieństwom. Kiedy pokazywał mi kolejne światy, nigdy się z tym nie krył. I przyznał, że nie umie przewidzieć rezultatów swoich ingerencji.

Tyen skinął głową.

– Wspominałaś o tym. Ja natomiast podczas swoich podróży zauważyłem… że w niektórych światach mu się udało, a w innych nie. Jego metody nie były idealne, nawet po upływie tysiąca cykli.

Westchnęła.

– Teraz najbardziej się boję, że wiem zbyt mało, by powstrzymać Murai i Doum od wojny. Że mogę pogorszyć sytuację.

Jej szeroko otwarte oczy były pełne troski. Przysunął się trochę bliżej, by położyć jej dłoń na plecach. Delikatnie. Pokrzepiająco. Miał nadzieję, że nie uzna tego za zbyt poufałe.

– Ja też.

Utkwiła w nim wzrok. Nagle jej oczy zrobiły się bardzo duże i znalazły się niezwykle blisko.

– Nie zmusimy światów do życia w pokoju. Nie damy rady, jeśli nie staniemy się tacy jak o n.

– To prawda – przyznał. – Możemy tylko zaproponować pomoc.

– A chcemy pomóc tylko dwóm światom. Nie próbujemy przejąć władzy nad wszystkimi.

– Dwa w zupełności wystarczą.

Zaśmiała się cicho.

– Zdecydowanie.

Nie odsunęła się. Jej usta drgnęły w uśmiechu, lecz nie tym figlarnym, choć prawie. Serce szybciej zabiło mu w piersi, przeszywając jego ciało dreszczem podniecenia.

– Żeby pomagać ludziom, trzeba być na miejscu – powiedział. – Może właśnie w tym tkwił błąd Raena: mógłby zostać wspaniałomyślnym władcą, gdyby nie próbował zapanować nad wszystkimi światami. Powinien był wybrać jeden i skupić się na...

Przerwała mu pocałunkiem. Choć wykonał kilka gestów mających wzbudzić jej przychylność – przysunął się, dotknął, by dodać otuchy – i tak go zaskoczyła. Zupełnie jakby nie wierzył, że mogłaby w ten sposób zareagować. Że kiedykolwiek mu zaufa. Że taka piękna, bystra, potężna kobieta mogłaby go zechcieć.

Lecz zdecydowany dotyk jej ust sprawił, że zapomniał o zaskoczeniu. Bo te usta mówiły coś innego. Mówiły, że pragnie znacznie więcej. Objęła go i przysunęła się. Jej piersi oparły się o jego tors, napierały to mocniej, to lżej w rytm przyśpieszającego oddechu. Jej noga prześlizgnęła się po jego nodze, tak że silniej do siebie przywarli. Nie wiedział, co zrobić z rękami, więc powędrowały ku jej ciału. Na jej ustach zagościł uśmiech, gdy jedną ręką przyciągnął ją bliżej, a potem ostrożnie przesunął drugą w miejsce, w którym odnalazł jej krągłą pierś, ściśniętą pomiędzy ich ciałami.

Odsunęła się nieco i spojrzała na niego badawczo. Uniósł brwi, starając się przybrać zarówno zachęcający, jak i pytający wyraz twarzy.

Jej usta rozciągnęły się w uśmiechu, tym razem bez wątpienia zmysłowym. Poczuł, jak jej palce rozpinają guziki jego koszuli i zdejmują ją. Pociągnęła go na poduszki i nie mógł już myśleć o nikim i niczym innym – jedynie o tym, by Tarren jeszcze długo nie przychodził sprawdzić, co u nich słychać.

ROZDZIAŁ 8

Z warsztatu piętro niżej dobiegały odgłosy. Choć była to kolejna oznaka, że czas żałoby minął, nie zdołała rozproszyć przytłaczającej ciszy panującej w pokoju Tyena. Wziął do rąk niedokończonego insektoida, odłożył go z powrotem, a potem przetrząsnął szuflady z częściami i narzędziami. Jeszcze długo nie będzie mógł na niczym się skupić, a im bliżej kolejnego spotkania z Rielle, tym trudniej było mu się skoncentrować.

Popełniliśmy błąd, spotykając się na osobności – pomyślał. *Gdyby dowiedzieli się o tym Ceramicy, mogliby uznać, że naraziłem swoją misję na szwank.*

Nie dowiedzą się jednak, jeśli ani on, ani Rielle się do tego nie przyznają. Dlaczego miałaby komuś wyznać, że potajemnie się spotkali? Imperator Murai także zwątpiłby w jej możliwości negocjacyjne. Ona również chciała pokoju między Murai a Doum.

A może nie? Zamieszkała w Murai tylko na pewien czas. Niezbyt ochoczo przyjęła funkcję negocjatorki. Gdyby zdradziła, że są kochankami, pozbyłaby się tego zobowiązania, jednocześnie uderzając w Doum – dzięki temu zachowałaby przychylność imperatora, a rzemieślnicy układający mozaiki nie straciliby pracy.

A może imperator jej groził albo zaproponował nagrodę, dla której warto było uwieść Tyena, by wynegocjować korzystne dla Murai warunki. Według Ceramików na człowieka ma wpływ osoba, z którą uprawia seks, i Tyen musiał się z tym zgodzić. Ale kto w tej sytuacji wpływał na kogo? Kto uwiódł, a kto został uwiedziony?

Mieszkańcy Doum na szczęście nie sądzili, że pewne zachowania są typowe tylko dla mężczyzn albo dla kobiet. Seksualność obu płci była tu traktowana na równi. Możliwe, że w ogóle nie przejęliby się faktem, że Tyen i Rielle zostali kochankami. Może nawet uznaliby to za korzystny obrót spraw – większą motywację do znalezienia pokojowego rozwiązania.

Na temat zwyczajów panujących w Murai wiedział mniej i – co ważniejsze – wiedział mniej na temat możliwej reakcji imperatora. Tego człowieka mogłoby rozgniewać samo przypuszczenie, że Tyen oczarował Rielle; mógłby też się ucieszyć, że Rielle posłużyła się swoją kobiecością, by zmanipulować Tyena. Tyen nie był w stanie tego przewidzieć, bo za mało go znał.

Nie mogę pozbyć się przeczucia, że jakkolwiek by zareagował, byłoby źle. A to jeszcze bardziej utwierdza mnie w przekonaniu, że Rielle o niczym mu nie powie – mimo wszystko muszę się zastanowić, czy to nie był plan manipulowania mną w sposób, o jakim nie pomyślałem...

Wrócił do wspomnień, szukając w nich oznak oszustwa, ale skończyło się na tym, że na nowo przeżył kilka bardzo przyjemnych i rozpraszających chwil. Skupił się z powrotem na dręczącym go pytaniu i cicho się zaśmiał. *Jeżeli chodziło jej tylko o to, żebym nie potrafił skoncentrować się na poważnych sprawach, to się jej udało.*

Bez względu na intencje wszystkich zainteresowanych Tyen podczas nadchodzącego spotkania pragnął być równie przekonujący i elastyczny, co za pierwszym razem. Jeżeli w jej obecności przewracało mu się w żołądku i serce waliło mu w piersi... cóż, będzie musiał polegać na zdolności ukrywania swoich myśli i zachowania kamiennej twarzy.

Choć Tarren rozszyfrował go bez większej trudności.

Tarren. Ten wścibski starzec! Tyen uśmiechnął się. *Prawie z nim nie rozmawiałem, a jeśli już, to przeważnie o Rielle.*

Przypomniał sobie, jak stary mag powiedział, że przed zyskaniem wiecznej młodości Rielle była kreatorem. To z kolei przypomniało mu, że miał omówić z Vellą swój plan. Odłożył to na później. Kiedy rozbierał się w jaskini, zdjął torbę z szyi razem z koszulą, żeby ukryć książkę. Później wsunął ją do kurtki tak, by nie dotknąć jej okładki przez otwory torby.

I tak widziała wystarczająco wiele, by wiedzieć, co chciałem zrobić – upomniał sam siebie. Nie dowie się jednak, do czego dokładnie doszło, póki Tyen ponownie jej nie dotknie i nie będzie mogła wyczytać prawdy z jego myśli. Choć nie była zdolna odczuwać zazdrości, a w jej komentarzach nie pojawiły się dotąd oznaki dezaprobaty, gdy miewał kochanki, zawsze miał wyrzuty sumienia. Tym razem były silniejsze. I nie mijały.

Bo z Rielle pragnę czegoś więcej niż przelotnej, czysto fizycznej przygody, a to zakrawa na brak lojalności.

Wyprostował się, gdy to sobie uzmysłowił.

Obiecałem Velli, że będę ją chronił i znajdę sposób na przywrócenie jej ludzkiej postaci. Czy w takim razie pragnę od Rielle czegoś, co mogłoby temu zagrozić? Nie był tego pewien. *Chcę z nią rozmawiać. Chcę ją poznawać. Chcę się z nią kochać.* Na samą myśl o tym jego serce przyśpieszyło. *Czy to znaczy, że się zakochałem?* O ironio – chciał spytać o to Vellę. Tylko z nią mógł porozmawiać. Tylko jej zwierzał się z tak osobistych spraw. *Zresztą to dobrze, że może mówić wyłącznie prawdę i nie komplikuje odpowiedzi z powodu uczuć.*

Skrzywił się na tę myśl. Uwięzienie jej w książce było takie niesprawiedliwe. Powinna móc kłamać i odczuwać emocje. On zaś powinien bardziej starać się jej pomóc. Choć tyle był jej winien. Zdał sobie sprawę, że właśnie stąd bierze się jego poczucie winy.

Dobro Velli wciąż leży w moich rękach, a ja tymczasem marzę o innej kobiecie – której nie mogę przysiąc niezachwianej lojalności. Przynajmniej dopóki obietnica złożona Velli jest ważniejsza.

Przecież Rielle mogła nie chcieć od niego niczego więcej. Może nawet nie zechce pójść z nim kolejny raz do łóżka. Mogła traktować go tak, jak on traktował kobiety, z którymi raz czy drugi uprawiał seks. Może nie chciała się z nikim wiązać, dopóki istnieje możliwość, że Dahli zagrozi tej osobie, by zmusić Rielle do wyjawienia miejsca pobytu chłopca, w którego ciele miał żyć Raen.

A potem zdał sobie sprawę, że Rielle także złożyła komuś ważniejszą obietnicę – przyrzekła chronić chłopca.

Teraz jeszcze bardziej chciał porozmawiać z Vellą. Potrzebował, by jak zawsze pomogła mu lepiej zrozumieć pewne sprawy. *Nie mogę pomóc ani jej, ani Rielle, ani Doum, jeżeli dręczą mnie wszystkie te pytania.* Wstał, wyszedł z pokoju i ruszył do toalety. Choć nie ukrywał tam już Velli, nie było lepszego miejsca, by z nią pomówić. Przynajmniej w tym pomieszczeniu nie zmaterializuje się nagle Ceramik Fursa.

Przysiadł na wieku, wyjął Vellę z kieszeni, a potem z torby. Kiedy ją otworzył, na kartach pojawiło się eleganckie pismo.

Proszę, proszę. Ktoś tu dobrze się bawił?

Poczuł napływający do twarzy żar. *Przepraszam. Przeszkadza ci to?*

Nie. Nie masz za co przepraszać, Tyenie. Wprost przeciwnie, pora, byś się otworzył. Od chwili zamieszkania w Doum w zasadzie żyjesz w celibacie.

Nie wiedział, co powiedzieć, więc zmienił temat.

Czy twoim zdaniem mogę zaufać Rielle?

Nie mam dość informacji, by mieć pewność. Nielojalnością wykazała się, jedynie gdy odmówiła posłuszeństwa Dahlemu i nie wskrzesiła Raena i teraz, gdy spotkała się z tobą potajemnie, choć wiedziała, że nie spodobałoby się to imperatorowi – to jednak ruch przeciwko władcy, a nie tobie.

Tyen skinął głową. *Tarren powiedział, że Rielle straciła zdolności kreatora, kiedy zyskała wieczną młodość. Zawsze tak się dzieje, gdy kreator nauczy się, jak przestać się starzeć?*

Na to pytanie nie potrafię odpowiedzieć. To, że zyskała wieczną młodość, w ogóle jest niezwykłe. Od tysięcy cykli uważano, że kreatorzy nie mogą stać się nieśmiertelni.

Może dlatego że nie ma wiecznie młodych kreatorów, bo wieczna młodość odbiera tę zdolność. Albo kreatorzy, którzy byli dostatecznie silni, by zyskać nieśmiertelność, nie decydowali się na ten krok. Albo prawie nigdy nie są na tyle potężni, by ją zyskać.

Wszystkie te wyjaśnienia są możliwe. Istnieje jednak stare przekonanie, że światy zostaną rozdarte, gdy kreator zostanie Następcą.

Przepowiednia?

Być może. Lub przewidywania oparte na informacjach bądź spostrzeżeniach, do których nie miałam dostępu.

Czy można to zinterpretować tak samo, jak Tarren zinterpretował Prawo Milenium – jako „bliżej nieokreśloną przepowiednię nieuchronnych zmian"?

Zdecydowanie jest to coś nieokreślonego. Ale czy przewidywalne, czy nieuniknione – nie posiadam odpowiedniej wiedzy, żeby to stwierdzić. Trudno byłoby to udowodnić. Następcy pokonywali Poprzedników przez wiele tysięcy cykli, a zatem nieuchronność jest dość prawdopodobna. Ale rozdarte światy to scenariusz, który się raczej nie powtarzał.

Wiesz, kto na to wpadł?

Nie.

Skąd o tym wiesz?

To informacja ze zwoju z tłumaczeniem tabliczki opisującej Prawo Milenium, spisanej ponad osiem tysięcy cykli temu. Ostatnia wzmianka na ten temat – sprzed dwóch i pół tysiąca cykli – pochodzi od dwóch nieśmiertelnych uczonych, twórców ogromnej biblioteki zniszczonej w wojnach toczących się po przejęciu władzy przez Roporiena. Jeden z nich wspomniał o tym zwoju w swoim dzienniku. Dziennik znalazł w ruinach śmieciarz i sprzedał go królowi, przez którego byłam przechowywana na polecenie Roporiena.

To nie brzmi jak przepowiednia, ale jak spekulacje na temat przyszłości w razie niezwykle rzadkich okoliczności.

Albo okoliczności niemożliwych, jeśli zyskanie wiecznej młodości odbiera zdolność kreatora.

Tyen wspomniał smutek w głosie Rielle, gdy opowiadała mu o swojej stracie.

Zdolność kreatora nie zdarza się często. Rielle twierdzi, że nie przejęła się zbytnio, podejrzewam jednak, że odczuwa tę stratę.

W każdym gęsto zaludnionym świecie co kilka pokoleń rodzi się kreator. To z kolei oznacza, że we wszystkich czasach i światach żyją ich tysiące.

Jeśli tak na to spojrzeć, to wcale nie takie rzadkie zjawisko. Ilu z tych tysięcy jest na tyle potężnych, by zyskać wieczną młodość?

Nie jestem pewna. Wiem tylko, że magowie dorównujący mocą Rielle rodzą się bardzo rzadko, więc prawdopodobieństwo, że któryś z nich będzie także kreatorem, jest nikłe.

Kiedy po raz ostatni...?

Tyenowi przerwał jakiś odgłos – ktoś wołał go z dołu. Podniósł wzrok znad kart Velli i sięgnął do drzwi, by nieco je uchylić.

– O co chodzi?! – zawołał w odpowiedzi.

– Posłaniec! – krzyknął jeden z pracowników.

Tyen zamknął Vellę, schował do torby i zawiesił ją sobie na szyi pod koszulą. Spuścił wodę, wyszedł z toalety i zbliżył się do schodów. Na dole czekał mężczyzna w stroju posłańca Ceramików. Wyprostował się na widok Tyena.

– Tyenie Wheelmaker – powiedział. – Na rozkaz imperatora Izetali-Morazy Rielle z Murai przybyła na Wyspę Kafelkową wcześniej. Czy możesz się z nią spotkać?

Serce na chwilę zamarło Tyenowi w piersi, ale jego mina i postawa wciąż wyrażały opanowanie.

– Mógłbym wyruszyć nawet teraz, jeżeli Ceramicy sobie tego życzą.

– Owszem – odparł posłaniec. – Spotkanie odbędzie się w tym samym miejscu co poprzednim razem.

– Dziękuję. – Tyen spojrzał na pracownika, który zapowiedział posłańca. – Mógłbyś odprowadzić naszego gościa?

Młody człowiek skinął głową i skierował posłańca do drzwi. Tyen pośpiesznie udał się do swojego pokoju i przebrał w oficjalny strój. Zaczerpnął magii i tchu, odepchnął się od świata i wyruszył na spotkanie. Choć rzadziej niż ostatnim razem przystawał, by odetchnąć, i przemieszczał się szybciej, miał wrażenie, że podróż trwa dwukrotnie dłużej. Kiedy w końcu dotarł w pobliże altany, było południe. Wnętrze skrywało się w cieniu, lecz widział, że w środku ktoś się porusza. Plusk fontann zagłuszał wszystkie odgłosy. Wygładził strój, przybrał odpowiedni wyraz twarzy i ignorując mocno bijące serce, przeszedł przez mostek.

Osoba wewnątrz stanęła przy wejściu – w blasku okazało się, że to ten sam urzędnik, który powitał go poprzednio. Tyen z szacunkiem skinął głową, nie okazując rozczarowania.

– Dziękuję za wczesne przybycie, Tyenie Wheelmaker – rzekł Abler. – Ceramicy przekazali nowy dokument. Rielle z Murai przebywa w innym miejscu, byś miał czas się z nim zapoznać.

Tyen zmarszczył czoło i zerknął w cień. Zobaczył prostokąt białych kart, lecz nie był w stanie ocenić jego grubości.

– Ile mam czasu?

– Tyle, ile będzie trzeba. Zadzwoń dzwonkiem, gdy będziesz gotów.

Abler wyminął Tyena, przeszedł przez mostek i zniknął w budynku. Tyen westchnął ze zniecierpliwieniem, wszedł pod zadaszenie i z ulgą dostrzegł, że stosik kartek nie jest zbyt gruby. Będzie potrzebował nieco czasu na ich przeczytanie, ale nie całego dnia. Wolałby jednak cały dzień, by zastanowić się nad ich treścią. Tego luksusu Ceramicy nie zamierzali mu dać, usiadł więc i spojrzał na pierwszą stronę.

Szło mu wolniej, niż się spodziewał – nie ze względu na zawiłość treści czy też kilka potknięć autora, któremu najwyraźniej brakowało doświadczenia w posługiwaniu się językiem Podróżników, lecz dlatego że musiał robić przerwy, by ochłonąć. Kiedy skończył, użył dzwonka i skupił się na odzyskaniu spokoju.

Z budynku wyłoniła się Rielle. Uśmiechnęła się, zmierzając ku altanie, i cała złość Tyena odeszła w niepamięć. Szła z gracją, spokojnym krokiem, a jednak Tyen nie mógł nie dostrzec jej zmysłowych krągłości oraz uśmiechu, który sugerował, że ona także wspomina ich ostatnie spotkanie.

– Tyenie Wheelmaker – odezwała się, wchodząc pod zadaszenie. Jej głos brzmiał ciepło, zachowała jednak oficjalną postawę. W palcach trzymała papierowy zwój. – Nie musisz wstawać na powitanie.

Zerknął w dół, zdając sobie sprawę, że poderwał się na nogi. W ogóle tego nie pamiętał.

– Rielle Lazuli – odpowiedział z opanowaniem. – Witaj ponownie.

Starał się na nią nie gapić, gdy podchodziła do stołu. Była fascynująca w każdym szczególe. Zachwycały go jej rozkołysane biodra. Sposób, w jaki jej prosta, ukształtowana przez skrywane ciało suknia opięła się, gdy Rielle siadała. Wisiorek o idealnej długości, spoczywający tuż nad szczeliną dekoltu sukni, w zagłębieniu między piersiami.

– Przepraszam za tę nieplanowaną wizytę. Zażądał tego imperator. Oczekuje mojego rychłego powrotu. Choć wolałabym wrócić o rozsądnej porze, nie chcę dawać mu więcej powodów do złości, niż to konieczne. Zaczynajmy.

Tyen wrócił na swoje miejsce i spojrzał na dokument od Ceramików.

– Obawiam się, że nie mam dobrych wieści.

– Ja też nie. – Rozwinęła zwój i przytrzymała go. – Mogę zacząć? Chciałabym mieć nieprzyjemności za sobą.

– Proszę.

Kiedy skończyła, Tyen powstrzymał się od komentarzy. Przeczytał natomiast nowe żądania Ceramików. Rielle zadała kilka pytań, pokiwała głową i oboje zamilkli.

– Dostrzegam nasz błąd – powiedziała w końcu. – Zamiast przedstawić im skrót do złotego środka między ich stanowiskami, zaproponowaliśmy trzecie stanowisko i nowy kompromis dla każdej strony.

Tyen skinął głową. Miała rację.

– Zaczęli negocjować z nami, nie ze sobą.

– To chyba nasza wina, skoro pomyśleliśmy, że spodoba im się przyśpieszenie całego procesu.

– Odebraliśmy im szansę posprzeczania się ze sobą, więc sprzeczają się z nami.

– Cofnęliśmy się.

Oparła łokcie na stole i przycisnęła dłonie do twarzy.

– Wiedziałam, że nie poradzę sobie z tym zadaniem. Co ja wiem o pertraktacjach?

Tyen wzruszył ramionami, opierając się pokusie położenia dłoni na jej ręce.

– Nie więcej niż ja – zapewnił.

Skrzyżowała ręce i przesunęła dłonie ku ramionom.

– Co teraz zrobimy?

Zastanowił się.

– Przypomnimy im, że to nie my jesteśmy ich wrogami.

– Jak?

– Nie wiem... Po prostu im powiemy?

– Powiemy im, że zachowują się jak dzieci? – Zaśmiała się gorzko. – To dopiero im się spodoba.

– Żaden nasz krok im się nie spodoba – stwierdził. – Nie jesteśmy tu po to, by przekazać im to, co chcą usłyszeć.

– Czyli... skoro nie jesteśmy od tego, by ich zadowalać, mamy sprawić, by byli niezadowoleni? Jeszcze bardziej? Wówczas już na pewno uznają nas za wrogów.

– Może... – Tyen zamilkł w zamyśleniu. – Powinniśmy chyba powiedzieć: „Jeżeli uważacie nas za swoich wrogów, to się nimi staniemy".

Między jej brwiami pojawiła się niewielka bruzda.

– Co masz na myśli?

– Może pora postawić im ultimatum?

– Już raz zagroziłeś imperatorowi.

– Nie, tym razem zamierzam zagrozić przywódcom obu światów, które reprezentujemy.

Uniosła brwi.

– W jaki sposób?

– Ceramikom zagrożę, że ich opuszczę. Sądząc po ich niedorzecznych żądaniach, albo uważają, że Doum jest silniejsze niż w rzeczywistości, albo że ja zdołam je obronić i to uczynię.

Zmarszczyła brwi, zastanawiając się nad jego słowami.

– Nie jestem w stanie zagrozić imperatorowi tym samym, co więc mogę zrobić? – Postukała palcami o ramiona. – Podejrzewam, że gdybym zmieniła stronę, pokrzyżowałabym mu plany. – Otworzyła szeroko oczy. – W zasadzie mogłabym się tu przenieść. Twórcy mozaik kupują tu kafelki, istnieje więc spora szansa, że przy okazji kupowaliby projekty.

Serce podskoczyło Tyenowi w piersi. Gdyby zmieniła stronę, zamieszkałaby w Doum.

– Naprawdę byś to zrobiła?

Zacisnęła usta.

– Nigdy dotąd nie rozważałam możliwości osiedlenia się gdzieś na stałe, ale podejrzewam, że wystarczyłoby przenieść się tylko na tyle, by zniechęcić imperatora. A ty opuściłbyś Doum, gdyby Ceramicy nie chcieli współpracować?

Świeżo rozniecony płomyk nadziei zgasł.

– Raczej nie.

Uśmiech znikł z jej twarzy.

– W takim razie musimy liczyć na to, że nie sprawdzą twojego blefu. Chociaż… gdyby to zrobili, mógłbyś na pewien czas odejść, a potem wrócić.

– Wątpię, bym był tu mile widziany po powrocie.

– Czemu nie? Gdyby się okazało, że jesteś ich jedyną szansą na obronę?

– Z daleka trudno by mi było kontrolować sytuację.

– Tak, ale ja mogłabym przekazywać Tarrenowi, co się dzieje, a ty mógłbyś dowiadywać się od niego. – Wzruszyła ramionami i odchyliła się na oparcie krzesła. – To mogłoby się udać. Albo zadziałać na naszą niekorzyść. Co jest bardziej prawdopodobne? – Zadała to pytanie nie jemu, lecz sobie.

– Potrzebujesz czasu, by się nad tym zastanowić?

Pokręciła głową, z początku powoli, lecz po chwili z większym przekonaniem.

– Nie. Ludzie, których reprezentujemy, nie traktują nas poważnie. Powinniśmy ich zmusić, by zdecydowali, czy nam ufają, czy nie, inaczej niczego nie osiągniemy. A jeśli niczego nie osiągniemy, to chyba lepiej, żeby przestali marnować nasz czas.

– Doskonale – powiedział. Miał do stracenia więcej niż ona, nie zamierzała bowiem na stałe osiedlić się w Murai, ale rozumiał, że Ceramicy nie potraktują pertraktacji poważnie, dopóki mu nie zaufają. – Tak zróbmy.

Kiedy zaczęła się podnosić, Tyen poderwał się na nogi.

– Lepiej udam się w drogę powrotną. Poinformuję cię o rozwoju sytuacji.

– A ja ciebie.

Uśmiechnęła się.

– Powodzenia – powiedziała i zniknęła.

Przez chwilę wpatrywał się w miejsce, w którym stała, starając się zapanować nad rozczarowaniem – nie zaproponowała bowiem kolejnego spotkania w domu Tarrena.

Ale może to ja powinienem był je zaproponować.

Usiadł z powrotem, ułożył zwięzłą wiadomość dla Ceramików, a potem przepisał ją na czysto na nowej karcie. Przycisnął ją kamieniem z ogrodu i zbliżył się do wejścia pod altanę. Kiedy pojawił się Abler, Tyen pokazał mu list, a potem odepchnął się od świata i podążył szlakiem prowadzącym do domu.

Pracowników już nie było – pod wieczór wrócili do swoich domostw. Zszedł po schodach i rozejrzał się po pracowni oraz niedokończonych kołach. Gdyby Ceramicy rzeczywiście chcieli sprawdzić jego blef i na pewien czas musiałby stąd odejść, czy straciłby to wszystko?

Jeśli Murai zaatakuje Doum, i tak pewnie to straci.

Odwrócił się z westchnieniem, kiedy jednak jego wzrok padł na drzwi, Tyen dostrzegł niewielki przedmiot na stojącym przy nich stole, na którym pracownicy zostawiali dla niego wiadomości.

Paczuszka o znajomym rozmiarze i kształcie. Podszedł, rozwinął ją i wpatrzył się w kafelek, który był w środku. Ogarnęły go mieszane uczucia: walczące ze sobą nadzieja i przerażenie.

Dahli znów prosił o spotkanie.

ROZDZIAŁ 9

Dahli jak zawsze zostawił serię wskazówek prowadzących jedna do drugiej, lecz żadna nie mówiła, w którym miejscu czekał. Wskazówki pozostawiono niedawno – przekazano je ludziom tego samego dnia rano, po południu albo zeszłej nocy. Niektóre jednak znajdowały się w dziwnie ryzykownych miejscach.

Na przykład w światach, w których toczyły się wojny.

Wokół takich światów unosił się zarówno fizyczny, jak i duchowy smród. Była to mieszanka odorów śmierci, chorób, niedoli i trwogi. Przestrzegała nie tylko przed przemocą i okropnościami, lecz również przed utknięciem w świecie pozbawionym magii.

Do tej pory gdy Tyen trafiał na podobne oznaki, pośpiesznie się wycofywał. Teraz musiał wierzyć, że Dahli nie zawiedzie go w jakieś niebezpieczne miejsce. Problem w tym, że gdyby Dahli chciał wyeliminować Tyena, doprowadzenie go do świata groźnego lub martwego prawdopodobnie stanowiłoby część planu. Kolejnym krokiem byłaby zasadzka z pomocą kilku magów o znacznej mocy. Kiedy zatem Tyen znalazł się w słabym świecie targanym wojną, szybko się cofnął. Podczas podróży przez trzy stosunkowo spokojne światy zasobne w magię z każdego zaczerpnął solidną porcję mocy. Tak uzbrojony wrócił do tego słabszego, by podążyć dalej szlakiem wyznaczonym przez Dahlego.

Spieczony, cichy świat znaczyły sznury mężczyzn, kobiet i dzieci w każdym wieku, obładowanych najróżniejszymi przedmiotami. Z ich umysłów dowiedział się, że uciekają przed bitwą toczącą się w pobliskim mieście. Najbliżsi z tubylców zauważyli, jak Tyen schodzi do świata, i choć patrzyli na niego ze strachem, nie przyśpieszyli kroku ani nie zwolnili.

Wskazówki Dahlego nakazywały poszybować na północ, do miasta zwanego Iuhin, dlatego Tyen zatrzymał się tylko, by zaczerpnąć tchu, i ruszył w dalszą drogę. Iuhin miały otaczać bardzo stare drzewa. W wietrzne dni mieszkańcy wróżyli przyszłość swoich związków – na papierowych spadochronach wypuszczali skrawki tkaniny z wyszytymi imionami. Jeśli ich „życzenia" splątały się wśród drzew, uznawano to za dobry znak i potwierdzenie dopasowania partnerów.

Na obrzeżach napotkanego miasta wstrzymał oddech. Stąd także uciekali ludzie. Z zaskoczeniem dowiedział się od nich, że to właśnie Iuhin. Wokół murów nie było zieleni. Jedynie popioły. Z wnętrza ogromnego kręgu gruzów unosiły się kolumny dymu. Kiedy przyjrzał się uważniej, dostrzegł resztki drzew – poczerniałe szkielety uchwycone spalonej ziemi.

Poszybował bliżej, zszedł w miejscu oddalonym od uchodźców o sto kroków, by ponownie zaczerpnąć tchu, i stworzył tarczę, na wypadek gdyby w pobliżu wciąż czaili się magowie wojownicy. Powietrze miało smak popiołu. Ludzie pochylali się pod brzemieniem wieku i chorób lub szoku i mijali go pobliską drogą, powłócząc nogami. Pośród nich toczyły się wozy ciągnięte przez zaprzęgi niewielkich, kudłatych zwierząt, obładowane stertami mebli, wśród których kulili się bogaciej ubrani mężczyźni i kobiety. Woźnice pokrzykiwali i strzelali z biczy, gdy idący piechotą niedostatecznie szybko schodzili z drogi.

Kiedy zatem od strony miasta rozległy się wołania, Tyen nie zwrócił na nie uwagi, podobnie jak ludzie w pobliżu, lecz krzyki zaczęły przybierać na sile i w końcu wyłowił ostrzegawczą nutę; wkrótce wszyscy zaczęli się odwracać i szukać ich źródła. W kierunku uciekinierów pędził człowiek dosiadający takich samych zwierząt, jakie ciągnęły wozy – specjalnie zaprojektowane siodło łączyło dwa wierzchowce. Galopowały najszybciej, jak mogły, wzbijając kurz za każdym uderzeniem kopyt o ziemię.

W miarę jak mężczyzna się zbliżał, tłum milkł. Dało się słyszeć ciche, odległe pobrzękiwanie, jakby tykanie tysięcy zegarków. W końcu rozległy się niespokojne nawoływania, po nich zaś wrzaski. Nagle wszyscy zaczęli się rozbiegać, by znaleźć się jak najdalej od miasta.

Tyen spojrzał za plecy nadjeżdżającego człowieka i jego uwagę przyciągnął ruch. Po ziemi z niesamowitą prędkością płynęła woda, sprzeciwiała się jednak sile grawitacji, wspinała się bowiem pod górę w kierunku mężczyzny. Im była bliżej, tym większej ostrości i metalicznego połysku nabierała jej granica. Podpłynęła do jeźdźca, gdy ten zwolnił na nierównym terenie. Nim Tyen zdążył się zorientować, co się dzieje, woda otoczyła uciekiniera. Buchnął ogień, który pochłonął mężczyznę i wierzchowce, a stało się to tak nagle, że Tyen krzyknął z zaskoczenia.

Przejmujące odgłosy wydobyły się z gardeł zwierząt i nieszczęśnika, który wijąc się, padł na ziemię. Wokół rozbłysły kolejne płomienie i wkrótce wszystkie ciała znieruchomiały.

Oszołomiony Tyen mógł jedynie patrzeć, jak śmiercionośna substancja podpływa coraz bliżej. Opanował przerażenie nakazujące mu uciekać. Poszerzył tarczę unieruchomionego powietrza, tworząc ścianę chroniącą uchodźców, i wzmocnił ją, aż pokryła się szronem. Otoczyły ich niewielkie mechaniczne urządzenia. Każde miało kulisty korpus i sześć odnóży.

Insektoidy!

Nikt jednak nie zadał sobie trudu, by nadać im wygląd przypominający żywe stworzenia. Były zaledwie ruchomymi bombami, samodzielnie znajdującymi cele. Gdy trafiały na jego osłonę, znikały w wielkim wybuchu. Zza pleców Tyena rozległy się krzyki. Obrócił się na pięcie. Kolejna armia insektoidów zbliżyła się do uciekinierów z innego kierunku, zalewając ich falą mechanicznych urządzeń. Wokół miotały się płonące ciała. Tyen zaczął tłuc w insektoidy, poruszały się jednak zbyt szybko i wmieszały się w tłum, ryzykował więc, że porani ludzi.

Te, w które trafiał, stawały w płomieniach. Zniszczył insektoida, zanim ten dopadł ofiary, lecz ogień i tak przypalił jej plecy. Potem kolejny, ukryty w zagłębieniu ziemi, dogonił rannego i dokończył dzieła. Choć Tyen ze wszystkich sił starał się powstrzymać podstępne urządzenia, były zbyt liczne, zbyt szybkie i zbyt często ukrywały się w nierównościach terenu, podkradając się do ludzi, nim Tyen zdążył je dostrzec.

A potem nagle nie widział już żadnego. Rozejrzał się wokoło, a żołądek podszedł mu do gardła. Wszyscy ludzie byli martwi. Krzyki dobiegały już tylko z daleka – uciekała kolejna grupa mieszkańców miasta. Odszukał źródło strachu i odnalazł następną falę napływającej śmierci. Wokół Tyena nie było już żywych, mógł zatem tłuc w insektoidy, póki wszystkie nie wybuchły.

Ulżyło mu, bo zdołał pomóc choć niektórym uchodźcom. Odwrócił się ku miastu, wypatrując kolejnej śmiercionośnej fali. Ale ta nie nadeszła. Ktokolwiek wysłał insektoidy, musiał jednak tam być. Może od niego Tyen mógłby się dowiedzieć, kto stworzył tę straszliwą broń. Zacisnął dłonie w pięści. Kiedy już będzie wiedział, kto zniekształcił i przeznaczył do haniebnych celów dar wiedzy, którą przekazywał kolejnym światom… Narastający w nim gniew opadł.

Co zrobię? Zabiję?

Westchnął, a jego gniew skurczył się i odpłynął. Jeśli ich nie zabije, to co miałby zrobić? Zagrozić im? Błagać, by przestali? Zmusić do przyrzeczenia, że nie użyją jego wynalazku do niecnych celów? Wątpił, by twórcy tych wybuchających urządzeń dotrzymali obietnicy, gdy nie będzie miał ich na oku.

Gdybym udał się do tego miasta, mógłbym odszukać insektoida i zbadać go, a być może znaleźć też sposób, by je wszystkie poskromić. Musiałby jednak obmyślić, jak powstrzymać wybuch następujący po ich dotknięciu.

Wątpił, by coś zostało z wiadomości Dahlego, ale i tak postanowił to sprawdzić. Gdy szybując, minął obrzeża miasta, przystanął, by przyjrzeć się jednemu z powalonych, spalonych drzew. Zaklął w duchu.

„Za mną, Tyenie" – wyryto w języku Podróżników na poczerniałym pniu.

Zatrzymał się, by odetchnąć, i pogrążył się w myślach. Dahli nie prowadziłby go przez niebezpieczne światy, gdyby dało się tego uniknąć. Może nie miał czasu na znalezienie okrężnej drogi. Może wezwał Tyena z powodu zbyt poważnego, by tracić czas na ominięcie tego świata. Insektoidów zaczął już szukać dla Tyena Baluka.

Muszę podążyć za Dahlim.

Zaczerpnął zakopconego powietrza i odepchnął się od świata. Rzeczywiście dostrzegł świeżo przetarty szlak. Postanowił nim poszybować. Spalone miasto rozmyło się w bieli.

Ku jego uldze nowy świat, który się przed nim zmaterializował, wyglądał spokojnie. Tyen wyłonił się na równinie podzielonej na liczne pola uprawne. Powietrze było tu świeże. Niebo miało czystą, zielonkawoniebieską barwę. Na pobliskim polu dostrzegł kilkoro zgiętych wpół ludzi, zbierających łodygi rdzawopomarańczowego zboża i upychających je w dwa wleczone za sobą kosze.

Ten spokojny widok ukoił jego nerwy. Było w nim jednak coś, co w końcu sprawiło, że poczuł mrowienie na karku. Wycofał się i poszybował bliżej. Ruchy pracujących były energiczne i pośpieszne. Kiedy znalazł się na obrzeżach pola, człowiek stojący na skraju zobaczył go i drgnął. Wszyscy zaczęli zerkać przez ramię, ale szybko wracali do swojego zajęcia.

Podążając wzrokiem za ich spojrzeniami, Tyen dostrzegł kobietę kroczącą środkiem pola po świeżo powstałym rżysku, dotrzymującą kroku dużemu wozowi. Rolnicy z pełnymi koszami zarzucali je sobie na ramiona i biegli ku niemu, by je opróżnić.

Kobieta utkwiła wzrok w Tyenie. Spojrzał jej w oczy i lekko się ukłonił. Zerknąwszy w jej myśli, dowiedział się, że była słabym magiem, lecz do niedawna pracowała w mieście, w którym się urodziła, i tam zajmowała się drobiazgami mającymi służyć dobru obywateli. Wiodła proste, spokojne życie.

Potem przybyli wysłannicy z Wexel, wojowniczego kraju w pobliskim świecie. Mając w perspektywie przegraną z potężniejszymi magami i ich przerażającymi machinami, ludność tego świata połączyła się z wrogiem. Rolnicy zostali niewolnikami obywateli Wexel, a ubodzy zajęli się pracami fizycznymi. Zamontowanie rygli miało zapewnić, że żaden z niewolników nie powstanie przeciwko swym panom – ani nowym, ani starym. Mechanizmy te wymagały obecności maga, dlatego spokojne życie kobiety przerodziło się w egzystencję z dala od domu. Utknęła, utrzymując porządek na polach takich jak to lub w pobliskich kwaterach niewolników.

Tyen dostrzegł to urządzenie w myślach kobiety i serce zamarło mu w piersi. Spojrzał na najbliższego rolnika. Ten rzeczywiście miał coś na karku, a odnogi rygla obejmowały jego gardło. Z umysłu rolnika biły dyskomfort i strach przed bólem, jaki urządzenie mogło wywołać na polecenie maga, a nawet przed natychmiastową śmiercią, gdyby ktoś inny niż ona próbował je zdjąć. Nie wyczuwał jednak wzbierającej w ludziach nienawiści. Kobieta już jej nie dostrzegała, przywykła bowiem do rozgoryczenia, które widziała we wszystkich tych twarzach. *To nie moja wina* – pomyślała, popędzając ich krzykiem. *Może lepiej by było, gdybyśmy wszyscy zginęli w bitwie, której nie dało się wygrać, niż pozwolili zniewolić większość naszych ludzi.*

Zatrwożony Tyen zamarł w bezruchu. Teraz w żaden sposób nie mógł im pomóc, ale nie potrafił się z tym pogodzić. Nawet gdyby przekonał kobietę, by uwolniła tych ludzi, ktoś stojący wyżej w hierarchii tego świata przybyłby wkrótce, żeby zaprowadzić porządek. Wyzwolenie rolników prowadziłoby do konfrontacji z ich panami, z ludem Wexel, a to z kolei wymagałoby czasu i dokładnego planu. I tak był już odpowiedzialny za niedopuszczenie do wojny między Murai a Doum.

Jakiś krzyk przykuł jego uwagę z powrotem do pola. Widząc, że kobieta ruszyła naprzód, odszukał to, co ją zainteresowało. Jej oczami zobaczył spalone, zrównane z ziemią zboża. *Znowu* – pomyślał. *Zupełnie jakby ktoś pisał po ziemi ogniem.*

Pisał po ziemi…? Tyen wycofał się nieco ze świata i poszybował wyżej. Rzeczywiście na polu wypalono znaki. Najpierw zobaczył strzałkę, potem symbole oznaczające „ruiny", „staw", „zaczerpnięcie magii" i „za mną".

Trzymając się około stu kroków nad ziemią, poszybował we wskazanym kierunku. Równina ciągnęła się w nieskończoność i Tyen dwukrotnie musiał przystawać, by odetchnąć. W końcu zauważył, że pola się zmieniają – pojawiły się na nich bledsze, okrągłe i prostokątne łaty. Z góry przypominały ulice i budynki miasta. Potem zauważył pierwszy jak dotąd w tym świecie teren, który nie był płaski. Na równinie wznosił się niewielki pagórek, na którym widniały fragmenty murów, na szczycie zaś niewielki staw o niezmąconej powierzchni.

Zatrzymał się przy nim, by dać wytchnienie płucom i zaczerpnąć więcej mocy, potem zaś odepchnął się między światy. Nie było widać żadnego prowadzącego tamtędy szlaku, kiedy jednak Tyen zawisł nad stawem, zauważył nowo przetartą ścieżkę prowadzącą pod jego powierzchnię. Ruszył nią, a gdy jego głowa znalazła się pod wodą, ślad zaczął odchodzić od świata.

Wodniste światło rozpłynęło się w bieli, a potem wokół Tyena nowe kształty zaczęły nabierać barw. Były to same skały, wśród których tylko gdzieniegdzie w szczelinach widniały poszarzałe, poskręcane rośliny. Ze wstrząsem zszedł do świata, gdyż jego zmysły dały się zwieść bladości tego pylistego miejsca i zdawało mu się, że znajduje się w większej odległości od powierzchni.

Powietrze było tu suche i zimne, a w uszach świszczał mu wicher. Twardą ziemię pokrywał pył. Spuścił wzrok i zobaczył kolejną strzałkę oraz symbole wyryte w skale. „Oszczędzaj magię, bo tu wiele nie znajdziesz".

Po plecach Tyena przebiegł dreszcz. Uwolnił zmysły, by zorientować się w sytuacji, i zatoczył się. Nie zauważył pustki, bo nie było tu mocy, z którą mogłaby kontrastować. Chociaż… Na krawędzi świadomości dostrzegł coś, co przypominało mgłę. Skoncentrował się i zrozumiał, że to cienka warstwa wątłej magii. Płynęła od strony wskazywanej przez strzałkę Dahlego.

Odrobinę odepchnął się od świata i poszybował w tamtym kierunku.

Źródło mocy znajdowało się niedaleko. Pokonanie tej odległości piechotą mogłoby zająć dzień. Nad bladą okolicą pojawiła się ciemniejsza smuga i z początku Tyen odniósł wrażenie, że zbliża się do niskiego lasu poskręcanych drzew. Wkrótce jednak las przerzedził się w namioty, wozy oraz stosy przedmiotów wszelakich kształtów i rozmiarów, od beczek przez skrzynie po worki.

Tyen uniósł się nieco wyżej i zauważył ogromne obozowisko rozmiarów miasta. Większość jego mieszkańców spała, część jednak tłoczyła się na obrzeżach, chroniąc się za ścianami utworzonymi z poukładanych w sterty przedmiotów. Większość zebranych, poza niewieloma noszącymi zbroje i bronie, stanowili zwykli ludzie.

Tyen stwierdził, że musi odetchnąć, obniżył się więc pośród śpiących, nie chcąc przerazić tych, którzy czuwali, kiedy jednak dotarł do ziemi, postanowił nie schodzić do świata. Człowiek leżący najbliżej miał otwarte oczy. Pokrywały je bielmo i pył. Tyen spojrzał na kolejnego, potem następnego.

Martwi. Wszyscy byli martwi. Nagle zrozumiał, czemu miały służyć prowizoryczne ściany. Stanowiły fortyfikacje chroniące nielicznych ocalałych przed katastrofą, czymkolwiek ona była.

Nie miał wyjścia, musiał zejść. Spodziewając się odoru bijącego od tak wielu ciał, zdziwił się, gdy zapach rozkładu nie okazał się zbyt intensywny. Zwłokami nie pożywiały się żadne małe ani większe stworzenia, a panowały tu te same suchość i chłód co w poprzednim miejscu.

Co się tu stało? – dumał. *I dlaczego Dahli chciał, żebym to zobaczył?* Bo było oczywiste, że chciał – zapewne jak i dwa poprzednie światy. Czyżby Dahli pragnął pokazać Tyenowi skutki stworzenia bojowych insektoidów? Tyen rozejrzał się, ale nie dostrzegł śladów magii mechanicznej. Lecz wśród zmarłych byli ludzie w każdym wieku, kobiety i mężczyźni, zamożni i biedni, zupełnie jak wśród tych, którzy uciekali przed tamtymi wybuchającymi urządzeniami. W pobliżu nie było widać miasta ani nawet śladów tak dużej grupy. Musieli przybyć z innego świata. Ale dlaczego znaleźli się tutaj, gdzie nie było ani magii, ani wody, ani życia? Tyen zajrzał w myśli tych, którzy ukrywali się za fortyfikacjami, i znalazł odpowiedź.

Ci ludzie uciekali przed potężnym wrogiem do nowego świata i utknęli tutaj. Ich magowie zjednoczyli się, by znaleźć nowy dom i przenieść tam rodaków. Wytyczyli ścieżkę przechodzącą przez zasobne w moc, bezpieczne światy. Według magów w tym świecie było wcześniej mnóstwo magii, lecz ktoś musiał odrzeć go z mocy na kilka godzin przed ich przybyciem. Udali się na poszukiwanie wody, lecz ze względu na brak mocy ruszyli piechotą. Ktoś podejrzewał, że magowie odeszli, bo obwiniono by ich za uwięzienie swojego ludu w martwym świecie i skazanie go na śmierć z głodu i pragnienia.

Tyen słyszał o światach pozbawianych magii. Czyżby tych ludzi uwięziono tu celowo, czy może jakiś nieznany mag zachłannie pobrał całą moc, nie wiedząc, że ten świat jest tylko przystankiem w ich podróży?

Nieważne, kto jest temu winien – myślał jeden z ocalałych. *Wszyscy wkrótce umrzemy.* Zapasy się kończyły, a nie mieli sił, by rabować od innych. *Do czego się zniżyliśmy* – rozważał, wspominając występki pobratymców, którzy uciekli się do mordów, tortur, a nawet kanibalizmu. Wiedział, że nawet gdyby nadszedł ratunek, nie skorzystałby z tej możliwości. Musiałby żyć ze świadomością swoich uczynków. *Chciałbym tylko umrzeć przed powrotem brata – o ile wróci – żeby nie zdążył wyczytać prawdy z moich myśli.* Spojrzał w dal na grupę skał, gdzie po raz ostatni widział brata odchodzącego w towarzystwie magów, i zastanawiał się, czy jest ostatnim żywym członkiem swojej rodziny.

Tyen odepchnął się od świata, uniósł nad obozowiskiem i zlokalizował skały. Poszybował ku nim, po czym zatrzymał się w poszukiwaniu ludzkich umysłów. Nic. Ruszył naprzód, licząc na to, że wystarczy mu magii, by wydostać się z tego świata. Wkrótce zapuścił się dalej, niż ktokolwiek mógł zajść od czasu przybycia tu tych ludzi, lecz nikogo nie znalazł. Magowie prawdopodobnie nie żyli.

Gdy wrócił nad obozowisko, okazało się, że pod jego nieobecność doszło do walki. Ostatni z ocalałych leżeli martwi z powodu odniesionych ran lub z wyczerpania. Krążąc po obozie, Tyen szukał kolejnej wskazówki Dahlego. Czyżby Dahli wiedział, że ci ludzie tu umierają, lecz nie kiwnął palcem, by im pomóc? Ta ewentualność wzbudziła w nim gniew. *Ale ja też nic nie zrobiłem. Mógłbym od razu zabrać stąd ocalałych, a potem wrócić i znaleźć magów, gdybym tylko wcześniej o tym pomyślał.*

Dotarł w sam środek obozowiska. Był oczyszczony z ciał, a namioty odsunięto na bok. Na ziemi wyrysowano jeden symbol. „Za mną". Polecenie Dahlego. Tyen odepchnął się od świata. Dostrzegł dopiero co przetarty szlak, jakby Dahli podróżował tędy niedługo przed jego przybyciem.

Pobladły świat znikł mu z oczu. Jego miejsce zajął szeroki, trawiasty owal. Z trzech stron otaczały go wznoszące się łukowato rzędy siedzisk i schody, tworząc prostą widownię. Wszędzie były porozrzucane jakieś przedmioty. Gdy Tyen przyjrzał się dokładniej, okazało się, że to takie same worki i skrzynie jak w obozowisku. To z tego świata uciekli tamci ludzie.

Przepędził ich stąd jakiś wróg. Tyen stworzył wokół siebie solidną osłonę i ruszył schodami w górę. Jego oczom ukazało się miasto. Duże budynki i rezydencje wznosiły się wzdłuż ulic, otoczone starannie utrzymanymi ogrodami. Z latarń zwieszały się kolorowe dekoracje, być może związane z obchodami jakiegoś święta. A jednak wszędzie panowała cisza. Na ulicach nie było ani jednego człowieka.

Kiedy Tyen uwolnił zmysły, okazało się, że był w błędzie. Miasto nie zostało całkowicie opuszczone. Niektórzy nie chcieli odejść – woleli zginąć, niż porzucić ojczyznę, albo sądzili, że opowieści o śmierci Raena to kłamstwa. Kilkoro zwątpiło w swoje decyzje i rozważało, czy zdążą dołączyć do jednej z grup czekających na przeniesienie do innego świata. Nie sądzili jednak, by miało im się udać. Mogli liczyć jedynie na to, że przeżyją powrót wroga.

Którym, jak w końcu spostrzegł Tyen, nie była wcale armia najeźdźców z sąsiedniego świata. Co pięćdziesiąt dwa lata, licząc według miary stosowanej w tym świecie, niebo rozdzierały smugi światła. *Meteory*. Tubylcy nie wiedzieli, czym były, jedynie że przed zawarciem umowy między Raenem a ich przywódcami ten niebiański atak siał spustoszenie. Tylko Raen był na tyle potężny, by ochronić świat, w zamian za co tutejsi rzemieślnicy konkurowali ze sobą, by wytworzyć jak najpiękniejsze wyroby, najlepsze zaś Raen wybierał do swojego pałacu.

Ale Raen nie wrócił, a z nieba zaczęły spadać ogniste kule. Po raz pierwszy cały świat się zjednoczył, by zaplanować ewakuację w nowe miejsce.

Kto zatem i dlaczego pozbawił mocy pierwszy świat na ich drodze? – zastanawiał się Tyen. Czy chciał zapobiec masowej migracji? Czy jakiś wróg tego świata dostrzegł okazję do ataku? A może wróg świata, do którego mieli się przenieść, chciał zapobiec jego sojuszowi z nowymi obywatelami? Mógł to być nawet akt zemsty byłego buntownika lub buntowników za zaufanie Raenowi.

– Nieczęsto widzi się dopiero co opuszczone miasto – odezwał się ktoś.

Tyen obrócił się na pięcie. Dahli siedział w połowie schodów, jakieś dwadzieścia kroków dalej. Wyglądał młodziej. Choć włosy wciąż miał lekko posiwiałe, i one, i broda były krótko przycięte.

– Dlaczego? – spytał Tyen.

Dahli uniósł brwi.

– Dlaczego je opuszczono? Nie wyczytałeś tego jeszcze z umysłów ludzi, którzy tu zostali? Albo z myśli tych, którzy utknęli w poprzednim świecie?

– Dlaczego mi to pokazujesz? – doprecyzował Tyen.

Dahli zacisnął usta w pozbawionym wesołości uśmiechu.

– Bo nie sądzę, byś sam zechciał spojrzeć na dowody, gdybym powiedział ci, gdzie ich szukać.

– Dowody czego?

– Zniszczeń powstałych pod nieobecność Raena. Chaosu.

Tyen nachmurzył się.

– Pokazałeś mi tylko to, co potwierdza twoje słowa.

– Jestem pewien, że Baluka pokazałby ci wyłącznie te światy, które skorzystały na nieobecności Raena. Musisz spojrzeć z szerszej perspektywy. Albo zajrzeć w moje myśli. Przecież nie mogę cię okłamać.

Tyen już zdążył to zrobić. Dowiedział się, że Dahli jest przekonany o słuszności swoich słów. Ale Dahli mógł się mylić. Mógł widzieć to, co chciał widzieć.

– Czy potrafisz zignorować to cierpienie? – zapytał Dahli. – Pozwolić, by trwało dalej?

– Przez wieki sam się do niego przyczyniałeś – odgryzł się Tyen.

I natychmiast tego pożałował. Gdyby Dahli uznał, że Tyen nie pochwala jego uczynków, mógłby przestać oczekiwać jego pomocy – wówczas Tyen straciłby pretekst do utrzymywania kontaktu z Dahlim.

Na szczęście Dahli jedynie pokiwał głową.

– To prawda. Dopuszczałem się straszliwych czynów, wierząc, że na dłuższą metę światy na tym skorzystają. Że rozkazy Valhana były sprawiedliwe. Przyznaję, że czasem nie były. Valhan nie był nieomylny, lecz mylił się niezwykle rzadko.

Niezachwiana wiara Dahlego sprawiała, że trudno było mu zaprzeczyć. *A jednak Baluka jest równie pewien, że bez Raena światy rozkwitną.*

– Spójrz, co się dzieje, Tyenie – kontynuował Dahli – a zrozumiesz, że poświęcenie jednego życia dla bezpieczeństwa tysięcy światów to wcale nie takie nierozsądne posunięcie.

Tyen skrzyżował ręce na piersi.

– Właśnie dlatego chciałeś, bym to zobaczył?

Dahli odwrócił wzrok.

– Nie. – Jego ramiona uniosły się i opadły, a potem wyprostował plecy. – Jeżeli przekażę ci notatki Valhana na temat eksperymentów związanych z jego wskrzeszeniem i pozwolę wykorzystać metodę oraz ciało, które zaakceptujesz, zrobisz to?

Tyen utkwił w nim wzrok. *Proponuje mi całą wiedzę Raena na temat wskrzeszania.* Nagle poczuł torebkę z Vellą na piersi pod koszulą. *Wszystko, czego jej trzeba, by mogła odzyskać skradzione ciało. Ale za cenę przywrócenia życia Valhanowi.*

Zajrzał w myśli Dahlego. Mężczyzna zamierzał dotrzymać umowy. Nawet mimo ryzyka, że gdy wyjawi te pilnie strzeżone sekrety, Tyen nie wskrzesi Raena, bo nie będzie chciał nikogo zabić.

Była to także jego ostatnia próba przekonania Tyena. Jeśli odmówi, Dahli zacznie szukać kogoś innego na tyle mocarnego i inteligentnego, by zdołał przywrócić życie Valhanowi – albo spróbuje dokonać tego z pomocą kilkorga silnych magów zamiast jednego potężnego. Może mu to zająć dużo czasu, może nawet wiele cykli, ale w końcu znajdzie sposób.

Tyen zdał sobie sprawę, że oddycha szybciej. *Jeśli się na to nie zgodzę, Dahli przestanie się ze mną spotykać. Nie będę mógł mieć go na oku. Nie dowiem się o ewentualnym powrocie Raena.*

Jeśli jednak się zgodzi, zostanie najbardziej znienawidzonym człowiekiem w wielu światach. Zarazem jednak w równie wielu stanie się bohaterem. *Cóż, i tak połowa już mnie nienawidzi. Przynajmniej mieszkańcy drugiej połowy przestaną czyhać na moje życie.*

Wówczas zdał sobie sprawę, że nie obchodzi go, co kto o nim myśli. Pragnął jedynie, by jego decyzja spowodowała jak najmniej zła. Skoro zatem Dahli i tak zamierzał znaleźć sposób na wskrzeszenie Raena, to czy zaangażowanie Tyena wywoła więcej czy mniej szkód?

No tak – uświadomił sobie – *jeżeli Raen powróci i dowie się, że nie chciałem pomóc Dahlemu, zabije mnie. Zabije Rielle bez względu na to, czy to ja sprowadzę go z powrotem, czy nie. Chyba że... Chyba że zawrę z nim umowę. Będzie mi wiele zawdzięczał. Może w zamian mógłbym poprosić o darowanie jej życia.* Szansa na przyjęcie takiego układu przez Raena była niewielka, lecz lepsza niż nic. *Jeśli pomogę Dahlemu, będę wiedział, czy i kiedy uda mu się zrealizować plan. Mógłbym ostrzec Rielle. Mogłaby znaleźć sobie kryjówkę przed powrotem Raena.*

Nie spodobałoby jej się, że Tyen pomaga Dahlemu, ale zrozumiałaby, gdyby wyjaśnił jej powody. Lepiej byłoby jednak nie mówić jej od razu. Gdyby się okazało, że Tyen nie zdoła wskrzesić Raena, nigdy nie musiałaby się dowiedzieć, że próbował.

Ale gdyby mi się udało... Mógłbym dopilnować, by potrwało to długo – pomyślał. *Gdybym przeciągał eksperymenty i przeprowadzał liczne próby na każdym etapie, miałaby mnóstwo czasu, by się ukryć.*

Balukę także by przestrzegł. Może przyjaciel pomógłby Rielle, a ona jemu. Może Baluka mógłby zebrać kolejną armię i tym razem pokonać Raena.

Za plecami Tyena rozległ się odgłos kroków. Odwrócił się i zobaczył, że Dahli wchodzi po schodach.

– Wahasz się – stwierdził mężczyzna. – A przecież zaproponowałem warunki, których się domagałeś.

Wyraz jego twarzy był nieprzenikniony, lecz Tyen dostrzegł narastającą w nim nieufność.

– Zastanawiam się – przyznał Tyen. – Rozważam konsekwencje.

– Na przykład?

– Musiałbym stanąć po konkretnej stronie.

Dahli przytaknął.

– Naturalnie.

– Musiałbym nauczyć się przekształcania wzorców.

– Nauczyłbym cię.

Tyen przyjrzał się magowi. Wiedział, że Dahli nauczył tego jak dotąd tylko jedną osobę: Rielle. Dahli wspominał właśnie, że musiał zajrzeć w myśli Rielle, by szybko ją wyszkolić. Wątpił, by Tyen zgodził się na coś takiego.

– Dziękuję za propozycję – odparł Tyen – ale mogę się tego nauczyć z innego źródła.

Dahli zmarszczył brwi.

– Od kogoś innego?

– Można tak powiedzieć.

– Z książki? – Dahli nachmurzył się jeszcze bardziej. – To może potrwać bardzo długo.

– Może tak, może nie. – Tyen rozłożył ręce. – Nie wpuszczę cię do swoich myśli, chyba że nie będę miał wyjścia.

– Ale… – Przez twarz Dahlego przebiegł grymas. – Nie wiem, jak długo informacje mogą przetrwać w jego dłoni. Valhan nie potrafił stwierdzić, jak długo ona sama przetrwa.

– Czy jeszcze jeden cykl coś zmieni?

Dahli westchnął.

– Nie wiem.

– Przed rozpoczęciem nauki przekształcania wzorców muszę… poczynić pewne przygotowania. A potem… gdzie będziemy pracować?

– Mam dom w świecie sprzyjającym naszej sprawie, gdzie zdobędziemy wszelkie niezbędne zasoby.

Tyen skinął głową. Będzie musiał na pewien czas opuścić Doum. Skoro nie chciał tymczasem zdradzać Rielle swoich zamiarów, powinien obmyślić wiarygodne wytłumaczenie. Przed odejściem chciał spędzić z nią więcej czasu. Spotkania w okresie współpracy z Dahlim naraziłyby ją na niebezpieczeństwo. Mógłby doprowadzić Dahlego wprost do niej lub do Tarrena.

Musiał także rozwiązać konflikt między Doum a Murai.

– Nie jestem w stanie powiedzieć, ile potrzeba mi czasu – zwrócił się do Dahlego. – Może ćwierć cyklu. Może więcej.

Mężczyzna zacisnął usta w cienką linię. Zniecierpliwienie i sceptycyzm zmagały się w nim z nadzieją, lecz wszystkie te uczucia znikły w obliczu rezygnacji. Tyen musiał współpracować z nim z własnej woli. To zaś przypomniało Dahlemu o jeszcze jednej kwestii, którą musiał poruszyć.

– Dobrze. Nim odejdziesz, mam ci jeszcze coś do przekazania. Moi ludzie dowiedzieli się, że grupa buntowników, która oddzieliła się od Odnowicieli, utrzymuje, iż ci postępują zbyt łagodnie wobec byłych sojuszników Raena, i postanowiła cię dopaść. Wiedzą, że nosisz przy sobie skarb skrywający tajemnicę wiecznej młodości. – Na jego ustach zagościł ponury uśmiech. – Jeśli chcesz, mogę się nimi zająć.

Tyen milczał przez chwilę. To była kusząca perspektywa. Dobrze byłoby żyć bez strachu, że ścigają go inni magowie. Gdyby go znaleźli, ocalenie Doum i przywrócenie ciała Velli mogłoby nieco się skomplikować, a nawet nie dojść do skutku. Ale...

– Nie – odpowiedział. – Baluka mógłby się dowiedzieć, że zrobiłeś to dla mnie. Zacząłby się zastanawiać, dlaczego wyświadczyłeś mi taką przysługę.

– Jeśli zrobisz to, o co proszę, nie będę wymagał od ciebie szpiegowania Baluki.

Tyen pokręcił głową.

– Podejrzewam, że moje kontakty przydadzą się w przyszłości, jeśli nie tobie, to mnie. Mogłyby nawet przydać się w naszej pracy.

Dahli pokiwał głową.

– Rozumiem, że zgadzasz się na proponowane przeze mnie warunki.

– Tak – oznajmił Tyen z westchnieniem.

– Daj mi w takim razie znać, kiedy będziesz mógł zacząć.

Tyen skinął głową.

– Oczywiście.

– Wiesz, dokąd się udasz, żeby nauczyć się przekształcania wzorców?

– Jeszcze nie.

– Mógłbym pokazać ci kilka światów, które by się do tego nadawały.

– Wolałbym, żeby nikt nie wiedział, gdzie jestem.

Usta Dahlego drgnęły. Niemal się uśmiechnął.

– Doskonale. Informuj mnie. Jeżeli uznasz, że potrzebujesz jakichś materiałów lub narzędzi, prześlij mi listę. Zdobędę je z wyprzedzeniem.

Cofnął się o krok i zaczął się rozmywać. Po kilku chwilach zniknął.

Tyen odwrócił się, wszedł na szczyt schodów i spojrzał w dół na miasto. Część z tych, którzy tu zostali, przeżyje deszcz meteorów. Musiało już tak bywać w przeszłości, w przeciwnym razie zanikłaby pamięć o wydarzeniach sprzed nadejścia Raena.

Czy byłby w stanie powstrzymać takie deszcze? Nie miał pojęcia, jak Raen tego dokonywał, a próba mogłaby pogorszyć sytuację. Może zdołałby pomóc pozostałym grupom czekającym na przeniesienie do innego świata. Powiedzieć Baluce o tym miejscu. Nie wyobrażał sobie, że przyjaciel zostawiłby tych ludzi na pastwę meteorów w akcie zemsty za ich współpracę z Raenem.

Teraz musiał wracać do Doum. Być może Ceramicy odpowiedzieli już na jego groźbę odejścia, a ich reakcja mogła być nieprzyjemna.

Nie jestem w stanie pomóc wszystkim światom – upomniał sam siebie. *Ale mogę pomóc Doum. Mogę pomóc Rielle przeżyć powrót Raena. Mógłbym nawet znaleźć sposób na przywrócenie Velli cielesnej postaci.*

Mimo wszystko czuł w sobie jakąś pustkę. Było to od dawna przez niego niedoświadczane, lecz znajome uczucie.

To dlatego że już raz znalazłem się w takiej sytuacji, zawarłem umowę z niebezpiecznym, bezwzględnym magiem, wiedząc, że go nie powstrzymam, ale licząc na to, że zniweluję wyrządzone przez niego szkody.

Tyle że tym razem nie będzie szpiegiem. Będzie przeprowadzał eksperymenty i budował, ale nie z mechanicznych części, lecz z ciała.

Wcale nie czuł się przez to lepiej, odepchnął się zatem od świata i ruszył do domu.

ROZDZIAŁ 10

Będziesz musiał znaleźć świat niezwykle zasobny w magię – napisała Vella. Na tyle, by dokonać transformacji i po wszystkim móc odejść.

Świat niezamieszkany – dodał Tyen. *Przez który i do którego nie podróżują ludzie. Nie chcę odpowiadać za ich uwięzienie.* Było mało prawdopodobne, by świat niezamieszkany lub zamieszkany przez niewielu ludzi był bogaty w moc, co pewien czas jednak zdarzała się katastrofa stwarzająca nieprzychylne warunki, lecz niepozbawiająca świata magii.

Tyen pomyślał o tym, na który spadały meteory. Był zasobny w moc, bez wątpienia dlatego że jego mieszkańcy tworzyli wspaniałe dzieła w zamian za pomoc Raena. Tyen wysłał wiadomość do Baluki, może więc ludność została już stamtąd ewakuowana. Kiedy jednak rozejdzie się wieść o nowo wyludnionym miejscu, inni magowie przybędą tam po magię. Gdyby Tyen znalazł się w świecie w tej samej chwili co oni, mógłby w nim utknąć.

Będą ci tam groziły meteory – zauważyła Vella.

To z kolei rodziło kolejne pytanie.

Ile zajmie mi nauka przekształcania wzorców?

Może potrwać ćwierć cyklu, a może wiele cykli. Nauczysz się szybciej, jeśli skoncentrujesz się niemal całkowicie na swoim zadaniu. Pomoc oferowana przez Dahlego to coś więcej niż tylko potrzebna ci wiedza. On zaopatrzy cię w prowiant, pozbędzie się wszystkiego, co mogłoby cię rozpraszać, i ochroni, gdy będziesz narażony na niebezpieczeństwo.

Musiałbym mu zaufać. Nie ufam Dahlemu.

A komu ufasz?

Tyen milczał przez chwilę, a potem potrząsnął głową. *Zaufałbym Baluce, ale on musi zajmować się Odnowicielami. W przyszłości mógłbym zaufać Rielle, lecz jeszcze nie znam jej dość dobrze, a ktoś powinien zostać i obserwować imperatora. Tarren jest chyba człowiekiem godnym zaufania, ale nie może na pół cyklu zostawić swoich uczniów. Naprawdę musi tam być ktoś inny?*

Jeżeli dobrze się przygotujesz, będziesz w stanie zminimalizować czynniki mogące cię rozpraszać. Wybierz miejsce, gdzie jest mnóstwo żywności lub taka, która nie psuje się szybko.

Mnóstwo żywności oznacza zapewne mnóstwo ludzi. Westchnął. *Musi być na to inny sposób. Mógłbym zaczerpnąć magii i przenieść ją w miejsce, w którym się osiedlę?*

Tak. Ale na zgromadzenie i zmagazynowanie dostatecznej ilości potrzeba czasu. Inni magowie mogliby odnaleźć i zużyć tę moc.

Nie, jeśli świat, w którym ją zgromadzę, będzie uznawany za martwy i niezamieszkany. Ile by to potrwało?

Wszystko zależy od tego, ile magii pobierzesz z innych światów, by zapełnić takie miejsce. Jeżeli nie chcesz, by mieszkańcy zauważyli, że z ich świata ubywa magii, może to potrwać kilka cykli.

Pokręcił głową. *Wydawało mi się, że najtrudniejszym elementem będzie nauka przekształcania wzorców bez nauczyciela. W każdym razie nie mogę zacząć, dopóki nie zakończą się negocjacje.* Zaburczało mu w brzuchu, choć bardziej to odczuł, niż usłyszał. *Muszę coś zjeść. Do widzenia, Vello.*

Do następnego razu.

Zamknął okładkę i wsunął książkę z powrotem do torebki na szyi. Wetknął torebkę pod koszulę i zapiął kamizelkę, którą zaczął nosić, by ją ukryć. Był przez to odrobinę za ciepło ubrany jak na klimat panujący w Albie, ale ludzie sądzili, że chce wyglądać bardziej oficjalnie, bo w każdej chwili może być wezwany, by kontynuować pertraktacje z Rielle. Niektórym osobom się to spodobało, inne zaś uznały, że poczuł się zbyt ważny, kiedy przydzielono mu to zadanie.

Kilku jego robotników wciąż pracowało nad pilnym zamówieniem w warsztacie na dole. Spytał, czy chcą, by przyniósł im coś do jedzenia, ale prawie skończyli i zamierzali wrócić do domów na kolację. Zostawił ich z zadaniem dopilnowania ostatnich szczegółów i udał się do jednego ze swoich ulubionych lokali, w których serwowano posiłki.

Dotarcie tam piechotą nie zajmowało wiele czasu, lecz ulice pełne były mieszkańców śpieszących na wieczerzę. Nim przybył na miejsce, usłyszał jakiś nieznajomy wołający go głos. Odnalazł jego źródło – biegnącego ku niemu posłańca.

– Tyenie Wheelmaker – odezwał się mężczyzna. – Musisz niezwłocznie stawić się na spotkanie z Rielle z Murai.

Serce na chwilę zamarło Tyenowi w piersi. Skinął głową.

– Dziękuję.

Tęsknie zerknął na drzwi restauracji, a potem odepchnął się od świata. Jak dotąd posiłki podawane podczas spotkań z Rielle były smaczne, nie dorównywały jednak temu, co mógł kupić w swojej okolicy.

Tyen podążył swym zwyczajowym szlakiem ku Wyspie Kafelkowej. Rielle czekała na mostku; jak zawsze wyglądała pięknie. Rozmawiała z Ablerem. Od urzędnika bił podziw – a zarazem żal, że taka szykowna kobieta reprezentuje Murai, a nie Doum. W porównaniu z nią Tyen wydawał mu się nieco banalny i niechlujny.

Dla niektórych zbyt ważny, dla innych nie dość ważny – pomyślał Tyen.

– Dobry wieczór, Rielle Lazuli – odezwał się, składając jej ukłon, gdy oboje się do niego odwrócili. Skinął głową mężczyźnie. – Witaj, Ablerze Tithen.

– Dobry wieczór, Tyenie Wheelmaker – odparł urzędnik. – Gratuluję. Imperator przystał na poprawioną wersję opracowanego przez was traktatu.

– A Ceramicy zatwierdzili go z pewnymi zmianami, na które się zgodził – dodała Rielle z błyskiem w oku.

Tyen spoglądał to na jedno, to na drugie.

– Naprawdę?

– Tak – odpowiedziała Rielle, a potem roześmiała się na widok jego zaskoczenia. – Też się zdziwiłam.

– Ostateczny dokument zostanie skopiowany dzisiaj, licząc według czasu Doum – poinformował Abler. – Jutro zostanie przedłożony do podpisania i opieczętowania. – Jego usta rozciągnęły się w oficjalnym uśmiechu. – Tyenie Wheelmaker, wykonałeś swoje zadanie. Ja i Ceramicy dziękujemy za cierpliwość i wytrwałość w tej niełatwej pracy.

Tyen skinął głową.

– Przynajmniej tyle mogłem zrobić dla świata i tak serdecznych ludzi, którym życzę pokoju i dobrobytu.

Abler zwrócił się do Rielle.

– Dziękujemy także tobie, Rielle z Murai, za zdrowy rozsądek i uczciwość oraz tolerancję dla ludu, który niekiedy musiał sprawiać wrażenie upartego i przekornego.

Jej uśmiech zapierał dech w piersi.

– Mam nadzieję, że moje starania przyniosą korzyści zarówno Doum, jak i Murai. – Popatrzyła na Tyena. – Wiem, że mój mentor, człowiek niezwykle mądry, będzie ze mnie dumny.

Nie odwróciła od niego oczu, a puls Tyena przyśpieszył. *Chce znów się ze mną zobaczyć w domu Tarrena.* Postanowił, że uda się tam zaraz po spotkaniu. Nawet jeśli niewłaściwie zinterpretował jej spojrzenie, i tak chętnie pogawędzi z Tarrenem.

– Oddalę się już, jeżeli to wszystko, co mieliśmy do omówienia – powiedziała.

Abler pokiwał głową.

– Na pewno chcesz wrócić do swojego świata i być może uczcić ten sukces. Życzę wszystkiego dobrego.

– Dziękuję.

Zniknęła im z oczu.

Urzędnik spojrzał na Tyena.

– Czy przekazać coś Ceramikom?

Tyen chwilę się zastanawiał.

– Wyłącznie podziękowania i gratulacje. I jeszcze... że pośród konfliktów i walk między światami nadzieją napełnia mnie fakt, że dwa z nich postanowiły rozwiązać spór bez rozlewu krwi, nie siejąc zniszczenia. Oby inne światy wzięły z nich przykład.

Abler skinął głową.

– Przekażę.

– Dziękuję. Czy przydam się na coś jeszcze?

Mężczyzna pokręcił głową.

– Możesz odejść.

Tyen odepchnął się od świata. Wrócił swoim szlakiem do Alby, tego bowiem się po nim spodziewano, kiedy jednak przybył do miasta, nie skierował się do warsztatu. Przeniósł się między światy, zanurkował przez rdzeń Doum i opuścił je.

Kiedy dotarł do świata Tarrena, zbliżył się do jeziora od innej strony niż podczas ostatniej wizyty. Panowała tu pogodna noc, a w pomarszczonej falami wodzie odbijały się gwiazdy. Odnalazł swoją poprzednią ścieżkę i ruszył nią, na chwilę oddalając się od celu podróży, po czym odbił i starannie zatarł ślad, następnie zaś poszybował w dół i znalazł się pod powierzchnią wody. Potem od dołu zbliżył się do wulkanicznej wieży. Gdy skała przesłoniła widok, wyczuł inny szlak. Świeży. Prowadził w górę. Tyen podążył nim, a gdy znalazł się nad skalną iglicą, jego oczom ukazały się mury dziedzińca, na którym poprzednio zobaczył Rielle.

Zmaterializował się i nie ruszył dalej, póki jego płuca nie przestały zachłannie chwytać powietrza. Od strony domu jego uszu dobiegły stłumione głosy. Na dziedzińcu paliły się dwie lampy. Skierował się ku niemu; jego domysły okazały się trafne – Rielle i Tarren odpoczywali na drewnianej ławce.

– Witaj, Tyenie – rzekła Rielle. – Już myśleliśmy, że się nie zjawisz.

Tyen rozłożył ręce.

– Kluczenie, by zmylić wroga, wymaga czasu.

W jej oczach zapłonął błysk zainteresowania.

– Czyżby?

Tarren rzucił okiem na Rielle.

– Witamy, Tyenie. Chodź. Posłałem po smaczny posiłek. Warto uczcić ostatnie wydarzenia.

– Porozumienie między Murai a Doum? – spytał Tyen, podchodząc do drzwi. Rielle szła przodem przez kolejne pomieszczenia w domu.

– Oczywiście. Cóż by innego?

– Nic. Upewniam się tylko, czy przypadkiem nie powiódł się także jakiś inny twój plan.

Starzec zachichotał.

– Dałbym ci znać, gdyby tak się stało.

Dotarli do pokoju, w którym znajdował się niewielki stół, na nim zaś posiłek. Rielle, wchodząc, obejrzała się na Tyena.

– Któregoś dnia musisz mi pokazać, jak to się robi.

Zmarszczył brwi.

– Co?

Rielle i Tarren usiedli za stołem.

– Jak zaciera się ślady.

Uniósł brwi, udając, że nie rozumie, i zajął miejsce.

Rielle uśmiechnęła się.

– Wiem, że to potrafisz. Zdziwiłam się, gdy nie znalazłam szlaku po twoim ostatnim przybyciu w to miejsce. Sprawdziłam więc punkt, w którym się pojawiłeś. Między światami nie zauważyłam żadnych zaburzeń.

– Ach tak.

– Coś do picia? – spytał Tarren.

– Tak, proszę.

Stary mag nalał parującego fioletowego płynu z dzbanka do ceramicznego kubka i podał go Tyenowi. Napój był słodki i bardzo mocny. Rielle zacmokała językiem.

– „Ach tak"? – odezwała się. – Tylko tyle powiesz?

Tyen zamyślił się i skinął głową.

Wydała z siebie odgłos zniesmaczenia, potem jednak uniosła swój kubek i uśmiechnęła się.

– Chyba wszyscy mamy tajemnice, którymi nie chcemy się dzielić.

– Za małe, lecz istotne zwycięstwa – rzekł Tarren, wznosząc toast.

– Małe? – Rielle uniosła brwi.

– Tak – odparł starzec. – Podpisanie porozumienia jest proste. Wystarczy ruchem ręki nanieść atrament. Dotrzymanie takiej umowy to znacznie większe wyzwanie.

– Jeżeli mielibyśmy zaczekać, aż udowodnią, że jej dotrzymają, bardzo długo nie byłoby okazji do świętowania.

– W rzeczy samej – odparł Tarren. – Wypijmy więc za szczyty, na które się wspięliśmy, nawet jeśli nie są wysokie.

– Albo wypijmy z żalu za niepowodzenia – dodała Rielle.

– Zawsze znajdzie się powód, by się napić – dokończył Tyen wraz z nią.

Uśmiechnęła się do niego.

– Co sądzisz o naszym małym zwycięstwie, Tyenie?

– Muszę przyznać – odparł – że było łatwiej, niż się spodziewałem.

– Zbyt łatwo? – spytał Tarren.

– Być może. Czy przez to jest bardziej prawdopodobne, że umowa nie zostanie dotrzymana?

Starzec wzruszył ramionami.

– Tego nikt nie wie. Jeżeli porozumienie było reakcją na groźbę, że Rielle przejdzie na stronę przeciwnika albo że ty opuścisz Doum, to być może nie.

Tyen nieco się zmartwił, słysząc te słowa. *Co się stanie, kiedy odejdę, by nauczyć się przekształcania wzorców? Jeżeli to my jesteśmy powodem współpracy dwóch światów, to czy imperator znów zacznie knuć?* Gdy pojawili się służący i zaczęli krążyć wokół stołu z dużymi misami, Tarren i Rielle zajęli się napełnianiem swoich talerzy. Pogrążony w rozmyślaniach Tyen nie zauważył, że jeden z służących od pewnego czasu stoi u jego boku. Mężczyzna odchrząknął.

– Przepraszam! – Tyen chwycił łyżkę, starając się nadrobić opóźnienie.

– Co się stało? – spytała Rielle. – Zamyśliłeś się nad czymś.

Rzucił okiem na nią, a potem na byłego mentora.

– Doszedłem do wniosku, że nadeszła pora na zyskanie wiecznej młodości.

Spojrzenie starca rozjaśniło się.

– Nareszcie!

– Ach tak – odezwała się Rielle z powagą, w przeciwieństwie do entuzjazmu Tarrena.

Tarren spojrzał na nią z rozbawieniem.

– Ach tak?

– Nie może zrobić tego w Doum – wyjaśniła. – Musi znaleźć świat zasobny w magię na tyle, by nie odczuto jej braku. – Popatrzyła na Tyena. – Dlaczego zmieniłeś zdanie?

Tyen odwrócił wzrok.

– Muszę dotrzymać pewnej obietnicy i raczej mi się to nie uda, jeśli nie nauczę się przekształcania wzorców.

Tarren popatrzył na niego znacząco. Tyen zajrzał w jego umysł i dowiedział się, że starzec odgadł, co to za obietnica. *Książka*

– myślał. *Znalazł sposób.* Tyen ukrył konsternację, zdając sobie sprawę, że Rielle może dostrzec myśli Tarrena.

Uniosła brew.

– Potrzebny ci nauczyciel? Nie próbowałam jeszcze nikogo uczyć, ale całkiem dobrze się orientuję, jak to wygląda.

Tyen pokręcił głową.

– Wiem, jak to wygląda, i wolałbym nie ryzykować, że ktoś oprócz mnie mógłby utknąć w świecie bez magii.

– W takim razie musisz znaleźć odpowiedni świat – orzekła. – Znasz taki?

Zaprzeczył ruchem głowy.

– Ja znam pewne miejsce. Świat pustynny, niezamieszkany i zasobny w magię. Odwiedzał go ród Podróżników, z którym mieszkałam przez pewien czas, teraz jednak leży z dala od ich szlaku, a oni nie zamierzają tam wracać.

– Świat pustynny.

– Zgadza się. Musiałbyś zabrać ze sobą zapasy wody i żywności na co najmniej ćwierć cyklu. Mogłabym cię odwiedzić, gdy zapasy będą się kończyć, i przynieść ze sobą tyle mocy, żebyśmy oboje mogli się stamtąd wydostać, gdybyś zużył całą.

Tyen chwilę zastanawiał się nad jej propozycją. Nie widział powodu do odmowy, choć najpierw chciał zapytać Vellę o radę.

– Pomyślę nad tym. Nad wyborem świata, nie nad przyjęciem twojej pomocy. Dokądkolwiek się udam, twoje wsparcie będzie mile widziane. – Uśmiechnął się, licząc na to, że dobrze ukrył obawę. *Co jej powiem, kiedy będę musiał odejść do Dahlego?* Od spotkania z nim rzadko myślał o czymś innym. Tu, w towarzystwie Rielle i Tarrena, udzielenie pomocy Dahlemu wydawało się szalonym pomysłem. *Gdybym jednak tego nie zrobił, Dahli znalazłby innego pomocnika. Gdyby go znalazł i wskrzesił Raena, nie dowiedzielibyśmy się o tym, dopóki Valhan nie postanowiłby zemścić się na nas obojgu. Lepiej mieć szansę ostrzec Rielle i Balukę oraz przekonać Valhana, by darował jej życie. Poza tym będę mógł zapobiec śmierci człowieka, w którego ciele miałby zamieszkać Raen. Oczywiście jeśli znajdę inny sposób.*

Rielle zmarszczyła czoło.

– Coś cię martwi?

Zastanawiał się, co powiedzieć, by zabrzmiało to wiarygodnie.

– Czy Doum i Murai utrzymają rozejm pod moją nieobecność? Nie chciałem odchodzić przed zakończeniem negocjacji i doprowadzeniem do zawarcia pokoju – zastanawiam się, ile to przetrwa beze mnie.

– Ja będę w Murai – przypomniała mu. – Dopilnuję, by imperator miał świadomość, że moja groźba wciąż jest aktualna. Jeżeli Murai zaatakuje Doum, przejdę na drugą stronę.

Tyen powoli pokiwał głową.

– To powinno go zniechęcić.

– To wspaniałomyślna oferta – Tarren zwrócił się do Rielle. – A co z twoim postanowieniem, by nie wtrącać się w sprawy innych światów?

– I tak już się wtrąciłam. Nie mogę obiecać światu ochrony, a potem go opuścić.

Tarren spojrzał na Tyena, myśląc, że Rielle powinna dostać coś w zamian za swoje starania. Tyen zastanawiał się, co mógłby jej dać.

– Czy wiedza na temat zacierania śladów zrównoważy wartość starań Rielle?

Tarren szybko wciągnął powietrze.

– To... więcej niż się spodziewałem.

Tyen się roześmiał.

– Nie, jeśli Rielle dopilnuje, bym nie utknął w martwym świecie.

Jej szeroki uśmiech rozświetlił pokój.

– Nie musisz się rewanżować. Ale zacierając ślady, nie doprowadziłabym nikogo do świata, w którym będziesz się uczył przekształcania wzorców. – Rzuciła przelotnie okiem na Tarrena. – Mogę przekazać ci wszystko, co pamiętam z własnych lekcji. – Pochyliła się naprzód. – Czy jest coś, czego chciałbyś się dowiedzieć?

– Przestań! Nie tutaj! Bo będę zazdrosny! Weźcie to. – Tarren chwycił butelkę i wyciągnął ją w stronę Tyena. – Zejdźcie do groty.

– Ale nie możemy pozwolić, byś w samotności kończył posiłek! – zaprotestowała Rielle, choć ich talerze były już puste. – A co z deserem?

– Każę wam go zanieść – rzekł Tarren.

Rielle spojrzała Tyenowi w oczy, a na jej ustach zagościł znajomy figlarny uśmiech. Serce na chwilę zamarło mu w piersi, a potem się rozszalało. Wziął butelkę podaną przez Tarrena i uśmiechnął się w odpowiedzi.

– Cóż, pewnie już dawno powinieneś udać się na spoczynek, Tarrenie – powiedział. – Nie chciałbym, żebyś był niewyspany.

Tarren uniósł brwi, słysząc tę zniewagę.

– Nie snu pragnę, lecz chwili dla siebie.

Rielle uśmiechnęła się szeroko.

– W takim razie nie zdrzemnij się znowu w fotelu, starając się to udowodnić. Nie zawsze będę obok, by złagodzić ból karku.

Wstał i zamachał rękami.

– Idźcie! Już! Nie pozwolę, by jakieś młodziki drwiły z mojego wieku pod moim dachem!

Rielle roześmiała się, wstała i wyciągnęła dłoń do Tyena. Ten ujął ją i pozwolił, by Rielle poprowadziła go do drzwi.

– Chodź, Tyenie – powiedziała. – Tarren musi się przespać, a my mamy m n ó s t w o tematów do omówienia.

Pociągnęła Tyena przez próg, on zaś zerknął za siebie i zobaczył pełen zadowolenia uśmiech na twarzy Tarrena. Nim Tyen zniknął Tarrenowi z oczu, starzec bardzo wymownie do niego mrugnął.

CZĘŚĆ DRUGA

RIELLE

ROZDZIAŁ 1

Podczas projektowania mozaik Rielle musiała być całkowicie skupiona, lecz gdy je układała, mogła swobodnie rozmyślać. Kiedy miała dobry dzień, to drugie zajęcie ją odprężało, ostatnio jednak powolny proces odnajdowania kolejnego kafelka wzbudzał w niej zniecierpliwienie.

Problem w tym, że po wynegocjowaniu porozumienia między Murai a Doum jej spokojne życie wśród rzemieślników stało się nieco... nudne. A jednak potrzebowała pracy. Ukrywanie się przed Dahlim i jego przyjaciółmi ograniczało jej możliwości zarobkowe. Wykorzystywanie nadzwyczajnej mocy mogłoby zapewnić jej wielkie bogactwa, ale i przyciągnąć uwagę. Uciekła się zatem do innych talentów, lecz zatrudnienie się w roli artystki lub tkaczki nie było łatwe, gdy w każdym miejscu była obcym człowiekiem, cudzoziemką, a gdy już się jej udawało, zarabiała w najlepszym razie skromnie.

Na szczęście nieśmiertelni magowie nie byli czymś niespotykanym, więc za nauki u Tarrena zapłaciła uzdrawianiem. To dzięki naleganiom starca, by nauczyła się jego stylu kaligrafii, trafiła do twórców mozaik. Resztką atramentu namalowała kilka widoczków na ścinkach papieru, a Tarren je zatrzymał. Zrobiły wrażenie na byłym studencie starca i zabrał kilka do swojego świata, by pokazać je Bowlenowi, mistrzowi mozaik. Wkrótce potem jego pracownicy zaczęli zlecać jej projekty.

Rzemieślnicy stanowili grupę różnorodnych ludzi, którzy przenosili się ze świata do świata za kolejnymi zleceniami. Murai było trzecim światem, w którym pracowała, od kiedy do nich dołączyła. Jej oficjalnym zadaniem było malowanie projektów, zajmowało to jednak mniej czasu niż układanie mozaik, nauczono ją więc podstaw i zlecano prace nad drobniejszymi, mniej istotnymi elementami, takimi jak obrzeża i rogi.

Bowlen radził, by nie mieszała się w lokalne sprawy polityczne i konflikty. Całkowicie się z nim zgadzała. Nie był zadowolony, gdy imperator zażądał, by negocjowała z Doum w imieniu Murai.

Gdyby nie Tyen, odmówiłabym. Czasami lokalne sprawy polityczne i konflikty same stają się częścią czyjegoś życia.

Bowlen zagroził jej nawet, że poszuka projektów gdzieś indziej. Kiedy próbowała wykorzystać to jako wymówkę od pertraktacji, imperator oznajmił, że jeśli grupa nie zapewni jej pracy, władca znajdzie innych rzemieślników, z którymi będzie mogła pracować. Zachowała stanowisko, lecz mozaikarze nie byli zadowoleni. Ulżyło jej zatem ogromnie, gdy negocjacje dobiegły końca i mogła zacząć naprawiać swoje relacje z nimi. Od tamtej pory dostawała wyłącznie monotonne zadania i nie projektowała – musiała z powrotem zasłużyć na ich szacunek. Pracowała sumiennie, starając się wzorowo wykonywać polecenia i powtarzając sobie, że zadanie Tyena jest znacznie nudniejsze i bardziej wymagające.

Minęło ćwierć cyklu, od kiedy zaczął – pomyślała, przeszukując tacki z kafelkami. *Chyba jeszcze za krótko, by nauczyć się przekształcania wzorców. Dahli powiedział, że większości ludzi nauka zajmuje więcej czasu, a Tyena może spowalniać to, że uczy się z książki.*

Bardzo chciała, żeby już wrócił. I chciała poznać go bliżej. Jej puls przyśpieszył, gdy wspomniała wspólnie spędzone chwile w grocie, rozmowy i cielesne uniesienia.

Czy ja się zakochałam? – zastanawiała się.

Nie była zauroczona, jak kiedyś Izare'em. Nie wiedziała, czy w ogóle byłaby zdolna poczuć coś takiego. Dziewczyna, która zadurzyła się w Izarze, była niedoświadczona i niewinna. Lecz kobieta, którą się stała, była inną osobą. Miała inne pragnienia. Jeszcze nie była pewna jakie. Wiedziała tylko, że nie może być tak jak kiedyś – przede wszystkim z obawy, że podążenie tą samą ścieżką mogłoby doprowadzić do tych samych rezultatów.

Cisnęła z powrotem na tacę kafelek, nad którym się zastanawiała. Niemal idealnie pasował do luki w projekcie, ale Bowlen nie dopuściłby jej do poważniejszych zadań, gdyby przyłapał ją na dokonywaniu prostych wyborów.

Tyen mi się podoba. Chciałabym częściej go widywać. Nie czułam się tak od dawna. Od czasu śmierci Valhana miewała kochanków, wybierała jednak tylko tych mężczyzn, którzy – podobnie jak ona – pragnęli wyłącznie przelotnych związków bez zobowiązań. Mężczyzn, którzy nie chcieli zgłębiać historii jej życia ani nawet znać jej prawdziwego imienia. Mężczyzn, którym nie musiała powierzać swoich tajemnic.

Ale Tyen już wiedział o Qallu. Pomógł jej ocalić chłopaka. Może spośród wszystkich mężczyzn to właśnie jemu mogłaby zaufać. A jednak się wahała. Może niepokój wzbudzał w niej jedynie fakt, że nie mogła czytać mu w myślach.

Choć było to także dziwnie ekscytujące. Podobało jej się, że nie zawracałyby mu głowy żadne jej niekontrolowane myśli. Mogliby zachowywać się zwyczajnie. Na tyle zwyczajnie, na ile mogliby zachowywać się ludzie skrywający niebezpieczne sekrety.

Żałowała, że nie jest trochę bardziej gadatliwa. *Może on jest nieco powściągliwy, ale to nie znaczy, że nieuważny. Jak na kogoś, kto nie jest w stanie czytać w moich myślach, całkiem dobrze odczytuje wskazówki niewerbalne.* Uśmiechnęła się, gdy na to wspomnienie po jej ciele rozeszła się ciepła fala.

Jej wzrok padł na kafelek o dokładnie takim kształcie i kolorze, jakiego potrzebowała do zapełnienia luki. Za pomocą pęsety włożyła go na miejsce. Pasował doskonale. Czasami warto było poświęcić nieco czasu na znalezienie idealnego elementu. Jednak aby dokończyć mozaikę, będzie musiała dokonywać staranniejszych wyborów. Przyjrzała się projektowi, zastanawiając się, jakiego kształtu teraz szukać.

Jak dotąd Tyen okazywał jej wyłącznie namiętność kochanka. Może nie zamierzał okazywać niczego więcej. Jej zdaniem przypieranie do muru kogoś, kto nie odwzajemnia uczucia, nie miało sensu. Widziała, jaki ból podobna sytuacja sprawiała Dahlemu, dlatego nie zamierzała wpaść w podobną pułapkę. I tak nie mogła obiecać Tyenowi większego zaangażowania. Przyrzekła chronić Qalla. Utrzymanie chłopaka z dala od Dahlego było najważniejsze. Tyen także miał zobowiązania.

Według Tarrena obietnica, o której wspomniał Tyen – powód, dla którego chciał się nauczyć przekształcania wzorców – wiązała się z przywróceniem ciała kobiecie o imieniu Vella, uwięzionej w książce. Tyen opowiedział o niej Rielle podczas jednej ze wspólnie spędzonych nocy w jaskini. Była zafascynowana, kiedy słuchała o kobiecie przemienionej przez Poprzednika Valhana, świadomej tylko wówczas, gdy ktoś trzymał ją w dłoniach, i absorbującej całą wiedzę każdego, kto jej dotknął.

Tarren sądził, że między Tyenem a książką istnieje jakaś więź. Twierdził, że przypomina ona relację między uczniem a mentorem lub przyjaźń rodzącą się między dwojgiem ludzi, którzy wiele razem przeszli. Nie wypowiedział na głos podejrzenia, że Tyen jest nieco zadurzony w kobiecie zaklętej w książce.

Choć po ponad pięciu cyklach zaglądania w ludzkie myśli Rielle nie odrzucała żadnej możliwości, nie sądziła, by Tyen czuł fizyczny pociąg do książek. Jeżeli go pociągała, to nie fizycznie. Na razie. *Może chce przywrócić jej ciało, by się przekonać, czy ją kocha. Może to ze względu na mnie chce to sprawdzić.*

Pokręciła głową rozbawiona i nieco zawstydzona własną próżnością, po czym skupiła się na pracy… i zamrugała, gdy uświadomiła sobie, że patrzy na właśnie taki kafelek, jakiego szukała. Wzięła go ze stosu i ułożyła na miejscu. Odnalezienie idealnego elementu dwa razy z rzędu było mało prawdopodobne, lecz nie niemożliwe. Uda się trzeci raz? Zwróciła się z powrotem ku stosom.

Od razu wróciła myślami do Velli. Najbardziej intrygowało ją to, że Tyen w ogóle dotyka tej książki. Ten przedmiot, a właściwie kobieta musiała znać wszystkie jego tajemnice. Narażał się na niebezpieczeństwo, by dać jej świadomość. Była jego skarbem, ale i ogromną słabością.

Czy Vella straci zdolność pochłaniania wiedzy, gdy zyska formę cielesną? Czy będzie pamiętała wszystko, czego się dowiedziała, czy to także utraci? Przywracając jej ciało, Tyen może zaprzepaścić to, przez co książka była mu tak droga. Na pewno brał pod uwagę tę możliwość, a i tak chciał to zrobić. Może dlatego, że bardziej dbał o uwięzioną kobietę niż o jej wartość jako unikatowego narzędzia. Może dlatego, że przejmował się tym, co dobre i złe.

Czy mogłabym pomóc mu ją wskrzesić?

Rielle zmarszczyła brwi. *Gdybym musiała przy tym kogoś zabić – nie.* Chciała wierzyć, że Tyen nigdy tego nie zrobi. Przecież pomógł jej ocalić Qalla, bo nie chciał się zgodzić na odebranie mu życia, by dać je komuś innemu.

Spojrzała na kafelek, który trzymała w dłoni. Znów pozwoliła myślom odpłynąć. Przyjrzała mu się, szukając skaz, a potem odrzuciła. Tam, gdzie upadł, leżał podobny. Bardziej odpowiedni. Przyłożyła go do projektu. Jego barwy pasowały do wzoru, a kształt uzupełniał otaczające go elementy. Wsunęła go na miejsce.

Wyprostowała się i przeciągnęła, zastanawiając się nad pracą, która jeszcze jej została. Potrzebowała już tylko kilku kafelków. Projekt przedstawiał owoce z sąsiednich światów, uznawane przez mieszkańców Murai za egzotyczne. Wysypywały się z typowej doumiańskiej ceramicznej misy. Mozaika miała znaleźć się w rogu i była znacznie bardziej skomplikowana niż zwyczajne wzory na obrzeżach, ale nie tak wymagająca jak obraz znajdujący się pośrodku.

Kątem oka dostrzegła, że Bowlen na nią zerka. Jego zdaniem pracowała dziś powolnie. Postarała się skupić wyłącznie na mozaice, wybrała kilka ostatnich elementów na obrzeże i włożyła je na miejsce. Spojrzała krytycznie na całość, wyjęła kilka kafelków, które nie do końca pasowały, i wymieniła na inne. Dopiero gdy doszła do wniosku, że nie jest już w stanie niczego poprawić, odłożyła tace.

W myślach sporządziła listę tego, co będzie jej potrzebne. Kwadratowy kawałek tkaniny i klej, którym przymocuje ją do powierzchni kafelków. Dzięki temu będzie można przenieść mozaikę w całości i przytwierdzić ją za pomocą zaprawy w docelowym miejscu. Po wyschnięciu zaprawy tkanina zostanie zdjęta, a szczeliny wypełnione. Najpierw jednak Bowlen będzie musiał zatwierdzić jej pracę. Podniosła wzrok i odnalazła mistrza, który stał w drugim końcu przestrzeni roboczej.

Gdy zrobiła krok w jego stronę, rozległ się dźwięk, jakiego jeszcze w tym świecie nie słyszała, i wszyscy podnieśli głowy. Był niski, lecz prędko przybrał formę huku.

Potem wszystko i wszyscy, także Rielle, padli na podłogę.

W jej ramieniu rozkwitł ból, szybko jednak ustąpił, gdy ciało zaczęło magicznie się leczyć. W pierwszym odruchu unieruchomiła powietrze nad rzemieślnikami na wypadek zawalenia się dachu. Następnie wstała, ocierając oczy z pyłu. Ku jej uldze filary podtrzymujące sklepienie pozostały nienaruszone. Z jej ubrań i włosów posypały się kafelki. Otoczyły ją chrzęst i brzęk, gdy pozostali zaczęli wstawać i strząsać z siebie fragmenty mozaik.

Nastąpiła krótka chwila ciszy, gdy rzemieślnicy przyglądali się ruinie miesięcy pracy. Tylko najsolidniejsze stoły się nie przewróciły, lecz wszystko, co na nich leżało, rozsypało się. Ta tajemnicza siła uniosła krawędzie ciężkiego papieru, na którym Rielle namalowała swój projekt, a potem cisnęła arkuszem oraz starannie ułożonymi na nim kafelkami.

Wokół rozległy się szemrania i przekleństwa – pomstowano przede wszystkim na bałagan i pracę na marne. Niektórzy odnieśli drobne rany.

Dlaczego nie pomyślałam, żeby nas osłonić? – zastanawiała się Rielle. Miny innych magów zdradzały to samo rozgoryczenie. *To wszystko wydarzyło się za szybko i nie mieliśmy pojęcia, co zwiastował ten odgłos.*

W zasadzie… co to w ogóle było?

Wyprostowała się i odwróciła w stronę, z której nadeszła siła, a potem uwolniła zmysły. Najpierw kilkaset kroków dalej dostrzegła ruch. Zbierał się tam tłum. Zdezorientowana i wystraszona służba. Również nie miała pojęcia, co się stało. Zajrzała w bardziej oddalone umysły i wyłowiła nowy hałas. Odległy i niejednolity. Nie był to gwar ludzkich głosów. Bardziej przypominał dudnienie gromu.

Pod wpływem bryzy poczuła ciarki na skórze. W pałacu panowały przeciągi, ale to było dziwne. Po chwili zrozumiała dlaczego – nigdy dotąd nie czuła ruchu powietrza napływającego od frontu tego ogromnego budynku. Zawsze wiało z boków. Od strony rzeki.

Jej zmysły nie trafiały już na zdezorientowanych, lecz na przerażonych służących. Wszyscy sądzili, że pałac został zaatakowany.

– Przez kogo? – mruknęła, sięgając jeszcze dalej, aż do głównego wejścia, gdzie w końcu odnalazła umysł strażnika, który wiedział, co się dzieje. Rzucił się do ucieczki, a jego myśli ją zszokowały.

To walka nie dla takich jak ja. Tylko pałacowi magowie mogą nas obronić. Lepiej niech się pośpieszą, bo nie będzie czego ratować! Jego oczami zobaczyła grupę mężczyzn i kobiet w prostych strojach, którzy nadciągali ku wyrwie w pałacowym murze. Ich ubrania wyglądały znajomo…

– Doum – odezwał się ktoś w pobliżu Rielle.

Zaskoczona wróciła myślami do najbliższego otoczenia. Stojący obok rzemieślnicy patrzyli na nią, nawet nie starając się ukryć dezaprobaty i podejrzeń. Twierdziła, że wynegocjowała pokój między tymi światami. Najwyraźniej poniosła porażkę. Może właśnie taki miała cel. Już chciała zaprotestować, ale zamknęła usta, zrozumiała bowiem, że żadne słowa nie przekonają ich, że to nieprawda.

Mieli rację, rzeczywiście poniosła porażkę. Doum zaatakowało Murai. Ceramicy nie dotrzymali porozumienia. Zasępiła się. *A Tyen jest tak daleko. Wątpię, że to zbieg okoliczności.*

Obiecała, że będzie bronić Doum, gdyby pod jego nieobecność coś się stało. *Nie, obiecałam bronić Doum w razie najazdu Murai, nie odwrotnie.* A jednak jej postanowienie, by nie mieszać się w lokalne konflikty, osłabło.

– Rielle Lazuli! – huknął czyjś głos.

Odwróciła się. Zbliżał się do niej urzędnik. Kiedy dostrzegła, że zamierza dostarczyć jej wezwanie od imperatora, wyprostowała się i przybrała minę wyrażającą dostojeństwo z odpowiednią dozą zmartwienia.

– Tak?

– Imperator wzywa.

Pozwoliła sobie na nieznaczny grymas.

– Spodziewałam się tego.

Odwrócił się na pięcie i odmaszerował, zamierzając zmusić ją, żeby biegiem starała się go dogonić. Powstrzymała się od tego, stawiając długie, zdecydowane kroki, by dać sobie czas na zastanowienie, co powiedzieć władcy. *Wszystko zależy od tego, co stoi za napaścią Doum. Czy to zemsta za kolejny atak Murai? Czy inwazja? W każdym razie Ceramicy musieli znaleźć sposób na przełamanie przewagi w liczbie i mocy wroga. Może sprzymierzyli się z innym światem.*

Uwolniła zmysły, by poznać myśli doumiańskich magów. Jeden skupił się na bitwie i z jego umysłu wyłowiła niewiele informacji.

Lecz to, co zobaczyła, sprawiło, że zachwiała się i niemal zatrzymała przed komnatą audiencyjną.

Ceramicy od początku planowali inwazję. Czworo najpotężniejszych rozpoczęło przygotowania do wojny jeszcze przed atakiem kupców na targowisko, wiedząc, że ci zemszczą się za odmowę obniżenia cen. Szpiedzy poinformowali ich, że imperator rozważa powiększenie swojego imperium o Doum. Potrzebował jedynie wymówki.

Doumiańscy magowie szkolili się w światowym systemie nauczania podstaw magii we wszystkich dziedzinach, a dopiero potem specjalizowali w tych, których wymagały od nich duże rzemieślnicze rody. Ceramicy utrzymywali kontakty z magami, oferując rozszerzone szkolenia w różnych specjalnościach, od uzdrawiania po sztuki bojowe. Po ataku na targowisko większość doumiańskich magów przyjęła propozycję darmowego szkolenia bitewnego, by móc przygotować się na ewentualne kolejne uderzenie.

Próby pertraktacji podjęte przez Tyena i Rielle dały im na to czas. Kiedy Ceramicy wezwali do wsparcia ich „rozwiązania" problemu zagrożenia ze strony Murai, zgłosili się magowie z niemal całego świata, nie zdając sobie sprawy, że od początku inwazję planowało właśnie Doum.

Albo Tyen nigdy nie zaglądał w myśli Ceramików, albo próbował, ale mu się nie udało. Rielle wątpiła, że odszedł, znając ich plany. *Przynajmniej… mam nadzieję, że ich nie znał.*

Weszła do komnaty audiencyjnej i zbliżyła się do imperatora. W odpowiednim miejscu i w odpowiedniej chwili zatrzymała się i ukłoniła. W głowie miała mętlik.

Ceramicy nie zamierzali uhonorować porozumienia. Zajmowali nas negocjacjami, jak długo chcieli, by się przygotować, choć im dłużej to trwało, tym większa była szansa, że Tyen lub ja domyślimy się prawdy. Przystali na naszą propozycję, gdy tylko zakończyli przygotowania.

Podobnie jak imperator. Jego szpiedzy w Doum zauważyli magów powracających ze szkolenia bitewnego i ostrzegli go, że podbicie sąsiedniego świata nie będzie takie szybkie i proste, jak się z początku wydawało. Doradcy przestrzegali, że Doum będzie trzeba zarządzać przez namiestnika, ten zaś mógłby kiedyś zwrócić się przeciw władcy lub jego potomkom. Konieczne były niekończące się narady i skomplikowane plany, a magowie żądali absurdalnej zapłaty za udział w wojnie. Wszystko po to, by zadowolić aroganckich kupców pragnących wycisnąć więcej zysków z handlu, na którym i tak się już wzbogacili.

Imperator miał czas na rozważenie za i przeciw – okazał się zbyt leniwy i skąpy, by wypowiedzieć wojnę. Nie przewidział, że Doum zaatakuje Murai. Rielle nawet by się ucieszyła, że tak łatwo dał się zwieść, gdyby nie to, że ją i Tyena także wykorzystano i oszukano, a spisek doprowadził do wojny i śmierci.

– Imperatorze Izetalo-Morazo – odezwała się, gdy się wyprostowała.

– Rielle Lazuli – wycedził, odsłaniając zęby. – Masz świadomość, że na zewnątrz znajduje się armia Doum, która niszczy miasto i próbuje wtargnąć do mojego pałacu?

Przytaknęła.

– Właśnie się dowiedziałam.

– A czy miałaś świadomość, że ten atak był planowany już od jakiegoś czasu?

Pokręciła głową.

– Nie.

– Trudno mi w to uwierzyć. Nie zaglądałaś w ich umysły?

– Jak już mówiłam, podczas negocjacji obecni byli tylko Tyen i urzędnik. Nie wiedział, gdzie przebywają Ceramicy, tak samo jak ja nie wiedziałam, gdzie przebywa imperator.

– Szukałaś ich?

– Nie. Zawiodłabym w ten sposób ich zaufanie…

– Jakie zaufanie? – Imperator wycelował w nią dłonią. – Nie byłaś w stanie przeczytać jego myśli i nie zajrzałaś w umysły Ceramików. Co z ciebie za pożytek?

Rielle wzięła głęboki wdech i wypuściła powietrze z płuc.

– Taki jak z każdego negocjatora, choć z tą przewagą, że Tyen Wheelmaker nie mógł czytać w moich myślach.

Ramiona imperatora nieco opadły. Położył sobie dłoń na twarzy, a potem szybko ją odsunął.

– W takim razie musisz dokonać wyboru – powiedział. – Albo pomożesz mi bronić mojego świata, albo odejdziesz.

Rielle zmusiła się, by spojrzeć mu w oczy.

– Jak już mówiłam, moje usługi nie obejmują zabijania.

– W takim razie zniknij z mojego świata i nigdy nie wracaj.

Skinęła głową.

– Skoro takie jest życzenie imperatora. Zapewniam, że w jak najlepszej wierze starałam się wynegocjować pokój między waszymi światami, i żałuję, że mi się nie udało. Byłam przekonana, że Ceramicy zamierzają dotrzymać umowy tak samo jak pan, imperatorze.

Wpatrywał się w nią chłodno, w ogóle nie zamierzając przyjąć do wiadomości, że to nie ona zawiniła – nigdy nie należał do władców wybaczających porażki. Zacisnęła usta i odwróciła się, by wyjść.

Dwóch magów podążało za nią, gdy wracała do swoich rzemieślników, i błagało ją o wsparcie. Nie mogła odpowiedzieć. Współczucie i żal zacisnęły jej gardło. *Pomoc wiązałaby się z zabijaniem mieszkańców Doum. Murai zapragnęłoby zemsty na osłabionym Doum, co z kolei doprowadziłoby do następnych tragedii. Szybkie opanowanie pałacu przez napastników może zapobiec większemu rozlewowi krwi.* Albo i nie – przypomniała sobie, jak Valhan jej wyznał, że nie zawsze jest w stanie przewidzieć rezultaty swoich ingerencji. Pokręciła głową. *Nie powinnam była się wtrącać. I nie wtrąciłabym się, gdyby nie Tyen…*

– Nie mamy szans z tym magiem, z tym Tyenem Wheelmakerem – orzekł jeden z magów.

– To prawda – przyznała. Już miała powiedzieć, że Tyena tam nie ma, ale ugryzła się w język. Skoro obawiali się, że uczestniczy w najeździe, może szybciej się poddadzą i mniej ludzi zginie. – Nie wierzę, że wsparł ten atak, ale nie mam pewności. Udam się do Doum i wszystkiego się dowiem.

Magowie wymienili spojrzenia, a potem szybko skierowali się ku frontowi pałacu, skąd dobiegał narastający hałas.

A jeśli jednak wrócił? A jeśli rzeczywiście za tym stoi?

Musiała się dowiedzieć. Odnalezienie go byłoby niebezpieczne. Dorównywał jej mocą, może więc wystarczyłaby mu pomoc niewielu magów, by ją pokonać. Wątpiła, by któryś z tutejszych magów mógł odegrać rolę jej obrońcy. Ale przecież, zgodnie z naukami Tarrena, nie zawsze zwyciężał najsilniejszy, lecz ten, kto jako pierwszy pobrał całą dostępną moc. Nie musiała też zbliżać się do Tyena. Mogła czytać w myślach mieszkańców Doum, póki nie znajdzie tego, który wie, jaka jest jego rola w tym konflikcie.

I czy w ogóle jest w to zamieszany? Pokręciła głową. *Niemożliwe. Nie zrobiłby tego.*

Tak naprawdę jednak nie miała pewności.

Rzemieślnicy zebrali się wokół największego stołu w ich roboczej przestrzeni, a gdy się zbliżyła, wszyscy odwrócili się w jej stronę. Niewiele było przyjaznych twarzy. Zrozumiała, że to ją obwiniają za zaprzepaszczenie intratnego zlecenia w Murai i za narażenie ich życia poprzez rozpętanie tu tego konfliktu.

– Bowlenie – powiedziała, odnalazłszy mistrza. – Ceramicy od dawna planowali ten atak, nawet jeszcze przed zrujnowaniem targowiska w Doum. Jeżeli chcecie, mogę pomóc wam przenieść się w bezpieczne miejsce.

Bowlen pokręcił głową.

– Potrafimy o siebie zadbać. – Choć jej propozycja była kusząca, nie zawahał się. Mocno zacisnął usta. – Nie zamierzamy już korzystać z twoich projektów.

Kiwnęła głową.

– Rozumiem. Wszystkiego dobrego.

I tyle. Co miała teraz zrobić? Ruszyła ku swoim „komnatom”, w myślach sporządzając listę rzeczy do spakowania lub pozostawienia. Od razu pomyślała o Timane, służącej, której pomogła. Nauczyła dziewczynę korzystać z magii, lecz Timane dysponowała zbyt małą mocą i nie obroniłaby się przed przeciętnym doumiańskim magiem. Spojrzała na tkaninę wiszącą w wejściu – materiał drgnął. Przyjrzała się dokładniej i wyłowiła gorączkową, powtarzającą się myśl.

Zabierz mnie ze sobą. Zabierz mnie ze sobą. Zabierz mnie ze sobą.

Rielle odsunęła zasłonę.

– Muszę odejść z tego świata – poinformowała dziewczynę i przeszła za kotarę. – Możliwe, że nigdy nie wrócę. Ale najpierw zabiorę cię do domu.

– Nie! – Timane zadrżała. – Znowu zostanę sprzedana do niewoli. Weź mnie ze sobą.

– Mogłabym zabrać cię w jakieś inne miejsce?

– Nie. Nie mam dokąd pójść.

Nie do końca mówiła prawdę, ale Rielle rozumiała dlaczego. Bez względu na to, dokąd by ją przeniosła, dziewczyna musiałaby zaczynać od zera w obcym miejscu, więc co za różnica, czy to miejsce znajdowałoby się w Murai, czy w innym świecie?

A kto wie, ile straciła na wartości, skoro była jedyną służącą negocjatorki z innego świata, która nie zdołała odkryć planów inwazji Doum.

Rielle zabrała kilka rzeczy i swoje zapasy klejnotów, Timane zaś wydobyła zza kolumny wypchaną poszwę na poduszkę.

– Spakowałam twoją biżuterię i ubrania na zmianę.

– Dziękuję.

Dziewczyna nie podała jej prowizorycznej torby. Patrzyła na Rielle z wyczekiwaniem. Rielle spojrzała na nią badawczo. *A jeśli zmieni zdanie? Pewnie będę musiała sprowadzić ją tu z powrotem. Mogłabym to zrobić, gdyby zaszła taka potrzeba. To więcej niż byłam w stanie zrobić dla Sesse.* Gdyby tylko mogła sprawdzić, czy jej służąca w nowym pałacu Raena żyje i jest bezpieczna, zrobiłaby to, ale przecież naraziłaby Qalla na niebezpieczeństwo. Może tym razem mogłaby zapewnić komuś, kto jej służył, jakieś lepsze, a nie gorsze miejsce.

– A gdzie twoje rzeczy? – spytała, ruchem głowy wskazując poszewkę.

– Nie mam niczego cennego.

Od frontu pałacu dobiegł huk, od którego aż zadrżała podłoga. Z miejsca, w którym kolumny stykały się ze sklepieniem, posypał się pył. Kątem oka Rielle dostrzegła, że rzemieślnicy zniknęli. Gdzieś dalej służba kierowała się ku rzece, gdzie znajdowało się najbliższe wyjście z pałacu.

Timane nie ruszyła się z miejsca i drżała ze strachu. Rielle wyciągnęła rękę. Twarz dziewczyny rozpromieniała ze zdziwienia i z zachwytu. Timane ujęła dłoń Rielle i zamknęła oczy w wyczekiwaniu.

– Weź bardzo głęboki wdech – poinstruowała ją Rielle. – Między światami nie ma powietrza.

Pierś Timane uniosła się. Rielle zaczerpnęła magii na tyle, by przenieść się do Doum i z powrotem oraz by w razie ataku móc się obronić. Kusiło ją, by zebrać całą magię wokół pałacu i spowolnić inwazję, lecz się powstrzymała. Imperator nie chciał, żeby się wtrącała. Odepchnęła się od świata.

W drodze do Doum zastanawiała się, jak znaleźć Tyena. Domyśliła się, że magowie przybyli do Murai z Alby, było to bowiem miasto położone najbliżej Glaemaru, więc odszukała ich szlaki. Tak jak się spodziewała, wiele ścieżek przecinało przestrzeń między światami. Podążyła jedną z nich i Alba zaczęła wyłaniać się pod nią z bieli. Ścieżka odchodziła w bok, nie biegła wprost do miasta, więc Rielle zboczyła z niej i zanurkowała ku metropolii.

Na zejście wybrała zacienioną, opustoszałą alejkę. Timane od razu nabrała powietrza. Kiedy odzyskała oddech, Rielle rozejrzała się po otaczających ją umysłach w poszukiwaniu konkretnego imienia. Nie musiała szukać długo.

...Tyen Wheelmaker wróci, rozgniewa się...

...szkoda. Lubiłem go. Ale to nie on dowodzi. Dowodzą Ceramicy. I skoro uznali, że bezpieczniej dla nas będzie go wygnać...

...co zrobili z jego domem. Nie ma szans, by ponownie tu zamieszkał. Forrel zniszczył nawet jego koło. Szkoda. Ceramicy ostrzegli, że nikt nie ma prawa powiedzieć złego słowa tym, którzy dla niego pracowali, więc pewnie o kołach, którymi się zajmowali, też nic nie można powiedzieć. Nie...

Oczami tych ludzi zobaczyła dymiące ruiny. Dom i warsztat Tyena. Westchnęła ze współczuciem i z ulgą. Tyen nie miał nic wspólnego z tą inwazją. Ale gdy wróci, na pewno będzie w szoku. Wszystko, co posiadał, spalili – a najpierw pewnie rozgrabili – ludzie, których pokochał i którym starał się pomóc. Ludzie, którzy podle go wykorzystali.

Muszę go ostrzec – pomyślała. Co oznaczało, że będzie musiała przeszkodzić mu w nauce przekształcania wzorców. Co zrobi, kiedy się o tym wszystkim dowie? *Postanowi wrócić i spróbować powstrzymać tę wojnę. Przez to być może będzie musiał zacząć uczyć się przekształcania wzorców od nowa.* Zastanawiała się, czy w ogóle mu o tym mówić, ale w końcu pokręciła głową. *Decyzja należy do niego, nie do mnie.*

Czy wspomoże jego próby powstrzymania konfliktu? Zmarszczyła czoło. *Co moglibyśmy zrobić prócz zagrożenia, że ogołocimy oba światy z magii? Może Tyen coś wymyśli.*

Spojrzała na Timane.

– Weź kolejny wdech.

Kiedy policzki dziewczyny wydęły się od wstrzymanego powietrza, Rielle odepchnęła się od świata.

ROZDZIAŁ 2

To jego charakter pisma – rzekł Tarren. – Śpieszyło mu się.

Rielle spojrzała na gładki kamień, w którym wyryto glify. „Żyję. Wrócę". Znalazła go podczas długich, bezowocnych poszukiwań, kiedy to odkryła, że i Tyen, i jego rzeczy zniknęły z pustynnego świata. Szlaki między światami wiodły albo wokół tego miejsca i nie sposób było niczego z nich wywnioskować, albo odgałęziały się i łączyły z powszechnie używanymi ścieżkami prowadzącymi do kilku sąsiednich światów – Tyen mógł podążyć w każdą stronę. Wracając na pustynię z przekonaniem, że mógł ukryć pod piaskiem jakąś wiadomość, Rielle zatrzymała się w sąsiednim świecie, by sprawdzić portal, i znalazła kamień przy pniu niedawno powalonego drzewa.

Zdała sobie sprawę, że zaciska zęby, więc rozluźniła szczękę.

– Co o tym sądzisz?

Tarren wzruszył ramionami.

– Bez względu na to, czy odszedł z własnej woli i czy mu się powiodło, jest bezpieczny. Wróci, ale nie śmiał wyjawić, dokąd i kiedy.

– Może do świata, w którym znalazłam kamień. Albo na pustynię. – Rielle odwróciła się i zaczęła dreptać wokoło. – Zakładamy, że wiadomość była przeznaczona dla nas. Ale może jej adresatem był ktoś inny. – Zmarszczyła czoło. – Może powinnam ją umieścić z powrotem na miejscu.

Tarren przesunął się, tak by światło padło na kamień z innej strony.

– Nie, raczej była przeznaczona dla nas.

Stanęła z powrotem u jego boku.

– Skąd wiesz?

Wskazał na coś.

– Zrobił zawijasy na końcach tych linii – to zwyczaj z jego świata. Nazwałem je czułkami i kazałem przepisywać każdy glif, do którego je dodawał. To taki żarcik, który rozumiemy tylko my dwaj.

– A zatem była skierowana do nas. Albo przynajmniej do ciebie. Ale nie wrócił. – Rielle poczuła nieprzyjemny ucisk w żołądku. – Jesteś w stanie ocenić, jak dawno to napisał?

Starzec pokręcił głową.

– Jak świeży był szlak?

– Niezbyt. Uznałam, że nikt go nie używał od czasów, kiedy przeniosłam tam Tyena. Zauważyłam pewne ślady, które wskazywały, że ktoś szybował z obozu, przystając kilka razy. Potem ścieżkę wychodzącą ze świata, ale też starą. Podejrzewam jednak, że Tyen mógł zostać tam dłużej, a odchodząc, zatrzeć za sobą ślady.

– I nie podążył żadnym z obu istniejących szlaków, bo wówczas zatarłby także wszystkie poprzednie ślady. – Tarren położył kamień na stole w swojej jadalni. – W takim razie albo odszedł wkrótce po tobie i skorzystał z jednego z dwóch szlaków, które dało się jeszcze wykryć, albo odszedł później inną ścieżką, którą zatarł.

Nieprzyjemne odczucie przerodziło się w mieszankę mdłości i przerażenia.

– Z pustyni zniknęła znaczna ilość mocy, ale nie cała. Może gdy mu się powiodło, wcale nie chciał tutaj wracać?

– To po co zostawiałby wiadomość? – przypomniał Tarren. – Może przeniesienie się tutaj nie było bezpieczne. Może dopadli go wrogowie i nie chciał ich do nas doprowadzić.

– Jeśli go znaleźli, mogli mu przeszkodzić, nim zdołał dokończyć transformację. – Rielle westchnęła. – Sądziłam, że ten świat jest bezpieczny. Odwiedzali go tylko Podróżnicy, a przestali tam bywać, bo w sąsiednich światach zrobiło się groźnie. – Zamilkła na chwilę. – Może magowie z tamtych światów korzystali z mocy na pustyniach, a gdy zauważyli, że szybko zaczęło jej ubywać, postanowili to sprawdzić i go znaleźli albo zaczęli pobierać jak najwięcej, zanim zupełnie zniknie.

Tarren pokręcił głową.

– Wróciłby tutaj, gdyby zamierzał szukać kolejnego świata. Coś musiało mu w tym przeszkodzić, a najprostsza odpowiedź to wrogowie.

Pomasowała brzuch, bo jej mięśnie jeszcze bardziej się napięły.

– Czy to możliwe, że skorzystali z mojej ścieżki? Nie jestem tak dobra w zacieraniu śladów jak Tyen.

– Nawet jeśli tak, to nie możesz się za to obwiniać, Rielle. – Tarren położył jej dłoń na ramieniu. – Zrobiłaś wszystko, co mogłaś, by nikt za tobą nie podążył. Raczej odszedł stamtąd z innego powodu.

– To dlaczego nie pojawił się tutaj, żeby nas o tym powiadomić? Ani nie wysłał wiadomości?

– Wysłał. Zostawił nam to. – Tarren uniósł kamień, a gdy zobaczył jej minę, ścisnął jej ramię. – Dowiemy się, gdy wróci. Możemy tylko być dobrej myśli i czekać.

– Nie będziemy go szukać? – spytała Rielle, choć znała odpowiedź.

– I ryzykować, że doprowadzimy do niego wrogów? – Tarren pokręcił głową. – Tyen potrafi o siebie zadbać. Wróci albo znajdzie sposób na przekazanie nam wiadomości, gdy będzie bezpiecznie. – Zaśmiał się. – Stałem się waszą skrzynką kontaktową. To – sięgnął do kurtki i wyjął lekko przezroczysty kawałek papieru zapieczętowany żywicą – przyszło do ciebie wczoraj.

Rielle złamała pieczęć i rozłożyła kartkę. Jedynymi osobami, które wysyłały do niej wiadomości, byli Lejikh i Ankari, ale Tarren o tym nie wiedział. Aby zachować wrażenie, że Rielle koresponduje z różnymi ludźmi, Podróżnicy za każdym razem używali innych materiałów i metod dostarczania przesyłek.

Papier zrobiono z jakiegoś rodzaju trzciny lub włókien przypominających trawy, zespolonych w pasma i warstwy. Trwałą farbą z połyskiem nakreślono na nim kilka słów i liczb. Przeliczyła je, znalazła te, które miały znaczenie, i odszyfrowała datę oraz cyfrę 4.

Słowa mówiły, że Podróżnicy chcą się spotkać, a cyfra wyznaczała lokalizację. Data określała czas, w którym mieli pojawić się w umówionym miejscu na najwyżej kilka dni. Obliczenie dnia wskazanego przez tę datę w cyklu Podróżników wymagało zastosowania zbyt skomplikowanych działań matematycznych, by dało się to zrobić w pamięci. Popatrzyła w stronę zegara Tarrena.

Zanim poznała starca, aby obliczyć dokładną datę w kalendarzu Podróżników, musiała odszukiwać światy zamieszkane przez cywilizacje na tyle rozwinięte, by ktoś śledził w nich upływ tamtejszego czasu. Tu wystarczyło zerknąć na zegar wskazujący czas odmierzany przez Podróżników na tle czasu w nieznanym jej świecie – zegar ocalał z Liftre po zamknięciu szkoły. Podeszła do niszy, w której stał. Tarren prychnął cicho z rozbawieniem.

– Tyen go zrobił – powiedział.

– Słucham? Naprawdę?

Odwróciła się do niego ze zdziwieniem, a potem znów popatrzyła na zegar. Teraz, gdy już o tym wiedziała, było to oczywiste. Przedmiot przywodził na myśl mechanicznego insekta Tyena.

– Czy to na tle czasu z jego świata ten zegar mierzy czas Podróżników?

– Tak sądzę – odparł Tarren.

Wpatrywała się we wskazówki oraz cyfry, które głosiły, że w jakimś miejscu w świecie Tyena panuje właśnie noc i jest zima. Nie wywnioskowała z tego jednak niczego pożytecznego. Skupiła się na elementach wskazujących czas Podróżników.

– Pięć dni temu według miary Podróżników. – Rzuciła list w górę i wprawiła powietrze w ruch, by wytworzyć ciepło. Papier stanął w płomieniach i szybko zamienił się w deszcz popiołu. – Powiedz Tyenowi – o ile wróci przede mną – że jestem na niego zła za tę bezwartościową wiadomość. Nie masz nic przeciwko, żebym zostawiła tu Timane na kilka dni?

Tarren się skrzywił.

– A musisz? Jeden z moich uczniów doszedł do wniosku, że się w niej zakochał.

– Tak szybko?

– Jest całkiem ładna.

Rielle uśmiechnęła się.

– Chyba przywykłam do tego, że otacza mnie piękno. Imperator Murai wymaga, by wszyscy jego służący byli atrakcyjni. Czy ona odwzajemnia uczucia twojego ucznia?

Tarren uniósł brwi.

– Jest od niego dojrzalsza i nie tak skłonna do amorów, zresztą nic dziwnego.

– Doskonale. – Rielle odszukała umysł Timane. Dziewczyna była w pokoju na końcu korytarza, gdzie krążyła tam i z powrotem w oczekiwaniu na wezwanie. – Timane!

Rozległ się pośpieszny tupot i wpadła do pokoju.

– Rielle Lazuli – odpowiedziała w języku Murai. – Wyprawa się udała?

– Nie, ale teraz muszę zająć się czymś innym. – Rielle zdała sobie sprawę, że dziewczyna ma na sobie nowy strój. – Przebrałaś się.

– Nie znosiłam tamtego uniformu! – Timane zadrżała. – Kazałam go spalić tutejszej służbie.

Rielle powstrzymała uśmiech. Stroje z Murai zaprojektowano tak, by podkreślały odpowiednie walory, były jednak niewygodne i niepraktyczne.

– Dobrze, że mieli tu coś, co mogłaś włożyć zamiast niego.

– Ty miałaś w pałacu mnóstwo ładnych ubrań. Chcesz po nie wrócić?

– Nie. Nie mam czasu. Poza tym łatwiej jest podróżować, gdy ma się mniej bagaży. Jeśli chcesz do mnie dołączyć, musisz nauczyć się zabierać ze sobą tylko tyle, ile jesteś w stanie unieść.

Timane wzruszyła ramionami.

– Nigdy nie miałam wiele. Nawet w pałacu. Nie było sensu, skoro pozostali służący mogli mnie okraść.

Rielle podeszła do dziewczyny i wyciągnęła rękę.

– Znajdę ci lepszy dom, w którym będziesz mogła zachować wszystko, co uda ci się zdobyć. Tymczasem zabierzemy tylko to co konieczne. Po drodze kupię nam torby, a tobie sakiewkę. Od tej pory postaraj się posługiwać mową Podróżników. Dzięki temu, że od tysięcy lat prowadzą handel w różnych światach, ich język stał się najpopularniejszy, nawet jeśli mówią nim tylko kupcy i magowie w danym świecie. Będę cię uczyła w trakcie podróży.

Dziewczyna kiwnęła głową, wzięła Rielle za rękę i zwróciła się do Tarrena.

– Jestem zaszczycona, że mogłam pana poznać – powiedziała.

Potem zaś, przypomniawszy sobie o konieczności nabrania powietrza w płuca i wstrzymania go na czas podróży między światami, szybko zrobiła wdech.

Nie chcąc marnować zaczerpniętego przez nią powietrza, Rielle kiwnęła Tarrenowi głową na pożegnanie i odepchnęła się od świata.

Przez Timane podróż trwała długo. Za każdym razem gdy schodziły do jakiegoś świata, Rielle czekała, aż dziewczyna wyrówna oddech. Przypomniała sobie, jak przed zyskaniem wiecznej młodości sama miała ten problem, to zaś przywołało wspomnienia z czasów, gdy Valhan zabierał ją do światów, w których interweniował, zawierając umowy zarówno z osobami potężnymi, jak i niskiego stanu. Pamiętała, jak wyznał, że nie potrafi przewidzieć rezultatów swoich ingerencji.

Ale i tak to robił. Wróciła myślami do umysłu, w który na krótko zajrzała podczas wskrzeszenia. Nie dostrzegła w nim troski ani dbałości o światy, lecz jedynie pragnienie zachowania statusu władcy ich wszystkich. Nie odnalazła w nim niczego, co wyjaśniałoby, dlaczego chciał nimi rządzić i czy przejmował się odczuciami, jakie żywili wobec niego poddani. *Pewnie wolałby być podziwiany, ale raczej nie przez próżność. Dobrowolne posłuszeństwo znacznie ułatwia rządzenie.*

Ta jego potrzeba rządzenia... Rielle zdała sobie sprawę, że właśnie przez to stał się Raenem – i właśnie przez to ona zdecydowanie n i e b y ł a jego Następczynią. Czy tak należało interpretować Prawo Milenium? Czy proroctwo mimo wszystko mogłoby się wypełnić, gdyby do władzy doszedł ktoś obdarzony ambicjami i potęgą umożliwiającą jego spełnienie?

Kiepska to przepowiednia – zadumała się – *skoro należy ją naginać do zaistniałych okoliczności.*

Wokół nich pojawiły się ciemne zarysy placu targowego. Była noc, ale tego targu nigdy nie zamykano i zastała tam tylko odrobinę mniej ludzi niż kiedyś za dnia. Poprowadziła Timane alejką, starając się przypomnieć sobie, gdzie urzędują rzemieślnicy sprzedający torby.

Zafascynowana Timane rozglądała się wokoło.

– Mogę spytać, dokąd zmierzamy?

– Kupić torby.

– Chodziło mi o to, dokąd udamy się później.

Rielle zajrzała w myśli dziewczyny. Timane była ciekawa, ale też powtarzała sobie, że oddała swój los w ręce maga i musi pogodzić się z tym, że nie wie, co ją czeka w przyszłości.

– Nie mogę ci powiedzieć – oznajmiła Rielle. – Nie dlatego że nie chcę albo ci nie ufam, ale dlatego że w twój umysł mogą zajrzeć magowie silniejsi od ciebie, a jest ich tu całe mnóstwo. Jesteśmy bezpieczniejsze, gdy swoje tajemnice skrywam nawet przed tobą.

Timane pokiwała głową i wzruszyła ramionami.

– Nie mam nic przeciwko, o ile nie sprzedasz mnie handlarzom niewolników albo kanibalom.

– Obiecuję, że nie zrobię ani jednego, ani drugiego. Poza tym teraz nie jesteś moją służącą, Timane.

– A kim jestem?

– Towarzyszką podróży.

– Ale nie mogę decydować, dokąd się udamy, prawda?

– Najpierw mam do załatwienia pewną sprawę, ale później... Chyba będziesz mogła, o ile będzie to bezpieczne.

– W takim razie chodźmy za tym człowiekiem. – Timane wskazała jakiegoś mężczyznę.

– A... mogę spytać dlaczego?

– On też chce kupić torbę. Zauważyłam to w jego myślach. Musimy iść za nim.

Mężczyzna rzeczywiście doprowadził je do rzędu straganów, w których sprzedawano buty, torby, siodła wszelkich kształtów i rozmiarów, bicze, zbroje i meble. Rielle wybrała dwie lekkie torby oraz sakiewkę dla Timane, którą można było zawiązać na nadgarstku lub nodze albo zawiesić przy pasie bądź na szyi. Ten model tak jej się spodobał, że wymieniła się za wyszukaną sakiewkę kupioną w Murai, zdobioną kosztowną metaliczną nicią.

Sprzedawca wytrzeszczył oczy na widok klejnotów i monet, które wytrząsnęła ze starej sakiewki i przełożyła do nowej; pożałował, że nie policzył jej więcej. Na szczęście Rielle już ustaliła cenę i zapłaciła za zakupy. Zobaczyło to także kilkoro nieletnich kieszonkowców, którzy ruszyli za kobietami, chwyciła więc Timane za nadgarstek, odepchnęła się od świata, poszybowała w inną część targowiska i dopiero tam zaczęła robić kolejne zakupy. Kiedy już obie miały pełne torby, podążyły w dalszą drogę.

Kilka światów od celu Rielle zostawiła Timane na spokojnej łące w cichej, rolniczej okolicy.

– Nie mogę cię zabrać tam, dokąd teraz idę – oznajmiła. – Wrócę za kilka godzin. A jeśli nie wrócę, zaczekaj dzień lub dwa, a potem tamtą drogą kieruj się do wioski. Żyją tam przyjaźnie nastawieni ludzie, którzy ci pomogą.

Timane skinęła głową. Była niespokojna, ale ufała Rielle.

– Powodzenia.

– Dziękuję. – Rielle się uśmiechnęła. – Nie martw się, tam, dokąd się wybieram, jest bezpiecznie.

A potem odepchnęła się od świata i patrzyła, jak dziewczyna i wszystko wokół niej znika w bieli. Miała nadzieję, że u celu podróży rzeczywiście jest bezpiecznie. Spotykała się już tam z Podróżnikami, ale światy się zmieniały i nie można było mieć pewności, że znajome miejsca podczas kolejnych wizyt będą wyglądały tak samo.

W czasie podróży zadbała o to, by zmylić każdego, kto mógłby ją śledzić. Kilka światów za tym, w którym pożegnała się z Timane, zeszła na stromy klif. O jego podnóże tłukły fale oceanu, a Rielle stała zaledwie kilka kroków nad kotłującą się pianą. Podczas szybowania powstawał szlak, aby zatem nikt nie zdołał jej wytropić, musiała przez pewien czas przemieszczać się innym sposobem w obrębie jednego świata. Lewitacja była szybsza niż chodzenie, żeglowanie, jazda na grzbiecie zwierzęcia czy jakimkolwiek pojazdem, Rielle zaś, eksperymentując, odnalazła najszybszą i najdogodniejszą jej formę. Utrzymanie się w wyprostowanej pozycji na powierzchni unieruchomionego powietrza nie było łatwe. Lepiej było się położyć.

Unieruchomiła pod sobą krąg powietrza, pochyliła się naprzód, żeby znajdować się równolegle do ziemi, a potem lewitowała nad oceanem, kierując się na gwiazdę wątle świecącą na jasnym niebie. Była to forma poruszania się najbardziej zbliżona do latania, więc Rielle przez chwilę po prostu napawała się radością, jaką sprawiało jej przecinanie powietrza.

Wkrótce jego słony posmak zyskał siarkową nutę. Na horyzoncie pojawił się pióropusz czerni, a potem stożkowaty szczyt, z którego buchał dym. Po każdym buchnięciu wulkanu dało się odczuć wibracje i rozlegało się dudnienie.

Widok był niesamowity, ona zaś nie zdziwiła się, kiedy się okazało, że wioska, do której zmierza, jest opuszczona. Domy pokrywał popiół. Niektóre dachy zawaliły się pod jego ciężarem. W miejscu spotkania znalazła niewielki kawałek skóry wciśnięty w korę ogromnego starego drzewa, pod którym mieszkańcy wioski zwoływali zgromadzenia. Na skórze zapisano wiadomość.

„Przybądź na miejsce zjazdu. Sprawa jest pilna".

Przypaliła skórę, by usunąć wiadomość, i wrzuciła ją w pianę oceanu. Odepchnęła się od świata i postanowiła zatrzeć za sobą ślady jak Tyen. Wyszło jej to niezgrabnie, ale smuga, która za nią została, była płytsza od zwykłej ścieżki i wkrótce na pewno się wyrówna. Uznała, że dzięki praktyce nauczy się w końcu, jak nie zostawiać za sobą najmniejszego śladu.

Miejsce zjazdu znajdowało się niedaleko. Ostatni raz odwiedziła je z rodem Lejikha ponad pięć cykli wcześniej. Tym razem nie powitały jej dziesiątki wozów ustawionych w kręgi na szczytach wzgórz ani zadaszenia na niewielkim płaskowyżu pośrodku, lecz jeden mały namiot. Przed nim siedziała pojedyncza postać. Ankari, żona Lejikha. Rielle poszybowała ku kobiecie i zmaterializowała się przed nią.

Ankari wstała i wyszła jej na spotkanie.

– Rielle. Tym razem nie widziałyśmy się stanowczo za długo – powiedziała, witając ją mocnym uściskiem.

– Zawsze jest za długo. A ile dokładnie minęło?

Ankari cofnęła się o krok i zachichotała.

– Ćwierć cyklu, a nawet więcej.

– Zakładałam, że brak wieści oznacza brak kłopotów.

– Niezupełnie. – Starsza kobieta skrzywiła się. – Wejdź i usiądź.

Rielle weszła za Ankari do namiotu, starając się opanować zniecierpliwienie. Powstrzymała się od spojrzenia w jej umysł, zgodziła się bowiem nie czytać w myślach żadnego członka rodu Lejikha, na wypadek gdyby miała dowiedzieć się czegoś, co mogłoby narazić Qalla na niebezpieczeństwo. Usiadła na grubej pikowanej poduszce i zaczekała, aż Ankari usadowi się na miejscu. Wokół kobiety porozkładane były materiały i przybory służące do szycia odważnych i barwnych strojów charakterystycznych dla Podróżników. Uszyte przez Ankari ubrania przeważnie nie były duże.

– Czyżby w drodze było kolejne dziecko? – spytała Rielle.

Ankari uniosła maleńkie spodenki.

– Jikari spodziewa się bliźniąt.

– Bliźnięta!

Przez chwilę gawędziły o nowinkach i osobach, które Rielle zdążyła pokochać w okresie spędzonym wśród Podróżników.

– Jak się ma Qall? – zapytała w końcu.

Spięła się w gotowości na odpowiedź. Ankari nie mówiła, że ród boryka się z poważniejszymi problemami, podejrzewała więc, że to chłopak jest źródłem kłopotów. Poza tym kobieta nie wspomniała o nim jeszcze, co sugerowało, że gdy już zaczną rozmawiać o Qallu, nie wrócą do zwyczajnych tematów.

– Wszystko z nim w porządku – odparła Ankari, posyłając Rielle przelotny, uspokajający uśmiech. – Sęk w tym, że zgodnie z naszymi zwyczajami można go już uznać za dorosłego. Mógłby poszukać żony i, gdyby chciał, odejść od rodu, by założyć własny. Wkrótce zapragnie czegoś, czego my nie możemy mu dać.

Rielle wstrzymała oddech.

– Chce odejść?

– Nie.

– A czego chce?

Ankari zachichotała.

– Próżnować całe dnie, jak każdy chłopak. Ale poza tym... – Uśmiech spełzł z jej twarzy. – Wie, że pewnych rzeczy nie osiągnie. Sądzi, że nie może być Podróżnikiem, jeśli nie znajdzie wśród nas żony, a prawda jest taka, że nie możemy pozwolić mu wżenić się w nasz ród, bo nie będziemy mogli wrócić do swojego trybu życia. Z konieczności traktowaliśmy go nieco odmiennie również ze względu na jego ogromną moc. Mówiliśmy mu, że się ukrywamy, ale nie powiedzieliśmy dlaczego, więc zastanawia się, czy to on jest przyczyną. Surowo zabroniliśmy mu czytać innym w myślach, ale żeby się nie buntował, musieliśmy przysiąc, że powiemy mu prawdę, gdy osiągnie pełnoletność.

– I musicie to zrobić, bo złamie zakaz?

– Tak. Chciałabym, żebyś wtedy przy nim była i wyjaśniła to, czego my nie jesteśmy w stanie.

Rielle skinęła głową.

– A zatem przyszła pora, by się dowiedział, co mu uczyniono i kim miał się stać.

Nigdy nie powiedziała Podróżnikom, czyimi wspomnieniami miały zostać zastąpione wspomnienia Qalla, lecz wszystko stawało się jasne, w miarę jak chłopak dorastał. Materię jego ciała ukształtowano według wzorca Valhana, kiedy więc stał się dorosłym człowiekiem, wyglądał tak samo jak on. Na szczęście tylko Lejikh i uzdrowicielka Ulma widzieli Valhana na własne oczy. Niektórzy członkowie rodu mieli okazję zobaczyć go we wspomnieniach innych osób, wszyscy zaś widywali jego posągi. Ci, którzy dostrzegli podobieństwo, zastanawiali się, czy Qall jest krewnym Raena albo czy należy do tej samej rasy. Kilku zaczęło snuć domysły na temat powodu wymazania wspomnień Qalla, a niektórzy nawet trafnie go odgadli, wszyscy jednak byli posłuszni poleceniu Lejikha i nie dyskutowali o tym głośno. Dowodziło to ogromnego szacunku, jakim cieszył się przywódca.

Ankari spojrzała Rielle w oczy.

– Jeszcze nad tym nie radziliśmy, ale wiem, co myślą inni członkowie rodu. Kiedy Lejikh i ja przygarnęliśmy chłopaka, wszyscy zgodnie stwierdziliśmy, że nasza rola dobiegnie końca, gdy Qall wejdzie w dorosłość. Przyszła pora, byś to ty się nim zajęła, Rielle.

W żyłach Rielle zawrzał strach. Chciała się sprzeciwić, powiedzieć: „Przecież nie mam pojęcia o wychowywaniu dzieci!", ale przełknęła te słowa. Nie był już dzieckiem. Był młodym mężczyzną. Nie mogła oczekiwać, że ród Lejikha na zawsze porzuci swoje tradycje.

Qall nie będzie wśród nich szczęśliwy, jeśli nigdy nie stanie się jednym z nich. Zadziwiające, że nie poddał się ciekawości, nie zajrzał w kilka umysłów i nie dowiedział się, kogo im przypomina.

A teraz ona będzie musiała mu o tym powiedzieć. Wyjaśnić, kim był, przestrzec przed niebezpieczeństwem, w jakim się znalazł, i nauczyć przetrwania. Podróżnicy nauczyli go niemal wszystkiego, wystarczyło zatem wypełnić luki w tej wiedzy i dopilnować, by potrafił w obronie własnej posłużyć się swoją nadzwyczajną mocą. Jeśli tak to ująć, zadanie nie było zbyt skomplikowane.

– Czy on wie, kim jestem? – spytała.

– Wie tylko, że jesteś magiem, który go ocalił i sprowadził do nas. Uważa cię za kogoś w rodzaju matki.

Rielle skrzywiła się. *To będzie bardzo krępujące.*

– Kiedy mam się po niego zjawić?

– Najlepiej od razu, ale pewnie musisz poczynić pewne przygotowania tam, gdzie się osiedliłaś.

– I tak, i nie. W świecie, w którym mieszkałam, toczy się wojna, więc szukam nowego domu.

Zadumała się nad tą sytuacją. Będzie musiała zabrać Qalla w miejsce, w którym nikt nie rozpozna w nim Valhana. To może oznaczać bardzo daleką podróż. A to z kolei brak kontaktu z Tarrenem przez wiele lat.

Przynajmniej Tyen będzie mógł zadbać o zdrowie staruszka – pomyślała. *O ile uda mu się opanować przekształcanie wzorców i wróci, tak jak obiecał.*

Ale do tego czasu ona może być już bardzo, bardzo daleko. Posmutniała, gdy zdała sobie sprawę, że to koniec ich wspólnych dni. Chociaż... Może gdy uda jej się znaleźć bezpieczne miejsce dla Qalla, będzie mogła skontaktować się z Tyenem i jakoś z nim spotkać.

Nie. Wciąż nie znam go na tyle, by zaufać mu w sprawie tak ważnej jak miejsce pobytu chłopaka, w którego ciele Valhan chciał zamieszkać.

Czas spędzony z Tyenem był wspaniały, ale dobiegł końca. Odpowiedzialność za Qalla była ważniejsza. Rielle nie zamierzała jednak pozwolić, by Tyen zastanawiał się, co się z nią stało; nie chciała postąpić tak jak on.

– Będę musiała wysłać wiadomość do Tarrena – powiedziała.

A co z Timane? Mam ją zabrać ze sobą czy teraz znaleźć jej dom?

Qallowi dobrze może zrobić towarzystwo osoby zbliżonej do niego wiekiem. Czy gdy Timane go zobaczy, weźmie go za Valhana? Imperator Murai zniszczył wszystkie portrety i posągi Raena po jego śmierci, uznał bowiem, że lepiej nie drażnić Odnowicieli. Zrobił to przed pojawieniem się Timane w pałacu, więc dziewczyna prawdopodobnie nie wiedziała, jak wyglądał Valhan. *Sprawdzę, a jeśli nie widziała podobizn Raena, wezmę ją ze sobą.*

– Mam towarzyszkę podróży, która czeka na mnie kilka światów stąd. Czy nie będzie problemu, jeśli przyprowadzę ją ze sobą do waszego obozowiska? – spytała Rielle.

Ankari zastanowiła się i pokręciła głową.

– Nie widzę przeszkód. Koniec z sekretami. Jeśli ktoś podąży twoim śladem, nas już nie będzie w tym miejscu. Odejdziemy od razu po odejściu Qalla i rozpoczniemy kolejną podróż handlową.

– Zrobiliście już plan?

– Tak. Lejikh pracował nad tym przez ostatni cykl. Dobrze będzie wrócić do normalnego życia. – Kobieta westchnęła. – Ale będzie nam brakowało Qalla. To dobry chłopak. Szkoda, że musimy go odesłać. Wiem, że on też nie będzie zadowolony. – Pochyliła głowę i otarła oko. – Ale tak będzie dla wszystkich lepiej.

– Och, Ankari. Nie chciałabym wam go odbierać. – Objęła kobietę. – Dziękuję za wszystko, co wy i wasz ród dla niego zrobiliście.

Ankari zdobyła się na uśmiech.

– Zostanę tu i złożę namiot, zanim wrócisz z przyjaciółką.

– Zajmę się nim najlepiej, jak potrafię – przyrzekła Rielle. Wstała. – Wrócę za kilka godzin.

Zaczerpnęła mocy, odepchnęła się od świata i ruszyła w drogę powrotną po Timane.

ROZDZIAŁ 3

Kiedy z bieli między światami wyłoniły się znajome wozy, Rielle zalała fala nostalgii i szczęścia. Na pobliskim polu pasły się dwa lomy – ogromne zwierzęta pociągowe. Kiedy wraz z Ankari i Timane zeszły do świata, otoczyło je lodowate, suche powietrze.

Drzwi wozu otworzyły się i ze środka wyszła znajoma młoda kobieta z trzema futrzanymi płaszczami w rękach. Choć Ulma nie należała do rodu Lejikha, odwiedzała ich raz na cykl, od kiedy zaczęli się ukrywać, i pomagała uczyć Qalla. Być może to właśnie pod wpływem jej oceny postępów chłopaka podjęto decyzję, że przyszła pora, by to Rielle przejęła nad nim opiekę. To była pocieszająca myśl, bo Ulma odradzałaby ten krok, gdyby Qall nie był gotowy.

– Rielle – odezwała się Ulma z uśmiechem. – Dobrze znów cię widzieć. Minęło chyba ponad pół cyklu.

– Witaj, Ulmo – odparła Rielle. – Jak się masz?

– Doskonale – odpowiedziała uzdrowicielka.

– To jest Timane, moja towarzyszka podróży. – Rielle wskazała na dziewczynę.

Ulma skinęła głową.

– Witaj, dzielna Timane.

Podała im płaszcze, które w pośpiechu z wdzięcznością założyły. Timane była zdziwiona, nie znała bowiem słowa „dzielna" w języku Podróżników.

– Co u twojej córki Oliti? – spytała Rielle.

Spojrzenie Ulmy złagodniało.

– Podczas ostatniego cyklu upomniał się o nią czas.

– Och! Tak mi przykro.

Uzdrowicielka westchnęła.

– Przeżycie własnego dziecka to dziwne i nienaturalne doświadczenie. – Jej usta wykrzywiły się w ponurym uśmiechu. – Lecz czas spędzony w miłości i radości przeważa smutki. Właśnie dlatego postanowiłam ją urodzić i znieść ból nieuniknionej straty. Gdy będę gotowa, zrobię to po raz kolejny.

Rielle mogła jedynie przytaknąć, miała bowiem dojmującą świadomość, że sama stoi przed podobnym wyborem i jego konsekwencjami. Ulma była jedynym wiecznie młodym Podróżnikiem, o którym słyszała. Od czasu opuszczenia rodu Lejikha Rielle zupełnie przestała chcieć mieć dzieci. Dwukrotnie w swoim życiu mogła zostać matką, lecz w obu wypadkach w rzeczywistości pragnęła czegoś innego – za pierwszym razem chciała uszczęśliwić Izare'a, potem zaś zadowolić rodzinę Baluki, gdy miała zostać jego żoną.

Może kiedyś, gdy nie będzie miała innych zobowiązań i znajdzie bezpieczne miejsce – oraz męża – będzie gotowa na założenie rodziny, o ile nie zniechęci ją świadomość, że bliscy zestarzeją się i umrą, a ona się nie zmieni. Żadne z dzieci Ulmy nie było na tyle potężne, by zyskać nieśmiertelność. Z potężnych rodziców nie zawsze rodziły się potężne dzieci.

– Wejdźcie i ogrzejcie się – zaprosiła je Ulma. – Przygotuję wam oali i zaprzęgnę lomy.

Kiedy wszystkie trzymały już w dłoniach dymiące kubki korzennego napoju, kobieta zniknęła na zewnątrz. Rielle zwróciła się do Timane.

– Ulma się nie starzeje – wyjaśniła w języku Murai.

Timane skinęła głową.

– Aha. Jak mnie nazwała?

– Dzielną.

– Mnie? Dlaczego?

– Opuściłaś swój świat i wszystko, co znasz – wyjaśniła Rielle. – Większość ludzi bałaby się zrobić ten krok.

– Wcale nie twierdzę, że się nie boję – przyznała Timane. – Ale nie chcę wracać. Nawet gdyby w Murai nie toczyła się wojna. To nie jest przyjemne miejsce.

– Mogło być gorzej. Znacznie gorzej.

Dziewczyna zmrużyła oczy.

– Chcesz mnie wystraszyć, żebym wróciła?

– Nie, ale odrobina strachu wcale nie jest taka zła. Pomaga zachować czujność i ostrożność.

Timane rozejrzała się po pomieszczeniu.

– Powiecie mi, co tu robimy?

Rielle i Ankari wymieniły się spojrzeniami. Starsza kobieta skinęła głową.

– Milczenie niczego nam już nie ułatwi.

– Kilka cykli temu uratowałam chłopca – wyjaśniła Rielle. – Poprosiłam Podróżników, by go wychowali. Teraz dorósł i przyszła pora, bym to ja się nim zajęła.

Timane uniosła brwi.

– Przybywa ci towarzyszy podróży.

– Można tak powiedzieć. – Rielle zachichotała.

Drzwi otworzyły się i stanęła w nich uśmiechnięta Ulma.

– Wszystko gotowe do drogi. Potowarzyszysz mi, Rielle?

Rielle odstawiła pusty kubek, wstała i wspięła się na miejsce dla woźnicy. Kiedy usadowiły się wraz z Ulmą, Podróżniczka wydała polecenie i lomy ruszyły, szarpnięciem wprawiając wóz w ruch. Przez chwilę kobiety milczały, jadąc drogą wijącą się wśród łagodnych wzgórz porośniętych najróżniejszą roślinnością, w tym roślinami o pionowych gałęziach w kształcie korkociągów.

– Póki Qall żyje – odezwała się Ulma – istnieje niebezpieczeństwo, że wspomnienia Valhana odcisną się w jego umyśle.

Rielle zerknęła za siebie na drzwi.

– Nie martw się. Nie usłyszą.

Rielle odprężyła się nieco i spojrzała na uzdrowicielkę. Po raz pierwszy Ulma przyznała, że wie, kim miał się stać Qall.

– Czyli według ciebie jego wiek nie zmniejszył niebezpieczeństwa?

– Wiek można zmienić.

– No tak. Oczywiście. – Rielle skrzywiła się i ponownie spojrzała na drogę. – W takim razie powinnam była go zabić.

– Tak. My też. Ale to, co nas powstrzymało, czyni nas lepszymi od tych, którzy chcieli go wykorzystać.

– Czy okazanie łaski jednemu człowiekowi usprawiedliwia narażenie wszystkich światów?

– Tak.

Pewność, z jaką odpowiedziała Ulma, była pocieszająca, a jednak Rielle nie mogła pozbyć się wątpliwości.

– Czy to nie egoizm? Czy nie narażamy wielu ludzi na niebezpieczeństwo, żeby uczynić zadość własnemu poczuciu moralności?

– Wszystko, co robimy, jest egoistyczne. – Ulma wzruszyła ramionami. – Kiedy decydujemy się kogoś ocalić, to dlatego że chcemy czuć się w porządku wobec samych siebie. Kiedy podejmujemy decyzję, kierując się względami moralnymi, to dlatego że przekonaliśmy samych siebie lub pozwoliliśmy, by ktoś nas przekonał, że nasza moralność jest lepsza niż innych. – Zerknęła na Rielle. – Ale nasz egoizm to w pewnym sensie ochrona samego siebie. Zabijanie zmienia człowieka. Gdyby któraś z nas go zabiła, co powstrzymałoby osoby, którymi byśmy się stały, przed posłużeniem się tą samą logiką i zabiciem kolejnych ludzi? Można sobie powiedzieć: „Tylko ten jeden raz", ale gdy żyje się wiecznie, to ile czasu minie, nim stanie się przed tym samym dylematem? Kiedy raz coś sobie w ten sposób wytłumaczymy, łatwo będzie zrobić to ponownie. Nie zabijając, zachowujemy to, kim jesteśmy.

Rielle pokiwała głową.

– Często zastanawiałam się, czy Valhan stał się tym, kim był, właśnie z tego powodu.

– Wiesz, że my, Podróżnicy, staramy się nie mieszać w konflikty światów, w których prowadzimy handel. Valhan twierdził, że to w pewnym sensie egoizm, ja twierdzę, że to instynkt samozachowawczy. Nasze przetrwanie znaczy dla nas więcej niż pomoc innym. Powiedziałam mu, że zrobiłby to samo, gdyby jego przetrwanie od tego zależało. Mógł pomagać tylko dzięki swojej potędze. A to było, jeszcze zanim zawarł zbyt wiele umów ze zbyt wieloma sprzymierzeńcami. – Zaśmiała się cicho. – Chyba okazało się, że miałam rację.

Rielle popatrzyła na nią ze zdumieniem.

– Poznałaś Valhana?

Ulma uśmiechnęła się.

– O tak. Bardzo dawno temu. Niezupełnie byliśmy... przyjaciółmi. Powiedział, że jestem najstarszą nieśmiertelną, jaką spotkał. Zadawał mnóstwo pytań.

– Ile masz...? – Rielle zamilkła, nie do końca wiedząc, czy taktownie jest pytać i czy wiek Ulmy w ogóle powinien ją obchodzić.

Kobieta wzruszyła ramionami.

– Jestem starsza od Valhana. Szczerze mówiąc, nie wiem dokładnie, ile mam lat.

– Czy to ze względu na ciebie pozwolił Podróżnikom przemieszczać się między światami?

– Owszem. – Ulma zerknęła za siebie na wóz. – Ale teraz tylko my dwie o tym wiemy i lepiej niech tak zostanie. Ostatnimi czasy ludzie źle oceniają tych, którzy zawierali umowy z Raenem. Nie zawsze tak było.

– Czy… mogę spytać, co dostał w zamian?

Ulma zachichotała.

– Informacje. Wiedzę. Kilka długich i inspirujących dyskusji. Czasami potrafiłam bardzo go rozgniewać, ale zawsze wracał. – Uśmiech znikł z jej twarzy. – Choć ostatnim razem oczywiście już nie.

– Rozstaliście się w gniewie?

Ulma pokręciła głową.

– Nie, nie mieliśmy sobie już nic do zaoferowania. Nie da się rozmawiać z kimś w nieskończoność i się nie powtarzać, nawet jeśli żyje się tysiące cykli.

Rielle pomyślała o Tyenie. Zastanawiała się, jak długo dwoje nieśmiertelnych byłoby w stanie być ze sobą i się nie znudzić. Czy wiecznie młodych kochanków czekało nieuniknione rozstanie? Może lepiej było w ogóle się nie wiązać?

Ogarnęło ją przygnębienie. Droga biegła między dwoma wzgórzami. W oddali widać było wozy i krzątających się wokół ludzi.

– Jesteśmy już prawie na miejscu – szepnęła Ulma.

Rielle przyglądała się każdej odległej postaci, starając się rozpoznać znajome osoby i na próżno wypatrując ciemnowłosego młodego mężczyzny o bladej cerze. Poczuła motyle w brzuchu, potem ucisk, a potem znowu motyle.

– Jak bardzo jest podobny do Valhana?

– Fizycznie wygląda dokładnie tak samo.

– Musisz czuć się dziwnie.

Ulma zaśmiała się.

– Hmm, to prawda. Ale przyzwyczaisz się, tak jak ja.

– Mam nadzieję, ale nie daje mi spokoju, kogo zobaczą w nim inni. – Rielle zmarszczyła brwi. – Zastanawiałam się kiedyś, czy nie powinnam przekształcić wzorca jego ciała i zmienić jego wyglądu, ale nie rozmyślałam nad tym, od kiedy go u was zostawiłam.

– Już i tak był zdezorientowany i roztrzęsiony – powiedziała Ulma. – Minęło sporo czasu, nim udało nam się przywrócić mu spokój ducha. A potem... Cóż, mógł znowu stracić wspomnienia.

Czyli nie mogę teraz ryzykować, że znów do tego dojdzie – zdała sobie sprawę Rielle. *Mogę najwyżej nauczyć go przekształcania wzorców, żeby sam sobie stworzył i zachował nowy wygląd.*

– Chcesz dowiedzieć się czegoś jeszcze, zanim dojedziemy? – spytała Ulma.

Rielle zastanawiała się chwilę.

– Nauczył się trzech z pięciu zastosowań magii: unieruchamiania, poruszania i czytania w myślach. Nie umie podróżować między światami. Nie potrafi przekształcać wzorców.

– Zgadza się.

– Uczyliście go walki?

– Tyle, by był w stanie obronić siebie lub innych. Nie potrzeba nam wiedzy na temat toczenia wojen, więc ani jej sobie nie przekazujemy, ani nie nauczamy.

– Gdyby był Podróżnikiem, uznałabyś, że przeszedł całe szkolenie?

– Tak jak każdy chłopak w jego wieku. Pomijając podróżowanie między światami.

Rielle zastanowiła się, o co jeszcze mogłaby zapytać.

– Dokąd według ciebie powinnam go zabrać?

– Jak najdalej od światów, którymi rządził Raen. Możliwe, że będzie to bardzo daleko. Może na same krańce zamieszkanych światów. – W głosie Ulmy zabrzmiała ostrzegawcza nuta. – Będziesz musiała nie tylko zgromadzić dostatecznie wiele magii, by móc opuścić dany świat. Nie możesz być pewna żadnego miejsca, nawet jeśli będzie ci się wydawało bezpieczne. Jeżeli świat jest niezamieszkany, to z jakiegoś powodu.

Gdy wóz Ulmy wyjechał spomiędzy dwóch wzgórz, Rielle dostrzegła, że pozostałe pojazdy ustawiono w duży krąg przy drodze. Wokół kół wyrosły już rośliny. Kilkoro Podróżników wyszło przyjezdnym na powitanie. Na samym przedzie szedł Lejikh, który uśmiechnął się przelotnie, gdy spojrzenia jego i Rielle się spotkały, a potem przybrał swój zwykły poważny wyraz twarzy.

– Jesteśmy. Teraz już wszyscy będą mogli słyszeć, co mówimy – rzekła Ulma, rzuciwszy Rielle ostrzegawcze spojrzenie.

– Dziękuję, że po nas wyjechałaś.

Małe dzieci wybiegły przed rodziców i otoczyły wóz Ulmy, nastolatkowie zaś zostali przy swoich wozach, a ich wiek można było ocenić także po tym, czy udawali obojętność, czy okazywali szczere zaciekawienie. Przyjrzała się uważnie każdemu chłopcu, ale żaden nie przypominał Valhana.

Tymczasem Lejikh znalazł się przy wozie Ulmy. Rielle zauważyła, że nieco przybrał na wadze. Podobnie jak wiele innych osób z jego rodu. Bez wątpienia to skutek przebywania w jednym miejscu przez pięć cykli po latach nieustannego podróżowania i handlu. Skinął głową do Ulmy, a potem podał rękę Rielle, by pomóc jej zejść.

– Witaj, Rielle – powiedział. – Jak się miewasz?

– Dobrze – odparła. – A ty i twój ród?

– Wszyscy zdrowi. – Spojrzał ponad jej ramieniem. – Przyprowadziłaś ze sobą przyjaciółkę.

– Tak. – Rielle odwróciła się i zobaczyła, że Timane właśnie wysiada z wozu. Przedstawiła dziewczynę. – Była moją służącą w świecie, który właśnie opuściłam. Wybuchła tam wojna. Wojna, której próbowałam zapobiec, lecz bez powodzenia.

Lejikh skrzywił się ze współczuciem i pomógł Timane zejść.

– Ważne, że próbowałaś.

Dziewczyna rozglądała się szeroko otwartymi oczami.

– Nigdy nie widziałam Podróżników – szepnęła do Rielle w języku Murai. – A teraz spotkałam cały ród.

– To jest Lejikh – oznajmiła Rielle – głowa rodu.

Timane już miała złożyć pokłon, ale Lejikh i Ankari zaczęli protestować, więc tego nie zrobiła.

– Jesteś naszym gościem – zwrócił się do niej Lejikh. – Wszyscy jesteśmy równi. – Zaprosił ją gestem. – Zjedzmy razem.

Poprowadził je między dwoma wozami z kręgu. Między wszystkimi pojazdami rozciągnięto zadaszenie. Pośrodku znajdował się okrągły podest – kolejna oznaka, że ci ludzie mieszkają tu już od dawna. W jego centralnej części mieściło się zagłębienie, w którym zrobiono obłożone kamieniami palenisko – zapłonęło, gdy jeden z Podróżników rozpalił drwa za pomocą magii. Ludzie poprzynosili z wozów kwadratowe poduszki i koce, a gdy dorośli i goście usadowili się wokół ognia, dziewczęta poproszono o podanie ciepłych napojów.

– To miejsce dla Qalla – rzekł Lejikh, wskazując niezajętą poduszkę między sobą a Rielle. Rozejrzał się wokoło. Młodzika nigdzie nie było widać. – Niech ktoś go znajdzie i powie, by do nas dołączył.

Jeden z młodszych mężczyzn zaczął się podnosić.

– Nie ma takiej potrzeby – powiedziała Ankari. – Już jest.

Rielle podążyła wzrokiem za jej spojrzeniem i zobaczyła, jak grupka młodych ludzi rozstępuje się. Serce zamarło jej w piersi. Stanął między nimi Valhan – miał wyprostowane plecy i wyniosły wyraz twarzy.

A potem zwrócił ku niej wzrok i stał się zupełnie kimś innym. Valhan nigdy by sobie nie pozwolił na okazanie takich wątpliwości i tęsknoty. Podejrzewała, że nawet nie odczuwał tych emocji. Przynajmniej nie wobec niej.

Ciało Valhana zamieszkiwały i ożywiały wszelkie niepewności i nadzieje młodości. Emocje, których nigdy nie widziała na twarzy Raena, odmieniły jego oblicze do takiego stopnia, że chłopak nie wyglądał jak władca, którego znała. Prawie zaczęła się zastanawiać, czy przypadkiem nie poniosła porażki, kiedy przekształcała wzorzec jego ciała. Albo czy nie zabrakło którychś z informacji zawartych w zasuszonej dłoni Valhana.

Poczuła ulgę podszytą nowym lękiem. To był Qall, ale i ktoś obcy, tak samo jak ona była obca dla niego. Ta świadomość roznieciła w niej iskierkę współczucia dla chłopaka. Był młodym człowiekiem, który niemal w ogóle nie pamiętał swojego życia sprzed pięciu cykli, i właśnie miał zostać zabrany od ludzi, których kochał, przez kogoś potężnego, o kim nie wiedział niczego poza tym, że zawdzięcza mu życie.

Pewnie się bał. Może także czuł ekscytację. Młodzi mężczyźni często byli niecierpliwi, stłamszeni przez życie pozbawione wyzwań, a ona mogła dać mu wolność i przygodę, których nie zaznałby wśród Podróżników. Uśmiechnęła się do niego, chcąc dodać mu otuchy. Jego oblicze nieco złagodniało, po czym odwrócił oczy i popatrzył w dal, a wszelkie emocje odpłynęły z jego twarzy.

Nagle znów stał się Valhanem. Z niepokojem spuściła wzrok, przytłoczona tym, czego się podjęła. Większość osób, które kiedykolwiek choć przez chwilę widziały Valhana albo jego portret lub pomnik, uwierzyłaby, że Qall to władca światów, który powrócił do żywych. Wzbudziłby strach, nienawiść i podziw. Jeżeli ktoś go rozpozna, nim znajdą bezpieczny dom, wieść o jego powrocie pomknie jak huragan przez wszystkie światy, a Dahli postanowi przekonać się, czy to prawda.

Co mam zrobić, żeby nikt go nie zauważył?

– Qall! Usiądź z nami – zawołał Lejikh, wskazując puste miejsce.

Rielle patrzyła, jak chłopak podchodzi i siada na poduszce. Jego ruchy zupełnie nie przypominały ruchów Valhana. Miały w sobie swobodę młodości i niezgrabność wynikającą z zakłopotania. Sposób, w jaki opadł na miejsce i zwiesił ramiona, świadczył o rezygnacji.

– To jest Rielle Lazuli – oznajmił Lejikh.

Qall zerknął na Rielle, po czym utkwił wzrok w skraju jej koca.

– Jestem zaszczycony.

– Ja również – odparła, kryjąc zaskoczenie.

Jego głos był zupełnie inny niż głos Valhana. Czyżby chłopak nie przeszedł jeszcze mutacji? Nie był to jednak głos dziecka. *Może Valhan go zmienił.* Być może nie zdawał sobie z tego sprawy. Posługiwał się portretami i pomnikami, by pamiętać o swoim pierwotnym wyglądzie, ale może nie znalazł sposobu na zachowanie głosu.

Lejikh rozejrzał się po zebranych.

– Większość z was zna Rielle. – Wskazał na Timane. – To jest Timane, jej towarzyszka.

Spojrzenie Qalla zatrzymało się nieco dłużej na młodej kobiecie, która uśmiechnęła się promiennie, gdy Podróżnicy ją powitali. Timane uprzejmie, choć niewprawnie odpowiedziała w ich języku, tak jak nauczyła ją Ankari.

– Jak wiesz, Qallu – kontynuował Lejikh – Rielle pięć cykli temu ocaliła cię przed ludźmi, którzy wymazali twoje wspomnienia. Wychowaliśmy cię i nauczyliśmy większości tego, czego uczą się nasze dzieci. Reszty nauczy cię ona.

Wzrok Qalla wyostrzył się, gdy na nią spojrzał.

– Podróżowania między światami?

– Tak – odpowiedziała Rielle. – Ale najpierw musimy znaleźć bezpieczne miejsce, w którym będziemy mogli zamieszkać.

Bruzda pomiędzy jego brwiami pogłębiła się. Zerknął wokoło na obserwujących wszystko Podróżników i zacisnął usta.

– Nie chcesz stąd odchodzić – domyśliła się Rielle. – Rozumiem. Ja też nie chciałam, gdy zamieszkałam z rodem Lejikha.

Rzucił jej przelotne, lecz przeszywające spojrzenie.

– Nie możesz zostać tutaj i mnie uczyć – domyślił się.

Spojrzała na Lejikha. Może dałoby się coś na to zaradzić? On jednak zaprzeczył ruchem głowy.

– Dlaczego? – spytał Qall.

– Ród Lejikha zgodził się ochronić i uleczyć dziecko, które tu przyprowadziłam – odpowiedziała. – Nie jesteś już dzieckiem.

– Osiedliliśmy się tu ze względu na ciebie – mówił dalej Lejikh – ale nasze życie wygląda inaczej. Utrzymywaliśmy się dzięki oszczędnościom i pożyczkom od innych rodów Podróżników. Musimy wrócić do handlu i spłacić długi.

Kiedy Qall przyswajał te informacje, do kręgu weszły trzy młode kobiety. Jedna niosła beczułkę, druga skrzynkę z kubkami. Trzecia przebiła beczkę, wzięła kubek, napełniła go i podała jednemu z Podróżników, a potem obsłużyła kolejną osobę.

– Dlaczego nie możecie handlować, póki z wami mieszkam? – spytał Qall.

Lejikh spojrzał na Rielle i skinął głową.

Moja kolej – uznała. *Ale ile mam mu powiedzieć?*

– Istnieje niebezpieczeństwo, że rozpoznają cię ludzie, którzy cię skrzywdzili – wyjaśniła. – Wiedzą, że mieszkałam z Podróżnikami, i mogą cię wśród nich szukać.

Otworzył szeroko oczy.

– Wciąż mnie szukają?

Przytaknęła.

– Nie bój się. Potrafię cię ochronić. Znajdziemy dom, w którym będziemy mogli zamieszkać.

– Dlaczego mnie szukają?

Rielle zerknęła na Lejikha, potem na Ankari. Chciała zajrzeć w ich myśli, by mogli jej podpowiedzieć, ile może mu wyjawić. Oboje skinęli głowami, jakby udzielali jej pozwolenia. *Teraz już nie ma sensu unikać zaglądania w ich umysły* – uświadomiła sobie. *Nie narażę w ten sposób Qalla na niebezpieczeństwo.*

I zajrzała. Lejikh nie chciał, by niepotrzebnie wzbudzała w chłopaku strach, Ankari zaś sądziła, że szczerość pomoże Rielle zyskać zaufanie Qalla. Ich sprzeczne poglądy wcale nie pomogły jej podjąć decyzji. *Sprawdźmy, jak daleko zawiodą nas jego pytania.* Wzięła głęboki wdech i wypuściła powietrze.

– Chcą zastąpić twoje wspomnienia wspomnieniami kogoś innego – powiedziała.

– Kogo?

Pokręciła głową.

– Maga. Przywódcy… ludzi, którzy cię skrzywdzili.

Zmrużył oczy.

– Złego człowieka.

– Tak.

Uniósł brew.

– Najwyraźniej nie wszyscy go za takiego uważają, inaczej nie miałby zwolenników.

– To prawda.

– Komu mam wierzyć?

Wytrzymała jego spojrzenie.

– A komu ufasz?

Odwrócił wzrok, a potem powiódł spojrzeniem po przyglądających się wszystkiemu Podróżnikach i skinął głową.

– Wierzę ci – oznajmił. – Bo zgadzasz się z członkami mojej rodziny.

Mojej rodziny. Te słowa sięgnęły w głąb jej duszy i chwyciły za serce. Potrzebowała wziąć kilka oddechów, by móc znów się odezwać.

– Żałuję, że muszę cię stąd zabrać, że nie mogę zostać z rodem Lejikha i ci pomóc. Niestety to niemożliwe. Ale mam nadzieję, że zostanę także twoją przyjaciółką, nie tylko opiekunką.

Nie była w stanie rozszyfrować spojrzenia, którym ją obdarzył. Na widok zmarszczonych brwi Ankari Rielle skoncentrowała się na niej. Kobieta nie była pewna, czy Rielle powinna była proponować mu przyjaźń. Qall prawdopodobnie byłby jej posłuszny bez zadawania pytań – albo przynajmniej zadawałby ich mniej – gdyby zachowywała się bardziej jak matka i przywódczyni niż osoba mu równa.

– Przynajmniej z czasem – dodała Rielle. – Na razie będę cię chronić, a gdy gdzieś się osiedlimy, zacznę cię uczyć.

Skinął głową.

– Kiedy stąd odejdziemy?

Spojrzała na Lejikha i uniosła brew.

– Jutro – oznajmił mężczyzna.

Panował nad wyrazem twarzy, lecz wymsknęła mu się tęskna myśl. *Jakbym stracił kolejnego syna.* Potem przypomniał sobie, że jeśli rozstaną się z Qallem, będzie miał okazję znów spotkać się z Baluką, i nieco się rozchmurzył.

Rielle przygotowała się na wyrzuty sumienia, ale nie nadeszły. Podróżnicy nigdy nie obwiniali jej o odejście Baluki i sama chyba też w końcu wyzbyła się poczucia winy. Pomogło jej to, że Baluka nie szukał kontaktu z rodziną od czasu śmierci Raena. Choć możliwe, że miał na względzie ich bezpieczeństwo. Może dowiedział się, że zniknęli, domyślił się, że się ukrywają, i nie śmiał ich szukać, by żaden potężniejszy mag nie zdołał wyczytać tego z jego myśli.

Choć Lejikh wolałby, aby syn odziedziczył rolę głowy rodu, był dumny, że Baluka objął dowództwo nad buntownikami i pomógł im pokonać Raena. *Są gorsze rzeczy, których mógłby się dopuścić oddzielony od rodziny syn* – pomyślał. Z uśmiechem odwrócił się do Rielle.

– Co słychać w innych światach?

– Nie mam wieści z pierwszej ręki, ale... – Przerwała na chwilę, by upić łyk ze swojego kubka, a potem zaczęła relacjonować zasłyszane informacje.

Przez kilka godzin nie zeszli z tematu wojen i niepokojów. Lejikh odwiedzał miasta w sąsiednich światach, nasłuchiwał plotek na targowiskach, więc także miał się czym z nią podzielić. Z rozbawieniem, ale i pewną ulgą przyjęła fakt, że po jakimś czasie Qall się znudził i pozwolono mu odejść. Wszedł z powrotem między młodzików, przyjmując wśród nich pozę wyrażającą niedbałą nonszalancję, jednocześnie mającą zrobić wrażenie na dziewczętach. Próbowała zajrzeć w jego myśli, ale trafiła na zasłonę milczenia. Potwierdziło to przypuszczenia Podróżników – Qall stał się tak samo potężny jak Valhan, gdy zmieniła wzorzec jego ciała tak, aby pasował do pierwowzoru.

Nadszedł wieczór i przygotowano posiłek. Wkrótce okazało się, że to nie będzie zwyczajna noc, lecz pożegnalna uczta na cześć Qalla. Przez większość czasu chłopak wyglądał na zakłopotanego, ale dostrzegła błysk zadowolenia w jego oku, gdy spuścił wzrok podczas przemów, które ludzie wygłaszali pod koniec.

Gdy było już po wszystkim, Ulma pościeliła w swoim wozie drugie łóżko dla Timane, a Ankari spod swojego wyjęła posłanie dla Rielle. Kiedy krzątanina wokół wozów ucichła, Rielle niemal miała wrażenie, że nigdy nie opuściła tego miejsca. Nigdy nie została rzemieślnikiem w pałacu Valhana. Nie poznała sekretu wiecznej młodości. Nie odmówiła udziału we wskrzeszeniu Raena i nie ocaliła Qalla. Nie poznała Tyena.

Tyen.

Choć perspektywa chronienia i nauczania Qalla ją onieśmielała, po rozmowie z Lejikhiem i Ankari niemal nabrała pewności, że wystarczy, jeśli się postara. Teraz jednak w tej ciszy rozległ się szmer obawy.

Gdzie jesteś, Tyenie? Dlaczego odszedłeś z pustynnego świata? Dlaczego nie powiadomiłeś ani mnie, ani Tarrena o przyczynach odejścia? Nauczyłeś się przekształcania wzorców? Utknąłeś w martwym świecie?

Jeśli stało się to, co najgorsze, być może Rielle nigdy nie uzyska odpowiedzi na te pytania. Było tak, jak powiedział Tarren: mogła jedynie czekać i mieć nadzieję. Podobnie jak Tyen musiała dotrzymać pewnej obietnicy. Westchnęła, przewróciła się na drugi bok i postanowiła, że tej nocy nie będzie już o tym myślała.

ROZDZIAŁ 4

Słońce – w tym świecie niewielki zielonkawy krąg – wisiało już dość wysoko nad horyzontem, gdy Rielle wyszła z wozu za Lejikhiem i Ankari. Widziała przez małe okienka, że ludzie już nie śpią, i słyszała odgłosy krzątaniny coraz liczniejszego i bardziej rozbudowanego rodu. Teraz powitały ją poruszenie, dźwięki i energia. Kilka części zadaszenia zdjęto już i pozwijano. Mężczyźni, kobiety i dzieci śpieszyli w tę i we w tę, wołając do siebie i śmiejąc się.

Za wozami to znikały, to pojawiały się ciężko kroczące lomy, których pomrukiwania dodawały basowego tła do pozostałych odgłosów. W pobliżu dwa z nich prowadzono właśnie ku wozowi, do którego miały zostać zaprzęgnięte. Z myśli zajmujących się nimi osób Rielle wyczytała, że Podróżnicy regularnie wyruszali pojedynczymi pojazdami w krótkie podróże, by zwierzęta nie odwykły od ciągnięcia ciężkich ładunków oraz by nauczyć powożenia młodszych członków rodu. Wozy były utrzymane w dobrym stanie, gotowe do odjazdu, na wypadek gdyby walki toczące się w innych światach dotarły i tutaj. Wszyscy byli przygotowani do powrotu do kupieckiego stylu życia.

Jeden z wozów został przesunięty i oczom Rielle ukazała się znajoma postać. Przygarbiony Qall obserwował przygotowania. Miał na sobie taki sam ciepły płaszcz, jakie Ulma dała Rielle i Timane. Minęła go para Podróżników; w geście pocieszenia położyli mu dłonie na ręce i ramieniu, on zaś zdobył się na wątły uśmiech.

Rielle miała wrażenie, że go szpieguje, postanowiła więc odwrócić wzrok, wtedy jednak podeszła do niego dziewczyna. Jego oblicze złagodniało na jej widok, ale po chwili zmarszczył brwi, gdy wcisnęła mu coś w dłonie i pośpiesznie odeszła. Spojrzał w dół, rozwinął kawałek materiału i szeroko otworzył oczy. Popatrzył w kierunku, w którym zniknęła, jakby jej szukał.

Czyjaś dłoń dotknęła ramienia Rielle.

– Ty i Timane możecie zatrzymać płaszcze – powiedziała Ankari. – Mamy ich setki, sprzedamy je, gdy wrócimy na szlaki.

– Dziękuję.

Ankari zwróciła się do Lejikha.

– Może byłoby lepiej, gdyby Rielle zabrała Qalla teraz, żeby nie patrzył, jak się pakujemy, ze świadomością, że nie może z nami odejść?

– Rzeczywiście – odparł Lejikh. – Wszyscy się śpieszą, żeby złagodzić ból rozstania. Ale nie możemy nikogo poganiać, żeby potem w nieodpowiedniej chwili nie okazało się, że komuś pękło koło albo okulało zwierzę. – Spojrzał na Rielle. – Jesteś gotowa na przyjęcie nowego podopiecznego?

Rielle wzięła głęboki wdech i powoli wypuściła powietrze z płuc.

– Bardziej gotowa już nie będę.

Ankari ujęła ją za rękę i uścisnęła.

– Opiekuj się i nim, i sobą.

– Oczywiście – zapewniła ją Rielle. Przelotnie spojrzała na męża kobiety, a potem znów na nią. – Wy też na siebie uważajcie.

Światy nie są już tak przychylne ludziom jak kiedyś. Nawet Podróżnikom. Jeśli uda się wam unikać magów na tyle potężnych, by mogli czytać w waszych myślach, mniej osób dowie się o Qallu i będzie próbowało nas znaleźć albo ukarać was za to, że go ukrywaliście.

Oboje pokiwali głowami.

– Postaramy się – obiecał Lejikh. – Spróbuję jak najbardziej odwlec wyjaśnienia, dlaczego tak długo się ukrywaliśmy, ale kiedy prawda wyjdzie na jaw, kiedy któryś mag wyczyta z naszych myśli wspomnienia związane z Qallem, dowie się także, że chłopak nie jest tym, na kogo wygląda.

– Dowie się też, że przyjaciele Raena go szukają – przypomniała Rielle. – Niektórzy mogą mieć wam za złe, że przeszkodziliście w odnalezieniu kogoś cennego dla Raena.

Lejikh wzruszył ramionami.

– Jeśli będą chcieli znaleźć coś, czemu się sprzeciwiają, to znajdą. Poradzimy sobie.

– W takim razie mam nadzieję, że zachowaliście dar przekonywania w równie dobrym stanie co wozy i lomy.

Ankari zachichotała.

– Zawsze znajdzie się wśród nas ktoś młody i zbuntowany, na kim można poćwiczyć. Qall świetnie się do tego nadawał.

Rielle nieco się zmartwiła.

– Bardzo się buntuje?

– Tylko troszkę – zapewniła Ankari. – Poza tym dyskusje z nim bywają ciekawe.

– Muszę przyznać – wyszeptała Rielle – że bardziej boję się zająć takim młodzikiem, nawet jeśli jest już dorosły, niż odpierać jego wrogów.

Ankari roześmiała się.

– W takim razie nie muszę się martwić o żadne z was. Masz odpowiednie umiejętności, by obronić i siebie, i swoich towarzyszy. Qall nie jest już dzieckiem. To dorosły człowiek, który bardzo mało wie o innych światach. Pomyśl, że jesteś jego przewodniczką i bezpiecznie pozwolisz mu zdobyć tę wiedzę. Jak każdy rodzic.

– Przewodniczka – powtórzyła Rielle. Odnalazła wzrokiem Qalla – stał po drugiej stronie kręgu i wciąż rozglądał się za dziewczyną, a może za kimś innym. Wzięła kolejny głęboki oddech. – Lepiej poszukam Timane.

Ankari popatrzyła wokoło.

– Przyprowadzę ją – powiedziała, a potem poleciła mężowi: – Lejikhu, zawołaj go, zanim zajmie się czymś innym.

Kobieta odeszła, Lejikh zaś krzyknął do Qalla i przywołał go gestem. Młodzik przygarbił się. Jeszcze raz rozejrzał się po obozowisku, a potem wzruszył ramionami i podszedł do nich.

– Już czas? – zapytał.

– Tak, Qallu – odparł Lejikh. – Jesteś gotowy?

Skinął głową, patrząc na swój bagaż.

– Oczywiście.

– Nie za duży ten bagaż. Masz wszystko, co chcesz zabrać? – spytała Rielle.

Chłopak znów się rozejrzał i raz jeszcze wzruszył ramionami.

– Wszystko, co mogę zabrać.

– Rielle! – zawołał ktoś. Odwrócili się i zobaczyli śpieszącą ku nim Timane, która swój bagaż zarzuciła już sobie na ramiona. Za nią szła Ankari. – Nie odchodźcie beze mnie!

Choć Timane uśmiechnęła się, dając Rielle do zrozumienia, że wcale się tego nie obawiała, jej myśli zdradzały niepokój. *Mogłabym utknąć w gorszym miejscu niż wśród Podróżników, ale chcę pomóc Rielle.*

Rielle zamaskowała konsternację. Co takiego zrobiła, że zasłużyła na tę lojalność? Ocaliła Timane przed prześladowaniami pozostałych służących i nauczyła korzystać z niezbyt potężnej mocy. To wszystko. Na widok zamyślenia Rielle przez twarz Timane przebiegł grymas.

– Przepraszam, że cię wstrzymałam. Ulma wspaniale opowiada.

– Niewątpliwie. – Rielle uśmiechnęła się. Odwróciła się do Ankari. – Ostatnie pożegnania?

Kobieta skinęła głową i w milczeniu popatrzyła na Qalla. Uściskała go, on zaś zdołał odwzajemnić jej gest z niezręczną oschłością kogoś, kto jest jeszcze na tyle młody, że zastanawia się, czy taka wylewność nie narazi go na śmieszność w oczach rówieśników. Ku zaskoczeniu Rielle Lejikh także go uściskał i nagle Qall przestał sprawiać wrażenie zawstydzonego.

– Uważaj na siebie – powiedział Lejikh. – Pamiętaj o wszystkim, czego cię nauczyliśmy. A przede wszystkim pamiętaj, że jesteś pod opieką osoby, do której staniesz się podobny. – Uśmiechnął się. – Mam nadzieję, że jeszcze nieraz się spotkamy.

– Słuchaj Rielle – przypomniała Ankari. – Lepiej od nas zna inne światy i czyhające w nich niebezpieczeństwa.

Qall zerknął przelotnie na Rielle, ona zaś na widok jego spojrzenia pożałowała, że nie potrafi czytać mu w myślach. Czyżby dostrzegła niedowierzanie? Czy po prostu ciekawość?

W końcu Podróżnicy cofnęli się o krok, jakby chcieli powiedzieć: „Teraz należy do ciebie". Rielle zarzuciła sobie bagaż na ramię, Qall poszedł w jej ślady. Zrobiła krok naprzód i wyciągnęła do niego dłoń. Ujął ją po chwili wahania. Miał ciepłą skórę i mocny uścisk. Spojrzała na Timane, dziewczyna zaś podeszła i chwyciła ją za drugą rękę. Timane i Qall spletli razem wolne dłonie.

Rielle nie musiała im przypominać, żeby nabrali powietrza. Skinęła głową do Lejikha i Ankari, a potem odepchnęła się od świata.

Qall rozglądał się po znikającym obozowisku. Niektórzy Podróżnicy przystanęli, by popatrzeć, kilkoro uniosło ręce w pożegnalnym geście. Gdy wszystko zniknęło w bieli, na twarzy Qalla pojawił się beznamiętny wyraz.

Zeszłego wieczoru Rielle rozmawiała z Lejikhiem i Ulmą o tym, w którą stronę się udać. Ten świat leżał poza szlakami handlowymi Podróżników, a jednak znajdował się w zasięgu rządów Valhana.

Ulma radziła poszukać domu w miejscu, w którym nikt dotąd nie słyszał o Raenie. Oznaczało to długą podróż – dłuższą niż którakolwiek do tej pory odbyta przez Rielle. Mogła potrwać ćwierć cyklu, może nawet dłużej.

Kiedy już znajdziemy takie miejsce, będziemy musieli odszukać świat na tyle zasobny w moc, bym mogła nauczyć Qalla wszystkiego, co konieczne – oraz obrony przed atakami. Świat, gdzie magowie cieszą się sympatią i są na tyle liczni, byśmy nie zwracali na siebie uwagi, gdzie ludzie nie odbiegają od nas zbytnio wyglądem, żebyśmy się nie wyróżniali, gdzie będziemy mogli zarabiać na życie albo chociaż zająć się polowaniem, zbieractwem i hodowlą, żeby mieć co jeść.

Stanęła przed problemem, z którym wcześniej borykał się Tyen, szukając świata umożliwiającego mu zyskanie wiecznej młodości. Niezamieszkane przyjazne światy zasobne w magię były niezwykłą rzadkością i często nie pozostawały takie na długo, bo gdy miejsce nadawało się do życia, ludzie się tam osiedlali. Tyen zwiększył swoje szanse, wybierając świat, który stał się nieprzychylny – właściwie to ona go dla niego wybrała. Miejsce było odpowiednie, bo Tyen nie musiał zamieszkać tam na długo. Natomiast Rielle nie wiedziała, ile czasu oni będą musieli spędzić w nowym świecie, przede wszystkim potrzebowali więc sprzyjających warunków, co z kolei oznaczało, że nie mogła omijać światów zamieszkanych. Może uda im się znaleźć zaludnione miejsce mogące stać się domem dla trojga cudzoziemców, którzy nie będą przykuwali tam do siebie uwagi.

Powszechnie uważano, że im dalej się podróżuje, tym dziwniejsze i bardziej wrogie światy się napotyka. Ulma się z tym nie zgadzała. Porównała światy do lasu otaczającego przeszkody takie jak góry czy jeziora, tworzącego odnogi w żyznych dolinach. Niektóre z tych odnóg łączyły się z innymi lasami. Jeśli Ulma miała rację, Rielle w końcu trafi na odnogę prowadzącą do lasu, którego Valhan nigdy nie odwiedził.

Na szczęście mogła szybko rozpocząć tę podróż. Lejikh zalecał bezpieczny szlak przez sąsiednie światy. Gdyby ktoś za nimi podążył, Rielle mogłaby przenosić się szybko i zgubić pościg, nie przejmując się, że trafi w skupisko światów martwych.

Nawet gdyby ktoś zauważył Qalla i wziął go za Valhana, raczej by go nie ścigał. Lecz wieść o tym szybko by się rozeszła, a gdyby dotarła do Dahlego, on i jego poplecznicy ruszyliby śladem Rielle. Dlatego lepiej, by nikt nie widział chłopaka.

– Załóż kaptur – poleciła mu, kiedy znaleźli się w następnym świecie.

Zdziwił się, lecz sięgnął za plecy i zasłonił głowę. Nie ukryłby twarzy przed kimś, kto zbliżyłby się do niego z naprzeciwka, ale mógł umknąć przypadkowym spojrzeniom.

Odepchnąwszy się dalej, Rielle skupiła się na wskazówkach Lejikha. Gdzieniegdzie szlaki między światami były niezbyt wyraźne, w innych miejscach zaś głęboko wyryte. By opuścić dany świat, Rielle przeważnie musiała szybować poza miejsce, w którym do niego przybyła, zdarzały się jednak portale, gdzie można było zarówno zejść do świata, jak i z niego odejść. Czasami oddalała się od nich i wytyczała nową ścieżkę, równoległą do zalecanej przez Lejikha, doskonaląc metodę zacierania śladów pokazaną jej przez Tyena, dzięki czemu ukrywała początkowe i końcowe punkty swoich podróży.

Po pokonaniu około dwudziestu światów dotarła do arterii, która – jak twierdził Lejikh – była głównym szlakiem prowadzącym na wielkie targowisko. Miała pewność, że to bezpieczna droga, zdołała więc szybko przebyć kilka światów, po czym zatrzymała się, by pozwolić odetchnąć Qallowi i Timane w skrytym w nocnych ciemnościach zaułku targowiska.

Następnie zaczerpnęła więcej mocy.

– Zaczekaj – odezwał się Qall.

Odwróciła się do niego i w blasku latarni zauważyła, że zmarszczył czoło.

– Co się dzieje?

Puścił ich dłonie i zdjął kaptur.

– Przemieszczamy się za szybko. Możesz zwolnić?

– Dlaczego?

– Żebym zapamiętał drogę.

– Nie musisz.

– Jak trafię z powrotem?

– Twojej rodziny już tam nie będzie.

Odwrócił wzrok, jeszcze bardziej poirytowany.

– Jak ich znajdę?

– Odszukasz Podróżników i popytasz o Lejikha. Ludzie cię do niego doprowadzą.

– Ale... Ja... Kiedy nauczysz mnie podróżowania między światami?

– Kiedy znajdziemy bezpieczne miejsce, w którym będziemy mogli się osiedlić.

Zacisnął usta.

– A jeśli wcześniej zostaniemy rozdzieleni? Nie byłoby lepiej – także dla Timane – gdybym mógł nauczyć się teraz?

Rielle pokręciła głową.

– Potrzeba czasu, by nauczyć się robić to w bezpieczny sposób. – Kątem oka dostrzegła ruch i instynktownie napięła mięśnie. – Załóż z powrotem kaptur.

Usłuchał niechętnie.

– Przecież i tak nikt mnie nie rozpozna.

– W niektórych światach ludziom płaci się za to, by zapamiętywali albo notowali wygląd osób korzystających z portali. Jeżeli ktoś się dowie, że ukrywali cię ludzie z rodu Lejikha, będzie próbował do ciebie trafić, wykorzystując wspomnienia i zapiski takich obserwatorów.

– Jeśli dowiedzą się, że mnie od nich zabrałaś, będą szukali ciebie.

Rielle pokiwała głową.

– Możliwe. Ale ja muszę widzieć, dokąd zmierzamy. Mimo wszystko dobrze by było dokonać pewnych zmian.

Zaczerpnęła jeszcze trochę magii i wpatrzyła się w pasmo swoich włosów spływające na piersi. Skupiła się, pozbawiła je koloru, a potem zastosowała tę zmianę do całej fryzury. Kolejna zmiana przyszła jej łatwiej – skręciła włosy, przez co zrobiły się krótsze.

Timane przyglądała jej się ze zdumieniem. Pociągnęła za swój kaptur.

– Czy… ja też powinnam?

Rielle zaprzeczyła ruchem głowy.

– Ludzie, których unikamy, nie wypatrują młodej kobiety o twojej cerze, posturze i w twoim wieku. Nie zakładaj kaptura. Musisz mnie ostrzegać przed niebezpieczeństwami, które mogłyby pojawić się za moimi plecami.

Wyciągnęła dłoń do Qalla. Westchnął ze świstem. Złapał ją za rękę, a kąciki jego ust opadły.

Odepchnęła się od świata.

Zwiększyła tempo i tylko co pewien czas była w stanie zerkać na chłopaka. Rozdrażnienie ustąpiło zmartwieniu, które jednak w końcu zniknęło i Qall sprawiał już tylko wrażenie zrezygnowanego i jakby chorego. Przystanęła.

– Dobrze się czujesz? – spytała.

Przytaknął, ale ramiona miał zwieszone.

– Naprawdę? – dopytywała zarówno z troską, jak i niedowierzaniem.

– Na razie tak – odparł z grymasem na twarzy. – Nie sądziłem, że przeniesiemy się tak daleko.

Ścisnęła jego dłoń.

– To dopiero początek. Nie martw się, pewnego dnia też będziesz mógł w ten sposób podróżować. Wtedy odległości już nie będą wydawały się takie duże.

Jego napięcie nieco zelżało. Timane uśmiechnęła się ze współczuciem.

Ruszyli w dalszą drogę. Wkrótce dotarli do końca szlaku zalecanego przez Lejikha. Rielle zawczasu zaczerpnęła dodatkowej mocy z ostatnich pięciu światów. Qall uniósł głowę, kiedy zrobiła to po raz pierwszy, a gdy zatrzymała się, by dać im odetchnąć, ponownie się do niej zwrócił.

– Spodziewasz się problemów? – zapytał.

Pokręciła głową.

– Ale pobierałaś magię.

– Na wypadek gdybyśmy znaleźli się w martwym świecie. Tu kończy się szlak, który polecał Lejikh. Jestem zaskoczona, że dotarł tak daleko.

– Dlaczego? – zapytał nieco urażonym tonem.

Spojrzała mu w oczy.

– Lejikh jest silnym magiem, ale nie na tyle, by bez trudu móc zaczerpnąć dość mocy na ucieczkę z martwego świata. Przed zejściem w nieznane miejsce ma więc trzy opcje: odwiedzić sąsiedni świat i zaczerpnąć tyle mocy, by móc uciec, jeśli nowy okaże się martwy, zebrać jak najwięcej informacji na temat takiego świata od sąsiadów i liczyć, że są one aktualne, albo zejść do świata i mieć nadzieję, że znajdzie w nim magię. Nigdy nie ryzykował, że nie zdoła wrócić do rodziny, więc musiał wybierać spośród dwóch pierwszych możliwości, a one są czasochłonne. Zadał sobie wiele trudu i spędził mnóstwo czasu bez rodziny, by wytyczyć tę ścieżkę. Nie miał to być nowy szlak handlowy, bo ta droga biegnie dalej, niż jego ród zwykle się zapuszcza; przetarł go po to, by zapewnić nam bezpieczny początek podróży.

Qall zastanowił się nad jej słowami i skinął głową.

– Co teraz?

– Mam w zapasie mnóstwo magii, by uciec z martwego świata, więc ruszamy dalej, ale ostrożnie. Wykorzystamy niedawno używane ścieżki, bo raczej nie doprowadzą nas do światów pozbawionych magii. Mogą co prawda prowadzić do miejsc niedawno ogołoconych z mocy, ale to mało prawdopodobne.

Wzdrygnął się.

– Co się dzieje z ludźmi w takim świecie?

– Dla zwyczajnych mieszkańców niewiele się zmienia. Wszystko zależy od tego, w jakim stopniu polegali na magach. Magowie zaś nie mają skąd czerpać mocy. Wiecznie młodzi zaczynają się starzeć. W końcu, w zależności od tego, jak gęsto zaludniony jest świat i jak dobrze prosperuje, ludzie zregenerują jego moc, lecz do tego czasu większość nieśmiertelnych zestarzeje się i umrze.

– Gdyby magowie rządzili zwykłymi ludźmi, to życie wszystkich mieszkańców diametralnie by się zmieniło.

Przytaknęła. Po jej plecach przebiegł dreszcz, lecz zignorowała to odczucie. *Dostrzega polityczne konsekwencje takiej sytuacji, ale to nie znaczy, że rozumuje jak Valhan.*

Qall odwrócił wzrok, domyśliła się więc, że nie ma kolejnych pytań. Odepchnęła się między światy i z powrotem skoncentrowała na podróży.

Nie miała jak odmierzać czasu, a jej ciało samo zwalczało znużenie i głód, więc nie była w stanie ocenić, ile to już trwa. Czasami zatrzymywała się, by zajrzeć w myśli Timane. Kiedy dziewczyna była głodna i zmęczona, Rielle postanowiła zrobić przerwę i rozejrzeć się za czymś do jedzenia.

Kolejny portal znajdował się w świecie oceanów, w którym ludzie mieszkali na skupiskach wysp. Rozejrzała się po umysłach, jak uczył ją Valhan, by ocenić ogólne usposobienie tej społeczności. Ludzie byli tu otwarci na przybyszów i nawykli do handlu z sąsiednimi światami. Mimo wszystko zatarła za sobą ślad i poszybowała ku kolejnej wyspie, na wypadek gdyby przybyli tu handlarze i rozpoznali Qalla.

Tam znalazła kobietę, która wynajęła im chatkę nad morzem, gdzie jej mąż przechowywał łódź – teraz chatka była pusta, bo wypłynął na kilka dni na połów. Od tej samej kobiety kupili także żywność i zjedli posiłek, gdy słońce chowało się już za horyzontem, a wyspę oświetlał błękitny blask księżyca otoczonego jasną poświatą. Potem Timane i Qall wpełzli na hamaki i zasnęli, Rielle zaś oparła się o ścianę i czuwała nad nimi.

Wsłuchując się w ich oddechy, zaleczyła zmęczenie. Wątpiła, że zaśnie, póki nie znajdą się z dala od światów rządzonych przez Raena. Nie była jednak w stanie ocenić, kiedy to nastąpi. Ale kiedyś znajdą odpowiednie miejsce. Dopiero wówczas będzie mogła odpocząć.

ROZDZIAŁ 5

Z nastaniem świtu w chacie zrobiło się nieznośnie ciepło. Timane i Qall obudzili się i zrzucili z siebie płaszcze chroniące ich przed nocnym chłodem. Chłopak podszedł do drzwi.

– Qallu, nie wychodź – przestrzegła Rielle. Zamarł i spojrzał na nią przez ramię. Skinęła na płaszcz leżący na jego hamaku. – Załóż kaptur albo zaczekaj tu.

Wyglądał na zbulwersowanego.

– Przecież jest gorąco.

– Nie zostaniemy tu długo. – Wyjęła ze swojej sakiewki kwadratową bryłkę złota i podała Timane. – Kup coś do jedzenia.

Dziewczyna skinęła głową i wyślizgnęła się z chaty.

Qall skrzyżował ramiona na piersi.

– Muszę się wysikać. To też mam zrobić tutaj?

Skinęła głową.

– Zaczekaj. Przyniosę wiadro.

Skrzywiła się, czując na sobie gorące promienie słońca. Timane zdążyła już oddalić się nieco ku wachlarzowatemu zadaszeniu, pod którym rozsiadło się kilkoro miejscowych. Rielle rozejrzała się, ale nie znalazła odpowiedniego naczynia. Ruszyła za Timane. Po chwili wracały już z wiadrem, miską pełną smażonych solonych żyjątek morskich i chrupiących, lekko oślizgłych warzyw przypominających rdzeń trzciny. Rielle stanęła przy drzwiach i zamarła. Były uchylone. Pociągnęła je.

Pomieszczenie było puste. Na hamaku wciąż leżał płaszcz Qalla.

Zaklęła pod nosem, chwyciła płaszcz i rozejrzała się, uwalniając jednocześnie zmysły w poszukiwaniu chłopaka. Odnalazła go w myślach dwojga dzieci, brata i siostry. Wiodły go ku ołtarzowi, wokół którego większość mieszkańców osady zebrała się właśnie na codzienną modlitwę. Stał tam posąg Bohatera sprowadzony tu wiele pokoleń temu przez misjonarzy – zniszczony, lecz wciąż rozpoznawalny.

Rielle chwyciła Timane, odepchnęła się od świata i poszybowała w ich stronę. Rosnące wzdłuż plaży rośliny rozmyły się. Drzewa po obu stronach zakołysały. Kobiety znalazły się nad skupiskiem chat ustawionych promieniście wokół pagórka, przy którym zebrali się ludzie. Qall był już niecałe sto kroków od niego.

Rielle poszybowała w dół i wraz z Timane zeszła do świata tuż przed chłopakiem.

– Co ty wyprawiasz? – wycedziła.

Uśmiechnął się do dzieci.

– Nic mi tu nie grozi. Sądzą, że jestem ich wybawicielem. Bohaterem, którego czczą.

Dzieci powtórzyły słowo „bohater" w tutejszym języku, wpatrując się w jego twarz. Mocno trzymały go za ręce.

Qall podniósł wzrok na Rielle.

– Moglibyśmy tu zostać. Nie zrobią nam krzywdy. Oni…

– Nie możesz tu zostać – warknęła.

Dzieci popatrzyły na nią podejrzliwie, zupełnie niezdziwione tym, że się przed nimi zmaterializowała. *Zwyczaje magów nie są im obce. To zły znak.*

Delikatnie odsunęła dziewczynkę i wzięła Qalla za rękę.

– Nawet w takim miejscu nie jest bezpiecznie – powiedziała cicho, lecz stanowczo.

Timane domyśliła się jej zamiarów i wyswobodziła drugą dłoń Qalla z uścisku chłopca.

– Ale nie skrzywdziliby kogoś, kogo czczą.

– Dowiedzieliby się o tobie inni i przyszliby sprawdzić. Inni i potężniejsi – wyjaśniła Rielle. – Ludzie, którzy nie czczą tego Bohatera, którzy zazdrościliby ci władzy lub chcieliby na niej skorzystać. Którzy skrzywdziliby tych ludzi, by tobą manipulować.

– Nie pozwolilibyśmy im na to.

– Jako żywy bóg przyciągałbyś uwagę ludzi spoza tego świata. Twoi wrogowie w końcu by to zauważyli.

– A ty nie jesteś tym, za kogo cię biorą – dodała Timane. – Oszukiwałbyś ich. To nieuczciwe.

Rielle zerknęła na dziewczynę z zaskoczeniem i niezadowoleniem. Kiedy Timane dowiedziała się, że Qall wygląda jak Raen? Szybki rzut oka w jej umysł i Rielle już wiedziała: Timane dostrzegła jedynie, że zdaniem dzieci Qall wygląda jak ich Bohater, nie że Bohater wygląda jak Raen.

Qall zwiesił ramiona. Rielle odepchnęła się od świata i przeniosła ich z powrotem w pobliże chaty.

– Weź bagaże – zwróciła się do Timane. – Zabiorę nas w dogodniejsze miejsce i tam zjemy.

Timane odłożyła miskę i pobiegła spełnić polecenie. Qall spojrzał na swój nadgarstek, za który wciąż trzymała go Rielle. Rozwarła palce, a potem podała mu płaszcz. Niechętnie naciągnął rękawy i kaptur. Odwrócił się do niej plecami, co uznała za wyraz oburzenia, lecz gdy podążyła wzrokiem za jego spojrzeniem, dostrzegła ruch.

Kilkaset kroków dalej przez roślinność otaczającą plażę przedzierali się ludzie, a gdy zobaczyli Qalla i Rielle, ruszyli biegiem. Rielle wyczytała z ich myśli nadzieję i zachwyt tych, którzy uwierzyli dzieciom zapewniającym, że na plaży pojawił się Bohater, oraz gniew tych, którzy sądzili, że przybysze dopuścili się niedorzecznego bluźnierstwa.

– Szybciej, Timane! – zawołała.

Dziewczyna wróciła i podała im bagaże. Rielle nie czekała, aż oboje zdążą zarzucić je na plecy, lecz chwyciła ich za ręce i odepchnęła się od świata. Upał natychmiast znikł – dostrzegła odzwierciedlenie swojej ulgi w twarzach towarzyszy. Ci ludzie prawie ich dopadli. Poszybowała pośpiesznie nad wodą, a potem wzbiła się wyżej, by mogli spojrzeć z większej odległości. Wyspa zniknęła za horyzontem.

Przed nimi pojawił się łuk piaszczystej, białej jak śnieg łachy. Skierowała się ku niej i wylądowała na rosnącej pośrodku trawie. Dopiero wówczas zdała sobie sprawę, że przy chacie zostawili misę z jedzeniem.

Westchnęła, wyłowiła z torby suszone racje podróżne i rozdała je. Wszyscy wyjęli butelki z wodą. Rielle z zadowoleniem dostrzegła, że Qall nie jest już tak rozgniewany.

– Kim jest człowiek, którego nazywają Bohaterem? – spytał nieoczekiwanie. – Starszyzna wioski nazywała go Raenem i uważała za bohatera wszystkich światów.

Timane zakaszlała, zakrztusiwszy się wodą. Spojrzała najpierw na Rielle, potem na Qalla, z niedowierzaniem unosząc brwi.

Rielle pokręciła głową.

– Nie wiem nic o tym Bohaterze, ale wiem co nieco o Raenie. Był niezwykle potężnym magiem. W niektórych światach go nienawidzono, w innych kochano. Ale ty nim nie jesteś.

– B y ł magiem?

– Nie żyje.

– W takim razie przynajmniej jego nie muszę się obawiać.

– Istotnie. – Rielle wstała i wyciągnęła dłonie. – Ruszajmy dalej.

Qall milczał przez chwilę.

– Ci ludzie, przed którymi się ukrywamy… skrzywdziliby moją rodzinę, gdyby mnie przy niej znaleźli?

– Być może.

Kiwnął głową i wyciągnął ku Rielle rękę.

– W takim razie dobrze, że odszedłem.

Przepełniła ją podszyta niepokojem ulga. Czyżby to była pierwsza oznaka pogodzenia się z nową przyszłością? Ująwszy oboje za ręce, poszybowała nad światem. Licząc na to, że nie spotka już wyznawców Bohatera, zatrzymywała się to tu, to tam i zaglądała w ludzkie myśli, gdy trafiali na małe osady. Najwyraźniej był on tu jednym z najpopularniejszych bóstw. Zmierzając w kierunku przeciwnym do ruchu słońca, dotarli do miasta wciąż pogrążonego w ciemnościach i znaleźli portal, z którego wychodził przetarty szlak.

Od tej pory w kolejnych światach zatrzymywali się tylko po to, by dziewczyna i chłopak mogli zaczerpnąć tchu, a Rielle uzupełnić wykorzystaną moc. Portale mieściły się w ważnych i bardziej przemyślanych punktach miast, niektóre pod gołym niebem, jak ogromny plac czy podest, inne pod osłoną wymyślnych pergoli lub niebotycznych, bogato zdobionych kopuł. Czasami obok przechodziły setki niezainteresowanych obywateli, czasami zaś otaczały je kręgi czujnych strażników.

Qall przez cały czas miał na głowie kaptur, ukrywał twarz, a jego ramiona pozostawały skulone, jakby się czegoś bał lub był nadąsany. Rielle mogła od czasu do czasu dostrzec jedynie wątły błysk jego oczu, gdy unosił głowę, by przyjrzeć się każdemu kolejnemu, coraz bardziej okazałemu miejscu.

Potem nagle widoki się zmieniły. Zeszli do świata pomiędzy częściami przepołowionego, ogromnego kamiennego dachu. Jedna część obniżała się ku nim, a jej przeciwległy koniec spoczywał na niewidocznej podporze. Druga, za Qallem, została ciśnięta na zewnątrz i opierała się o piedestał olbrzymiego posągu.

Rielle podniosła wzrok i zmroziło jej krew w żyłach. Patrzyła na groźne oblicze Qalla tysiąc razy większego od jego żywego odpowiednika. Usłyszała zduszony okrzyk Timane i gdy opuściła oczy, stwierdziła, że dziewczyna z otwartymi ustami wpatruje się w pomnik. Podobnie jak Qall, z którego przechylonej głowy zaczął się zsuwać kaptur. Puścił dłoń Rielle, by go przytrzymać.

Timane oderwała wzrok od posągu. Jej spojrzenie powędrowało ku Qallowi. Wytrzymał je, a potem oboje utkwili oczy w Rielle.

Zmełła w ustach przekleństwo. *Jakie były szanse, że podczas podróży przez tyle światów Qall nie zobaczy czegoś podobnego?* Szlaki kończyły się i zaczynały w ważnych miejscach, a żadne nie było ważniejsze niż miejsce kultu władcy światów.

– Ten Bohater, ten Raen... w wielu światach jest uważany za boga, prawda? – spytał Qall.

– Tak.

– I nie żyje.

– Tak.

– A zatem wielu ludzi pragnęłoby jego powrotu.

– Tak, ale większość by tego nie chciała.

– Ale ci, którzy mnie szukają, chcą.

– Tak – potwierdziła. Po czym dodała: – Ale ty nim nie jesteś, Qallu. Twoje ciało zostało odmienione, by wyglądało jak jego ciało, nie zdołano jednak odmienić twojego umysłu.

Odwrócił się od pomnika i rzucił jej przelotne, pełne wyrzutu spojrzenie, a potem spuścił głowę i schował twarz pod kapturem. Usłyszała jego cichy, wstrząśnięty głos.

– Czy gdzieś są ludzie, którzy go nie znają?

– Tak sądzi Lejikh. I ja. Przez tysiące cykli istnienia ludzkości nikt nie dotarł do światów, za którymi już niczego by nie było.

Nie odezwał się.

– Znajdziemy dla ciebie miejsce – zapewniła. – Wyjaśnię ci więcej, kiedy...

– Ruszajmy dalej. – Westchnął i pokręcił głową.

– Co się dzieje? – spytała.

– Po prostu… ruszajmy. Nie ma sensu tu zostawać. – Opuścił głowę jeszcze niżej. Jego słowa były niemal niesłyszalne. – Nigdy nie będę mógł wrócić.

Serce zamarło jej w piersi. Timane uścisnęła dłoń Qalla ze współczuciem. Był to godny podziwu gest, zważywszy, czego właśnie się o nim dowiedziała. Popatrzyła na Rielle.

– To prawda?

– Nie – oznajmiła Rielle obojgu. – Kiedy znajdziemy bezpieczne miejsce na dom, nauczę Qalla przekształcania wzorców. Będzie mógł zmienić swój wygląd i udać się, dokąd tylko zapragnie.

Uniósł głowę. Pod kapturem dojrzała dwa punkty odbitego światła. Nic nie powiedział, ale skinął głową i wyciągnął dłoń.

Jego chwyt był zdecydowany. Kiedy podopieczni zaczerpnęli tchu, Rielle odepchnęła się od świata i odnalazła kolejny szlak. Qall jakimś cudem skrył się jeszcze głębiej pod kapturem płaszcza, więc widać było tylko dolną część jego twarzy. Nie podnosił wzroku ani się nie rozglądał, nie zerkał ani na Rielle, ani na Timane. To wycofanie na chwilę ją rozproszyło, oparła się jednak pokusie pocieszenia go. Jakaś jej cząstka wciąż była w szoku po ujrzeniu posągu Valhana. Nie była w stanie pozbyć się wrażenia, że widzi go w zaciśniętych ustach i napiętych mięśniach szczęki Qalla. Była aż nadto świadoma dotyku jego dłoni. To nie gniew wobec Valhana zbił ją z tropu, lecz wspomnienie dawnego podziwu i fascynacji. Łatwiej byłoby wybaczyć tę jej niemądrą naiwność, gdyby po prostu się zadurzyła, musiała jednak nauczyć się akceptować jego działania, a nawet się z nimi zgadzać.

Żadne ze wspomnień Raena nie zostało zapisane w umyśle Qalla. Zmieniono tylko ciało chłopaka oraz wymazano jego wspomnienia. Od chwili gdy zostawiła go pod opieką Podróżników, wielokrotnie zastanawiała się, kim był wcześniej, zwalczyła jednak pokusę, by się tego dowiedzieć. Jeśli Dahli znał miejsce jego pochodzenia, na pewno kazał je obserwować, na wypadek gdyby ktoś zaczął wypytywać o zaginionego chłopca o wyjątkowych zdolnościach magicznych.

Była ciekawa, jaką dysponuje mocą. Możliwe, że teraz jest potężniejszy od niej, ale czy kiedyś także? Czy może dopiero po przemianie według wzorca ciała Valhana zyskał większą potęgę? Odpowiedź na to pytanie była ważna. Jeżeli dorównywał Valhanowi, to może właśnie on miał zostać Następcą. Jeżeli przemiana w Valhana dała mu tę siłę, to płynące z tego wnioski były przerażające. Oznaczałoby to, że ów proces mogłaby przeprowadzić raz jeszcze, tym razem jako wzorzec wykorzystując Qalla. Mogłaby stworzyć magów dorównujących Raenowi mocą, którzy wyglądaliby tak samo jak on, dopóki nie nauczyliby się przekształcania wzorców i nie zmienili swojej powierzchowności.

Mogłaby poddać takiemu procesowi samą siebie. Myśl, że choć przez chwilę mogłaby wyglądać jak Valhan, była naprawdę osobliwa.

Skupiła się więc z powrotem na pokonywaniu kolejnych światów i postanowiła, że nie będzie o tym myśleć, dopóki nie zorganizują sobie nowego domu w jakimś bezpiecznym kraju. Przeskakując z jednego świata do drugiego i wypatrując oznak, że Raena kochano, czczono, bano się lub w ogóle nie znano, w końcu trafi na miejsce, w którym da się zamieszkać, które będzie bezpieczne i gdzie Qalla nikt nie rozpozna. Taki świat będzie leżał z dala od jego rodziny, ale też z dala od Dahlego oraz jego spisków.

Tymczasem musiała bacznie przyglądać się chłopakowi, na wypadek gdyby się okazało, że nie wyciągnął nauki ze spotkania z mieszkańcami wysp. Wszystkich troje zmęczy w końcu ta nieustanna podróż, a poczucie zagrożenia będzie z czasem i odległością malało. Pokusa zatrzymania się wśród przyjaźnie nastawionych ludzi będzie coraz większa, im dłużej i dalej będą wędrowali. Nie mogła jednak zwolnić tempa ani zrezygnować z pomysłu ucieczki poza strefę wpływów Raena. Musieli osiedlić się w świecie, w którym nikt o nim nie słyszał.

ROZDZIAŁ 6

Rozejrzawszy się wśród ludzkich umysłów, Rielle odczuła znajome już przerażenie. Za każdym razem gdy wydawało jej się, że dotarli w miejsce, gdzie nie znano Raena, słyszała w czyichś myślach jego imię. Choć zawsze sprawdzała umysły ludzi sprawujących władzę, to jednak zwykle na targowiskach odnajdywała informacje, które kazały im przenosić się dalej. Już dwukrotnie wynieśli się z obiecującego świata, a za każdym razem przed następnym postojem pozostawiali w tyle co najmniej pięćdziesiąt kolejnych. Czy po upływie jednej ósmej cyklu i pokonaniu tysięcy światów w końcu znaleźli się poza zasięgiem wpływów Raena?

Z głową owiniętą kawałkiem starej tkaniny i z brudnym, postrzępionym kocem na ramionach Rielle przysiadła na stopniu pod drzwiami i pozwoliła myślom błądzić po umysłach handlarzy i klientów. *O! Tam!* Jakaś miejscowa handlarka nieco łamanym językiem Podróżników rozmawiała z magiem z innego świata – kobietą sprzedającą egzotyczne błyskotki.

Rielle przyglądała im się. Kiedy się rozeszły, zajrzała w myśli tej, która była magiem. Ludzie zazwyczaj przez chwilę zastanawiają się nad właśnie odbytą rozmową, póki nie skupią się na innych sprawach. Kobieta rozmyślała nad informacjami zasłyszanymi od handlarki. Wojna domowa. Walki w sąsiednim świecie. Prorocy w jej ojczyźnie bez wątpienia stwierdzą, iż odległa wojna domowa niezbicie dowodzi, że dziwne kręgi światła na niebie, które pojawiły się kilka cykli wcześniej, zwiastowały koniec światów. Kazali magom wypatrywać takich znaków. Prychnęła na tę myśl. O znakach świadczących, że światy jednak n i e runą, jakoś nie wspominali. Nigdy.

Kobieta postanowiła poszukać kolejnego kupca zainteresowanego jej towarami, Rielle zaś wróciła zmysłami do swojego otoczenia. Niebo wyglądało tak samo jak w chwili przybycia do świata, ale otaczający ją ludzie instynktownie wyczuwali nadciągający wieczór. Zaczekała, aż nikt nie będzie na nią patrzył, i odepchnęła się.

Otoczyła ją biel. Wróciła własnym śladem przez cztery światy, okrężną drogą przenosząc się do tego, w którym zostawiła Timane i Qalla. Po drodze zastanawiała się nad zdobytymi informacjami o światach otaczających ich potencjalny nowy dom. Nikt nie czcił w nich Raena i nie zauważyła, by zwykli ludzie czy rządzące elity w ogóle wiedzieli o jego istnieniu. Kilkoro handlarzy i magów o nim słyszało, ale tylko tyle, że był potężnym człowiekiem liczącym się w odległych światach, które nie miały dla nich znaczenia.

Ale dla mnie mają. Na myśl o ludziach, których opuściła, ogarnął ją smutek. Nie miała okazji pożegnać się z Tarrenem jak należy. Liczyła na to, że jej wiadomość do niego dotarła. Czy Tyen wrócił? Czy rozgniewał się z powodu jej odejścia? *Sam zniknął bez słowa.* Pokręciła głową. Nie miała do niego żadnych praw. Byli kochankami, nic więcej. Odeszła już z życia tak wielu ludzi, że nie mogła mieć czegoś za złe komuś, kto zniknął z j e j życia. Prawdopodobnie miał ku temu równie uzasadnione powody co ona.

Miała jednak nadzieję, że przynajmniej odczuwał takie same wyrzuty sumienia.

Gdy przybyła do świata, który upatrzyła na nowy dom, otaczające ją ruiny spowijała noc. Padał deszcz. Ciężkie chmury przesłoniły gwiazdy. Kiedy uwolniła zmysły w poszukiwaniu innych ludzi i nikogo nie znalazła, wyczarowała światło. Mokre, poczerniałe drewno błyszczało jak stopione żelazo. Stosy kłód leżały w miejscach, w których niegdyś stały domy. Gdzieniegdzie widać było szkielety ścian. Posuwała się w głąb niedawno opuszczonego miasta, kierując się ku zasłanym gruzem pozostałościom po jednym z bardziej okazałych budynków. Był w większości kamienny, dlatego zachował się w lepszym stanie niż drewniane budowle, choć jego wnętrze było osmalone. Wślizgnęła się do środka i zbliżyła do wieży w centralnej części, a potem przez na wpół spalone drzwi wkroczyła na ciemne schody.

Rozjaśniła światło i ruszyła w dół.

Czterysta szesnaście stopni później wyszła na zewnątrz i zobaczyła, że przez chmury przesącza się ponury świt. Przed nią rozciągały się łagodne wzgórza. Wymieniła stary szal na nowszy, zwinęła koc i zaczęła schodzić zboczem. Zanim dotarła na wąską, błotnistą ścieżkę uchodzącą tu za drogę, schowane dotąd słońce już wzeszło. Podążyła nią.

Szukając zmysłami innych osób, odnalazła Timane ze złością zmywającą naczynia w opuszczonej chacie, którą uprzątnęli i w której zamieszkali. Qalla nie było w domu od wczorajszego, a może nawet przedwczorajszego wieczoru. Serce na chwilę zamarło Rielle w piersi. *Gdzie się w takim razie podziewa?* Przyśpieszyła kroku, jednocześnie wypatrując ludzkich umysłów pośród otaczających ją wzgórz. Nie znalazła nikogo, dopóki nie dotarła do niewielkiej wioski w kolejnej dolinie. Nikt nie myślał tam o młodym cudzoziemcu o jasnej cerze. Ścieżka wyprowadziła ją spośród drzew przed drzwi chaty.

– Jest w jaskini – odezwała się Timane z progu. Ona także, zgodnie z tutejszym zwyczajem, miała głowę owiniętą szalem. – Siedzi tam od czasu twojego odejścia. Już trzeci dzień. Podkrada się po jedzenie, kiedy śpię. – Zasępiła się. – Pewnie czyta w moich myślach. Zeszłej nocy siedziałam na krześle, bo chciałam go przyłapać, ale zasnęłam, a gdy się obudziłam, jedzenia już nie było. Zapewne sądzi, że skoro go tu nie ma, kiedy nie śpię, nie mogę mu wydawać żadnych poleceń.

– Jak myślisz, dlaczego tak się zachowuje?

Dziewczyna pokręciła głową.

– Gdybym niczego na jego temat nie wiedziała, pomyślałabym, że jest leniem i wykręca się od pracy jak chłopcy w jego wieku, którzy usługiwali w pałacu. To głupie, bo przecież może posłużyć się magią. Chyba że nie chce przyjmować poleceń od byłej służącej.

– Tego na pewno nie nauczył się od Podróżników.

– Nie, ale już nie jest wśród nich, a właśnie się dowiedział, że wygląda jak człowiek, którego inni bezwarunkowo słuchali.

Rielle zmarszczyła brwi.

– Zachowywał się napastliwie? Okrutnie?

Przez twarz Timane przebiegł grymas.

– Nie. Był tylko nieposłuszny. – Westchnęła przeciągle. – Chyba próbuje się z tym oswoić. Kiedy przypominam sobie, że stracił rodzinę i dowiedział się, że jacyś ludzie chcą go zabić, nie potrafię długo się na niego gniewać. Chciałabym, żeby ze mną porozmawiał. Może porozmawia z tobą.

– Może. – Rielle zmierzała wzdłuż ściany za róg domu, skąd prowadziła ścieżka do jaskini. – Zobaczę, czy zdołam go przekonać, żeby przynajmniej do nas dołączył.

Szła powoli, zastanawiając się, jak interpretować jego zachowanie. Prawdopodobnie chciał pobyć w samotności, by przemyśleć zmiany, jakie zaszły w jego życiu. To zrozumiałe, choć musieli przecież naprawić chatę i znaleźć sposób na zarobek oraz zdobywanie żywności. Liczyła na to, że dzięki zaangażowaniu w stworzenie domu chłopakowi łatwiej przyjdzie pogodzić się z sytuacją.

Kiedy znalazła się prawie na miejscu, podniosła wzrok i zamarła w bezruchu. Jaskinia była raczej nawisem – wiatr i deszcz wymyły ziemię pod skałami osadzonymi w zboczu wzgórza. Na tle chmur widniała sylwetka Qalla siedzącego z przygarbionymi plecami, łokciami opartymi o kolana i głową wspartą o dłonie.

Każdą cząstką siebie wyrażał cierpienie.

Rielle wzięła głęboki oddech, spuściła głowę i ruszyła naprzód, celowo hałasując, by zorientował się, że ktoś się zbliża. Postać poruszyła się nagle, a gdy Rielle ponownie podniosła głowę, Qall siedział już wyprostowany, dostojnie wpatrując się w pociemniałą dolinę.

– Qallu – odezwała się. – Podobno masz kiepski humor.

Odwrócił się w jej stronę i uniósł brwi.

– Nie – powiedział obronnym tonem. – Po prostu chciałem pomyśleć.

Usiadła przy nim na niższym głazie.

– O czym rozmyślasz?

Odwrócił wzrok.

– O niczym, co mogłoby cię zainteresować.

Skrzyżowała ręce na piersi.

– Czytałeś mi w myślach?

Zmarszczył brwi.

– Nie.

Miękka nuta w jego głosie przyprawiła ją o dreszcz. Kłamał?

– To skąd wiesz, co mnie interesuje?

Nachmurzył się jeszcze bardziej.

– No bo... myślę o rzeczach, które mają znaczenie tylko dla mnie.

– Skoro mają znaczenie dla ciebie, to mnie interesują.

Popatrzył na nią, po czym odwrócił wzrok.

– Mogę ci w czymś pomóc? – spytała.

– Nie – odpowiedział odruchowo i bez namysłu. Obserwowała go z wyczekiwaniem. Jego oczy powędrowały w jej stronę, ściągnął usta, podrapał się po kostce, a potem westchnął. – Nie podoba mi się ten świat. Ludzie nie znoszą tu obcych, cudzoziemców. Sądzą, że sprowadzili na nich zarazę. A jeśli ta zaraza wróci?

– Jeśli wróci, a ty lub Timane zachorujecie, uzdrowię was. – Spojrzała w dół na dolinę i odległe światła w wiosce, dobrze widoczne z tej wysokości. – Ludzie nas zaakceptują, jeśli nie damy im powodów do obaw. Jeżeli będziemy z nimi handlować i przestrzegać ich praw, przywykną do naszej obecności. Zaczną coś podejrzewać, jeżeli ktoś przyjdzie nas tu szukać. Musimy jednak mieć czym z nimi handlować. Czymś zwyczajnym. Nie cenią zbytnio metali szlachetnych ani klejnotów, a moje zapasy i tak kiedyś się skończą.

– To będziemy siać zboża i hodować zwierzęta?

– Tak. I opanujemy przydatne umiejętności. Nic zbyt wyszukanego.

– Nie możemy w miastach kupić przedmiotów, które nadawałyby się na handel?

– Jeszcze nie teraz. Jeśli tak właśnie chciałbyś zrobić, to dopiero po zakończeniu nauki. Na razie musimy wieść proste życie.

– Kiedy w takim razie zaczniesz mnie uczyć?

– Kiedy... – *Kiedy co? Kiedy będziemy mieli coś na wymianę za jedzenie?* Nie musieli czekać. Zboża potrzebują czasu, by wyrosnąć. Hodowla zwierząt także nie trwa chwilę. Mogłaby wśród tych zajęć znaleźć czas na naukę. – Kiedy coś zjemy. Ale jeszcze dziś – oznajmiła. – A jutro oczyścimy nieco terenu i zasiejemy nasiona, które zdobyłam. Odpowiada ci to?

Spojrzał na nią z kamienną twarzą, lecz w jego oczach rozbłysły płomyki nadziei.

– Nauczysz mnie podróżowania między światami?

– Ważniejsza jest nauka obrony – powiedziała. Powstrzymała jego protesty, unosząc dłoń. – Wiem, że Podróżnicy nauczyli cię pewnych defensywnych form walki, ale nie mogli nauczyć cię, jak odpierać ataki potężnych magów lub setek przeciwników.

Zamknął usta i skinął głową.

– Będę uczył się tutaj?

– Nie. Wystraszylibyśmy ludzi. Znajdziemy odpowiednie miejsce. Może w ruinach. Ale nie teraz. Najpierw muszę sprawdzić twoją wiedzę i umiejętności, a to możemy zrobić bez użycia magii.

Okręcił się na kamieniu, by usadowić się twarzą do niej.

– Kiedy?

Wzruszyła ramionami.

– Może być teraz. Jeśli jesteś gotowy.

– Jestem.

Ale od czego zacząć? Po opuszczeniu ojczystego świata pierwszych lekcji magii udzielił jej Baluka. Sprawdził jej zasięg i próbował pokazać, jak przenosić się między światami. To drugie okazało się katastrofą. Nie był zbyt dobrym nauczycielem, ale zapewne próbował takiego samego podejścia jak jego nauczyciel – prawdopodobnie Lejikh – wobec młodych Podróżników nawykłych do posługiwania się magią i zaznajomionych z koncepcją podróżowania.

Dahli był lepszym nauczycielem. On także sprawdził jej moc, a potem nakazał wykonanie wielu ćwiczeń mających rozwinąć jej odruchy i koncentrację. Postanowiła uczyć Qalla tak samo.

– Najpierw spróbujmy sprawdzić, jaką dysponujesz mocą – powiedziała.

Jak kiedyś Baluka poinstruował ją, tak teraz ona poinstruowała Qalla, by sięgnął zmysłami jak najdalej i powiedział jej, co czuje. Nie była zaskoczona, gdy okazało się, że objął cały świat.

– Niesamowite! – wydyszał. – Świat rzeczywiście jest kulą! A magia… jest jak mgła, która przenika wszystko, nawet ziemię.

Z początku jego reakcja ją zaskoczyła. Sądziła, że Podróżnicy sprawdzali jego siłę. Może to zrobili w sposób, który nie uświadomił mu jego potęgi. Na szczęście wciąż miał zamknięte oczy, więc nie widział jej zdziwienia. Uśmiechnęła się na widok zachwytu na jego twarzy. *Na twarzy Valhana nigdy nie zagościł taki wyraz* – pomyślała mimowolnie. *Może już nic nie było w stanie go zadziwić, skoro przeżył tysiąc cykli.*

– W niektórych miejscach jest gęściejsza, w innych rzadsza – rzekł Qall. – Dlaczego?

– Wokół miast moc pewnie jest silniejsza, bo mieszka tam i tworzy wielu ludzi.

Pokiwał głową.

– Dwa rzadsze obszary leżą naprzeciwko siebie.

– Może to bieguny – powiedziała. – W niektórych światach jest na nich za zimno, by dało się tam zamieszkać. W innych w środkowym paśmie jest za gorąco. Niekiedy po jednej stronie świata może być za zimno lub za ciepło, bo tylko na jedną stronę pada światło jednego lub kilku słońc.

Qall otworzył oczy.

– Chciałbym to zobaczyć.

– Pewnego dnia zobaczysz – rzekła.

Spojrzał w niebo.

– Nie miałem pojęcia, że potrafię zrobić coś takiego.

– Niewielu ludzi jest w stanie objąć cały świat. Nazywamy to „zasięgiem".

– To bardzo rzadka zdolność?

– Znam tylko troje ludzi, którzy to potrafią. Ciebie, siebie i przyjaciela. Ale to jest mały świat. Niektóre są tak duże, że nie jestem w stanie wyczuć ich w całości. – Pomyślała o ojczystym świecie, wspominając, że Valhan musiał przejechać z północy na południe, by pobrać z niego całą moc. Dowodziło to, że jej świat był ponadprzeciętnie duży i że nawet Raen miał ograniczenia.

A to oznaczało, że ma je także Qall. Wspomniała – nie po raz pierwszy – czego dowiedziała się od Dahlego: czasami Valhan nie był w stanie zajrzeć w jej myśli. Nie sądziła, by miało to oznaczać, że dorównywała mu mocą, ale jej siła mogła być jednak zbliżona.

Qall także powinien mieć problem z czytaniem w jej myślach, choć nie powinien próbować. Powinien przestrzegać zasad dobrego wychowania panujących wśród Podróżników – należało szanować prywatność członków rodu i przyjaciół, zwłaszcza ludzi starszych od siebie.

– Sięgnij jeszcze raz – poleciła chłopakowi. – Skąd możesz pobrać magię tak, aby nikt tego nie zauważył?

– Z biegunów – powiedział.

– Niekoniecznie. Może być tam zimno, ale ludzie potrafią osiedlać się w bardzo trudnych warunkach, zwłaszcza jeśli posługują się magią.

– W takim razie... znikąd, bo ty będziesz w stanie to wyczuć.

– Mnie nie bierz pod uwagę.

Zacisnął powieki.

– W takim razie... z powietrza na dużej wysokości?

– Zgadza się. Szansa, że zauważy to jakiś mag, jest niewielka.

– I głęboko spod ziemi?

– Tak. Ludzie rzadko zdają sobie sprawę z tego, co leży pod ziemią. Brak magii przypomina ciemność, a luki w mocy łatwiej ukryć w miejscu, do którego nie dochodzi światło.

– Jeśli oddzielę równą warstwę od najwyższej zewnętrznej krawędzi, nie będzie to tak zauważalne jak pobranie mocy z jednego miejsca.

Skinęła głową z zadowoleniem.

– Albo od najgłębiej położonej wewnętrznej krawędzi.

– Czyli magia nie wypełnia całego wnętrza świata...? No tak! Rozumiem. Jeżeli oddzielę warstwę jednolitej grubości z zewnętrznej i wewnętrznej krawędzi, to od wewnątrz będzie mniej magii, bo im bliżej środka ziemi, tym mniejsza powierzchnia.

– Widzę, że pojmujesz – powiedziała. – Pobierz teraz odrobinę. Nie będziesz potrzebował zbyt wiele. Sprawdzimy parę umiejętności.

Qall wykonywał polecenia z początku chętnie, kiedy jednak sprawdzała po kolei jego odruchy i kontrolę, szybko stracił cierpliwość.

– Już to wszystko robiłem – gderał, unosząc się bez wysiłku na wysokość dłoni nad ziemią.

– Tak, ale j a nie wiem, co potrafisz – odparła. – Nie zamierzam tracić czasu na przygotowywanie lekcji, podczas których miałoby się okazać, że już umiesz to, czego chciałam cię nauczyć, albo że przegapiłam lukę w twojej wiedzy. Muszę poznać poziom twoich umiejętności. Obniż się i usiądź.

Posłusznie wrócił na skałę.

– Co wiesz na temat pięciu zastosowań magii?

Pokręcił głową.

– Podróżnicy nie wyróżniają pięciu, ale trzy: podstawowe, czytanie w myślach i podróżowanie.

– A na czym polega podstawowe?

– Poruszanie, unieruchamianie, ogrzewanie i schładzanie. – Przerwał na chwilę. – A to w zasadzie dwa zastosowania, bo poruszając, ogrzewasz, a unieruchamiając, chłodzisz.

– Dobrze. Co wiesz o czytaniu w myślach?

Wzruszył ramionami.

– Silniejszy mag może zajrzeć w umysł słabszego, nawet jeśli ten stosuje blokadę. Ludzie bez zdolności magicznych w ogóle nie są w stanie ukryć myśli.

– Co jeszcze?

Zabębnił palcami o kolano.

– Niegrzecznie jest czytać w myślach rodziny i przyjaciół.

– Wśród Podróżników. W wielu światach jest to zakazane, więc jeśli się to robi, to w taki sposób, żeby nie dać po sobie niczego poznać. Czytałeś w myślach Timane?

Qall odwrócił wzrok, przygryzł wargę i przez chwilę nie odpowiadał.

– Och… To nie rodzina.

– Czy to znaczy, że nie zasługuje na szacunek?

– Nie.

Rielle oparła łokcie o kolana i splotła palce.

– Wie, że zaglądałeś w jej myśli. Nie jest głupia. Powinieneś ją przeprosić.

Pokiwał głową.

– Dobrze – mruknął.

– Rozumiem pokusę – przyznała. – Czasami znajdujemy się w sytuacji, w której z konieczności musimy nagiąć pewne zasady. Jedyną osobą, w której myśli nie wolno ci zaglądać, jestem ja. W wypadku innych musisz nauczyć się robić to tak, by nikt się nie zorientował.

Podniósł wzrok.

– A co, jeśli…? – Zamilkł i pokręcił głową.

– Co?

– Jeśli trafimy na Podróżników?

– To mało prawdopodobne, ale jeśli tak by się stało, sam zdecydujesz, czy szanujesz ich prywatność, czy nie. Ja będę czytała w ich myślach. Nie zamierzam ryzykować.

Pokiwał głową.

Następne na liście było podróżowanie między światami, ale Rielle nie do końca wiedziała, ile powinna mu powiedzieć. Nie miała ochoty w ogóle z nim o tym rozmawiać, by nie podsunąć mu myśli, ani tym bardziej nie zachęcić, żeby spróbował samodzielnie. Mogłaby jednak opowiedzieć mu o zagrożeniach, przez co być może cierpliwie czekałby na odpowiednie nauki.

– Mój nauczyciel powiedział, że istnieje pięć rodzajów magii. Poruszanie i unieruchamianie to pierwszy i drugi, czytanie w myślach to trzeci, podróżowanie między światami – czwarty – wyjaśniła. – Przenosiłeś się kiedyś z rodziną?

W jego oczach zapłonęły ogniki.

– Tylko gdy byłem młodszy, kiedy szukaliśmy miejsca, w którym można było się osiedlić.

– Co wiesz na ten temat?

– Niewiele. Wiem, że między światami jest biało i że nie da się oddychać, więc można się udusić, jeśli zostanie się tam zbyt długo. Słyszałem też o „szybowaniu", czyli odepchnięciu się od świata tylko na tyle, żeby wciąż go widzieć, i przemieszczeniu się w inne miejsce.

Rielle pokiwała głową.

– Oddalanie się od świata i przybliżanie do niego jest trochę podobne do odpychania i przyciągania. Syn Lejikha próbował uczyć mnie na podstawie tego porównania, ale nie byłam w stanie niczego zrozumieć, bo nie mogłam przestać myśleć o tym w aspekcie fizycznym zamiast w mentalnym. Przestrzeń między światami można opisać jako światło lub energię. Jako przeciwieństwo ciemności, którą postrzegamy jako brak…

– Jak w takim razie nauczyłaś się podróżować? – przerwał jej.

Uśmiechnęła się.

– Zajrzałam w myśli maga, który to robił.

Uniósł brwi, a w jego oczach zapłonął błysk zainteresowania.

Może nie powinnam była mu o tym mówić.

– I jeśli kiedykolwiek przyłapię cię na zaglądaniu w mój umysł, gdy odpycham się od świata, przez ćwierć cyklu będziesz przekopywał pola, nim wrócimy do dalszej nauki.

Jego usta wykrzywiły się w zabawnym wyrazie porażki.

– Nauczę cię tego, gdy poznasz wszystkie zagrożenia – oznajmiła. – Uduszenie się to tylko jedno z nich. Zejście do świata wewnątrz jakiegoś przedmiotu to wyjątkowo nieprzyjemna śmierć. Istnieje także niebezpieczeństwo zejścia w nieprawidłowym ułożeniu w stosunku do ziemi. Wiedza na temat odpowiednich środków ostrożności podczas lądowania jest niezbędna. Otoczenie, w którym się schodzi, może skrywać niewidoczne zagrożenia, na przykład trucizny, niestabilne podłoże lub zabójcze temperatury.

– Po co szlak miałby prowadzić w miejsce, w którym nie można przeżyć?

– Ostatni mag, który w nim wylądował, mógł przetrzeć szlak, na którego końcu zginął. Albo wycofał się, bo zginął tam jego poprzednik. Albo zszedł i bardzo szybko uciekł. Wiecznie młody mag mógłby przeżyć chwilę w niebezpiecznym otoczeniu, w którym zwykły mag by umarł. A od momentu powstania szlaku mogło się coś zmienić – kontynuowała. – Mogło dojść do erupcji wulkanu. Powodzi. Powietrze mogło stać się trujące z przyczyn naturalnych lub pod wpływem działalności człowieka. Mogła wybuchnąć wojna. Niektóre światy zupełnie zniknęły, słońca wybuchały lub ochładzały się, ogromne skały spadały z nieba albo ziemia trzęsła się i pękała. Istnieje także ryzyko trafienia do świata martwego lub ubogiego w magię. – Skrzywiła się. – Podobno jest ich coraz więcej.

– Dlaczego?

Już miała wyjaśnić, ale pokręciła głową.

– Opowiem ci innym razem. Takie historie mogłyby zająć nam resztę dnia i choć nie miałabym nic przeciwko temu, musimy skupić się na zastosowaniach magii. Wiesz, jakie jest piąte?

Ściągnął brwi z namysłem, a po chwili pokręcił głową.

– Nie… ale domyślam się, że to coś, czego nie można wyjaśnić na podstawie pozostałych czterech. A zatem… wieczna młodość?

– Tak. Choć w zasadzie wieczna młodość to tylko najbardziej pożądany rezultat piątego zastosowania. Nazywamy je przekształcaniem wzorców.

– Przekształcanie wzorców – powtórzył. – Jakich wzorców?

– Tych, z których składa się każde żywe stworzenie. Ty. Ja. To, które tam lata. Rośliny.

– Tylko żywe stworzenia?

– Szczerze mówiąc, nie wiem – wyznała. – Może dałoby się zamienić te skały w złoto, ale nie słyszałam o czymś takim. Zajmowałam się wyłącznie wzorcami żywych stworzeń.

– Co oprócz wiecznej młodości można dzięki temu zyskać?

– Można uzdrawiać. Ja nie muszę się zbytnio przejmować wstrzymywaniem oddechu między światami, bo moje ciało naprawia uszkodzenia powstałe w ten sposób, gdy tylko wyląduję w jakimś świecie. Mogę uzdrawiać innych. Wszystko, co żyje.

– A możesz przywracać życie umarłym?

– Nie wiem. Nie próbowałam. Pewnie można to zrobić, jeśli ktoś nie umarł dawno. Istnieje jednak ryzyko utraty wspomnień.

Spiął się.

– Właśnie to mnie spotkało?

– Nie – odpowiedziała. – Ty nie umarłeś. Zapadłeś w głęboki sen, a twoje procesy życiowe spowolniono za pomocą niskiej temperatury.

Przełknął ślinę i spojrzał na swoje dłonie.

– A wspomnienia usunięto.

– Większość. Zostało ich jednak wystarczająco dużo, bym mogła stwierdzić, że zrobiono to wbrew twojej woli.

– Czy kiedyś odzyskam te wspomnienia? – Powiedział to ledwie słyszalnym głosem.

Pokręciła głową.

– Na tym etapie to bardzo mało prawdopodobne. Gdyby miały wrócić, chyba już by wróciły. Gdybym cię wtedy nie zabrała, wymazano by resztę w chwili… zastąpienia ich umysłem Raena.

– Za pomocą przekształcania wzorców.

– Tak.

– Czy… Czy właśnie tak zyskałaś wieczną młodość? – Nagle podniósł wzrok i spojrzał na nią przeszywająco. – Przejmujesz czyjeś ciało, gdy się starzejesz?

Zadrżała na tę myśl.

– Nie. To się odbywa inaczej. Ja wprowadziłam zmiany w swoim umyśle, tak aby nieustannie wykorzystywał odrobinę magii do utrzymania wzorca mojego ciała.

Uniósł brwi.

– Aha. To... bardzo odbiega od moich wyobrażeń. Jest znacznie prostsze.

– Jest proste dopiero wówczas, gdy opanujesz tę umiejętność. A na to potrzeba mnóstwa magii i czasu.

– To dlaczego ten Raen chciał zamieszkać w moim ciele?

– Wiedział, że umrze. W zasadzie celowo doprowadził do swojej śmierci, by jego wrogowie sądzili, że go pokonali. Przetrwała jedynie mała cząstka jego ciała. Dłoń. Umieścił w niej wszystkie swoje wspomnienia, ale nie pytaj jak. Tego nie wiem.

– A moi wrogowie wciąż mają tę cząstkę i jego wspomnienia?

– Tak sądzę.

Odwrócił wzrok i wpatrzył się w dal nad doliną, przyswajając te informacje. Potem nagle wzruszył ramionami i odwrócił się z powrotem do Rielle.

– Jak to jest być wiecznie młodym?

Zastanowiła się, jak mu odpowiedzieć.

– Nie czuję się inaczej, ale nie męczę się ani nie choruję. Odczuwam naturalne potrzeby, takie jak potrzeba snu i głód. Mogłabym to zmienić, ale wydaje mi się, że w końcu zabrakłoby mi mocy koniecznej do regeneracji. Albo musiałabym wprowadzić takie zmiany w swoim ciele, żeby mogło zaspokajać te potrzeby w inny sposób. A przez to straciłabym część człowieczeństwa. To z kolei przywodzi mi na myśl kolejne zagrożenie wynikające z przekształcania wzorców – dodała. – Skoro zawsze wiesz, jak widzą cię inni, i zmieniasz się, by im się podobać, możesz zapomnieć, jak wyglądałeś. Albo jak chcesz wyglądać.

– Nie można wrócić do pierwotnego wzorca?

– Może gdyby oduczyć umysł automatycznego przekształcania.

– Czyli dokonanie jakichkolwiek zmian wymaga przekształcenia wzorca, podobnie jak powrót do stanu sprzed zmian – powiedział, kiwając głową. – Skoro twoje ciało wciąż się regeneruje, to wzorzec pozostaje niezmieniony. Dlaczego w takim razie nie wymazuje nowych wspomnień?

– Usuwane są tylko wady. – Uśmiechnęła się. – Rozwój się zachowuje. Nie tylko wspomnienia, ale i mięśnie, więc jeśli opanujesz jakąś umiejętność i będziesz ją trenował, to ją zachowasz.

Qall pokiwał głową.

– Gdyby było inaczej, pewnie nigdy byś tego nie zrobiła. Nie chodzi mi tylko o wspomnienia, ale też o umiejętności, bo przecież jesteś artystką.

Rielle skrzywiła się, on zaś natychmiast się wyprostował.

– Co się stało?

– Nic, to nieistotne dla naszej lekcji. – Niedbale machnęła ręką.

– Nie? Skąd ta pewność? Czytałaś mi w myślach?

Prawie się roześmiała, gdy obrócił jej wcześniejsze słowa przeciwko niej.

– Nie, ale Lejikh i Ankari powiedzieliby mi, gdyby się okazało, że jesteś kreatorem.

Zmarszczył brwi.

– Nie jestem. Ale ty jesteś. Ankari mi mówiła.

– Byłam. Utrata tego talentu to cena wiecznej młodości. Człowiek wiecznie młody nie może być kreatorem.

Uniósł brwi.

– To ogromne poświęcenie.

Wzruszyła ramionami.

– Nie powiedziano mi, że tak się stanie, więc nie poświęciłam się świadomie. A jednak nigdy nie potrafiłam dostrzec wielkiej wartości w wytwarzaniu magii. Wciąż potrafię rysować, malować i tkać. To najważniejsze.

Powoli pokiwał głową, a na jego twarzy pojawił się dziwny wyraz – jakby pełne zrozumienia spojrzenie starca, w którym zamiast współczucia krył się błysk satysfakcji, przez co próba przybrania mądrej miny nie wyglądała przekonująco.

Miał jednak serce we właściwym miejscu. Rielle wstała.

– Na dziś chyba wystarczy. Musisz przeprosić Timane za to, że zostawiłeś ją samą na tyle dni.

Zmarszczył brwi.

– Muszę?

– Tak. Ona, tak samo jak ty, opuściła wszystko, co znała.

– Bo chciała.

– Bo w jej świecie wybuchła wojna. Rodzice ją sprzedali i żyła prawie jak niewolnica, więc raczej nie mogła do nich wrócić. – Rielle chciała spojrzeć mu w oczy, ale unikał jej wzroku. – Jest człowiekiem, nie jest ani lepsza, ani gorsza od ciebie. I nie jest twoją służącą.

– Ani twoją – zauważył. – Więc dlaczego to ty badasz otoczenie i kupujesz nasiona?

– Bo ona nie potrafi podróżować – oznajmiła Rielle – a ja musiałam się upewnić, że jesteśmy tu bezpieczni, zanim pozwolę ci pokazać komuś twarz.

Zmarszczył czoło.

– A jesteśmy bezpieczni?

Kiwnęła głową.

– Tak sądzę.

Na jego twarzy pojawił się wyraz odprężenia.

– Chyba przydałoby mi się śniadanie.

– Mnie też. – Wstała i ruszyła przodem ku chacie. *Chyba dobrze mi poszło* – pomyślała. *Choć dowiedział się paru ponurych rzeczy o swojej przeszłości, sprawia wrażenie szczęśliwszego. Teraz muszę się tylko dowiedzieć, jak nauczyć go wszystkiego, czego będzie potrzebował, i nie wystraszyć przy tym tubylców.*

ROZDZIAŁ 7

Nie, Qall! – skarciła chłopaka Rielle, gdy jej zmysły zawirowały pod wpływem nieoczekiwanego wykwitu czerni. – Niczego się nie nauczysz, jeśli zbierzesz magię z całego pomieszczenia.

– Ale dzięki temu przestałaś atakować – wytknął jej z zadowoleniem. – I na pewno mam więcej mocy od ciebie.

– Uwolnij ją.

Westchnął i od razu wszystko wypuścił. Intensywna magia rozlała się oślepiająco i rozpłynęła poza ściany ku spalonemu miastu.

– Nie więcej niż pobrałeś, bo ktoś mógłby zauważyć. – Z rozdrażnieniem zebrała nadmiar mocy.

– Nikogo tu nie ma – zaznaczył. – Żaden z miejscowych, którzy mogą coś wyczuć, nie zrozumie, co to było, nawet jeśli tu przyjdzie. A nikt i tak nie przyjdzie. Według nich mieszkają tu dusze zmarłych.

– To nie na mieszkańców wioski musimy uważać, ale na magów, którzy mogliby tu trafić moim śladem.

W duchu sklęła Qalla. Cały dzień był w buntowniczym nastroju i nie chciał się skupić na tym, czego próbowała go nauczyć. Znoszenie jego humorów było niekończącym się wyzwaniem. W takich chwilach zastanawiała się, czy nie popełniła błędu, obiecując się nim zająć i go wyszkolić. Jego opór i brak zainteresowania łatwo można było wziąć za niewdzięczność i niezrozumienie, co mu grozi, jeśli nie nauczy się bronić.

A jednak potrafił być wdzięcznym uczniem – uważnym i pojętnym. Czasami wspominała, jak Dahli mówił, że Valhan dobrze opanował wszystkie formy magii, i zastanawiała się, czy te zdolności przekazała Qallowi, gdy wprowadzała zmiany w jego ciele.

– Dlaczego uczę się walczyć tak, jakbym był słabym magiem? Nigdy nie wykorzystam tych metod.

– Musisz wiedzieć, jak walczą słabi magowie, bo istnieje znacznie większe prawdopodobieństwo, że natkniesz się na grupę słabszych niż na jednego potężnego.

– Nie chcesz mnie nauczyć, jak cię pokonać – zarzucił jej.

Zaczęła zaprzeczać, a potem się uśmiechnęła.

– To w zasadzie trafna myśl. Nie ma sensu uczyć tego jedną z niewielu osób, które mogłyby mnie zabić.

Jego oczy otwarły się nieco szerzej, gdy zdał sobie sprawę ze swojego błędu.

– A jeśli twój przyjaciel Tyen będzie próbował mnie zabić?

Uśmiech spełzł z jej twarzy.

– Miejmy nadzieję, że nigdy do tego nie dojdzie.

Skąd wie o Tyenie? Dowiedział się o nim z myśli Timane?

Uniósł podbródek.

– Bobym go zabił?

– Nie. Bo lubię was obu. I nie chcę żadnego stracić.

Na moment odwrócił wzrok, a potem z powrotem na nią spojrzał.

– A jeśli zaatakuje mnie jakiś potężny mag, którego nie znasz?

Skrzyżowała ręce na piersi.

– Nie chodzi o to, że nie chcę uczyć cię walki z kimś dorównującym ci mocą, Qallu. W końcu się tego nauczysz.

Qall zmrużył oczy.

– Nigdy nie walczyłaś z kimś tak potężnym jak my, prawda?

Jego domysły czasami zbyt celnie trafiały w sedno. Uśmiechnęła się ponownie.

– Nie. Ale się z tego cieszę.

– I nigdy nikogo nie zabiłaś.

Po jej plecach przebiegł dreszcz.

– Tak się składa, że zabiłam.

Uniósł brwi.

– Kogo?

– Wolałabym o tym nie mówić.

– Dlaczego?

– Nie jestem z tego dumna.

– Dlaczego?

– Pozbawienie kogoś życia nigdy nie jest powodem do dumy, Qallu. Wolałabym tego uniknąć.

– Dlaczego więc to zrobiłaś?

Zastanawiała się, czy mu odpowiedzieć. Unikanie tematu wzbudzi w nim jeszcze większą ciekawość. Nie chciała też, by sądził, że ludzie, którzy ponieśli śmierć z jej ręki, zginęli w jakiejś sławnej bitwie. Prawda była bardziej brutalna i wstydliwa.

– Za pierwszym razem to był wypadek – wyznała. – Nie znałam swojej mocy. Za drugim… nie miałam wyboru. Zabiłam kogoś, by ocalić ludzi, którzy oczekiwali, że ich ochronię. Żadna z tych ofiar nie zginęła w walce.

Minę miał poważną i przez kilka uderzeń serca przyglądał się Rielle w milczeniu, a potem się odezwał.

– Nigdy nie brałaś udziału w bitwie, prawda? – Skrzyżował ramiona na piersi; może ją przedrzeźniał. – Nie powinienem uczyć się od kogoś, kto już walczył?

Żołądek podszedł jej do gardła. Jak na to odpowiedzieć, jednocześnie nie tracąc autorytetu nauczycielki?

– Obawiam się, że masz tylko mnie, Qallu. Gdybyśmy szukali maga doświadczonego w walce, musielibyśmy mieć pewność, że nikomu nie zdradzi, jak potężnego ma ucznia. Poza tym byłby słabszy od ciebie. Co pociąga za sobą kolejne pytanie: dlaczego ktoś miałby chcieć uczyć cię walki? Z uprzejmości? Wątpię. Mógłby się zgodzić za odpowiednią cenę, ale nie dysponujemy majątkiem, który musielibyśmy za to zaoferować.

– A Tyen? Jest potężny i walczył z buntownikami.

– I nie wiemy, gdzie jest. – Skrzywiła się, słysząc nutę goryczy w swoim głosie. – Poza tym nie znam go aż tak dobrze.

– Jest twoim przyjacielem, ale mu nie ufasz?

Rozprostowała ramiona.

– Powierzyłabym mu własne życie, ale to moje ryzyko. Twojego życia nie będę ryzykować. Wierzę, że można Tyenowi zaufać, ale przekonałam się na własnej skórze, jak ostrożnym trzeba być wśród ludzi, w których myśli nie da się zajrzeć.

– Czyli jest silniejszy od ciebie.

– On też nie może czytać w moich myślach. Nasza moc jest podobna.

Qall uniósł brwi.

– To przez niego nauczyłaś się tej przezorności?

Wzięła głęboki wdech i wypuściła powietrze.

– Nie. Przez Valhana. Raena.

Jego usta zamarły w niemym „aha", a potem zamknął je i napiął mięśnie szczęki.

– Czyli zaufałaś mu, a on cię zdradził.

Wytrzymał jej spojrzenie, ona zaś wiedziała, że tego dnia nie nauczy go już żadnych technik walki. Z westchnieniem przywołała go gestem i podeszła do powalonej kolumny.

– No dobrze. Powiem ci, co się stało.

Chłód kamienia natychmiast przeniknął przez jej ubranie, więc ogrzała kolumnę. Qall usiadł w pobliżu na kamiennym bloku. Był zbyt spięty z niecierpliwości, więc jego nonszalancka poza nie wyglądała zbyt przekonująco.

– Zawsze chciałam ci o tym opowiedzieć, ale do tej pory nie byłam gotowa – wyjaśniła. – Zacznę od początku, bo jeszcze nikomu nie opowiedziałam całej historii, a nie chcę pominąć niczego istotnego. – Westchnęła głęboko i odchrząknęła. – Poznałam Valhana w swoim świecie. To był świat ubogi w magię. Valhan utknął w nim na dwadzieścia cykli…

Nie wspomniała, w jaki sposób poznała Valhana, bo wydarzenia z jej wczesnej młodości były zbyt osobiste, a Qall nie musiał wiedzieć, że została uznana za przestępczynię przez własny lud. Wytłumaczyła mu natomiast, dlaczego przyjęła propozycję przeniesienia się do świata Raena. Opowiedziała, jak jego sojuszniczka Inekera na jego rozkaz porzuciła ją na śmierć na pustyni, gdy uświadomił sobie, jak potężna jest Rielle, ale znaleźli ją i ocalili Podróżnicy. Qall zdumiał się, gdy wyznała, że opuściła ich, by dołączyć do Valhana.

– Przecież próbował cię zabić.

– Owszem. Wiem, że to brzmi dziwnie. Wszyscy, łącznie z Podróżnikami, twierdzili, że można mu ufać. Dlatego uwierzyłam, gdy zaproponował, bym dołączyła do rzemieślników w jego pałacu.

Ucieszyła się na widok nachmurzonej miny Qalla, gdy wyjaśniła, że lekcje magii, wizyta w świecie Valhana i demonstrowanie jej sposobów, w jakie utrzymywał porządek, przekonały ją do przywrócenia mu życia. Pokręcił głową, kiedy zdradziła mu plan Valhana zmierzający do wywołania wojny między buntownikami a sojusznikami, dzięki czemu po powrocie uwolniłby się od wszystkich zawartych z sojusznikami umów i ograniczył liczbę buntowników.

– Przyjaciele zamierzali go zabić?

– Nie przyjaciele – poprawiła go. – Sojusznicy. Potężni magowie, którzy w zamian za pomoc wyświadczali mu przysługi, a którym pozwalał zachować moc w ich światach w zamian za wsparcie.

– To dlaczego chcieli go zabić?

– Przez dwadzieścia cykli zasmakowali potęgi, jaką mogliby się cieszyć, gdyby go zabrakło. Zapragnęli jej na stałe.

Qall pokiwał głową.

– Czyli zwabił buntowników do swojego świata, wiedząc, że sojusznicy przybędą za późno, by mu pomóc, a potem sojusznicy i buntownicy mieli wykończyć się nawzajem.

– Właśnie.

Pokręcił głową.

– Dlaczego nie zostawił na swoim miejscu kogoś odmienionego na jego wzór, lecz pozwolił się zabić?

– Któryś z buntowników lub sojuszników mógłby przeczytać myśli tego człowieka i poznać prawdę. A może przekształcenie ciała według wzorca innej osoby nadaje mu też jej magiczną moc, więc stworzyłby sobie potencjalnie groźnego rywala.

– Aha. – Qall zmarszczył brwi. – Więc zawarł wszystkie wspomnienia w części własnego ciała – w dłoni – żeby przenieść je do innego. Tego, które zmienił na swój wzór.

– Nie on przekształcił to ciało – poprawiła go, a potem przełknęła ślinę, bo nagle zaschło jej w gardle. – Ja to zrobiłam.

Otworzył szeroko oczy.

– Ty?

– To był pierwszy etap wskrzeszenia. Leżałeś w dużej lodowej trumnie. Dahli – najlojalniejszy przyjaciel Valhana, który czuwał nad całym procesem – powiedział mi, że nie masz rozumu. Nie wiedziałam, że jest inaczej, dopóki nie zobaczyłam wspomnień Valhana. Chyba uważał, że nie będę w stanie w nie zajrzeć. A może postanowił zaryzykować i założyć, że nie będę miała oporów przed zabiciem kogoś, by on mógł żyć, ale nie sądził, że poznam jego zamiar uśmiercenia mnie po przywróceniu mu życia.

– Dlaczego chciał to zrobić, skoro miałaś pomóc mu wrócić?

– Z tego samego powodu, dla którego zabijał każdego potężnego maga, jakiego spotkał; może poza przyjaciółmi i sojusznikami. Stanowiliśmy zagrożenie. – Wzruszyła ramionami. – Chociaż może znał mnie lepiej niż ja samą siebie. Może gdyby twój umysł był pusty, wskrzesiłabym Valhana.

Qall ściągnął brwi.

– D l a c z e g o?

Rozłożyła ręce.

– Przekonał mnie, że bez niego wśród światów zapanują chaos i zniszczenie. – Qall wciąż był zdezorientowany. – Widziałeś, jaki miał wpływ na ludzi – przypomniała mu. – Posąg. Bohater. Ludzie go kochali i czcili.

– Ale większość go nienawidziła. Sama mi to powiedziałaś.

– To prawda. Miłość i strach. Oba te uczucia pozwalały mu kontrolować innych, ale sądząc po tym, co mi pokazał, często potrzeba było czegoś więcej. Sprawował rządy oparte także na umowach i wymianie przysług.

Qall kopnął w gruz.

– Czyli wszystkie walki toczą się dlatego, że nie ma ich kto powstrzymać.

Przytaknęła. Podróżnicy pewnie nie powiedzieli Qallowi, kim jest, ani nie wspominali zbyt często o Raenie, ale dopilnowali, by chłopak wiedział, co się dzieje wokoło.

– Po części masz rację. Ale to nie znaczy, że w światach nie zapanuje w końcu porządek dzięki pomocy Odnowicieli, bo tak teraz nazywają siebie buntownicy.

– Opowiedz mi o ludziach, którzy chcą przywrócić życie Raenowi.

– Twierdzą, że są jego przyjaciółmi. Niektórzy szczerze go kochają, jak zwolennicy swojego przywódcę. – *A Dahli jak kogoś więcej.* Właśnie dlatego sądziła, że Qall zawsze będzie w niebezpieczeństwie, przynajmniej dopóki żyje Dahli. – Inni chcą się zabezpieczyć na wypadek jego powrotu.

– Dlaczego ich nie zabijesz?

Uniosła brwi.

– Z tego samego powodu, dla którego nie zabili ich Podróżnicy.

Spuścił wzrok.

– Od nich bym tego nie oczekiwał. Nie są dostatecznie silni.

– Dobrze wiesz, że to nie jedyny powód.

– Bo nie mieszają się w sprawy innych światów.

– Nie – bo zabijanie jest złe.

– To co mam zrobić? Dlaczego miałbym ich nie zabić, skoro oni dążą do tego, by uśmiercić mnie?

– Bo t y jesteś potężny – oznajmiła. – Jeżeli zaczniesz zabijać ludzi, którzy chcą cię wykorzystać lub cię nie lubią, staniesz się takim samym tyranem jak oni. – Po chwili uśmiechnęła się, by dać mu do zrozumienia, że nie uważa go za tyrana. – Kiedy będziesz mógł zmienić swój wygląd, ryzyko, że staniesz przed takim wyborem, będzie mniejsze.

– Ale... ci ludzie zawsze będą mnie szukać.

Rielle miała ochotę gorzko się roześmiać.

– Nie słyszałam o kimś, kto przeszedłby przez życie, nie robiąc sobie wrogów. A już na pewno nie o kimś wiecznie młodym. – Może z wyjątkiem Ulmy. – Możesz najwyżej zadbać, by wrogom nie podobało się to, że jesteś dobrym człowiekiem.

Qall zasępił się, rozważając jej słowa. Po chwili się wyprostował.

– Jestem głodny.

Uśmiechnęła się pod wpływem tej nieoczekiwanej zmiany tematu. Miał apetyt doroślejącego młodzika.

– To wracaj do chaty i zjedz coś – powiedziała, wstając i owijając głowę szalem. – Ja poszukam ślusarza, który mógłby zrobić dla nas trochę narzędzi.

Wstał i wyszedł z pomieszczenia. Rielle wkrótce zrobiła to samo, ale udała się w miejsce wśród ruin, z którego zwykle się odpychała.

Przybywała do tego świata i opuszczała go w dwóch różnych kierunkach, by sprawić wrażenie, że ruiny są miejscem, w którym ludzie często przystają, żeby odetchnąć przed dalszą podróżą, nie zaś celem takiej podróży.

Po drodze zastanawiała się nad pytaniami Qalla. Omówiła z nim już wszystko, co musiał wiedzieć, była jednak pewna, że przyjdą mu do głowy kolejne. Powinna spróbować je przewidzieć i przygotować odpowiedzi. Mógłby na przykład chcieć dowiedzieć się czegoś więcej o Dahlim.

Dotarła w miejsce, z którego zwykle podróżowała, odepchnęła się od świata i poszybowała ku jednemu z miast szlakiem, który przetarła ostatnim razem, gdy je odwiedzała – i natychmiast się zatrzymała. Ktoś niedawno się nim przemieszczał, a ona nie korzystała z niego od kilku dni.

Cofnęła się po własnych śladach i minęła punkt, z którego się odepchnęła. Świeża ścieżka biegła dalej. Powstała najwyżej dzień wcześniej. Ktoś podróżował nad ruinami.

Rielle nie była w stanie stwierdzić, czy zatrzymał się w ruinach, gdyby jednak podążyła dalej tym tropem, dowiedziałaby się, w którą stronę udał się mag, bo ślad byłby coraz wyraźniejszy lub coraz słabszy. Podążając w kierunku przeciwnym do tego, w którym zamierzała się przenieść, wyostrzyła zmysły i skoncentrowała się na przestrzeni między światami. Kilkaset kroków dalej szlak odgałęział się od jej śladu.

Z ciekawości podążyła tą odnogą. Wkrótce okazało się, że zmierza ku wiosce. Ścieżka zbliżała się ku domom, nie dochodziła do nich jednak, lecz odbiegała w stronę wzniesienia, które nad nimi górowało. Domyśliła się, że nieznajomy właśnie tam zszedł do świata, więc zrobiła to samo.

Rozejrzała się wokoło i uwolniła zmysły. Z ulgą stwierdziła, że nie widać stąd ich chaty. Z łatwością mogła zajrzeć w umysły mieszkańców wioski. Subtelnie przeskakiwała od mężczyzn przez kobiety po dzieci – wszyscy byli skupieni na swoich normalnych zajęciach. Nic nadzwyczajnego. Żadnych wspomnień związanych z odwiedzinami nieznajomego.

Odepchnęła się i zobaczyła, że nowy szlak biegnie nad wioską, wchodząc głębiej w przestrzeń między światami, a po drugiej stronie doliny znów się obniża. Prowadził na szczyt wzgórza między wioską a ich chatą i schodził na ziemię.

Rielle ponownie zeszła do świata i jeszcze raz rozejrzała się po okolicy. Najpierw spojrzała ku chacie. Dom zasłaniały drzewa, więc była w stanie go odnaleźć, dopiero gdy wyszukała umysł Timane.

Potem zmysłami poszukała obecności innych osób. Najbliżej trafiła na młodą kobietę o imieniu Omity, która czekała na kogoś przy sadzawce w dolinie. Na widok jej ekscytacji Rielle się uśmiechnęła. Omity z nadzieją wyczekiwała pojawienia się ukochanego. Nigdy nie przychodził do wioski. Jej rodzice nie byliby zadowoleni z tych schadzek, jego matka także, więc spotykali się w połowie drogi między wioską a chatą, w której mieszkał. Starał się przychodzić codziennie późnym popołudniem, ale czasami matka znajdowała mu inne zajęcia. *Co dzisiaj mi pokaże?* – zastanawiała się Omity. W jej myślach pojawiło się wspomnienie ciemnowłosego mężczyzny o bladej cerze, który unosił skały siłą woli i zaczarowywał je, tak że robiły się ciepłe, a woda zamieniała się w parę.

Serce zamarło Rielle w piersi. Mimo uroku, jakim wyobraźnia dziewczyny przyozdabiała jego wygląd, nie było wątpliwości, że to Qall. Syknęła przez zęby. *Od jak dawna się spotykają?* Ona, Timane i Qall przybyli tu niespełna jedną dwunastą cyklu temu. Widział się z tą dziewczyną już kilka razy. Może wszystko zaczęło się przed rozpoczęciem nauki. *Hmm. Może wtedy, gdy zostawił Timane na trzy dni, nie chodziło o zwykłe dąsy.*

Ten przebiegły... Kto? Kłamczuch? Przecież jej nie oszukał. Po prostu jej o tym nie powiedział. Nie zakazywała mu spotkań z mieszkańcami wioski, powiedziała tylko, że nie powinien sam nigdzie chodzić. Dlaczego więc nie wspomniał o Omity? *Może sądzi, że nie będę zadowolona. Dziewczyna chyba tak myśli. I dlaczego on nazywa mnie matką? Wyglądam aż tak staro? Mógł chociaż nazwać mnie siostrą…*

Pokręciła głową i zaczęła się zastanawiać, czy powinna coś zrobić. Czy Qallowi zaszkodziłoby, gdyby się zakochał? *Trzeba jeszcze pomyśleć o dziewczynie. Złamie jej serce, jeśli będziemy musieli stąd odejść. Jeżeli zostaniemy i okaże się, że jej rodzice rzeczywiście będą niezadowoleni, narobimy sobie problemów u mieszkańców wioski.* Czy Qall się zakochał? Jeśli zostanie zmuszony do rozstania się z tą dziewczyną albo do odejścia, będzie jeszcze bardziej niezadowolony.

A to może się okazać konieczne, jeśli ten nieznajomy mag ich widział. Postanowiła uporządkować wiedzę na temat tajemniczego człowieka i od razu zdała sobie sprawę, że być może to nie zbieg okoliczności, że zatrzymała się tutaj i przyłapała tych dwoje.

Nagle ekscytacja dziewczyny przybrała na sile. Pojawił się Qall. Kiedy znalazł się przy sadzawce, przyciągnął Omity do siebie i pocałował. Rielle wycofała się z jej umysłu. Podsłuchiwanie w tak intymnej chwili było zwykłym wścibstwem, zwłaszcza gdy patrzyła na Qalla jej oczami.

Potem uwagę Rielle przykuły rozbłyski światła i śmiech. Znowu zajrzała w myśli dziewczyny. Wokół młodych unosiła się chmura barwnych świateł, która spiralnie wzbijała się ku koronom drzew.

Popisy – pomyślała Rielle z rozbawieniem. Przeszła nieco dalej wzdłuż grzbietu wzgórza i okazało się, że widać ich spomiędzy gałęzi. Wówczas rozbawienie całkowicie ją opuściło. *Skoro stąd ich widzę, to nieznajomy też mógł ich zobaczyć.*

Zmroziło jej krew w żyłach. Być może ten ktoś spojrzał na dolinę z obu stron i niczego nie zauważył, ale istniała także możliwość, że dostrzegł popisy Qalla. Jeżeli pochodził z tego lub jednego z sąsiednich światów, nie rozpoznał chłopaka. Mógł jednak zgłosić miejscowym władzom, że widział tu maga, a ona musiała się dowiedzieć, czy będą mieli z tego powodu kłopoty. Powinna więc podążyć jego szlakiem i odszukać go. Zajrzy w jego umysł i potwierdzi swoje obawy lub się ich pozbędzie. Tymczasem Qall i Timane powinni mieć się na baczności i przygotować na ewentualną ucieczkę.

Czyli musiała przeszkodzić w schadzce. Zawahała się i zerknęła na parę. Znów się całowali, a ich ręce błądziły po takich miejscach, że rodzice dziewczyny z pewnością nie byliby zadowoleni. Odepchnęła się od świata, poszybowała ku sadzawce i zeszła za Qallem.

Byli tak pochłonięci sobą, że jej nie zauważyli, więc odchrząknęła. Od razu od siebie odskoczyli, a dziewczyna wygładziła ubranie. Qall wlepił wzrok w Rielle, a potem mocno się zarumienił. Omity patrzyła na nią szeroko otwartymi oczami. W jej myślach zakwitło poczucie winy i coś w rodzaju buntu. Rielle nie była w stanie zachować całkowicie kamiennej twarzy. Pomyślała o swym dawnym zauroczeniu Izare'em i przypomniała sobie, jak intensywne było to uczucie i jak dla niej wówczas ważne.

– Qallu – odezwała się, a potem z uśmiechem skinęła głową dziewczynie. – Omity. – Przeniosła wzrok z powrotem na Qalla i wytrzymała jego wściekłe spojrzenie. – Ktoś wczoraj poszybował na to wzgórze – powiedziała w języku Podróżników. – Być może was widział, jeśli się tu spotkaliście. – Zamilkła i zerknęła na dziewczynę. – Co wczoraj robiłeś?

– Nic – odparł przez zaciśnięte zęby.

Stłumiła śmiech.

– Nie chodzi mi o te schadzki, ale o posługiwanie się magią.

Zamrugał i ściągnął brwi.

– Robiłem różnokształtne chmury.

Skrzywiła się. W takim razie pokazał, jaki ma zasięg i zarazem jak potężną mocą dysponuje.

– Aha. Wracaj do chaty. Chroń Timane. Ja spróbuję się dowiedzieć, co widział ten człowiek i co zamierza z tym zrobić.

Kiwnął głową. Zerknął na dziewczynę, przeprosił ją w jej języku i odszedł. Rielle ponownie do niej skinęła, a potem odepchnęła się od świata i wróciła na grzbiet wzgórza.

Musiała się śpieszyć. Odnalazła szlak przybysza i podążyła nim. Nie zdziwiła się, gdy znów oddalił się od świata – trudniej było zauważyć podróżującą nim osobę. Ale szlak nie biegł ku miastu. Odchodził w przestrzeń między światami, tworząc nową ścieżkę wychodzącą ze świata.

Zły znak – uświadomiła sobie. Cokolwiek widział ten człowiek, od razu postanowił stąd odejść. Przyśpieszyła. Była o dzień za nim. Jeżeli przenosił się przez kolejne światy, będzie potrzebowała więcej czasu, by go dogonić, o ile nie zgubi śladu.

Z bieli wyłonił się następny świat. Szlak prowadził na środek pola, a potem nad nim. Powiódł ją do ogromnego miasta ku portalowi, z którego wychodziły dwie ścieżki. Jednej nie używano od wielu dni, więc wybrała drugą. Prowadziła do sąsiedniego świata, a potem pojedyncze ścieżki wiodły przez dwa kolejne. Z portalu w następnym prowadziły trzy szlaki i wszystkie były niedawno używane. Wybrała jeden, którym poszybowała ku kamiennemu kręgowi pilnowanemu przez grupę wieszczek. W umysłach dwóch z nich dostrzegła wspomnienie ostatniej osoby, która pojawiła się w kręgu. Był to mężczyzna o jasnych włosach, niski, z brzuszkiem i o wiotkiej skórze wskazującej na średni wiek.

Na pewno nie wiecznie młody. Dzięki temu łatwiej go znajdzie, jeśli to on odwiedził ich świat. Najpierw jednak postanowiła sprawdzić dwie pozostałe ścieżki.

Wróciła do świata, z którego wychodziły tamte trzy szlaki, i zbadała kolejny. Prowadził do punktu, z którego nikt nie przemieszczał się dalej, więc albo mag zawrócił po własnych śladach, albo postanowił podróżować dalej piechotą bądź w inny sposób. Pośpiesznie sprawdziła umysły, ale nie znalazła nikogo w zasięgu dnia marszu. Wróciła więc na ostatni, trzeci szlak.

Zawiódł ją do rezydencji potężnego, zamożnego władcy. Portal leżał w symetrycznie urządzonym ogrodzie. Był ranek, a powietrze rosił drobny, ciepły deszczyk. Mimo to na zewnątrz czekał służący. Uśmiechnął się i wyszedł jej na spotkanie.

– Dzień dobry – odezwał się w swoim języku. – Lord zaprasza, o ile czas pani pozwala. To człowiek, który lubuje się w opowieściach z innych światów. – *Tym razem kobieta* – pomyślał służący. Niewielu magów podróżowało przez ten świat. *Już druga osoba w ciągu dwóch dni, a wczorajszy gość wciąż tu jest. Jego lordowska mość będzie zachwycony.*

Rielle spojrzała na dom. Przejrzawszy myśli służby, dowiedziała się, gdzie przebywa gość, a potem w końcu odnalazła lorda. Jego oczami zobaczyła dobrze zbudowanego mężczyznę, niewiele starszego od Tyena. Jego rysy były regularne, wręcz doskonałe, przez co wydawał się przesadnie męski.

Zbyt idealny – pomyślała. *Więc pewnie nieśmiertelny.*

Zajrzała w umysł przybysza.

Szkoda, że to miejsce jest takie odległe – myślał mag. *Już dawno nie cieszyłem się takimi luksusami, a kobieta, którą mi przysłał, była zaskakująco otwarta na moje prośby. Ale Dahli musi się dowiedzieć, że odnalazłem tego sobowtóra...*

Dahli! Rielle gwałtownie wciągnęła powietrze w płuca. Było gorzej, niż się obawiała. Przysłuchując się kolejnym myślom maga, czuła narastające mdłości. Wkrótce po tym jak wraz z Qallem i Timane opuściła Podróżników, Dahli dowiedział się, że ci chronili chłopaka i że Rielle zabrała go w poszukiwaniu miejsca na dom z dala od światów rządzonych przez Raena. Domyślił się nawet, w którą stronę postanowiła się udać, bo Lejikh wytyczył dla niej szlak, wystarczyło zatem wysłać gońców w klin, zamiast we wszystkich kierunkach.

Powinienem wstrzymać się kilka dni z powrotem, żeby mieć pewność, że posłaniec dostarczył wiadomość – myślał mężczyzna. Wiadomość zawierała groźbę: jeżeli Qall nie przybędzie do Dahlego i nie spełni jego żądań, ród Lejikha zginie. *Zanim wrócę, sobowtór na pewno zdąży odejść. Albo będzie chciał powstrzymać Dahlego, albo będzie szukał nowej kryjówki.*

Rielle miała świadomość, że Qall postanowi udać się do Dahlego. Musiała wrócić do chaty i jak najszybciej zabrać stamtąd jego i Timane, żeby ta groźba do niego nie dotarła. *Nie da się szantażować kogoś, z kim nie można się skontaktować.*

Będzie musiała zabrać ich daleko stąd, tym razem bardziej zawiłą drogą. Kiedy Dahli dowie się, gdzie się ukrywali, zbierze swoich łowców i wyśle ich na wszystkie prowadzące stamtąd szlaki.

Chyba że Rielle zabije tego człowieka, żeby nie mógł wrócić do Dahlego.

Zamarła na tę myśl. Przez jej głowę przemknęło wspomnienie Sa-Gesta lecącego w przepaść, a potem twarz maga, którego udusiła między światami, gdy zagroził rzemieślnikom w pałacu Valhana.

Tylko nie to – pomyślała. *Nie zrobię tego po raz kolejny.* Ale musiała to zrobić, bo inaczej Dahli prędzej znajdzie Qalla. Zrobiła krok w stronę rezydencji i przystanęła.

Jeśli jednak zabiorę Qalla i Timane, zanim dostaniemy wiadomość, posłaniec powie temu łowcy, że nie wykonał zadania. Mag być może domyśli się, że Rielle poznała treść wiadomości przed przybyciem posłańca, ale nie będzie tego pewien. *Nie da się szantażować kogoś, z kim nie można się skontaktować. Albo kiedy nie ma się pewności, że udało się przekazać groźbę.*

Mag spróbuje za nimi podążyć. Rielle nie będzie mogła podróżować tak szybko jak on, by nie natknąć się na martwy lub groźny świat, ale zdoła zacierać ślady. Pracowała nad sztuczką, której nauczył ją Tyen, i była coraz lepsza.

Tyen nie zabiłby tego człowieka. Nigdy nikogo nie zabił, co było zadziwiające, zważywszy że stał na czele buntowników i walczył u ich boku. *Zaledwie dziś rano mówiłam Qallowi, że potęga nie usprawiedliwia zabijania. Jeśli dowie się, że zignorowałam tę zasadę, sam też nie będzie chciał jej przestrzegać.*

Odetchnęła głęboko. Odwróciła się do służącego, ukłoniła się lekko i podziękowała za zaproszenie, ale musiała odmówić. Uśmiechnął się na widok jej dobrych manier i skinął głową.

Odepchnęła się od świata i pośpiesznie udała w powrotną drogę. Wiedziała, że Qall rozzłości się na wieść o ucieczce, ale sam był po części temu winien. Łowca mógłby go w ogóle nie odnaleźć, gdyby chłopak nie popisywał się przed dziewczyną.

Timane pewnie jak zwykle wykaże się pragmatycznym entuzjazmem. *A ja? Ten świat i tak mi się nie podobał. Choć to zupełnie nieistotne. Ważne, żebyśmy osiedlili się na tyle daleko, by nawet najpotężniejsi łowcy Dahlego potrzebowali co najmniej całego cyklu, żeby nas odnaleźć.*

ROZDZIAŁ 8

Przenocujemy tutaj – oświadczyła Rielle. – Rozejrzę się. Sprawdzę, czy możemy się tu osiedlić.

– Tu? – powtórzyła Timane, przyglądając się z uniesionymi brwiami zatłoczonej miejskiej ulicy.

Rielle przytaknęła. Znów spędzili w podróży jedną ósmą cyklu, a ona sprzedała już większość swoich klejnotów i metali szlachetnych oraz całą biżuterię. W zamian za żywność i schronienie jak najczęściej wyświadczali drobne magiczne przysługi, a nawet pracowali fizycznie, gromadząc oszczędności na czas, gdy znajdą miejsce, w którym będą mogli zamieszkać.

– Jest tu wielu ludzi z tego i sąsiednich światów, którzy zarówno mieszkają w tej części miasta, jak i ją odwiedzają. Wśród nich będziemy tylko kolejną grupą przybyszów szukających pracy.

Dziewczyna zmarszczyła brwi.

– Tak samo jak ludzie, którzy szukają nas. Trudniej ich będzie zauważyć, prawda?

– Rzeczywiście. I życie wśród ludzi, i w odosobnieniu ma swoje wady i zalety. W mieście przynajmniej mam większe szanse na zarobek.

– Ja też.

Timane się zasępiła. Spojrzała na Qalla, Rielle dostrzegła zaś, że dziewczyna zastanawia się, czy rozumiał, w jak trudnej sytuacji finansowej się znaleźli. Nie patrzył na nią, a twarz miał skrytą pod kapturem płaszcza. W trakcie podróży przeważnie milczał nadąsany.

– Znajdźmy miejsce, w którym można się zatrzymać – powiedziała Rielle i wyprowadziła ich z alejki na tłoczną ulicę.

Wzdłuż głównej drogi widać było wymyślne fasady budynków poświęconych rozrywce. Teatry, pijalnie, palarnie, domy gry i burdele. Większość była ozdobiona stosownie do pełnionej funkcji, choć przeznaczenie niektórych można było odgadnąć wyłącznie z myśli pracowników lub klientów znających te miejsca. Przeważnie były związane z rozrywkami sprośnymi i lubieżnymi. Rielle zaczęła się zastanawiać, czy to odpowiedni świat dla Qalla. Nie miał doświadczenia z takimi miejscami. Czy mogłyby go skusić i czy dałby się łatwo wykorzystać? Czy będzie szukał pocieszenia, zamiast skupić się na nauce?

Przeskakując po kolejnych umysłach, Rielle z ulgą odnalazła inne, przyzwoitsze miejsca rozrywek, oraz jedno, gdzie zajmowano się dziećmi – w jego okolicy panował surowy zakaz oferowania przyjemności dla dorosłych. Skierowała się ku rejonowi przeznaczonemu dla klientów o bardziej wyszukanych gustach i z zadowoleniem stwierdziła, że budynki wyglądają tam ładniej i panuje spokojniejsza, bezpieczniejsza atmosfera, choć przeglądając kolejne umysły, stwierdziła, że niektórzy proponują klientom te same usługi co w dzielnicy rozpusty, lecz nie tak otwarcie i tanio.

Za teatrami przez sprytnie ukryte łukowate przejścia wchodziło się w alejki prowadzące do kwater dla pracowników. Niestety wynajęcie pokojów w lepszej dzielnicy szybko pochłonęłoby oszczędności Rielle, więc wrócili do miejsca, w którym znaleźli się na początku.

Nie zaszli jednak daleko, gdy drogę zagrodził im tłum znacznie większy niż poprzednio. Qall skulił się pod płaszczem, Timane zaś wspinała się na palce, by dojrzeć coś ponad głowami zebranych. Rielle podążyła wzrokiem za spojrzeniem dziewczyny i zobaczyła, że ludzie gromadzą się wokół bogato rzeźbionej kamiennej fasady z niewielkimi balkonikami przybranymi wstążkami.

Z początku pomyślała, że może to burdel, bo na balkonach zaczęły pojawiać się młode kobiety, wdzięczące się i machające do zebranych, ale gdy zajrzała w kilka umysłów, dowiedziała się, że to śpiewaczki i tancerki, a budynek jest jednym z najpopularniejszych teatrów w okolicy. Stroje kobiet, choć wydekoltowane nieco zbyt głęboko jak na gust Rielle, były znacznie skromniejsze od strojów miejscowych prostytutek.

Prawie udało im się wydostać z tłumu, gdy ludzie zaczęli cichnąć, pozwalając pojedynczemu głosowi wybić się ponad gwar. Był to głos słodki i wysoki, lecz gdy zebrani umilkli, by go posłuchać, pogłębił się, nabierając bogatej, emocjonalnej wibracji. Timane zatrzymała się zachwycona, a kobieta na środkowym balkonie unosiła ręce z każdą wzbierającą falą melodii, szeroko otwartymi ustami wyśpiewując kolejne, coraz wyższe nuty. Potem dołączyły do niej pozostałe kobiety – wysokie i niskie tony zlały się z pierwszym głosem. Efekt był przepiękny, a po plecach Rielle przebiegł dreszcz. Zerknęła na Qalla, by sprawdzić, czy zrobiło to na nim wrażenie. Patrzył na Timane – wpadające pod kaptur światło uwidaczniało uśmiech na jego twarzy.

Rielle też popatrzyła na Timane i stwierdziła, że usta dziewczyny poruszają się do rytmu pieśni. Domyśliła się, że Timane czytała w myślach śpiewaczki, by przewidzieć kolejne dźwięki i zrozumieć słowa.

Piosenka miała właśnie osiągnąć punkt kulminacyjny, lecz nagle się urwała. Kobieta pozdrowiła zebranych i zeszła z balkonu.

Pozostałe wciąż machały i pozowały, a wśród tłumu rozległy się łagodne protesty. Rielle zajrzała w myśli otaczających ich ludzi i dowiedziała się, że nieoczekiwane zakończenie występu miało zachęcić do zapłaty za pełny koncert wieczorem.

Chciałabym tego posłuchać – pomyślała.

– Powinniśmy wrócić na przedstawienie.

Timane zmarszczyła brwi.

– Jest drogie. A ja wiem, jak kończy się ta historia. To minus czytania w myślach, jeśli chce się zrozumieć tekst.

– Powinnaś poszukać tu pracy – rzekł Qall.

Rielle ukryła zaskoczenie. Minęło wiele godzin, od kiedy odezwał się po raz ostatni, i wiele dni, od kiedy wydusił z siebie coś więcej niż zdawkową odpowiedź na pytanie.

Dziewczyna zerknęła na niego i zarumieniła się.

– Nie jestem aż tak dobra.

– Mnie się podobało, jak śpiewałaś. Nie dowiesz się, czy jesteś dobra, jeśli nie spróbujesz.

Timane pokręciła głową, ale gdy Rielle prowadziła ich dalej, dziewczyna wciąż popatrywała przez ramię na budynek. Wszystkie kobiety już zniknęły. Rielle zajrzała w jej myśli.

Timane wspominała dzieciństwo, kiedy to żeby pośpiewać, wymykała się do lasu, bo matka sądziła, że skoro dziewczyna ma siłę na śpiew, widocznie nie pracuje dostatecznie ciężko. Timane uważała się za bardziej utalentowaną od większości młodych kobiet z okolicy. *Może poszukam tu pracy* – myślała. Rielle stłumiła uśmiech, gdy dziewczyna zaczęła wyobrażać sobie siebie na miejscu głównej śpiewaczki, wabiącej tłumy na występ.

Trzeba było znaleźć nocleg, więc Rielle rozejrzała się po umysłach wokoło i poprowadziła towarzyszy w odpowiednim kierunku.

Wynajmujący usłyszał ich obcy akcent i podniósł cenę, a ponieważ nie chciał jej obniżyć, wyszli w poszukiwaniu innego miejsca. Znaleźli pokój, lecz w znacznie gorszym stanie niż przedstawiał im kolejny właściciel. Robiło się już ciemno, kiedy w końcu na coś się zdecydowali. Było to obskurne pomieszczenie, lecz wyposażone w rury, umywalkę i odpływ. W suficie znajdowały się haki, na których można było zawiesić zasłony, by podzielić przestrzeń i odgrodzić się od pozostałych lokatorów. Pod ścianami stały dwa łóżka bez materacy.

Qall w milczeniu ogarnął wszystko wzrokiem, po czym podszedł do jedynego okna i usiadł na parapecie.

Rielle i Timane popatrzyły na siebie i zabrały się do pracy. Ogrzały metalowe ramy łóżek, by wybić robactwo, wyczyściły umywalkę, odetkały rurę, gdy okazało się, że woda nie spływa, a potem wyprały i wysuszyły pościel przywiązaną do bagaży. Pościel Qalla ułożyły na jednym łóżku, a swoje na drugim. Kiedy zrobiły już wszystko, co się dało, Rielle usiadła i rozejrzała się po umysłach, by się dowiedzieć, gdzie najtaniej można kupić coś dobrego do jedzenia, kto i gdzie szuka pracowników oraz co mogłoby pomóc im się tu zadomowić.

Świat nosił nazwę Amelya, a miasto nazywało się Deeme. Słynęło z dzielnicy teatralnej, lecz w tym świecie były także większe i ważniejsze miasta.

Z nadejściem wieczoru Rielle zdała sobie sprawę, że Timane robi się coraz bardziej głodna. Wyjaśniła dziewczynie, u kogo może kupić przyzwoite posiłki, i wręczyła jej ostatnią monetę, którą dostała w zamian za klejnot zaraz po przybyciu.

– Będzie próbował podnieść cenę, jeśli uzna, że jesteś tu nowa. Ale poza tym nie widzę innych zagrożeń.

– Wypatrzyłaś coś jeszcze? – spytała Timane.

– W jednym z teatrów szukają malarza do rekwizytów i tła. Sprawdzę jutro.

– A ktoś potrzebuje sprzątaczki?

Rielle zaprzeczyła ruchem głowy.

– Nie w pobliżu. Tu łatwo znaleźć chętnych do prac fizycznych. Mnóstwo młodych ludzi przyjeżdża w nadziei na zbicie fortuny, ale jest trudniej, niż się spodziewali.

Timane pokiwała głową i wyszła.

– A co z magami? – spytał Qall.

Rielle odwróciła się do okna.

– Czasem przychodzą na przedstawienia – poinformowała go. – Raczej nie mieszka tu nikt potężny.

Qall pokręcił głową i z powrotem naciągnął kaptur, który prawie się zsunął.

– Pytałem o pracę dla magów.

Zastanowiła się, jak mu odpowiedzieć.

– Nie musisz pracować – oznajmiła. – Ale jeśli chcesz… być może będziesz musiał się przystosować. Wątpię, by było tu wiele zajęć wymagających użycia magii, ale nie zaszkodzi poszukać.

Przez pewien czas nic nie mówił, lecz nagle znów się odezwał.

– Pracują tu magowie – powiedział. – W teatrach. Tworzą światła i dźwięki i… efekty potrzebne w czasie przedstawień.

Przyjrzała się jego ciemnej sylwetce na tle świateł za brudnym oknem. Czyli on też zaglądał w myśli mieszkańców. Podobała mu się perspektywa zamieszkania w tym mieście? Świadomość, że nie musi dalej podróżować, poprawiła mu humor? Może przyszła pora na poruszenie bardziej drażliwych tematów.

– Przykro mi, że musieliśmy stamtąd odejść – powiedziała raz jeszcze.

Wzruszył ramionami.

– Czy ty i Omity…?

– Nie, nie spałem z nią – warknął, a potem odwrócił się z powrotem do okna.

Rielle stłumiła śmiech.

– Nie o to chciałam zapytać. Czy czuliście coś do siebie?

Jego ramiona uniosły się i opadły.

– Nie – powiedział tak cicho, że ledwie go usłyszała.

Wiedziała, że skłamał, przynajmniej w kwestii uczuć dziewczyny.

– Czyli nigdy nie byłeś zakochany?

Spiął się. Z zaciekawieniem zaczęła się zastanawiać, czy kłamstwo dotyczyło także jego uczuć, czy może zdenerwował się z innego powodu. *O co właściwie zapytałam?* Czy nigdy nie był zakochany. Może był, ale nie w Omity. Wróciła myślami do Podróżników i przypomniała sobie dziewczynę, która wcisnęła mu coś do rąk.

– Zakochałeś się w jakiejś Podróżniczce? – zapytała.

Pochylił głowę i zamilkł. Zaczekała, licząc na to, że odpowie, jeśli da mu chwilę, ale ani się nie odezwał, ani nie poruszył. Poddała się i znów skupiła na umysłach wokoło, wkrótce jednak wróciła myślami do Qalla.

Podczas podróży był zamknięty w sobie. Z drugiej strony jednak narzuciła wyczerpujące tempo. Może wróci mu humor, gdy znów zaczną lekcje.

W pobliżu rozległ się stłumiony odgłos kroków, a potem otworzyły się drzwi i po pokoju rozszedł się apetyczny aromat. Qall odepchnął się od świata i przeniósł na drugie łóżko. Timane rozdała pudełka i przysiadła obok Rielle.

– W teatrze co dziesięć dni przesłuchują nowych solistów – rzekł Qall. – Następne przesłuchanie będzie za trzy. Spróbuj.

Na policzki Timane wystąpił rumieniec.

– Ja... och... nawet nie znam języka.

– Szybko się nauczysz.

Zerknęła na Rielle.

– Ale...

– Nie widzę w tym nic złego – rzekła Rielle.

Kąciki ust Timane uniosły się w lekkim uśmiechu.

– W takim razie spróbuję.

Qall spojrzał na Rielle.

– W pobliżu jest jeszcze jeden teatr, szukają w nim malarza. Nie jest aż tak popularny jak ten, w którym chce pracować Timane, ale zawsze można poszukać lepszego miejsca później.

Rielle zdała sobie sprawę, że otworzyła usta, więc szybko je zamknęła. Skinęła głową.

– Dzięki, Qallu. Sprawdzę jutro.

Pokiwał głową i zajął się zawartością pudełka – kawałkami mięsa z warzywami w grubym, słodkim cieście. Danie było rzeczywiście tak dobre, jak twierdzili miejscowi, i Rielle westchnęła cicho z uznaniem. Czasami najprostsze posiłki były najlepsze.

Zamyśliła się nad trudnościami, z którymi musieli sobie poradzić. Martwiła się, że nie ma już kosztowności, które mogłaby przehandlować. Nie mogła też uczyć tu Qalla, trzeba było znaleźć do tego inne miejsce. Poza tym miasto wyglądało bardzo obiecująco. Musiała jednak sprawdzić jeszcze okoliczne światy.

Dokończyła ostatki i wstała. Qall odwrócił się w jej stronę.

– Idziesz się rozejrzeć – domyślił się. – Mogę pójść z tobą?

Pokręciła głową.

– Sama będę mogła podróżować szybciej. Wykorzystajcie okazję, żeby odpocząć i dowiedzieć się więcej o tym świecie. Jeśli będziecie musieli uciekać, wypal wiadomość w podłodze, a gdy znajdziecie bezpieczniejsze miejsce, wyślijcie kogoś z wiadomością w języku Murai, kto wmiesza się w publiczność przed teatrem, przed którym ostatnio się zatrzymaliśmy.

Timane pokiwała głową. Qall się nie odezwał.

– Wrócę za kilka godzin.

Rielle wyszła z pokoju, zeszła schodami na ulicę i piechotą pokonała kilka przecznic, po czym znalazła cichy zakątek, z którego wzleciała w przestrzeń między światami. Najpierw poszybowała nad Amelyą, odwiedziła kilka miast, zauważyła parę portali i zorientowała się, jaki panuje tam ruch. Przystanęła i zajrzała w umysły przybywających i wyruszających w podróż magów, żeby dowiedzieć się czegoś o sąsiednich światach. Najbliższy był pokojowo nastawiony i prowadzono z nim handel.

Nie chciała przedłużać swej nieobecności, więc po upływie paru godzin według tutejszej miary udała się do pobliskiego świata. To, co zaobserwowała, potwierdziło informacje zebrane od magów – między okolicznymi światami nie toczyły się żadne konflikty ani spory. Pięć tworzyło luźny sojusz. Ich mieszkańcy pochodzili ze świata zniszczonego kilka tysięcy lat wcześniej, więc łączyła ich więź, choć wyglądem bardzo się różnili. Jako potomkowie imigrantów przeważnie byli przychylni gościom i przybyszom.

Podążając z powrotem, rozmyślała nad podróżą, którą odbyli do Deeme. Wkrótce po opuszczeniu ruin trafili na liczne światy martwe i niebezpieczne. Musiała wracać po swoich śladach z przyjaznych światów otoczonych skupiskami innych, nieprzystępnych – były jak ślepe zaułki. Często udawało jej się ich uniknąć dzięki informacjom uzyskanym w zamieszkanych miejscach. Wypytywanie ludzi, choć zazwyczaj bardziej czasochłonne niż eksploracja, było bezpieczniejsze i pozwalało na bardziej oszczędne posługiwanie się magią. Co pewien czas natykała się na kogoś, kto dysponował mapą, i właśnie jedna z takich osób jako pierwsza potwierdziła, że jednak istnieją odgałęzienia prowadzące do innych dużych skupisk światów.

Lecz rozpytując w ten sposób, zostawiała za sobą wyraźny trop. Ścigający ich magowie mogliby trafić na te same osoby i dowiedzieć się, że ktoś pytał o sąsiednie światy. Choć po raz kolejny zmieniła fryzurę – tym razem na krótkie loki – i przyciemniła cerę, Timane zaś obcięła na pazia swoje wspaniałe długie włosy i poprosiła Rielle, by zmieniła ich kolor na czarny, nierzadko trafiali się magowie poszukujący takich informacji.

Łowcy mogli także dowiedzieć się o istnieniu szlaków prowadzących do przyjaznych światów przez te martwe i niebezpieczne. Kiedy zdała sobie sprawę, że przez samo szukanie informacji zostawia za sobą wyraźny ślad, przestała pytać bezpośrednio, zamiast tego zaczęła czytać w myślach z pewnej odległości, w nadziei że znajdzie odpowiednich ludzi, którzy akurat będą myśleli o sąsiednich światach.

W końcu dowiedziała się o szlaku prowadzącym do nowego skupiska. Podążyła nim i trafiła na grupę około dwudziestu światów. Obawiała się, że stanowią ślepy zaułek, postanowiła więc odnaleźć kolejną ścieżkę. Ta prowadziła w obszar otoczony przez martwe światy, lecz tak ogromny, że mieszkańcy nawet nie zdawali sobie sprawy z pozbawionego mocy sąsiedztwa.

Jak się dowiedziała, nikt nie słyszał tu o Raenie. Zaintrygowało ją, że obszarem tym po kolei rządzili potężni magowie – w obecnej chwili stosunkowo łagodne rodzeństwo.

Kiedy Rielle dotarła do Deeme, zeszła w tym samym miejscu, z którego wcześniej się odepchnęła, a potem piechotą wróciła do mieszkania. Gdy mijała drzwi właścicielki, ta wyjrzała zza nich – mimo późnej pory kobieta wciąż nie spała. Timane i Qall siedzieli na łóżkach i rozmawiali. Oboje popatrzyli na Rielle z nadzieją.

– Wygląda na to, że wszystko w porządku – powiedziała, siadając obok Timane. – Wokoło panuje pokój. Nie wychwyciłam żadnych myśli o Raenie. Myślę, że możemy się tu osiedlić, ale będę musiała znaleźć jakiś świat, w którym mogłabym uczyć Qalla.

Timane klasnęła w dłonie.

– Wspaniale! – zawołała.

– Proszę – rzekł Qall, po czym wstał i podał Rielle niewielką paczuszkę.

Rozpakowała ją z zaciekawieniem. Na łóżko wysypały się słoiczki z kolorową pastą. W jej dłoniach zostały trzy drewniane tabliczki.

– Do teatru musisz zanieść próbki swoich prac – wyjaśnił Qall. – Kilka przecznic dalej znalazłem sklep z zaopatrzeniem. – Wzruszył ramionami. – Zostało mi jeszcze kilka okruchów złota, które dostałem od rodziny.

Zaskoczona i zadowolona Rielle podniosła wzrok.

– Skąd wiedziałeś, czego…? No tak, wyczytałeś to w myślach.

– Miejscowych artystów – potwierdził. – Namaluj portrety. Rośliny i zwierzęta wszędzie wyglądają inaczej, ale ludzie są tacy sami.

Skinęła głową.

– Dziękuję, Qallu.

Znów wzruszył ramionami.

– Chyba naprawdę podoba ci się to miejsce.

– Nie za bardzo, ale wiem, że się dla nas nadaje.

Uśmiechnęła się.

– Cieszę się, że nie jesteśmy tu same z Timane. Będziemy mieć dużo pracy, ale innej niż w chacie.

Timane pokiwała głową.

– I być może bardziej odpowiedniej dla nas wszystkich.

ROZDZIAŁ 9

Fasada teatru była czarna, ale w jasnym blasku słońca wyglądała na szarą. Plamki czegoś, co kiedyś było białą farbą, miały przedstawiać gwiazdy, wśród których unosili się mężczyźni i kobiety. Wszystkie postacie, bez względu na płeć, miały ten sam wyraz twarzy, co sprawiało odrobinę niepokojące wrażenie. Nie łagodziły go pęknięcia i odpryskująca farba.

Rielle przeszła pod łukiem po lewej stronie budynku. Ignorując grupę młodych mężczyzn czających się w cieniu kawałek dalej, przyjrzała się wszystkim niewielkim drzwiom w murze teatru i znalazła to, czego szukała – prosto wymalowaną maskę ze stożkiem poniżej. Zapukała.

Nastąpiła długa chwila ciszy, kiedy jednak już miała unieść dłoń i zapukać mocniej, wyczuła umysł starszej kobiety zbliżającej się, by otworzyć.

– Idę, idę – gderała odruchowo, z opóźnieniem zdając sobie sprawę, że pukanie nie rozległo się po raz drugi, jak to zwykle bywało. Zastanawiała się, czy przybysz zrezygnował i odszedł i czy w ogóle musi podchodzić do drzwi, ale zostało jej kilka kroków, więc postanowiła sprawdzić.

Namalowana maska obróciła się do środka. W jej miejscu pojawiła się pomarszczona twarz, do której Rielle się uśmiechnęła. Kobieta przyjrzała się gościowi, zauważając mysie blond włosy, jasnobrązową skórę i zielone oczy charakterystyczne dla ludzi uzdolnionych artystycznie. *Zdolność zmiany wyglądu daje mi niesprawiedliwą przewagę, ale niedługo wyjdzie na jaw mój akcent, nieznajomość języka i historii i zorientują się, że nie jestem stąd.*

– Słyszałam, że szukacie malarza.

Przed wyjściem Rielle ćwiczyła to zdanie w języku amelyańskim. Dobór odpowiednich słów z ludzkich myśli zajmował sporo czasu, przez co nieznajomość tutejszej mowy szybko stawała się oczywista. Nie znało jej wielu pracowników w mieście, lecz przynajmniej podstawy były atutem w poszukiwaniu pracy.

Kobieta lekko uniosła brwi.

– Naprawdę? To najlepiej porozmawiaj z kierowniczką.

Rozległ się chrobot metalu o dziwną, suchą masę, której używano tu zamiast drewna, i drzwi się otworzyły. Staruszka gestem zaprosiła Rielle do środka, a potem poprowadziła ją schodami w górę przed zamknięte drzwi. Gdy zapukała, ze środka dobiegł głos:

– Tak?!

– Jakaś malarka przyszła zaoferować swoje usługi – zapowiedziała Rielle staruszka.

– Wpuść ją.

Kobieta otworzyła drzwi. Przy stole, który niemal całkowicie wypełniał niewielkie pomieszczenie, siedziała kolejna starsza niewiasta. Jej siwe włosy odstawały od twarzy niczym kędzierzawa aureola. Zmarszczki były oznaką częstych uśmiechów, a niebieskie oczy patrzyły bystro i czujnie. Od razu spodobała się Rielle.

– Wejdź, proszę – odezwała się kobieta, zapraszając ją gestem rąk. Kiedy Rielle weszła, zamknęły się za nią drzwi. – Jak masz na imię?

– Elle – odpowiedziała Rielle.

– Ja jestem Windra. – Przeniosła wzrok na tabliczki, które miała przy sobie Rielle. – To twoje próbki? Pokaż.

Rielle podała jej tabliczki. Windra położyła je na przedmiotach zaściełających stół i oglądała każdą uważnie, wydając ciche okrzyki. Potem ułożyła je w szeregu i odchyliła się, by przyjrzeć się wszystkim jednocześnie.

– Dobra robota – orzekła i podniosła wzrok na Rielle. – Motywem przewodnim w tym teatrze, jak zapewne widziałaś, są „Nocne opowieści". Jak przedstawiłabyś to na zewnątrz?

Rielle zastanawiała się chwilę, po czym odnalazła właściwe słowa w myślach Windry.

– Pomalowałabym cały budynek na ciemnoniebiesko – powiedziała. – I złotą farbą namalowałabym gwiazdy, żeby błyszczały także za dnia.

– I?

– Wystarczy. Prosta fasada wśród tylu innych krzykliwych będzie przykuwała wzrok. Do wnętrza wybrałabym jaskrawe barwy i wzory, żeby przez otwarte drzwi ludzie przelotnie dostrzegali w środku coś ciekawego.

Windra uniosła brwi, trzymała je chwilę w górze, a potem opuściła.

– Podoba mi się twój sposób myślenia.

– Dziękuję.

Rielle wpatrywała się skromnie w swoje dłonie, gdy Windra ponownie oglądała próbki. *Widać, że dziewczyna potrafi malować* – myślała kobieta. *Każdy zaproponowałby namalowanie na fasadzie postaci. Może się jej wydaje, że dzięki temu będzie mogła pracować też w środku – że będzie miała więcej do roboty. Ale jej pomysł ma swoje zalety, nawet mimo tej złotej farby.*

– Tak zrobimy – powiedziała Windra. – Kiedy możesz zacząć?

– Za dziewięć albo dziesięć dni – odparła Rielle.

Nie miała innego zatrudnienia, skoro jednak Timane znalazła sobie dobrze płatną pracę, Rielle chciała znów zacząć uczyć Qalla, żeby się nie znudził i nie zrobił niespokojny. Nie zaszkodziło też zasugerować, że już dostała inne zlecenia.

Uzgodniły wynagrodzenie. Rielle pozwoliła kobiecie zatrzymać jedną z próbek, zabrała pozostałe i wyszła. W drodze do mieszkania rozmyślała nad postępami, które wraz z Timane i Qallem poczynili w ciągu ostatnich dziesięciu dni. Największą niespodzianką było to, że Timane zdobyła posadę śpiewaczki. Kierowniczka teatru Quaver, przy którym oglądali występ kobiet, dostrzegła w niej ogromny potencjał. Zorganizowała dla niej lekcje tańca, śpiewu, zwyczajów panujących w teatrze oraz języka. Timane zarabiała niewiele jak na śpiewaczkę, ale i tak znacznie więcej niż przy pracy fizycznej, którą zamierzała podjąć.

Była teraz bardzo zajęta, ale lekcje zaczynała w południe, więc Rielle szukała zatrudnienia rano, żeby Qall miał towarzystwo. Po rozpoczęciu pracy będzie musiała zostawiać go samego na większość dnia.

Nie może ukrywać się wiecznie. Timane zaproponowała wypróbowanie kilku sztuczek, za których pomocą aktorzy zmieniali wygląd. Dał się namówić na rozjaśnienie włosów, ewentualnie na zapuszczenie brody, ale nie chciał skorzystać z barwnika do skóry.

Gdyby mógł zmienić wygląd za pomocą magii, byłoby o wiele łatwiej. Ale jeszcze za wcześnie dla niego, by przestać się starzeć. Ledwie rozpoczął życie śmiertelnika. Zaledwie pięć i pół cyklu minęło, od kiedy go ocaliłam. Powinien poznać i zrozumieć zagrożenia płynące z przekształcania wzorców, nim się tego nauczy.

Wątpiła jednak, by odrzucił możliwość zyskania wiecznej młodości. Kto nie chciałby żyć tyle, ile zapragnie, a do tego móc leczyć większość ran i chorób? Mimo wszystko powinien podjąć tę decyzję, kiedy będzie gotowy. Nie chciała, by kiedyś miał jej za złe, że namówiła go do zatrzymania starzenia się, gdy był jeszcze zbyt niedojrzały i nie rozumiał, co to tak naprawdę oznacza.

Właśnie dlatego się waham – zdała sobie sprawę. *Przez jego brak dojrzałości.* Dąsy i nagłe zmiany nastroju świadczyły o tym, że nie jest jeszcze gotów podjąć tak ważnej decyzji. *Nie wiem, czy ja sama byłam na to gotowa* – zadumała się. Nie dowiedziała się o konsekwencjach, dopóki nie było za późno, a to niesprawiedliwe. Nie chciała, by ją winił, jeśli zapomni o swoim pierwotnym wyglądzie i straci poczucie tożsamości.

Ona sama zmieniła się bardzo, od kiedy nauczyła się zachowywać młodość, ale zmiany te traktowała jako naturalne – jakby następowały wraz z upływem czasu i nabywaniem kolejnych doświadczeń. Nie wiedziała, czy w ogóle wierzy jeszcze w Aniołów. W żadnym ze światów, które odwiedziła, nie znalazła dowodów na ich istnienie. Jakaś jej cząstka wciąż chciała wierzyć i przekonywała ją, że skoro nie są fizycznymi stworzeniami, mogą egzystować wyłącznie poza światami. Wokół tej idei powstało mnóstwo religii, a istoty, które czczono, przybrały wiele różnych form. Równocześnie nie była w stanie uciec od jednego – ludzie po prostu lubili myśleć, że istnieje c o ś potężniejszego od nich, jakaś siła mająca plan lub znająca przyczyny nieszczęść nawiedzających poszczególne światy, żeby to nie na nich spadała cała odpowiedzialność za cierpienia, okrucieństwo i głupotę.

Kiedy dotarła do mieszkania, zignorowała gospodynię zerkającą zza drzwi i ruszyła schodami w górę. Odruchowo uwolniła zmysły w poszukiwaniu ludzkich myśli. Pijak na drugim piętrze spał i śnił mu się jakiś koszmar; matka pięciorga dzieci na trzecim uczyła właśnie szycia najmłodsze z nich; natomiast w znajomym już pokoju na czwartym piętrze Timane wypróbowywała barwniki do twarzy, które dostała od kierowniczki teatru.

Rielle przestąpiła próg. Timane uniosła brzeg ciężkiej zasłony oddzielającej jej część pokoju od części Qalla i Rielle.

– Qall wyszedł – oznajmiła.

Rielle zatrzymała się z niepokojem.

– Dawno?

– Nie wiem – przyznała Timane z grymasem. – Spałam.

Rielle wzięła głęboki oddech, starając się uspokoić rozkołatane serce.

– Zostawił wiadomość?

– Nie. – Timane z powrotem zniknęła za zasłoną. – Nie mógł odejść daleko.

– Wystarczająco, żeby trudno było go znaleźć – mruknęła Rielle, podchodząc do zasłony i siadając na rozklekotanym trzecim łóżku, które kupili kilka dni po przybyciu. – Sprawdzę, czy zdołam go odszukać.

– Nie możemy oczekiwać, że będzie siedział tu cały czas – powiedziała Timane. – To niezdrowe.

– Nie muszę dziś malować próbek, więc chciałam znów go uczyć – powiedziała Rielle.

– Dostałaś pracę!

– Dostałam. Ale zaczynam dopiero za kilka dni.

– Cudownie.

Rielle zamknęła oczy i wybiegła zmysłami na ulicę. *Dokąd poszedł?* Nie miała pojęcia. Może zgłodniał i postanowił samodzielnie zdobyć coś do jedzenia, żeby nie budzić Timane. Rozejrzała się po umysłach ulicznych kramarzy, ale nie znalazła tam żadnych wspomnień związanych z Qallem. Zaglądała w myśli kolejnych osób, które mogły zauważyć przechodzącego młodego mężczyznę – na przykład w myśli młodych kobiet w piekarni. Posuwała się coraz dalej, lecz nikt go nie wspominał.

Może nie wyszedł na ulicę. Przeszukała pobliskie alejki i domy, ale nie było po nim ani śladu. Nawet wścibska gospodyni nie widziała, jak opuszczał budynek. Westchnęła z rozdrażnieniem.

A potem przeszył ją dreszcz. *Gospodyni nie widziała, jak wychodził?* Dziwne. Nic nie umykało uwadze tej kobiety. Albo miał nieodkryty talent do przemykania się wśród ludzi, albo...

Zaczerpnęła magii i zawahała się. *Niemożliwe. Nawet gdyby sam się nauczył, wie, że to niebezpieczne.*

Ale na niebezpieczeństwa zważał tak samo jak większość mężczyzn w jego wieku. Miała znacznie starszego brata, ale i tak pamiętała, że pociągało go ryzyko. Przestał zawzięcie szukać przygód, dopiero gdy rozpłakała się histerycznie, kiedy pewnego wieczoru wrócił zakrwawiony po bójce.

Odepchnęła się nieco od świata i znalazła to, czego się obawiała.

Szlak.

Choć w przestrzeni między światami fizyczność zanikała, umysł Rielle zadrżał z niepokoju. Sam nauczył się podróżowania między światami czy nauczył go ktoś inny? Czyżby któremuś z łowców Dahlego udało się przekazać groźbę skrzywdzenia rodziny Lejikha, jeśli Qall nie wróci do Najwierniejszego i nie podda się jego rozkazom?

Uspokój się – powiedziała sobie. *Myśl.* Szlak powstał niedawno, ale nie był na tyle świeży, by ktoś mógł przetrzeć go przed chwilą. Gdyby nim podążyła, dogoniłaby jego twórcę dopiero w następnym świecie. *O ile Qall rzeczywiście zapuścił się tak daleko. Mógł przenieść się na niewielką odległość i teraz szuka drogi powrotnej.* Mógł wylądować wewnątrz jakiegoś przedmiotu i utknąć. *Nie, nawet o tym nie myśl.*

Wróciła do świata i zaczerpnęła tchu.

– Timane.

– Tak?

– Ktoś opuścił świat z tego pokoju. Zamierzam to sprawdzić.

– Qall?

– Nie umie.

– Ktoś go porwał? – Dziewczyna była wystraszona. – I to kiedy spałam!

– Być może. Zamierzam się dowiedzieć. – Serce waliło Rielle w piersi. Wzięła kilka głębokich oddechów, by je uspokoić. – Zostań tu… Albo nie. Idź na lekcje. Tak będzie bezpieczniej. Przyjdę po ciebie, gdy sprowadzę Qalla.

Nie czekała na odpowiedź Timane. Przeniosła się między światy, zmieniła kierunek ścieżki, ruszyła nią i po chwili dotarła do kolejnego świata. Wszędzie rozciągały się padoki usiane dziwnymi, krępymi zwierzętami. Tuż przed zejściem wyczuła odchodzącą w bok kolejną ścieżkę.

Była tak samo świeża jak poprzednia; ktoś szybował nią prosto nad światem. Rielle podążyła tym śladem – okazało się, że szlak kilkakrotnie schodził do świata, jakby ktoś zatrzymywał się, by zaczerpnąć tchu. *Mag nie był nieśmiertelny, a więc szlak przetarł Qall, nie łowca Dahlego.*

Ścieżka w końcu dotarła do niewielkiego miasta i obniżyła się w ogromnej ośmiokątnej hali. Na każdej ścianie widniało malowidło przedstawiające jedną z ośmiu krain tworzących ten świat, ale Rielle nie była w stanie skupić się na podziwianiu ich kunsztu. Zajrzała w umysły ludzi w pobliżu i okazało się, że niektórzy mieli za zadanie obserwować i zapisywać, kto przybywa do świata i go opuszcza.

Wybrała młodego człowieka. Spiął się, gdy ją zobaczył. Magowie słynęli z niewykonalnych i nieprzyjemnych żądań wobec obserwatorów. Uśmiechnęła się i zebrała słowa z jego umysłu.

– Czy w ciągu ostatnich kilku godzin pojawił się tu młody mężczyzna? Sam lub w towarzystwie?

Na powierzchnię jego myśli wypłynęły wspomnienia. Zerknął na swoje zapiski. Do opisu pasowało trzech magów, w tym jeden przystojny, blady i ciemnowłosy, który pojawił się i zniknął w pojedynkę, a zszedł tylko po to, by zaczerpnąć tchu.

Kiedy jej to powiedział, z poczucia ulgi niemal zgięła się wpół. Qall był sam. Martwiło ją, że podróżował między światami, lecz mimo wszystko mogło być gorzej. Skinęła głową i wyjęła okruszek złota z sakiewki. Obserwator pokręcił głową. Pobieranie opłat było zabronione. Obserwatorzy byli tam po to, by magowie nie szukali informacji w mniej przyjemny sposób.

Podziękowała i odepchnęła się. Z tego miejsca prowadziły dwie ścieżki. Nie miała pojęcia, którą wybrał chłopak. Mogła jedynie wypróbować jedną i wrócić na drugą, jeśli okaże się, że wybrała niewłaściwie.

Podążała dalej od jednego świata do drugiego, w razie potrzeby wracając po swoich śladach. Nie w każdym świecie trafiała na obserwatorów, ale potrzebne informacje często znajdowała w umysłach dzieci, które uwielbiały przyglądać się tajemniczym przybyszom. Nikt jednak nie widział ostatnio mężczyzny, który przypominałby Qalla.

Wróciła do hali, starając się nie myśleć, że Qall jest od niej coraz dalej. Druga ścieżka prowadziła do klasztoru, w którym mnisi zapisywali informacje na temat magów rzadko podróżujących przez ich portal. Dowiedziała się, że Qall był tam niedawno, i znów zapłonęła w niej nadzieja.

Dalej prowadziły dwa szlaki oprócz tego, którym przybyła. Jeden był niedawno używany i wiódł do świata pełnego życia i wody. Portal leżał w głębokim wąwozie. Po obu jego stronach rosło mnóstwo różnobarwnych mchów poprzecinanych wąskimi wodospadami. Kiedy zeszła do świata, jej uszy wypełnił huk wody.

Jej uwagę przykuł ruch, ale gdy się odwróciła, nie dostrzegła niczego. Odepchnęła się z powrotem między światy i wyczuła oddalający się cień.

Qall?

Podążyła za nim i zbliżyła się na tyle, by go rozpoznać. Z daleka był maleńki. Obejrzał się za siebie, zobaczył, że Rielle go dogania, i szybko się odwrócił. Jego postać zaczęła robić się coraz mniejsza.

Qall! – zawołała.

Odwrócił się i, ku jej zaskoczeniu, zatrzymał.

Wiedziała, że czekając na nią, może się udusić – chyba że sam nauczył się przekształcania wzorców – *o nie, tylko nie to!* – przyśpieszyła więc, by go dogonić. Wokół niej wyłonił się kolejny świat. Wszędzie widziała czarne skały, poskręcane niczym wody skotłowanego morza, które nagle zastygły. Wykuto w nich portal, od którego prowadziła droga. Żyli tu ludzie. Ścieżka była dość świeża. Prawdopodobnie bezpieczna.

Kiedy dogoniła Qalla, na jego twarzy malowała się złość. Chwyciła go za rękę i zaczęła schodzić do świata. Nim zarysy zastygłych skał wyostrzyły się wokół nich, poczuła opór, przez który się zatrzymała. Obejrzała się. W jego oczach błysnęła satysfakcja.

Chcesz się tu udusić? – spytała.

Błysk zniknął. Qall przestał się opierać i ściągnęła go do świata. Oczywiście gdy poczuła zimne powietrze na skórze, Qall z drżeniem zaczerpnął tchu i musiał oprzeć dłonie o kolana, dysząc ciężko. Puściła go, bo w tym stanie i tak donikąd by się nie udał.

– Coś ty sobie myślał? – zapytała. – Wiesz, że taka podróż może okazać się śmiertelna, jeśli nie zna się wszystkich zagrożeń.

– Znam… je… – powiedział.

– Skąd?

– Od… ciebie. – Wyprostował się. – Obserwowałem… jak to… robisz… od kiedy… opuściliśmy nasz pierwszy… nowy dom.

Jej serce zacisnęło się ostrzegawczo, gdy ogarnął ją instynktowny strach. Zignorowała to uczucie.

– Czytałeś w moich myślach.

Przytaknął. Wytrzymała jego spojrzenie i choć on również próbował wytrzymać jej wzrok, wkrótce się odwrócił.

– Dlaczego?

– Bo masz przede mną tajemnice.

– Dla twojego dobra.

Pokręcił głową.

– Muszę znaleźć rodzinę.

– Po co?

– Wiesz po co. Przeze mnie znaleźli się w niebezpieczeństwie. – Podniósł wzrok, a w jego oczach płonął gniew. – Wiedziałaś, od kiedy wytropiłaś łowcę Dahlego, ale mi nie powiedziałaś. Zabije ich, jeśli nie wrócę.

– Nie zabije. Przede wszystkim to byłoby głupie – powiedziała. – A Dahli nie jest głupi.

Otworzył usta, żeby się sprzeciwić, ale zamknął je i pokręcił głową.

– To znaczy?

– Jeśli zabijesz zakładnika, tracisz kartę przetargową. Groźba spełnia swoją funkcję tylko wówczas, gdy wiesz, że odpowiednia osoba ją usłyszała i zrozumiała.

– Ale przecież ją zrozumiałem.

– Ale on o tym nie wie.

Qall przygarbił się i ściągnął brwi. Wcisnął dłonie w kieszenie płaszcza. Kostki jego prawej ręki odznaczały się przez tkaninę, jakby coś trzymał.

– Co to jest? – spytała, skinieniem głowy wskazując jego dłoń. – Co tam masz, że tak się przejmujesz?

Szybko wyjął rękę.

– Nic.

– Kłamczuch – zarzuciła mu. – Nie zdołam ci pomóc, jeśli mi nie powiesz, Qallu.

Wciąż sprawiał wrażenie nieprzejednanego, ale po chwili przymknął oczy.

– Pomożesz mi, jeśli ci powiem? – zapytał.

– Oczywiście, jeśli tylko będę w stanie.

Spojrzał w dół, a potem sięgnął do płaszcza i wyjął kolorową plecionkę. Rielle wydusiła z siebie ciche „ojej". Ostatnim razem widziała podobną bransoletkę, gdy Baluka zawiązywał ją wokół jej nadgarstka, oficjalnie potwierdzając ich zaręczyny.

– Czyli to dała ci tamta dziewczyna.

Przeszył ją wzrokiem.

– Widziałaś, jak mi to dawała – oznajmił, czytając jej w myślach.

– Widziałam, że coś ci dała, ale nie widziałam, że akurat to. – Podniosła wzrok, przyglądając mu się badawczo. – Kochasz ją?

Nie spodziewała się takiej walki emocji na jego twarzy. Wątpliwości. Poczucie winy. Zmieszanie.

– Nie... Nie wiem – przyznał. Szczerość tego wyznania mocno chwyciła ją za serce; współczuła mu, ale też ucieszyła się, że jej zaufał. – Zanim mi to dała, powiedziałbym, że nie.

– Ale potem zmieniłeś zdanie?

– Nie. Ale... Lubię ją. Wszyscy mówili, że będę musiał ożenić się z kobietą spoza rodu, więc nigdy nie patrzyłem w ten sposób na żadną z tamtych dziewczyn.

– A teraz?

– Od kiedy odszedłem... Brakuje mi jej. Brakuje mi wszystkich. Nie chcę, by przeze mnie cierpieli.

Rielle pokiwała głową.

– Rozumiem. Kiedyś czułam się tak samo. Między innymi dlatego odeszłam. – Westchnęła. – Jeżeli wrócisz, Qallu, narazisz ich na jeszcze większe niebezpieczeństwo, niż gdybyś został ze mną. Chyba zdajesz sobie z tego sprawę?

Spojrzał na nią wilkiem, ale złość szybko zniknęła z jego twarzy.

– Tak.

– Ja też ich kocham, Qallu. Jedyne, co powstrzymuje mnie od tego, by popędzić im na pomoc, jest przekonanie, że tylko pogorszyłabym i ich, i twoją sytuację.

Jego spojrzenie stało się mroczne i zaciekłe z udręczenia.

– Skąd możemy wiedzieć, że nie zdołamy im pomóc, skoro nie wiemy, co się z nimi dzieje?

Westchnęła.

– Nie możemy.

– Ale ty możesz – powiedział. – Mogłabyś wrócić i sprawdzić, czy żyją i czy nic im się nie stało.

– Twoi wrogowie mogą mnie szantażować, jeśli dowiedzą się o moim powrocie. Albo przyjść tu za mną.

– Potrafisz szybko się przemieszczać i zacierać ślady. Tylko jeden człowiek oprócz ciebie to potrafi, a jest twoim przyjacielem.

– Ale…

– Przynajmniej – ujął jej dłoń i wcisnął w nią bransoletkę – oddaj to Givari i powiedz, że nie mogę tego przyjąć. – Westchnął. – Nigdy się nie dowiem, czy bylibyśmy razem, gdyby wszystko potoczyło się inaczej, ale przynajmniej nie będzie czekała na mój powrót.

Rielle odebrało mowę. Usiłowała wykrztusić jakąś rozsądną odpowiedź, wytłumaczyć, że życie jest pełne pytań bez odpowiedzi i dziewczyna się domyśli, że źle ulokowała uczucia, gdy Podróżnicy powiedzą jej, kim naprawdę jest Qall. Kiedy jednak spojrzała na bransoletkę, pokiwała głową. Nie mogła odmówić. Nie mogła teraz stracić jego zaufania.

Zaczęła się zastanawiać, jak tego wszystkiego dokonać. Odnalezienie drogi do Podróżników będzie trudniejsze niż podążanie w przeciwnym kierunku. Będzie musiała trafić w konkretne miejsce, a nie po prostu uciekać. Spisywała etapy podróży za każdym razem, gdy zatrzymywali się, by odpocząć, ale przebyli setki światów i czasami nie pamiętała dokładnie drogi.

Skoro jednak trafiła tu przez serię światów otoczonych martwymi światami, droga powrotna poprowadzi ją tym samym szlakiem. Stamtąd nie będzie w stanie wrócić dokładnie po swoich śladach, bo świat, w którym poprzednio się osiedlili, musiałaby ominąć szerokim łukiem. Dalej jednak mogłaby podróżować w zupełnie inny sposób, szukając światów, w których znano Raena, nie zaś tych, w których o nim nie słyszano. W końcu odnalazłaby te znajome.

Poza tym bez dwojga śmiertelników, którzy musieli oddychać, będzie mogła przemieszczać się szybciej. Nie miała jednak klejnotów ani metali szlachetnych, za które mogłaby kupić niezbędne rzeczy. Trudniej jej zatem przyjdzie zdobywanie jedzenia, a odpoczywać będzie musiała pod gołym niebem.

Co pod jej nieobecność będą robić Qall i Timane? Timane sobie poradzi. Jej pracodawczyni była dobrą kobietą. Qall będzie musiał czekać w spokoju i nie wałęsać się, skoro chciał się dowiedzieć, co słychać u jego bliskich.

– Musisz opiekować się Timane – powiedziała.

– Zaopiekuję się – obiecał.

– Żadnego podróżowania pod moją nieobecność.

Przez jego twarz przebiegł grymas.

– Dobrze.

– Nie będzie mnie długo. Może ćwierć cyklu. Na pewno chcesz na tyle odłożyć dalszą naukę?

– Tak.

Położyła mu dłoń na ramieniu.

– W takim razie wracajmy, żeby powiedzieć o wszystkim Timane. Muszę się spakować i dobrze zaopatrzyć.

Będzie też musiała powiedzieć kierowniczce teatru, że nie rozpocznie pracy, tak jak obiecała. Stłumiła westchnienie. A wszystko szło tak dobrze. Chociaż biorąc pod uwagę możliwe niepowodzenia, mogło być gorzej. Kto wie, może zdoła zobaczyć się z Tarrenem i Tyenem, nawet jeśli miałaby tylko pożegnać się z nimi jak należy.

ROZDZIAŁ 10

Kiedy Rielle wyłoniła się spod ziemi na znajomym dziedzińcu domu Tarrena i ponownie otoczyło ją powietrze, zachwiała się nieco, bo zakręciło jej się w głowie. Uznała to za skutek ulgi, że ta długa podróż dobiegła końca, ale zaczęła się zastanawiać, ile razy jej ciało jest w stanie uleczyć się ze skutków przemęczenia, głodu i pobytu między światami przez tak długi czas. Schudła do tego stopnia, że pod skórą wyczuwała kości.

Za jednym z okien poruszył się cień, a potem drzwi się otworzyły. Tarren patrzył na nią przez chwilę, po czym szeroko się uśmiechnął.

– Rielle! – Wyszedł jej na spotkanie. – Skróciłaś i skręciłaś włosy. Och! I masz inne oczy. – Obejrzał ją uważnie. – Ale poznałbym cię wszędzie.

– Hmm – mruknęła skonsternowana. – W takim razie Dahli też by mnie rozpoznał.

Pokiwał głową.

– Być może. Dostałem twoją wiadomość. Zdawało mi się, że długo cię nie zobaczę, a jednak jesteś!

– Zdawało ci się? Myślałam, że oznajmiłam to jasno i wyraźnie.

Zaśmiał się.

– Rzeczywiście. – Popatrzył na nią i zmarszczył czoło. – Wyglądasz blado. Jesteś chora?

Pokręciła głową.

– Przez prawie jedną ósmą cyklu podróżowałam niemal bez wytchnienia. Tak lepiej?

Zdjęła długi płaszcz, który uszyła wieczorem przed opuszczeniem Qalla i Timane, i wywróciła go na drugą stronę, by postrzępiona i połatana tkanina była wewnątrz, a lepsza na zewnątrz. Dzięki niemu mogła dwojako wtapiać się w tłum, gdy nie chciała rzucać się w oczy.

– Nie – rzekł Tarren, gdy założyła płaszcz z powrotem. – Wyglądasz, jakbyś za mało jadła. Mam rację?

Skrzywiła się.

– Trudno pilnować tego na bieżąco.

– Nie wiem zbyt wiele na temat przekształcania wzorców, wiem jednak, że nie da się zrobić czegoś z niczego. Jeśli nie będziesz karmiła swojego ciała, nie będzie mogło się naprawiać i będzie musiało okradać samo siebie, żeby przeżyć.

– Nie miałam już żadnych cennych rzeczy, które mogłabym przehandlować – powiedziała. – Musiałam jakoś zdobywać jedzenie. Ale nie byłam w stanie zmusić się do kradzieży.

– Mogłaś poszukać bogatych, którzy nie ucierpieliby, gdybyś zakradła się do ich kuchni i zabrała trochę żywności. Ale to już nieistotne. Dotarłaś. Wciąż mam te kosztowności, które tu zostawiłaś, tymczasem jednak wejdź, a ja każę podać posiłek.

– Nie zostanę długo.

– Ale możesz zostać przynajmniej tyle, żeby coś zjeść. – Wprowadził ją do środka, wydał polecenie służącemu, a potem skierował się ku jadalni. – Musiałaś mieć dobry powód, żeby przebyć taki kawał drogi w odwiedziny.

– To prawda.

– Mogę ci jakoś pomóc?

– Wiesz może, gdzie znajdę jakichś Podróżników?

Rzucił jej spojrzenie spod uniesionych brwi.

– Całkiem niedaleko. Ale musisz być ostrożna, jeśli chcesz się z nimi zobaczyć.

Zmarszczyła czoło.

– Nie powinnam się z nimi spotykać?

– Są obserwowani.

– Wszyscy?

Na szczęście szedł przed nią, więc nie musiała udawać zaskoczenia. Im mniej wiedział o przyczynach jej odejścia, tym lepiej.

– Tak.

– Przez kogo?

– Starych przyjaciół Raena.

– Dlaczego?

– Nie wiem. Słyszałem o tym od przyjaciela z Liftre, ale nie była to informacja z pierwszej ręki. Może przesadzał.

Żołądek podszedł Rielle do gardła. Najprostszym sposobem na znalezienie konkretnego Podróżnika było odnalezienie najbliższego i wypytanie go. Jeśli Dahli obserwował wszystkich, szybko dowiedziałby się, że Rielle lub Qall ich szukają. Będzie musiała znaleźć Lejikha bez pomocy innych Podróżników.

Dotarli do jadalni. Tarren posadził ją na krześle po jednej stronie dużego stołu, sam zaś usiadł po drugiej. Zmarszczyła brwi, gdy zdała sobie sprawę, że Dahli mógł obserwować nie tylko Podróżników. Gdyby Tarren lub jeden z jego uczniów wyjawił komuś w Liftre, że co pewien czas go odwiedza, a Dahli miał szpiegów w szkole…

– Czy ty jesteś obserwowany?

– Nie sądzę. – Wzruszył ramionami. – A to znaczy, że albo nie jestem, albo ktoś, kto mnie obserwuje, dobrze się ukrywa. – Zabębnił palcami o stół, poważniej zastanawiając się nad jej pytaniem. – Służba i uczniowie wiedzą tylko, że jesteś moją byłą uczennicą. Jest jednak ktoś, kto wie, kim jesteś naprawdę.

– Tyen. – Serce na chwilę zamarło Rielle w piersi. – Masz od niego jakieś wieści?

– Tak. Choć z przykrością muszę stwierdzić, że odwiedził mnie tylko raz.

– Nauczył się przekształcania wzorców?

Tarren przytaknął.

– Powiedział ci, dlaczego odszedł z tamtego pustynnego świata?

Ponownie skinął głową.

– Przybyli tam dawni buntownicy, by pobrać magię. Robili tak od jakiegoś czasu. Oczywiście nie byli w stanie pobrać tyle co Tyen, ale wyczuli spadek mocy i postanowili to sprawdzić. Rozpoznali go i wymknęli się, by o tym zameldować. Zorientował się, co się dzieje, kiedy magowie go zaatakowali. Niesamowite, że zdążył zostawić jakąkolwiek wiadomość.

– Skoro z tobą rozmawiał, to znaczy, że im uciekł.

– Tak.

– To dlaczego nie zjawił się u nas i nic nam nie powiedział?

– Nie chciał doprowadzić ich do ciebie, do mnie ani do Doum. Wysyłał kolejne wiadomości, ale żadna do mnie nie dotarła.

– Powiedział ci w takim razie, gdzie postanowił uczyć się przekształcania wzorców?

– Nie. Ale pytałem. – Tarren wzruszył ramionami. – Powiedział tylko, że znalazł niezamieszkany, równie nieprzyjemny świat.

Do jadalni weszło dwóch służących, którzy podali proste dania: cienkie plastry zimnego mięsa, okrasy, chleb, warzywa i owoce. Jeden z nich miał pod pachą butelkę wina, którą zaprezentował i otworzył z wprawą. Rielle odezwała się dopiero, gdy wyszli.

– Nieprzyjemny? – Zmarszczyła brwi, nakładając jedzenie na talerz. – Większość ludzi zapewne tak oceniłaby to miejsce. Jest tam gorąco. Brakuje wody. Nie byłoby dobrze tam utknąć, gdyby przez przypadek zużył całą magię. W zasadzie prawie jak mój dom. Był w Doum?

– Nie. Powiedziałem mu, co się tam stało. Wyruszał stąd w niewesołym nastroju.

– Nic dziwnego. Chciał tam zamieszkać.

– I był rozczarowany, że odeszłaś – dodał Tarren.

Skrzywiła się.

– Ja przynajmniej zostawiłam wiadomość. Wszystko wyjaśniłam.

– Ale nie tylko to go niepokoiło – kontynuował Tarren. – Stwierdził, że te ciągłe wojny to po części jego wina – pomijając wojnę między Murai a Doum – bo to on nauczył ludzi konstruowania urządzeń, a oni przekształcili je w broń. Powiedział, że spróbuje to naprawić.

– Urządzenia takie jak to stworzenie, które zbudował? – spytała. – Jak Żuczek?

– Tak. Inni wynalazcy przekształcili je w maszyny służące do zabijania i stworzyli z nich całe armie. Nie stanowią zbyt wielkiego zagrożenia dla magów, ale dla zwykłych ludzi są zabójcze.

Wróciło do niej wspomnienie Valhana pokazującego jej insektoida i twierdzącego, że to „przyszłość". Zadrżała, gdy wyobraziła sobie mrowie takich żądlących i gryzących stworzeń. Co mógł zrobić Tyen, żeby ludzie przestali je budować? Jak mógł zapobiec przekazywaniu takiej wiedzy? Miała wrażenie, że to niemożliwe, ale podziwiała go, że chciał spróbować i wziął na siebie odpowiedzialność. Poczuła ukłucie tęsknoty.

– Chciałabym mu pomóc – powiedziała. – Ale muszę znów odejść i nikt nie może wiedzieć dokąd.

Tarren pokiwał głową. Rielle z apetytem pochłaniała posiłek, on zaś skubał niewielkie kęsy, przeważnie zaś popijał wino. Rielle zastanawiała się, co teraz począć. Nie mogła ryzykować i pytać

Podróżników, w którym kierunku podążył ród Lejikha. Pozostawał tylko jeden sposób: wyruszyć ze świata, w którym ostatnio mieszkali, i spróbować ich wytropić – a to mogło okazać się niebezpieczne. Dahli na pewno miał szpiegów w każdym miejscu, które odwiedzili, na wypadek gdyby Rielle lub Qall ich szukali.

To z kolei przypomniało jej o kolejnym problemie, który nie dawał jej spokoju przez całą drogę z Deeme. Kiedy Givari, dziewczyna, która podarowała Qallowi bransoletkę, otrzyma jego wiadomość, któryś ze szpiegów może wyczytać to z jej myśli. Dahli zorientuje się, że Rielle lub Qall są blisko. Mógłby skrzywdzić kogoś z rodu, licząc na to, że ona lub Qall wciąż są w okolicy i spróbują ich ocalić.

Kiedy sobie to uświadomiła, niemal zrezygnowała ze swojego zadania. Od zawrócenia powstrzymywała ją jedynie świadomość, że zaraz po powrocie Qall zajrzy w jej myśli, nawet jeśli mu tego zabroni. Ona też by tak postąpiła na jego miejscu. Musiała powstrzymywać go przed próbą powrotu, dopóki chłopak nie dojrzeje na tyle, by nauczyć się przekształcania wzorców. A wiedziała, że uda jej się to tylko wówczas, gdy Qall będzie miał pewność, że dziewczyna zrozumiała jego intencje.

Podczas niezbyt częstych odpoczynków przyszło jej do głowy kilka rozwiązań. Mogłaby poprosić kogoś, by przekazał bransoletkę, a potem wrócił do niej i potwierdził, że się udało, istniało jednak niebezpieczeństwo, że doprowadzi do niej Dahlego. Mogłaby też zostawić plecionkę w miejscu, które Podróżnicy odwiedzą w przyszłości, i jakoś ją zamaskować, by szpiedzy nie zorientowali się, że to wiadomość, którą mogliby przechwycić. Gdyby wykorzystała pierwszy z tych pomysłów, Qall miałby dowód, że bransoletka dotarła do dziewczyny. Drugi natomiast umożliwiłby jej zniknięcie na długo przed tym, jak dziewczyna dostanie plecionkę, a Dahli się dowie, że Rielle na chwilę wyszła z ukrycia.

Bez względu na to, który sposób wykorzysta, musiała znaleźć ród Lejikha i dowiedzieć się, którędy będzie podróżował. Kiedy żegnała się z Podróżnikami, Lejikh nie wiedział jeszcze, jaką drogę obierze. Sądząc po szlaku, który jej polecił, zapuścił się na ogromną odległość od ich ostatniej siedziby. Nie wysłałby jej tą samą ścieżką, którą zamierzał podążyć, bo zmniejszyłby jej przewagę nad ewentualnym pościgiem. To oznaczało setki światów do przeszukania. Najlepiej byłoby zacząć od tego, w którym mieszkali.

Byłby to początek sensownego planu. Podczas posiłku Rielle starała się znaleźć w nim słabe punkty, przez które mógłby się nie powieść.

Dahli mógł zostawić obserwatorów w każdym świecie, przez który podróżował Lejikh, na wypadek gdyby chciała znaleźć jego ród. Dokądkolwiek się uda, będzie musiała czytać w ludzkich myślach. A jeśli zauważy ją któryś ze szpiegów...? Czy zdołałaby poradzić sobie z łowcą lub wrogiem, nie zabijając go? Mogłaby zostawić kogoś takiego w martwym świecie, choć wolałaby tego nie robić. Gdyby jednak chciała jedynie opóźnić dostarczenie wiadomości Dahlemu, wystarczyłoby zostawić maga w pustce na tyle dużej, by wydostanie się z niej zajęło mu kilka dni.

Kiedy najadła się tak, że nie była w stanie przełknąć niczego więcej, przeprosiła Tarrena, że nie może zostać dłużej, podziękowała za posiłek i pożegnała się z nim czule, tak jak zrobiłaby to wcześniej, gdyby tylko wiedziała, że zostanie opiekunką Qalla.

– Pozdrów ode mnie Tyena – poprosiła, gdy wyszli na dziedziniec.

Skinął głową i ponaglił ją gestem.

– Idź już. Wiem, że się śpieszysz. Nie pozwól starcowi dłużej cię zatrzymywać.

Uśmiechnęła się i odepchnęła. Dobrze, że nie zabawiła długo w świecie Tarrena; potem jednak przemieszczała się powoli, krętą drogą zmierzając ku temu, w którym kiedyś mieszkali Podróżnicy. Przy wielu mijanych portalach widać było oznaki niedawno stoczonych walk. Powstrzymała się od zejścia do jednego ze światów, kiedy okazało się, że toczy się w nim bitwa, i poszybowała z dala od tego miejsca. Potem zeszła do spokojnego, ludnego miasta, lecz zorientowała się, że świat został niemal zupełnie pozbawiony magii – nie utknęła w nim tylko dzięki temu, że zawsze miała przy sobie tyle mocy, by móc odejść z takich miejsc.

W końcu dotarła do świata, w którym widziała się z Lejikhiem i jego rodziną. Powoli poszybowała ku opuszczonemu obozowisku, a potem, gdy była już blisko, odepchnęła się i dalej przemieszczała w niemal zupełnej bieli. Wkrótce dostrzegła starą, słabo widoczną ścieżkę. Podążała nią, póki nie pojawiła się kolejna, a wówczas zeszła z niej i dalej posuwała się równolegle.

Dotarła na pole przed wioską. Poszybowała ku zagajnikowi, gdzie zeszła i zaczęła szukać ludzkich umysłów. Był wczesny wieczór i większość mieszkańców zajmowała się gotowaniem, jedzeniem, a niektórzy już spali. W końcu pewna para pożegnała się z sąsiadami i gdy oboje zakładali płaszcze, by udać się do domu, mąż przypomniał sobie, jak trzy czwarte cyklu wcześniej sławni Podróżnicy przejechali wozami przez wioskę i sprzedali im te okrycia.

Handlarze udali się na północ. Rielle unieruchomiła pod sobą powietrze, uniosła się wysoko i podążała wzdłuż dróg, zaglądając w myśli mieszkańców leżących w dole wiosek. Ludzie, którzy kupili coś od Podróżników, uważali się za szczęściarzy, bo ród nie zamierzał wracać do tego świata.

Rielle wszędzie wypatrywała magów szpiegujących dla Dahlego, ale nikogo nie znalazła. Kiedy przestała wychwytywać wspomnienia o Podróżnikach, zaczęła szukać szlaków prowadzących między światy. Znalazła jeden stary i słabo widoczny, więc z niego skorzystała. W następnym świecie trafiła na kolejne wspomnienia.

W ten sposób podążała śladem rodu Lejikha. Jedenaście światów dalej natknęła się na jeden, w którym Podróżnicy kupili towary na sprzedaż, ale nie zamierzali wracać do niego w przyszłości. W kolejnych dwóch z nikim nie handlowali, w trzecim zaś, w którym Rielle musiała zaczekać, aż ludzie się obudzą, dowiedziała się, że próbowali zawrzeć jakąś umowę na stałe, ale się nie udało.

W kilku następnych światach nie handlowali ani nie składali żadnych propozycji. Być może nie zamierzali zawierać umów, dopóki kilkakrotnie nie pokonają całej zaplanowanej trasy. Jeśli rzeczywiście tak było, Rielle musiała znaleźć inny sposób na przekazanie Givari wiadomości od Qalla.

W kolejnym świecie trafiła na szpiega.

Mieszkał naprzeciw kupca, z którym handlował ród Lejikha. Przystanęła w cieniu magazynu, a płaszcz narzuciła postrzępioną stroną na zewnątrz.

...mogą nigdy tu nie wrócić – myślał mężczyzna. *Ale jest tu wygodnie, a jedzenie jest smaczne. Choć oczywiście w miejscu, w którym zatrzymał się Dahli, jest lepiej.*

W myślach szpiega pojawił się obraz pomieszczenia. Kafle na podłodze. Para unosząca się znad głębokiego, prostokątnego basenu. Skąpo ubrana służba spełniająca wszelkie zachcianki klientów. Wspomnienie to wzbudziło w mężczyźnie żądzę i zazdrość, lecz znikło, nim zaczął wyobrażać sobie wszystko bardziej szczegółowo. Bał się, co by było, gdyby Dahli przyłapał go na oddawaniu się przyjemnościom zamiast obserwowaniu myśli mieszkańców.

Dahli – pomyślała Rielle. Sądząc po tym, co zobaczyła, mógł być zaledwie kilka światów dalej. *Gdybym zdołała zbliżyć się na tyle, by zajrzeć w jego umysł, ale nie pozwolić mu wyczuć mojej obecności, mogłabym się dowiedzieć, co dokładnie planuje, i znaleźć jakiś słaby punkt.* Nawet jeśli nie powstrzymałaby go od szantażowania Qalla – lub siebie – mogłaby trafić na coś, co dałoby się wykorzystać przeciwko Dahlemu.

Jednak zaglądanie z bliska w jego myśli było ryzykowne. Obserwowała dalej szpiega i gromadziła informacje. Dahli przebywał w Yolin, mieście w pobliskim świecie słynącym z naturalnych źródeł i ciepłych wód. Kiedy dostrzegła wyraźny obraz tego miejsca, okrężną drogą przedostała się przez sąsiednie światy i zeszła niedaleko Yolin. Jeszcze bardziej zmieniła swój wygląd – skróciła nos i zwęziła usta. Wtopiła się w tłum ludzi zmierzających piechotą do miasta – wielu z nich było chorych i liczyło na lecznicze działanie wód – i dopiero po upływie połowy długiego tutejszego dnia dotarła na szczyt wzniesienia i spojrzała w dół na zabudowania.

Miasto było położone w płytkiej dolinie, otoczone bujną roślinnością i spowite oparami. W wyższych partiach zboczy znajdowały się terasy rolne. Przysiadła na murku przy jednej z nich i z myśli mieszkańców wyczytała informacje na temat charakteru tego miejsca.

Odnalezienie Dahlego wśród tysięcy umysłów przyszło jej łatwiej, niż się spodziewała. Miejsca z dostępem do zasobów wody radziły sobie lepiej niż te, które musiały tę wodę od nich kupować. Ostatnio znaleziono kilka nowych źródeł, lecz jakiś czas temu pewien mag z innego świata stworzył źródło w zamian za możliwość darmowego korzystania z łaźni. Odszukała to miejsce i lodowaty dreszcz zmroził jej skórę, gdy trafiła na umysł, który chciała znaleźć.

Dahli właśnie spożywał posiłek, a posłaniec składał mu raport. Z ulgą dowiedziała się, że żaden z jego szpiegów jej nie zauważył.

Jest sprytna – myślał Dahli. *Nie wróci. Tracę czas.* Jego ponury nastrój poprawił jej humor, zauważyła jednak jego determinację, by czekać dalej. Widok chłopaka był jedyną wskazówką, jaką miał po ponad pięciu cyklach od śmierci Valhana. *Co jeszcze mógłbym zrobić, podczas gdy Tyen pracuje?* – zadawał sobie pytanie.

Serce zamarło Rielle w piersi. *Tyen?*

Kłamał, twierdząc, że musi pracować w samotności, by nic go nie rozpraszało? – zastanawiał się Dahli. *Co miałby w ten sposób zyskać?* Choć nie mógł pozbyć się podejrzenia, że Tyen celowo się ociąga, nie widział ku temu powodów. *Może po prostu chce wykorzystać informacje, które mu przekazałem, żeby przywrócić ciało kobiecie z książki p r z e d wskrzeszeniem Valhana.*

Rielle wstała i znieruchomiała, nie będąc w stanie oderwać się od myśli Dahlego.

Ale nie zauważyłem niczego, co by na to wskazywało – stwierdził. *Nadal będę go odwiedzał, bez względu na to, co mówi. Muszę wywierać presję. Udam się tam za kilka dni.* W myślach nakreślił drogę do świata, w którym pracował Tyen, zastanawiając się, jak ominąć te, w których ostatnio wybuchły wojny. *Ale obrazy zniszczenia, które zobaczyłby w moich wspomnieniach, mogłyby popędzić go do działania. Chociaż pewnie nie przekonałyby go, żeby przestał się upierać przy rezygnacji z wykorzystania żywej osoby…*

Oddech uwiązł Rielle w gardle. Tyen wcale nie szukał sposobu na wyeliminowanie mechanicznej broni. Szukał sposobu na wskrzeszenie Valhana!

Dlaczego? Dahli go zaszantażował? Nie znalazła żadnej informacji na ten temat w jego myślach. Zdaniem Dahlego Tyen robił to po części w zamian za wiedzę na temat wskrzeszenia Velli, po części zaś po to, by ocalić światy.

Dahli dokończył posiłek. *Przynajmniej w końcu przekonałem go, że to jedyny sposób, by nie dopuścić do samozniszczenia światów* – pomyślał.

Rielle z sykiem wypuściła powietrze z płuc pod wpływem narastającej frustracji. *Nie zgodziliśmy się przypadkiem, że Valhan nie rozwiąże tych problemów? Że światom nie potrzeba pojedynczego potężnego lidera? Że z czasem same poradzą sobie z kłopotami?* A może uznała, że podzielał jej zdanie, tylko dlatego że jej się nie sprzeciwił?

Nie potrafiła sobie przypomnieć. Była zbyt rozzłoszczona. Potem zdusiła okrzyk, gdy z myśli Dahlego popłynęły kolejne informacje.

…*Valhan mnie uprzedzał, że Tyen uzna to za mniejsze zło. Szpiegował buntowników tylko po to, by dłużej utrzymać ich przy życiu – nie zdawał sobie sprawy, że właśnie tego chciał Valhan.* Dahli uśmiechnął się, ale zadowolenie z powodzenia planu Raena szybko go opuściło. *A jednak ostatecznie mu się nie udało. Valhan źle ocenił Rielle. Nie oddała mi go.* Dahli przeczesał włosy ręką, walcząc ze znajomą rozpaczą.

W obliczu żalu byłego mentora gniew Rielle nieco osłabł. Choć nie powinna współczuć człowiekowi, który chciał zabić Qalla, nic nie potrafiła na to poradzić. *Stracił kogoś, kogo kochał. Mężczyznę, którego podziwiał i któremu służył, choć ten nie odwzajemniał jego miłości.*

To musiało być nie do zniesienia, ale nie było od tego ucieczki. Valhan nie pozwalał żyć potężnym magom, których nie mógł kontrolować. Dahli nie miał wyboru – musiał zostać z nim i mu służyć. Jakim człowiekiem byłby Dahli, gdyby mógł odejść i znaleźć kogoś, kto odwzajemniłby jego uczucie?

Wiedząc, że Valhan musiał być świadom cierpienia i tęsknoty swojego najwierniejszego sługi, Rielle znienawidziła go jeszcze bardziej.

Widziała też, jak bardzo Dahli znienawidził ją.

A jednak ja nie żywię wobec niego nienawiści. Choć pewnie byłoby inaczej, gdyby skrzywdził Qalla albo Podróżników.

Ale Tyen…

Zasępiła się. Sądziła, że póki Dahli nie znajdzie ani jej, ani Qalla, wszyscy pozostaną bezpieczni i nie będzie szans na powrót Raena. Nikt jednak nie pozostanie bezpieczny, jeśli Tyenowi uda się wskrzesić Valhana. Raen pozwolił Podróżnikom handlować z różnymi światami, ale czy nie cofnąłby tego zezwolenia, gdyby się dowiedział, że czynnie starali się przeszkodzić w jego powrocie? Skoro sądził, że będzie musiał w końcu zabić Rielle, bo dorównywała mu mocą, nie mógłby także pozwolić żyć Qallowi.

Ale jeśli Tyen go wskrzesi, Valhan go oszczędzi. Czy Dahli mu to obiecał? Ponownie zajrzała w myśli mężczyzny.

Nie mam wyjścia, muszę zaufać Tyenowi. Kiedy zdoła wskrzesić człowieka na próbę, posiądzie całą wiedzę niezbędną do przywrócenia Velli ciała. Jeżeli nie wywiąże się z umowy, nie będę mógł nic poradzić, ale przynajmniej nie musiałem ryzykować i oddawać mu dłoni Valhana. Żeby dotrzymał obietnicy, powinien wiedzieć o tym, że wśród światów panuje coraz większy chaos…

Dłoń. Dłoń Valhana. Rielle wzięła głęboki oddech. Qall był tylko jednym z elementów potrzebnych do wskrzeszenia Valhana, a skoro Tyen pracował nad stworzeniem kolejnego naczynia na umysł Raena, znaczyło to, że chłopak nie był niezbędny. Póki istniała dłoń, Raen mógł wrócić.

Bez niej jego powrót byłby niemożliwy.

Właśnie to była słabość Dahlego. *Trzeba ją zniszczyć.* Jej serce na chwilę przestało bić. Zerknęła ponownie w umysł Dahlego, w nadziei że pomyśli jeszcze o dłoni i zdradzi miejsce jej przechowywania. Dowiedziała się jednak tylko tyle, że ukrył ją i zablokował związane z tym wspomnienia. Nie zamierzał ich odblokowywać, dopóki działania Tyena nie okażą się skuteczne i nie przygotuje naczynia, w które będzie mógł przelać umysł Valhana.

Nie mogła czekać tak długo. Qall potrzebował ochrony i szkolenia.

Znała jednak kogoś, kto mógł czekać, obserwować i uderzyć w odpowiednim momencie. Kto z w i e l k i m zainteresowaniem dowie się, czego dopuścił się Szpieg i jakie ma plany. Kto mógł dostarczyć wiadomość od Qalla.

Odepchnęła się od świata i ruszyła na poszukiwania Baluki.

CZĘŚĆ TRZECIA

TYEN

ROZDZIAŁ 11

Powinienem się już przyzwyczaić, że sojusze nie wychodzą mi na dobre i zawsze kończę nie po tej stronie, co trzeba – myślał Tyen. Patrzył na ruiny pałacu w Glaemarze i obserwował umysły zarówno najeźdźców, jak i podbitych. Łagodni Doumiańczycy, nienawykli do podbojów, bali się ludzi, którymi teraz władali, dlatego utrzymywali wśród nich porządek oparty na zasadach graniczących z czujnym okrucieństwem. Muraiczycy, którym nieobce było życie w niesprawiedliwie podzielonym społeczeństwie, nadzwyczaj łatwo dostosowali się do nowych warunków.

Zanim tu przybył, odnalazł swoich byłych pracowników. Na szczęście żaden nie ucierpiał z powodu znajomości z nim. Z zadowoleniem stwierdził, że niektórzy zaczęli samodzielnie wyrabiać magicznie napędzane koła garncarskie. Chcąc zatrzeć pamięć o rzeczywistym wynalazcy, Ceramicy ogłosili, że urządzenie jest nowo odkrytym sekretem dawno zmarłego garncarza, pracownicy zapewnili go jednak, że sami innymi sposobami zachowali prawdziwe informacje.

Co takiego uczyniłem Ceramikom, że zasłużyłem sobie na podobne traktowanie? – zastanawiał się Tyen. *Czy prowadzenie negocjacji pokojowych z Murai – których postanowień nie zamierzali zresztą honorować – to naprawdę takie straszne przestępstwo?*

W końcu odnalazł osobę, której szukał. Ceramik Fursa mieszkała teraz w bardzo okazałym domu w Glaemarze – odebrano go jednemu z kupców, którzy zlecili atak na targowisko w Albie. Tyen uśmiechnął się. Choć Ceramicy potraktowali go niegodnie, poczuł ukłucie satysfakcji.

Odepchnął się nieco od świata i poszybował w dół do miasta, przez ściany ku korytarzowi, którym właśnie kroczyła Fursa. Zatrzymała się gwałtownie, gdy dostrzegła zarys jego sylwetki, i cofnęła, gdy się zmaterializował.

– To nie był mój pomysł – powiedziała szybko.

Skinął głową, gdy z jej myśli wyczytał imiona Ceramików, którzy uknuli plan najazdu na Murai i zaproponowali wprowadzenie go w życie. *A ja się z nimi zgodziłam* – pomyślała. *Więc pewnie nie jestem lepsza.*

Nie była, ale Tyen nie przybył tu, by się zemścić lub kogoś ukarać.

– Byłem uczciwy i robiłem wszystko dla dobra Doum – powiedział. – W zamian za to wy oszukaliście mnie i odebraliście mi dom. Po co więc udawać, że koła są wynalazkiem mieszkańca waszego świata?

Mocno zacisnęła usta, ale w jej myślach pojawiła się wyraźna odpowiedź.

Żeby nikt nie miał powodów, by cię szanować – pomyślała. *Miałeś ponieść porażkę. Powiedzieliśmy ludziom, że imperator nie podpisał traktatu i że to twoja wina.* Zadrżała, gdy uświadomiła sobie, że usłyszał te myśli, bo nie była w stanie ich zablokować. *Co teraz? Ukarze mnie? Zabije nas wszystkich?*

– Podoba ci się nowa pozycja w Murai? – spytał.

Utkwiła w nim wzrok, dziwiąc się zmianie tematu. Kiedy zastanawiała się nad pytaniem, na powrót ogarnęły ją obrzydzenie do samej siebie i tęsknota, które towarzyszyły jej od chwili przebudzenia każdego dnia.

Pokręcił głową.

– Nie muszę was karać.

W głębokich bruzdach na jej twarzy odmalowała się ulga. Nie pamiętał, by miała te zmarszczki, gdy widzieli się ostatnio. Odepchnął się od świata i kiedy zniknął jej z oczu, zaczął się zastanawiać, czy okupacja wyjdzie Murai na dobre. Panujący w Doum ustrój, w którym władców wyłaniano w drodze wyborów, a rzemieślnicy cieszyli się szacunkiem, mógł wnieść sprawiedliwość do muraiskiego społeczeństwa. *Jeśli jednak zamierza się zabijać ludzi i ich zniewalać, by narzucić takie zmiany, to jak ich potem przekonać, by sami nie zabijali dla władzy, gdy zwróci się im wolność?*

Co o tym sądzisz, Vello?

– Tworzenie praw to najpowszechniejszy sposób utrzymania pokoju i sprawiedliwości w społeczeństwie – jej wyraźny głos rozległ się w jego myślach. – Odpowiednie połączenie zachęty i kary skłania do przestrzegania prawa. Nigdy nie słyszałam o społeczności, która byłaby w stanie to egzekwować jedynie zachętami, choć niekiedy kary ograniczają się do prac społecznych.

Tak było w Doum, a wystarczyło tak niewiele, by to zmienić. Muszę przyznać, że ulżyło mi, gdy się okazało, że nie mogę wrócić. Musiałbym spróbować odwieść Ceramików od przemocy albo usiąść i patrzeć, jak wszystko zmienia się na gorsze.

– Teraz masz ważniejsze sprawy na głowie.

Dotarł do następnego świata i poszybował ku portalowi. Znajdował się on w dużej sali na drewnianym podwyższeniu ozdobionym malowidłem, z którego łuszczyła się farba. Ruszył dalej.

To prawda. Przy tych wyzwaniach problemy Murai i Doum to banały. Obserwowanie Dahlego, powstrzymanie go od pogoni za Rielle, wskrzeszenie Raena, zniszczenie broni opartej na magii mechanicznej i przywrócenie ci ciała.

– Przywrócenie mi postaci cielesnej nie jest istotne – upomniała go. – Przynajmniej nie z punktu widzenia wszechświata.

Ale dla mnie jest istotne. Złożyłem obietnicę. Nie zabiję, by tego dokonać, ale mogę spróbować znaleźć inny sposób.

– Ceną za to jest sprowadzenie Raena. Czy to nie zbyt wysoki koszt?

Nie wiem – przyznał. *Przywrócenie ci postaci cielesnej to przecież nie jedyny powód, dla którego to robię. Ważniejsze jest to, że chcę pomóc Rielle i ostrzec innych, że Raen wróci.*

– Rielle odeszła. Nie potrzebuje twojej pomocy, by Dahli przestał ją ścigać.

W kolejnym świecie panowały ciemności, gwiazdy oświetlały krystaliczne głazy wystające z ziemi. Obszar, na którym wylądował, został wyrównany i prowadziła z niego wąska droga. Ruszył dalej.

Tak, ale Baluka też musi się o tym dowiedzieć. Wszystkie światy będą musiały się na to przygotować.

– Jesteś pewny, że Dahli zdoła wskrzesić Raena bez twojej pomocy?

Niezupełnie. Ale o n jest tego pewien. Potrzebuje tylko czasu – a ma go mnóstwo, skoro jest nieśmiertelny – by znaleźć kogoś potężnego, kto będzie chciał mu pomóc. Nie mogę sobie pozwolić na takie ryzyko. A jest realne, póki dłoń Valhana jest w jego posiadaniu.

– Dahli sądzi, że stan dłoni może się pogorszyć.

Zgadza się. Ale zablokował wspomnienia dotyczące tempa, w jakim może to nastąpić, więc nie do końca w to wierzę. Po co miałby ukrywać tę informację?

– Żebyś nie tracił czasu i się nie ociągał. Żebyś musiał podejmować decyzje bez zbędnego zastanowienia.

Podjąłem decyzję zbyt pośpiesznie?

– Mam za mało informacji, by to ocenić.

W następnym świecie otoczyły go niskie, przysadziste drzewa. W przeciwieństwie do nich mężczyźni i kobiety strzegący portalu byli wysocy i smukli. Poszybował dalej.

Współpraca z Dahlim jest dla mnie kłopotliwa, ale jego argumenty mają pewne uzasadnienie – przyznał. *Odnowiciele nie utrzymują porządku tak skutecznie, jak robił to Valhan. Nie wiedzieli nawet o istnieniu świata, któremu zagrażają meteory, i nie mają pojęcia, jak go ocalić. Gdyby Dahli sądził, że jestem jedyną osobą, która jest w stanie mu pomóc, może i tak w końcu zgodziłbym się wskrzesić Valhana.*

– A jednak tego nie chcesz.

Nie.

– W takim razie gdybyś zmienił zdanie, mógłbyś zniszczyć dłoń. Wówczas nikomu nie groziłoby niebezpieczeństwo powrotu Raena.

Tak, ale dopiero po wydobyciu z niej informacji, dzięki którym przywróciłbym ci ciało. Być może Valhan obmyślił także sposób na zwalczenie insektoidów. Przewidział, że w przyszłości będą stwarzały problemy, może więc wpadł na jakiś pomysł.

– Może mógłbyś przekonać tym Dahlego, żeby pokazał ci tę dłoń.

Nie. Dahli nie dopuści mnie do niej, dopóki nie udowodnię, że jestem w stanie kogoś wskrzesić i znalazłem ciało, w którym mógłby zamieszkać Valhan.

Kolejny portal okazał się zamarzniętym stawem pośród ruin – dziwne miejsce, ale może poprzednicy zamierzali pozbyć się niemile widzianych gości poprzez utopienie ich w wodzie pod lodem. Tyen podążył dalej.

Jeśli istnieje szansa, że Valhan znalazł rozwiązanie problemu insektoidów, muszę spróbować dotrzeć do jego wspomnień. Te urządzenia powstały przeze mnie.

– Nie mogłeś przewidzieć, że wiedza, którą zapłaciłeś za nauki w Liftre, doprowadzi do stworzenia urządzeń służących do walki – powiedziała Vella.

Powinienem był to przewidzieć. W Imperium Lerackim również wykorzystywano magię mechaniczną w działaniach wojennych. Aerowozy bojowe i armaty pozwoliły podbić znaczną część mojego świata.

– To udowadnia jedynie, że ludzie zawsze i wszędzie są w stanie wszystko przekształcić w broń. Nie twoja wina, że to właśnie stało się z magią mechaniczną.

Mimo wszystko jeśli można temu zaradzić, muszę spróbować. Nie dokonam tego bez funduszy i domu.

Pewna jego cząstka lgnęła ku bezpieczeństwu, jakie dawała ochrona zapewniana przez Dahlego. Dobrze byłoby odpocząć od nieustannej czujności. Mroczniejsza cząstka jego duszy, nad którą nie lubił się zbyt intensywnie zastanawiać, snuła wizje, co by się stało, gdyby odmówił Dahlemu, a ten zdołałby inaczej wskrzesić Raena. *Raen nie pozwoliłby mi żyć, bo jestem zbyt potężny. Musiałbym uciec na krańce wszechświata jak Rielle.* Być może i tak będzie musiał to zrobić, gdy Raen odczyta jego myśli i dowie się, jak Tyen pomógł Rielle i Odnowicielom. Rozważał, czy nie był naiwny, licząc, że może poprosić o nagrodę w postaci darowania życia Rielle. Przecież Raen planował ją zabić, mimo że miał zostać przez nią wskrzeszony.

Czasami Tyen zastanawiał się, czy Raen znów z łatwością zostałby władcą światów. Większość jego sojuszników i przyjaciół nie żyła, a Odnowiciele ugruntowali już swoją pozycję. Skoro Raen znalazł się w takich tarapatach, że musiał zaryzykować i popełnić samobójstwo, a potem zaufać komuś, że go wskrzesi, najwyraźniej jego potęga i wpływy miały swoje granice. A gdyby Odnowiciele, Tyen i Rielle połączyli siły przeciwko niemu? Czy zdołaliby go zabić? Czy doszłoby do zawieszenia broni? Czy Valhan zgodziłby się na panowanie tylko nad częścią światów?

Być może istniały inne sposoby na powstrzymanie wskrzeszonego Raena od zyskania aż tak wielkiej władzy, ale na razie mgliste pomysły dopiero zaczynały rodzić się w głowie Tyena.

Świat, który się wokół niego wyłaniał, był celem jego podróży. Kiedy zszedł, poczuł w nozdrzach aromat ogrodów i znów ogarnął go zachwyt na myśl, że jego organizm jest w stanie przetrwać bez powietrza. Wydostał się z kręgu roślin i zapuścił w wielki labirynt. Rozciągał się on na ogromnym obszarze, a dbały o niego setki mieszkańców niewielkich domków ukrytych wśród jego ścian. Ścieżkami spacerowali goście. Tyen słyszał śmiechy i nawoływania dzieci. Minął część z fontanną i kolejne z posągami, a nawet ze stawem – na środku znajdowała się wysepka porośnięta drzewami, a do brzegu przycumowano kuszącą łódkę.

Skorzystał z okazji, by zatrzymać się w Doum i Murai, bo leżały po drodze w to miejsce. Gdzieś na wschodzie w jaskini miał znaleźć Balukę. Teren przed Tyenem wznosił się aż do zdobionego kamiennego łuku wejścia wykutego w zboczu wzgórza. Tyen ruszył ku niemu.

Sądził, że to wejście do tunelu, lecz gdy przez nie przeszedł, z rozczarowaniem stwierdził, że znajduje się po drugiej stronie wzniesienia. A zatem przejście, nie tunel. Kiedy jednak rozejrzał się po widocznym w dole labiryncie, zauważył okrągły otwór pośrodku jednej z pustych przestrzeni. Może to tę jaskinię miał na myśli Baluka. Tyen powędrował dalej.

Kiedy dotarł na miejsce, okazało się, że w ciemność wiodą spiralne schody. Stworzył światełko i ruszył w dół. U podnóża schodów stało krzesło prymitywnie wyciosane w głazie. Siedział na nim mężczyzna. Baluka. Rozmawiał ze stojącym przed nim magiem.

Tyena dobiegł głos przyjaciela.

– Możesz odejść.

Mag zniknął z pola widzenia.

– Nie śpieszyłeś się. – Baluka podniósł wzrok i uśmiechnął się szeroko. – Zabłądziłeś?

Tyen wzruszył ramionami, schodząc z ostatnich stopni.

– Nie. Musiałem obrać nieco okrężną drogę.

– Co u ciebie?

– Całkiem dobrze. A u ciebie?

– Jak zwykle.

Tyen milczał przez chwilę. Wiedział, że Dahli zdołał umieścić szpiega w najbliższym otoczeniu Baluki, ale nie miał pojęcia, w jaki sposób. Zajął się tym jeden z przyjaciół Dahlego, który na wyraźne polecenie nie przekazywał Dahlemu szczegółów. Jak dotąd Tyen zwalczał pokusę, by powiedzieć o tym Baluce, bo Dahli mógłby zacząć się zastanawiać, skąd Odnowiciel zdobył tę informację.

Tyen rozejrzał się, jakby sprawdzał, czy ktoś jeszcze jest w pobliżu.

– Zastosowałeś wszystkie środki bezpieczeństwa?

– Oczywiście.

Tyen skinął głową.

– Powinieneś zachować szczególną ostrożność.

Baluka uniósł brwi.

– Z jakiegoś konkretnego powodu?

Tyen wzruszył ramionami.

– Nie znam konkretów.

– Rozumiem. – Baluka ruchem głowy wskazał duży worek przy nogach krzesła. – To dla ciebie.

Tyen podniósł worek. Pod jego ciężarem nieco się zachwiał. Gdy go z powrotem położył, usłyszał metaliczny chrzęst. Zajrzał do środka i dostrzegł polerowane metalowe elementy oraz przegubowe szpony.

– Insektoidy?

– Tak.

Tyen przykucnął i szerzej otworzył worek, przyglądając się plątaninie połyskujących metalowych kończyn.

– Dzięki. Już widzę kilka, z którymi jeszcze się nie spotkałem.

– Chcesz więcej?

– Tak. Różnego rodzaju. Jeśli się da, to żywe.

– To nie będzie łatwe.

Tyen pokiwał głową.

– Zwłaszcza w wypadku tych wybuchających.

Baluka uniósł brwi.

– Wybuchających?

– Eksplodują, gdy dotkną celu.

– Rzeczywiście będzie trudno je złapać. – Baluka zamilkł na chwilę. – Jakieś postępy?

Tyen wstał.

– Na razie tylko przeprowadzam badania. Znalezienie bezpiecznego miejsca do pracy zabrało mi trochę czasu.

– Mogłem ci w tym pomóc.

– Wiem. – Tyen czekał, z myśli przyjaciela wyczytał bowiem, że ten chce mu coś powiedzieć, ale nie wie, od czego zacząć. Milczenie się przedłużało. Tyen uniósł brwi. – Co się dzieje?

Baluka uśmiechnął się krzywo.

– Miło z twojej strony, że udajesz, że jeszcze tego nie wyczytałeś. – Jego oblicze spoważniało. – Rielle przygarnęła dziecko – teraz już młodzika – które odebrała sojusznikom Raena wkrótce po jego śmierci. Chcieli wskrzesić Valhana, zastępując wspomnienia chłopaka jego wspomnieniami. Nie pozwoliła im na wykorzystanie niewinnego dziecka, porwała je i oddała na wychowanie mojej rodzinie.

Tyen pokiwał głową.

– Tak. Wiem. To znaczy nie wiem, skąd zabrała chłopaka, ale wiem o całej reszcie.

Baluka otworzył usta ze zdziwienia.

– Dlaczego mi nie powiedziałeś? – Gwałtownie wciągnął powietrze do płuc. – Nie. Nie tłumacz się. Wiem dlaczego. Zbyt łatwo zajrzeć w mój umysł. Gdybym wiedział, że Raena można wskrzesić, inni też mogliby się o tym dowiedzieć. – Westchnął. – Cóż, teraz już raczej się wydało. Choć sądząc po tym, że po światach nie wędrują sobie Raenowie, chłopak był niezbędnym elementem całego procesu.

– Być może. – Tyen wzruszył ramionami.

– Na szczęście Rielle zabrała go daleko – kontynuował Baluka.

Tyen uniósł brwi.

– Będzie groźną opiekunką.

Baluka pokiwał głową.

– Ale i łagodną. – Uśmiechnął się do starych wspomnień.

Te jednak przypomniały Tyenowi o świeższych wydarzeniach, pod których wpływem ogarnęło go poczucie winy przeplatające się z pożądaniem. *Znienawidziłby mnie, gdyby się dowiedział, że Rielle była moją kochanką?*

Tarren twierdził, że rozzłościła ją lakoniczna wiadomość od Tyena pozostawiona przy portalu sąsiadującym z pustynnym światem. Kiedy umknął byłym buntownikom, którzy odkryli jego obecność, zużywając magię z tamtego miejsca, wysłał kilka wiadomości do Tarrena. Obawiał się, że buntownicy wciąż go śledzą, więc jego informacje były celowo niejasne, przesyłane w nietypowe sposoby. Zbyt niejasne i zbyt nietypowe. Żadna z nich nie dotarła.

Musiał znaleźć nowe miejsce, w którym mógłby nauczyć się przekształcania wzorców. Błądząc myślami podczas pierwszej próby, przypomniał sobie zamarznięty świat, w którym miał zostać wskrzeszony Raen. Był niezamieszkany i zasobny w magię, a skoro Rielle wówczas nie dokończyła dzieła, na pewno zostało w nim mnóstwo mocy. Tam wrócił do realizacji swojego planu i ćwierć cyklu później osiągnął wieczną młodość.

Nie mógł się doczekać wspólnego uczczenia sukcesu z Rielle i Tarrenem. Lecz inwazja Doum na Murai nie była jedyną niemiłą niespodzianką czekającą go po powrocie.

Wątpię, czy jeszcze ją zobaczymy – myślał Baluka.

Tyen pokiwał głową.

Muszę mieć nadzieję, że nie wróci, a jednak chciałbym, żeby wróciła. Chyba po prostu mam nadzieję, że pewnego dnia będzie mogła bezpiecznie to zrobić.

– Najlepszym, co możemy dla niej uczynić, jest zlikwidowanie tutejszych zagrożeń – rzekł Baluka zdecydowanie, odpędzając smutek. – Czyli pozbycie się Dahlego i jego popleczników. – Uniósł nieco podbródek. – Mógłbyś do nas dołączyć. Pomóc nam przywracać porządek wśród światów. Im więcej zgody, tym mniej powodów do tworzenia insektoidów.

Tyen zadrżał i pokręcił głową.

– Nie. – *Nie proponowałby mi tego, gdyby wiedział, jak kiepsko ułożyły się sprawy w Doum i Murai.*

– Nie oferuję ci przywództwa – przypomniał Baluka z wątłym uśmiechem.

– Wiem – odparł Tyen. – Doceniam propozycję, ale lepiej się wszystkim przysłużę, jeśli zajmę się tym, na czym znam się najlepiej, czyli magią mechaniczną.

Baluka przytaknął.

– No dobrze. Powodzenia. Zobaczę, czy uda mi się zdobyć jeszcze jakieś próbki, zwłaszcza żywe.

– Dziękuję. – Tyen zarzucił sobie worek na ramię i skrzywił się pod jego ciężarem. – Uważaj na siebie, Baluko.

– Ty też.

Baluka uśmiechnął się, ale gdy Tyen odepchnął się od świata, uśmiech spełzł mu z twarzy. Przywódca Odnowicieli miał ponurą, umęczoną minę, choć jak zwykle wyrażającą determinację. Tyen utwierdził się w przekonaniu, że musi ostrzec przyjaciela przed powrotem Raena. *Może i nie nadaję się do pokojowych negocjacji, ale potrafię szpiegować. Mogę więc wykorzystać te zdolności w dobrej wierze i mieć Dahlego na oku.*

ROZDZIAŁ 12

Tyen westchnął, odkładając z rozczarowaniem niewielki stosik kartek. Od kiedy otrzymał notatki Raena od Dahlego, przeczytał je trzykrotnie, lecz wcale nie dowiedział się więcej. Rozejrzał się po przestronnym pomieszczeniu – piwnicy pod rozpadającą się starą rezydencją w świecie, który niegdyś kwitł pod rządami Raena – i powiódł wzrokiem po otaczających go przedmiotach. *Stół, na którym zmieściłby się leżący człowiek. Przyrządy lekarskie. Leki. Filtr wody. Palnik. Bandaże.* Przeniósł spojrzenie na drugą stronę. *Stół. Półki. Insektoidy. Narzędzia. Metal, z którego można tworzyć części. Chemikalia. Olej.*

Zastanawiał się, czy będzie potrzebował czegoś więcej. Czy o niczym nie zapomniał? Miał świadomość, że szuka wymówki, by jeszcze nie rozpoczynać pracy, a jednak wciąż nie zdołał wziąć się w garść.

Może w innym miejscu mógłbym zebrać takie same zapasy, jakie zgromadziliśmy do wskrzeszenia Raena, żeby potem przywrócić ciało

Velli? Wyprostował się. *Vello* – pomyślał. *Wiedziałem, że czegoś jeszcze nie zrobiłem. Nie skonsultowałem się z tobą.*

Wyjął torebkę spod koszuli, wydobył z niej książkę i otworzył.

Co mam teraz zrobić, Vello?

Na stronie pojawiło się jej eleganckie pismo.

Przestać się ociągać? Wiesz, że na tym etapie Dahli nabierze podejrzeń, jeśli nadal będziesz zwlekał.

Przytaknął. *Masz rację. A jednak naprawdę nie wiem, co robić.*

A co cię powstrzymuje?

Od czego zacząć? W zapiskach Raena etapy wskrzeszenia człowieka nie pojawiają się w logicznej kolejności. Jest w nich zbyt wiele luk. Czasami pisał bardzo szczegółowo i jasno, nie ukrywając ważnych spostrzeżeń, czasami zaś tylko odnosił się do pewnych informacji, których nie zawarł w notatkach.

Prawdopodobnie nie przewidział, że ktoś będzie je czytał, a był zajętym człowiekiem.

To prawda. Możliwe też, że Dahli pominął jakieś informacje, gdy zlecił tłumaczenie zapisków, a potem zablokował związane z tym wspomnienia.

To nie miałoby sensu, jeżeli pominięte informacje mogłyby zadecydować o twojej porażce, odmowie dalszej współpracy lub niezadowalającym rezultacie. Przyznał jednak, że tłumaczenie może być niedokładne.

Bo wiedza tłumacza nie była dokładna. Na szczęście żyją jeszcze ludzie, którzy używają tego mało znanego języka. Dahli zastanawiał się, czy to ojczysty język Raena. Losowo wybrał zdanie do przetłumaczenia i wysyłał swoich ludzi na wielkie targowiska oraz w miejsca, w których gromadzono wiedzę, a nawet do Podróżników, i w końcu znalazł człowieka, który rozpoznał język. Był to uczony z Liftre.

Na szczęście w zdaniu nie zawarto żadnych informacji, które Dahli chciałby zataić. Kiedy odnalazł lud mówiący tym językiem, wybrał troje tłumaczy niemających pojęcia o magii i przekazał im poszczególne strony w przypadkowej kolejności, by zrozumieli jak najmniej z tego, co będą przekładać, nie chciał ich bowiem po wszystkim zabić.

Nie zadawałby sobie aż takiego trudu, gdyby współpracował z kimś, kto nie miałby tylu skrupułów co Tyen. A jednak ta niedogodność go nie rozzłościła. O dziwo, ucieszyła go nawet. Z zadowoleniem odkrył, że jednak nie lubi zabijać, choć przez setki cykli robił to dla Raena.

Dahli to człowiek pełen sprzeczności – rozmyślał Tyen. *Zablokował wspomnienia, których nie chce mi pokazać, a ja nie mogę mieć pewności, że człowiek, z którym mam do czynienia, jest naprawdę sobą.*

Gdyby wziął mnie do ręki, mogłabym spróbować dotrzeć do tych wspomnień.

Nigdy nie dałby się podejść w ten sposób. Tyen westchnął. *I nie pozwoli mi zwlekać w nieskończoność. Muszę poczynić jakieś postępy, ale jak?* To pytanie zadał sobie, nie Velli, więc nie odpowiedziała. Przygryzł policzek. *To zadanie ma trzy etapy. Muszę odkryć, w jaki sposób Valhan przeniósł wspomnienia do dłoni, i powtórzyć ten proces. Dostęp do dłoni by mi pomógł, ale Dahli mi jej nie przekaże, dopóki nie udowodnię, że jestem w stanie kogoś wskrzesić.*

Ja mogę stanowić źródło wiedzy. Jestem bardziej złożonym obiektem, ale zawarto we mnie wspomnienia. Znajomość zasad przekształcania wzorców pomoże ci zrozumieć moją strukturę.

Kiwnął głową. *Tak zrobię. Ale muszę też znaleźć kogoś, kto zgodzi się na skopiowanie swoich wspomnień do przedmiotu. Ja się na to nie piszę, Dahli pewnie też nie, więc będę musiał kogoś tu sprowadzić.* Najlepszym pomysłem, jaki przyszedł mu do głowy, było przeniesienie wspomnień umierającego do odpowiedniego naczynia. Dzięki świadomości, że ocaliłby tę osobę od śmierci, łatwiej było mu znieść myśl o takim eksperymencie.

Ale przecież mógłby tego człowieka uzdrowić. Teraz mógł uzdrowić każdego i przedłużyć każde życie. Mógłby robić to nawet w tej chwili, a jednak zajmował się czymś innym.

Rielle nie wspominała o owym moralnym dylemacie, gdy rozmawiali o nauce przekształcania wzorców. Kiedy pomyślał, że mógłby wyleczyć każdą chorobę w każdym świecie, zrozumiał, jaki chaos mogłoby to wywołać. Nie zdołałby uzdrowić wszystkich, więc jak miałby wybrać, komu pomoże? Jak daleko powinien się posunąć, skoro jest zdolny doprowadzić człowieka do idealnego stanu fizycznego, a nawet odwrócić proces starzenia się? Kiedy ludzie dowiedzieliby się, co Tyen potrafi i czego chciałby dokonać, czy zapotrzebowanie na jego zdolności uzdrowicielskie nie doprowadziłoby do rywalizacji i chaosu wśród potrzebujących? Czy zamożni nie zepchnęliby zwykłych ludzi na dalszy plan?

Nie miał jeszcze odwagi, by stawić czoła tym pytaniom. Na szczęście najpierw musiał zająć się zawartą umową, złożoną obietnicą i popełnionym błędem.

Drugi etap to przygotowanie osoby, która stanie się naczyniem. Będzie mi potrzebne czyjeś ciało. Valhan napisał, że szukał niewyszkolonego maga jak najbardziej zbliżonego do niego mocą, na wypadek gdyby jego własnych magicznych zdolności nie udało się przenieść.

Kiedy Tyen to przeczytał, po jego plecach przebiegł dreszcz. Rielle spełniała te wymagania. Tyen również. *Ale nie wiedział, że jestem aż tak potężny, poza tym byłem już przeszkolony w posługiwaniu się magią.* Przy tej notatce widniało podkreślone słowo „mężczyzna". Może tylko dlatego Rielle się nie nadawała.

Dobrze byłoby się dowiedzieć, czy Qall przejął pełną moc Raena. Jeżeli tak, to znaczy, że zdolności magiczne są cechą wyłącznie fizyczną i każdego można obdarzyć taką mocą. I że Tyen będzie musiał zrezygnować z pomysłu, by wskrzeszonego Raena obdarzyć mniejszą mocą, by nie stanowił zbyt wielkiego zagrożenia dla Odnowicieli i Rielle.

A jeśli Qall dorównuje potęgą Raenowi? I tak dziwnym zbiegiem okoliczności były zbliżone w czasie narodziny dwojga magów dorównujących mu mocą, ale myśl o trzeciej takiej osobie wprawiała w osłupienie. Czy miało to związek z Prawem Milenium i co kilka tysięcy cykli rodziło się więcej potencjalnych rywali? Wątpił, by jakaś nadprzyrodzona siła miała wpływ na kształtowanie przyszłości, więc albo co kilka tysięcy cykli dochodziło do naturalnego zawirowania w magicznej mocy, albo Raen nie miał rywali, nim zniknął na dwadzieścia cykli, bo wszystkich zabił. Ta druga możliwość zaniepokoiła Tyena, bo oznaczała, że potężni magowie rodzą się nieustannie i wkrótce będzie ich bardzo wielu. A także że moc Raena nie była niczym nadzwyczajnym, lecz po prostu Valhan potrafił utrzymywać władzę i porządek.

To byłaby ironia losu, gdyby Qall został Następcą, skoro Valhan stworzył go, by sam mógł utrzymać się przy władzy. Zwłaszcza gdyby Qall wdał się w zwycięską walkę z Raenem.

Znowu się rozpraszasz – napisała Vella.

Tyen wrócił myślami na ziemię.

Nie potrzebuję maga dorównującego mocą Raenowi. Wystarczy ciało niedawno zmarłego albo osoby, której umysł nie pracuje. Obie możliwości wciąż wywoływały w Tyenie dyskomfort. Zwłoki należało traktować z szacunkiem, a ktoś nawet pozbawiony wspomnień straci szansę na nowe życie, jeśli w miejsce jego umysłu pojawi się inny.

Valhan próbował zacząć od noworodka i dzięki przekształcaniu wzorców przyśpieszyć jego rozwój do osoby dorosłej, ale umysł i ciało nie rozwijały się odpowiednio, brakowało bowiem doświadczeń niezbędnych do nauki i adaptacji. Wspomnienia nie zagnieździły się prawidłowo. Kończyny nie odpowiadały na nieznane polecenia mózgu. Dorosły umysł potrzebował dorosłego ciała. Tyen zastanawiał się, czy z podobnego powodu umysł mężczyzny potrzebował męskiego ciała, by męskie narządy mogły prawidłowo funkcjonować, a umysł kobiecy ciała kobiecego. Nie zamierzał jednak eksperymentalnie sprawdzać tej teorii. To, co robił, i tak już przyprawiało go o dylematy moralne.

Trzecie zadanie polegało na przetransportowaniu do nowego ciała informacji zawartych w przedmiocie. To stwarzało kolejny dylemat. Co się stanie z nową osobą? Jeśli się im powiedzie, będą musieli znaleźć dla niej nowy dom. A jeśli się nie powiedzie? Tyen zadrżał. *Zależy z jakiego powodu by się nie udało.*

Na razie musiał skupić się na pierwszym zadaniu. A zatem znaleźć umierającą osobę, która chciałaby skopiować samą siebie. *Czyli muszę opuścić to bezpieczne miejsce. Może właśnie dlatego się waham...*

Jego uwagę przykuł ruch w drugim końcu podłużnego pomieszczenia. Podniósł wzrok, a serce zamarło mu w piersi, gdy dostrzegł materializującą się postać mężczyzny, kiedy jednak go rozpoznał, jego puls wrócił do normy.

– Witaj, Tyenie – odezwał się przybysz, gdy już całkowicie zszedł do świata.

– Witaj, Dahli – odparł Tyen, wkładając Vellę do torebki.

Najwierniejszy Raena znów zmienił swój wygląd – pozbył się brody. Włosy miał nieco dłuższe, w odcieniu jasnego blondu.

– Musiałem coś sprawdzić – rzekł Dahli, klucząc wśród mebli. Tyen zajrzał w jego myśli i dowiedział się, że mag spotkał się z ludźmi, którzy obserwowali rodzinę Baluki. – Udało ci się poczynić jakieś postępy?

Tyen zignorował pytanie.

– Nie pomogę ci, jeśli ich skrzywdzisz.

Dahli zmrużył oczy.

– Jeśli wszystko dobrze pójdzie, nie będę musiał. – Podszedł do krzesła i ruchem głowy wskazał notatki Raena. – No więc?

Tyen stłumił westchnienie.

– Czytałem to już trzy razy. Jak na kogoś, kto żył tysiąc cykli, nie spisał instrukcji zbyt dokładnie.

Dahli uniósł brwi.

– Jak na kogoś, kto twierdzi, że Valhan niewłaściwie podszedł do kwestii wskrzeszania, zbyt niezachwianie polegasz na zebranych przez niego informacjach.

Tyen wzruszył ramionami.

– Gdybym się dowiedział, co dokładnie osiągnął, może uniknąłbym popełnienia tych samych błędów.

– O ile rzeczywiście popełnił błędy. – Dahli niedbale machnął ręką. – Musimy pracować z tym, co mamy. Czy mogę ci w czymś pomóc?

Tyen już zaczynał kręcić głową, ale się powstrzymał.

– Znasz kogoś, kto zgodziłby się, by go skopiować?

Dahli uniósł brwi.

– Maga czy nie?

– To nieistotne.

– Mam takiego ochotnika sprowadzić tutaj?

– Nie. Możliwe, że trzeba będzie zużyć ogromną ilość magii, a to osłabi ten świat.

– Czy wykorzystasz go też jako naczynie?

Tyen pokręcił głową.

– Skąd mielibyśmy wówczas wiedzieć, że eksperyment się udał?

– Słuszna uwaga. Będziesz w takim razie potrzebował też naczynia.

– Zgadza się. Kogoś, kto niedawno zmarł. Uzdrowię jego ciało, a potem zmienię je na wzór ciała ochotnika. Do tego etapu nie będę potrzebował aż tak wiele mocy, więc możemy zrobić to tutaj. Na wskrzeszenie trzeba jednak znaleźć zasobny, niezamieszkany świat.

Dahli pokiwał głową, ale uwagę skupił w najdalszym końcu pomieszczenia.

– Czy to jest to, co myślę?

Tyen podążył wzrokiem za jego spojrzeniem ku insektoidom. Były znacznie większe od Żuczka; ich ciężkie korpusy w cieniu wyglądały groźnie.

– Owszem.

Dahli wstał i podszedł do urządzeń. Tyen ruszył za nim.

– Po co ci one?

– Szukam sposobu, by je zniszczyć. Jednego sposobu na wszystkie.

– To możliwe? – spytał Dahli, trącając jedno z urządzeń, jakby chciał sprawdzić, czy jest uśpione.

– Raczej nie – przyznał Tyen. – Ale muszę spróbować.

Dahli odwrócił się, kiwając głową z aprobatą.

– Światy bardzo by skorzystały na twoim powodzeniu. – Zmarszczył brwi. – Czy dlatego ociągasz się z pracami nad wskrzeszeniem?

Tyen zaprzeczył ruchem głowy.

– Na razie tylko demontuję mechanizmy, żeby znaleźć ich wspólne słabe strony. To prosta robota, którą mógłby wykonać każdy student z Liftre, i mam przynajmniej zajęcie dla rąk, kiedy zastanawiam się nad kwestią wskrzeszenia.

– Może więc znajdziesz studenta, który się tym zajmie? – zaproponował Dahli.

– Musiałbym nadzorować jego pracę, a on widziałby, czym się zajmuję.

– Wystarczyłoby, żeby wiedział, że szukasz sposobu na zastąpienie ciała ludzkiego młodszym lub innym. Twoje eksperymenty nie będą miały nic wspólnego z Valhanem. Kiedy stworzymy dla niego ciało, odeślemy asystenta. Poszukaj kogoś młodego, kto nie potrafi przekształcać wzorców i nie będzie się zastanawiał, po co próbujemy przenieść umysł do innego ciała, skoro człowieka można po prostu uzdrowić. Jeśli w Liftre nie znajdziesz odpowiedniej osoby, mogę wskazać ci inne szkoły magii, choć nie sądzę, by tam nauczano magii mechanicznej w szerokim zakresie.

Tyen niechętnie pokiwał głową. Wolałby nie wciągać nikogo w tę sytuację, ale propozycja Dahlego zabrzmiała jak polecenie.

– Dopilnuj, by był to mag słabszy ode mnie – dodał Dahli – żebym po skończonej pracy nie musiał go zabić.

– A zdołałbyś, gdyby był silniejszy?

– Oczywiście. – Dahli wzruszył ramionami. – Dzięki doświadczeniu, wiedzy i lojalnym przyjaciołom można sobie poradzić z każdym przeciwnikiem.

– Zapamiętam to sobie.

Spojrzenie maga powędrowało w dal, gdy czerpał magię z przestrzeni w górze.

– Znajdę ochotnika, a ty sprowadź sobie asystenta.

Tyen skinął głową.

– Jakie mam mu zaproponować wynagrodzenie?

– Jakie tylko zechce, ja o wszystko zadbam. Potrzebujesz czegoś jeszcze?

– Nie.

– W takim razie przyjdę po ciebie, gdy znajdę ochotnika – oświadczył Dahli i zniknął.

Tyen minął miejsce, które zwolnił Najwierniejszy, zebrał notatki Raena i podszedł do szafki pod ścianą. We wspomnieniach Dahlego dostrzegł pierwszy, maleńki notes. Czy Raen go ukrył, czy nosił przy sobie? Chował go w saszetce pod koszulą, tak jak Tyen Vellę?

Tyen uśmiechnął się na tę myśl, ale jego rozbawienie szybko minęło. Dzień, w którym po raz pierwszy spotkał się z Raenem, był dla nich obu pewnym objawieniem. W Velli Raen dostrzegł przebłysk rozwiązania problemów z sojusznikami. Wyjawiła mu sposób na zachowanie wspomnień w przedmiocie, z którego później mógłby je wydobyć.

Tyen otworzył zamkniętą na klucz szafkę i wyjął bandaże z najniższej półki. Następnie za pomocą magii uniósł opróżnioną półkę – na dnie szafki ukazało się zagłębienie. Wówczas wypowiedział jedno słowo.

– Żuczku.

Z ciemności wyłoniły się energicznie drgające czułki.

– Wyjdź.

Insektoid dreptał szybko, gramoląc się na spód półki. Tyen wsunął notatki do środka. Wolałby je zniszczyć, skoro Vella poznała już ich treść, ale Dahli chciał zachować je w nienaruszonym stanie.

– Pilnuj ich, Żuczku – nakazał Tyen. – Jeśli ktoś inny niż ja lub Dahli spróbuje zabrać notatki, spal je.

Z szafki rozległ się potwierdzający gwizd. Tyen zamknął skrytkę i zaczął wkładać bandaże na miejsce. Może uda mu się znaleźć sposób na zniszczenie wszystkich bojowych insektoidów. Może zdoła tego dokonać, nie niszcząc jednocześnie tych nieszkodliwych. Jeśli jednak będzie musiał zniszczyć wszystkie, zrobi to. Nawet Żuczka.

Zaskoczył go pomysł Dahlego na znalezienie asystenta. Dahli dbał o dobro światów, więc zapewne zależało mu na rozwiązaniu problemu insektoidów, o ile nie pochłonie to całej uwagi Tyena. Dziwił się jednak, że Dahli chce dopuścić kogoś do ich eksperymentów.

Tyen zamknął drzwi szafki i wstał. Zaczerpnął magii, odepchnął się od świata i okrężną drogą udał się w podróż do Liftre.

W miarę jak zbliżał się do szkoły, ogarniały go obawy. Tarren twierdził, że ci, którzy znali Tyena i jako ucznia, i jako nauczyciela, jemu przypisywali wynalezienie insektoidów. Niestety z tego też powodu uwierzyli, że stworzył również insektoidy bojowe. Gdy tylko uczniowie Tarrena wybierali się do Liftre, starzec prosił ich o sprostowanie, ale Tyen nie wiedział, ile zdołali zdziałać.

Nie był to jedyny powód do niepokoju. Plotka o szpiegowaniu wśród buntowników mogła narobić mu kłopotu. Jeśli uwierzyło w nią wielu nauczycieli i uczniów, być może wspólnie postanowią go przepędzić. Wieść, że Szpieg przybył do Liftre, na pewno od razu rozeszłaby się po światach i Tyen musiałby uciekać przed pościgiem rozgniewanych magów. Postanowił zatem wylądować w odosobnionym miejscu i rozejrzeć się po ludzkich umysłach w poszukiwaniu kogoś, kto nadawałby się na jego asystenta, potem zaś dopilnować, by tylko ta osoba go zobaczyła.

Zszedł do świata Liftre z dala od powszechnie używanych ścieżek, by nie natknąć się na nikogo w przestrzeni między światami. Stworzył nowy szlak, ukrywając jego początek i koniec. Trzymając się po przeciwległej stronie wąskiego wąwozu, w którym mieściła się szkoła, szybował wzdłuż skalnej ściany i na zejście do świata wybrał zacienioną szczelinę.

Nigdy nie patrzył na Liftre z tego miejsca. Widok był imponujący. Pradawny budynek, powiększany przez wiele setek cykli, wyrastał ze skały pośrodku wąwozu. W stromym podłożu wykuto wąską, krętą drogę prowadzącą do leżącej poniżej wioski.

Był poranek. Za chwilę miały zacząć się lekcje. Uwolnił zmysły i wkrótce ogarnęła go wrzawa niezliczonych ludzkich myśli. Jakby patrzył na chmurę latawców – jaskrawe i stonowane, jasne i ciemne, a bliższe przyćmiewały bardziej odległe. Przeskakiwał z jednego umysłu w drugi, w nadziei że wśród przypadkowych skrawków wyłapie coś, co ma związek z magią mechaniczną.

Jedna grupa skupiona była na obliczaniu cykli w odniesieniu do pór roku w jednym ze światów. Tyen uśmiechnął się, gdy wyczuł znudzenie i dezorientację uczniów. Druga tworzyła rzeźby, unosząc wodę i zamrażając ją – to ćwiczenie miało na celu doskonalenie kontroli i większość dobrze się przy tym bawiła. Trzecia przygotowywała się na długi wykład z historii – niejeden student żalił się, że ostatnie wydarzenia są znacznie ciekawsze niż te z zamierzchłej przeszłości.

Potem Tyen dostrzegł znajomy widok: trybiki i inne części, z których powstawały insektoidy. Skupił się na jednym konkretnym umyśle uczennicy konstruującej niewielkie urządzenie. Nie budowała insektoida, lecz coś w rodzaju obrabiarki do strugania nóg do krzeseł. Dziewczyna spojrzała na urządzenie do wyrobu koszy skonstruowane przez innego ucznia.

Za bardzo przypomina owada. Przez jej myśli przemknęło wspomnienie słów często wypowiadanych przez nauczycielkę: „Maszyny powinny wyglądać jak maszyny, nie jak żywe stworzenia!". Dziewczyna zmarszczyła brwi. *Byłoby łatwiej, gdyby części, z których możemy korzystać, nie były pierwotnie przeznaczone do budowy insektoidów.*

Tyen przeniósł się do umysłu chłopaka.

Zeke'a nie obchodzi, jak wygląda urządzenie – myślał młodzik. *Twierdzi, że maszyny mają przede wszystkim wykonywać zadania, do których zostały stworzone. Dopiero potem można przejmować się ich wyglądem. A przecież czy istnieje coś piękniejszego niż tkacz błotny?* W jego myślach pojawiło się wielonożne stworzenie morskie z opalizującą kopulastą skorupą. Błoto przyklejone do jego brzucha z odnóżami przypominającymi łyżki było starannie rozkładane na podłożu za pomocą czterech innych kończyn, a owad obracał się wokoło, budując delikatną, krętą kolumnę, w której zamierzał złożyć jaja. *Zupełnie jak mój koszotkacz* – myślał chłopak.

Zeke – pomyślał Tyen. *Gdzie ja słyszałem to imię?* Zajrzał w myśli innych uczniów, a potem nauczycielki. To właśnie w jej umyśle po raz kolejny usłyszał imię; przyglądała się wynalazkowi chłopaka.

Nie ma wątpliwości, kto miał wpływ na t e n wytwór – myślała z dezaprobatą. Tyen zrozumiał, że Zeke nie jest nauczycielem, choć jeszcze do niedawna był. Kiedy ta właśnie kobieta dostała awans zamiast Zeke'a, on rzucił posadę nauczyciela i teraz projektował urządzenia dla klientów szkoły. Nieustannie brakowało mu pieniędzy, podobnie jak wszystkim wynalazcom z Liftre, którzy nie chcieli tworzyć insektoidów bojowych. Poza tym dodatkowo pogarszał swoją sytuację, przedłużając realizację zamówień, dodawał bowiem elementy, o które klienci nie prosili, albo zmieniał koncepcję urządzenia i zaczynał od nowa. *Jego siostra Dalle lepiej radzi sobie w interesach* – myślała nauczycielka.

Dalle? Zeke i Dalle! Tyen wydał z siebie stłumiony okrzyk. Właśnie przypomniał sobie tych dwoje. Byli jego studentami podczas ostatniego cyklu, który spędził w Liftre. Widocznie wrócili tu, by dokończyć edukację. *I wygląda na to, że oboje wyspecjalizowali się w magii mechanicznej.* Ogarnęło go dziwne, przyjemne uczucie – zdał sobie sprawę, że to duma.

Jednak szybko go opuściła. Jaką zapewnił im przyszłość, skoro ludzie postanowili wykorzystywać magię mechaniczną wyłącznie w celach bojowych? Co by zrobili, gdyby udało mu się zniszczyć wszystkie magiczne urządzenia?

Nagle przeszła mu ochota na dalsze poszukiwania asystenta, lecz zmusił się, by odnaleźć Zeke'a i pozostałych wynalazców, o których myślała nauczycielka. Skoro Zeke pracował powoli, może lepiej byłoby porozmawiać z kimś innym.

Odnalazł wszystkich na niższych piętrach – wspólnie jedli późne śniadanie. Jak na ironię w piwnicy. *Może ponure sale pod ziemią to miejsca, w których kończą wszyscy twórcy magicznych urządzeń* – zadumał się.

Przeglądając ich myśli, dostrzegł rozmaite opinie o swoim byłym studencie. Wielu sądziło, że Zeke jest najlepszym wynalazcą. Niektórzy go nie lubili, zazdrościli mu bowiem talentu albo zwyczajnie uważali, że są lepsi – jeśli nie w pracy, to z pewnością w zarabianiu na swoich wynalazkach. Kilkoro z nich tworzyło wyłącznie insektoidy bojowe i tym się szczyciło. Zeke ich nie lubił. Tyen zapamiętał sobie ich imiona.

Żadna z tych osób nie była szczególnie potężnym magiem i między innymi dlatego pociągała je magia mechaniczna. Zauważył także, że niektórzy byli związani z Odnowicielami. Żałował, że nie może sprowokować ich, by o nim pomyśleli – dowiedziałby się wówczas, kto uważa go za szpiega i zdrajcę.

Kiedy posiłek i pogawędki dobiegły końca i zebrani się rozdzielili, by wrócić do swoich pokojów, Tyen zdecydował, z kim porozmawia. Najpierw z Zekiem. Bardziej zależało mu na talencie asystenta niż na jego szybkiej pracy lub dochodowych projektach. Oczywiście mogło się okazać, że ten młody człowiek nie zechce opuścić Liftre i pomagać byłemu nauczycielowi nawet za niebotyczne wynagrodzenie, więc Tyen wybrał spośród pozostałych osób jeszcze kilkoro kandydatów.

Kiedy Zeke wrócił do siebie, Tyen odepchnął się od świata na tyle, by szkoła niemal zupełnie rozmyła się w bieli, a potem poszybował ku podstawie budynku. Gdy znalazł się w jego murach, ledwie był w stanie orientować się w otoczeniu, lecz dzięki temu jego także trudno było dostrzec. Skierował się ku pokojowi Zeke'a, zbliżył się do świata i wylądował dopiero, gdy dostrzegł pusty korytarz, w którym nikt nie mógł go zauważyć. Kiedy otoczyło go powietrze, szybko rozejrzał się za myślami pobliskich osób i odnalazł Zeke'a w pokoju, do którego prowadził równoległy korytarz. Tyen odepchnął się od świata i poszybował w to miejsce.

Młodzieniec siedział przy biurku, zgarbiony nad bogato zdobioną blaszaną skrzyneczką. Był tak pochłonięty pracą, że nie zauważył materializującego się Tyena. W byłym studencie nie zostało już nic z dawnej chłopięcości. Młody mężczyzna wciąż był jednak smukły, a jego proste czarne włosy sięgające podbródka nie były w stanie przysłonić wydatnych kości policzkowych. Brązowa cera była bledsza, niż Tyen pamiętał, ale pewnie chłopak spędzał większość czasu w tym pokoju w podziemiach.

Tyen przysunął się do niego i zauważył, że w skrzyneczce znajduje się skomplikowany mechanizm. Było to urządzenie rymujące, które po zarejestrowaniu ostatniego słowa w zdaniu miało odpowiadać innym słowem kończącym się na tę samą sylabę – o ile tylko Zeke zdołałby znaleźć sposób na zachowanie w nim tysięcy słów. Tyen nabrał powietrza, żeby coś powiedzieć.

Nagle Zeke krzyknął i odwrócił się pośpiesznie. Wpatrzył się w Tyena, który od razu zaczął go przepraszać.

– Nie nauczyli cię pukać? – odezwał się chłopak z napięciem, gdy Tyen w końcu zamilkł.

– Yyy... Tak. Przepraszam...

Zeke zmarszczył czoło i zmrużył oczy.

– Tyen? To naprawdę ty?

Tyen zerknął na siebie, nie zauważył jednak niczego dziwnego.

– Tak. Dlaczego pytasz?

Młodzik pokręcił głową.

– Wyglądasz jakoś inaczej.

Przypomniał sobie, jak Rielle ostrzegała, że jego wygląd może się zmieniać pod wpływem oczekiwań innych osób, i przeszyło go uczucie niepokoju.

– Jak?

– Nie... nie wiem. Niby tak samo, a jednak... inaczej.

– To wiele wyjaśnia.

Zeke wzruszył ramionami.

– Nie za wiele. Nie zmieniłeś się na gorsze – dodał. – Nadal masz urok tego bladego, pozornie niedbającego o wygląd przystojniaka.

– Eee... dzięki.

– Co cię w takim razie sprowadza w moje skromne progi?

Tyen wziął głęboki oddech i postanowił od razu przejść do rzeczy.

– Chciałbyś dostać pracę?

Zeke uniósł brwi.

– Żartujesz?

– Nie. Potrzebuję asystenta. Szukam sposobu na unieszkodliwienie albo nawet zniszczenie insektoidów, które wykorzystuje się do walki. I...

– Tak – przerwał mu Zeke.

Tyen milczał przez chwilę.

– Tak?

– Chcę tę pracę.

– Ale... nie omówiliśmy jeszcze zarobków.

Zeke wstał.

– Coś wymyślimy. Jeśli będę mógł wepchnąć insektoidy bojowe w tyłki tych nadętych wynalazców, to będę pracował za darmo. – Złowrogi uśmiech na chwilę zagościł na jego twarzy. – Nie twierdzę oczywiście, że nie przyjmę zapłaty. Nie mam innego źródła dochodów i pracuje mi się znacznie lepiej, gdy nie umieram z głodu. I łatwiej ze mną wytrzymać, gdy nie śmierdzę po wielu dniach bez kąpieli.

Rozbawiony Tyen, zaskoczony jego zapałem, zastanawiał się, co jeszcze powiedzieć.

– Będziemy pracować w tajemnicy – przestrzegł go. – Żadnego, hm, wpychania nikomu urządzeń, póki nie zostaną zniszczone.

– Oczywiście. – Zeke wzruszył ramionami. – Podżegacze nie będą mieli szans na kontratak.

– Mogą chcieć się zemścić.

– Powiem im, że to twój pomysł. Ty powiesz, że mój. Tak czy siak, będziemy mieć tylu zwolenników, ilu przeciwników. – Wyrzucił ramiona w górę. – Z nieba posypią się zamówienia i pieniądze.

– Cóż... w takim razie masz tę robotę, Zeke. Oczywiście jeśli nie będziesz zadowolony z pracy, przeniosę cię tu z powrotem. Masz moje słowo.

Zeke uniósł brwi.

– Zabierasz mnie stąd? – Rozejrzał się po pokoju i roześmiał jak szaleniec. – Zabierasz mnie stąd! – Gwałtownie przeniósł wzrok na Tyena. – Jak jest tam, gdzie mieszkasz?

– Hm... – Tyen popatrzył wokół i wzruszył ramionami. – Podobnie jak tu, tylko mam więcej miejsca.

– Ale lepsze towarzystwo. W takim razie się spakuję.

– Zaczekam. Domyślam się, że chcesz dokończyć pracę i pożegnać się z...

– Nie. Może się tym zająć ktoś inny. – Zeke wskazał na skrzynkę. – Ale zostawię list do dyrekcji i do siostry...

Podszedł do biurka i wydobył papier i pióro.

– Co u Dalle?

Młodzieniec zasępił się.

– Nie rozmawialiśmy ze sobą od czterech cykli. Podczas wojny stanęła po stronie buntowników. Ja... nie. Ale po stronie Raena także nie byłem. Nie lubię przemocy.

Zeke nie zauważył grymasu Tyena, bo skupił się na pisaniu. Słychać było tylko skrobanie pióra o papier. Skończył list i po krótkim wahaniu zabrał się za jeszcze jeden. Zanim się z nim uporał, Tyen pojął istotę konfliktu między rodzeństwem. Dalle dołączyła do buntowników, gdy przywództwo objął Baluka. Zeke nie chciał jej towarzyszyć ani uczestniczyć w ostatecznej bitwie. Nie sądził, że Dalle odejdzie bez niego, i nie wierzył w zwycięstwo buntowników.

Jego przewidywania się sprawdziły, a w dodatku siostra była przekonana, że zachował neutralność, bo jest tchórzem. Odnowiciele nie zdołali powstrzymać magów postępujących równie niegodziwie, co Valhan i jego sojusznicy. Wszędzie szalały wojny. Światy zwracały się przeciwko sobie. Magowie pragnęli rozbudowywać swoje imperia. Kolejne światy pozbawiano magii.

Zeke wrzucał do worka ubrania i inne rzeczy, zastanawiając się, czy siostra będzie zadowolona ze zniszczenia insektoidów bojowych.

Ucieszy się, że dołączyłem do Tyena, bo kiedyś przewodził buntownikom. Chyba że rzeczywiście był Szpiegiem. Zeke zawahał się. *A nawet jeśli, to co mi do tego?* Wzruszył ramionami, podniósł worek, skrzywił się pod jego ciężarem, a potem wyjął z niego kilka rzeczy i rzucił je na niezaścielone łóżko. *Nie wiem. Ale pewnie się dowiem.* Zarzucił bagaż na ramię, rozejrzał się i skinął głową.

– Jestem gotowy.

Kilka solidnych narzędzi, parę prezentów od siostry i trochę wygodnych ubrań – zadumał się Tyen, przypominając sobie, jak sam starannie pakował się przed opuszczeniem Liftre. *On już wie, co jest dla niego najcenniejsze.* Wyciągnął rękę. Zeke uśmiechnął się od ucha do ucha i chwycił ją. Tyen odepchnął się między światy i ruszył z powrotem do swojej pracowni.

ROZDZIAŁ 13

Przyjemnie tu masz.

Tyen przestał pisać i podniósł wzrok – Zeke schodził właśnie po schodach do piwnicy. Chłopak wymownie zerknął ku górze.

– To prawda – przyznał Tyen. – To miejsce znalazł dla mnie mój... Chyba mogę nazwać go patronem.

Zeke uniósł brwi.

– On wykłada tu jakieś fundusze?

– Większość. – Tyen zmarszczył brwi, zdając sobie sprawę, że to nie do końca prawda. – W zasadzie wszystkie.

– Jakoś szczególnie interesują go twoje eksperymenty?

– Tak, poza tym popiera moje dążenia do rozwiązania problemu z insektoidami. – Tyen zawahał się. – Przepraszam. Powinienem był wcześniej o nim wspomnieć. Nie przeszkadza ci to? Jeśli w którymś momencie poczujesz się niekomfortowo, mogę przenieść cię z powrotem.

– Cóż... – Zeke podszedł do stołów, na których leżały mechanizmy bitewne. – Po prostu cieszę się, że znalazłem się z dala od Liftre. Cenię każdego, kto chce się pozbyć tych insektoidów.

Tyen powstrzymał grymas. Kiedy dotarli tu zeszłego wieczoru, przyszło mu do głowy wszystko, co mogłoby pójść źle. A jeśli Zeke dowie się o czymś, co Dahli chciałby przed nim ukryć? Czy Dahli zabije tego młodego wynalazcę?

Zeke przeglądał właśnie duży notes, który zostawił dla niego Tyen – analizował szkice i notatki na kilku pierwszych stronach.

– Mam pracować aż tak skrupulatnie?

Tyen chwilę się zastanawiał.

– A jak sądzisz?

– Zazwyczaj nie robię notatek. Wszystko, co ważne, zostaje tutaj. – Postukał się w czoło. – Z drugiej strony nikt jeszcze nie musiał ze mną współpracować. – Po raz kolejny zerknął na przedmioty na stołach, a potem na otaczające Tyena półki wypełnione dziwnymi narzędziami i innymi przedmiotami. – Mogę spytać, nad czym pracujesz?

– Szukam sposobu na przeniesienie ludzkiego umysłu do nowego ciała – rzekł Tyen.

Zeke otworzył szeroko oczy.

– Och. To... ambitne. I bardziej związane z biologią niż magią mechaniczną. Teraz takimi rzeczami się zajmujesz?

– I tak, i nie. Spędziłem trochę czasu w Faurio i szkoliłem się w uzdrawianiu, ale nie za dobrze mi szło. Pomyślałem, że w taki sposób mógłbym wykorzystać to, czego się nauczyłem.

Zeke podszedł do półek, przyglądając się ich zawartości.

– Jeszcze nie zacząłeś?

– Jeśli za początek uznać teorię, to zacząłem.

Młodzik zachichotał.

– Czyli zacząłeś. Będziesz pracował nad niszczycielem insektoidów? Hm. Musimy wymyślić odpowiednią nazwę. Miażdżyciel? Wyłapywacz? Neutralizator?

– „Neutralizator" brzmi najmniej pretensjonalnie, więc może być traktowane poważnie. Gdy tylko znajdę czas, pomogę ci w pracy – rzekł Tyen. – Masz już jakieś pomysły?

– Kilka. Zależy, co chcesz osiągnąć. – Zeke wziął taboret, postawił go po drugiej stronie stołu i usiadł. – Jaki rezultat moglibyśmy osiągnąć w najlepszym wypadku?

– Zniszczenie wszystkich insektoidów bojowych i niedopuszczenie do wytworzenia kolejnych.

Zeke pokiwał głową.

– Nazwijmy je urządzeniami bojowymi, bo jak słyszałem, nie zawsze mają postać insektoidów.

– Dobrze.

– Skoro urządzenia bojowe znajdują się w wielu światach, to neutralizatory muszą przenosić się między światami – kontynuował Zeke. – Do tego potrzeba ingerencji człowieka, no chyba że mogłyby przenosić się same?

Tyen zmarszczył brwi.

– Jeżeli neutralizatory będą miały taką funkcję, twórcy urządzeń bojowych dowiedzą się, że to możliwe, i wyposażą w nią też swoje wynalazki.

– Paskudna myśl.

– I nie jestem pewien, czy to możliwe.

– Ty nie jesteś pewien?

– A dlaczego miałbym być?

– Nikt nie pomyślał, że w urządzeniach można wykorzystywać magię, dopóki się nie pojawiłeś. Na pewno masz świadomość ich ograniczeń.

– Nie miałem powodów ani czasu, żeby to sprawdzić – przyznał Tyen.

Zeke położył dłonie na stole.

– Jeśli my tego nie sprawdzimy, to w końcu sprawdzą to twórcy urządzeń bojowych. Jeżeli nie poznam możliwości tych przedmiotów, nie będę mógł im przeciwdziałać.

– Może lepiej nie rób notatek – rzekł Tyen z westchnieniem. – Na wypadek gdybyś odkrył coś, o czym nikt nie powinien się dowiedzieć.

– Tak, czasami lepiej zachować wszystko tu. – Zeke poklepał się po głowie. – Na razie neutralizatory nie powinny mieć więcej funkcji niż urządzenia bojowe. Będziesz potrzebował grupy uczciwych ludzi, którzy dostarczą je w miejsca docelowe, i pewnie znajdziesz ich bez trudu. Mnóstwo osób zapragnie w ten sposób powstrzymać wrogów, zwłaszcza te, które nie mają własnych urządzeń. – Przerwał na chwilę. – Masz jeszcze swojego pierwszego insektoida?

Tyen zamrugał, zaskoczony pytaniem.

– Tak.

– Nazywał się Żuczek, prawda? – Zeke uśmiechnął się. – Był taki prosty, a jednak wyszukany.

– Zmodyfikowałem go nieco.

– Ale nie do walki?

– Oczywiście, że nie. Choć posiada pewne mechanizmy obronne, żeby mógł strzec moich rzeczy.

– Czyli nasze neutralizatory powinny zostawić go w spokoju. – Zeke pokręcił głową. – Bardzo trudno będzie stworzyć urządzenie zdolne wybrać, co zniszczyć, a czego nie.

– A musi to być urządzenie?

– Tak. – Zeke zmarszczył brwi. – Chyba tego właśnie chciałeś? Konstruowanie to moja specjalność. Z jakiego innego powodu miałbyś mnie zatrudnić?

Tyen wzruszył ramionami.

– Mamy do czynienia z problemem natury mechanicznej. Ale jego rozwiązanie może się opierać na innych zasadach. Otwórz umysł. Może najlepiej poradziliby sobie z tym ludzie.

– Gdyby ludzie byli w stanie znaleźć i zniszczyć wszystkie te urządzenia, Odnowiciele już by to zrobili.

– Niekoniecznie. Może są zbyt zajęci problemami ludzi.

Zeke zmarszczył brwi.

– Ale te urządzenia stanowią przecież problem ludzi. Nie tworzą się same. Jeszcze.

– Myślisz, że byłyby w stanie replikować się samodzielnie?

– Gdyby miały dostęp do materiałów i potrafiły budować części… to tak.

Tyen zadrżał, gdy wyobraził sobie, jak urządzenia bojowe zasypują światy. Czy Valhan to właśnie przewidział, twierdząc, że Żuczek jest przyszłością? *Jego przyszłością, bo przecież planował własne wskrzeszenie i objęcie na nowo władzy nad światami.* Te dwa scenariusze połączyły się w jedno przerażające wyobrażenie insektoida-Valhana.

Tyen wyprostował się, gdy po jego plecach przebiegł dreszcz. Co powiedział Zeke? „Jak słyszałem, nie zawsze mają postać insektoidów". Czy któreś z nich mogły mieć ludzką formę?

Pewnie Valhan nie to miał na myśli, była to jednak intrygująca możliwość. Przed oczami Tyena pojawił się obraz mechanicznego człowieka. Przerodził się w koszmarną, połyskującą, metaliczną postać o wiekowym, wyrachowanym spojrzeniu Valhana, lecz Tyen odpędził ten widok i wyobraził sobie piękną i znacznie mniej przerażającą kobietę: Vellę.

Czy mogłaby mieć mechaniczne ciało? Które dałoby się naprawiać i modyfikować? Nie do końca takie miał wobec niej plany, ale warto było zastanowić się nad tą opcją, w razie gdyby nie udało mu się przywrócić jej normalnego ciała. Największym wyzwaniem byłoby przeniesienie olbrzymich pokładów jej wiedzy z kart książki do urządzenia. *Nie* – sprostował. *Najtrudniejsze byłoby uzupełnienie brakujących elementów jej umysłu, takich jak zdolność odczuwania emocji.*

– Tyenie?

– Przepraszam – mruknął, wracając myślami do wynalazcy.

Zeke miał szeroko otwarte oczy i wskazywał coś za plecami Tyena. Tyen odwrócił się i wstrzymał oddech, gdy rozpoznał materializującą się szybko postać.

Dahli.

Jego serce od razu zaczęło walić jak oszalałe. Wszystko pójdzie nie tak, jeśli Zeke rozpozna najwierniejszego przyjaciela Raena i odmówi współpracy albo jeśli się okaże, że chłopak nie jest tak słabym magiem, jak twierdził, i będzie w stanie zajrzeć w myśli Dahlego.

Tyen wstał i zwrócił się do Zeke'a.

– To nasz patron.

– Aha – wydusił z siebie Zeke, stając u boku Tyena. Jeszcze nie rozpoznał Dahlego.

Dahli jednak przyglądał się Zeke'owi w zamyśleniu. Tyen dokładnie wiedział, w którym momencie mag zszedł do świata, bo nagle zaczął słyszeć myśli towarzyszące wyrazowi jego twarzy.

...bardzo przystojny – myślał Dahli. *I nie ma pojęcia, kim jestem, bo nie patrzyłby na mnie z taką śmiałością i nie myślałby tego, co myśli.*

...nadzieję, że nie mylę się co do Tyena, bo byłby to jeden przystojniak mniej między mną a możliwością zdobycia tego tutaj...

Tyen stłumił cisnący mu się na usta uśmiech i przestał podglądać ich myśli.

– To jest Zeke, najlepszy wynalazca w Liftre i mój były student. – Już chciał przedstawić Dahlego, lecz się rozmyślił. Zeke mógł go nie rozpoznać, ale mógł znać jego imię.

Najwierniejszy przemówił.

– Jestem Dahli.

Tyen ukrył zaskoczenie i zajrzał w myśli Zeke'a. Młody wynalazca nie znał tego imienia. Ukłonił się.

– Miło mi cię poznać, Dahli.

– Ciebie również – odparł Dahli. Zwrócił się do Tyena. – Ty masz asystenta, ja ochotnika.

Po plecach Tyena przebiegł dreszcz.

– Gdzie?

– Niedaleko. Zabiorę cię do niego.

Tyen zwrócił się do Zeke'a.

– Potrzebujesz czegoś?

Młody mężczyzna oderwał wzrok od Dahlego i pokręcił głową.

– Wrócę... Prawdę mówiąc, nie wiem kiedy, ale wątpię, by zajęło mi to więcej niż dzień czy dwa – zapewnił Tyen.

Zeke wzruszył ramionami.

– Poradzę sobie.

Tyen podszedł do Dahlego, ten zaś chwycił go za ramię. Piwnica i Zeke rozmyli się w bieli, gdy Dahli odepchnął się od świata. Przed rozpoczęciem współpracy z Dahlim Tyen podróżował z nim między światami tylko do lodowej komnaty, w której przygotowano Qalla na przyjęcie wspomnień Valhana. I wtedy, i teraz nie podobało mu się, że ktoś go kontroluje, choć wiedział, że jako silniejszy mag łatwo mógłby wyswobodzić się z uścisku Dahlego. *Może to dlatego, że mu nie ufam. Zrobiłby wszystko, by odzyskać Valhana, choćby miał dopuścić się największej niegodziwości. Mimo że szanuję tę lojalność, wiem, do czego jest zdolny, i czuję się przez to nieswojo w jego towarzystwie.* Wierzył jednak, że póki łączy ich wspólny cel, Dahli nie będzie działał przeciwko niemu.

Kilka światów mignęło Tyenowi przed oczami. Policzył je, zwracając uwagę na ich charakterystyczne cechy, na wypadek gdyby miał wracać sam. Gdy w końcu się zatrzymali, od pracowni w piwnicy dzieliło ich ponad trzydzieści światów. Stali we wnętrzu olbrzymiego krateru. W powietrzu unosił się odór siarki. W obie strony ciągnęły się tarasy wykute jako ogromne łuki i niknęły za kolumną pary unoszącej się skądś spod tych leżących najniżej.

To aktywny wulkan – z przerażeniem zdał sobie sprawę Tyen. *Jesteśmy w kraterze ogromnego aktywnego wulkanu.*

Portal miał postać płaskiego obszaru wykutego w czarnej skale. Wokół nich rozciągało się miasto wzniesione z tego samego ciemnego kamienia. W pobliżu z wyczekiwaniem patrzyli na nich mężczyźni ustawieni w dwie czteroosobowe grupki. Mieli bladą, wręcz przezroczystą skórę, pod którą widać było żyły i tętnice. Między każdą z par stało krzesło przytwierdzone do dwóch drążków.

– Uch – odezwał się Dahli. – Nie cierpię być noszony. To takie powolne i niewygodne.

Wciąż trzymał Tyena za ramię. Położone na tarasach miasto nieco zbladło, a potem rozmyło się, gdy Dahli, szybując, oddalił się od portalu i wytyczył ścieżkę wiodącą ulicami, a potem wylądował przed dużym budynkiem z kamienia.

– Dlaczego akurat tutaj szukałeś ochotnika? – spytał Tyen, gdy znów był w stanie oddychać.

Dahli wzruszył ramionami.

– Jest tu mnóstwo magii.

Tyen skupił się na świecie i okazało się, że to prawda. Moc wzbierała od najniższych poziomów miasta. Zajrzał w umysły obywateli, ciekaw, co takiego tworzą, że generują aż tyle magii, nim jednak zdołał czegokolwiek się dowiedzieć, Dahli puścił jego ramię i postąpił naprzód. Przez otwarte drzwi budynku wyszedł im na powitanie służący.

Wewnątrz panował przepych. Ich ochotnik albo był człowiekiem bogatym, albo miał bogatych przyjaciół. Kiedy służący wprowadził ich do pobliskiego pomieszczenia, okazało się, że to pierwsze. Mężczyzna, który ich oczekiwał, miał na sobie okazałą, bogato wyszywaną szatę przetykaną złotą nicią. W pobliżu czekała służba gotowa na każde jego skinienie.

– To Pieh, patriarcha Rivu – rzekł Dahli, gdy już przedstawił Tyena.

Tyen zauważył, że mężczyzna jest bardzo stary. Odczuwał typowe dolegliwości wieku starczego, niektóre z nich były bardzo poważne. Choć umysł miał bystry, nieustannie cierpiał z powodu bólu. Sceptycznie przyjął propozycję przeniesienia jego umysłu do nowego ciała, uznał jednak, że nie zaszkodzi spróbować.

To nie będę ja – myślał. *Ktoś inny zostanie mną.* Ale to nie miało znaczenia. I tak umierał, w dodatku bezpotomnie. *Komu innemu mógłbym przekazać swój majątek, jeśli nie kopii samego siebie?*

Postawił tylko jeden warunek: Dahli nie sprowadzi tu nowego Pieha, dopóki stary nie umrze.

– Możemy zaczynać? – zapytał Dahli.

– Nie ma na co czekać. – Pieh spojrzał na Tyena. – Jesteś gotowy?

Tyen przytaknął.

– Może to trochę potrwać, więc proszę spocząć w jak najwygodniejszej pozycji.

Starzec usadowił się w dużym, wyściełanym fotelu. Tyen przelotnie rozejrzał się wokoło, a potem za pomocą magii przeniósł dwa krzesła i ustawił u boków starca. Dahli zajął jedno, Tyen drugie.

– Proszę podać mi rękę – poinstruował Tyen.

Starzec patrzył na niego przez chwilę, a potem wyciągnął dłoń. Ujmując pomarszczoną rękę, Tyen zamknął oczy i wprawił umysł w stan, który wcześniej pozwolił mu dostrzec wzorzec własnego ciała. Udało mu się szybciej, niż się spodziewał, a przecież nie minęło dużo czasu, od kiedy nauczył się przekształcania wzorców.

Zastanawiał się, w której części ciała umieścić wspomnienia tego człowieka. W czymś, co można łatwo oddzielić, a bez czego dałoby się funkcjonować. Wybrał mały palec lewej dłoni. Należało odpowiednio go przygotować. Liczył, że dowie się tego z notatek Valhana, lecz brak informacji na ten temat zmusił go do konsultacji z Vellą. Pytanie o to, jak została stworzona, wydawało mu się obcesowe, zwłaszcza że było to podobno straszliwe doświadczenie, przypomniała mu jednak, że nie może odczuwać emocji, a potem przekazała informacje w rzeczowy sposób. Bardzo mu to pomogło i jednocześnie na nowo rozniecilo gniew na Roporiena za to, co jej zrobił.

Fragment ciała, w którym miał zostać zapisany wzorzec wspomnień, należało wysuszyć, by lepiej się zachował. Podczas usuwania wody zagnieżdżało się informacje. W późniejszym czasie można było dodać kolejne, ale było to trudniejsze. W zasuszonym ciele pozostawał wzorzec wspomnień – coś w rodzaju odcisku w glinie, lecz w miniaturowej skali. Całe życie człowieka można było zawrzeć w skrawku mniejszym niż kilka stronic Velli. Valhan doszedł do wniosku, że wspomnienia trzeba zapisać kilkakrotnie, na wypadek gdyby przygotowana na to część ciała została uszkodzona.

Tyen nie do końca rozumiał, dlaczego Valhan postanowił wykorzystać całą dłoń. Zastanawiał się, czy chciał zachować zarówno swoją fizyczność, jak i wspomnienia, choć – o ile Tyenowi było wiadomo – cały wzorzec ciała był zawarty w każdej komórce, więc dłoń sama w sobie stanowiła doskonałą formę jego przechowania. Może po prostu na zachowanie wspomnień kogoś, kto przeżył tysiąc cykli, potrzeba było więcej ciała. A jednak Vella zawierała wspomnienia wielu tysięcy osób i jeszcze było w niej wolne miejsce.

Tyen popatrzył na koniuszek małego palca Pieha. Nawet Vella nie była w stanie jasno wytłumaczyć, jak skopiować do niego wspomnienia. Uznała, że być może rzecz stanie się oczywista, gdy Tyen zbierze już wspomnienia, które zechce zdublować. Był tylko jeden sposób, żeby się o tym przekonać.

Skoncentrował się i za pomocą technik przekształcania wzorców uwolnił i wyostrzył swoje zmysły. W ciele mężczyzny dostrzegł wyraźny wzorzec. Zablokował ścieżki bólu i czucia w palcu Pieha – na co starzec zareagował zdziwieniem – a potem zaczął szukać wspomnień. Zbadał mózg, ignorując bieżące myśli mężczyzny. Szukał raczej fizycznych przejawów wspomnień, wzmacniając zdolność własnego umysłu do wychwytywania szczegółów.

Długą i pełną skupienia chwilę później zaczął je dostrzegać. Były to szybkie jak błyskawica drgania energii biegnące podobnymi ścieżkami, co ból i czucie, iskrząc w miejscach, w których uprzednio stworzyły się połączenia. Tyen stwierdził, że wspomnienia przypominają szlaki między światami. Im częściej używane, tym wyraźniej nakreślone; im mniej, tym szybciej zanikały. Niektóre były silne w chwili powstania, więc starzały się wolniej. Dostrzegał skróty i modyfikacje, być może w miejscach, w których ważne szczegóły zostały zapomniane lub skorygowane. Może nawet skorygowane błędnie. Wiedział, jak je zablokować, choć nie był w stanie ocenić, jak by to wpłynęło na mózg mężczyzny.

Skoro potrafił już spojrzeć na wspomnienia Pieha jak na coś, co posiada strukturę fizyczną, zaczął je kopiować. Kiedy Rielle podczas wskrzeszania dotarła do wspomnień Valhana, ukształtowała magię w skomplikowany wzorzec. Domyślił się, że będzie musiał to zrobić właśnie teraz, nim odciśnie wzorzec w palcu Pieha. Skoro jednak ten proces miał dotyczyć całego ludzkiego ciała, potrzeba było mnóstwa magii. Ten świat zostałby znacznie osłabiony. Tyen otworzył oczy i spojrzał na Dahlego.

– Mogę to zrobić, ale powinniśmy się przenieść do zasobnego, niezamieszkanego świata.

Dahli pokręcił głową, ale odpowiedział za niego Pieh.

– Tu magia się zregeneruje.

Tyen spojrzał na starca, czytając mu w myślach. Dahli uprzedził, że proces może pozbawić świat znacznych zasobów magii, lecz starzec o to nie dbał. Twierdził, że robotnicy na Niższych Kręgach w końcu uzupełnią to, co zniknie.

– Decyzja należy do niego – rzekł Dahli.

Tyen spoglądał to na jednego, to na drugiego, w końcu wzruszył ramionami i znów zamknął oczy. Pobrał magię z obszarów jak najbardziej oddalonych od miasta i przystąpił do pracy.

Skupił się na jednym ze wspomnień i odcisnął jego wzorzec w magii otaczającej świat, a potem przeszedł do kolejnego. Nie próbował jednocześnie odczytywać i zapisywać wspomnień. Podczas nieudanej próby wskrzeszenia Raena Dahli polecił Rielle, by najpierw odwzorowała wspomnienia w mocy, a potem zapisała je w umyśle chłopca. Widocznie Valhan miał powody, by twierdzić, że proces miał przebiec właśnie w taki sposób.

Tyena tak pochłonęło zadanie, że zupełnie stracił poczucie czasu. Gdy w końcu odwzorował w mocy wszystkie wspomnienia Pieha, nie wiedział, czy minęło kilka minut, czy godzin. Nie przerywał pracy, nie odpoczywał. Utrzymanie wzorca wymagało koncentracji i obawiał się, że jeśli się rozproszy, straci jego część lub nawet całość. Następnie skupił się na palcu. Krok po kroku zmieniał jego układ i wzorzec, by zapisać w nim ogrom skomplikowanych ścieżek odciśniętych w magii.

Proces ten wymagał czasu, tak samo jak odzwierciedlenie wzorca w mocy. Kiedy skończył, sprawdził, czy palec został pozbawiony wody i czy nic innego nie zagraża zachowaniu go w odpowiednim stanie, po czym odseparował go od dłoni Pieha i szybko zaleczył kikut.

Starzec krzyknął z zaskoczenia i szarpnął dłoń.

– Coś ty zrobił?!

Tyen spojrzał na Dahlego.

– Nie powiedziałeś mu?

– Nie... – Dahli odwrócił się do Pieha. – Ma umieścić go tam z powrotem?

Starzec spojrzał na zasuszony palec w dłoni Tyena i pokręcił głową.

– Już po wszystkim.

– Mógłbym sprawić, że od... – zaczął Tyen.

Nie – pomyślał Dahli, patrząc mu w oczy. *Jeśli zobaczy, że jego palec może odrosnąć, zrozumie, że jesteś w stanie przywrócić mu młodość, i na nic nam się nie przyda.*

Tyen spojrzał na palec. Opanował dreszcz, zamknął dłoń i wstał.

– Dziękuję – zwrócił się do Pieha. – Zajmę się nim jak należy.

Twarz starca nieco złagodniała. Dahli podziękował mu i pożegnał się, przypominając, że to pierwsza próba skopiowania umysłu do innego ciała i że nie mogą zagwarantować powodzenia, lecz Pieh nie spuszczał wzroku z Tyena. Gdy służący odprowadził ich do drzwi, Tyen włożył palec do kieszeni.

Pierwszy etap wskrzeszenia miał za sobą. Podejrzewał jednak, że był to etap najłatwiejszy.

ROZDZIAŁ 14

Tyenie.

Gdy Tyen podniósł wzrok, zobaczył obok siebie Zeke'a z tacą w dłoniach. Aromat świeżego chleba i dobrze przyprawionych sosów owiał go niczym bryza i przyprawił o burczenie w brzuchu.

– Odpłynąłeś – rzekł Zeke z uśmiechem, szukając wolnego miejsca na stole.

– Rzeczywiście – przyznał Tyen.

Przeniósł skrzynkę z częściami na podłogę i podsunął krzesło, gdy Zeke postawił tacę na blacie. Proces tworzenia nie pochłonął go tak od czasu, gdy budował insektoida. A to było jeszcze w Dom. Miał wrażenie, że od tego momentu minęły wieki. Zastanawiał się, czy przed zniszczeniem domu ktoś zabrał tamtą niedokończoną zabawkę.

Wziął do ręki pajdę chleba, ułamał kawałek i zanurzył w jednym z sosów. Jedząc, przyglądał się temu, co dotychczas udało mu się stworzyć. Skonstruował niemal kompletne humanoidalne ciało, które jednak nie miało jeszcze ani mózgu, ani mechanicznych odpowiedników większości pozostałych narządów wewnętrznych. Zaczął od zdobycia ludzkiego szkieletu i na jego wzór ukształtował metalowe kości i stawy. Następnie zbadał własne ciało, by sprawdzić, w których miejscach znajdują się przyczepy mięśni i ścięgien, i dla nich także znalazł mechaniczne odpowiedniki. Teraz z rurek i przewodów tworzył układ kontrolujący ciało, powiązany z wypolerowaną, lecz pustą czaszką humanoida.

– Szybko ci idzie – skomentował Zeke.

Tyen pokręcił głową.

– To zaledwie początek.

W końcu będzie musiał wymyślić, z czego zrobi skórę, ale największym wyzwaniem będzie mózg – magazyn pamięci oraz układ odpowiadający za reakcje, znacznie większy niż układ insektoida, lecz mieszczący się w tak niewielkiej przestrzeni.

Znalezienie miejsca na przechowywanie magii nie będzie aż tak trudne, miał bowiem do dyspozycji większość przestrzeni w klatce piersiowej. Niektóre odpowiednio przygotowane metale przyciągały do siebie moc. Jak to się działo? Tego nie rozumieli do końca nawet uczeni z jego słynnej Akademii w Belton. Magia rozgrzewała i wprawiała w wibracje specjalny metal, który kształtowano w druty, by dostarczyć energię, lub skręcano w izolowaną pętlę, w której przez krótki czas można było przechować niewielką ilość ciepła oraz zachować wibracje.

W wielkich silnikach w ojczystym świecie Tyena magicznie wytwarzane ciepło wykorzystywano do podgrzewania wody i tworzenia pary poruszającej tłoki w maszynach. W insektoidach ciepło i wibracje uruchamiały przełączniki lub obracały zębatki. Proste polecenie, jak: „Żuczku, lataj w kółko", wymagało mnóstwa takich mechanizmów – czujników wychwytujących i identyfikujących odgłosy, dzięki którym do skrzydeł uwalniała się energia, a także całej serii układów rozpoznających przeszkody i omijających je. Były to zagadnienia tak skomplikowane, że rozwinięcie magii mechanicznej do tego poziomu wyrafinowania zajęło wynalazcom z jego świata wiele wieków – on sam zaś potrzebował kilku lat, by obmyślić, jak te odkrycia zastosować do tworzenia insektoidów.

W porównaniu do Żuczka humanoid był tysiąckroć bardziej skomplikowany. Tyen musiał znaleźć sposób na zminiaturyzowanie części, żeby magazyn wiedzy Velli nie miał wielkości domu. Obmyślenie tego wszystkiego zajmie mu wiele cykli, może nawet dziesiątki. Na szczęście miał teraz do dyspozycji setki cykli, gdyby zaszła taka potrzeba.

Zadanie nie było jednak pilne, a on musiał jeszcze pomóc Zeke'owi.

Zwrócił się do młodzika.

– Jak ci idzie praca? Czegoś ci potrzeba?

Zeke przeżuł i połknął kęs.

– Przydałoby mi się więcej tych urządzeń bojowych do zbadania.

Tyen skinął głową.

– Dowiem się, czy mojemu dostawcy udało się jakieś złapać. Masz pomysły na ich zniszczenie?

– Mnóstwo, zależy tylko, co jest naszym celem: wszystkie urządzenia czy tylko bojowe.

– Lepiej zniszczyć te bojowe. Szkoda by było zepsuć te, które pomagają ludziom.

– No i straciłbym pracę – dodał Zeke.

– Są jeszcze inne sposoby zarabiania na życie – rzekł Tyen. – Magiczne i niemagiczne. Nigdy nie sądziłem, że zostanę kimś innym niż operatorem maszyny – w moim ojczystym świecie oznaczało to kiepsko płatną harówkę.

Czy maszyny w moim świecie wciąż działają? – zastanawiał się Tyen. Jedenaście cykli temu kończyła się tam magia, bo zużywały jej więcej, niż wytwarzano. Przekonanie, że tworzenie generuje magię, uważano za przesąd, a skoro maszyny wytwarzały wiele przedmiotów niegdyś wyrabianych ręcznie, ludzie generowali mniej mocy.

– Wyeliminowanie wszystkich urządzeń byłoby łatwiejsze, ale jeśli coś zostanie – choćby neutralizatory – ludzie ponownie znajdą sposób na konstruowanie urządzeń bojowych – zauważył Zeke.

– Musielibyśmy zniszczyć też całą wiedzę na temat magii mechanicznej. Nawet sam pomysł tworzenia maszyn napędzanych magią.

– To możliwe?

– Nie. – Tyen zmarszczył brwi. – Chyba że znajdziemy sposób na to, by neutralizatory wymazywały wspomnienia... i przenosiły się między światami tak szybko jak magowie.

Zeke szeroko otworzył oczy.

– Wymazywały...? Da się wymazywać wspomnienia? – Zmrużył oczy. – Ale ty moich nie wymazałeś, prawda?

– Nie – zapewnił Tyen. Ale czy Dahli tego nie zrobił? – Masz jakieś podejrzane luki w pamięci?

– Nie. – Młody człowiek wypuścił z płuc wstrzymane powietrze. – Obiecaj, że nie pozwolisz mi nauczyć się niczego, co musiałbyś potem wymazać. Na samą myśl, że ktoś mógłby grzebać mi we wspomnieniach, dostaję dreszczy.

Tyen nie potrafił powstrzymać uśmiechu.

– Obiecuję.

– To dobrze. – Zeke w kilku pośpiesznych kęsach dokończył posiłek. – Lep uż ócę do pacy – powiedział z pełnymi ustami.

Nalał sobie szklankę miejscowego, niezbyt mocnego ziołowego napoju alkoholowego i postawił na swoim biurku.

Tyen napełnił własną szklankę i wypił napój powoli, przyglądając się humanoidowi. Gdyby możliwe było zniszczenie wszystkich napędzanych magią maszyn oraz wiedzy na temat magii mechanicznej i okazało się, że to jedyny sposób na pozbycie się urządzeń bojowych, to czyby się na to zdecydował? Humanoid także zostałby zniszczony. Przepadłoby jedyne ciało, jakie był w stanie stworzyć dla Velli. Przepadłby też Żuczek.

Nie rozważali jeszcze innych możliwości. Spojrzał na Zeke'a.

– A jeśli nie zdołamy wymazać wiedzy na temat magii mechanicznej, to jak pozbędziemy się urządzeń bojowych?

– Rozpowszechnimy wiedzę, jak je unieszkodliwiać? – zaproponował Zeke z drugiego końca pomieszczenia. – Kiedy już sami się tego dowiemy. Oczywiście wichrzyciele wykorzystają tę wiedzę do zniszczenia urządzeń wrogów. Może wykonają robotę za nas.

– Ale wyposażą własne urządzenia w systemy obronne. I wojna będzie kręciła się wokół wynajdywania nowych przystosowań. – Tyen zabębnił palcami o stół. – Może lepiej zachować w tajemnicy wiedzę na temat unieszkodliwiania i skonstruować neutralizatory tak, by ulegały samozniszczeniu po wykonaniu zadania albo gdyby ktoś przy nich majstrował.

– Myślę, że to możliwe. – Zeke wstał i z powrotem podszedł do Tyena. – Wrócił nasz patron.

Tyen podążył wzrokiem za jego spojrzeniem. Zarys znajomej postaci szybko ciemniał, lecz miał dziwny kształt. Gdy zrobił się wyraźniejszy, Tyen zauważył, że Dahli kogoś niesie. Zwiotczałego i bladego mężczyznę. Serce na chwilę zamarło mu w piersi.

Pora wrócić do pracy, z której powodu się tu znalazłem – pomyślał.

Gdy Dahli zszedł do świata, podszedł do najbliższego stołu i położył na nim nieprzytomnego. Wyprostował się i spojrzał na Tyena.

– Twoje naczynie.

On nie jest nieprzytomny – poprawił się Tyen, gdy zobaczył oczy mężczyzny. *Nie żyje. I to od niedawna, sądząc po zabarwieniu ust i koniuszków palców. Mężczyzna miał na twarzy czerwone plamy, a włosy na skroni pokrywała krew.*

– Jest uszkodzony.

Dahli wzruszył ramionami.

– Jeśli ma to być ktoś młody, kto nie zmarł z powodu choroby, istnieje duże prawdopodobieństwo, że dokonał żywota na skutek przemocy.

Racja. Tyen podszedł do zwłok i przyjrzał się im. Jeśli w tym ciele miał umieścić wspomnienia Pieha, musiał działać szybko. Wyjął z szafki pudełeczko, w którym przechowywał palec starca, i położył go przy zmarłym.

– Kto to jest? – spytał Zeke z nutą nieufności w głosie, przyglądając się ciału.

– Żebrak – odparł Dahli. – Ktoś go pobił i zostawił na śmierć. – Zwrócił się do Tyena. – Daj mi znać, jeśli będziesz potrzebował więcej magii, niż zdołasz pobrać z tego świata.

Tyen skinął głową. Dahli odszedł, mówiąc coś do Zeke'a, Tyen jednak ich zignorował i usiadł przy stole. Choć Dahli bez trudu mógł uzdrowić żebraka, a nawet zająć się przekształceniem wzorca jego ciała na wzór ciała Pieha, Tyen uparł się, że sam przeprowadzi wszystkie etapy wskrzeszenia, żeby dokładnie je poznać. Chciał jak najbardziej odwlec w czasie powrót Raena, by dać Rielle szansę na znalezienie bezpiecznego domu, a kontrola nad poszczególnymi fazami całego procesu mogła mu w tym pomóc.

Zamknął oczy i wprawił umysł w stan potrzebny do przekształcania wzorców. Przyszło mu to z łatwością – za każdym razem dochodził do tego szybciej – i wkrótce naprawiał już uszkodzenia powstałe w ciele zmarłego. Jego rany były poważniejsze, niż sądził. Połamane żebra. Przebite płuco. Śmierć nastąpiła na skutek uderzenia w tył głowy, a to oznaczało uszkodzenie mózgu. Tyen miał nadzieję, że nie będzie musiał zajmować się tym organem, dopóki nie dobrnie do etapu odciskania w nim wspomnień.

Najpilniejszym zadaniem było przywrócenie krążenia w mózgu, lecz Tyen nie mógł dopuścić, by mężczyzna wykrwawił się z ran. Skupił się najpierw na przebitym płucu – usunął żebro i załatał dziurę. Kiedy zaleczył ranę, zmusił serce i płuca do podjęcia pracy. Od razu miał pełne ręce roboty przy ranach głowy i żebrach. Z uszkodzeniami czaszki poradził sobie dość szybko, ale gdy zajął się mózgiem, w organie obudziły się strzępy myśli i wspomnień.

Valhan wynotował rodzaje wspomnień, które usuwał lub blokował podczas swoich eksperymentów, lecz nie zapisał ostatecznej kombinacji wykorzystanej u Qalla. Tyen nie miał doświadczenia w usuwaniu ani blokowaniu wspomnień – opisywali mu to wyłącznie Vella i Dahli – musiał się więc chwilę zastanowić nad dalszym postępowaniem.

Postanowił stłumić wszystko, co nie było konieczne do funkcjonowania ciała. Skoncentrował się; poczuł ulgę, ale i niepokój na widok wielu pustych miejsc. Niepokój, bo nie wiedział, czy mogą przyczynić się do niepowodzenia we wskrzeszeniu. Ulgę, bo gdyby dzięki uzdrowieniu udało mu się przywrócić życie temu człowiekowi, musiałby zaniechać dalszych prac i kazać Dahlemu przenieść mężczyznę z powrotem do świata, z którego ten go zabrał. Ale nadal jednoznacznie Tyen mógł stwierdzić, że to uszkodzona i niezdolna do życia wersja człowieka, którym był przed śmiercią. Mógł z przekonaniem uznać go za „zmarłego".

Okazało się, że usuwanie wspomnień przypomina wygładzanie wzorów na piasku lub zacieranie śladów między światami. Pracował powoli i starannie, a gdy w końcu uznał, że skończył, pozostały zaledwie proste wspomnienia: uczucia i świadomość fizyczności ciała.

Kiedy wreszcie otworzył oczy, nie był w stanie stwierdzić, ile czasu minęło. W pomieszczeniu nic nie wskazywało na porę dnia. Zeke i Dahli stali przed humanoidem. Z ich myśli dowiedział się, że upłynęła zaledwie chwila.

– ...ale i tak jest brzydki – mówił Dahli.

Tyen poczuł lekkie rozczarowanie. Zajrzał w myśli Dahlego. Mag zastanawiał się nad umieszczeniem w urządzeniu umysłu Valhana. Ten pomysł był dla niego odstręczający. *Dziwię się, że pracuje nad czymś takim dla Velli* – myślał Dahli. *Czy nie lepiej by było, gdyby jego wielka miłość miała normalne, ciepłe ciało?*

„Wielka miłość"? Tyenowi nawet przez myśl nie przeszło, że według Dahlego właśnie z tego powodu chciał przywrócić Velli ciało. *Ale może ma rację. To nie miłość w romantycznym znaczeniu tego słowa – nie uczucie, na jakie liczyłem między mną a Rielle...* Pokręcił głową, gdy ogarnęły go żal i rozczarowanie. *Zapomnij o Rielle. Odeszła.* Musiała dotrzymać obietnicy. Chronić Qalla.

Wziął do ręki pudełko z palcem Pieha. Pora sprawdzić, czy uda się zmienić wzorzec zwłok na wzór ciała starca. Zaczerpnął więcej mocy.

Kiedy już zrozumiał, co musi zrobić, zadanie okazało się łatwiejsze od wymazywania wspomnień. Przypominało uzdrawianie, lecz zamiast do naprawiania uszkodzonych elementów ciała wykorzystać wzorzec żebraka, narzucił wzorzec Pieha. Potrzebował jednak więcej magii i – postrzeganego na własny sposób – czasu, gdyż zmieniał każdą część ciała oprócz umysłu. Zaczął od stóp i przesuwał się stopniowo w kierunku głowy. Oryginalne części ciała źle reagowały na te już zmienione, dopóki same nie zostały poddane transformacji.

Kiedy Tyen dotarł do mózgu, przerwał na chwilę, przypomniawszy sobie, jak Valhan opisywał przekształcenie umysłu naczynia na wzór mózgu jego nowego mieszkańca – sądził, że podczas tego zabiegu w umyśle naczynia zapiszą się także wszystkie wspomnienia wskrzeszanego człowieka, lecz eksperyment się nie powiódł. Doszedł do wniosku, że nowe wspomnienia należy dodać po przekształceniu wzorca mózgu i usunięciu wspomnień jego poprzedniego właściciela.

Tyen stwierdził, że jeśli szybko nie przekształci mózgu żebraka, organ odrzuci resztę ciała. Pośpiesznie wprowadził zatem wzorzec Pieha, a potem przyjrzał się rezultatom. Dostrzegł echo wspomnień starca, lecz wspomnienia żebraka także wciąż tam były. Wszystkie się wymieszały. Tyen ostrożnie je tłumił, dopóki nie doszedł do etapu, na którym nie dostrzegał już wspomnień żadnego z mężczyzn. Z niepewnością i nadzieją pogrążył ciało w głębokim śnie i wrócił zmysłami do swojego otoczenia.

Żebrak zniknął – na jego miejscu leżał Pieh, a jego twarz była pozbawiona wyrazu bardziej niż oblicze śpiącego człowieka.

Tyen zmartwił się. Starzec nie będzie zadowolony. Pragnął dziedzica, nie dokładnej kopii samego siebie. Tyen zaczerpnął jeszcze odrobinę mocy i na powrót zabrał się do pracy, naprawiając uszkodzenia spowodowane podeszłym wiekiem. Kości z wolna stały się wytrzymalsze, skóra się wygładziła, a mięśnie wzmocniły. Kiedy skończył, leżący przed nim mężczyzna wyglądał na niewiele starszego od Tyena – pomijając siwe włosy.

Wreszcie było po wszystkim. Rozejrzał się wokoło. Dahli i Zeke wciąż stali w pobliżu humanoida, ale zamienili się miejscami. Na pobliskim stole leżały puste naczynia. Czyli minęło więcej czasu niż poprzednim razem.

Dahli zaśmiał się, przykuwając jego uwagę. Tyen zdał sobie sprawę, że nigdy nie słyszał jego śmiechu. Przynajmniej nie bez okrasy czarnego humoru lub goryczy. Zeke spojrzał na Dahlego i pośpiesznie odwrócił wzrok. Rozbawiony Tyen pożałował, że nie widzi miny Dahlego na własne oczy, nie zaś maślanymi oczami Zeke'a. Młody wynalazca usiłował stwierdzić, czy uśmiech maga wyraża szczere zainteresowanie, czy może on sam tak bardzo tego pragnie, że widzi to, co chce widzieć.

Gdyby tylko wiedział, komu Dahli oddał serce, oszczędziłby sobie wielu rozczarowań – pomyślał Tyen. *Nie mogę mu powiedzieć, że on ciągle kocha Raena, ale może mógłbym jakoś dać mu do zrozumienia, że Dahli nigdy nie zainteresuje się nim w ten sposób.*

– Skończyłem – oznajmił, wstając i przeciągając się.

Dahli odwrócił się i przeniósł wzrok z Tyena na leżące przed nim ciało. Podszedł, by mu się przyjrzeć. Zeke powoli ruszył za nim, a jego oczy otwierały się coraz szerzej.

– Zmieniłeś go!

– Wszystko prócz umysłu.

– To następny krok? Tak?

Tyen przytaknął.

– Nie tutaj – wyjaśnił Dahli. – Skopiowanie wspomnień wymaga zużycia mnóstwa mocy. Można by ogołocić z niej cały ten świat. – Zwrócił się do Tyena. – Kiedy chcesz się tym zająć?

Powinienem odwlec w czasie kolejny krok – pomyślał Tyen. Jednak w tym celu musiałby zadbać, by sobowtór Pieha się nie obudził, i znaleźć sposób, by go odżywiać. Nie przychodziła mu do głowy żadna wymówka, którą mógłby się posłużyć, by zadać sobie ten trud.

– Im szybciej, tym lepiej.

– W takim razie ruszajmy od razu. Z każdym dniem ubywa światów, w których można tego dokonać, bo coraz więcej magów próbuje zyskać nieśmiertelność. Jeśli będziemy czekać, może się okazać, że ten, który znalazłem, już został osłabiony.

Tyen zawahał się, po czym niechętnie pokiwał głową.

– Ruszajmy.

Dahli odwrócił się i skinął do Zeke'a.

– Miło było z tobą pogawędzić.

Jedną ręką złapał sobowtóra Pieha za kostkę, drugą zaś Tyena za ramię. Tyen schował palec do kieszeni, chwycił się rogu stołu, na wypadek gdyby ten miał nie przenieść się wraz z ciałem między światami, a potem kiwnął głową na znak, że jest gotowy.

Piwnica od razu rozmyła się w bieli.

ROZDZIAŁ 15

Dahli wybrał zawiłą drogę, wielokrotnie zataczał kręgi i zawracał. Dwóch magów podróżujących ze stołem, na którym leżał nieprzytomny człowiek, stanowiło widok zapadający w pamięć, więc Dahli trzymał się raczej rzadko używanych szlaków i portali w niezamieszkanych miejscach. Tyen skoncentrował się przede wszystkim na sobowtórze, który nie był w stanie zaczerpnąć oddechu między światami, i informował Dahlego, gdy mężczyzna zaczynał się dusić.

Co jakiś czas Dahli szybko przemierzał po kilka światów, nie starając się zacierać śladów i korzystając z popularnych szlaków. Pod koniec pierwszego z takich przeskoków, gdy zatrzymali się, by sobowtór mógł odetchnąć, Tyen zajrzał w myśli maga, by poznać powód tego postępowania.

Mijali w ten sposób skupiska światów pogrążonych w konfliktach. Istniała szansa, że gdyby jakiś mag zobaczył Tyena i Dahlego, nie zwróciłby na nich uwagi, zbyt zajęty problemami na miejscu, więc takie światy służyły im za przydatne, choć ponure skróty.

Przy końcu trzeciego skupiska światów Tyen wyczytał, że to ostatni taki etap podróży. Wciąż byli jednak daleko od celu, więc nie zatrzymali się na długo.

Choć przystawali, by sobowtór Pieha mógł nabrać powietrza, jego wargi i palce zaczynały lekko sinieć. Gdy docierali do poszczególnych światów, jego pierś unosiła się mocno, odruchowo starając się o głębszy wdech, ale mężczyzna nie był w stanie zaczerpnąć więcej powietrza przed ich opuszczaniem, więc w jego ciele z wolna zaczynało brakować tlenu. Dahli także to zauważył, a na jego czole widniała pogłębiająca się bruzda. Mimo to nie zwolnił.

Zaczął zerkać w biel między światami, a Tyen natychmiast wyczytał, co zauważył Dahli: w pobliżu był inny mag. Kiedy trzy światy dalej Tyen wyczuł tę osobę, uchwycił spojrzenie Dahlego i skinął głową ku cieniowi.

– Co chcesz zrobić? – spytał, kiedy zatrzymali się w kolejnym świecie.

Dahli puścił sobowtóra i rękę Tyena.

– Rozdzielić się i spotkać ponownie. Wyczytaj trasę i miejsce docelowe z mojego umysłu.

Tyen skupił się, by zapamiętać to, co Dahli naprędce wyrysował w myślach.

– Już? – zapytał Dahli.

– Tak.

– Do zobaczenia na miejscu.

– Powodzenia.

Mag nie odpowiedział, bo już zaczął znikać. Tyen wolną ręką chwycił sobowtóra, odepchnął się od świata i szybko przeniósł dalej. Po drodze rozglądał się w przestrzeni między światami, ale obecność innego maga wyczuł tylko raz – była to jakaś odległa postać, poruszająca się szybko w przeciwnym kierunku.

W końcu dotarł do miejsca, które Dahli wybrał na przeprowadzenie eksperymentu. Portal miał formę gładkiej białej misy, w której ściankach widniały wloty tuneli. Słoneczny żar odbijał się od podłoża, a w powietrzu unosił się słony posmak. Tyen nie wyczuł w pobliżu żadnych umysłów, więc za pomocą magii uniósł stół i wprowadził go do jednego z tuneli. Ściany miały tu kolor brudnej bieli. Po dokładniejszym przyjrzeniu się Tyen odkrył, że tunel wykuto w soli.

Popatrzył na sobowtóra i dokładnie go zbadał. Ciało powoli stabilizowało się, gdyż przez dłuższy czas mogło oddychać. Kiedy stwierdził, że mężczyzna wydobrzał, odepchnął się nieco od świata i poszybował w górę przez skały na powierzchnię, a potem znów się zmaterializował. Zamiast szybować dalej w poszukiwaniu wieży, usiadł na stole i uniósł go.

Biała misa skurczyła się pod nim. Zobaczył ich więcej – z każdej odchodziły tunele. Niektóre zagłębienia były mniejsze i bardziej płaskie, inne miały brzegi tak wysokie, że wyrastały dumnie nad poziom ziemi, a ich krawędzie zakrzywiały się ku środkowi, przesłaniając wnętrze. Wyglądało to tak, jakby z soli wyłoniło się wiele bąbli i zastygło w różnych momentach unoszenia się w powietrze.

Zgodnie z instrukcjami Tyen pędził po coraz szerszej spirali. Dahli pokazał mu świątynię z białą wieżą i ogromną wyrwą w jednej ze ścian. Rzeczywiście na horyzoncie pojawiła się iglica. Tyen ruszył w jej kierunku.

Ponownie spojrzał w dół i dostrzegł ruch. Zwolnił i przyjrzał się dokładniej. W niektórych misach między tunelami wędrowali ludzie. Wyłowił setki umysłów, a w większej odległości mogły ich być tysiące.

Ten świat jest zamieszkany! Dahli skłamał!

Ale to niemożliwe. Tyen by to zauważył. *Albo wyparł wspomnienie o tych ludziach, albo przybyli tu w czasie naszej podróży, albo nie uznał ich za mieszkańców tego świata.*

Rozzłoszczony i zmartwiony ruszył dalej ku wieży. Wokół niej nie było ludzi, otaczały ją spalone, zrujnowane domy. Przeleciał przez dziurę ziejącą w ścianie i zszedł w wielkiej sali. Niegdyś stało tu mnóstwo splecionych kolumn, lecz połowę z nich zniszczyła siła, która powaliła boczną ścianę. Gruzy połyskiwały bielą – wszystko zrobiono tu z soli.

Upewniwszy się, że sobowtór ma się dobrze, Tyen uwolnił zmysły w poszukiwaniu mieszkańców. Przeskakując z jednego umysłu w drugi, dowiedział się, że ich historia sięga tysięcy lat wstecz, więc na pewno nie przybyli tu niedawno. Nie był to jednak wyrafinowany naród. Posiadł podstawową wiedzę na temat obróbki metali, zaczerpniętą od innego ludu, który zdominował ten świat i narzucił religię praktykowaną w pobliskiej świątyni. Przedstawicieli dominującego narodu niedawno wybito lub przepędzono, a dokonali tego ludzie, którzy podobno przybyli z innych światów.

Światło wpadające przez otwór wejściowy zamigotało. Tyen wyczuł umysł Dahlego. Podniósł wzrok i zmarszczył brwi, gdy ten wszedł do środka.

– To n i e jest opustoszały świat – warknął.

Dahli skinął głową.

– Jego mieszkańcy do niedawna nie wiedzieli o istnieniu innych światów i nie są zainteresowani ich odkrywaniem. Tutejsi magowie są słabi i nieprzeszkoleni. Zapewne nie zauważą, że w ich świecie ubyło magii.

– Zauważą, jeśli pobierzemy wszystko. Kto dał nam prawo do pozbawiania ich możliwości posługiwania się mocą?

Dahli skrzyżował ramiona na piersi i zacisnął usta w wyrazie rozbawienia.

– Naprawdę mamy czas, by się o to spierać?

Tyen spojrzał na ciało sobowtóra. Pierś mężczyzny powoli unosiła się i opadała. Tyen wyprostował się.

– Musimy znaleźć inny świat. Niezamieszkany.

Dahli westchnął krótko.

– O niezamieszkane światy zasobne w magię nigdy nie było łatwo. Wszystkie, o których wiedziałem, zostały ogołocone. – *Jeśli będę musiał szukać idealnego miejsca na każdą próbę wskrzeszenia, to sprowadzenie z powrotem Raena zajmie setki cykli* – myślał Dahli.

Mógłbym zerwać umowę z Tyenem i poszukać kogoś równie potężnego, kto nie będzie miał takich skrupułów. Ostatecznie może się okazać, że takie rozwiązanie zajmie mi mniej czasu.

Tyen spojrzał na sobowtóra Pieha. Wiedział, że nie wygra tej dyskusji. *Ale mógłbym dopilnować, by zostało tu nieco mocy dla miejscowych magów.*

– No dobrze – powiedział. – Masz dość magii, by nas stąd zabrać?

– Oczywiście.

– To rozgość się. Nie mam pojęcia, ile to potrwa.

Dahli skinął głową.

– Stanę na straży.

Przeniesiony z piwnicy stół w ogóle nie pasował do tego miejsca. Tyen przesunął go pod duży fragment powalonego kamiennego elementu i usiadł na nim. Wyjął z kieszeni palec Pieha i położył go obok ciała.

Wpatrywał się w niego, starając się osiągnąć stan umysłu pozwalający dotrzeć do zawartych w nim informacji. Zaczerpnął odrobinę magii, by wyostrzyć umysł i zmysły. Zaczął dostrzegać skrawki wzorca, lecz nie tego, którego szukał – wzorzec ciała Pieha powtarzał się w nieskończoność w jego fragmencie.

Nie, teraz potrzebny mi ten drugi wzorzec – pomyślał. *Wspomnienia.* Skoncentrował się bardziej i jego świadomość przekierowała się na inne tory. Dostrzegł odmienne ślady, a gdy skupił się na ich zrozumieniu, ich znaczenie wkrótce stało się jasne. Tyen zobaczył elegancko ubraną młodą kobietę z uprzejmym uśmiechem na twarzy. Uśmiechała się jednak nie do niego, lecz do Pieha, który cieszył się, że żona wybrana dla niego przez rodzinę jest ładna i że ją onieśmiela. Ta żona urodziła mu cztery córki i jednego rozpieszczonego, niemądrego syna, który dał się zabić podczas pierwszej misji handlowej. Pieha ogarnęła wówczas bardziej ulga niż rozpacz, lecz zarazem pojawił się problem z uciążliwą kwestią dziedziczenia.

Niezbyt sympatyczny człowiek – pomyślał Tyen. *Ale to było widać, zanim zajrzałem w jego wspomnienia.*

Tyen zamierzał zobaczyć każde wspomnienie Pieha – przeżyć życie starca – i przełożyć je na magię, by ostatecznie skopiować wszystkie do nowego ciała. Wziął głęboki wdech, a potem zaczął pobierać i kształtować moc. Nie widział wyraźnego miejsca początkowego, zaczął więc od wspomnienia ślubu i pozwolił, by od tego punktu kolejne połączenia powiodły go dalej. Była to mozolna praca, lecz gdy się z nią oswajał, zdał sobie sprawę, że nie musi oglądać każdego wspomnienia, by przełożyć je na magię. Jego umysł dostosował się do tego procesu i zaczął pracować odruchowo – wkrótce Tyen przekierowywał wspomnienia tak szybko, że nie nadążał ich przeglądać.

Osiągnąwszy taki poziom skupienia, zdołał dostrzec, jak wiele mocy zużywa. Znajdował się w pustce rozciągającej się daleko poza budynek – dla jego zmysłów brak mocy objawiał się czernią dorównującą barwie zwęglonych belek domów wokół wieży. Choć magia szybko napływała w tę próżnię, Tyen zużywał jej tyle, że pustka stale się rozszerzała.

Kiedy dotrze do zamieszkanych terenów? Co zrobią miejscowi magowie? *Lepiej, żeby Dahli nie mylił się co do ich ograniczonych możliwości* – pomyślał – *bo za chwilę będziemy mieć rozgniewanych gości.* Jeśli miejscowi nie potrafili przenosić się między światami, nie dotrą w to miejsce, nim Tyen skończy. Byli po prostu za daleko.

Wiedział, że nieprędko wybaczy sobie to, co zrobił temu światu. Do długiej listy kłamstw i oszustw dodał kolejny zły uczynek. Obawiał się także, że Dahli pewnego dnia nie będzie w stanie znaleźć kolejnych niezasiedlonych światów, które będzie można opróżnić z mocy, i zacznie nalegać, by Tyen ogołacał te, gdzie magia była w powszechnym użytku.

Tymczasem zebrał wokół siebie mnóstwo mocy ukształtowanej tak, by móc zapisać wspomnienia. Kiedy w końcu przełożył na magię wszystko, co zgromadził w palcu Pieha, skierował zmysły ku umysłowi sobowtóra. Nie do końca wiedział, od czego zacząć ani jak odcisnąć wszystko w nowym umyśle, skupił się więc na chwilę na mózgu w poszukiwaniu odpowiednich informacji. Z wolna odnajdował to, co podpowiadało mu, gdzie i jak wtłoczyć wspomnienia. Nie trafił na odpowiadające im wspomnienia sobowtóra, dzięki którym dowiedziałby się, w jakich dokładnie miejscach umieścić te nowe, pozwolił więc, by zagnieżdżały się swobodnie. Nie śpieszył się. To była pierwsza próba. Musiał działać ostrożnie i uczyć się z obserwacji.

Stopniowo ukształtowana we wspomnienia magia topniała, a mózg sobowtóra zapełniał się. Gdy Tyen przeniósł ostatnie fragmenty, wrócił zmysłami do otoczenia. Dahli siedział na starym krześle przy wejściu, a wzrok utkwił w jakimś odległym punkcie. Tyen z rozbawieniem dostrzegł, że myśli maga krążą wokół Zeke'a. Dahli doszedł do wniosku, że wynalazca mu się podoba, i obawiał się, co Zeke o nim pomyśli, gdy dowie się, kim jest. *Już i tak wie o mnie zbyt wiele, bym mógł pozwolić mu odejść. Będę musiał wystawiać straż, żeby nigdzie się nie zapuszczał, gdy Tyen będzie podejmował kolejne próby wskrzeszenia, i żeby nikt nie wyczytał z jego myśli, czym się zajmujemy.*

– Dahli – odezwał się Tyen.

Mężczyzna pośpiesznie odwrócił głowę, a potem poderwał się na nogi i podszedł do stołu.

– Już?

– Tak.

– Udało się?

– Jeszcze nie wiem.

– Obudź go.

Tyen na powrót skupił się na dziedzicu Pieha. Jak powinni go nazywać? Pieh Dwa? Szturchnął go zmysłami. *Ocknij się!*

Mężczyzna otworzył oczy. Mrugał i marszczył czoło, wpatrując się w dach świątyni. Na jego twarzy malowała się dezorientacja. Tyen wyczytał z jego myśli budzący się strach.

Dahli wyciągnął dłoń ku ramieniu sobowtóra.

– Nic ci nie grozi – zaczął, kiedy jednak dotknął jego ciała, mężczyzna wzdrygnął się i odruchowo uniósł ręce w obronnym geście. Patrzył na Dahlego, nie rozumiejąc, co się dzieje, a potem w jego głowie obudziło się pewne wspomnienie. Informacja, że patrzy na kogoś potężnego. I niebezpiecznego.

Pieh Dwa niezgrabnie zszedł ze stołu. Gdy stopami dotknął podłoża, jego nogi ugięły się i upadł. Tyen obszedł stół, by mu pomóc, Dahli zaś podszedł do niego od drugiej strony. Mężczyzna patrzył to na jednego, to na drugiego. Otworzył usta i zaczął zawodzić ze strachu.

Obaj się cofnęli.

– Co się z nim dzieje? – zapytał Dahli.

– Nie wiem – odparł Tyen. – Boi się ciebie. Odsuń się, ja do niego podejdę.

Dahli się cofnął. Patrząc w myśli Pieha Dwa, Tyen ukucnął, w nadziei że będzie wyglądał mniej groźnie, i przysunął się do niego.

– Piehu – odezwał się. – Pamiętasz mnie?

Krzyki mężczyzny przycichły do cichego skowytu. Skupił wzrok na Tyenie, ale nie rozpoznawał go. Może wspomnienie maga, który wypreparował jego palec, było zbyt świeże, by się zagnieździć.

Czy właśnie w tym tkwił problem? Czyżby udało się przenieść tylko najstarsze wspomnienia, do których Pieh najczęściej sięgał? Tyen zaczął zadawać pytania, które mogłyby rozbudzić i te ostatnie, i wcześniejsze wspomnienia, ale dla Pieha Dwa był to jedynie niezrozumiały bełkot. Jednak w pewnej chwili mężczyzna ucichł. Podążył myślami za jednym ze wspomnień, lecz zagubił się. Coś się nie zgadzało. O czymś wiedział, a jednak coś mu nie pasowało. Tak jakby wiedza znajdowała się nie na swoim miejscu. Albo on znajdował się nie na swoim miejscu.

Przycisnął dłonie do głowy i jęknął.

– Tyenie... – zaczął Dahli.

Tyen uniósł dłoń, by go powstrzymać. Przysunął się nieco bliżej.

– Piehu – powtórzył. – Umieściliśmy twój umysł w nowym ciele. Prawdopodobnie nie od razu będziesz w stanie oswoić się z tą sytuacją. Odpręż się. Daj sobie trochę czasu.

– Ty mi to zrobiłeś? – zapytał niewyraźnie Pieh Dwa, wytrzeszczając oczy na Tyena.

– Tak. Na twoją prośbę.

Mężczyzna w mgnieniu oka poderwał się na równe nogi. Chwycił Tyena za ramiona i obaj wylądowali na ziemi. Tyen zwalczył pokusę, by go odepchnąć.

– Kim jestem?! – krzyczał Pieh Dwa. – Czym jestem? Czym byłem? Nie! To nie jestem ja! – Sturlał się z Tyena i uderzył głową o ścianę. Popatrzył na solne cegły. Dźwignął się na kolana i zaczął walić o nie czołem. – Wypędźcie to! Wypędźcie!

Tyen wstał i wyciągnął ręce, by go powstrzymać, lecz mężczyzna nagle wygiął się na bok. Rozległ się trzask i Pieh Dwa upadł. Tyen pochylił się nad nim, by poznać przyczynę upadku, i ze zdumieniem dostrzegł skręcony kark. Oszalały umysł Pieha Dwa z wolna ucichł.

Zaskoczony i przerażony Tyen podniósł wzrok na Dahlego.

– Co…? Zabiłeś go!

– Tak. – Dahli skrzyżował ramiona na piersi. – Oszalał. Nie udało się.

– Nie wiesz, co mówisz! Może po prostu potrzebował czasu.

– Ty też nie możesz tego wiedzieć – wytknął mu Dahli. – Nie mamy czasu na zajmowanie się inwalidą. – Rozłożył ręce. – Chyba nie spodziewałeś się sukcesu za pierwszym razem?

Tyen spojrzał na zwłoki.

– Może. Valhan się spodziewał. W zasadzie spodziewał się, że Rielle się uda.

– Co oznacza, że w tym wypadku prawdopodobnie błąd wkradł się na początkowych etapach i czekanie nic nam nie da.

Tyen musiał przyznać, że brzmi to logicznie. Jednak nie mógł z całą pewnością odrzucić możliwości, że przeniesienie wspomnień się powiodło i że można było spodziewać się dezorientacji, która ogarnęła Pieha. Gdy Dahli z niesmakiem patrzył na ciało, Tyenowi przyszła do głowy jeszcze jedna możliwość.

Dahli nie chce, by Valhan choćby na chwilę wrócił jako szaleniec. Byłoby to nie tylko przykre, ale i niebezpieczne. Lecz Tyen nie zamierzał tak łatwo się poddać. Przeraziła go łatwość, z jaką Dahli postanowił zabić tego człowieka.

– Jak mam sprawdzić, co poszło nie tak, skoro on nie żyje?

– Masz zwłoki i koniuszek palca. Zabierzemy je ze sobą. – Dahli podszedł do Tyena i położył mu dłoń na ramieniu. – Wiem, że to szokujące. Nie postąpiłbym tak, gdybym nie uznał, że to konieczne. – Zbliżył się do zwłok. – Miałem złe przeczucia, gdy wybrałem tego żebraka. Nie dało się stwierdzić, jaki był za życia. Może już wtedy był szaleńcem.

Istniała taka możliwość. Tyen sięgnął po moc, której jeszcze odrobina unosiła się w świecie, lecz przypomniał sobie, że chciał jej trochę zostawić dla tutejszych magów.

– Będziesz musiał nas przenieść – zwrócił się do Dahlego.

Ten skinął głową. Tyen za pomocą magii podniósł zwłoki i ułożył je na stole. Tym razem to on chwycił ciało sobowtóra, a Dahli złapał się stołu. Pomieszczenie rozmyło się w bieli.

Droga powrotna była równie zawiła, co w przeciwnym kierunku, choć tym razem nie musieli zmagać się z pościgiem. Tyen przez cały czas analizował każdy etap eksperymentu, usiłując stwierdzić, co poszło nie tak. Snuł mgliste domysły, a gdy w końcu ujrzał materializującą się piwnicę, był zupełnie przygnębiony. Kiedy poczuł wokół siebie powietrze, zachwiał się i puścił ramię sobowtóra.

– Co się tu stało? – spytał Dahli cichym głosem przesyconym gniewem.

Zaskoczony Tyen podniósł wzrok. Mag nie patrzył jednak ani na niego, ani na zwłoki. Utkwił oczy w Zeke'u, który zmierzał ku nim, utykając.

– Przybyła tu jakaś kobieta – rzekł młodzieniec drżącym głosem. – Była rozzłoszczona. Bardzo. Ciągle pytała o Tyena... i... o dłoń Raena.

Zeke zwolnił, by przekroczyć jakąś przeszkodę. Tyen spojrzał w dół i zobaczył rozrzucone wszędzie części. Wyglądały znajomo. Gwałtownie nabrał tchu i odwrócił się w stronę, gdzie znajdował się humanoid.

Nie było go tam. Zostały tylko fragmenty. Wśród nich dostrzegł inne przedmioty. Rzeczy, które wcześniej leżały na półkach i w szafkach. Obrócił się wokół własnej osi i objął spojrzeniem zniszczenia – podczas schodzenia do świata był zbyt zamyślony, by je dostrzec. Jedynym, co ocalało, były insektoidy, nad którymi pracował Zeke. Tyen poczuł ulgę, gdy wśród nich zobaczył Żuczka – owadowi brakowało nogi, ale poza tym był nienaruszony. Zeke wziął insektoida do rąk.

– Naprawiałem go – powiedział, gdy zauważył, na co patrzy Tyen. – Ja...

– Co jej powiedziałeś? – przerwał mu Dahli.

– Nic. – Zeke wzruszył ramionami. – Ale to niczego nie zmieniło. Nie byłem w stanie zajrzeć w jej myśli.

Tyen za to zajrzał w umysł Zeke'a i zobaczył twarz. Serce podskoczyło mu w piersi.

Rielle! Wróciła.

A potem żołądek skręcił mu się w supeł. *Wie, że współpracuję z Dahlim. Że chcę kogoś wskrzesić. Domyśliła się kogo...*

– Lepiej stąd odejdźmy – rzekł Dahli. Patrzył na spopielony stosik – sądząc po miejscu, w którym się znajdował, były to notatki Valhana. A zatem Żuczek wykonał swoje zadanie. – Przyślę kogoś po wszystko, czego będziecie stąd potrzebowali. Sprawdzę tylko, którędy poszła.

Dahli zniknął.

A po chwili znów się pojawił.

– Zacierałeś za sobą ślady, gdy się tu przenosiłeś i stąd wychodziłeś? – spytał Tyena.

Tyen wzruszył ramionami.

– Z początku tak robiłem, ale ostatnio już nie.

Dahli ściągnął usta, a potem bez słowa wyjaśnienia chwycił Tyena i Zeke'a za ramiona. Pomieszczenie zniknęło im z oczu.

CZĘŚĆ CZWARTA

RIELLE

ROZDZIAŁ 11

Tak bardzo się zmienił.

A jednak Rielle rozpoznała Balukę, gdy tylko pojawił się w zasięgu jej wzroku. Od razu ogarnęły ją paraliżujące wątpliwości i żal. *Jestem najmniej odpowiednią osobą do informowania go o zdradzie przyjaciela. Bo to właśnie ja przysięgłam, że za niego wyjdę, a potem odeszłam w towarzystwie jego wroga.*

Baluka jeszcze jej nie dostrzegł, bo jego uwagę przykuł widok dookoła. Potężne drzewa górowały nad nim i porastały okolicę jak okiem sięgnąć, a przez ich listowie przeświecały tysiące promieni słońca. Z gałęzi zwieszały się setki kul utkanych z pnączy, tworzące skupiska domów różnej wielkości. Domy te za pomocą mostów z tego samego tworzywa połączone były z ulicami utworzonymi przez gałęzie, tak szerokimi, że z łatwością mogło minąć się na nich dwoje ludzi.

Baluka spojrzał w dół i zamarł na widok przepaści widocznej przez podłoże plecionej platformy, na której mieścił się portal. Wziął głęboki oddech i odwrócił wzrok.

Nie wiedziała, że ma lęk wysokości. W przeciwnym razie wybrałaby na spotkanie inny świat. Wzięła pod uwagę jedynie to, że znajdą się wśród ludzi o kolorze skóry zbliżonym do karnacji ich obojga. Tubylcy o skórze bladej jak u Tyena i Dahlego mieszkali na niższych, uboższych poziomach. Gdyby któryś z nich pojawił się wyżej, zamożniejsi od razu zaczęliby głośno protestować, dzięki czemu Rielle otrzymałaby swego rodzaju ostrzeżenie.

Baluka sprawiał wrażenie opanowanego, a jego strach mogli dostrzec tylko ci, którzy potrafili czytać mu w myślach. Rozejrzała się po pobliskich umysłach i dostrzegła kilku magów, których wcześniej tu nie było. Wszyscy przybyli z Baluką jako jego ochrona.

Kiedy podeszła do wejścia kuli, w której się znajdowała, Baluka od razu ją zauważył.

To ona – pomyślał. *To naprawdę ona. W ogóle się nie zmieniła. Choć pewnie dlatego, że teraz jest wiecznie młoda.*

Nieufność, która go ogarnęła, była dla niej niczym cios. Uważał, że stała się człowiekiem innego rodzaju. Przeobrażonym. Odmiennym. Niedostępnym. *Pewnie ma rację* – uznała. *Wiecznie młodzi rzeczywiście n i e są zwykłymi ludźmi.* Jednak ta myśl wcale jej nie pocieszyła.

Nie pomagała także boleśnie oczywista świadomość jego śmiertelności. Postarzał się i na ciele, i na duchu – bardziej niż powinien się postarzeć w ciągu pięciu cykli. Zniknął gdzieś radosny chłopak, który pomagał jej przywyknąć do nowego życia z dala od jej ojczystego świata.

Mężczyzna, którym się stał, nabrał z trudem zdobytej pewności siebie oraz pokory, która na swój sposób była równie atrakcyjna. Wzrokiem wytyczył drogę: najpierw mostkiem prowadzącym od portalu na gałąź, potem w dół po drabinie, w górę na kolejną gałąź, w prawo, a potem po mostku dochodzącym do wejścia, w którym stała. Wyprostował się i ruszył.

Ona zaś cofnęła się do pomieszczenia. Znajdowało się w ostatnim skupisku opuszczonych kul. Pnącza zostały uszkodzone przez spadającą gałąź i splot powoli obumierał. Od mieszkańców dowiedziała się, że do martwych pomieszczeń zakradali się biedniejsi obywatele z niższych poziomów, ale zawsze czekali do zmroku, by je przeszukać.

Mostek także obumierał. Gdy Baluka po nim przechodził, pnącza niepokojąco trzeszczały. Uznał, że jeśli most pęknie, a jego ogarnie panika, która uniemożliwi mu lewitację, Rielle go złapie. To zaufanie złagodziło jej rozgoryczenie wywołane odczuciami Baluki w związku z jej wieczną młodością.

Kiedy dotarł na miejsce, odetchnął z ulgą.

– Baluko – odezwała się. – Przepraszam. Gdybym wiedziała, że będziesz się tu czuł tak niekomfortowo, wybrałabym inne miejsce.

– Przezwyciężyłbym większe trudności, żeby móc raz jeszcze z tobą porozmawiać – powiedział. Wsunął dłoń do kieszeni starej, wyświechtanej kurtki, wyjął coś srebrzystego długości jej małego palca, a spomiędzy jego palców zwiesił się łańcuszek. – To chyba twoje.

Wzięła od niego łańcuszek i założyła sobie na szyję. Chwyciła wisiorek za końce, przekręciła i otworzyła – w środku był pędzelek. Przesłała w nim wiadomość do Baluki. Karteczki nie było już w środku. Podniosła wzrok.

Baluka mocno trzymał się obramowania wejścia i spinał za każdym razem, gdy pod wpływem ich ruchów kula zaczynała się kołysać.

– Usiądźmy – zaproponowała.

Opadła na kolana, przesunęła nogi na bok i usadowiła się na plecionej podłodze. Baluka poszedł w jej ślady, niezgrabnie i z napięciem odzwierciedlając jej pozę.

Kącik jego ust uniósł się.

– To zwykłe spotkanie po latach czy chciałabyś porozmawiać o czymś konkretnym?

– Chyba i to, i to, bo jedno nie mogłoby się odbyć bez drugiego.

– Pewnie nie.

– Co u ciebie?

Otworzył usta, lecz zamknął je i rozłożył ręce.

– Żyję. A u ciebie? – odezwał się w końcu.

– Powinnam być bardzo daleko stąd.

Skrzywiła się na myśl o odległości dzielącej ją i Qalla.

– Rozumiem. – Zignorował pokusę dopytania o miejsce. – To... po co się tu zjawiłaś?

– Próbuję wyświadczyć komuś przysługę, na którą nie powinnam była przystać. Czy mógłbyś przekazać wiadomość swojej rodzinie?

Jego oblicze spoważniało.

– Prosili, żebym trzymał się od nich z daleka, by nie narażać ich na niebezpieczeństwo.

Westchnęła i skinęła głową.

– Najwierniejszy przyjaciel Raena, Dahli, chce zaszantażować mnie i...

Przerwała, wyczytała bowiem z jego myśli, że wie, co chciała mu powiedzieć. Widział się z rodzicami po ich powrocie do handlu. Powiedzieli, że Rielle oddała im pod opiekę chłopca pozbawionego wspomnień. Chłopaka, który dorósł i wygląda jak Raen. Wiedział, że zabrała Qalla na rubieże zamieszkanych światów, by go ukryć i chronić przed ludźmi, którzy chcieli wtłoczyć w niego wspomnienia Valhana.

– I Qalla – dokończył za nią. – Grożąc Podróżnikom, Dahli chce zmusić Qalla do posłuszeństwa. Tyle się domyśliłem. – Zmarszczył brwi. – Ale Qalla tu nie ma, prawda?

– Nie. Namówił mnie, żebym przekazała wiadomość komuś z jego rodu.

– Coś ważnego?

Powoli pokręciła głową.

– To sprawa osobista, dla której nie warto ich narażać. Ale... – Spojrzała mu w oczy i skrzywiła się. – Kiedy usiłowałam do nich dotrzeć, dowiedziałam się czegoś znacznie bardziej niepokojącego niż to, że Dali wystawił obserwatorów. Czegoś, o czym ty też musisz się dowiedzieć.

Uniósł brwi.

– Czyli?

Wzięła głęboki wdech i wypuściła powietrze z płuc, wciąż starając się ocenić, która z wyćwiczonych kwestii zabrzmi najlepiej. *Po prostu przejdź do rzeczy. Ktoś może nam przeszkodzić. Z każdą chwilą Tyen jest bliższy celu, a prawdopodobieństwo powrotu Valhana wzrasta.*

– Tyen od zawsze pracował i pracuje dla Raena.

Baluka uśmiechnął się.

– Czyli dotarły do ciebie plotki.

– Nie. To znaczy tak, usłyszałam je jakiś czas temu. – Zastanawiała się chwilę, co powiedzieć dalej. – Kiedy szukałam twojej rodziny, z umysłu jednego z obserwatorów wyczytałam, gdzie przebywa Dahli. Przeniosłam się tam, by zajrzeć w jego myśli. Dowiedziałam się, że Tyen naprawdę szpiegował dla Raena, kiedy żył wśród buntowników, w zamian za co Valhan miał znaleźć sposób na przywrócenie ciała kobiecie zaklętej w książce Tyena.

Rozbawienie znikło z twarzy Baluki.

– Tyen szpieguje dla mnie Dahlego od czasu śmierci Raena. Może powiedział mu to, żeby wzbudzić jego zaufanie.

– Tyen szpiegował buntowników od chwili, gdy do nich dołączył. I przez cały ten czas szpiegował też ciebie.

– Był podwójnym agentem. – Pod wpływem zmartwienia Baluka ściszył głos, zaczęły bowiem docierać do niego możliwe konsekwencje.

– Ale to jeszcze nie jest najgorsze – powiedziała Rielle. – Tyen nie tylko jest donosicielem Dahlego. Zgodził się wskrzesić Valhana. Właśnie nad tym pracuje.

Baluka szeroko otworzył oczy.

– Ale przecież… nie ma Qalla.

– Uważa, że znajdzie inny sposób. Wykorzysta zwłoki, żeby nie zabijać.

Baluka to otwierał, to zamykał usta.

– Dlaczego?

– Żeby się dowiedzieć, jak dać Velli ciało. – Zazgrzytała zębami. – A Dahli przekonał go, że Odnowiciele nie są w stanie przywrócić ładu wśród światów. Uważa, że tylko Valhan potrafi zapanować nad wojnami i chaosem.

– Wiem, że ma wyrzuty sumienia z powodu tych insektoidów... – zaczął Baluka.

– Nie wierz w żadne jego słowo – doradziła mu. – Uwierzyłam, że tak jak ja sądzi, iż sytuacja światów w końcu się unormuje. Myślałam, że jest moim... przyjacielem.

Podniósł wzrok.

– Często się z nim widywałaś?

– Jeszcze jakieś pół cyklu temu. On mieszkał w Doum, ja w Murai. Próbowaliśmy wynegocjować pokój między tymi światami, ale wszystko poszło źle.

– Krążą plotki, że mocą dorównujesz Raenowi. – Zmrużył oczy. – Skoro nie wyczytałaś prawdy z myśli Tyena, to on musi być jeszcze potężniejszy od ciebie.

– Nie – sprostowała. – Jesteśmy sobie równi. Chyba że... że w tej kwestii też skłamał.

Wróciła do wspomnień, analizując wskazówki, które ją przekonały, że Tyen nie może czytać w jej umyśle, lecz Baluka przerwał te rozważania.

– Jeśli jest silniejszy od ciebie, to może Raen nie zdołał czytać w jego myślach. Może Tyen zwodził go od samego początku, gdy tylko zgodził się szpiegować buntowników. Z drugiej strony gdyby Raen nie mógł zajrzeć w jego umysł, wiedziałby, że Tyen jest potężny, i zabiłby go. Chyba że czegoś od niego potrzebował. – Baluka postukał się w kolano. – Może chciał Velli albo jakiejś informacji, którą zawierała. Ale dlaczego po prostu mu jej nie odebrał?

No tak! Przecież ona absorbuje wiedzę każdego, kto jej dotknie. Raen potrzebował Tyena, by porozumiewał się z nią w jego imieniu. Ale dlaczego nie zabił go i nie znalazł w tym celu kogoś, kto mniej by mu zagrażał?

Rielle gwałtownie nabrała powietrza.

– Bo chciał, żeby ktoś go wskrzesił, gdyby mnie się nie udało.

Baluka uniósł brwi i pokiwał głową.

– Zastanawiasz się, czy widział nadciągającą śmierć.

– Widział – powiedziała. – Wszystko zaplanował. Jego sojusznicy zapragnęli go zabić po tym, jak przez dwadzieścia cykli nie wtrącał się w ich sprawy. Zadbał, by buntownicy urośli w siłę, a potem przeniósł swoje wspomnienia do dłoni i popełnił samobójstwo, żeby jedni i drudzy wyniszczyli się nawzajem. Po powro...

– Zaczekaj! – przerwał jej Baluka. – Valhan c h c i a ł umrzeć?

– Tak. Dahli i ja mieliśmy go wskrzesić.

– To było ogromne ryzyko. – Pokręcił głową. – Sojusznicy musieli być potężniejsi, niż sądziłem.

– Albo Valhan nie był tak silny, jak wszyscy uważali. Zastanawiałam się nad tym już nieraz. Pamiętaj o tym, jeśli Tyenowi uda się wskrzesić Raena.

Baluka potrząsnął głową.

– Ciągle staram się wymyślić jakieś wytłumaczenie, znaleźć dla niego wymówkę, ale tym razem chyba nie jestem w stanie, a doradcy przestrzegają mnie przed nim od dziesięciu cykli. – Przybrał surowy wyraz twarzy pod wpływem budzącej się złości, której towarzyszyła determinacja. – Naprawdę zdołałby to zrobić?

– Nie wiem. – Skrzywiła się i odwróciła głowę. – Wydawało mi się, że jeśli zabiorę Qalla gdzieś daleko i nauczę, jak się bronić, nikt nie zdoła wskrzesić Raena. Ale po przeczytaniu myśli Dahlego zrozumiałam, że Qall nie jest najistotniejszym elementem. Najważniejsza jest dłoń. Dłoń Valhana, do której on sam przeniósł wszystkie swoje wspomnienia.

– Lecz jeśli to prawda, po co Dahli obserwuje moją rodzinę?

– Jako zabezpieczenie, na wypadek gdyby Tyenowi się nie udało? Albo gdyby któreś z nas lub Qall próbowało powstrzymać Tyena? – Spojrzała na Balukę. – Odnowiciele muszą odnaleźć tę dłoń, Baluko. Musicie ją zniszczyć.

Ściągnął brwi.

– Odebranie jej Tyenowi nie będzie łatwe.

– Tyen jej nie ma. Dahli mu nie ufa. Ukrył ją i zablokował wspomnienia związane z kryjówką. Nie odblokuje ich, dopóki Tyen nie udowodni, że jest w stanie wskrzesić człowieka, i nie zdobędzie ciała, do którego będzie można przenieść wspomnienia Valhana. – Potarła czoło. – Niestety dowiedziałam się o tym, kiedy już stało się jasne, że poznałam ich plany – dodała z rozgoryczeniem.

Zamilkła, gdy przypomniała sobie, co zastała w pracowni Tyena, i rozważała, ile powinna powiedzieć Baluce. Na stojącym w jednym końcu pomieszczenia stole leżały rozmontowane insektoidy. Między nim a pustymi stołami po drugiej stronie z łańcuchów umocowanych pod sufitem zwieszała się machina w kształcie człowieka. Rielle nabrała wówczas podejrzeń – pomyślała, że Tyen nie tylko skłamał w kwestii unieszkodliwienia insektoidów bojowych, ale też starał się stworzyć groźniejszą broń, czyli mechanicznego wojownika.

Dopiero gdy odgłos niszczonych sprzętów przykuł uwagę asystenta Tyena, dowiedziała się, że się myli. Humanoid miał stanowić ciało dla Velli, gdyby Tyenowi nie udało się znaleźć sposobu na przeniesienie jej do ciała z krwi i kości.

Skoro mógłby przenieść Vellę do takiego urządzenia, to dlaczego nie Valhana?

„Zamierzasz mnie zabić?" – spytał ją wówczas Zeke. Podejrzewał, że Dahli był przyjacielem Raena. *Teraz już nie zdołam się dowiedzieć, czy miałem rację* – myślał Zeke, a Rielle zdała sobie sprawę, że albo będzie musiała go zabić, albo Dahli dowie się o jej powrocie.

Odeszła, nim rozsądek zwyciężył nad wyrzutami sumienia. Zatarła za sobą ślad, po czym zatrzymała się w pobliskim świecie, by przemyśleć swoją decyzję. Nie mogła zdobyć się na to, by wrócić i rozprawić się z Zekiem.

Powinnam była go zabić. Westchnęła. *Ale cieszę się, że tego nie zrobiłam.*

– Spodziewają się, że o wszystkim ci powiem i że Odnowiciele będą starali się ich powstrzymać – zwróciła się do Baluki. – Ale Dahli będzie miał większy problem z powstrzymaniem ciebie niż mnie. Zagrozi, że skrzywdzi twoją rodzinę, nie tylko po to bym nie wchodziła mu w drogę, ale też żeby zmusić mnie do współpracy. Mogę jedynie odejść, zanim zdąży to zrobić, i również dlatego poprosiłam cię o to spotkanie. Musisz rozgłosić, że wróciłam do swojej kryjówki, żeby ta wiadomość dotarła do Dahlego. Nie zdoła mnie zaszantażować, jeśli mnie nie znajdzie.

Baluka popatrzył na nią uważnie.

– Mogłabyś też zostać, pomóc nam znaleźć dłoń, a potem rozprawić się z Dahlim i Tyenem.

– A co z twoją rodziną?

Odwrócił wzrok, a między jego brwiami pojawiła się głęboka bruzda.

– Powstrzymanie Raena jest ważniejsze niż ocalenie mojej rodziny.

Zajrzała w jego myśli i zobaczyła walkę, którą toczył sam ze sobą. Jego serce tłukło się w panice, gdy starał się wyprzeć te myśli, a jednak rozsądek podpowiadał, że tak właśnie wygląda brutalna rzeczywistość. *Czy naprawdę poświęcę ich dla dobra światów?* – zadawał sobie pytanie.

– Nie – powiedziała. – Qall nigdy by mi nie wybaczył, gdybym pozwoliła na śmierć twojej – i jego – rodziny.

A co by zrobił, gdybym ja na to pozwolił? – zastanawiał się Baluka.

– Cały czas staram się znaleźć sposób, żeby ich ochronić. Gdybym go znalazł, to czy sprowadziłabyś tu Qalla? Moglibyśmy razem go szkolić.

Zaprzeczyła.

– Buntownicy nie zaakceptowaliby kogoś, kto wygląda jak Raen, zwłaszcza gdyby dowiedzieli się, że mógłby się nim s t a ć. Jeśli wrócę, to dopiero gdy Qall będzie potrafił sam zmienić swój wygląd i się obronić.

Jakim wówczas będzie człowiekiem? – rozmyślał Baluka. *Jeśli dorównuje mocą Valhanowi, to czy i tak zostanie Raenem?*

– Wychowali go twoi bliscy – przypomniała mu. – Wtłoczyli mu do głowy wszystkie zasady, które potrafią pchnąć młodego człowieka na ścieżkę dobra.

Wyraz jego twarzy złagodniał.

– Naprawdę im na nim zależy. Chciałbym kiedyś go poznać.

Odbiegł dokądś wzrokiem, zastanawiając się, jakiego wysiłku wymagałoby od niego zignorowanie znajomej, znienawidzonej twarzy i dostrzeżenie kryjącego się pod nią człowieka.

– Do tego czasu będzie wyglądał zupełnie inaczej – zapewniła. – Raczej nie będzie chciał zachować twarzy Valhana.

Nie zastanawiała się zbyt często nad tym, czego będzie chciał Qall po zakończeniu nauki. Nie będzie mógł wrócić do rodu Lejikha, chyba że poślubi Podróżniczkę. Może dołączy do Odnowicieli.

– Powinienem już wracać – powiedział Baluka. Oczy miał podkrążone, ale plecy wyprostowane. – Odnowiciele muszą się przygotować i do poszukiwań Tyena oraz dłoni, i do kolejnej konfrontacji z Raenem. Chciałaś jeszcze o czymś mi powiedzieć? – spytał.

– Nie. A ty?

Pokręcił głową. Oboje wstali, a pomieszczenie się zakołysało. Baluka milczał, starając się odzyskać równowagę.

– Dobrze było znów cię zobaczyć, Rielle. – Kiedy to mówił, coś w nim pękło, jakby ktoś uwolnił go od ogromnego ciężaru. *Jest wolna. Tylko tego pragnąłem, dołączając do buntowników. Udało się, nawet jeśli przyjaciel, który ją wyswobodził, okazał się zdrajcą.*

– Powodzenia – odparła Rielle. – Przykro mi, że zniszczyłam waszą przyjaźń.

Twarz Baluki spochmurniała.

– Nie zniszczyłaś. Bo nie istniała. – Lecz jakaś jego cząstka wciąż nie chciała w to uwierzyć. *Był taki przekonujący.*

Ścisnęła go za ramię.

– Zwiódł nas oboje, Baluko. Uważaj, by nie zrobił tego po raz kolejny.

Skinął głową.

– Dobrze. Bezpiecznej drogi. Obserwuj, czy nikt cię nie śledzi.

Uśmiechnęła się.

– Może nie uwierzysz, jeśli przypomnisz sobie lekcje, których mi udzielałeś, ale podróżowanie między światami idzie mi teraz całkiem nieźle.

Uniósł brwi.

– Przyznaję, że trudno w to uwierzyć.

Puściła go i dźgnęła palcem w żebra. A potem, nim zdołał zareagować, odepchnęła się od świata i przemieściła substancję wypełniającą przestrzeń, by zatrzeć za sobą ślad. *Zostawię go z tą myślą* – stwierdziła, gdy otoczyła ją biel. Odwróciła się i ruszyła w długą podróż do Qalla i Timane.

ROZDZIAŁ 12

Im bliżej Amelyi była Rielle, tym większą zachowywała ostrożność. Zamiast zacierać ślady tylko po zejściu do świata lub opuszczeniu go, zamazywała swoje ścieżki także między światami. Kiedy mogła, podróżowała zwyczajnie: saniami, łodzią, lewitowała, a nawet schodziła wysoko nad ziemię, pozwalając ciału opadać przez kilka chwil, i ponownie się odpychała.

Te dodatkowe środki ostrożności wymagały dodatkowego czasu, zaczęła się więc zastanawiać, czy przypadkiem celowo nie odwleka chwili powrotu. *I momentu, w którym będę musiała powiedzieć Qallowi, że nie zdołałam porozmawiać z jego bliskimi ani dziewczyną, którą kochał. Oraz przyznać, że pomyliłam się co do Tyena.* O tym jednak nie musiała nikomu mówić, podobnie jak o tym, że podczas jej poszukiwań dłoni Valhana Dahli i Tyen dowiedzieli się o powrocie Rielle. Każda z tych informacji niepotrzebnie zmartwiłaby Timane i Qalla.

Dahli nie może mnie szantażować, skoro mnie tam nie ma – powiedziała sobie. *Jego szpiedzy u Odnowicieli dowiedzą się, że ze spotkania z Baluką od razu wróciłam do kryjówki.*

Mogliby mu też przekazać, że Odnowiciele znają już plany wskrzeszenia Raena. Wszystko zależało od tego, jak bardzo szpiedzy zdołali zbliżyć się do Baluki albo jak daleko rozniesie się ta wieść. Dahli i tak uzna, że Rielle powiedziała Odnowicielom o wszystkim. Jeszcze lepiej zadba, by dłoń Valhana pozostała w ukryciu, przez co Baluce trudniej będzie ją znaleźć. A jednak wrogowie Valhana będą teraz wszędzie wypatrywali Dahlego i Tyena. *Podobnie jak wszyscy ci, którzy uważają, że powrót Valhana jest potrzebny, lub ci, dla których sojusz z nim okazał się korzystny. Będą chcieli im pomóc.*

Na to nic nie mogła poradzić. Jej zadaniem było chronić Qalla. Niech Odnowiciele zajmą się Dahlim i jego przyjaciółmi. Przynajmniej dzięki temu już nigdy nie będzie musiała rozmawiać z Tyenem.

Z przestrzeni między światami zeszła w wilgotne miejsce niemal całkowicie pogrążone w ciemnościach. Stworzyła iskrę i rozejrzała się. Znajdowała się w kanałach pod Deeme. Szczeble drabinki połyskiwały zachęcająco w świetle sączącym się z góry, ale zignorowała je. Przed odejściem dowiedziała się, że tymi podziemnymi korytarzami da się przejść w drugi koniec miasta. Dzięki temu nie zostawi za sobą ścieżki prowadzącej prosto do mieszkania i nie będzie musiała przepychać się przez zatłoczone ulice.

Zdjęła płaszcz, wywróciła go poszarpaną stroną na zewnątrz i założyła z powrotem. Bez względu na to, w jaki sposób go nosiła, i tak nie przypominała mieszkańców tego świata, ale wyświechtana strona płaszcza była ciemniejsza i pozwalała lepiej wtopić się w otoczenie. Rielle liczyła na to, że uda jej się ominąć robotników, jeśli będzie wypatrywała ich myśli.

Wkrótce okazało się, że jej buty nie są tak wodoszczelne jak wtedy, gdy je kupiła. Poczerniały po wizycie w spalonym mieście w jednym z pochłoniętych przez wojnę światów i teraz przepuszczały wilgoć. Po pokonaniu niezliczonych kałuż nie dało się nic zaradzić na chlupotanie przy każdym kroku.

Przemierzyła jednak miasto, nie dając się widzieć ani słyszeć pracownikom kanałów. Zajrzała w myśli najbliższych osób nad głową i znalazła alejkę, w której mogła wyjść na powierzchnię, tak by nikt jej nie zauważył. Kiedy zamykała właz, wpadły na nią dwie starsze kobiety w wysłużonych strojach, uznały ją jednak za bezdomną szukającą na noc schronienia w kanałach.

– Nie tutaj – doradziła jedna z nich, gdy ją mijały. – Znajdą cię kanalarze.

Rielle kiwnęła głową i chyłkiem odeszła. Kluczyła bocznymi alejkami, póki nie znalazła ciemnego pustego zakątka, w którym ponownie odwróciła płaszcz. Choć miał po podróży kilka plam i rozdarć, a jego rąbek był osmalony, przemierzała główne ulice pewnym krokiem, okrężną drogą zmierzając do mieszkania, w którym zostawiła Qalla i Timane. Rozejrzała się za znajomymi umysłami, ale nikogo nie znalazła. Zignorowała gospodynię, weszła po schodach i otworzyła drzwi.

Zasłony dzielące pomieszczenie zniknęły. Jedno z łóżek przesunięto pod ścianę, ale poza nim nie zauważyła niczego znajomego. Zamarła, jej serce zaczęło tłuc się jak oszalałe, a oczy wypatrywały wskazówek wyjaśniających nieobecność Qalla i Timane. *Gdzie oni są?*

– Wyprowadzili się – oznajmił ktoś za plecami Rielle.

– Dokąd? – spytała, odwracając się do gospodyni.

Przez myśl kobiety przemknął obraz fasady teatru, lecz na jej twarzy pojawił się wyraz wyrachowania.

– Nie zapłacili za ostatni tydzień – skłamała.

– Cóż, ja nie mam pieniędzy – odparła Rielle.

Gospodyni przyglądała się jej butom, z których sączyła się brudna woda. Rielle przepchnęła się obok niej, zbiegła po schodach, przeskakując po dwa stopnie, i wyszła na ulicę.

Nie pamiętała dokładnie drogi – jedynie kierunek, w którym powinna się udać. Nim dotarła do celu, noc już nieubłaganie wkradała się między jaskrawe światła dzielnicy teatralnej. Woda niemal całkowicie wypłynęła z jej butów i nogi miała tylko odrobinę wilgotne.

Fasada teatru była równie krzykliwa jak w myślach gospodyni. Po ścianach pięły się kute, malowane pnącza. Ich odnogi oplatały jaskrawe, szklane kwiaty podświetlone iskierkami. Nie dostrzegła śladów płomieni ani żadnego paliwa, uznała zatem, że podświetlenie stworzono magicznie.

Widzowie spóźnieni na wieczorne przedstawienie pośpiesznie wchodzili do budynku. Rielle wmieszała się między nich i znalazła w zatłoczonym foyer. Personel sprzedawał bilety na ostatnią chwilę i wprowadzał widzów dalej.

– Bilet? – usłyszała z boku czyjś głos.

Zobaczyła wpatrzoną w siebie ładną młodą kobietę o bardzo ciemnych włosach, twarzy w kształcie serca i zielonych oczach.

– Przyszłam do przyjaciółki, ma na imię Timane – wyjaśniła Rielle. – Nazywam się Elle.

– Ojej! – wykrzyknęła dziewczyna. – Imani mówiła, że przyjdziesz.

Rielle wyczytała z jej myśli, że „Imani" to pseudonim sceniczny Timane. Dziewczyna poprowadziła Rielle przez tłum ku bocznym drzwiom, które wyglądały niepozornie, lecz kilka osób wpatrywało się w nie wyczekująco. Rielle zajrzała w umysły zebranych i z zadowoleniem zobaczyła w nich twarz Timane, wręcz niewiarygodnie upiększoną. Ludzie liczyli na to, że uda im się choćby zerknąć na tę kobietę albo wślizgnąć się za owe drzwi i tam ją zastać. Jedni nie wiedzieli, co wówczas zrobią, drudzy mieli szczegółowe plany – niektóre na pewno nie spodobałyby się Timane.

Dziewczyna wzięła do ręki kluczyk wiszący na łańcuszku na szyi, otworzyła zamek i zamknęła go z powrotem, gdy znalazły się po drugiej stronie drzwi – ku wielkiemu niezadowoleniu wielbicieli. Przez drewniane ściany Rielle usłyszała stłumiony dźwięk dzwonka oznajmiającego rozpoczęcie spektaklu. Z myśli publiczności wyczytała, że na scenę właśnie wchodzi aktor. Umysły zebranych przeszły w przyjemny stan uwagi, gdy widzowie skupili się na przedstawieniu.

Młoda kobieta poprowadziła Rielle wąskimi schodami w górę, potem zaś, z lekką zadyszką, ruszyła korytarzem wiodącym ku drzwiom osadzonym w łukowatej ścianie. Zapukała, a Rielle wypuściła zmysły za drzwi, lecz nikogo tam nie znalazła.

Drzwi się otworzyły. Valhan popatrzył złowrogo, kiedy jednak dostrzegł Rielle, jego oblicze się rozpogodziło, Rielle zaś zadała sobie pytanie, jak mogła widzieć w nim kogoś innego niż Qalla.

– Rielle! – wykrzyknął, a potem szybko się poprawił. – Elle.

Rielle odwróciła się do przewodniczki. Dziewczyna uniosła brwi, słysząc inne imię z ust Qalla, uznała jednak, że „Elle" to skrócona forma lub przezwisko.

– Dziękuję – rzekła do niej Rielle. – Timane zapewne przygotowuje się do występu.

– W czasie pierwszej przerwy powiem jej, że przyszłaś – zapewniła dziewczyna. – To nie potrwa długo.

Kiedy odeszła, Rielle odwróciła się do Qalla, który cofnął się o krok i przytrzymał drzwi. Pomieszczenie było niewielkie i okrągłe, stało w nim zaledwie kilka krzeseł, stolik, a w zakrzywioną ścianę była wbudowana półka. Na wyższe piętro prowadziły kręte schody.

– Tam mamy sypialnie – powiedział. – Moja jest na samej górze – dodał z zadowoleniem.

Nie mogła powstrzymać uśmiechu. *Valhan też oczekiwałby najwyższej pozycji.* Przypomniała sobie jednak, że Qall nie mógł odziedziczyć tego po Valhanie.

– A dla mnie znajdzie się miejsce? – spytała.

– Będziesz musiała podzielić się z Imani. Chciałem powiedzieć: z Timane. – Przez jego twarz przebiegł grymas. – Kiedy wszyscy tak się do niej zwracają i tak o niej myślą, łatwo zapomnieć, jak brzmi jej prawdziwe imię.

Rielle podeszła do krzesła i usiadła, a potem zaczęła zdejmować buty.

– Macie coś do jedzenia?

Spoważniał.

– Tak. Przebyłaś długą drogę i... długo cię nie było. Timane nie je przed spektaklami. Za bardzo się denerwuje. – Wskazał na półkę, na której stało kilka zakrytych misek, a potem skierował się do wyjścia. – Muszę pomóc przy oświetleniu. – Otworzył drzwi, przystanął, przygryzł wargę i szybko wciągnął powietrze. – Spotkałaś ją?

Rielle zmarszczyła brwi, a potem poczuła ukłucie wyrzutów sumienia, gdy zdała sobie sprawę, że chodziło mu o dziewczynę, którą miała znaleźć.

– Nie – odpowiedziała szczerze. – Próbowałam, ale zbliżanie się do niej było zbyt niebezpieczne. Poprosiłam Balukę, by przekazał jej wiadomość, ale on też nie dałby rady. Ostatecznie musiałam wybrać: dostarczyć jej wiadomość i narazić wszystkich na niebezpieczeństwo albo pozwolić jej żyć w niewiedzy, lecz bezpiecznie. Wybrałam tę drugą opcję.

– Czyli nic im nie grozi, tak?

– Tak.

To mogła powiedzieć szczerze. Dahli nie zaprzepaści tej możliwości szantażowania Rielle lub Qalla. Gdyby Tyenowi udało się wskrzesić Valhana, Dahli w ogóle nie musiałby grozić Podróżnikom. *Przynajmniej dopóki się nie dowie, że chronili Qalla. Ale nie będzie miał okazji, jeżeli Baluka zdoła zapobiec wskrzeszeniu albo Odnowiciele pokonają Raena, jeśli ten wróci.*

Qall spochmurniał, a potem odwrócił się i wyszedł, głośno zamykając za sobą drzwi. Rielle po krótkim wahaniu otworzyła je i zawołała chłopaka.

– Zajrzałeś mi właśnie w myśli?!

Zwolnił, ale się nie obejrzał.

– Nie.

– Spójrz na mnie. – Nadal się nie odwracał, więc ruszyła za nim. – Czytałeś, prawda?

Zatrzymał się i choć się obrócił, nie spojrzał jej w oczy.

– Sama byś to zrobiła na moim miejscu.

– Qallu… – zaczęła. *To tyle, jeśli chodzi o oszczędzenie zmartwień jemu i Timane.* Westchnęła i pokręciła głową. – Są bezpieczni – podkreśliła. – Sam wiesz, że jestem o tym przekonana. Ale pod warunkiem, że nie wrócimy. Jeśli Tyenowi się powiedzie, Odnowiciele poradzą sobie z… sytuacją. Podobno poprzednim razem i tak by zwyciężyli.

Skinął głową.

– Muszę już iść.

Nie czekając na odpowiedź, pośpiesznie oddalił się korytarzem.

Rielle wróciła do pokoju i usiadła, w ciszy rozmyślając nad swoją bezowocną podróżą. *Nie, nie była zupełnie bezowocna.* To dobrze, że poznała prawdę o Tyenie. I że poznał ją Baluka. Odnowiciele nie mogliby zapobiec wskrzeszeniu Valhana, gdyby o tym nie wiedzieli.

Pomyślała o propozycji dołączenia do nich, którą złożył jej Baluka. *Zgodziłabym się, gdybym nie musiała zadbać o bezpieczeństwo Qalla i dopilnować, by nauczył się bronić.* Choć jeśli Valhan rzeczywiście wróci, Qall raczej powinien pozostać w ukryciu. Może i dysponują podobną mocą, ale Valhan miał przewagę w postaci tysiąca cykli doświadczenia. Wspólnymi siłami Rielle i Qall mogliby go pokonać. Oczywiście nie zamierzała dążyć do konfrontacji i walki z Valhanem, ale dobrze było mieć świadomość, że zdołaliby się obronić, gdyby ich odnalazł.

Wstała, podeszła do półki i poczęstowała się owocami i ciastkami. Choć wzięła sobie do serca rady Tarrena i w trakcie drogi powrotnej częściej przystawała na odpoczynek i posiłki, i tak była wyczerpana częstym przenoszeniem się między światami i napięciem spowodowanym odkryciem pracowni Tyena. Jadła zachłannie.

Wkrótce na korytarzu rozległ się stłumiony odgłos kroków. Po chwili drzwi otworzyły się i do środka wkroczyła Timane. Rielle wstała i trafiła w fałdy falbaniastej sukni, a zaraz potem spod utworzonego z piór nakrycia głowy otrzymała buziaka w policzek.

– Elle! – wykrzyknęła Timane. – Nareszcie wróciłaś!

– Nareszcie – przyznała Rielle, ostrożnie wyplątując się z warstw materiału, żeby niczego nie zniszczyć. – Przepraszam, że tak długo to trwało.

Timane opadła na krzesło i zaczęła się wachlować.

– Co się stało? Qall znów zaczął odpowiadać monosylabami i ledwie nadążał ze światłami, więc pewnie przyniosłaś mu niezbyt pomyślne wieści.

Przez twarz Rielle przebiegł grymas.

– Nie zdołałam skontaktować się z jego rodziną. Są obserwowani. Spotkanie z nimi byłoby zbyt niebezpieczne.

– Och.

– Dowiedziałam się, że Dahli chce wykorzystać kolejne ciało, żeby wskrzesić Valhana. A raczej nie Dahli, lecz Tyen. Współpracują.

– Ojej! Tyen? Ale wy przecież...?

– Tak. – Rielle zacisnęła zęby. – Uwierzyłam, że tak jak ja uważa, że bez Valhana wszystkim jest lepiej. A wie, że Valhan pragnął także mojej śmierci. – Pokręciła głową. – Ciekawe, po co się trudził, żeby pomóc mi ocalić Qalla, skoro i tak był po ich stronie.

– Może zmienił zdanie.

– Coś musiało do tego doprowadzić.

– Jesteśmy bardzo daleko od światów, w których znano Raena – zauważyła Timane. – Jeśli użyją innego ciała, Qall będzie bezpieczny, prawda?

Rielle zaprzeczyła ruchem głowy.

– Myślisz, że Valhan będzie zadowolony, że gdzieś żyje mag dorównujący mu mocą, który w dodatku wygląda tak jak on?

Usta Timane ułożyły się w kształt litery „o". Energicznie pokręciła głową. Ten gest był tak teatralny, że Rielle nie zdołała powstrzymać uśmiechu. Wspomniała, jakim prężnym krokiem dziewczyna weszła do pokoju. Rola aktorki i śpiewaczki ukształtowała ją na nowo – Timane stała się bardziej ekspresyjną i pewną siebie osobą.

– Co możemy zrobić? – spytała Timane.

– Trzymać się z dala od światów Raena – oznajmiła Rielle. – Wyszkolić Qalla, żebyśmy mogli się obronić, gdyby nas znalazł.

– Albo go zabić.

Po chwili milczenia Rielle kiwnęła głową.

– Jeśli zostaniemy do tego zmuszeni.

Timane zwiesiła głowę i utkwiła wzrok gdzieś poniżej desek na podłodze.

– Qall znów musi zacząć się uczyć.

– Tak.

Rielle zabębniła palcami o kolano. *Im szybciej Qall zmieni swój wygląd, tym lepiej*. Musiała porzucić obawy, że jest za młody na nieśmiertelność. Według miary Podróżników był już dorosły i można było powierzyć mu obowiązki dorosłego. A jeśli młodość popchnie go do jakiegoś głupstwa? W duchu wzruszyła ramionami. Nawet jeśli tak, to pewnie go to nie zabije. Był na tyle silny, że zdołałby przetrwać, nawet gdyby popełnił błąd.

Niemniej nauka przekształcania wzorców wymagała czasu i odosobnienia. Rielle będzie musiała znaleźć świat zasobny w magię, którego mieszkańcy nie ucierpią, jeśli Qall zużyje całą tamtejszą moc. Będzie musiała liczyć na to, że żaden pościg nie dopadnie ich podczas…

– Rielle?

Podniosła wzrok na Timane i zdała sobie sprawę, że zamyśliła się i przestała odzywać.

– Tak?

– Jak mogę pomóc?

– Nie możesz. Po prostu… ciesz się karierą – powiedziała.

Timane roześmiała się z zachwytem.

– Dell mówi, że za kilka lat pewnie przeniosę się do większego teatru – oznajmiła. – Może nawet zacznę podróżować do sąsiednich światów.

Rielle uśmiechnęła się. Sława Timane mogła w końcu przykuć zbyt wiele uwagi, ale zdecydują, co dalej, kiedy – i jeśli – do tego dojdzie.

– Jeżeli Tyenowi się nie uda albo Odnowiciele pokonają Raena, będziesz podróżowała po wszystkich światach i śpiewała dla najpotężniejszych przywódców oraz twórców nowych trendów, nawet w Murai.

– Ach! – Timane szeroko otworzyła oczy i odchyliła się na oparcie, a wzrok utkwiła gdzieś w dali, zastanawiając się nad przyszłością pełną perspektyw. – Byłoby wspaniale!

ROZDZIAŁ 13

Rielle starała się nie brać wszystkiego do siebie. Timane zauważyła, że po odejściu Rielle, na początku powoli, potem z narastającym przekonaniem, Qall staje się coraz mniej powściągliwy i coraz pogodniejszy. Był dobrym, pomocnym towarzyszem, czasem nawet zabawnym. Teraz jednak powróciły jego dawne humory i dąsy.

Rielle pomyślała, że może to z powodu szkolenia. Nieustannie miała wobec niego wymagania. Wobec siebie zresztą też. Przypomnienie sobie nauk Tarrena stanowiło nie lada wyzwanie, zważywszy że nie miała zbyt wielu okazji na wykorzystanie szkolenia bitewnego. Nigdy dotąd nie pełniła funkcji nauczycielki technik walki, jedynie pokazała Timane kilka prostych magicznych sztuczek w obronie własnej. Jakby tego było mało, Qall nie przyjmował nauki tak jak dziewczyna, a Rielle nie była w stanie wyczytać z jego myśli, w jaki sposób najszybciej mógłby przyswoić niezbędną wiedzę.

Nie raczył jej powiedzieć, że sporo nauczył się od Podróżników. Od razu znalazł rozwiązanie pewnej zagadki, a potem się niecierpliwił, gdy zastanawiała się, co zrobić, by zadanie, które mu wyznaczyła, było bardziej wymagające. Czasami – tak jak teraz – kazała mu powtarzać ćwiczenia, by udowodnił, że naprawdę zrozumiał istotę lekcji, oraz – musiała przyznać – żeby zmazać wyraz wyższości z jego twarzy.

– Jeszcze raz – powiedziała, na nowo rozpoczynając sekwencję ataków, dzięki którym właśnie go pokonała.

– Po co? – marudził, powtarzając ćwiczenie. – Przecież to *umiem*.

– Nabędziesz wprawy – odparła. – Powtarzanie uczy nas działać instynktownie i nie tracić czasu na analizę sytuacji. Wiedza na jakiś temat nie jest tak pożyteczna jak doświadczenie. Powtarzając ćwiczenie kilka razy, można odkryć słabości albo alternatywy, których się nie przewidziało. – Spojrzała mu w oczy i wytrzymała jego spojrzenie. – Może i Dahli jest słabszy od ciebie, ale zdobywał doświadczenie przez setki cykli.

– Nie zawsze doświadczenie jest lepsze od wiedzy – powiedział jej.

– Nie? Jak to?

– Lepiej wiedzieć o śmierci, niż jej doświadczyć.

Roześmiała się.

– Naturalnie.

Zaklął pod nosem, gdy jego obrona znów okazała się nieskuteczna.

– Jeszcze raz – powtórzyła.

Przewrócił oczami.

– Czyli doświadczenie nie jest ważniejsze od wiedzy – powiedział i na nowo rozpoczął sekwencję.

– Nigdy nie twierdziłam, że jest ważniejsze. Jest czymś innym. Jesteś na tyle mądry, by ocenić, kiedy lepiej jest o czymś wiedzieć, niż tego doświadczyć?

– Tak.

– A teraz, podczas tej lekcji, ważniejsza jest wiedza?

Zawahał się, a między jego brwiami pojawiła się bruzda.

– Może. Nie mogę być tego pewien, póki nie będę jej potrzebował.

– W takim razie będziesz się uczył przez doświadczenie, prawda? Zwłaszcza jeśli poniesiesz porażkę.

Nie odpowiedział. Nawet nie zaklął, gdy jego obrona zawiodła.

Rielle mówiła dalej.

– Czasami można próbować ocenić, czego lepiej jest doświadczyć, niż wiedzieć...

– Niczego nie ocenię, jeśli będę martwy – przerwał jej.

Rozpoczęła ćwiczenie od nowa.

– Taka ocena... Cóż, zazwyczaj to kwestia zdrowego rozsądku. Bez względu na to, jaką masz wiedzę, pojawią się sytuacje, w których nie będziesz miał planu albo czasu na zastanowienie. W tym pierwszym wypadku będziesz musiał zaryzykować, w drugim natomiast pomogą ci odruchy wyrobione podczas ćwiczeń.

Nie odezwał się. W tej chwili jego reakcje spowalniało podenerwowanie. Przerwała w połowie sekwencji.

– Da się coś na to poradzić?

Już zaczął kręcić głową, ale się powstrzymał.

– Może się da.

– Zacznijmy od nowa.

Nie sądziła, by podczas ćwiczeń dało się uniknąć porażki, ale warto było dać mu szansę, żeby zaangażować go w lekcję. Próbował jeszcze trzykrotnie. Za pierwszym razem posłużył się inną, bardziej ryzykowną taktyką. Za drugim postanowił ją zmylić błyskawicznymi reakcjami. Za trzecim odepchnął się od świata, poszybował prosto w jej barierę i prawie udało mu się uderzyć w wewnętrzną osłonę, lecz jej odruchy obronne były szybsze niż jego atak.

– W tym ćwiczeniu powinieneś oszczędnie korzystać z magii – przypomniała mu. – Większość mocy zużyłbyś na opuszczenie świata.

– Tak, ale gdybym okazał się dostatecznie szybki, nie potrzebowałbym wiele, by cię zabić.

Przytaknęła.

– To prawda. Ale to byłoby ogromne ryzyko.

– Mimo wszystko warto byłoby je podjąć, skoro brak działania oznaczałby porażkę. Żeby wpaść na coś takiego, potrzeba czasu. Czasu, którego... nie mam... – Jego głos przycichł, gdy odwrócił wzrok i popatrzył gdzieś w dal, zdając sobie sprawę z tego, co właśnie powiedział.

– Skoro jednak to przećwiczyliśmy, możesz wpaść na coś takiego od razu, jeśli znajdziesz się w podobnej sytuacji – dokończyła. Uśmiechnęła się. – Coś chyba dziś osiągnęliśmy.

Powoli pokiwał głową, wciąż zamyślony.

– Co się dzieje? – Podążyła wzrokiem za jego spojrzeniem, ale dostrzegła jedynie labirynt ciemnych, poskręcanych skał i miękkiego piasku, tworzących część świata, w którym się znajdowali.

– Chyba coś słyszałem.

Nadstawiła uszu. Czasami wiatr hulający w przejściach i tunelach wydawał nieziemskie odgłosy, dziś jednak było tak cicho, że zdołała usłyszeć oddech Qalla i burczenie w jego brzuchu.

– Pora wracać do domu – postanowiła.

Skinął głową, powracając wzrokiem do Rielle. Lekcja dobiegła końca i na jego twarz powróciły powściągliwość i zaduma. Rielle stłumiła westchnienie i ruszyła przodem do pobliskiej jaskini.

Wrócili własnym śladem przez skalistą okolicę w miejsce, w którym wcześniej zeszli do świata. Rielle przez całą drogę rozglądała się za umysłami innych osób, ale żadnego nie znalazła. Choć na wycieczki do tego świata kupili sobie wysokie buty, piasek zawsze jakimś cudem się do nich dostawał, więc przystanęli, by go wytrząsnąć. Kiedy skończyli, wyciągnęła do Qalla rękę. Chwycił ją, więc odepchnęła się między światy, z początku przemieszczając się powoli i zacierając ślad.

Gdy ciemne skały i piasek rozmyły się, trudno było dostrzec granicę między nimi. Był to jeden z powodów, dla którego wybrała to miejsce – kiedy ktoś się zbliżał, miał wrażenie, że widzi litą skałę. Magowie zapewne postanowiliby poszybować dalej, by znaleźć lepszą przestrzeń na lądowanie, dzięki czemu nie zauważyliby jej ani Qalla w labiryncie korytarzy i jaskiń.

Qall nie był w stanie zbyt długo wytrzymać bez oddechu, więc nie mogła przez całą drogę wygładzać pozostającej za nimi ścieżki. Doliczyła do trzydziestu, zatrzymała się i rozejrzała za końcem szlaku, który wytyczyli, zmierzając w przeciwnym kierunku. Odnalazła go – rozpoczynał się nagle w miejscu, w którym wcześniej zaczęła go zacierać. Podążyła nim dalej między światy.

Wolałaby nie oddalać się od Amelyi ani nawet opuszczać miasta, lecz gęstość zaludnienia, dzięki której była to świetna kryjówka, uniemożliwiała nauczanie Qalla bez zwracania na siebie uwagi. Nieustanny napływ ludzi z różnych światów pozwalał im także na ukrycie swoich ścieżek wśród wielu innych, przynajmniej w przestrzeni najbliżej Amelyi. Kiedy przemieszczali się dalej, zacierała za sobą ślady.

Z nieprzeniknionej bieli zaczęły wyłaniać się barwy zielonego oceanu oraz nieba kolejnego świata. Stworzyła pod nogami dysk z unieruchomionego powietrza, by nie upaść. Usiedli, by łatwiej zachować równowagę, i poszybowali po niebie.

W tym świecie znajdowało się mnóstwo portali, ponieważ jednak większość ludzi żyła na ogromnych pływających płytach skalnych, trzeba było mieć dużo szczęścia, by trafić na moment, kiedy portal i któraś z tych naturalnych tratw znajdowały się w jednym miejscu. Magowie musieli tu lewitować lub szybować, by trafić na „ląd". Rielle nie szukała jednak stabilnego podłoża, lecz podróżowała w taki sposób, by żaden mag nie był w stanie natknąć się na ich ślad. Nie szukała także portalu, gdyż stworzyła osobny szlak do tego świata. Cała trudność tkwiła w odnalezieniu miejsca, w którym ten nowy szlak się kończył.

Dotarła nad obszar, gdzie ocean był na tyle płytki, że widziała jego faliste dno, i odnalazła znajome kształty – miejsce, w którym pasma zlewały się w charakterystyczny sposób. Nie był to jednak niespotykany widok, więc dopiero gdy dostrzegła pobliski wrak, nabrała pewności, że to koniec nowej ścieżki.

Gdy tylko nią ruszyła, wyczuła, że ktoś tędy niedawno podróżował. Gdyby nie to, że znajdowała się między światami, serce podskoczyłoby jej w piersi. Qall popatrzył na nią, marszcząc czoło, wyczuł bowiem to samo.

Od kiedy…?

Nie porozumiewaj się ze mną – odparła szybko. *Jeśli między światami ktoś jest, może cię usłyszeć.*

Zasępił się i zacisnął usta. Nie miała czasu, by go udobruchać. Skupiła się z powrotem na ścieżce. Ktoś korzystał z niej jakiś czas temu, lecz nie przed chwilą. Prawdopodobnie zanim odeszli ze świata, w którym odbywali lekcje. Ktokolwiek to był, zapewne znajdował się już daleko.

Poruszał się po ścieżce, którą wytyczyła, by tu dotrzeć. Nie była w stanie się domyślić, jakim cudem ten szlak znalazł ktoś obcy, skoro ukryła początek ścieżki. Może wpadł na niego przez przypadek. Nie potrafiła stwierdzić, dokąd podążył ten człowiek po zejściu nad ocean. Albo wrócił do miejsca, w którym wszedł na ścieżkę, albo dotarł do oceanicznego świata i dalej lewitował. Albo wpadł do wody.

Ostrożnie podróżowała tym szlakiem dalej. Nieznajomy minął punkt równowagi i zbliżył się do kolejnego świata. Przez całą drogę wypatrywała miejsca, w którym mag trafił na ich ścieżkę i postanowił z niej skorzystać. Tymczasem niedaleko następnego świata okazało się, że szlak robi się mniej wyraźny. Zaintrygowana podążała nim jeszcze przez chwilę, nim zdała sobie sprawę, co to oznacza.

To my podążamy czyimś śladem. Widocznie ten mag przeciął odcinek między następnym światem a miejscem, w którym przestałam zacierać ślady. Ale skąd wiedział, którędy pójść, żeby znaleźć punkt, w którym przestałam to robić?

Kolejny świat zaczął nabierać ostrości. Otoczył ich rzadki las dziwnych drzew. Miały pojedyncze pnie z mnóstwem gałązek tworzących kule – przypominały drzewa widziane oczami dzieci. Pod nimi rozpościerały się ciernistе rośliny, nieporastające jedynie połyskujących skał wystających z podłoża. Kiedy zeszli do świata, usłyszała, jak Qall bierze głęboki wdech. Zignorowała gwałtowne kołatanie serca – fizyczną oznakę lęku, którego nie mogła odczuwać między światami – i stworzyła barierę unieruchomionego powietrza wokół siebie i Qalla, rozglądając się za innymi umysłami.

W pobliżu znajdowali się jedynie mieszkańcy gospodarstw i jednej maleńkiej osady. Nikt nie zauważył jej i Qalla. Spojrzała na niego, spodziewając się pytań, lecz on wciąż rozmyślał, zwieszając ramiona.

– Ktoś znalazł naszą ścieżkę – powiedziała, a wydychane przez nią powietrze w chłodzie zamieniło się w mgiełkę. – To wcale nie znaczy, że nas szukał.

Z wyrazu jego twarzy wywnioskowała, że wiedział, iż nie miała aż takiej pewności, jaką chciała okazać.

– Co teraz? – zapytał.

No właśnie – pomyślała.

– Ruszamy dalej do domu.

Wcześniej zbliżała się tu z innej strony, szybując ku lasowi od pobliskiego portalu w starym kamieniołomie. Postanowiła obrać inną drogę, ale gdy już chciała powiedzieć Qallowi, by nabrał powietrza, zmieniła zdanie. *Sprawdźmy, jak długo ten wścibski mag za nami podążał.*

Qall wyczytał ten zamiar z jej twarzy i wziął głęboki wdech. Skinęła głową z aprobatą i odepchnęła się od świata. Choć zatarła koniec swojego szlaku z kamieniołomu, mniej więcej wiedziała, gdzie się znajdował, i podążyła w tym kierunku. Natychmiast wyczuła nową, niedawno używaną ścieżkę przecinającą lukę między portalem a miejscem, w którym poprzednio zaczęła zacierać własny ślad.

W miarę jak zbliżała się do końca szlaku, ogarniały ją coraz większe zaciekawienie i obawa. Po raz kolejny szlak zrobił się mniej wyraźny, jakby ktoś podróżował nim tylko raz. Nie był kręty, lecz zmierzał wprost do kamieniołomu, gdzie Rielle ponownie zeszła do świata, by zastanowić się nad tym, czego się właśnie dowiedziała.

Jakiś nieznajomy zdołał zlokalizować początek i koniec jej dwóch szlaków, choć je zatarła. Jeden miał służyć podróży między światami, drugim szybowała nad powierzchnią. To zbieg okoliczności czy coś groźniejszego?

Może kierunek jej szybowania był oczywisty. Postawiła się na miejscu nieznajomego. Gdyby śledził ją i Qalla, wylądowałby w kamieniołomie i nie znalazł dalszej ścieżki. Doszedłby do wniosku, że wróciła własnym śladem, z kamieniołomu podróżowała dalej sposobami niemagicznymi albo zatarła ślad. Gdyby zdecydował się na tę pierwszą opcję, cofnąłby się, ale najpierw wyeliminowałby drugą możliwość i poszybował wyżej, by sprawdzić, czy zauważy Rielle, a potem zataczałby kręgi, żeby znaleźć miejsce, w którym przestała iść piechotą i ponownie przeniosła się między światy.

Odepchnęła się nieco, szukając dowodów na potwierdzenie tej drugiej teorii, ale żadnych nie znalazła. Nieznajomy poszybował bezpośrednio z portalu do miejsca, w którym zaczynała się ścieżka. Jakby wiedział, że Rielle była w stanie ją zatrzeć.

Nie! Jakby był w stanie wyczuć miejsce, w którym ją zatarłam!

Qall ścisnął jej dłoń. Podniosła wzrok i napotkała jego pełną napięcia twarz. Zdała sobie sprawę, że niemal zatrzymała się między światami. Wróciła do kamieniołomu i wylądowała. Qall natychmiast zaczął ciężko dyszeć.

– Przepraszam – powiedziała.

Kiedy dochodził do siebie, rozejrzała się, ale nie wyczuła żadnych umysłów.

Przyszła jej do głowy jeszcze jedna możliwość. Skoro mag szybujący nisko nad światem przypomina ducha, to może nieznajomy ją zauważył i widział, w którym kierunku się przemieszczała. To oznaczało, że także musiał być blisko tego świata.

Gdyby zauważył, że z początku poruszam się powoli, a potem szybciej, mógłby to sprawdzić i dowiedzieć się, że potrafię zacierać ślady. Może poszedł za mną, żeby się nauczyć, jak to robić, a potem zgubił trop nad oceanem. Albo to szpieg Dahlego.

Postanowiła wrócić do domu inną drogą, ale ostatecznie zmieniła zdanie. Jeżeli znalazł ją któryś z łowców Dahlego, musiała się dowiedzieć, od jak dawna ją śledził. Jeśli dotarł za nią aż do Amelyi, mógł znaleźć Timane.

Qall wyprostował się, z niepokojem ściągając brwi, co oznaczało, że po raz kolejny zajrzał w jej myśli. Już chciała go zrugać, ale wziął bardzo głęboki wdech. Powściągnęła język i odepchnęła się od świata.

Podążyła ku Amelyi od innej strony, korzystając z często używanych szlaków prowadzących przez następne dwa światy, więc nie była w stanie stwierdzić, czy nieznajomy ją ściga. Na kolejną podróż – niedaleko miasta – wytyczyła nowy szlak przez środek świata. Zainspirowana sposobem, w jaki Tyen opuszczał Doum, stworzyła ścieżkę wchodzącą prosto pod ziemię. W punkcie, w którym według niej większość śmiertelnych magów by się poddała, zatarła ślad i zmieniła kierunek, a potem wydostała się na powierzchnię w innej części świata. Dzięki temu miała okazję sprawdzić, czy nieznajomy zdoła wykryć miejsce, w którym zatarła ślad.

Musiała podróżować powoli. Niestety dla Qalla tempo było zbyt wolne, bo zaczęło mu brakować powietrza. Kiedy dotarła do powalonej kamiennej wieży, z której miała wychodzić ścieżka wiodąca przez środek świata, na twarzy chłopaka odmalowało się niezadowolenie.

– Chcesz mnie tu zostawić. – Lekkie drżenie w jego głosie zdradzało strach.

– Tak – powiedziała. – Nie wstrzymasz oddechu na tak długo.

– A jeśli mnie tu znajdą?

– Zejdź do wieży i schowaj się. Jeżeli ktoś się pojawi, zajrzyj w jego myśli i sprawdź, czy nas ściga, ale się nie pokazuj.

Skinął głową.

– Uważaj na siebie.

– Dobrze.

Zaczerpnęła magii z najwyższej krawędzi świata, odepchnęła się, odnalazła swoją poprzednią ścieżkę i zanurkowała pod ziemię.

Od razu wyczuła, że inny mag korzystał z tego szlaku. Odliczała w myślach i tylko dzięki temu orientowała się, gdzie zakończy się ścieżka i pojawi luka. Zwolniła niedaleko końca, lecz szlak ciągnął się dalej, niż się spodziewała. Widocznie pod wpływem niepokoju liczyła szybciej.

Przy luce zwolniła. Dalej biegł tylko szlak nieznajomego; zakręcał w miejscu, w którym zmieniła kierunek, jednocześnie zacierając za sobą ślad.

A potem znalazła się znów na pierwotnej ścieżce.

Zatrzymała się i skierowała z powrotem, odczuwając narastający gniew.

Tyen. Ten kłamca! Pozwolił mi sądzić, że zacieram ślad, a tak naprawdę zostawiałam za sobą bardzo wyraźny trop.

Ruszyła w przeciwną stronę i – jak już wielokrotnie wcześniej – wygładziła materię między światami. Znów zmieniła kierunek, by sprawdzić, czy zostawiła po sobie ślad. Wiedziała, czego szukać, co ułatwiło jej odnalezienie niewielkiej nierówności. Zupełnie jak z wygładzaniem mokrego piasku – choćby nie wiadomo jak bardzo się starać, nigdy nie odzyskiwał gładkości, którą nadawały mu przypływy i odpływy. Większość osób nie wykryłaby tej nierówności, lecz ktoś, kto wiedział, czego szukać, na pewno by ją wyczuł. Ktoś, komu powiedziano, czego szukać.

Miała świadomość, że już dość długo przebywa między światami, więc odszukała ścieżkę do wieży. Popędziła ku powierzchni, a w głowie miała gonitwę myśli. Czy nierówność z czasem zaniknie, czy może łowcy Dahlego zdołają zauważyć każdy krok Rielle na drodze do Amelyi?

To bez znaczenia – powiedziała sobie. *Ważne, że śledzi mnie ktoś, kto potrafi wykryć zacierane ślady.* Kiedy wyłoniła się z wnętrza świata i wylądowała w wieży, w jej głowie aż roiło się od domysłów. Jeśli tropiciel zauważył ją i Qalla, na pewno postanowił wrócić do Dahlego. Chyba że chciał im przekazać wiadomość, że Dahli zamierza skrzywdzić ród Lejikha. Wątpiła jednak w tę drugą możliwość, bo na pewno miał świadomość, że Rielle nie pozwoli mu wrócić do Dahlego z informacją, że przekazał tę groźbę. *Nie da się szantażować kogoś, z kim nie można się skontaktować.*

W każdym razie musiała wrócić do Amelyi i sprawdzić, czy Timane nic się nie stało.

A potem po raz kolejny wyruszyć na poszukiwania nowej kryjówki.

ROZDZIAŁ 14

Ty możesz zostać. – Rielle zwróciła się do Timane. – Ale powinnaś przeprowadzić się do innego miasta. Przykro nam będzie się z tobą pożegnać, ale pocieszy nas świadomość, że świetnie sobie tu radzisz.

– Nie. – Timane pokręciła głową. Minę miała poważną, a plecy wyprostowane. Dobrze zamaskowała rozczarowanie. – Światów jest nieskończenie wiele, jak mawiała moja matula. Skoro mogę śpiewać tutaj, mogę też gdzieś indziej.

– Ale tu będziesz bezpieczniejsza – dodała Rielle. – O ile się przeprowadzisz…

– Nie – sprostowała Timane. – Tu nie będę bezpieczniejsza niż z wami. Jeśli dotrą do Amelyi, dopadną mnie, by wypytać o was.

– Ma rację – rzekł Qall.

Rielle spojrzała na niego. Milczał nadąsany, od kiedy sprawdzała ich szlak.

– No widzisz? – powiedziała Timane. Na jej twarzy pojawił się pełen napięcia, stanowczy uśmiech. – Skoro podjęliśmy decyzję, nie widzę powodu, by odwlekać to, co nieuniknione. Pójdę powiedzieć Dell.

Wstała i wymknęła się z pokoju.

Czym sobie zasłużyłam na taką lojalność? – zastanawiała się Rielle. *Ale cieszę się, że ona chce z nami pójść. Dogaduje się z Qallem lepiej niż ja.* Odwróciła się do chłopaka. Wpatrywał się w nią, lecz teraz odwrócił wzrok.

– Pójdę po torby i sprawdzę, czy trzeba coś przepakować – powiedział.

Uśmiechnęła się.

– Dziękuję.

Patrzyła, jak wchodzi po schodach. W trakcie powrotu do Amelyi wykorzystała klejnoty, które przechowywała w domu Tarrena, więc tym razem nie mieli już niczego na wymianę. *Tylko oszczędności Timane i Qalla.* Zaczęły się w niej zmagać poczucie winy i wdzięczność. Nie chciała naruszać tych rezerw, to nie było w porządku, jednak bez nich podróż przez światy byłaby znacznie utrudniona.

Co teraz? Rozejrzała się po pobliskich umysłach – a w okolicy było dużo ludzi, gdyż w teatrze na dole odbywało się przedstawienie. Jej zmysły wyłowiły znajomą obecność – Timane. Dziewczyna zawzięcie targowała się z właścicielką teatru. Miała przewagę, gdyż potrafiła czytać w jej myślach, ale żal jej było opuścić kobietę, która z własnej kieszeni wyłożyła pieniądze, by ją zatrudnić i wyszkolić. Kiedy skończyły, dotknęły się dłońmi w geście wyrażającym szacunek, a potem uściskały i otarły łzy. Dell darzyła Timane szczerą sympatią i podziwiała ją.

Rielle wyszła z pokoju i w połowie schodów spotkała opanowaną już Timane. Dziewczyna wcisnęła jej w dłonie sakiewkę z pieniędzmi.

– Proszę – powiedziała.

– Na pewno?

– Oczywiście. Tylko nie każ mi robić zakupów na drogę. I tak targujesz się lepiej niż ja, a poza tym wiesz, co będzie nam potrzebne. Muszę pomyśleć, które ze swoich rzeczy powinnam oddać. Wcześniej nie musiałam podejmować takich decyzji.

Rielle objęła ją.

– Dziękuję. Qall zajął się bagażami, więc możesz się zorientować, ile mamy w nich miejsca.

Timane jęknęła z udawanym przerażeniem.

– Pozwoliłaś wyrostkowi pakować rzeczy dla dwóch dorosłych kobiet?

– Lepiej idź go przypilnować. Myślę, że twoją pomoc przyjmie chętniej niż moją.

Dziewczyna pobiegła po schodach. Rielle odwróciła się i ruszyła dalej. Kiedy mijała biuro Dell, przystanęła, by podziękować kobiecie, ta zaś przyjęła jej słowa poważnym skinieniem głowy. Timane nie wyjawiła, przed czym chce umknąć wraz z Qallem i Rielle, lecz Dell poznała już zbyt wiele kobiet uciekających od potężnych rodzin czy agresywnych mężów, by mieć pretensje do dziewczyny, że opuszcza ją w środku najbardziej owocnego sezonu.

Wymiana tutejszych monet na towary i cenne drobiazgi, które mogliby przehandlować w innych światach, zajęła Rielle więcej czasu, niż myślała. Klejnoty i metale szlachetne cieszyły się w Amelyi powodzeniem, dlatego były drogie, zrobiła więc zapas suszonych przypraw, dobrej jakości tkanin i perfum. Nie kupowała nasion, pamiętała bowiem zasadę, którą kierowali się Podróżnicy – nie sprowadzali obcych roślin i innych żywych organizmów do świata, gdyż mogłyby zniszczyć miejscowe hodowle lub dziko żyjące gatunki.

Nieustannie przeglądała umysły otaczających ją ludzi, żeby wyłowić z nich własne imię lub myśli dotyczące poszukiwań. Rozpraszały ją dzieciaki zatrudniane na targowisku do obserwowania konkurencji, a gdy w końcu wróciła do mieszkania, trafiła na nowego pracownika, który był szpiegiem wysłanym z innego teatru.

Odnalazła Dell, by jej o tym powiedzieć, co jeszcze bardziej ją opóźniło, uważała jednak, że należy ostrzec kobietę, zwłaszcza że odbierała jej najlepszą solistkę.

Dlatego dopiero gdy wchodziła po schodach, odszukała umysł Timane – dziewczyna była niespokojna.

Qall zniknął.

Oznajmił, że Rielle jest za miękka i że on sam zabije tego, kto ich szukał – a potem już go nie było. Timane chciała pobiec za Rielle, lecz nie wiedziała, gdzie ją znaleźć, a poszukiwania mogłyby potrwać dłużej niż czekanie tutaj.

Rielle biegiem wpadła do pokoju. Timane obróciła się gwałtownie w jej stronę.

– Zni…

– Zniknął. Dawno?

– Nie wiem. Niedługo po twoim odejściu.

– Zaczekaj tu.

Rielle wcisnęła jej w ręce torbę z towarami i odepchnęła się od świata.

Od razu znalazła jego ślad i popędziła nim. Nawet nie starał się zmylić magów, którzy mogliby trafić tą ścieżką wprost do pokoju. *Był tak pewny, że znajdzie szpiega i sobie z nim poradzi, że nie dbał o środki ostrożności* – domyśliła się. *Głupota. Nawet nie zdaje sobie sprawy, że zabijanie wcale nie jest takie proste. Łatwo kogoś uśmiercić, ale trudno potem żyć z tą świadomością. Powinnam była mu powiedzieć o tych, których zabiłam, o wyrzutach sumienia i przerażeniu, które nigdy mnie nie opuściły.*

Ścieżka poprowadziła ją do sąsiedniego świata, nad którym poszybowała ku powszechnie używanemu szlakowi. Stamtąd już tylko na podstawie domysłów przeniosła się do kolejnego świata – tego, w którym odkryła, że nieznajomy potrafi znaleźć jej zatarte ślady – pomyślała bowiem, że Qall właśnie tam spróbuje odnaleźć trop. Zorientowała się jednak, że prowadzące w to miejsce ścieżki nie były ostatnio używane. A zatem chłopaka tu nie było. Dokąd się udał?

Prosto w miejsce, w którym po raz pierwszy zorientowałam się, że ktoś nas śledzi, i gdzie ostatnio był nieznajomy – pomyślała i skierowała się ku światu oceanów. Kiedy dotarła do świata porośniętego charakterystycznym lasem, wyczuła świeżo przetarty szlak. Nie prowadził ku temu oceanicznemu – ktoś szybował wokół portalu, zataczając coraz większe kręgi. Kilkaset kroków od tego miejsca ścieżka skręcała pod ostrym kątem i biegła dalej, a potem nagle wystrzeliwała między światy ku kolejnemu z nich. Nieznajomy widocznie oddalił się od portalu przed dalszym etapem podróży – w ten prosty sposób ukrywał swój ślad.

Szlak prowadził do świątyni – większość przebywających tam ludzi pogrążona była we śnie. Jeden senny strażnik strzegł portalu i gdy tam wylądowała, otrząsnął się i pomyślał, że w Boskich Wrotach wiele się dziś dzieje. Dostrzegła w jego myślach Qalla i kobietę, która podróżowała tędy wcześniej. Rozpoznała jej twarz.

Inekera! Po plecach Rielle przebiegł dreszcz, gdy przypomniała sobie, jak owa kobieta zostawiła ją na śmierć na pustyni wkrótce po tym, jak Rielle opuściła swoją ojczyznę w towarzystwie Valhana. Przeraziła ją myśl, że Qall miałby być zdany na łaskę Inekery.

On także na pewno zobaczył ją w myślach strażnika. Dzięki temu mógł łatwiej ją wytropić. Rielle opuściła wartownika rozmyślającego, cóż to za bogowie na tak krótką chwilę odwiedzili jego ojczyznę, i podążyła świeżym szlakiem ku kolejnemu światu, a potem przez kilka następnych. Qall zupełnie nie próbował zacierać śladów. Dzięki temu jednak Rielle nie musiała ich szukać i powinna go szybciej dogonić.

Od czasu do czasu zataczał spirale wokół portali albo zawracał, domyśliła się więc, że gubił trop. Lecz za każdym razem znów go podejmował. Kobieta wykorzystywała fizyczne środki transportu, by nie zostawiać śladu, co ją spowalniało, lecz zarazem niweczyło nadzieje Rielle na dopadnięcie jej przed Qallem.

Kiedy wytyczony przez niego szlak doprowadził Rielle do świata ubogiego w magię, zatrzymała się i rozejrzała po kamienistej równinie porośniętej mchem. Odruchowo już nieustannie gromadziła magię, by móc przebyć kilka światów naraz, więc nie utknęła, ale czy Qall pamiętał o tym zabezpieczeniu? Był niecierpliwym uczniem i nie zawsze uważnym.

Gdyby tu ugrzązł, nigdy nie zdołałaby odnaleźć jego umysłu. On jednak mógłby wyczuć jej obecność. Pod warunkiem, że byłaby tu choć odrobina magii.

Na szczęście jego ścieżka się tu nie kończyła. Prowadziła do suchego, zimnego świata, równie ubogiego w moc. Rielle wiedziała, że niezamieszkane światy często sąsiadują z martwymi, zaniepokoiła się więc, gdy spostrzegła, że szlak biegnie dalej.

Na szczęście w kolejnym świecie mocy było pod dostatkiem. Przy portalu czuwali urzędnicy, którzy prowadzili spis podróżujących. Zorientowała się, że odwiedziła to miejsce, jeszcze zanim trafiła do Amelyi. Z myśli urzędników wyczytała, że Qall był blisko. Jego szlak wiódł prosto – chłopak nie przemieszczał się spiralnie ani nie cofał, a zatem nie zgubił tropu Inekery.

Czyżby już nie zacierała za sobą śladów? Zdała sobie sprawę, że ktoś ją ściga, i nie miała czasu na uniki?

Rielle przyśpieszyła. Kilka światów dalej nabrała podejrzeń, że ktoś znajduje się w przestrzeni między nimi. Po paru kolejnych była już tego pewna – następnie uczucie zniknęło, a zatem osoba, którą ścigała, wylądowała gdzieś. Wiedziała, że nie wyłowi tej postaci, póki nie podąży następnym szlakiem, więc nie pobierała magii, lecz szybko odszukała kolejną ścieżkę i znalazła się nad zamglonym światem tworzonym przez wiele maleńkich wysepek.

Na tle białej mgły w oddali dostrzegła cień. Choć przyśpieszyła jeszcze bardziej, cień poruszał się tak prędko, że nim zniknął, Rielle nie zdołała nawet do połowy zmniejszyć dzielącej ją od niego odległości. Szlak nagle zakręcał, nie schodząc, lecz prowadząc w przestrzeń między światami. Popędziła tą ścieżką. Jeśli Qall nie miał okazji odetchnąć, musiał zatrzymać się w kolejnym świecie.

Mgła przeszła w biel, z której wyłonił się wyniszczony krajobraz: czerwona ziemia i powykręcane drzewa. Mocy było tu niewiele. Na krawędziach pylistego kręgu przycupnęło czworo obserwatorów: dwóch mężczyzn i dwie kobiety. Rielle zajrzała w ich myśli, gdy zeszła. Zobaczyła Qalla. Zobaczyła Inekerę.

Zobaczyła, że byli tu razem i trzymali się za ręce. *Ale nie byli „razem"* – myślała starsza kobieta. *Nie w takim znaczeniu tego słowa, bo on był nieufny i spięty i łapczywie chwytał oddech. Może to jakaś kochanka, która ściga inną.*

Rielle nie chciała zgubić tropu, więc ruszyła dalej. Qall i Inekera przemieszczali się szybko. Wiedziała jednak, że chłopak będzie musiał się zatrzymać i zaczerpnąć tchu, i właśnie wtedy zamierzała ich dogonić. Kiedy z bieli wyłonił się następny świat, rzeczywiście dostrzegła dwie znajome postacie. Pochylony Qall z rękami opartymi o kolana nabierał powietrza. Inekera spojrzała z ukosa ku Rielle i gdy zobaczyła materializujący się cień, chwyciła chłopaka za nadgarstek i szarpnięciem oderwała go od świata.

Na jego twarzy malowało się cierpienie, kiedy jednak Rielle ruszyła za nim, zauważył ją i nachmurzył się. Lecz nie opierał się Inekerze. Jego postać się rozmyła, ale Rielle nie straciła go zupełnie z oczu, bo trzymała się blisko. To nie miało sensu. Był silniejszy od Inekery, więc mógł ją zatrzymać albo szarpnąć ku Rielle.

Dlaczego z nią współpracuje?

Rielle od razu pomyślała o jego obawie o najbliższych. Czyżby Inekera przekazała mu groźbę Dahlego? *Na pewno!*

Qall! – zawołała w myślach Rielle. *Nie musisz z nią iść.*

Obejrzał się i pokręcił głową. Jego głos rozbrzmiał cicho w jej myślach, choć chłopak nie otworzył ust.

Zostaw mnie. Proszę. Nie chcę cię skrzywdzić.

A potem jej zmysły przestały wyczuwać jego obecność. Z bieli wyłaniał się kolejny świat. Oboje stali w zwyczajnym kręgu na ziemi, otoczonym ogrodzeniem z plecionych gałęzi. Inekera coś mówiła, ale Rielle wciąż była między światami, nie mogła więc ani usłyszeć, ani domyślić się jej słów. Przygarbiony Qall pokiwał głową. Wziął głęboki wdech i chwycił kobietę za rękę.

Nim Rielle zdążyła wylądować, już ich nie było. Ruszyła w pogoń.

Qall pędził przed nią szybciej, niż kiedy podróżowali razem, niż kiedykolwiek sam podróżował. Bez zastanowienia. Coś pchało go naprzód. Nie zwalniała, postanowiła bowiem, że dogoni go, gdy po raz kolejny się zatrzyma, by zaczerpnąć tchu. Przed jej oczami śmigały kolejne światy. Nie miała czasu czerpać magii, podobnie zresztą jak Qall i Inekera. Rielle mogła tylko liczyć na to, że zabraknie mu powietrza, nim jej zabraknie mocy.

W końcu zeszła do jednego ze światów tuż za nim, a on nie ruszył dalej. Odwrócił się do niej, dysząc ciężko.

– Mu… szę… to… zrobić – wysapał. – Nie ma… innego… wyjścia…

– Qall… – zaczęła.

Otoczyła ją ciemność. Chłopak i Inekera zniknęli.

Sięgnęła po moc, by podążyć za nimi, ale znalazła tylko pustkę.

CZĘŚĆ PIĄTA

TYEN

ROZDZIAŁ 16

Nowa pracownia Tyena przypominała poprzednią. Była to kolejna piwnica w rezydencji, pod ścianami stały regały, a bliżej środka stoły. Korpusy rozmontowanych insektoidów leżały na stołach po jednej stronie pomieszczenia, a na regałach po drugiej pełno było tych samych sprzętów, na które Tyen poprzednio nie zwracał uwagi. Jedyną fizyczną różnicę stanowiły znajdujące się pośrodku piwnicy schody.

Kolejna zmiana polegała na tym, że pracował sam. Zeke zniknął przed kilkoma dniami, co wzbudziło w Tyenie frustrację, bo młody wynalazca zajmował się obiecującą teorią. Tyen nie widział się z Dahlim od czasu wizyty Rielle w poprzedniej pracowni; Dahli wysyłał jedynie pomocników, którzy kierowali Tyena do nowych ochotników, dostarczali zwłoki, zabierali go do światów zasobnych w magię, gdzie mógł dokonywać kolejnych prób wskrzeszenia, a potem sprowadzali sobowtórów ochotników do Dahlego, by ten ocenił rezultaty pracy Tyena.

Jeszcze trzech ochotników gotowych było poświęcić palec, by ich umysły mogły żyć dalej w młodszych ciałach. Wszyscy byli młodsi od Pieha. Tyen zmieniał metody kopiowania wzorców do palca, próbował innych sposobów przekształcania wzorca zwłok, które dostarczał Dahli, a także udoskonalił ostateczny proces odciskania zmagazynowanych wspomnień w nowych ciałach. Żadna z prób wskrzeszenia się nie powiodła – przynajmniej biorąc pod uwagę wymagania Dahlego.

Pomocnicy nie wiedzieli, co Dahli robił z sobowtórami. Tyen podejrzewał najgorsze. Powinien się cieszyć z każdej nieudanej próby, bo dzięki temu nie musiał udawać, że nie robi zbyt szybkich postępów. Wcześniej liczył na to, że daje Dahlemu powód, by przestał szukać Rielle – zyskałaby czas na znalezienie kryjówki. Dahli wciąż wysyłał za nią łowców, a Rielle najwyraźniej nie ukryła się aż tak daleko, skoro dowiedziała się, czym Tyen się zajmuje.

Robiło mu się słabo na myśl, że uważała go za zdrajcę. W dodatku spotkała się z Baluką. Wyczytał to z myśli Dahlego. Z tego samego źródła dowiedział się, że wróciła do swojej kryjówki, lecz ostrzegła Odnowicieli, by przygotowali się na ewentualną konfrontację ze wskrzeszonym Raenem.

Tyen wiedział, że im bardziej ten moment będzie odsuwał się w czasie, tym lepiej dla nich. Raen mógłby wybaczyć mu udzielenie pomocy Rielle, ale nie byłby zadowolony, że Tyen zapewnił jego wrogom przewagę. Prawdę mówiąc, Tyen nie zrobił ani jednego, ani drugiego. Mógł przypadkowo wpaść na odpowiednie rozwiązanie kwestii wskrzeszenia, jak i z rozmysłem je opracować. Teraz zaś nie czynił żadnych postępów, bo pomocnicy Dahlego od pewnego czasu przestali się pojawiać.

Obecnie nie miał co robić. Nie mógł zająć się insektoidami, żeby nie narobić Zeke'owi bałaganu w pracy. Młody człowiek nie sporządzał notatek, większość zdobytych informacji i planów przechowywał w pamięci.

Tyen skupił się zatem na odbudowaniu humanoida zniszczonego przez Rielle. Pod pewnymi względami był jej wdzięczny, że zmusiła go, by zaczął od nowa, bo teraz rezultat jego pracy był znacznie bardziej wyrafinowany. Między innymi dlatego, że w świecie, w którym obecnie przebywał, technologia stała na wysokim poziomie, choć nie aż takim jak w jego ojczyźnie. Łatwiej było tu zdobyć niezbędne części lub zlecić ich wykonanie albo znaleźć dobrej jakości surowce.

Pracę ułatwiało mu także to, że niektóre przedsiębiorstwa prowadziły rozwinięty handel związany z magią mechaniczną. Większość ich produktów nie służyła do walki. Tworzono skomplikowane rozwiązania dla miast – na przykład dostarczano ludziom wodę i światło – i gdyby Tyen miał świadomość, że ten świat nie stanowi wyjątku, nie odczuwałby takich wyrzutów sumienia, że rozpowszechnił magię mechaniczną.

Od czasu do czasu rozmawiał na temat swoich postępów z Vellą. Była to bardzo skuteczna metoda zapisywania tego, co dotąd zrobił. Nawet jeśli ich rozmowy odbiegały od tematu, to przynajmniej umilały mu czas.

Urządzenia, które się tu produkuje, wykorzystują magię w bardzo efektywny sposób – powiedział Velli. *Tak się zastanawiam… Wynalazcy w moim świecie wiedzieli, że zasoby magii nie są nieskończone, choć nie wierzyli, że można ją generować dzięki twórczości. Dlaczego nie mieli motywacji, by konstruować wydajniejsze urządzenia?*

Profesorowi Kilrakerowi powiedziano w Akademii, że rozważanie, czy zasoby magii są ograniczone, jest zbyt bliskie tematu generowania jej dzięki tworzeniu. W takiej sytuacji profesorowie albo ignorowali obie teorie, albo zyskiwali opinię radykałów i ryzykowali utratę stanowiska.

Ciekawe, czy w moim domu została jeszcze moc. Odszedłem ponad dziesięć cykli temu.

Ludzie musieliby zużyć jej bardzo wiele, żeby ogołocić cały świat. Prawdopodobnie jest teraz rozmieszczona w postaci bardzo cienkiej warstwy.

Może zbyt cienkiej, by dało się z niej korzystać. Maszyny przestaną działać. Aerowozy i aeropowozy nie wzbiją się w powietrze. Szynoślizgi nie ruszą z miejsca. Czy tamto społeczeństwo byłoby bez maszyn nadal tym samym społeczeństwem?

Upadek takich systemów często prowadzi do buntu i wojen. To z kolei może skutkować rozkwitem radykalnych poglądów.

Tyen westchnął na widok słów, które pojawiły się na kartce. *Wojna. Jeszcze jedna wojna. Czy jest gdzieś miejsce, w którym ludzie nie zabijają się nawzajem? Nie odpowiadaj, Vello. Wiem, że są takie światy – zresztą takie jak ten – ale mam wrażenie, że jest ich bardzo niewiele. Zmieńmy temat.*

Zerknął na humanoida. *Co o tym sądzisz?*

Jest solidnie wykonany – odpowiedziała. Ale nie rozwiązałeś problemu zmieszczenia w nim całego umysłu.

Rzeczywiście. Ale gdybym go rozwiązał, to czy odpowiadałoby ci takie ciało?

Jeżeli dzięki niemu będę mogła być w pełni świadoma niezależnie od ludzkiego dotyku, a dzięki kończynom przemieszczać się i posługiwać przedmiotami, moja sytuacja znacznie się poprawi. Lecz wciąż nie będę w pełni człowiekiem.

Bo nadal nie będziesz w stanie odczuwać emocji. Pokiwał głową. *Byłoby lepiej, gdyby próby wskrzeszenia w końcu przyniosły odpowiedni skutek, bo wówczas mogłabyś mieć prawdziwe ludzkie ciało.*

A jednak stałabym się śmiertelna. Nie byłam na tyle potężna, by zyskać wieczną młodość.

Mógłbym spróbować umieścić cię w ciele potężniejszej osoby.

Taka osoba musiałaby umrzeć albo bez znajomości przekształcania wzorców, albo z powodu uszkodzenia mózgu, w przeciwnym razie jej ciało zdołałoby się uleczyć.

Jakie mieli szanse na znalezienie niedawno zmarłego maga o wielkiej mocy, który nie zdążył zyskać nieśmiertelności, zwłaszcza teraz, gdy nie było nikogo, kto kontrolowałby dostęp do wiedzy magicznej? Tyen pokręcił głową. Wydawało się to mało prawdopodobne.

Może jednak to wcale nie jest wykluczone. Gdy toczą się wojny, szanse wzrastają. W walki mogą być zamieszani młodzi, niewyszkoleni magowie.

To prawda. Westchnął. *Wszystkie opcje brzmią ryzykownie. Nie wiem, czy będę miał drugą szansę. Valhan twierdził, że proces wskrzeszenia cię zniszczy. Choć nie rozumiem, dlaczego tak uważał. Wydaje mi się, że nie ma potrzeby niszczenia części ciała, w której przechowywane są wspomnienia. Próbowałem stworzyć sobowtóra Pieha trzy razy, zanim Dahli się poddał.*

Może w tych słowach kryła się wskazówka, dzięki której przestałby ponosić porażki. A jednak nie był w stanie sobie wytłumaczyć, w jaki sposób zniszczenie palca, dłoni czy książki miałoby zwiększyć skuteczność zagnieżdżania się wspomnień w nowym ciele. Czasami podejrzewał, że Valhan skłamał, by zmusić go do dalszego szpiegowania. Możliwe także, że Raen nie zdawał sobie sprawy ze swojego błędu. Gdyby tylko Tyen mógł być pewien, że Valhan rzeczywiście się pomylił.

Popatrzył na puste stoły. *Im dłużej nie ma Dahlego, tym bardziej jestem przekonany, że zajął się Rielle. Jeśli mam go przed tym powstrzymać, by zapewnić bezpieczeństwo jej i Qallowi, muszę poczynić jakieś postępy.* Miał już kilka palców, nad którymi mógł pracować. Potrzebował jeszcze nowych ciał.

Nie było to zadanie na tyle skomplikowane, by tylko pomocnicy Dahlego mogli się tym zajmować. Tyen sam mógł zadbać o ciało. Popatrzył na karty Velli.

Już się nad tym zastanawiałeś, ale miałeś wątpliwości – nie bez przyczyny – przypomniała mu. Odnowiciele będą cię szukać.

To prawda, ryzykuję, ale muszę c o ś zrobić. Będę ostrożny, Vello. Zawsze jestem ostrożny.

Tyen zamknął ją, schował do torebki, a potem pod koszulę. Wstał i przeciągnął się, po czym rozejrzał się wokoło. Panowała tu taka cisza, że zadrżał. A może tylko pod wpływem chłodnego powietrza? Było tu znacznie zimniej niż w poprzedniej pracowni. W pomieszczeniu unosił się lekko zatęchły zapach, który i tak był lepszy niż wówczas, gdy Tyen pracował nad zwłokami. Dahli zazwyczaj wybierał zmarłych, których ciała nie były nikomu potrzebne. Byli to ludzie z zapomnianych marginesów społeczeństwa, którzy nie mieli nikogo bliskiego. Albo zalani krwią żołnierze po walce.

Tyen wolał żołnierzy, bo zwykle byli młodsi, a jeśli polegli na początku walki, ich ciała pozostawały we względnie dobrym stanie. Nie wiedział jednak, jak Dahli wyszukiwał żołnierzy, którzy nie mieli bliskich pragnących ich pochować. *Będę musiał zajrzeć w myśli ich towarzyszy broni, żeby się dowiedzieć. Czyli znaleźć się w pobliżu pola bitwy.*

Na oparciu pobliskiego krzesła wisiała kurtka Tyena. Gdy zarzucił ją sobie na ramiona, w jednej z wewnętrznych kieszeni wyczuł słabe wibracje. Od kiedy Rielle zniszczyła poprzednie laboratorium, nigdzie nie ruszał się bez Żuczka. Teraz już nie trzeba było pilnować notatek Valhana. Bliskość insektoida była dziwnie kojąca.

Sięgnął daleko nad świat, pobrał moc i odepchnął się. Znał okolicę, odwiedzał bowiem sąsiednie światy, gdy jeszcze uczył się w Liftre. Niektóre, jak ten, w którym teraz mieszkał, zmieniły się bardzo w ciągu pięciu cykli od śmierci Raena, w innych wciąż panował chaos. Nie musiał przenosić się daleko, by znaleźć pole bitwy.

Trzymał się utartych szlaków i po minięciu kilku światów zaczął gromadzić informacje. Kiedy tylko docierał do jakiegoś miasta, szybował w spokojne miejsce i zaglądał w myśli mieszkańców. Miejscowi przywódcy intensywnie dyskutowali nad zaradzeniem konfliktowi w Thot – niegdyś był to świat zamieszkany przez wysoko rozwinięte, pokojowe społeczności. Tyen z niezadowoleniem dowiedział się, że pewien tamtejszy lud zyskał ostatnio przewagę dzięki wykorzystaniu magii mechanicznej. Nikt do końca nie wiedział, jaką formę przybrały tam insektoidy, lecz jakaś zawarta w nich niszczycielska innowacja przechyliła szalę zwycięstwa. Tyen w pierwszej chwili chciał ominąć to miejsce, ale doszedł do wniosku, że ma okazję zdobyć tam te nowe insektoidy i przekazać je Zeke'owi.

Wyprostował się i przygotował na obrazy, których widoku być może pożałuje, po czym udał się do Thot. Wyraźnie przetarty szlak zawiódł go do miasta o zrujnowanych murach, gdzie zwęglone belki dachowe powyginały się jak poczerniałe żebra. Uwolnił zmysły i dowiedział się, że zostały tam tylko padlinożerne zwierzęta. Bitwa, która zniszczyła to miejsce, już dawno się zakończyła, a ranni albo doszli do siebie, albo zmarli. Choroby zebrały swoje żniwo. Większość pól i studni zatruły urządzenia bojowe, więc nieliczni ocalali przymierali głodem. Mógłby zaczekać, aż któryś umrze, a potem uzdrowić jego ciało, trudniej jednak było uzdrowić osobę, którą śmierć wyzwoliła od fizycznej udręki, niż zmarłego z powodu ran. Z obrzydzeniem ruszył dalej.

Szybował. Pióropusze dymu nad horyzontem zaprowadziły go do następnego miasta. Bitwa, która obróciła je w ruinę, odbyła się kilka dni wcześniej. Trafił na prowizoryczny szpital pełen obiecujących osób, ale nie mógł się zmusić, by zejść pośród rannych i zabrać stamtąd kogoś niedawno zmarłego, zwłaszcza gdy we wspomnieniach ludzi zobaczył wyolbrzymione pod wpływem przerażenia insektoidy.

Łatwiej byłoby niepostrzeżenie zabrać ciało kogoś niedawno poległego z pola bitwy. W końcu dotarł do dużego miasta świątynnego, wciąż płonącego po porannym ataku. Zatrzymał się na otaczających je polach uprawnych i uwolnił zmysły. Gdy zdał sobie sprawę, że niektórzy kapłani prawdopodobnie nie mieli rodzin, przeszył go dreszcz ekscytacji, lecz chwilę później przeraził się, że w takich okolicznościach może odczuwać jakikolwiek entuzjazm.

Muszę kogoś zabrać – powiedział sobie. *Skoro już nie żyje i nikogo nie interesuje, co się stanie ze zwłokami, to chyba tak będzie lepiej, prawda? A może odbiorę mu prawo do ceremonii odprawianych przez ten lud? Może dowiedziałbym się, co to za rytuały, i gdyby mi się nie powiodło, przeniósłbym tego człowieka z powrotem, by kapłani mogli zająć się ciałem zgodnie z jego życzeniami.*

A jeśli by mu się udało?

Nim zdążył pomyśleć nad konsekwencjami, kilkaset kroków od niego po prawej stronie rozległ się jakiś dźwięk. Zza pobliskiego wzgórza zaczęła unosić się sporych rozmiarów kopuła. Jego uszu dobiegł znajomy odgłos przypominający pomruk.

Kopuła powiększyła się i stała ogromną kulą wielkości domu, podpartą na przegubowych szczudłach.

Nie. To nie były szczudła. To były nogi. Osiem wielkich nóg.

Tyen wybałuszył oczy na widok gigantycznej machiny. To był przerośnięty insektoid. Do głównej kuli przyczepiona była mniejsza z maleńkimi okienkami. W środku widać było sylwetkę operatora.

Machina nagle ruszyła naprzód. Tyen spojrzał, dokąd zmierzała, a gdy zmieniła kurs, zdał sobie sprawę, że ściga ludzi. Biegli napędzani strachem, ale nie mieli szans. Z wypustek po bokach insektoida na prawo i lewo zaczął tryskać płyn, a ludzie padali na ziemię. Tyen zajrzał w umysł operatora, a jego żołądek skręcił się z obrzydzenia. Mag zapiał z poczuciem triumfu, gdy oblał ofiary trucizną, osiągając od razu dwa cele: zabić miejscowych i zatruć pola, by wróg nigdy więcej nie zakwestionował prawa jego ludu do sprawowania władzy.

Tyen się wzdrygnął. Oddychał płytko i z drżeniem, starając się powstrzymać odruch wymiotny. Nim zdążył ochłonąć, machina zaczęła blednąć i w kilka chwil zniknęła.

Wpatrywał się w miejsce, w którym wcześniej się znajdowała, i żałował, że nie była wytworem jego wyobraźni. Z ziemi wciąż unosiły się opary. Na krawędzi jego zmysłów rozbrzmiewały szepty umysłów oszalałych z udręki. *Myślałem, że moi rodacy postąpili nikczemnie, tworząc aerowozy bojowe, miotacze włóczni i strzał, by podbić i podporządkować sobie kolonie, ale to jest po stokroć okrutniejsze. Nawet najgorszym magom z mojego świata nic podobnego nigdy nie postało w głowie.* Coś się w nim zacisnęło. *Nie mogę ponosić odpowiedzialności za coś t a k i e g o. Ma tyle samo wspólnego z moimi insektoidami, co czajnik z szynoślizgiem! To wynalazek z i n n y c h ś w i a t ó w. Nie z mojego. Nie mój.*

A jednak to jego obwiniali ludzie.

Zawrzał w nim taki gniew, że aż się zatrząsł. Chciał ruszyć w pościg za machiną i jej operatorem i zniszczyć oboje.

Nie. Operatora nie. Ale machinę jak najbardziej. Może zniszczenie jej okaże się błahym, bezskutecznym czynem, lecz jeśli ocalę dzięki temu choć kilka żywotów albo dam ofiarom czas na ucieczkę lub znalezienie schronienia, to i tak warto.

Odepchnął się nieco od świata i poszybował ku miejscu, w którym zniknęła machina. Przewróciło mu się w żołądku, gdy zobaczył pozwijane na ziemi ciała ofiar maga, ich wysunięte języki oraz nabiegłe krwią, wytrzeszczone oczy. Trucizna musiała powodować śmierć w mękach.

Tyen podążył wychodzącą ze świata ścieżką. Mag szybował, przenosząc swą potworną broń z dala od świątyni, mijając miasta, rzeki i góry. Tyen domyślił się, że ten człowiek nie jest nieśmiertelny, gdyż zatrzymał się kilka razy bez wyraźnego powodu, a zatem zapewne musiał zaczerpnąć tchu.

Szlak schodził ku dolinie, na której dnie widniały ciemne sylwetki ludzkie oraz wszelkie elementy charakterystyczne dla zorganizowanego obozowiska wojskowego – a także machiny. Naliczył czterdzieści jeden potworów. *Mam zniszczyć jednego czy wszystkie?*

Co za głupie pytanie.

Podążył tropem truciciela w sam środek obozu – mężczyzna właśnie schodził po wąskiej drabince wysuniętej z włazu na brzuchu insektoida. Tyen wylądował i unieruchomił wokół siebie powietrze, tworząc osłonę. Mężczyzna zszedł z drabinki, rozejrzał się i zauważył go. Tyen popatrzył w jego zdziwione oczy.

Mag cofnął się o krok, mierząc wzrokiem nieznajomego, którego myśli nie mógł przeczytać, ubranego w nietypowy strój i nieprzypominającego przedstawiciela któregokolwiek ludu zamieszkującego ten świat. Nieznajomego, w którego oczach płonęła żądza mordu. Odepchnął się od świata i uciekł.

Tyen powstrzymał się i nie ruszył za nim w pościg. Zaczerpnął mocy z doliny, zaciemniając ją dla wszelkich magicznych zmysłów, a potem unieruchomił powietrze po obu stronach górującej nad nim machiny i zassał je do środka.

Dwie kule tworzące kadłub pogięły się z satysfakcjonującym i ogłuszającym chrzęstem. Tyen cofnął się, gdy machina runęła na ziemię.

Zapadła cisza.

Rozejrzał się, ignorując skupione na sobie liczne spojrzenia i umysły, a potem wziął na cel kolejne urządzenie. Operator zdążył wymknąć się z jego brzucha, nim padło.

Ciszę znów wypełnił hałas. Hałas wielu gniewnych głosów wykrzykujących ostrzeżenia. Tyen zajął się kolejną machiną, a potem następną, dodając do tych okrzyków odgłos rozdzierania i zgniatania metalu oraz tłuczonego szkła.

Już ponad jedna czwarta potwornych urządzeń przeistoczyła się w bezużyteczną masę, gdy nagle Tyen usłyszał wyróżniający się okrzyk. To był rozkaz. Uśmiechnął się, gdy nadszedł atak. Potężniejszy niż się spodziewał. Napastnicy ustawili się w niewielki łuk po jednej stronie. Widocznie użyli resztek zgromadzonej mocy, by odepchnąć się z doliny i pobrać więcej magii. Albo wcześniej zgromadzili pokaźne zapasy. Oparł się pokusie, by zmieść ich z powierzchni ziemi. Odszedł nieco, by znaleźć się bliżej kolejnych machin.

Niszczenie ich wprawiało go w doskonały nastrój. Postanowił sobie kiedyś, że nikogo nie zabije, co stanowiło pewne ograniczenie w możliwościach wymierzania kary. Niszczenie czegoś pozbawionego człowieczeństwa było niezwykle satysfakcjonujące. A jednoczesne ukaranie ludzi, którzy skazili magię mechaniczną, dodawało tej zemście słodyczy.

Idąc między rzędami machin, radował się, gdy miażdżył kolejne, i wiwatował w duchu, gdy magom nie udało się ich obronić. Zaśmiał się cicho, kiedy po powaleniu ostatniego potwora zmaterializował się jeszcze jeden. Pozwolił operatorowi wyskoczyć, a potem zniszczył gigantycznego insektoida.

Następny już się nie pojawił. Tyen odwrócił się, by spojrzeć na obrońców. Cofali się chwiejnie, psując formację, zdali sobie bowiem sprawę, że w grupie stanowią łatwy cel. Zrobił krok w ich stronę, oni zaś zniknęli, salwując się ucieczką między światy.

Została tylko cisza. Popatrzył po stertach zniszczonych metalowych korpusów. Między nimi leżały mniejsze obiekty. Przyjrzał się dokładniej i zaschło mu w ustach, gdy zdał sobie sprawę, że to zwłoki.

Ale… Stopy poniosły go ku jednej z tych osób. Był to mężczyzna z twarzą wykrzywioną takim samym grymasem jak u ofiar trucizny. Smród śmiercionośnego płynu wypełnił nozdrza Tyena. *Czyżby trucizna rozlała się, gdy zniszczyłem machinę?*

Poczucie triumfu i gniew odpłynęły. Rozejrzał się i dostrzegł jeszcze trzy ciała. *Jak mogłem tego nie zauważyć?* Na myśl przyszła mu mało zadowalająca odpowiedź. Za bardzo skupił się na górujących nad nim urządzeniach i nie widział ludzi, którzy nie zdążyli uciec przed tryskającą cieczą.

Starałem się nikogo nie zabić – usprawiedliwiał się. *I tak spotkał ich lepszy los, niż zasłużyli.* A jednak wcale nie poczuł się lepiej. Odepchnął się od świata.

Kiedy wrócił do świątyni, przemógł się i rozejrzał wokół, przypominając sobie, kogo należało winić za te zniszczenia. Zajrzał w ludzkie umysły i zobaczył wspomnienie ogromnych machin oraz trucizny. *Dopuścili się czegoś znacznie gorszego niż ja* – powiedział sobie, ale wyrzuty sumienia nie zelżały.

Kilku kapłanów tłoczyło się w ukrytym pomieszczeniu podziemnym za zablokowanym wejściem. Ich myśli wypełniała ogromna obawa o los towarzyszy, którzy nie zdążyli do nich dołączyć.

Jeden z tych spóźnialskich leżał pośrodku ulicy, na wpół zmiażdżony przez powalony mur – jego umysł milczał, lecz ciało wciąż było ciepłe. Tyen usunął gruz, uniósł zakrwawione zwłoki i odepchnął się od świata.

Nie mógł wrócić drogą, którą przybył. Gdyby na powszechnie używanych szlakach zobaczono go ze zwłokami, zwróciłby na siebie uwagę. Ktoś zauważyłby ciało i znając plotkę, że Szpieg próbuje wskrzesić Raena, zacząłby się zastanawiać, czy to przypadkiem nie jest ten zdrajca. Tyen stworzył zatem nowe szlaki, a potem je zatarł. Podróżował wolniej, ale nie chciał przykuwać spojrzeń bardziej, niż było to konieczne.

Kiedy znajdował się zaledwie kilka światów od tego, w którym teraz mieszkał, wyczuł czyjąś obecność. Cień znajdował się za nim, a gdy Tyen zmienił kierunek, postać ruszyła jego śladem. Zatrzymał się i odwrócił, wypatrując jej w bieli. Postać zaczęła się wyłaniać, a Tyen rozpoznał ją, jeszcze zanim zrobiła się zupełnie wyraźna.

Baluka.

W oczach przyjaciela zobaczył wyrzut i wyzwanie. Do przywódcy Odnowicieli dołączyło kilka cieni. Choć usta Baluki się nie poruszyły, jego głos rozbrzmiał wyraźnie w głowie Tyena.

I co, Tyenie? To będzie nowe ciało Valhana czy Velli?

ROZDZIAŁ 17

Tyen zawahał się. Powinien umknąć, ale coś go powstrzymywało. *Czyżbym w swej naiwności sądził, że zdołam się wytłumaczyć?* – zastanawiał się. Po chwili wyczuł, że ktoś zbliża się z kierunku, w którym zmierzał. W bieli pojawiło się jeszcze kilka cieni, odcinając mu drogę ucieczki. Trudno było stwierdzić, ilu magów go otacza. Co ważniejsze, nie miał pojęcia, jak oszacować ich moc, skoro znajduje się między światami. Baluka na pewno wierzył, że zdołaliby zwyciężyć, gdyby Tyen postanowił zaatakować albo uciec.

Tyen popatrzył Baluce w oczy i wytrzymał jego spojrzenie.

Ani jedno, ani drugie – odpowiedział. *W którą stronę ruszamy? Do poprzedniego czy następnego świata?*

Do następnego.

Tyen odwrócił się w stronę magów za plecami. Cofnęli się, mierząc go podejrzliwymi spojrzeniami. Dotarł za nimi do skalistej okolicy zdominowanej przez wielkie jak góry, zazębiające się kolumny. Portal znajdował się na płaskim szczycie jednej z nich. Tyen zerknął w dół, by sprawdzić, czy na podłożu nie ma jakichś przeszkód, i dostrzegł krystaliczną siateczkę pęknięć.

Otoczyło go powietrze i zawodzenie niespokojnego wiatru. Stworzył wokół siebie osłonę. Magowie wyszli zza pleców Baluki i oskrzydlili przywódcę, gdy ten wylądował. Nie chwytali łapczywie powietrza. Tylko Baluka ciężko dyszał. Tylko Baluka nie był nieśmiertelny.

Tyen rozejrzał się i naliczył pięćdziesięcioro magów. Zerknął w ich umysły, by oszacować ich moc. Byli to najsilniejsi z Odnowicieli – wszyscy zgromadzili zapasy magii, oczekując walki.

Tyen wyczerpał swoje zasoby, gdy niszczył machiny. Wystarczyłoby mu mocy na opuszczenie tego świata. Albo na ciężką potyczkę. Ale czy na jedno i drugie? W to wątpił. Gdyby teraz uciekł, a kolejny świat okazał się ubogi w magię, znalazłby się w pułapce i nie mógłby się bronić.

Sięgnął po moc bieżącego świata i nie zdziwił się, gdy trafił na cienką, niejednolitą warstwę. Ten brak jednolitości wskazywał, że ktoś niedawno pobierał stąd magię, jakby wokół świata wielu magów postanowiło zrobić jak największe zapasy. Nie ogołocili go do zera, a zatem śpieszyło im się.

Naprędce zastawiona pułapka – wywnioskował. *A gdybym się cofnął do poprzedniego świata?* Może zdołałby tego dokonać i uciec. A może trafiłby w miejsce również pozbawione mocy. Nie było sensu się zastanawiać. Znalazł się tutaj i już.

Mogę najwyżej spróbować dyplomacji.

Na szczęście Baluka chciał o wszystko Tyena wypytać. Odnowiciele mieli atakować tylko na rozkaz przywódcy. Niecierpliwie wyczekiwali tej chwili, chcieli bowiem raz na zawsze rozprawić się ze Szpiegiem.

Kto zauważył mnie między światami? – zastanawiał się Tyen. Prychnął, wyczytawszy odpowiedź z myśli Baluki – wieść o ataku Tyena na machiny szybko się rozeszła, a Odnowiciele byli gotowi na natychmiastową reakcję. Gdyby Tyen nie zabrał zwłok sprzed świątyni, być może zdołałby bezpiecznie wrócić do pracowni. Zatrzymując się, dał zwiadowcy czas na dotarcie do Baluki, a Odnowicielom na pościg.

Po zejściu do świata zwłoki zaczęły mu ciążyć. Delikatnie położył je na ziemi.

– No dobrze – odezwał się Baluka, odzyskawszy oddech. – Po co ci to ciało?

Tyen ponownie zerknął na magów.

– Możemy liczyć na odrobinę prywatności?

– Miałbym rozmawiać z tobą sam na sam?

– Jeśli chcesz uzyskać odpowiedzi. Mógłbym stworzyć wokół nas osłonę, żeby nikt nas nie słyszał, ale wątpię, czy twoim przyjaciołom by się to spodobało. Zresztą może któryś z nich potrafi czytać z ruchu warg.

Rozejrzał się szybko i z ulgą stwierdził, że nikt nie posiada tej umiejętności.

Baluka zmarszczył czoło i zrobił krok naprzód. Jeden z jego towarzyszy burknął cicho, ale przywódca uciszył go gestem. Baluka zrobił jeszcze krok i zatrzymał się. Świst wiatru ucichł.

– Mów – nakazał.

Tyen rozłożył ręce.

– Co chciałbyś wiedzieć?

Baluka spojrzał w dół na zwłoki.

– Czy to dla Valhana, czy dla Velli?

– Dla bogatego kupca cierpiącego na nieuleczalną chorobę – odparł Tyen szczerze.

Nie miał pewności, ile wie Baluka, więc bezpieczniej było powiedzieć prawdę. Gdyby przyjaciel przyłapał go na kłamstwie, nie uwierzyłby już w żadne jego słowo. To jednak nie oznaczało, że Tyen nie może pominąć pewnych faktów.

Buntownik uniósł brwi.

– Czyli nie zamierzasz wskrzesić Valhana, jak utrzymuje Rielle?

Tyen wzruszył ramionami.

– Zamierzam.

Baluka otworzył usta, a potem je zamknął. W końcu zapytał:

– Przyznajesz się?

– Nie twierdzę, że nigdy nie kłamię, ale staram się tego unikać, no chyba że mogę tak kogoś ochronić.

– W ten sposób mógłbyś usprawiedliwić bardzo wiele. – Baluka skrzyżował ramiona na piersi. – Na przykład szpiegowanie buntowników, których podobno wspierałeś i którym potem przewodziłeś.

Tyen znów rozłożył ręce.

– Przykro mi, Baluko. Przepraszam, że cię oszukałem. Ale nie żałuję, że usiłowałem powstrzymać buntowników od ataku na Raena ani że zminimalizowałem straty, gdy już do tego doszło. Chciałem ocalić ludzkie życie, w tym także i własne. Gdyby Raen nie zamierzał umrzeć, buntownicy zostaliby wybici, zanim zostałem przywódcą.

– Albo przetrwaliby i zwyciężyli – stwierdził Baluka.

Tyen skinął głową.

– Rzeczywiście pod koniec też tak sądziłem. Chciałem, żeby tak się stało, choć miałem nadzieję, że jedyna osoba, która mogłaby pomóc Velli, nie zginie.

Baluka nie skomentował jego słów. Tyen zajrzał w myśli przyjaciela. W pewną konsternację wprawił Balukę fakt, że Tyen ani nie udawał człowieka, za którego Baluka dotąd go uważał, ani nie stał się kimś innym w obliczu konfrontacji z prawdą. Zobaczył osobę, którą dostrzegł ten jedyny raz, gdy Tyen otworzył przed nim umysł.

Lecz gniew Baluki był na tyle głęboki, że buntownik nie był jeszcze gotów wybaczyć Tyenowi.

– To dlatego próbujesz go wskrzesić? – zapytał. – Żeby dać Velli ciało?

– Nie. Jeśli zdołam wskrzesić jego, będę mógł wskrzesić i Vellę.

– Ale po co chcesz sprowadzić z powrotem Raena?

Ile mogę mu wyjawić? – zastanawiał się Tyen. *Tyle, ile trzeba, żeby ujść z tego z życiem.*

– Nie ja tego chcę, lecz Dahli. Uważa, że tylko Raen jest w stanie położyć kres chaosowi i wojnom między światami...

– Chaosowi? Wojnom? – Baluka prychnął z niedowierzaniem. – Masz na myśli chaos i wojny, w których twoje wynalazki sieją największe spustoszenie?

– Pracuję nad tym, Baluko. Poczyniliśmy znaczne postępy. – Tyen liczył na to, że choć z tego powodu Odnowiciel daruje mu życie. – Jeśli ja nie zdołam się ich pozbyć, to kto?

– Valhan nie zaradzi wszystkim kłopotom! – krzyknął Baluka. Odetchnął głęboko. – W światach żyją niezliczeni ludzie. Jeśli będą mogli swobodnie się kształcić, nauczać i przemieszczać, istnieje szansa, że znajdzie się rozwiązanie dla wielu problemów – a może nawet dla wszystkich. Zresztą w tej chwili w większości światów panuje pokój i z każdym cyklem ich przybywa. Po śmierci Raena nie dało się uniknąć chaosu, ale taki stan nie będzie trwał wiecznie. Zawsze gdzieś będą toczyć się wojny, ale tylko konflikty lokalne, którym łatwiej zaradzą Odnowiciele.

Tyen stwierdził, że Baluka niezachwianie w to wierzy. Choć mógł nie zważać na optymizm przyjaciela, nie mógł zignorować jego rozeznania w sytuacji panującej w światach. Baluka nie polegał jedynie na informacjach przekazywanych mu przez zwiadowców. Regularnie sam podróżował, by ocenić stan rzeczy, niejednokrotnie przy tym ryzykując.

A jednak ja też widziałem wojny i chaos – pomyślał Tyen. Takie światy pokazywał mu Dahli. Przez takie światy przenosił się w poszukiwaniu ochotników lub miejsc do wskrzeszania. Jak ten zatruty przez machiny, które właśnie zniszczył. W myślach Dahlego widział przekonanie, że światy pogrążają się w chaosie, równie silne co wiara Baluki, że jest wprost przeciwnie. *Ale może Dahli widzi tylko to, co chce widzieć.*

Może Baluka także.

– Machiny bojowe to niewielki problem w porównaniu do ceny, jaką będzie życie ludzkie, gdy sprowadzisz tu Raena. Czy wyzwolenie Velli jest tego warte? Jedno ludzkie życie w zamian za życie niezliczonych osób?

– Rielle myślała tak samo, gdy ocaliła Qalla – odparował Tyen.

– A jednak poprosiła, bym cię powstrzymał przed wskrzeszeniem Raena. Wie, że on stanowi większe zagrożenie. – Baluka zmarszczył brwi. – Podobno masz świadomość, że Raen zamierzał ją zabić. Chcesz, żeby zginęła?

– Oczywiście, że nie. Ale Rielle jest daleko i sądziłem, że ani Valhan, ani Dahli nie będą stanowić dla niej zagrożenia. – Tyen zasępił się. – Dlaczego wróciła?

– Tego nie muszę ci mówić – odparł Baluka, choć prawda wyraźnie uwidoczniła się w jego myślach: Rielle chciała przekazać wiadomość bliskim Qalla, natknęła się na Dahlego i odkryła, że Tyen próbuje wskrzesić Raena. Powiedziała o wszystkim Baluce, a potem wróciła do kryjówki.

Tyen zawahał się. Ile ze swoich planów mógł zdradzić Baluce i wszystkim magom, którzy zdołają zajrzeć w myśli przyjaciela? Ale czy w ogóle miał wybór?

– Dahli wolałby wykorzystać Qalla niż kogokolwiek innego. Ja daję mu alternatywę. Póki Rielle i Qall będą się ukrywać, pozostaną bezpieczni. Prawdopodobnie obmyślenie sposobu na wskrzeszenie człowieka zajmie mi trochę czasu, więc będzie mogła uciec daleko.

Baluka otworzył usta, ale się nie odezwał. *W takim razie jeśli wyeliminuję Tyena, Dahli tym bardziej będzie chciał ją odnaleźć. Czyżby Tyen chciał przez to powiedzieć, że stara się jej pomóc? Twierdzi, że nie chce wskrzeszać Raena. Został do tego zmuszony czy planuje porażkę? A może Odnowiciele powinni skupić się na wyeliminowaniu Dahlego? Rielle powiedziała, że musimy znaleźć dłoń, a nie zabić Tyena.* Uwolnienie Tyena podkopie wizerunek Baluki w oczach

Odnowicieli... ale czy na pewno? Najbliżsi zwolennicy ufali jego intuicji niekiedy bardziej niż on sam.

Gdy Baluka zastanawiał się nad odpowiedziami na te pytania, w Tyenie zapłonęła iskierka nadziei. Przywódca Odnowicieli zdawał sobie sprawę, że jeśli Tyen mówi prawdę, będzie musiał go wypuścić. Gdyby zabił Tyena, Dahli podwoiłby wysiłki zmierzające do odnalezienia Qalla i Rielle. Gdyby ich znalazł, Baluka po części byłby temu winien.

Tyen spojrzał na zwłoki. Im dłużej odwlekał moment przekształcenia wzorca ciała zgodnie z wzorcem ochotnika, tym mniejsza była szansa na naprawienie uszkodzeń. Gdyby Tyen odzyskał wolność, nie mógłby przenieść się prosto do pracowni – to byłoby nierozważne. Musiałby wrócić tam okrężną drogą, wykorzystując wszelkie znane sobie metody zacierania śladów.

– Masz dwa wyjścia – rzekł Tyen. – Zabić mnie i narazić Qalla i Rielle na jeszcze większe niebezpieczeństwo, a przy okazji stracić szansę na pozbycie się machin bojowych, albo pozwolić mi kontynuować eksperymenty i przygotować światy na ponowne nadejście Raena. – Wyzywająco uniósł brwi. – Jaką masz pewność, Baluko, że buntownicy pokonaliby go poprzednim razem, gdyby sam się nie zabił?

– Sporą – mruknął Baluka, zagłuszając wątpliwości, które zachwiałyby wszystkimi jego przekonaniami od czasu tamtej bitwy.

Tyen skinął głową.

– Ja również. – Zdobył się na wątły uśmiech. – Nie wiem, ile zostanie wam czasu na przygotowania. Jeśli mnie zabijesz, zyskasz więcej, tylko jeśli Dahli nie znajdzie Qalla. Jeżeli darujesz mi życie, przynajmniej zwiększysz szansę na wyeliminowanie urządzeń bojowych.

Baluce zawirowało w głowie od nadmiaru możliwości i wiążących się z nimi konsekwencji. Intuicja podpowiadała mu, by zaufać Tyenowi, ale przecież poprzednim razem już się w tej kwestii pomylił. A może jednak zawsze miał rację?

– Dobrze. – Powietrze znów rozdarł świst wiatru, gdy Baluka zdjął osłonę. – Idź. – *Ale jeśli naprawdę zależy ci na Rielle, Qallu i dobru światów* – przekazał mu w myślach – *nie wskrzeszaj Raena. Zniszcz dłoń.*

Tyen nie czekał, aż na twarzach magów pojawią się zaskoczenie i niedowierzanie, które przerodzą się w gniew i bunt. Zostawił ciało, odepchnął się od świata i uciekł.

ROZDZIAŁ 18

Zniszcz dłoń.

Tyen krążył po pracowni. Wrócił długą, okrężną drogą, zachowując wszelkie możliwe środki ostrożności. Baluka go wypuścił i zamierzał nakazać Odnowicielom, by zostawili go w spokoju, ale zawsze mógł zmienić zdanie albo jego poplecznicy mogli się przeciw niemu zbuntować. Tyen nie zauważył, by ktoś go śledził. Upłynęło już kilka dni i nie pojawiła się tu żadna zgraja żądnych zemsty magów.

Nie pojawili się też Dahli ani Zeke. Tyen nie śmiał szukać kolejnego ciała. Skoro nie mógł kontynuować eksperymentów i nie miał pomysłu na przechowanie pamięci w mechanizmach humanoida, skupił się na urządzeniach bojowych, przejmując zadanie Zeke'a.

Lecz koncentracja przychodziła mu z trudem. Wciąż wracał myślami do zwłok, które zobaczył pośród zniszczonych machin. *Nie zabiłem ich celowo ani bezpośrednio, ale żyliby, gdyby nie ja. Nieważne, czy zasługiwali na śmierć, czy nie. Byli ludźmi, mieli swoje życie i bliskich. Ojców i matki, może nawet żony i dzieci. Mogli być na służbie, mogli nie chcieć zabijać, lecz ktoś zmusił ich do udziału w tej wojnie.*

Owe myśli wzbudzały w nim obrzydzenie i umocniły go w postanowieniu, że nie będzie odbierał życia. Przez to jeszcze bardziej dręczyła go konieczność współpracy z Dahlim. Ten człowiek igrał ze skrupułami i z dyskomfortem Tyena, zmuszał go do niewielkich ustępstw. Pewnego dnia przyniesie zwłoki zabitego przez siebie człowieka i będzie twierdził, że czyn był usprawiedliwiony. Że to ofiara go zaatakowała. Albo że zaatakowała kogoś innego. Albo konstruowała urządzenia bojowe i wykorzystywała je przeciwko niewinnym, bezbronnym ludziom.

Przeraziła go ta perspektywa, więc skupił się na prośbie Baluki. Zniszczenie dłoni Valhana rzeczywiście było jedynym pewnym sposobem, by nie dopuścić do jego powrotu. Kolejne ciało zawsze można było znaleźć – a przynajmniej tak sądził Tyen – lecz tracąc zgromadzone wspomnienia, traciło się człowieka na dobre.

Oczywiście już się nad tym zastanawiał, lecz Dahli ogromnie się starał, by zapewnić dłoni bezpieczeństwo. Nie zamierzał jej dostarczyć, dopóki Tyen nie udowodni, że jest w stanie wskrzesić człowieka, i nie przygotuje ciała dla Valhana. Nawet wówczas Dahli nie zamierzał powierzyć mu dłoni ot tak, bez gwarancji dalszej współpracy. Zapewne zażąda od Tyena czegoś cennego i zagrozi, że to zniszczy, jeśli Tyen postanowi go zdradzić.

Pewnie byłaby to Vella.

Po plecach Tyena przebiegł dreszcz. Nie chciał poświęcać Velli, by zdobyć dłoń. Była człowiekiem, nawet jeśli nie w pełni. Gdyby się na to zgodził i wskrzesił Raena, i tak mógłby jej nie odzyskać. Valhan mógłby mieć za złe, że Tyen zwlekał, by dać Rielle czas na znalezienie kryjówki. Tyen postanowił umieścić Vellę w bezpiecznym miejscu przed wskrzeszeniem Valhana, na wypadek gdyby władca chciał go ukarać. Przynajmniej ona uszłaby z tego cało.

Muszę dać Dahlemu coś innego jako gwarancję współpracy. Coś, co według niego cenię bardziej. Zastanowił się nad tym, co posiadał.

Żuczka? Pokręcił głową. *Nie sądzę, by Dahli uwierzył, że Żuczek jest dla mnie cenniejszy niż Vella. Poza tym bez trudu mógłbym skonstruować i dać mu identycznego insektoida – albo zbudować nowego Żuczka, jeśli stary zostanie zniszczony.*

Na drodze do dłoni Valhana stała jeszcze jedna przeszkoda. Eksperymenty Tyena musiały zakończyć się sukcesem. A zatem nie mógł ich odwlekać, lecz wprost przeciwnie. Jakaś jego cząstka obawiała się, że Dahli ma słuszność – Valhan jakimś sposobem mógł sprawić, by nadawało się dla niego tylko ciało Qalla. Jeśli tak, wspomnienie o tym było zapisane w dłoni. Choć z drugiej strony Dahli zapewne sprawdził zawarte w niej informacje, więc nie zwerbowałby Tyena, gdyby w procesie wskrzeszenia można było wykorzystać tylko Qalla.

Czy istniał inny sposób na skłonienie Dahlego do przekazania dłoni? *Może gdybym się uparł, że potrzebuję więcej informacji.* Jednak Tyen musiałby oddać Dahlemu coś cennego jako zabezpieczenie.

Co jeszcze było mu drogie? Nie posiadał już żadnych wartościowych przedmiotów. A zatem pozostawali ludzie.

Tarren. Baluka. Albo Rielle.

Tyen poczuł ucisk w piersi, gdy przypomniał sobie, co ujrzał w myślach Baluki. Wściekłość Rielle. Przekonanie, że Tyen ją zwiódł. *Nie chcę sprowadzić na nią cierpienia i zdecydowanie nie chcę doprowadzić do jej śmierci.* Pragnął jej wytłumaczyć, dlaczego postanowił pomóc Dahlemu. *I powiedzieć, żeby trzymała się stąd z daleka.* Westchnął. *Jakim cudem doszło do tego, że chcę, by kobieta, której pragnę, znalazła się jak najdalej ode mnie?*

Wielokrotnie zastanawiał się, czy to wszystko mogło się potoczyć inaczej. Kilka dni wcześniej przyszło mu do głowy, że gdyby Rielle nie odeszła, by chronić Qalla, Tyen mógłby razem z nią zająć się Dahlim. Nie wiedział jednak, co mogliby zrobić z zablokowanym wspomnieniem Dahlego dotyczącym miejsca ukrycia dłoni. Wątpił, by śmierć Dahlego rozwiązała problem. Ten człowiek był zbyt sprytny, by nie pozostawić instrukcji związanych z ochroną dłoni ludziom, którzy przejmą po nim misję wskrzeszenia Raena.

Poza tym Tyen nie był pewien, czy zdołałby zabić Dahlego. Może zrobiłaby to Rielle. Musiała chronić Qalla.

Sęk w tym, że nie da się jednoznacznie stwierdzić, co jest tu dobre, a co złe. Nic nie jest bezsprzecznym dobrem lub czystym złem. Raen zarówno pomagał, jak i szkodził światom. Dahli uważa, że Valhan jest im potrzebny. Chce dotrzymać obietnicy złożonej człowiekowi, którego kocha i któremu jest wierny. Żyje dłużej niż Baluka i widzi, że wśród światów zapanował chaos, jakiego jeszcze nie był świadkiem. Rielle i Baluka są równie mocno przekonani, że jeśli światom da się szansę, sytuacja się unormuje – już się tak dzieje – a ludzie uwolnią się od wszechpotężnego władcy. Temu zaś Dahli nie może zaprzeczyć – nie ma dowodów, bo za jego życia światy zawsze kontrolował…

Ktoś za jego plecami odchrząknął.

Tyen drgnął i odwrócił się pośpiesznie. Pośrodku pomieszczenia stał Zeke. Uniósł brew.

– No proszę – odezwał się. – Choć raz to ja wystraszyłem ciebie.

– Zeke – powiedział Tyen. – Gdzie się podziewałeś? Czy Dahli…?

W umyśle Zeke'a pojawiła się wyraźna odpowiedź – chłopak miał tego świadomość, ale i tak wyjaśnił.

– Dołączył do nas Qall. Z własnej woli. Chce się z tobą spotkać. Mam cię do niego zabrać.

Tyen zdał sobie sprawę, że otworzył usta, więc szybko je zamknął. W głowie zawirowało mu od tych wieści. Wstał, założył kurtkę, podszedł do młodego wynalazcy i wyciągnął dłoń.

Gdy tylko Zeke ją chwycił, pomieszczenie zaczęło znikać. Podróż trwała długo, musieli bowiem zatrzymywać się w każdym świecie, by Zeke nabrał powietrza i zaczerpnął mocy, lecz Tyen nie proponował, że to on przeniesie Zeke'a. Potrzebował czasu, by przemyśleć to, czego się właśnie dowiedział.

Qall dołączył do Dahlego. Według Zeke'a chłopak sam go odnalazł. Jeżeli Qall dorównuje mocą Valhanowi, na pewno zajrzał w myśli Dahlego i wie, co ten chce z nim zrobić. Dlaczego miałby się temu poddać?

Odpowiedź była oczywista, bo Tyen wyczytał już z umysłu Dahlego jego plan i zrozumiał, jak bardzo starał się nie stracić z oczu rodu Podróżników, którzy chronili Qalla. Najwyraźniej zagroził, że ich skrzywdzi, jeśli Qall odmówi wykonania jego rozkazów.

Zeke o tym nie wie – domyślił się Tyen. Nie wiedział też, dlaczego Qall chciał się spotkać z Tyenem, i uważał, że Dahli także nie wie. *Jeśli rzeczywiście tak jest, to znaczy, że Qall przewyższa mocą Dahlego.*

Zeke zatrzymał się szybciej, niż Tyen się spodziewał.

– Już prawie jesteśmy na miejscu. Następny świat jest martwy. Baza mieści się w kolejnym. – Zamilkł, zastanawiając się, czy zdaniem Dahlego będzie towarzyszył Tyenowi, czy ucieknie.

Ku zaskoczeniu Tyena młody wynalazca znał cel jego eksperymentów. Dahli uległ naleganiom Zeke'a i wyjawił mu prawdę, przestrzegł jednak, że jeśli Zeke ją pozna, nie będzie mógł samotnie podróżować, na wypadek gdyby ktoś chciał zajrzeć w jego myśli. Zeke'a ani nie przeraziła, ani nie ucieszyła perspektywa powrotu Raena, ale gdy pojawił się Qall, zdał sobie sprawę, że plany Dahlego uległy zmianie, i podejrzewał, że to mu się nie spodoba.

Osłupiał, gdy Qall wyznał, co Dahli zamierza z nim zrobić. Zaczął spierać się z Dahlim, ten jednak przypomniał mu o przestrodze. *Wiedziałem, że nie będę mógł odejść* – pomyślał Zeke. *I nie chciałem odchodzić. Skoro więc Dahli obawia się, że ktoś może wyczytać prawdę z moich myśli, to dlaczego wysłał mnie po Tyena? Dał mi szansę na ucieczkę?*

Zeke spojrzał na Tyena; wiedząc, że ten przeczytał jego myśli, wypowiedział pytanie na głos.

– Myślisz, że to próba lojalności?

Tyen wzruszył ramionami.

– Nie mam pojęcia. – *Na razie.*

Wynalazca uważnie przyjrzał się twarzy Tyena, starając się rozszyfrować jej wyraz. Tłumaczył sobie, że Tyen nie ma powodu, by porzucić go w jakimś martwym świecie sąsiadującym z tym, w którym przebywa Dahli, albo już teraz go opuścić, lecz mimo wszystko odrobinę się tego obawiał.

– Jaki jest ten świat? – spytał Tyen.

– Zasobny w moc.

– Czyli jak twierdza.

Otoczony martwymi światami, podobnie jak niegdyś pałac Valhana. W razie ataku Dahli i jego sojusznicy pozbawią świat mocy, więc napastnicy musieliby zrobić odpowiedni zapas, by móc wrócić przez kilka martwych światów, albo ryzykować, że tam utkną. Ponadto nie można było natknąć się na tę kryjówkę przypadkiem. Każdy mag wycofałby się z martwego świata i zrezygnował z dalszej podróży, na wypadek gdyby kolejny także okazał się martwy i zabrakłoby mocy na powrót.

– Musimy wylądować w zasięgu światła – dodał Zeke, a w jego głowie pojawił się widok dużej sali. – Ale nie wiem dlaczego.

Pułapka?

– Opisz ten martwy świat po drodze.

Zeke wzruszył ramionami.

– Nic wielkiego. Wiejskie okolice. Spokój.

Trudno było w to uwierzyć, kiedy widziało się dziwne i niebezpieczne światy otaczające pałac Valhana, ale może Dahli nie zdołał znaleźć podobnej konfiguracji światów dla swojej ukrytej twierdzy. Tyen wypytał Zeke'a o kryjówkę Dahlego, lecz wynalazca nie widział zbyt wiele. Był to opuszczony pałac, a portal mieścił się w oświetlonej sali. Dahli kazał Qallowi tam zostać, a sam zajął się sprowadzeniem łóżek i innych mebli.

– Tylko tyle jestem w stanie ci powiedzieć – rzekł Zeke.

Tyen skinął głową.

– Chcesz tam wrócić?

Zeke westchnął. Mimo wszystko chciał być u boku Dahlego.

– Tak.

Tyen chwycił go za ramię, przeniósł się między światy i ruszył odnalezionym tam szlakiem. Przebyli spokojny, lecz martwy świat, o którym mówił Zeke, i podążyli dalej. Z bieli wyłoniło się ogromne kwadratowe pomieszczenie z czarnego marmuru, które Tyen widział w myślach Zeke'a. *Niełatwo tu zauważyć cienie zbliżających się magów* – pomyślał Tyen. Pochodnie osadzono w czarnych żelaznych uchwytach na wysokości bioder – światło padało na czworokątne podwyższenie pośrodku sali, więc Tyen skierował się w to miejsce. W oświetlonej przestrzeni stały niskie łóżka i kilka złotych krzeseł o wyściełanych siedziskach i oparciach. Dwa były zajęte.

Na jednym siedział Dahli. Tyen przygotował się, by zajrzeć w jego myśli, lecz gdy zobaczył drugiego człowieka, jego umysł zamarł.

Raen! Udało mu się wskrzesić Raena! Kiedy zszedł do świata, serce podskoczyło mu w piersi i zaczęło bić jak oszalałe, choć powtarzał sobie: *Nie. To musi być Qall.*

Od razu zaczął wypatrywać różnic. Stwierdził, że Valhan wyglądał na starszego, choć nie był w stanie określić, pod jakim względem. Nie zobaczył myśli chłopaka i od razu uświadomił sobie, że ten człowiek może zajrzeć w jego umysł. Qall wstał i zmierzał właśnie w jego kierunku, a na twarzy miał uśmiech, przez co zupełnie przestał przypominać Valhana.

Czy kiedykolwiek widziałem uśmiech Valhana? – zastanawiał się Tyen. *Być może, ale nie taki.*

Dahli szedł kilka kroków za chłopakiem. Tyen spojrzał mu w oczy, szukając jego myśli. Dahli uważnie obserwował jego reakcję i zobaczył cień strachu w twarzy Tyena, ucieszył się jednak, że nie dostrzegł niechęci. Spodziewał się, że Tyen będzie nieco zdezorientowany, i rozumiał to, choć wątpił, by fizyczne podobieństwo zrobiło na Tyenie takie wrażenie jak na nim samym. Każda oznaka, że w znajomym ciele żyje niedoświadczony młodzik, sprawiała Dahlemu ból i przykrość. Qall nie był tym, którego Dahli pragnął, więc każda iskierka tęsknoty wzbudzana przez wygląd chłopaka przyprawiała maga o zawstydzenie i wyrzuty sumienia.

Poruszony wewnętrznymi niepokojami Dahlego Tyen skupił się na Zeke'u. On także pod pozorem spokoju skrywał plątaninę emocji. Na zmianę ogarniały go zazdrość, gniew, podziw i nadzieja. Przed przybyciem Qalla Zeke widział rosnące z każdym dniem szanse na zaskarbienie sobie pełnej uwagi Dahlego. Nie miał Qallowi za złe, że to zepsuł, nie mógł go przecież za to obwiniać, lecz z niezadowoleniem uświadomił sobie, że Dahli wciąż usycha z tęsknoty za zmarłym, którego zamierzał wskrzesić. Choć rozumiał jego uczucia, nie sądził, by możliwe było przywrócenie komuś życia, uznał więc, że jego szanse wzrosną, jeśli odpowiednio długo pozostanie u boku maga.

Godny podziwu optymizm – pomyślał Tyen i skoncentrował się z powrotem na Qallu.

Kąciki ust chłopaka nieco się uniosły, lecz gdy się zatrzymał i u jego boku stanął Dahli, jego oblicze z powrotem spoważniało.

– Tyenie – odezwał się. – Miło mi w końcu cię poznać. Czekałem na to spotkanie.

– Wzajemnie, Qallu – odparł Tyen. – Co słychać u Rielle?

– Kiedy ostatnio ją widziałem, żyła i miała się dobrze. – Qall uniósł brwi. – Choć była na ciebie b a r d z o rozgniewana.

Tyen skrzywił się.

– Nie dziwi mnie to. Gdzie teraz jest?

– Nie obawiaj się, przez jakiś czas nie będzie cię niepokoiła. – W oczach chłopaka błysnęły iskierki rozbawienia.

Zatrwożony Tyen spojrzał na Dahlego.

– Nie patrz tak na mnie – rzekł Dahli, unosząc dłonie w obronnym geście. – Mnie przy tym nie było.

On także nie wiedział, gdzie jest Rielle. Qall wyjawił jedynie, że uwięził ją w świecie, który pozbawił magii, wiedząc, że Rielle ma zbyt małe zasoby, żeby stamtąd odejść. Choć na ten pomysł wpadła Inekera, chętnie na niego przystał, by Rielle nie mogła za nim podążyć.

– Zostawiłeś ją w świecie bez magii? – wycedził Tyen, odwracając się z powrotem do Qalla. – Wiesz, co to znaczy? – W oczach chłopaka pojawiła się iskra, a jego oblicze zastygło i nagle znów zaczął przypominać Valhana. A jednak… Zdradził go przebłysk wątpliwości i niepokoju, co zachęciło Tyena, by mówić dalej. – Straci wieczną młodość. Nie będzie mogła się bronić.

– Kiedy będę gotów, wyślę kogoś, by ją uwolnił – odpowiedział Qall. – Tymczasem sobie poradzi.

– Jak? – spytał Tyen z oburzeniem. Miał świadomość, że wszystkiemu przygląda się Dahli, więc przybrał ton bardziej przekonujący niż gniewny. – Za pomocą siły? Bez magii to tylko bezbronna, bezdomna młoda kobieta, która nie może czytać w ludzkich myślach. Wyglądem przykuje uwagę najgorszych szumowin. Jest przybyszem spoza świata, więc to ją obwinią za ogołocenie go z magii. Dziwię się, że tak z nią postąpiłeś, skoro okazała ci tyle serca.

Qall zachował kamienną twarz, ale oczy miał szeroko otwarte.

– To… To na pewno nie potrwa długo – zapewnił Tyena.

– To znaczy ile? – spytał Tyen. Zrobił krok w kierunku Qalla. – Powiedz mi, gdzie ona jest, a ja zadbam o jej bezpieczeństwo.

Młodzik chciał spojrzeć na Dahlego, ale się powstrzymał. Zmarszczył brwi i wyprostował się.

– Nie. – Wziął głęboki oddech. – Zostawiłem ją w urodzajnym, cywilizowanym i spokojnym świecie. – Przerwał na chwilę. – Nie zdołasz podstępem wydobyć ode mnie informacji na temat tego miejsca, bo znalazłbyś ją tam i zabił.

Zaskoczony Tyen zamrugał, a potem pojął, co chłopak chce mu przekazać. Ton głosu i postawa Qalla wyrażały niewzruszoną determinację, lecz w oczach kryło się błaganie.

Chce mnie powstrzymać od odejścia i wyjawienia, że tak naprawdę nie stoję po stronie Dahlego. Potrzebuje mnie.

Tyen najchętniej od razu wyruszyłby na poszukiwanie Rielle, zrozumiał jednak, że byłoby to niewykonalne. Mógłby szukać światów niedawno ogołoconych z magii, lecz odnalezienie pojedynczej osoby w pojedynczym świecie mogło potrwać wiele cykli, a w obecnej chwili martwych światów były setki.

Odetchnął głęboko. *Dlaczego jestem taki wściekły?* Stwierdził jednak, że to nie gniew, lecz niepokój i troska. *Radziłem sobie ze świadomością, że Rielle mnie nienawidzi, dopóki żyła i była bezpieczna. Ale teraz... Może już nigdy jej nie zobaczę. Może nigdy nie będę miał okazji wyjaśnić jej swojego planu...*

Swojego planu. Genialnego planu odwrócenia uwagi Dahlego, by dać jej czas na znalezienie bezpiecznej kryjówki i ostrzec Balukę przed powrotem Raena. *Wszystko na nic. Najpierw Rielle dowiaduje się, co robię, i mówi o tym Baluce, potem Qall zapędza ją w pułapkę i dołącza do Dahlego.*

Właśnie z tego powodu był wściekły. Qall wszystko zepsuł.

Dlaczego? Po co oddał się w ręce wroga, skoro żył bezpiecznie na obrzeżach światów?

Może nie był bezpieczny. Może Dahli ich znalazł. Tyen spojrzał na Dahlego, by potwierdzić swoje obawy, ale mag był skupiony na czymś innym. Odszedł na bok i po cichu spierał się z Zekiem. Tyen nie słyszał ich słów, choć stali niedaleko.

– Stworzyłem wokół nas osłonę i choć my słyszymy ich, a oni nas, słowa są niezrozumiałe – rzekł Qall. – Nie mamy jednak zbyt wiele czasu, nim się zorientują. – Popatrzył w oczy Tyenowi i wytrzymał jego spojrzenie. – Rielle sądziła, że póki Dahli nie zdoła przekazać nam groźby, Podróżnicy będą bezpieczni. Inekera powiedziała, że Dahli i tak zamierza ich zabijać i rozsyłać we wszystkich kierunkach wieści o każdej kolejnej śmierci, licząc na to, że w końcu się dowiem. Nie uratowałbym ich, pozostając w kryjówce. – Przez jego twarz przebiegł grymas. – Jego ludzie wciąż ich obserwują, gotowi w każdej chwili zabić albo na jego rozkaz, albo na wieść, że umarł. I grozi mi nie tylko śmiercią bliskich, lecz również wszystkich Podróżników.

Tyen pokiwał głową ze zrozumieniem.

– Co masz zamiar zrobić?

– Jeszcze... nie podjąłem decyzji. Właśnie dlatego chciałem, żebyś do nas dołączył. Musiałem się dowiedzieć, po której stronie stoisz. Skoro już wiem, jestem lepszej myśli.

– Ale mój plan przepadł.

– Tak, ale jesteś sprytny. Obmyślisz następny. – Uśmiechnął się lekko. – Poza tym Dahli nie jest tak bezwzględny, jak sądziłem. Nie chce... – Przerwał, a Tyen zdał sobie sprawę, że Dahli i Zeke skończyli dyskusję. Qall odwrócił się do Dahlego, gdy ten się zbliżył. – Możemy usiąść i porozmawiać?

– Oczywiście – odpowiedział Dahli. Wskazał na krzesła i spojrzał na Tyena. – Zechcesz spocząć?

Tyen przytaknął.

– Będę zaszczycony.

Wszyscy czterej z uprzejmymi uśmiechami podeszli do złotych krzeseł – zupełnie jakby jeden z nich nie oczekiwał, że drugi pomoże mu zniszczyć umysł trzeciego i zastąpić go wspomnieniami władcy, który przeżył tysiąc cykli.

CZĘŚĆ SZÓSTA

RIELLE

ROZDZIAŁ 15

Rankiem piątego dnia zbieracze nie dostali koszy i nie wysłano ich na pole. Wciśnięto im w dłonie kilka monet i odprowadzono na drogę.

Rielle spojrzała na cztery zmatowiałe kwadratowe miedziaki, a potem podniosła wzrok ku pozostałym robotnikom. Nikt nie protestował, choć na twarzach nie malowało się zadowolenie. Nikt też nie był zdziwiony. Ludzie pogrążyli się w rezygnacji. Ustawili się w kilka niewielkich grup i jedną liczniejszą – zapewne była to większa rodzina – po czym każda z nich odchodziła drogą w dowolnym kierunku.

Trzy młode kobiety, z którymi zapoznała się bliżej, wciąż jeszcze szeptały do siebie i spoglądały zasępione na monety. Jedna coś powiedziała, a pozostałe zerknęły na Rielle. Po chwili kobieta o imieniu Bel przywołała ją gestem. Rielle podeszła do nich z wdzięcznością. Nie cofnęły się, by zrobić jej miejsce w kręgu, lecz po kolejnej krótkiej rozmowie uśmiechnęły się pokrzepiająco i ruszyły. Rielle podążyła za nimi.

Były w podobnym wieku co Rielle, gdy poznała Balukę i Podróżników, i najwyraźniej zbieractwo nie było dla nich nowością. Jak pozostali mieszkańcy tego świata były niskie i żylaste oraz zaskakująco silne jak na swój wzrost. Pokazały Rielle, jak najlepiej przytroczyć ogromne kosze używane na polach i jak radzić sobie z meszkiem pełnym maleńkich cierni na łodygach dziwnych bulwiastych roślin, które zbierały. Kiedy Rielle, drżąc z wyczerpania, niemal zemdlała podczas jednej ze zbyt krótkich przerw na odpoczynek, okazały jej współczucie.

Teraz szły powoli, lecz zdecydowanym krokiem. Gawędziły cicho; dwie maszerowały przodem, dwie z tyłu. Mai była najbardziej rozmowna i lubiła uczyć Rielle słów w swoim języku. Żadna nie znała mowy Podróżników. Znał ją tylko nadzorca, w dodatku bardzo słabo. Zdziwił się, że Rielle potrafi posługiwać się tym językiem. Opowiedziała mu naprędce zmyśloną historyjkę, że nauczyła się od pewnego Podróżnika – nadzorca popatrzył na nią z niedowierzaniem, ale i tak ją zatrudnił. Właściciel gospodarstwa zarządził wcześniejsze żniwa, potrzebował zatem dodatkowych zbieraczy, ale że nie miał za wiele pieniędzy na zapłatę, zatrudnił cudzoziemkę za niższą stawkę, jednocześnie uciszając gderania pozostałych na temat zmniejszenia zarobków, obawiali się bowiem napływu kolejnych innoświatowców chętnych do pracy.

Właśnie z tego powodu większość robotników z początku odnosiła się do Rielle nieufnie, szybko jednak się okazało, że jeśli ci przybysze pracowaliby jak ona, nie stanowiliby zbyt wielkiego zagrożenia. Była za drobna do ciężkiej pracy i nienawykła do długotrwałego wysiłku.

Nie była to wymarzona praca, ale Rielle nie miała zbyt wielkiego wyboru. Nikt w okolicy nie szukał malarza, tkacza ani projektanta mozaik. Najbliższe miasto leżało o prawie dwa dni marszu stąd, Rielle była głodna i zmęczona, nadzorca zaś przestrzegł, że samotna, nietutejsza kobieta w mieście nie będzie bezpieczna.

Słońce minęło już zenit i zniżało się ku odległym wzgórzom, gdy droga dobiegła do szerszej arterii. Kobiety nie uszły nią daleko, gdy ich uwagę przykuł odgłos nadjeżdżającego za ich plecami czterokołowego wozu obładowanego tymi samymi roślinami, które zbierały. Ciągnęło go przysadziste zwierzę, energicznie machające grubym i krótkim ogonem. Mai zawołała coś do woźnicy, po czym nastąpiła długa wymiana zdań, podczas której kobiety przyśpieszyły kroku, by nadążyć za pojazdem. Następnie wszystkie trzy podeszły do wozu i każda wręczyła woźnicy po monecie. Rielle zrobiła to samo i zasępiła się, tracąc jedną czwartą majątku. Z rozrzewnieniem pomyślała o tkaninach i przyprawach, które oddała Timane, ruszając w pościg za Qallem.

Przynajmniej Timane sobie poradzi, jeśli nigdy nie uda mi się uciec z tego świata i po nią wrócić. Tęskniła za dziewczyną, po raz pierwszy od ponad pięciu cykli miała bowiem kogoś, kogo mogła nazwać przyjaciółką.

Wóz nie zwolnił, gdy kobiety pośpiesznie się na niego wdrapywały. Każda utworzyła w roślinach zagłębienie, które przykryła szalem, by się nie pokłuć. Rielle nie miała żadnej chusty, więc przysiadła na szczycie, by jak najmniejszą powierzchnią ciała dotykać kolczastych roślin.

Choć wóz jechał wolno, i tak przemieszczał się szybciej niż człowiek idący piechotą. Rielle odczuwała ból nie tylko z powodu pokłucia, lecz także zmęczenia podróżą. Skupiła się na utrzymaniu równowagi, a żywiołowa pogawędka towarzyszek pomagała jej znieść trudy.

Słońce już zachodziło, a wóz wjeżdżał po zboczu wzgórza, gdy Bel krzyknęła i wyciągnęła rękę. Rielle popatrzyła we wskazanym kierunku i ujrzała ogromną, mocno rozgałęzioną deltę. Wstęgi rzeki miały różne barwy, a wpadając do odległego morza, łączyły się, tworząc oleistą, szarą plamę. Przyjrzawszy się uważniej, Rielle stwierdziła, że kolorowa woda powstaje przy budynkach poupychanych pośród odnóg rzeki. Przez jej myśli przemknęły wspomnienia z dzieciństwa pełne żywych odcieni i barw. Niemal czuła woń pigmentów i zapraw farbiarskich.

A potem zdała sobie sprawę, że rzeczywiście czuje te zapachy. Bryza rozwiała włosy kobiet, a ich nosy się zmarszczyły. Wydały z siebie odgłosy obrzydzenia, rzuciły kilka słów i roześmiały się.

Rielle spojrzała ku morzu i podążyła wzrokiem za oleistą plamą aż po horyzont. Nie było widać jej końca. Ścieki z farbiarni jej rodziców spływały strumieniem, lecz z prądem i za miastem. Ludzie czasami się skarżyli, lecz dzięki łapówkom udawało się ich uciszyć. *Matka mówiła, że jeśli chcą mieć kolorowe ubrania i markizy, muszą liczyć się z konsekwencjami. Nie mam pojęcia, dokąd z Fyre te ścieki płynęły dalej.* Ani na rzece, ani na morzu nie było widać zbyt wielu łodzi. Mimo wszystko postanowiła, że nie tknie niczego, co będzie wyglądało, jakby wcześniej pływało lub rosło w wodzie.

Było już zupełnie ciemno, gdy wóz dotarł do wrót miasta, a chłód przyprawił Rielle o drżenie. Przyjaciółki zeskoczyły z pojazdu i ostrożnie strzepnęły kłujący meszek z chust. Bel pomogła Rielle oczyścić ubranie, a potem wyjęła kawałek sznurka i związała jej włosy w kok na karku – tak jak nosiły wszystkie trzy. Obejrzały swoje palce i wyczyściły paznokcie. Ta troska o wygląd dobitnie uświadomiła Rielle, że nie kąpała się, od kiedy Qall zostawił ją w tym świecie, i bez wątpienia śmierdzi.

Gdy kobiety doszły do wniosku, że wyglądają jak należy, ruszyły wyprostowane ku bramie.

Strażnicy zadali im kilka pytań, podejrzliwie zerkając ku Rielle, lecz dzięki pewności siebie, gadatliwości oraz kolejnej garści monet wszystkie przeszły przez wrota. Potem na ich twarzach odmalowała się ponura determinacja. Stłoczyły się blisko siebie i dały znać Rielle, by do nich dołączyła. Mijały ścieki pełne ekskrementów i śmieci, unikały zalotów niezliczonych mężczyzn w wąskich uliczkach, którzy nieustannie je nękali. Raz musiały nawet uciekać przed pewną grupką. Innym razem odciągnęły Vil od mężczyzny, który wyłonił się z alejki i chwycił ją za włosy, choć pozostali zawahali się na widok Rielle. Obca osoba najwyraźniej wzbudzała w nich nieufność.

Zawsze będę kimś obcym – pomyślała. *A w jedynym miejscu, w którym nie jestem – w moim rodzinnym mieście – i tak mnie nie chcą. Czy kiedyś znajdę nowy dom? Czy w ogóle przeżyję w tym świecie?*

Przynajmniej w mieście było cieplej. W końcu dotarły do spokojniejszej okolicy, a Mai poświęciła kolejną monetę, by mogły przedostać się przez bramę. Za resztę pieniędzy wykupiły sobie nocleg na podłodze w pomieszczeniu otwartym od strony ulicy oraz skromny posiłek zbożowy z ziarnistym sosem. Zjadły pośród stłoczonych na podłodze ludzi, których dłonie migały pośpiesznie w powietrzu, wyszywając wzory na tkaninie.

Było jeszcze ciemno, gdy Bel obudziła Rielle. Wyprowadziła ją z pomieszczenia, a potem poszły ulicą ku miejscu, gdzie budynki po jednej stronie ustępowały dopływowi rzeki. W powietrzu unosił się odór ludzkich odchodów, a nawet gorszy. Na brzegu rzeki znajdowały się utworzone ze starych szmat marne, brudne budki, w których mogła zmieścić się ledwie jedna osoba, a przed każdą z tych klitek ciągnęła się kolejka. Bel i Rielle ustawiły się w jednej i wkrótce stało się jasne, że w budkach kryją się toalety. W środku znajdował się mały murek, a sądząc po brudzie pokrywającym jego zewnętrzną część, ludzie mieli przykucnąć nad nim, by się załatwić, nie tracąc równowagi i nie wpadając do rzeki. Najwyraźniej jednak bardziej uważali, by się nie przewrócić, niż odpowiednio wcelować, bo murek był ubrudzony niemal po samą górę.

Kiedy wróciły do noclegowni, ich dwie towarzyszki już nie spały, a słońce wyłaniało się zza horyzontu. Na zmianę zasłaniały się chustami i myły szmatką, którą moczyły w mętnej wodzie, stojąc na maleńkim skrawku podłogi pośród mężczyzn i kobiet zajętych wyszywaniem. Doprowadziwszy się do porządku, ruszyły z powrotem ku bramie.

Rielle biernie za nimi podążała, była bowiem aż nazbyt świadoma, że nie ma pieniędzy i bez pomocy tych kobiet utknęłaby na prowincji. Kiedy dotarły do bramy, nie wyszły przez nią na niebezpieczne ulice. Wkroczyły do dużego budynku obok – na jego fasadzie ktoś kruszącą się zaprawą nieudolnie zamaskował pęknięcie biegnące pod sam dach.

Wewnątrz na podłodze siedziały setki przygarbionych ludzi zajmujących się szyciem. Wśród nich piętrzyły się chwiejne stosy tkanin najróżniejszych rozmiarów i kształtów. Nikt nie podniósł wzroku, gdy weszły. Małe, dziwnie potulne dzieci siedziały przy stertach albo spały na podłodze. W kącie zebrała się grupka skulonych starszaków, a ich drobne palce poruszały się z niezwykłą zręcznością i prędkością. Po pomieszczeniu przechadzali się nadzorcy – przyglądali się uważnie pracującym i groźnie nad nimi pochylali.

Mai poprowadziła kobiety do niewielkiego pokoju. Przy stole – pierwszym, jaki Rielle ujrzała w tym świecie – siedział ponury mężczyzna. Obrzucił je taksującym spojrzeniem i zasępił się jeszcze bardziej, gdy zobaczył Rielle. Kiedy zadał pytanie, Mai chwyciła ją za nadgarstki i odwróciła jej dłonie wewnętrzną stroną ku górze. Mężczyzna zerknął – sprawiał wrażenie niezadowolonego. Powiedział coś, co przypominało polecenie, wypisał jakieś słowa na skrawku tkaniny i podał go Mai.

Wróciły do głównego pomieszczenia, gdzie Mai podeszła do jednego z mężczyzn nadzorujących pracę. Zaczął zadawać pytania, na które pośpiesznie odpowiadała. Kiedy zbliżył się do Rielle, Mai odpowiadała za nią. Na jego obliczu wystąpił mars, który wyglądał aż nazbyt znajomo. Mężczyzna odwrócił się, gestem dał znać, by poszły za nim, i ruszył zygzakiem pośród pracujących i stert tkanin w takim tempie, że Rielle z trudem nadążała. W pewnej chwili zakręciło jej się w głowie, straciła równowagę i musiała chwycić się stosu, by nie upaść, czym zasłużyła na wściekłe spojrzenie jednego z robotników. Szybko dogoniła pozostałe kobiety.

Na szczęście nadzorca się zatrzymał, by porozmawiać z człowiekiem o zaplecionej brodzie. Z gestów domyśliła się, że miały dołączyć do tego mężczyzny, kiedy jednak zamierzała pójść w ślady towarzyszek, nadzorca chwycił ją za rękę, pociągnął na bok i zaprowadził w kąt, gdzie sterty tkanin sięgały sufitu. Było tu znacznie cieplej – wręcz nieprzyjemnie. Lekceważącym tonem zawołał kobietę o tłustych włosach i wskazał na swoje usta. Kobieta zwiesiła ramiona, ale skinęła głową i machnęła ręką. Mężczyzna pchnął ku niej Rielle i odszedł.

Rielle, rozcierając ramię, zbliżyła się do kobiety, która podprowadziła ją ku jednej ze stert. Rielle przyjrzała się uważniej i stwierdziła, że to nie tkaniny, lecz gotowe stroje. Robotnicy wynosili je dokądś w ogromnych stosach. Z gestów kobiety Rielle wywnioskowała, że ma zrobić to samo. Wzięła, ile zdołała, i zachwiała się, gdy kobieta dołożyła jej jeszcze więcej. Omdlewające ręce i bolące ramiona zadrżały, ale Rielle nie protestowała.

Kto by pomyślał, że ubrania tyle ważą? – zadumała się, idąc za innymi pracownikami do słabo oświetlonego pomieszczenia. Od razu poczuła się przytłoczona nieznośną wilgocią, w której unosił się słodki, mdły odór. Przez otwory przy posadzce wtłaczano tu paskudną parę. Przed pomieszczeniem stała kolejka – pierwsza osoba wrzucała swoją porcję ubrań do ogromnego kosza, a potem zawieszała każdą sztukę na wieszakach zaczepionych o stelaże po prawej stronie. Kolejni robotnicy zdejmowali ubrania z wieszaków po lewej stronie, a potem dokładnie i z wprawą je składali.

Wszyscy robotnicy w pomieszczeniu zanosili się kaszlem, a Rielle wkrótce do nich dołączyła. Jeden ze składaczy przerwał pracę i krztusząc się, zasłonił usta skrawkiem materiału; kiedy chował go do rękawa, dało się zauważyć plamki krwi. Stojący przy drzwiach nadzorca pośpieszył go krzykiem.

Ból w ramionach Rielle przybrał na intensywności. Chwyciła stertę mocniej, ale niczego to nie zmieniło. Kiedy przyszła kolej na pracownika, za którym stała, jedna sztuka z jego stosu odzieży zsunęła się na posadzkę. Z kłębów pary wyłonił się kolejny nadzorca i z wrzaskiem chwycił zabrudzone ubranie. Rielle ponownie poprawiła chwyt, a w głowie wirowało jej od oparów. Patrzyła, jak stojący przed nią mężczyzna umieszcza ubrania na wieszakach. Były to tuniki z krzywymi rękawami i kołnierzami, które nie chciały się zgrabnie ułożyć.

Co ja tutaj robię? – zastanawiała się. Miała wrażenie, że jej dotychczasowe życie należało do innej osoby. Podejrzewała, że gdyby ktoś opowiedział jej taką historię, potraktowałaby ją jak bajeczkę dla dzieci.

Może to rzeczywiście była bajka. Albo sen. Może właśnie ocknęła się z pięknego snu o magii, by żyć w koszmarze na jawie. Gdyby ten koszmar nie różnił się od jej dzieciństwa tak bardzo jak ten sen, może by w to uwierzyła.

Nagle nadeszła jej kolej na wrzucenie ubrań do kosza. Starała się niczego nie upuścić, a jedną z tunik złapała tuż nad podłogą. Następnie skupiła się na wieszaniu i zarobiła kilka głośnych upomnień od nadzorcy, nim nauczyła się robić to jak należy. Zanim skończyła, kolejka za jej plecami wydłużyła się trzykrotnie i gdy Rielle wracała do stosów ubrań na zewnątrz, dostrzegła kilka rozzłoszczonych i zatroskanych twarzy.

Z każdą porcją szło jej szybciej, choć nie była w stanie dorównać współpracownikom. Czas się wlókł, a ona nie mogła się doliczyć, ile już razy wchodziła do pełnego oparów pomieszczenia. Nagle rozległ się dźwięk dzwonka i wszyscy przestali pracować. Świat zawirował pod wpływem fali ulgi. Większość szwaczy odłożyła wszystko i wstała, wielu jednak udało się po kolejne tkaniny. Rielle domyśliła się, że to ci, którzy potrzebowali dodatkowego zarobku lub nie wyrobili dziennej normy.

Wszyscy stojący w kolejce do wieszaków spojrzeli na kobietę, która wydawała Rielle polecenia – skinęła do nich głową, więc pośpiesznie się rozeszli. Kiedy popatrzyła na Rielle, zacisnęła usta w wąską linię i pokręciła głową, lecz wówczas odezwał się głos jakiejś młodej osoby, z tłumu wyłoniła się Mai i podeszła do Rielle. Kobieta wydęła usta, a potem niechętnie machnęła ręką. Mai uśmiechnęła się do Rielle i zabrała ją ze sobą.

Uratowała mnie, choć nie do końca wiem przed czym. Pewnie nie zrobiłam tyle, ile powinnam, a Mai powiedziała, że nadrobię jutro.

Nie wiedziała jednak, czy będzie w stanie nadrobić. Wyszła za Mai z budynku, ale nie mogła przestać kaszleć. Pomyślała o mężczyźnie, który pluł krwią, i ogarnęła ją panika.

Nie dam rady. Umrę, zanim Qall po mnie wróci. Na pewno nie doczekam chwili, gdy magia uzupełni się na tyle, bym mogła stąd odejść.

Musiała znaleźć inny sposób na przetrwanie. Kiedy dołączyły do Vil i Bel, w głowie Rielle zaczął rodzić się pewien plan. Za zarobione dziś pieniądze zamierzała przedostać się do ważniejszych części miasta i odnaleźć rzemieślników, nawet jeśli będzie musiała zużyć na to resztki mocy.

Ale robotnicy nie dostali przy wyjściu żadnych pieniędzy. Rielle próbowała wypytać Mai, rysując kwadraty na dłoni i udając, że wymienia je na jedzenie. Kobieta pokręciła głową, zaczęła udawać, że szyje, czterokrotnie pokazała po osiem palców, a potem narysowała kwadrat na dłoni i pokazała cztery palce.

Cztery monety za trzydzieści dwa dni pracy. Pod Rielle ugięły się nogi. Mai to zauważyła, wsunęła rękę pod jej ramiona i pomogła omijać paskudne ścieki w drodze powrotnej do noclegowni. Tam Vil i Bel od razu zajęły się strojami, które ze sobą przyniosły. Mai wyjęła igłę zza szwu swojego ubrania, odmierzyła nić i zaczęła im pomagać. Rielle wyciągnęła ręce na znak, że też chce pracować, ale Mai pokręciła głową, wskazując najpierw na swoją igłę, potem na Rielle.

Nie ma igły. Rielle miała nadzieję, że ulga, którą odczuła, nie jest zbyt widoczna. Nie miała jak pomóc tym wspaniałym, wielkodusznym kobietom, więc skuliła się na podłodze i zasnęła. Obudziła się tylko na chwilę, gdy Mai przyniosła kolejną maleńką porcję jedzenia.

ROZDZIAŁ 16

Od czasu gdy Rielle utknęła w obecnym świecie, przyszły jej do głowy jedynie trzy sposoby na wydostanie się z niego.

Mogła zrobić to samo, co zrobił Valhan, by uwolnić się z jej ojczystego świata – zaczekać, aż wygeneruje się dostateczna ilość magii. Został uwięziony na ponad dwadzieścia cykli i musiał przebyć cały świat, by zebrać dość mocy na opuszczenie go. Ten świat był na tyle mały, że mogła zaczerpnąć z niego całą magię, więc nie musiałaby podróżować. Trudno było ocenić, jak szybko mieszkańcy zdołają wygenerować odpowiednią ilość mocy. Wszystko zależało od liczby ludności. Większa populacja oznaczała większy odsetek ludzi zajmujących się tworzeniem oraz większą szansę na istnienie kreatora generującego więcej magii niż przeciętny człowiek. Bez względu na liczbę kreatorów lub zwykłych ludzi generujących moc, najprawdopodobniej dopiero po upływie wielu cykli Rielle byłaby w stanie odejść.

Mogła także po prostu czekać, aż Qall po nią wróci. Przestała jednak się zastanawiać, jakie są na to szanse. Musiałby żyć, chcieć ją uwolnić i móc to zrobić. Nie dopuszczała do siebie myśli, że Qall mógłby nie wrócić, jeśli byłby w stanie, ale czy zdołałby odnaleźć ten świat i ją samą? Tu, wśród mnóstwa mieszkańców, jej umysł był tylko jednym z tysięcy. Łatwiej byłoby odnaleźć ją w gospodarstwie, gdzie przebywało kilkaset osób. Albo wśród rzemieślników, bo tam w pierwszej kolejności by jej szukał.

Mogła także odnaleźć portal i zaczekać, aż świat odwiedzi mag, który będzie miał przy sobie dość magii, by stąd odejść – i przekonać go, by zabrał ją ze sobą. Musiałaby jednak zdecydować się szybko, nim wokoło rozniesie się wieść, że w tym miejscu nie ma już mocy, i obmyślić dobry sposób na przekonanie przybysza, by jej pomógł. Możliwe też, że inni cudzoziemcy z tą samą myślą podążali ku portalom, a magowie żądali zapłaty za wydostawanie ich stąd.

Nie posiadała niczego wartościowego, ale to, kim była, mogło mieć znaczenie – choć również sprowadzić na nią kłopoty. Gdyby trafiła na sojusznika Dahlego, na pewno by ją zostawił, żeby Dahli mógł ją tu zabić, póki jest bezbronna. Gdyby trafiła na sojusznika Odnowicieli, zabrałby ją do Baluki. Mogłaby wykorzystać część magii, która jej została, by zajrzeć w umysł przybysza, zanim poprosi go o pomoc.

Ktoś dotknął jej ramienia, więc otworzyła oczy i rozprostowała obolałe ciało. Tym razem do toalety zaprowadziła ją Vil. Rielle weszła jako pierwsza, a potem, gdy towarzyszka była w środku, szybko się oddaliła. Podążała w jednym kierunku, wykorzystując cienie rzucane przez domy w porannym słońcu, wkrótce jednak musiała wrócić po własnych śladach, bo wszystkie uliczki, w które trafiała, okazywały się ślepe lub zawracały. Ruszyła w przeciwną stronę, lecz tym razem także nie zdołała odnaleźć właściwej drogi.

Tymczasem w wąskich alejkach zrobiło się mniej tłoczno. Szły za nią małe dzieci, które wpatrywały się w nią i chichotały, dopóki jedno ze starszych ich nie zawołało. Zwracałaby na siebie uwagę, nawet gdyby nie wyróżniała się wzrostem i nosiła taki sam szal jak miejscowe kobiety, bo w okolicy nie było niemal żadnej dorosłej osoby.

Postanowiła za każdym razem skręcać w lewo i kluczyła ulicami, unikając jedynie tych prowadzących do wytwórni. Budynki wyglądały przeważnie jak stare, obskurne, dwu- i trzypiętrowe pudła pozbawione frontowych ścian. Tylko kilka domów w pobliżu wytwórni miało fasady i drzwi, a były to budynki strzeżone.

W otwartych domach tłoczyły się dzieci oraz nieliczne kobiety w zaawansowanej ciąży – wszystkie haftowały najróżniejsze ozdoby na strojach, które poprzedniego dnia uszyli robotnicy. Kanały w opłakanym stanie, biegnące wzdłuż każdej ulicy, były niedrożne z powodu nadmiaru odpadów. W cieniu czaiły się małe zwierzęta, które pośpiesznie przetrząsały każdą nową porcję nieczystości wylewanych z wiader. Dzieci przeważnie chodziły boso, a stopy miały umazane błotem.

Nim Rielle wróciła do miejsca, z którego rozpoczęła wędrówkę, zdążyła domyślić się prawdy – z dzielnicy dało się wyjść tylko przez bramę, którą tu weszła, a ta znajdowała się na końcu ulicy prowadzącej do wytwórni. Nie miała wyboru, musiała spróbować tamtędy się wydostać albo wspiąć się na mur i uciec po dachach. Oceniwszy stan dachów, doszła jednak do wniosku, że zużyje znacznie mniej magii na oszukanie strażnika niż na leczenie połamanych kości.

Wzięła głęboki oddech, wyprostowała się i skierowała ku wytwórni.

Strażnicy obserwowali ją. Gdy zbliżyła się na dwadzieścia kroków, jeden zagwizdał. Usłyszała tupot nóg od strony wytwórni, odwróciła się i stanęła twarzą w twarz z nadbiegającym nadzorcą. Na jego twarzy malował się ponury gniew. Zrobiła unik, gdy chciał chwycić ją za rękę, ale wpadła na coś masywnego – jednego ze strażników. Ten od tyłu chwycił ją za ręce, dzięki czemu nadzorca zdołał ją dopaść. Niemal sięgnęła po magię, ale w ostatniej chwili się powstrzymała.

A jeśli ukarzą jej towarzyszki za sprowadzenie maga do wytwórni? Nie chciała przysparzać kłopotów osobom, które okazały jej tyle serca.

Jeśli nie będę chciała pracować, wyrzucą mnie – tłumaczyła sobie.

Nadzorca zaciągnął ją do wytwórni. Wśród robotników rozległy się szepty, ale prawie nikt nie podniósł wzroku. Mai uniosła jednak głowę, a na jej twarzy odmalowała się ulga. Uśmiechnęła się do Rielle ze współczuciem i z zakłopotaniem, a potem pokręciła głową.

Nadzorca zaprowadził Rielle do zaparowanego pomieszczenia i zostawił z kobietą, która poprzedniego dnia czuwała nad rozwieszaniem ubrań. Ta krzyczała na Rielle, lecz na widok jej beznamiętnego wzroku gniew w jej oczach wkrótce ustąpił miejsca podejrzliwości. Nie zdziwiła się, gdy Rielle nie chciała wziąć sterty ubrań.

W głosie kobiety zabrzmiała ostrzegawcza nuta. Rielle czekała, starając się nie zwracać uwagi na zakradający się do serca strach. Kobieta na moment złagodziła ton, po czym znów odezwała się ostrzej. Zawołała coś do nadzorcy, który kiwnął głową i pośpiesznie odszedł.

Pojawiło się trzech mężczyzn omiatających wytwórnię czujnym wzrokiem – przestali się rozglądać, gdy kobieta wskazała dłonią winowajczynię. Otoczyli Rielle, dwóch chwyciło ją za ręce i poprowadziło ku wewnętrznym drzwiom w zaparowanej komórce. Gdy trzeci je otworzył, odór unoszący się wokoło wzmógł się po stokroć. Rielle została wepchnięta do środka. Jej oczy zdążyły zarejestrować małe pomieszczenie pełne półek, lecz widok ten zniknął w ciemności.

Zaklęła, ale pożałowała, że otworzyła usta. Kolejnym błędem było nabranie większej ilości powietrza, by westchnąć. Zakaszlała, po czym sięgnęła po cenne zasoby magii i stworzyła światło.

Półki były wypełnione połyskującymi stosami mokrych roślin. Parująca woda kapała na nie z rurek wystających ze ścian i przesączała się na posadzkę pokrytą szlamem i brudem. Na ścianach wykwitła pleśń, a z szerokiej szczeliny w jednym z kątów wystawały nawet jakieś korzenie.

Nie było tu ani jednego czystego skrawka. Usiąść mogła tylko na podłodze. Oczy zachodziły jej mgłą, a płuca kurczyły się w atakach kaszlu.

Powinnam była siłą przedostać się przez bramę, gdy miałam okazję. Ponownie jednak pomyślała o towarzyszkach, które jej pomogły i być może zostałyby ukarane za jej czyn. *Wytrzymam. Dziwne, że tak bardzo pragną mnie zmusić do pracy, skoro tego nie chcę, a nawet mi nie zapłacili, ale będę musiała odmawiać, dopóki mnie nie wypuszczą.*

Chyba że… Wystające ze szczeliny korzenie świadczyły o tym, że roślina wyrosła na zewnętrznej ścianie. Przez chwilę Rielle zastanawiała się, czy za pomocą magii nie przepchnąć się na drugą stronę, kiedy jednak przypomniała sobie kiepsko połatane pęknięcia w innych częściach budynku, zrozumiała, że być może nie tylko ten narożnik by się zawalił. Cała ściana mogłaby runąć i zabić wiele osób.

Zamknęła oczy, zgasiła światło i oddychając płytko, starała się powstrzymać kaszel. *Po prostu czekaj* – mówiła sobie.

Aby nie zwracać zbyt wielkiej uwagi na smród, skupiła się na dźwiękach. Od strony półek nieustannie dobiegał odgłos kapania, a z jednego z kątów co pewien czas dało się słyszeć wysoki pisk jakiegoś zwierzęcia, lecz wszelkie pozostałe dźwięki docierały tu z zewnątrz. Zza ścian nie było słychać wielu głosów – przeważnie regularnie wykrzykiwane polecenia nadzorców. Ani razu nie usłyszała rozmów szwaczy. Z rozrzewnieniem wspomniała pogawędki i śpiewy w warsztacie tkackim, w którym pracowała. Tu nie rozmawiał ani nie śpiewał nikt.

Wszystkie szyte ubrania były takie same, przez co trudno było czerpać przyjemność z pracy, ale przynajmniej dzięki szyciu wytwarzano moc. Skupiła się na magii świata, by sprawdzić, ile generują ludzie w tym miejscu, i z niepokojem stwierdziła, że bardzo niewiele.

Dlaczego tak jest? – zastanawiała się. *Czyżby tubylcy nie byli w stanie wytworzyć większych zasobów mocy? Być może. Skoro istnieją kreatorzy generujący ponadprzeciętne ilości, muszą istnieć też ludzie, którzy nie generują prawie nic.* Przeszył ją dreszcz paniki. *Nigdy nie ucieknę z tego świata!*

A potem przyszła jej do głowy jeszcze jedna myśl. Szwacze tak naprawdę nie tworzyli. W kółko robili to samo, nie brali udziału w procesie projektowania, a z etapu produkcji nie czerpali przyjemności. Nic dziwnego, że powstawało tu tak niewiele magii.

Jej uwagę przykuły dwa głosy, które było słychać coraz wyraźniej. Rozmawiający zatrzymali się tuż przed drzwiami zaparowanego pomieszczenia, a Rielle odwróciła się, gotowa umknąć w kąt, gdy tylko ktoś je otworzy.

Ale nikt nie otworzył.

– ...zaczęła wczoraj. Cudzoziemka. Nie zna naszego języka.

Rielle drgnęła. Jacyś mężczyźni porozumiewali się w języku Podróżników.

– Czy to możliwe, że pochodzi z innego świata? Delmegardi chce przesłuchiwać wszystkich innoświatowców.

– Nie... Jest wysoka, ale nie wygląda, jakby przybyła z innego świata. Po prostu pochodzi z innego kraju.

– To co zrobisz?

– Może pięściami wtłoczę jej trochę rozumu do głowy. Tego ode mnie oczekują. Nie możemy traktować pracownicy inaczej tylko dlatego, że jest nowa. Zwłaszcza teraz. Potrzebna nam każda para rąk.

Głosy przycichły i nie dało się ich zrozumieć. Rielle przyłożyła ucho do drzwi – wzdrygnęła się, dotknąwszy wilgotnej, kleistej powierzchni.

– ...chce zamówienie pięć dni wcześniej albo nie zapłaci. Damy radę, jeśli będą pracowali przez dwie kolejne noce, a potem zatrzymamy połowę na następną. Nie spodoba im się to. I również dlatego niepotrzebna nam teraz buntownicza cudzoziemka.

– Wyrzuć ją.

– Nie, wykorzystamy ją jako przykład. Pokażemy, że to nie ze względu na magię Gellimowie tu rządzą.

– Teraz?

– Nie. Wieczorem, gdy zamkniemy drzwi na nocną zmianę. Niech sobie tam trochę zaparuje i poczuje, jak płuca zaczynają jej gnić.

Rozległ się cichnący odgłos kroków zmierzających ku pomieszczeniu kierownika. Rielle odsunęła się od drzwi i wytarła ucho rękawem. Jeśli nie chciała ryzykować zawalenia całego budynku, by wydostać się przez szczelinę, musiała zaczekać, aż ją wypuszczą. Nie zamierzała jednak pozwolić się pobić. To usprawiedliwiało wykorzystanie odrobiny magii.

Chociaż... Gdyby starannie się osłoniła i reagowała tak, jak się spodziewali, mogliby się nie zorientować, że używa magii, i nie narobiłaby kłopotu towarzyszkom.

Czas wlókł się powoli. Ogarnęło ją znudzenie, pragnęła skupić myśli na czymś, co odciągnęłoby jej uwagę od zmartwień. Zaczęły boleć ją stopy, więc przechadzała się z wyciągniętymi rękami, by nie wpaść na półki i ściany.

Po kilku okrążeniach zaczęła dostrzegać w ciemności szczegóły. Przystanęła zaniepokojona. Czyżby podświadomie przekształcała wzorzec, by dostosować wzrok do warunków, i mimowolnie zużywała ostatki drogocennej mocy?

Nad jej głową pojawiło się światło. Spojrzała w górę i zdała sobie sprawę, że promienie słońca przesączają się przez szczelinę w ścianie, znacznie większą niż sądziła po pobieżnych oględzinach pomieszczenia. Zwalczyła pokusę odetchnięcia z ulgą. To nie jej ciało przystosowywało się do sytuacji, lecz promienie słońca padły akurat w odpowiednie miejsce. Jednak wkrótce zmienią położenie.

Rozejrzała się i zauważyła przedmioty, które poprzednio umknęły jej uwadze: wiadro i długi kij. Podeszła i oplotła kij palcami. Była to miotła, a jej trzonek był wilgotny, lecz nie kleisty ani oślizgły.

Może Rielle mogłaby oczyścić posadzkę na tyle, by usiąść. Przeciągnęła miotłą po podłodze, ale zdołała jedynie zamieszać pokrywające ją paskudztwo. Stworzyła jednak ciekawy wzór. Zaczęła śmigać na prawo i lewo, robiąc wiry i kręgi, a potem proste fale i chmury – z brudu wyłonił się morski pejzaż. Nieco się rozchmurzyła. Mogła się odrobinę rozerwać podczas długiego wyczekiwania, a zarazem wygenerować nieco magii.

A potem miotła odpadła z kija.

Rielle zwiesiła ramiona i już miała odstawić trzonek, gdy się zawahała. Mogłaby nim rysować pojedyncze linie i stworzyć coś dokładniejszego. Zaczęła bezcelowo bazgrać. Kreślenie symboli dobrze na nią wpływało. Dotknęła wisiorka na szyi, ukrytego pod karczkiem niezbyt mocno wyciętej sukienki. Wisiorek z początku zaintrygował jej towarzyszki, ale kiedy odkryły, że w środku znajduje się pędzelek, straciły zainteresowanie. Pomyślała, że może nim mogłaby malować, ale poczuła obrzydzenie na myśl, że miałaby go zanurzyć w tym brudzie.

Tworząc szkic przedstawiający przyjaciółki i dziwne zwierzę ciągnące wóz, którym tu przyjechały, wciąż odpychała od siebie pewną niewygodną myśl. Zakaszlała i kiedy zaczęła niepokoić się o swoje zdrowie, postanowiła stawić czoła faktom. Mogła wykorzystać wisiorek jako łapówkę, żeby się stąd wydostać. Na pewno metal, z którego go wykonano, był coś wart. Niechętnie rozstanie się z podarunkiem od Ankari, lecz kobieta na pewno wolałaby, żeby Rielle żyła dalej bez niego, niż umarła z nim.

Wróciły do niej wspomnienia związane z Podróżnikami. Zastanawiała się, czy Baluka odnalazł dłoń Valhana. Był tak bardzo odmieniony, gdy go ostatnio widziała. W jego oczach Rielle także się zmieniła, ale zrzucił to na karb wiecznej młodości. Teraz nie była już nieśmiertelna. Jednak nie nastąpiła żadna niespodziewana zmiana, która by jej to uświadomiła. Po prostu Rielle celowo zablokowała zebraną magię, by nie zużywać jej na niekontrolowane przekształcanie wzorca.

Ale to oznaczało, że znów zaczęła się starzeć. Miała wrażenie, że jej ciało się nie zmieniło, dostosowując się do wieku, ani nie wróciło do stanu sprzed zyskania nieśmiertelności. Po prostu przestało się uzdrawiać. Nie znaczyło to, że straciła umiejętność przekształcania wzorców. Gdyby znalazła się w świecie zawierającym magię, znów przestałaby się starzeć.

A jeśli moje ciało jednak wróciło do pierwotnego stanu? Czy znów stałabym się kreatorem?

Jeśli tak, to szybciej zdołałaby wygenerować odpowiednią ilość magii i uciec. Serce na chwilę zamarło jej w piersi. Mogłaby przecież c e l o w o przywrócić ciało do pierwotnego stanu. Do przekształcenia swego wzorca nie potrzebowała dużych pokładów mocy. Wymagał tego jedynie początkowy proces otwarcia umysłu na samą umiejętność.

Mogło się jednak okazać, że mimo wszystko zabraknie jej magii na przywrócenie ciała do stanu, gdy jeszcze była kreatorem. Porażka oznaczałaby zużycie magii na darmo. Czy warto było zaryzykować? Nawet gdyby jej się udało i odzyskałaby zdolności kreatora, wytworzenie magii pozwalającej na opuszczenie tego świata zajęłoby wiele czasu.

Z drugiej strony jako kreator mogłaby okazać się wartościowa dla jego mieszkańców. Może zaczęliby ją chronić.

Za dużo tego gdybania – pomyślała. *Lepiej znaleźć maga, który zabierze mnie z tego świata. Ale najpierw muszę się stąd wydostać.*

Szkice pokrywały już całą posadzkę. Rielle skoncentrowała się na magii wokół siebie. Wcześniej była tu niemal zupełna pustka, teraz jednak w pomieszczeniu rozpościerała się poświata.

Ciekawe. Nigdy wcześniej nie wyczuwała generowanej przez siebie magii. Pełne zaangażowanie w proces twórczy oznaczało, że nie mogła jednocześnie skupić się na wykrywaniu mocy. Teraz była w stanie to zrobić prawdopodobnie dlatego, że ten świat został jej prawie zupełnie pozbawiony.

Kiedy jej zaczerpnęła, świat wokół znów pociemniał. Magii nie było wiele, lecz nawet najmniejsza ilość mogła okazać się przydatna. Rielle postanowiła jak najwydajniej wykorzystać czas, który miała spędzić w tym pomieszczeniu, dlatego chwyciła miotłę, nadziała ją na kij i starła to, co naszkicowała. Potem znów zdjęła ją butem i zaczęła rysować – tym razem drzewo. Po nakreśleniu każdej gałęzi przerywała, by zaczerpnąć mocy, którą wytworzyła. Odczuwała mrowienie za każdym razem, gdy jej zasoby magii odrobinę się zwiększały. Choć jeszcze niedawno pragnęła wydostać się z tej przyprawiającej o mdłości wilgoci, teraz miała nadzieję, że pozostanie tu długo.

Jeśli rzeczywiście nie można być jednocześnie nieśmiertelnym i kreatorem, możliwe, że stracę zdolność przekształcania wzorców. Czyli mam tylko jedną szansę, bo jeśli stracę umiejętność przekształcania wzorców, zanim odzyskam zdolności kreatora, nie będę mogła spróbować ponownie. Ryzyko było nawet większe niż z początku sądziła, więc jej determinacja nieco osłabła.

Ale im szybciej by stąd uciekła, tym większą miałaby szansę na ocalenie Qalla.

Jej uszu dobiegł cichy odgłos. Dzwonek. Serce szybko zabiło jej w piersi. Nowa zmiana. Wkrótce ktoś po nią przyjdzie.

A jeśli zużyje całą magię, żeby uchronić się przed pobiciem?

Nie zużyję jej, jeśli zajrzę w swoje ciało i sprawdzę, co trzeba zmienić. Zamknęła oczy i z trudem się skoncentrowała. Za pomocą technik przekształcania wzorców zajrzała we własny umysł. Nie tworzyła magii, więc nie była w stanie stwierdzić, którą część należało przywrócić do pierwotnego stanu. Otworzyła oczy i ponownie zaczęła rysować. Skupienie się na obu czynnościach było niemal niemożliwe, ale przeskakując od jednego zadania do drugiego, stopniowo z coraz większą łatwością wychwytywała momenty, w których jej umysł generował moc.

Wprowadzenie w nim zmian na pewno nie wymagałoby zużycia dużej ilości magii. Wystarczyłoby tyle, ile wygenerowała, szkicując na podłodze. Spróbowała dokonać subtelnej zmiany. Niemal wyczerpała całe swoje zasoby. Ponownie zaczęła szkicować, generując magię; zebrała ją i sprawdziła, która część umysłu angażuje się w ten proces.

Uda mi się.

Powstrzymała się od głębokiego wdechu i zaczęła zmieniać własny wzorzec. Z początku zmiany nie przyniosły różnicy, a potem niemal do zera zmniejszyła swoją zdolność wytwarzania magii. Zatrwożona cofnęła tę zmianę… i okazało się, że może wprowadzić modyfikację o przeciwnym skutku. Wróciła do rysowania, by sprawdzić rezultat. Jej zmysły zadrżały. Było to znajome uczucie. Coś zostało utracone, lecz nie zapomniane.

Jest! Wyczuła szybko rozchodzącą się we wszystkich kierunkach magię. Zebrała ją, rozkoszując się napływem mocy. Kusiło ją, by ponownie zacząć rysować i wytworzyć jej więcej, ale skupiła się na zmienionej części umysłu. Czy tę zdolność dało się jeszcze udoskonalić? Dzięki kolejnej porcji mocy zmieniła wzorzec jeszcze bardziej.

Drzwi otworzyły się. Rielle wyciągnęła ku nim rękę i unieruchomiła powietrze w obrębie szpary. Ignorując pomruki i okrzyki zaskoczenia, skupiła się na podłodze. Można było odnieść wrażenie, że trzonek porusza się sam, gdyż Rielle chwyciła go za pomocą magii, by móc szkicować szybciej. Pojawiły się linie…

…i świat utonął w bieli.

Oczywiście nie była to prawdziwa biel. Podobnie jak brak magii nie był prawdziwą ciemnością. Uwolniła zmysły i zobaczyła, jak ogromna eksplozja magii zalewa całą wytwórnię i okoliczne budynki.

Ale… to więcej niż kiedykolwiek wytworzyłam! Dużo, dużo więcej!

Ponownie skupiła się na własnym ciele. Czy można było jeszcze ulepszyć tę zdolność? Czy mogła posunąć się za daleko? Może powinna spróbować kolejnej drobnej zmiany i sprawdzić, co się stanie.

Tyle że... nie do końca wiedziała, co uczyniła. Błądziła i wkrótce porzuciła ten pomysł, by nie zrobić sobie krzywdy. Zaintrygowana rozglądała się błędnym wzrokiem, starając się zrozumieć, co się stało.

Jakim cudem w jednej chwili to rozumiałam, a w następnej już nie? Gwałtownie nabrała powietrza, gdy zdała sobie sprawę, co zrobiła. *Czyli to prawda! Zanim zyskałam nieśmiertelność, nie byłam w stanie pojąć przekształcania wzorców. Teraz znów nie potrafię.*

Część umysłu, która została zmieniona, by nauczyć się przekształcać wzorce, teraz generowała magię.

Ta sama część. Mogę robić jedno albo drugie. Ale nie obie rzeczy naraz.

Ogarnął ją strach na myśl o utracie nieśmiertelności, ale nie walczyła z nim. Pozwoliła, by zalał ją falą, i wkrótce minął. Może pewnego dnia znów stanie się wiecznie młodym magiem, teraz jednak śmiertelność otwierała przed nią drogę do wolności. Tymczasem powrót zdolności kreatora przepełnił ją radością... i zaskoczył.

Wcześniej utrata tych umiejętności nie miała dla niej znaczenia. Wciąż potrafiła tworzyć – gdy przezwyciężyła lęk, że i tego nie będzie umiała – i to było dla niej ważniejsze niż generowanie magii. Mogła przecież żyć, ile zapragnie, o ile ktoś lub coś jej nie zabije. Mogła także uzdrawiać siebie i innych, co było dla niej jeszcze cenniejsze.

A jednak dopiero teraz poczuła, że wszystko jest tak, jak być powinno. Jakby odzyskała coś, co jej skradziono. Jakby znów była w pełni sobą.

No cóż. Mam nadzieję, że warto będzie się zestarzeć i umrzeć w zamian za bycie sobą.

Ale jeszcze nie dziś.

Rysując, wytworzyła ogromne ilości magii, ale do ucieczki potrzebowała więcej – im szybciej, tym lepiej. Znów skupiła się na pomieszczeniu. Starła pleśń i brud ze ściany i zaczęła tworzyć kolejny obraz, tym razem drążąc go za pomocą magii. Nie przerywała, by zaczerpnąć wygenerowaną moc. Po prostu tworzyła.

Naszkicowała pracowników wytwórni. Nie byli jednak zgarbieni nad pracą, lecz stali wyprostowani. Nie dźwigali stosów ubrań, lecz sami ubrani byli w eleganckie stroje. Wokół nich widać było dzieci noszące buty, a oni ucztowali i mieszkali w domach, które nie były otwarte od strony ulic. Narysowała deltę pełną łodzi i rybaków wyciągających sieci z czystej wody.

Kiedy skończyła, uwolniła zmysły i uśmiechnęła się, wyczuwając mnóstwo magii rozchodzącej się po świecie. Odnalazła jej krańce, a im dalej musiała sięgać, tym większe zdumienie ją ogarniało. Kiedy w końcu ogarnęła całą moc, wyczuła obecność niezliczonych umysłów. Całe miasto. Dostrzegła ubytki w miejscach, z których inni magowie czerpali tyle, ile zdołali. Pośrodku każdej pustki słyszała myśli kobiet i mężczyzn zaskoczonych powrotem magii, lecz z ulgą dochodzących do wniosku, że znów będą mogli kontrolować pracowników i nie dojdzie do rewolucji.

Żołądek podszedł Rielle do gardła. Nim Qall ogołocił ten świat, magia pomagała utrzymywać w niewoli robotników takich jak ci szwacze. Dzięki swojej nowej umiejętności Rielle nie tylko mogła uciec z tego miejsca, ale i przywrócić w nim zasoby mocy, teraz jednak zrozumiała, że w ten sposób umocni strukturę społeczną krzywdzącą tak wielu robotników.

Kim jestem, by to oceniać? – pomyślała. *Valhan powiedział, że nie można przewidzieć skutków interwencji.*

Ale bez względu na to, czy przywróci zasoby magii w tym świecie, czy nie, i tak już interweniowała. Qall zakłócił równowagę mocy. Nawet gdyby teraz Rielle przywróciła tu magię, myśli o rewolucji nie umarłyby szybko.

A ja muszę ocalić pewnego niemądrego młodego maga. Znowu.

Nie mogła jednak odejść, nie uczyniwszy jeszcze jednego. Odwróciła się do przeciwległej ściany i narysowała nadzorców na klęczkach rozdających monety robotnikom. A potem napisała: „Powstańcie, nim magia powróci".

Zaczerpnęła całą wygenerowaną moc, wzięła głęboki wdech i odepchnęła się od świata.

ROZDZIAŁ 17

Konieczność przystanków w celu złapania oddechu spowolniła Rielle bardziej, niż się spodziewała. Na domiar złego wkrótce dały o sobie znać głód i zmęczenie, więc musiała także spać. Najtrudniej było znaleźć coś do jedzenia. Poszła za radą Tarrena i szybując, przemykała się do kuchni w pałacach i rezydencjach, skąd kradła jedzenie ludziom, którzy raczej nie przymierali z tego powodu głodem, choć nie chciała myśleć, jakie kary mogły spotkać pracowników kuchni.

Była uwięziona kilka dni, minęło więc sporo czasu, od kiedy Inekera i Qall wyruszyli ze świata szwaczy, i ich ślad zdążył się już zatrzeć. Miało upłynąć jeszcze bardzo wiele, nim dotrą do Dahlego, lecz świadomość, że już byli w drodze, gdy Rielle dopiero wyruszyła, i że nie zdoła zmniejszyć dystansu, stanowiła dodatkowe źródło frustracji. W dodatku nie wiedziała, gdzie przebywa Dahli. Kiedy dotarła do światów, które była w stanie rozpoznać, doszła do wniosku, że Inekera i Qall na pewno już go znaleźli, chyba że coś ich spowolniło.

Co mam zrobić? Gdyby tylko wiedziała, gdzie jest Qall, mogłaby spróbować go uwolnić. Choć nie była już nieśmiertelna ani nie zdołałaby uleczyć ran, i tak po zaczerpnięciu dostatecznej ilości mocy była jednym z najpotężniejszych magów we wszystkich światach. Niemal dorównywała Valhanowi, a przecież potrzeba było armii, by go pokonać. *Ale w zasadzie nie mam doświadczenia w walce – prócz lekcji, których udzielił mi Tarren.*

Gdzie ukrywał się Dahli? Kto o tym wiedział?

Tyen.

Ale on raczej nie przekaże jej informacji, nawet gdyby zdołała go znaleźć. Tarrenowi też prawdopodobnie by o tym nie powiedział.

Podróżnicy?

Być może Qall uparł się, by Inekera pozwoliła mu odwiedzić bliskich i sprawdzić, czy są bezpieczni. Może zażądał, by zagwarantowano im możliwość utrzymywania z nim kontaktu. Rielle już wcześniej tłumaczyła sobie, że szantażować można tylko kogoś, kto wie, że groźby są możliwe do zrealizowania. Gdyby zdołała wyśledzić drogę wiadomości od Podróżników do Qalla, może znalazłaby Dahlego.

Gdyby jednak ktoś zauważył, że Rielle się do nich zbliża, mógłby błędnie uznać to za próbę ratunku. Mogłaby doprowadzić do ataku, którym groził Dahli.

Gdyby Qall został zauważony podczas podróży na spotkanie z Dahlim – a nie próbował ukrywać twarzy, gdy zostawił Rielle w pułapce – wieść o powrocie Raena rozeszłaby się szybciej niż plotki. Dzięki temu mogłaby go odnaleźć.

Wątpiła jednak, by Dahli dopuścił do pozostawienia tak wyraźnego tropu. Nakazał pewnie chłopakowi chować twarz i gdzieś go ukrył.

Ale plotki na pewno dotarłyby do Baluki. Podobnie jak wieści o tym, że zauważono Dahlego. Może buntownik znalazł już dłoń Valhana albo nawet poradził sobie z Dahlim. A jeśli nie, to z pewnością od chwili jej odejścia gromadził informacje i przygotowywał się do bitwy z Raenem.

To Balukę najlepiej byłoby odszukać. *I tak właśnie zrobię.*

Nawiązanie kontaktu z Baluką było proste. Poprzednim razem wysłała wiadomość z jednego z wielu światów popierających działania Odnowicieli, chciała bowiem zapewnić im prywatność. Tym razem jednak nie przychodził jej do głowy żaden powód, dla którego powinna zachować to spotkanie w tajemnicy – przynajmniej żaden, dla którego warto byłoby odwlec plany – postanowiła zatem otwarcie spotkać się z Odnowicielami.

Nie musiała szukać długo, by znaleźć kilkoro. Wysłali wiadomość do Baluki, Rielle zaś czekała wśród nich na odpowiedź, przysłuchując się wieściom z różnych światów. Przewodnik zadał jej kilka pytań, by potwierdzić, że jest osobą, za którą się podawała, po czym zawiłymi ścieżkami ruszyli w pierwszy etap podróży na spotkanie z Baluką.

Trzeci posłaniec przekazał jej wskazówki, które doprowadziły ją do gwarnego, niesłychanie zatłoczonego miasta. Mimo tłumów panowały tam czystość i ład. Jaskrawe promienie słońca nadawały blask budowlom z białego kamienia i rozświetlały wypielęgnowane ogrody. Rielle zajrzała w umysły ludzi w pobliżu i wyczytała z nich drobne, zwyczajne obawy: ktoś zapomniał kupić produkt z listy zakupów, ktoś inny się martwił, że pozostawione w piecu bochenki się przypalają.

Polecono jej przybyć do najwyższego budynku w mieście. Okazało się, że to duża trzypiętrowa budowla na planie kwadratu w centrum miasta. Mieszkańcy uważali, że nieciekawa, i Rielle musiała przyznać im rację. Zmierzając ku wejściu, przeglądała myśli w okolicy. Większość osób zajmowała się pracami administracyjnymi, trafiła jednak na grupkę obradującą, co zrobić ze światami, w których wciąż trwają wojny i łamie się wprowadzone przez Odnowicieli prawa zakazujące tortur i niewolnictwa. Przystanęła zaskoczona. To była baza Odnowicieli. Sądziła, że Baluka będzie chciał spotkać się w innym miejscu.

Odnalezienie go wśród pozostałych osób zajęłoby jej zbyt wiele czasu, skierowała się więc ku głównym drzwiom. Obserwowali ją dyskretnie rozstawieni strażnicy, uprzedzeni o wizycie kobiety o jej aparycji.

W holu czekał na nią szczupły młody mężczyzna.

– Rielle Lazuli?

Pokiwała głową.

– Tak.

– Proszę za mną.

Przez niewielkie drzwi wprowadził ją na wąskie główne schody wiodące w dół. Miał zaprowadzić ją do wyznaczonego korytarza, gdzie czekał kolejny Odnowiciel. Po drodze pobieżnie przeglądała myśli otaczających ją ludzi, by wyczuć ogólną atmosferę panującą w budynku. Baluka zarządził przegląd majątku, liczebności i sojuszy. Wiele osób zastanawiało się, czy to reakcja na jakąś groźbę. Może groźbę przekazał mu Szpieg, a może sam groził.

Przewodnik zaprowadził Rielle do kobiety, która sprowadziła ją po innych schodach. Z jej myśli Rielle dowiedziała się, że budynek zagłębia się w ziemi, podwajając swą wysokość widoczną z zewnątrz. A także że pod ziemią, z dala od promieni słońca zalewających całe miasto, Baluka spędza większość czasu. Chroniący go magowie, lojalni i znacznie potężniejsi od niego, nalegali, by nie opuszczał tego miejsca na spotkanie z Rielle. Zebrało się ich tu wielu – gdyby się okazało, że Rielle zamierza zabić Balukę lub że nie jest tą, za którą się podaje, mogli zainterweniować i dać mu czas na ucieczkę.

Dzięki tym wskazówkom w końcu udało jej się odnaleźć myśli Baluki. Zatroskany krążył po swoich pokojach. W myślach posłańca rozpoznał jej twarz, lecz na wspomnieniach nie zawsze można było polegać. Tylko najsilniejszym i najbardziej lojalnym generałom wyznał, od kogo dowiedział się o zdradzie Tyena, nie można było jednak wykluczyć, że ktoś czytał im w myślach i zechce wykorzystać spotkanie, by się do niego zbliżyć.

Martwiły go także przyczyny jej powrotu i fakt, że postanowiła spotkać się oficjalnie, a nie w tajemnicy. *Czyżby Dahli odnalazł Qalla?* – zastanawiał się. *A może wskrzesił Valhana?*

Zatem nie znalazł dłoni Valhana. Ani nie słyszał, że Dahli ma Qalla. Zwolniła, dumając, czy w takim razie powinna spotkać się z Baluką, czy może lepiej poradzi sobie sama, po czym przyśpieszyła kroku. Dysponował całą siatką Odnowicieli i zwolenników, dlatego z jego pomocą miała największe szanse na odnalezienie i uwolnienie chłopaka.

W końcu przewodniczka zatrzymała się przed drzwiami. Zapukała, a potem cofnęła się i skinęła głową do Rielle.

Drzwi otworzyły się. Baluka patrzył na nią przez chwilę, a potem uśmiechnął się i odsunął.

– Rielle. To naprawdę ty. Wejdź.

Zamknął za nią drzwi. Podeszli do dużych, wyściełanych krzeseł stojących wokół niskiego stołu zastawionego talerzami i misami z jedzeniem oraz napojami w butelkach i dzbankach.

– Jesteś głodna? Spragniona?

– Jedno i drugie – przyznała. – Podróżowanie nie jest łatwe, gdy nie ma się czym handlować. Zwłaszcza jeśli czas goni.

Usiadła na jednym z krzeseł i wyczuła narastający w Baluce niepokój. Nie sięgnęła po jedzenie, lecz zaczekała, aż on także usiądzie.

– Wkrótce po powrocie do kryjówki zauważyłam – zaczęła – że w okolicy znalazł się jeden z łowców Dahlego. Zanim zdążyliśmy się przenieść, Qall zniknął. Ruszyłam za nim i zdołałam zbliżyć się na tyle, by się dowiedzieć, że towarzyszy mu kobieta o imieniu Inekera – jedna z dawnych towarzyszek Valhana. Qall nie chciał, bym za nim podążyła, i zdołał mi się wymknąć.

Baluka zmarszczył brwi.

– Dołączył do niej z własncj woli? – Po chwili pokręcił głową. – Albo raczej padł ofiarą szantażu, tak jak się obawiałaś.

– Prawdopodobnie. Zgubiłam trop i dlatego tu jestem. Pomyślałam, że wiedziałbyś, gdyby ktoś zauważył człowieka wyglądającego jak Valhan.

Pokiwał głową.

– Pewnie bym wiedział, ale nie dotarły do mnie takie wieści. Moi obserwatorzy przekazali mi jednak, że Dahli zebrał dużą grupę potężnych sojuszników i osiedlił się w świecie otoczonym martwymi światami. Obawiamy się, że Tyen może być blisko wskrzeszenia Raena.

– Czyli wiesz, gdzie on jest?

– Tak. Jego bazę otaczają martwe światy, dzięki czemu magowie mają tam utrudniony dostęp, ale też niełatwo się stamtąd wydostać – oznajmił.

Westchnęła.

– Jak w więzieniu. Czyli Qall tam jest.

– Niekoniecznie...

– Czy twoim bliskim nic się nie stało?

Baluka westchnął i potarł skronie.

– Obserwują ich magowie Dahlego; zaatakują, jeśli zobaczą w pobliżu Qalla, ciebie albo któregoś z Odnowicieli. – Dostrzegła frustrację Baluki i pojęła, jak bardzo się o nich martwił. – Dahli pozwolił im handlować, więc ludzie, których odwiedzili, przekazują mi informacje. Jak dotąd nikogo nie skrzywdzono.

– Jesteś w stanie przesłać im wiadomość?

– Gdybym to zrobił, Dahli dowiedziałby się o tym z ich myśli.

– Hmm. Tylko dlatego że się z nimi skontaktujesz, nie pozbędzie się atutu, dzięki któremu może szantażować Qalla. Poza tym Ulma być może zdołałaby zablokować swoje myśli.

– Jest na tyle potężna, że zyskała nieśmiertelność, ale nie dorównuje mocą Dahlemu ani jego najsilniejszym sojusznikom.

Rielle zabębniła palcami o kolana.

– Jeśli zdołam wyswobodzić Qalla...

– Dahli się zemści – wtrącił Baluka. – Wie, że kochasz ich tak samo jak Qall.

– Nie mogę zostawić Qalla samemu sobie – powiedziała.

Wziął głęboki wdech, a potem pokiwał głową, wypuszczając powietrze.

– Domyślam się. Jaki masz plan?

Odwróciła wzrok.

– Na razie nie mam żadnego.

Baluka skrzyżował ramiona na piersi.

– Nie wejdziesz sama do bazy Dahlego. Zacznijmy od tego, że może on właśnie tego chce. A jeśli Qalla tam nie ma i to tylko pułapka, w której zamierza cię uwięzić?

Rielle już otwierała usta, by powiedzieć mu o swojej nowej umiejętności generowania ogromnych ilości mocy, ale zawahała się. Do tej pory nie miała czasu, by zastanowić się nad wszystkimi tego konsekwencjami. Postanowiła na razie zachować tę informację w tajemnicy.

– Mógłbyś kogoś po mnie wysłać.

Baluka przyglądał jej się w milczeniu, ona zaś w jego myślach widziała rozważania na temat zysków, strat oraz jej możliwości działania. W końcu odetchnął i ubrał te przemyślenia w słowa.

– Odnowiciele są gotowi do walki. Próbowaliśmy znaleźć dłoń Valhana, ale nikt się nie dziwi, że nam się nie udało. Skupiliśmy się na innym najskuteczniejszym rozwiązaniu problemu: uśmierceniu jedynego człowieka, który wie, gdzie ona jest.

Rielle skrzywiła się.

– Dahlego.

– Zapewne nie masz nic przeciwko temu.

Poruszyła się na krześle.

– Nie.

– Ale?

Westchnęła.

– Dahlim powodują żal i lojalność. On naprawdę wierzy, że Valhan jest światom potrzebny. Łatwiej byłoby go zabić, gdyby kierował się chciwością i żądzą władzy. Trafiałam na buntowników, którzy byli znacznie gorszymi od niego ludźmi. *Zabiłam buntownika będącego znacznie gorszym człowiekiem niż Dahli i wciąż nie daje mi to spokoju* – chciała powiedzieć, ale zamilkła i zachowała to wyznanie dla siebie.

Oblicze Baluki złagodniało, lecz po chwili mężczyzna znów spospępniał.

– A jednak dopuszczał się straszliwych czynów i bez wahania zabiłby ludzi, których kochamy.

– Wiem. – Przez twarz Rielle przebiegł grymas. – Nie usprawiedliwiam go. Jeśli będę musiała, zabiję Dahlego, by ich chronić.

– Ale wahasz się. – Baluka pochylił się naprzód. – Więc na pewno nie możesz sama stanąć z nim twarzą w twarz. Jeśli wyczuje choćby najmniejszą wątpliwość, wykorzysta to. Zbiorę armię i razem wkroczymy do jego siedziby.

Pochyliła głowę.

– Doceniam twoją pomoc. Naprawdę jej potrzebuję.

– Będziesz musiała zostać jednym z moich generałów.

Chciała się sprzeciwić, ale jej nie pozwolił.

– Jesteś zbyt zagadkową postacią, by oczekiwać bezwarunkowej pomocy Odnowicieli. Wiedzą, że przez pewien czas mieszkałaś z Valhanem. Wiedzą, że mnie porzuciłaś, żeby mu służyć. Dopiero niedawno dowiedzieli się, że ocaliłaś Qalla, żeby nie dopuścić do powrotu Valhana. Nie wiedzą, co o tobie myśleć, więc będziesz musiała wyraźnie opowiedzieć się po naszej stronie. Musisz wyjaśnić, kim jest Qall, żeby nie wzięli go za Valhana i nie próbowali zabić.

Zacisnęła usta i pokiwała głową.

– Dobrze.

– Musisz też postanowić coś w związku z Tyenem.

Poczuła napięcie we wszystkich mięśniach. Nie chciała nawet myśleć o Tyenie.

– Muszę? – Jej głos zabrzmiał tak, jakby należał do kogoś innego. Był lodowaty.

– Niedawno się z nim spotkałem – rzekł Baluka. – Udało się nam zastawić na niego zasadzkę i możliwe, że bylibyśmy w stanie się go pozbyć, gdybyśmy spróbowali.

Serce Rielle zacisnęło się na myśl o śmierci Tyena. *Nie bądź głupia* – powiedziała sobie. *Zdradził cię.*

– Dlaczego tego nie zrobiliście?

Baluka posłał jej wątły uśmiech.

– Przyznał się do wszystkiego, a potem dał mi do zrozumienia, że robi to dla ciebie. Jeśli Dahli uwierzy, że Tyen znajdzie inny sposób na wskrzeszenie Valhana, nie poświęci czasu i energii na odnalezienie ciebie.

– Ale… co będzie, jeśli mu się uda?

– Tyen uważa, że Odnowiciele poradzą sobie z Valhanem.

Zaśmiała się gorzko.

– Jakież to wspaniałomyślne z jego strony: tak ufa w wasze siły, że doprowadzi do bitwy, by to udowodnić! Co na to odpowiedziałeś?

Baluka wzruszył ramionami.

– Nie wiem, czy tę wiarę w nasze możliwości potraktować jako komplement, czy zacząć się bać, skoro nie ma wyboru i musi wierzyć, że nam się uda.

– Czyli przekonał cię?

Baluka zawahał się, po czym przytaknął.

– Przyznaję, że i rozsądek, i intuicja podpowiadają mi, żeby mu zaufać. Ale widziałem się z nim, zanim Qall dołączył do Dahlego. W obecnej sytuacji poszukiwania nowego sposobu na wskrzeszenie Valhana stają się zbędne.

– Dahli już nie potrzebuje Tyena – powiedziała Rielle. A potem zadrżała, zdając sobie sprawę ze swojej pomyłki. – Ależ potrzebuje. Do przeprowadzenia procesu.

– Zrobi to?

– Nie… Nie wiem – przyznała. Jeśli Tyen okłamał Balukę, tłumacząc mu, dlaczego dołączył do Dahlego, to bez wątpienia to zrobi. Jeśli nie kłamał, to może odmówi. Chyba że Dahli jego też może zaszantażować. – Chyba musimy założyć, że to zrobi. Nie możemy żyć nadzieją, że będzie inaczej.

– Zgadzam się. – Baluka zamilkł na chwilę. – Już mówisz jak generał. Czy w takim razie pomożesz mi dowodzić armią?

Rielle skinęła głową.

Baluka się uśmiechnął.

– Witaj w szeregach Odnowicieli, Rielle.

CZĘŚĆ SIÓDMA

TYEN

ROZDZIAŁ 19

Zegar w sali odmierzał czas według miary Podróżników. Przypominał Tyenowi ogromny zegar w holu pałacu Valhana, choć w porównaniu z tamtym był mały. Światło w pomieszczeniu z czarnego marmuru zawsze wyglądało tak samo, a dni w tym świecie były krótsze niż w większości innych, więc pory posiłków i snu Dahli ustalał na podstawie godzin wskazywanych przez zegar. Kazał sprowadzić jeszcze jedno łóżko dla Tyena. Sam chyba nigdy nie spał, choć może robił to podczas swoich nieczęstych nieobecności. Zeke zajął jedną z pałacowych komnat.

Służba podawała posiłki w regularnych odstępach, uzupełniała olej w lampach i opróżniała przenośną szafkę, która spełniała funkcję toalety – był to miejscowy wynalazek, zdaniem Tyena prymitywny i absurdalny, choć Dahli i Qall nie narzekali. Przy drzwiach i w każdym kącie pomieszczenia stali magowie strzegący Qalla.

Blask pochodni odbijał się od wypolerowanej posadzki i niskiego sufitu. Refleksy się zwielokrotniały, przez co pomieszczenie wydawało się bardziej przestronne. Mimo to nadal sprawiało klaustrofobiczne wrażenie. Może dlatego, że Tyen wiedział, że to więzienie.

Za każdym razem gdy zaglądał w umysły za ścianami, dostrzegał widok monumentalnego, zaniedbanego pałacu skąpanego w niezmiennej poświacie purpurowego nieba. Dowiedział się, że mieszkańcy tego świata to zaledwie cień cywilizacji, która rozkwitała tu przez wieki. Obecnie chyliła się ku upadkowi, jakby idąc śladem zamierającego światła. Nie było tu także żadnych upraw. Zwierzęta łatwo zapadały na choroby. Zagładę przepowiedziano setki lat wcześniej – uczeni podróżujący do innych światów natknęli się na opowieści, jak przez długie, bezlitosne cykle ich niegdyś świetnie prosperujący świat pogrąża się w ubóstwie. Niektórzy odeszli, inni zostali, bo albo nie uwierzyli w przepowiednię, albo sądzili, że ich potomkowie przetrwają Upadek.

Dahli wybrał to miejsce, bo wciąż było zasobne w magię. Kiedy majątki mieszkańców zaczęły topnieć, przestali przybywać tu handlarze z innych światów. Wśród ludności panowało przeświadczenie, że zasoby należy zużywać oszczędnie, dlatego magowie także skromnie korzystali z mocy, sądząc, że i jej w końcu zabraknie.

– Stworzyłem dźwiękoszczelną osłonę – rzekł Qall i westchnął. – Dobrze, że Dahli czasem znika, bo mamy szansę porozmawiać, ale obawiam się, że coś knuje.

Tyen pokiwał głową.

– Ma okazję odblokować wspomnienia i stopniowo realizować plany.

Qall wykorzystywał każdą nieobecność Dahlego na szczere rozmowy z Tyenem. Podczas pierwszej zapewnił, że Dahli nie zagrozi Tyenowi wysłaniem Inekery z misją uśmiercenia Rielle.

– Zostawiłem ją w tym samym świecie. – W jego oczach pojawił się błysk czarnego humoru. – Ale po drugiej stronie, żeby nie sprawiała problemów Rielle.

Potem poprosił Tyena, by nauczył go walczyć za pomocą magii. Tyen przestrzegł, że strażnicy na pewno doniosą o tym Dahlemu, i jedynie ustnie przekazywał Qallowi swoją wiedzę.

Podczas pierwszej z takich sesji opisał mu bitwy, które widział lub znał z opowieści. Qall wsłuchiwał się w jego słowa jak urzeczony. Wkrótce zaczął zadawać pytania i teraz spędzali czas głównie na rozmowach o strategiach bitewnych.

– Rielle uczyła mnie metod walki z dużą grupą słabszych magów – zaczął Qall – ale uznała, że nie muszę wiedzieć, jak walczyć z jednym potężnym.

– To ma sens – odparł Tyen. – Najbardziej prawdopodobne w twoim wypadku jest zmierzenie się z wieloma wrogami.

– Ale może kiedyś będę musiał walczyć z jednym potężnym magiem.

– Jest tylko dwoje zbliżonych do ciebie mocą. Nie sądzę, by Rielle chciała z tobą walczyć, a ja z pewnością nie zamierzam.

– A Raen?

– Ale to... Och, myślisz, że Dahli każe mi wrócić do moich eksperymentów?

Qall przytaknął.

– Gdyby Raen wrócił w dokładnie takiej samej formie jak kiedyś, radziłbym ci trzymać się od niego jak najdalej. Zbierał doświadczenia przez tysiąc cykli i w przeciwieństwie do mnie i Rielle zabije bez żalu i chwili wahania.

Młodzik chwilę zastanawiał się nad tym, co usłyszał, po czym lekko przechylił głowę.

– Co za dziwny zbieg okoliczności, że ty i Rielle dorównujecie sobie mocą i zdołaliście się poznać.

Tyen wzruszył ramionami.

– Nic dziwnego, że najpotężniejsi magowie spotykają się, gdy wśród światów panuje chaos. Możliwe też, że dysponujemy niedokładnie taką samą mocą, ale na tyle podobną, by nie móc zaglądać w swoje myśli.

– Pewnie dziwne nie jest także to, że najpotężniejsi magowie spotykają się, gdy dotychczasowa władza nad światem została podważona – przyznał Qall. – Właśnie dlatego muszę wiedzieć, jak poradzić sobie z potężnym magiem. A jeśli osób takich jak wy jest więcej?

Tyen pokiwał głową.

– To możliwe. Raen i najprawdopodobniej jego Poprzednicy również zabili każdego, kto mógł stanowić dla nich zagrożenie. Podobno magowie o mocy zbliżonej do mojej czy Rielle normalnie nie są taką rzadkością.

– Jeżeli zabijali ich, zanim stali się niebezpieczni, to rzadko stawali naprzeciw kogoś, kto mógł im realnie zagrozić. Może zostali pokonani tylko dlatego, że rozleniwili się i zapomnieli, jak się walczy z kimś, kto im dorównuje.

Tym razem to Tyen zamilkł i zadumał się. *No właśnie, czy to rzeczywiście takie dziwne, że ja i Rielle żyjemy w tym samym czasie? Czy gdzieś jest więcej magów takich jak my?*

– Ja… – zaczął.

– Zaczekaj… – Qall spojrzał ku drzwiom. – Idzie służący.

Rzeczywiście drzwi się otworzyły, a do pomieszczenia wszedł sługa. Szybko zbliżył się do nich, nie rozglądając się wokoło. Wiedział, że nie jest tu bezpiecznie. Słyszał, że jego pradziadek pomagał kiedyś uprzątnąć stąd setki okaleczonych ciał, w czasach gdy sąsiednie światy spoglądały na ten z zazdrością. Wszyscy podejrzewali, że skoro Upadek już się rozpoczął, brak bogactw, które mogłyby przyciągać zazdrosnych, oznacza, że nie grozi im inwazja. A potem przybyli magowie z innych światów, żądając części terytorium i pałacu. *Przynajmniej zabrali ze sobą żywność i hojnie się nią dzielą* – myślał mężczyzna.

W odległości dziesięciu kroków przystanął i ukłonił się, a potem szybko postawił tacę na stole. Znajdowało się na niej kilka miseczek z różnymi przekąskami i płynami. Ukłonił się ponownie i zaczekał na kolejne polecenia. Nie usłyszał ich, więc złożył ukłon po raz trzeci i wyszedł.

– Właściwie dlaczego to pomieszczenie jest takie niebezpieczne? – spytał Tyen.

– Tylko Dahli zna odpowiedź, ale zablokował to wspomnienie. Jeśli zostaniemy zaatakowani, odblokuje je, żeby uruchomić pułapkę.

– Jeszcze jedno zablokowane wspomnienie? – Tyen pokręcił głową. – Pewnie ma ich już w głowie całe mnóstwo.

Qall podniósł jedną z miseczek i upił z niej łyk.

– Dobre. Słodkie, ale nie przesadnie – powiedział cicho.

Tyen też przysunął sobie miskę, ale że bardziej chciało mu się jeść, niż pić, wybrał coś do jedzenia.

– Co według ciebie mogłoby się stać, gdybym zdołał zajrzeć we wspomnienia zgromadzone w dłoni Valhana? – spytał Qall.

Zaskoczony Tyen zbyt szybko przełknął kęs. Zakaszlał i zastanawiał się nad odpowiedzią, łykiem napoju spłukując to, co utknęło mu w gardle.

– Jeżeli tylko je zobaczysz, to nic.

– Zajęłoby mi to wiele czasu, prawda? Żył tysiąc lat. A gdybym zapisał je we własnym umyśle?

– Nie wiem – przyznał Tyen.

Qall cicho prychnął.

– Nie pytałem, co się stanie, ale co twoim zdaniem m o g ł o b y się stać. Czego dowiedziałeś się ze swoich eksperymentów?

Ocierając usta, Tyen uważnie przyjrzał się Qallowi. Jakiś błysk w oku chłopaka przywołał wspomnienie rozmowy z Valhanem na temat jego eksperymentów nad przywróceniem Velli postaci cielesnej. Lecz w oczach Valhana malował się wówczas jakby chłodniejszy zapał.

Tyen wydął policzki.

– Podczas doświadczeń próbowałem umieścić czyjeś wspomnienia w pustym umyśle ożywionego zmarłego. Choć jestem pewien, że wymazałem wszystkie wspomnienia właściciela ciała i że nowe wtłoczyłem najlepiej, jak potrafiłem, po przebudzeniu człowiek zawsze był zdezorientowany. W najlepszym wypadku stawał się roztrzęsiony, w najgorszym dostawał fizycznych drgawek. – Spojrzał na Qalla. – Nie próbowałem zapisywać wspomnień w nieoczyszczonym umyśle.

– A co według ciebie mogłoby się wówczas stać?

– Pojawiłoby się więcej sprzeczności – odpowiedział Tyen.

– A może gdyby pierwotny umysł wciąż pozostał nadrzędny, te wspomnienia byłyby jak książka, do której można zajrzeć, gdy ma się ochotę?

– Być może. Ale nie wiem, na ile to prawdopodobne.

Usta Qalla drgnęły i chłopak z powrotem zajął się posiłkiem. Po skórze Tyena przebiegły ciarki. *Po co miałby podejmować takie ryzyko?* Po chwili przyszła mu do głowy odpowiedź. *Chce wiedzieć, kim był, zanim zabrano mu wspomnienia. Kim byli jego rodzice, czy ma rodzeństwo. Być może tych informacji nie ma w dłoni Valhana, ale Qall mógłby się dowiedzieć, skąd pochodzi.*

W ten sposób można by było zdobyć tę dłoń. Gdyby Qall dobrowolnie poświęcił się w zamian za wiedzę na temat swojej przeszłości… *Nie, Dahli nigdy by się na to nie zgodził.*

– To byłoby bardzo niebezpieczne – przestrzegł Tyen. – Mógłbyś stracić nową tożsamość. Rielle nie ryzykowała, by cię ocalić, tylko po to, żeby znów wymazano ci wspomnienia.

– Rielle nikogo nie ocaliła – poprawił go Qall. Podniósł wzrok i spojrzał Tyenowi w oczy. – Dawnego mnie już tam nie było.

Tyen musiał się odwrócić. *Powiedział to Rielle? Czy sama już do tego doszła?*

Qall spojrzał w dół na pierś Tyena.

– To samo tyczy się Velli.

To stwierdzenie zszokowało Tyena.

– Velli? To nie… Jej wspomnienia nie zostały wymazane – zaprotestował. – Zachowano je.

– A jednak nie jest człowiekiem. – Qall wzruszył ramionami. – Tak czy owak, mam prawo zdecydować, czy chcę ryzykować życie, prawda?

Tyen powstrzymał się od dotknięcia spoczywającej na jego piersi Velli, zastanawiając się nad wnioskami płynącymi ze słów Qalla. *To ona powinna zdecydować, czy chce mieć ciało, ale nie jest w stanie odczuwać emocji, więc nie może pragnąć przemiany lub jej nie chcieć. Dopóki nie dam jej ciała, nie dowiem się, czy będzie z tego zadowolona.* A jeśli to ją unieszczęśliwi? Jeśli sytuacja jeszcze się pogorszy? Dla niej to także ryzykowne.

– Mógłbym zyskać bardzo wiele, gdybym dotarł do wspomnień Valhana – kontynuował Qall. Ponownie wziął do ręki miskę z napojem. – Może nawet mógłbym się dowiedzieć, jak naprawić niektóre szkody wyrządzone przez Raena. Albo chociaż opanować ten chaos.

– Być może wśród światów nie panuje wcale taki chaos, jak Dahli chce ci wmówić – przestrzegł Tyen.

– Dahli nie jest w stanie mnie okłamać.

– To prawda, ale może zablokować wszystkie wspomnienia zaprzeczające temu, co chce ci pokazać. Może się mylić. Niektórzy twierdzą, że sytuacja zaczyna się normować. Ludzie, którzy nie potrafią blokować wspomnień.

– Baluka.

– Tak. Dahli nie pamięta czasów sprzed rządów Valhana. Nie jest w stanie przewidzieć, do czego może doprowadzić obecna sytuacja.

– Może to ocenić na podstawie ostatnich pięciu cykli.

– To za krótko, by mieć pewność w tej kwestii.

Qall zmarszczył brwi.

– Mnie się wydaje, że to długo, ale to pewnie dlatego że tylko tyle trwa moje życie – powiedział cicho. Uniósł miseczkę do ust.

Tyen patrzył na chłopaka.

– Zachowaj ostrożność, Qallu. Choć Dahli jest słabszy od ciebie i potrafisz czytać w jego myślach, jest też przebiegły. Być może zdoła zmusić cię do przyjęcia wspomnień Valhana, ale jeśli cię przekona, żebyś zrobił to z własnej woli, ułatwisz mu zadanie.

– On wcale nie sugerował, żebym przyjął wspomnienia Valhana.

– Nie? To dlaczego się nad tym zastanawiasz?

Qall odstawił miseczkę.

– Rozważam wszystkie możliwości. Jeśli Dahli chce, żebym poddał się temu dobrowolnie, to może zdołam dobić z nim targu i pozwoli mi przed śmiercią odnaleźć w dłoni moją tożsamość.

Tyen dolał sobie napoju.

– Nie pokaże dłoni nikomu, dopóki nie będzie miał gwarancji, że jej nie zniszczymy. Nie jest głupi.

Siedzieli w milczeniu, a potem ich uwagę przykuł odgłos otwieranych drzwi. Do środka wkroczył Zeke i podszedł do stołu.

– Ależ jesteście cicho.

Od umysłu Zeke'a biła satysfakcja. Jakoś pozyskał sobie Dahlego, ale Tyen porzucił czytanie w myślach wynalazcy, gdy okazało się, że szczegóły są bardziej intymne, niż chciałby oglądać.

– Muszę wam o czymś powiedzieć. – Zeke już miał kontynuować, ale zamarł i cicho krzyknął z zachwytu. – Ojej! Pikantne borówki! Uwielbiam je! – Pochylił się nad stołem i wybrał mały, okrągły owoc; według Tyena były one nieznośnie słone. Zeke zamknął oczy, przeżuwając kęs i delektując się wyrazistością smaku, która tak odpychała Tyena. Potem zerknął na niego i zdał sobie sprawę, że miał zrobić coś innego. – Dahli mnie wysłał, żebym wam powiedział: Baluka zbiera armię. Rielle do niego dołączyła.

– Rielle? – Qall i Tyen powtórzyli jednym głosem, prostując się na krzesłach.

– Ktoś widocznie ją znalazł – mruknął chłopak.

– Coś w tym rodzaju. – Zeke wypluł pestki na dłoń. – Chcą nas zaatakować.

– Tutaj? – spytał Qall.

Zeke przytaknął.

– Przynajmniej Dahli tak sądzi. Nie wiem, jak się dowiedzieli o tym pałacu.

– Przewidział, że się dowiedzą – oznajmił Qall.

– Wyczytałeś to z jego myśli? – spytał Tyen. On sam nie zauważył tych przewidywań.

Qall zaprzeczył ruchem głowy.

– Nie trzeba żyć od setek lat, by zrozumieć, że jeśli mag odziera z magii światy wokół jakiegoś miejsca, ludzie zwrócą na to uwagę. Nie musiało minąć wiele czasu, by Odnowiciele się o tym dowiedzieli i postanowili to sprawdzić.

Tyen zmarszczył brwi. Dlaczego Dahli chciał, by Odnowiciele dowiedzieli się o jego kryjówce? Czyżby był a ż t a k pewien, że zdoła się tu obronić? A może liczył na to, że konfrontacja zmusi Qalla do jakiegoś nierozsądnego kroku? Qall zerknął na Tyena i lekko pochylił głowę, lecz zaraz ją uniósł.

– Co Dahli teraz robi? – spytał Zeke'a.

– Zbiera swoich zwolenników. – Zeke sięgnął po kolejny owoc, zawahał się, wzruszył ramionami i wziął trzy. – Mówi, że tutaj jesteście bezpieczni. Jeszcze przez kilka dni nie zaatakują. Mamy mnóstwo czasu. O! O wilku mowa.

Otworzyły się te same drzwi i do środka wszedł Dahli. Zbliżył się do nich i usiadł na krześle stojącym obok Qalla.

– Czyli już wiecie. Mogę coś dla ciebie zrobić? – spytał młodzika.

Qall utkwił w nim wzrok i pobladł, a potem powoli się wyprostował.

– Tak. Chciałbym, żeby Tyen przekazał moim bliskim wiadomość. Wiadomość dla Givari, siostrzenicy kuzynki Lejikha.

Tyen spiął się na widok uśmiechu Dahlego. Chłopak nigdy wcześniej nie próbował sprzeciwiać się rozkazom maga.

– Dobrze – odparł Dahli.

Tyen musiał mocno nad sobą panować, żeby nie rozdziawić ust ze zdziwienia. Mimo wszystko gdy obaj na niego spojrzeli, okazało się, że zaskoczenie odebrało mu mowę.

– Zrobisz to? – zapytał Dahli.

Tyen zajrzał w jego umysł i zobaczył myśl, że prośbę Qalla należy spełnić, lecz Dahli nie wspomniał dlaczego. Nie po raz pierwszy Tyen żałował, że umiejętność czytania w myślach nie pozwalała zajrzeć także we wspomnienia i sięgnąć poza blokady.

– Oczywiście – odpowiedział Tyen. – Jak ich znajdę?

Dahli udzielił mu informacji. Tyen powtórzył instrukcje, a potem spytał Qalla, co ma przekazać.

– Wystarczy, że dasz jej to.

Młodzik sięgnął do kurtki, a gdy wyciągnął dłoń, okazało się, że oplótł coś wokół palców. Dahli zmarszczył brwi, gdy chłopak położył przedmiot na dłoni Tyena. Było to coś lekkiego i miękkiego, łatwego do ukrycia w kieszeni.

– Uważaj na siebie – ostrzegł Qall.

Dahli chyba zamierzał spytać, co chłopak dał Tyenowi, ale powstrzymał się. Tyen kiwnął głową, Qall zaś w odpowiedzi popatrzył znacząco, jakby chciał powiedzieć: „Idź już, zanim zacznie się zastanawiać!". Tyen wstał, zaczerpnął magii z najdalszych obrzeży świata i odepchnął się.

ROZDZIAŁ 20

Wskazówki Dahlego dotyczące miejsca pobytu przybranej rodziny Qalla okazały się nieprecyzyjne, gdyż Podróżnicy nieustannie się przemieszczali. Dahli zasugerował Tyenowi, by wypatrywał ich tropów na targach w światach, przez które według niego przejeżdżali. Tyen miał świadomość, że Odnowiciele wciąż mogą na niego czyhać, wybrał więc okrężną drogę przez światy mało uczęszczane, odwiedzane jednak na tyle często, by nie okazało się, że zostały ostatnio pozbawione magii.

Przemieszczając się między nimi, położył dłoń na znajomym kształcie pod koszulą. *Co twoim zdaniem knuje Dahli, Vello?*

Głos, który rozbrzmiał w jego głowie, od razu poprawił mu nastrój.

– Qall może podjąć pochopną decyzję w obawie, że z jego powodu zginą inni. Ale to akurat jest ryzykowne dla Dahlego: Qall może sobie wytłumaczyć, że powrót Raena zaszkodzi większej liczbie ludzi, i zwrócić się przeciwko Najwierniejszemu. Odnowiciele mogą wówczas zwyciężyć. Istnieją jednak inne powody do pośpiechu. Zacznijmy od troski Dahlego, że dłoń nie przetrwa.

Dahli może kłamać na temat stanu dłoni. Poza tym może Odnowiciele wcale nie planują ataku. Tyen zastanawiał się, w jaki sposób poznać prawdę. Mógłby odszukać któregoś z Odnowicieli i zajrzeć w jego myśli, ale istniało ryzyko natknięcia się na większą grupę, co z kolei opóźniłoby jego powrót do Qalla. Od kiedy wyruszył w drogę, nie dawało mu spokoju przeczucie, że Dahli i Qall potajemnie się ze sobą porozumieli. Qall pobladł, gdy Dahli spytał, czy może coś dla niego zrobić, a więc mogło się za tym kryć coś więcej. Pytanie zabrzmiało jak szyfr lub sygnał. Żałował, że nie może zajrzeć w myśli Qalla tak jak w myśli Dahlego.

Wokół niego zaczął materializować się ponury świat. Powietrze było gęste i się poruszało. Zawahał się, ale w końcu ruszył naprzód. Gdy wylądował, okazało się, że wokół pełno jest maleńkich, łagodnie opadających drobinek. Spojrzał w górę – spadały z dziwnych drzew przypominających grzyby. Uznał, że wdychanie ich nie jest dobrym pomysłem, więc nie nabrał powietrza, lecz od razu odepchnął się dalej.

Czy według ciebie Qall tylko ze względu na groźby Dahlego opuścił Rielle i do niego dołączył? – spytał Vellę, gdy grzybowy świat zniknął mu z oczu.

– Podejrzewasz, że chodzi o coś jeszcze – stwierdziła Vella.

Zastanawiam się, czy to nie kwestia niecierpliwości Qalla. Nie chce zaczekać, aż ktoś inny rozprawi się z Dahlim albo zniszczy dłoń, i próbuje zrobić to sam.

– To wyjaśnia, dlaczego pytał o skutek przyswojenia wspomnień Valhana.

Tymczasem pojawiły się trawiaste wzgórza, a na jednym z nich znajdował się portal. Nie była to jednak przyjazna okolica. Każde wzgórze było nabrzmiałe, przez co krajobraz tworzyły jakby setki futrzanych kul osadzonych w ziemi. Kiedy Tyen zszedł do świata, podłoże ugięło się pod jego ciężarem. Zaniepokojony ponownie się odepchnął.

Może on po prostu liczy na to, że przekona Dahlego do pokazania mu dłoni.

– Czy Dahli mógłby uwierzyć, że jeśli Qall przyswoi wspomnienia Valhana, to przemieni się w Raena?

Wątpię. Valhan wyraźnie zaznaczył w swoich notatkach, że najpierw należy usunąć pierwotne wspomnienia.

– Może się mylił i powiedział o tym Dahlemu, ale tego nie zapisał.

Tyen rozważał jej słowa, schodząc do kolejnego zrujnowanego miasta, tym razem porośniętego ciernistymi, fioletowymi pnączami. Rośliny drgnęły, gdy postawił na nich stopę, i zaczęły podkradać się ku niej, więc szybko odepchnął się dalej.

Myślę, że jeśli Dahli pozwoli Qallowi spojrzeć w dłoń, dowiemy się o tym.

– Może Dahli liczy na to, że Qall nie będzie chciał zniszczyć dłoni, kiedy dowie się więcej na temat Valhana, i że nawet pomoże mu go wskrzesić, wykorzystując w tym celu inne ciało.

Tyen pozostał między światami, by chwilę porozmawiać z Vellą. *Jeśli taki jest plan Dahlego, to jaką ja mam w nim rolę do odegrania? Będę mu potrzebny, skoro to Qall może wskrzesić Valhana? Myślę, że zatrzymał mnie tylko na wypadek, gdyby się okazało, że w dłoni nie zawarto dostatecznej ilości informacji.*

– Albo gdyby Qall odmówił współpracy, jeśli ciebie przy nim nie będzie.

Qall nie ma zbyt wielkiego pola manewru, by negocjować. Jeśli zażąda zbyt wiele, Dahli zagrozi, że skrzywdzi jego bliskich.

– Ale ciebie nie ma jak szantażować.

Może sądzi, że chcę powrotu Valhana. Tyen pokręcił głową. *Chociaż nie, raczej się boi, że przejdę na stronę wroga, jeśli zmusi Qalla, by poświęcił ciało dla Valhana.*

– Przeszkodzisz Dahlemu, jeśli Qall dobrowolnie się poświęci?

Nie wiem. Jeżeli nie zostanie do tego zmuszony... jakie mam prawo, by oceniać jego decyzje? Choć z drugiej strony to jakby pozwolić komuś popełnić samobójstwo.

Zszedł do świata i pozwolił ciału naprawić uszkodzenia powstałe z braku powietrza. Portal mieścił się na szczycie kilku szerokich, płasko zakończonych okrągłych iglic skalnych pośród falujących wód. Wyglądał jak fundament jakiegoś ogromnego pomostu. Kiedy ciało Tyena się uleczyło, przyszła pora na kolejny etap podróży.

– Pozwoliłbyś Qallowi przyswoić wspomnienia Valhana, gdyby mu to nie zaszkodziło? – spytała Vella.

Gdybym miał pewność, że to całkowicie bezpieczne... Nawet bym go zachęcił. Dowiedziałby się, kim był, nim Valhan wymazał mu wspomnienia. Mógłby wiele zyskać dzięki wiedzy Valhana, podobnie jak wszystkie światy.

– I dowiedziałby się rzeczy, o których wolałby nie wiedzieć.

To prawda. Byłaby to cena za potrzebną mu wiedzę. Może zawsze trzeba zapłacić jakąś cenę: wybrać, czym i ile jesteśmy gotowi zapłacić.

Wyłaniający się z bieli świat wyglądał znajomo. Nim widok całkowicie się wyostrzył, Tyen przypomniał sobie, skąd go zna. Zszedł, a potem odepchnął się, szybując ku kolejnemu portalowi, skąd znów przeniósł się w biel. Wkrótce znalazł się na uczęszczanych szlakach i przemieszczał się tak szybko, że magowie, których co jakiś czas mijał, ledwie go dostrzegali.

W końcu dotarł do skupiska światów, gdzie ostatnio widziano Podróżników Qalla. Idąc za radą Dahlego, odszukał targowiska, na których swoje towary sprzedawali kupcy z innych światów. Na pierwszym nikt od dawna nie widział Podróżników, drugie zaś regularnie odwiedzał jeden z rodów, lecz nie ten, który przygarnął Qalla.

Na trzecim wychwycił ulotną myśl jednej z kobiet, która żałowała, że ominęła ją wizyta nowego rodu Podróżników, bo jej kuzynka kupiła od nich haftowany szal, którego zazdrościły jej wszystkie żony kupców. Tyen odszukał właściciela targowiska i dowiedział się, że rzeczywiście kilka dni wcześniej odwiedził to miejsce ród Podróżników pod przewodnictwem człowieka o imieniu Lejikh.

Skoro już trafił na ich ślad, nietrudno było odnaleźć kolejne. W każdym następnym świecie w myślach mieszkańców szukał informacji na temat rodu Lejikha. Wypatrywał także obserwatorów Dahlego, ale nikogo nie znalazł. Im bliżej był Podróżników, tym bardziej niepokoiła go ich nieobecność. Czyżby Dahli odwołał podwładnych, by pomogli mu bronić nowej siedziby? A może Tyen po prostu nie zdołał ich odnaleźć?

Potem, między jednym światem a drugim, wyczuł w bieli niewyraźną obecność. Ruszył za nią w pewnej odległości i trafił do poprzedniego świata – nieznajomy wynajmował tam niewielki dom. Tyen zatrzymał się przed domkiem, obserwując, jak mężczyzna przekazuje wewnątrz kilku innym informację, że ród Lejikha jeszcze nie opuścił zjazdu.

To słowo zabrzmiało znajomo. Mężczyźni wiedzieli, że chodziło o odbywające się raz na cykl zgromadzenie Podróżników. Tyen przypomniał sobie, jak Baluka opowiadał mu o spotkaniach we wcześniej ustalonym miejscu, o tańcach, śpiewach, ślubach i zaręczynach oraz wymianie informacji na temat ostatnich wydarzeń i interesów. Obserwatorzy mieli świadomość, że nie poradziliby sobie z setkami przebywających tam Podróżników, więc zaszyli się w sąsiednim świecie i zaglądali do nich na zmianę.

Właśnie spierali się, czyja teraz kolej. Tyen odepchnął się między światy i poszybował do ich pokoju. Poderwali się z krzeseł. Tyen wypowiedział hasło ustanowione przez Dahlego i uspokoili się.

– Mam wiadomość do przekazania – rzekł do nich Tyen. – Kiedy to zrobię, obserwujcie dalej.

Odepchnął się od świata i przeniósł do następnego. Nie chciał wzbudzać niepokoju wśród Podróżników, dlatego postanowił pokazać się wyłącznie dziewczynie, której szukał. Na szczęście zapadła już noc i ledwie było widać wąwóz, w którym zszedł do świata.

Prawie upadł, lądując na nierównym podłożu. Kiedy odzyskał równowagę, zajrzał w pobliskie umysły.

Całkiem niedaleko zebrały się setki ludzi. Ostrożnie zaczął wspinać się po zboczu. Z oddali jego uszu dobiegł dźwięk bębnów, więc mimowolnie dostosował krok do ich rytmu. Kiedy dotarł na szczyt, zobaczył światła. Jego oczy musiały do nich przywyknąć, gdy usiłował wypatrzyć szczegóły. Pod zadaszeniami znajdowało się mnóstwo ludzi – niektórzy poruszali się w rytm bębnów, inni stali lub siedzieli.

Tyen usiadł ze skrzyżowanymi nogami na ziemi i zaczął się przyglądać.

Powitały go niezliczone myśli. Umysły zatopione w tańcu i ekscytacji wywołanej zharmonizowanym ruchem z wymarzonym mężczyzną lub upragnioną kobietą. Umysły dobierające pary, wyrażające aprobatę lub dezaprobatę, oceniające zalety i wady związków małżeńskich. Umysły pogrążone we wspomnieniach z młodości. Umysły stęsknione za żonami i mężami, których nieobecność spowodowana była śmiercią lub koniecznością wynegocjowania nowych umów handlowych. Umysły rozmyślające nad zasłyszanymi tego dnia nowinkami z innych światów.

Opowieści wymieniane między rodami świadczyły o poprawie sytuacji w światach, zażegnywaniu konfliktów i nowych możliwościach. Wygasały wojny, przez które pewne światy trzeba było omijać, lecz tych martwych wciąż przybywało. Jakiś starzec doszedł do wniosku, że nowi nieśmiertelni wkrótce przewyższą liczebnością dawnych wiecznie młodych sojuszników Raena, którzy poszli za nim na zagładę. Ci nowi zabijali światy, by oszukać śmierć, a zatem byli równie bezwzględni co poprzednicy. Tyen skrzywił się. Choć on wybrał niezamieszkane światy, by opanować tajniki wiecznej młodości, Dahli na to nie zważał, planując kolejne próby wskrzeszenia. Podróżnicy byliby wstrząśnięci, gdyby poznali prawdziwe przyczyny ogołocenia niektórych miejsc z mocy.

Jego uwagę przykuło imię. Givari. Odszukał je w umyśle kobiety w średnim wieku, obserwującej siostrzenicę, która właśnie zgodziła się zatańczyć z młodym mężczyzną z innego rodu. Tyen przeniósł się do umysłu dziewczyny, oszołomionego z ekscytacji. Givari liczyła na to, że ten chłopak poprosi ją do tańca – i na znacznie więcej. Tyen nie chciał naruszać jej prywatności, więc wrócił do obserwacji oczami ciotki. Kobieta niepokoiła się. Wiedziała, że nie spodobałoby się to matce dziewczyny. Givari była za młoda na małżeństwo, a poza tym nieuczciwie byłoby wciągać inny ród w groźną sytuację, w jakiej znaleźli się bliscy Lejikha. Rodzicom chłopaka dziewczyna się podobała, nie byli jednak świadomi, w jakim niebezpieczeństwie mógłby znaleźć się ich syn.

Taniec dobiegł końca i chłopak wciągnął Givari w tłum, nim ciotka zdołała ich rozdzielić. Wyszeptał jej do ucha pytanie. Wypowiedziała dwa słowa: „Wóz Ulmy". Potem wróciła do ciotki, znów stając się skromną, posłuszną siostrzenicą.

Tyen widział, jak starała się nie myśleć o schadzce, na wypadek gdyby ciotka wbrew powszechnemu zwyczajowi z troski zajrzała w jej umysł. Przyjęła jeszcze dwa zaproszenia do tańca od innych chłopców, a gdy ciotka uznała, że pora wracać, zaczęła protestować, tak jak można się było po niej spodziewać.

Givari i jej ciotka dołączyły w końcu do kilku innych kobiet z rodu Lejikha, wracających razem do obozowiska. Starsza ze szczerym rozbawieniem przysłuchiwała się paplaninie młodszej, gdy schodziły do wąwozu. Wszystkie zamilkły, gdy sapiąc, wspinały się na kolejne wzgórze. Kiedy znalazły się wśród swoich wozów, pożegnały się, życząc sobie dobrej nocy. Dziewczyna skierowała się ku wozowi jednej z najważniejszych kobiet rodu.

Tyen dowiedział się, że Ulma nie jest zwyczajną Podróżniczką. Była nieśmiertelną uzdrowicielką. Dziewczyna pomyślała o córce Ulmy, a w jej umyśle pojawił się obraz staruszki. Od czasu śmierci Oliti Givari pomagała Ulmie i spała w wozie uzdrowicielki pod jej nieobecność. Ulma pomagała właśnie Lejikhowi i Ankari ustanowić nowy szlak handlowy.

Dziewczyna weszła do wozu i wyczarowała ognik. Rozejrzała się, dumając, co chłopak sobie pomyśli o tych wszystkich lalkach. Każda z nich wyglądała jak Ulma w przeszłości, z bardzo, bardzo dawnych czasów. Niektórzy twierdzili, że urodziła się nawet przed Raenem. Może nawet przed jego Poprzednikiem Roporienem.

Tyen drgnął, słysząc to imię. *Czyżby ta Podróżniczka rzeczywiście żyła od dwóch tysięcy cykli?* Raen przeżył tysiąc i mnóstwo osób chciało go zabić. Być może Ulma żyła dłużej, bo wybrała spokojny żywot wśród ludzi, którzy nie mieli wielu wrogów. Poczuł się lepiej ze świadomością, że to możliwe. *Może sekret długiego życia w szczęściu nie polega na osiedleniu się gdzieś w nadziei, że nie dotrą tam wojny, lecz na przemieszczaniu się do światów, w których panuje pokój. Może gdy domem nazywa się ludzi, a nie miejsce, człowiek zaczyna bronić właśnie ich, a nie ziemi czy tego, co posiada.*

Kiedy dziewczyna z wyczekiwaniem usiadła na łóżku, Tyen stworzył niewielkie światełko i wyjął przedmiot, który dał mu Qall. Okazało się, że to wielobarwny pleciony sznureczek. Tyen zastanawiał się, czy teraz go przekazać, czy zaczekać. Szybko rozejrzał się po obozowisku – chłopak wspinał się właśnie zboczem, szerokim łukiem omijając ogromne zwierzęta pasące się niedaleko. W takim razie trzeba było czekać.

Przeniósł się w myśli pozostałych członków rodu i w wielu dostrzegł niepokój. Pod nieobecność Ankari i Lejikha czuli się bezbronni, mimo że para zapewniła ich, że pośród tak wielu innych rodów będą bardziej bezpieczni niż zwykle.

Nie mają pojęcia, że Dahli zagroził Qallowi zagładą wszystkich Podróżników.

Była to zdaniem Tyena gruba przesada, zadrżał jednak, gdy zdał sobie sprawę z ewentualnych konsekwencji. Gdyby tylko ród Lejikha znalazł się w tarapatach, Baluka mógłby wysłać potężnych magów, by zajęli się obserwatorami Dahlego, a potem przenieść swoich bliskich w bezpieczne miejsce. Dzięki temu Qall mógłby oprzeć się Dahlemu.

Gdyby Baluka uznał, że to możliwe, już by to zrobił. Na pewno wiedział, że Dahli zagroził wszystkim Podróżnikom – Najwierniejszy z pewnością o to zadbał. Przecież Baluka nie zdoła ochronić w s z y s t k i c h Podróżników we wszechświecie.

Podobnie jak ja. A gdybym spróbował i poniósł porażkę, nie mógłbym wrócić do Qalla. Obserwatorzy by o tym donieśli i Dahli wiedziałby, że nie może mi ufać. Qall dał mi do zrozumienia, że mnie potrzebuje... a tymczasem znalazłem się tutaj z tą „wiadomością"... a Dahli mi na to pozwolił.

Może chciał porozmawiać z Qallem na osobności.

Po plecach Tyena przebiegł dreszcz. Zakładał, że to Qall chciał, by Tyen przekazał wiadomość Podróżnikom, ale jeśli to był pomysł Dahlego? Jeśli Dahli polecił Qallowi odesłać Tyena, a sygnałem było pytanie, czy może coś dla niego zrobić?

Muszę szybko załatwić tę sprawę i od razu wracać... Ale co potem?

Zabić Dahlego? Uratować Qalla? Tak czy owak, zwolennicy Dahlego zabiliby wszystkich Podróżników. Tyen byłby odpowiedzialny za śmierć niezliczonych ludzi.

Gdyby natomiast odmówił pomocy Dahlemu, straciłby dostęp do Qalla. Nie mógłby pomóc chłopakowi. A chciał mu pomóc. Ale jak? Może zdołałby przekonać Dahlego do wznowienia eksperymentów, tym razem z pomocą Qalla.

Spróbuje po powrocie. Tymczasem jak najszybciej musiał dostarczyć wiadomość.

Wrócił do myśli dziewczyny – okazało się, że miała towarzystwo. Nie musiał jednak długo czekać, by ciotka odgadła jej zamiary i zapukała do drzwi, przeganiając młodzika. Rozczarowana i wściekła Givari siedziała na łóżku pogrążona w rozmyślaniach.

Tyen poszybował ku wozowi i wylądował tuż przed nią, ale zauważyła go, dopiero gdy niemal zupełnie się zmaterializował. Podskoczyła i krzyknęła zdumiona.

– Nie bój się – powiedział łagodnie. – Jestem tu tylko po to, żeby ci to przekazać.

Wyciągnął przed siebie dłoń z plecionką. Na jej widok wstrzymała oddech i Tyen od razu zrozumiał znaczenie przedmiotu. Ofiarowanie go Qallowi stanowiło propozycję małżeństwa. Przepełniło ją poczucie winy okraszone smutkiem. Miała pewne obawy, gdy dawała mu bransoletkę. Mimo że Qall bardzo jej się podobał, nie wybrałaby go na męża. Wtedy jednak uznała, że tylko w ten sposób będzie mógł zostać z jej rodem. Później poznała prawdę. I tak musiałby ich opuścić. Sprowadziłby na nich niebezpieczeństwo. Choć i tak miała wrażenie, że najgorsze obawy rodu się ziściły.

Ostrożnie wzięła do ręki plecionkę i spojrzała na Tyena.

– Czy on żyje?

– Tak.

– Dahli go dopadł?

Tyen zawahał się, lecz zrozumiał, że przez to potwierdził jej najgorsze obawy.

– Tak – przyznał. – Czy mam mu coś przekazać?

Skinęła głową i przez myśl przeszły jej słowa przeprosin oraz zapewnienie, że nie ma mu za złe zwrotu bransoletki. Może jednak nie powinien wiedzieć, dlaczego mu ją dała.

– Proszę mu powiedzieć, że… – Urwała, po czym westchnęła. – Żeby po prostu na siebie uważał. I że wszyscy żyjemy i mamy się dobrze.

Tyen uśmiechnął się.

– Przekażę.

– Dziękuję, że mi pan to oddał.

Skinął głową. Zadowolony z wykonania zadania odepchnął się od świata i ruszył ku siedzibie Dahlego.

CZĘŚĆ ÓSMA

RIELLE

ROZDZIAŁ 18

Dwóch magów przystanęło przy drzwiach.

– Nie chcę narażać waszych światów na atak – rzekł Baluka.

– Czasem trzeba zaryzykować – odparł ten drugi. – Lepsze to niż powrót do przeszłości.

Ukłonił się, odwrócił i odszedł korytarzem, a złote nici jego długich szat połyskiwały w świetle lamp. Rielle zdążyła już zapomnieć, którym światem włada. Tych przywódców było tak wielu. Tak wielu magów. Wszyscy obiecali, że wspomogą szturm Odnowicieli na Dahlego. Nikt nie chciał dopuścić do powrotu Raena.

Baluka zamknął drzwi i uśmiechnął się do Rielle, gdy wracał na miejsce obok niej.

– Jak dotąd wszystko idzie dobrze – powiedział.

– Rzeczywiście – odparła. – Ale ten się martwi, że sąsiednie światy wykorzystają nieobecność jego armii.

– Dopilnuję, by ktoś trzymał rękę na pulsie… i żeby sąsiedzi o tym wiedzieli.

– Ale czy to ich powstrzyma?

Baluka pokiwał głową z błyskiem rzadko pojawiającej się w jego oczach satysfakcji.

– Zdążyliśmy zapracować na całkiem niezłą reputację – powiedział. A potem się skrzywił. – Ten jeden atut równoważy kilka pomyłek, które popełniliśmy, popierając niewłaściwą stronę w sporze czy licząc, że ktoś inny zajmie się wymierzaniem kar.

– Przynajmniej przyznałeś się do błędów i je naprawiasz.

Zirytował się, że zajrzała w jego myśli, ale to uczucie szybko go opuściło. *Po tych wszystkich latach wciąż reaguję jak Podróżnicy. A już nie jestem jednym z nich. Gdybym tylko dysponował odpowiednią mocą, sam bez wahania zaglądałbym we wszystkie umysły, nawet Podróżników. Zrozumienie innych ludzi pomaga nam robić to, co do nas należy. Zwłaszcza teraz, gdy na szali waży się los światów. Co ja bym dał, żeby móc przeczytać myśli Dahlego.*

Rielle zaś poświęciłaby wiele, by zajrzeć w umysł Tyena. *Czy on naprawdę robi to dla mnie?* Jakaś jej cząstka pragnęła, by tak właśnie było, lecz inna krzyczała ostrzegawczo: *Nie bądź głupia! Tyen próbował ocalić własną skórę. Powiedziałby wszystko, żeby przekonać Balukę, by go uwolnił.*

Zaufanie Baluki do Tyena zaskoczyło ją. Choć słowo „zaufanie" nie było najtrafniejsze. *Wydaje mu się, że rozumie decyzje Tyena i pobudki, które nim kierują, w taki sam sposób jak ja rozumiem Dahlego. Ale to nie znaczy, że pochwalamy ich działania.* Wieści, które przekazał jej Baluka, złagodziły jej gniew na Tyena, ale przez to poczuła się słabsza i zła na samą siebie: być może tylko dlatego, że gniew dodawał jej sił, nie dopuszczała możliwości, że Tyen jednak jej nie zdradził.

Pokręciła głową. *Koniec z rozmyślaniem o Tyenie. Ważniejszy jest Qall.*

– Co dalej? – spytała.

Baluka pochylił się, przewrócił kartkę i odczytał spisany na niej plan.

– Omówienie strategii z generałami.

– Po raz pierwszy z całą grupą. To będzie ciekawe.

Zaśmiał się, słysząc gorzką nutę w jej głosie, i wstał.

– Rzeczywiście. Sprawdźmy, kto już dotarł.

Podniosła się i wyszła za nim z pomieszczenia, a potem skierowali się na wyższe piętro. Odgłosy żywiołowej dyskusji doprowadziły ich do sali, w której miało się odbyć spotkanie. Gdy Baluka wkroczył do środka, wszyscy momentalnie ucichli. Trzech mężczyzn i kobieta. Rielle widziała ich po raz pierwszy.

– Dziękuję wam za przybycie – rzekł Baluka. – To jest Rielle Lazuli.

Wszyscy czworo przyjrzeli jej się bystrym wzrokiem, unosząc brwi. Z ich myśli wyczytała, że wiedzą o niej więcej, niż się spodziewała, choć w niektóre plotki nie wierzyli.

Wiedzieli, że była narzeczoną Baluki, ale odeszła do pałacu Valhana. Że ocaliła chłopaka, w którego ciele miał zamieszkać Valhan po wskrzeszeniu. Słyszeli, że podobno dorównuje Valhanowi mocą i że uwiódł ją Tyen.

Uwiódł! Jakbym była jakąś naiwną dziewczynką, która nie miała w tej sprawie nic do powiedzenia. Chwileczkę... Skąd oni w ogóle wiedzą, że mieliśmy romans?

Niestety nikt nie zastanawiał się nad źródłem pogłoski, ona zaś chciała zrobić wrażenie osoby opanowanej i zdeterminowanej, nie zaś roztargnionej i urażonej plotkami. Choć sfrustrowana, uprzejmie skinęła głową kolejno przedstawianym jej osobom.

– Hapre, Pather, Fornt i Scith – oznajmił Baluka.

Wszyscy należeli do Odnowicieli, a dwoje uczestniczyło w ataku buntowników na Valhana. Kobieta zwana Hapre była jednym z generałów podczas tej bitwy. Mężczyźni różnili się wiekiem – najmłodszy miał pewnie tyle lat co Baluka, najstarszy zaś mógłby być nawet dziadkiem Rielle.

– Usiądźmy – zaproponował Baluka, wskazując zestaw identycznych, dużych krzeseł ustawionych w kręgu.

Wybrał stojące najdalej, żeby dobrze widzieć główne drzwi. W kątach pomieszczenia na przeciwległej ścianie znajdowało się dwoje mniejszych – Rielle wzięłaby je za drzwi dla służby, gdyby Baluce nie przemknęło przez myśl, że to wyjścia ewakuacyjne.

Zajęła miejsce po jego lewej stronie, Hapre zaś po prawej. Pozostali usiedli przy Hapre, uznając, że miejsce obok Rielle powinno zostać wolne, na wypadek gdyby miał do nich dołączyć jakiś jej sojusznik lub przyjaciel. Pomyśleli także, że nie chcą siedzieć koło osoby tak spiętej, zwłaszcza dorównującej mocą Raenowi.

To tyle, jeśli chodzi o wrażenie osoby opanowanej i zdeterminowanej – pomyślała.

– Rozmawialiście, gdy weszliśmy – rzekł Baluka. – Na jaki temat?

Obecni wymienili spojrzenia, a Hapre wzięła głęboki oddech.

– O obronie Dahlego.

– O tym, ilu magów rozpoznano – dodał młodszy z mężczyzn zwany Scithem. – O ich mocy. Zwłaszcza o Tyenie.

Rielle poczuła ciarki na skórze. Panowała jednak nad wyrazem twarzy – gdy już wiedziała, co o niej myśleli, tym bardziej pragnęła ukryć swoje reakcje.

– O Szpiegu – warknął starzec zwany Patherem.

Uważał Balukę za głupca. Powinni byli zabić Tyena, gdy mieli ku temu okazję. Ilu ludzi zginie z powodu chwili słabości Baluki?

– Tyen nie będzie stanowił zagrożenia – zapewnił Baluka.

Generałowie nie wyglądali na przekonanych.

– Skąd wiesz? – spytała Hapre. – To mistrz podstępu.

Trzeci z mężczyzn, Fornt, przytaknął.

– I wynalazca insektoidów, które…

– Tyen nie wynalazł ich po to, by służyły za urządzenia bojowe. Brzydzi się przemocą – oznajmił Baluka. – Kiedy Rielle powiedziała mi, jaką naprawdę odgrywał rolę podczas buntu… – Zamilkł na chwilę i skinął ku niej głową. – Zebrałem o nim tyle informacji, ile zdołałem. Przeanalizowałem wszystko, co robił, gdy przebywał wśród buntowników. – Teraz spojrzał na Hapre, a wokół jego oczu nie pojawiły się zmarszczki od uśmiechu. – Uznałem, że zachowywał się bardzo dziwnie jak na naszego wroga. Kiedy dołączył do buntu – gdy jeszcze panował wśród nas chaos i byliśmy słabi – nalegał na wprowadzenie zmian, które zapewniały nam i naszym rodzinom większe bezpieczeństwo. Gdy Yira została przywódczynią, powstrzymywał buntowników, doradzając ostrożność i odpowiednie wyszkolenie rekrutów. Kiedy sam stanął na czele, krytykowano go za asekuranctwo. A potem przekazał kontrolę mnie. Tyle razy mógł nas zniszczyć, a jednak tego nie zrobił.

– Bo Valhan chciał, żebyśmy urośli w siłę i wytłukli niewygodnych dla niego sojuszników – odparł Scith.

Baluka odwrócił się do niego.

– Uważam, że Tyen o tym nie wiedział. Gdyby było inaczej, próbowałby namówić nas do wysłania do walki jak największej liczby ludzi, by zginęło nas więcej, a nie do przekazania mocy zaledwie setce.

– Co o tym sądzisz, Rielle? – spytała Hapre.

Rielle popatrzyła na kobietę, zastanawiając się nad odpowiedzią. Nie chciała podważać słów Baluki, z drugiej strony jednak nie ufała Tyenowi i obawiała się, że będzie stanowił dla nich wszystkich zagrożenie.

– Uznanie opinii Baluki za słuszną jest ryzykowne – powiedziała. – Tyen jest zbyt potężny, by go zlekceważyć. Musimy oprzeć plan na założeniu, że stanie po stronie Dahlego.

Wszyscy – nawet Baluka – pokiwali głowami. *Ma rację, chociaż wolałbym, żeby się myliła* – pomyślał Baluka.

– Tyen dorównuje mocą Rielle – rzekł Pather – więc wzajemnie niwelują zagrożenie.

– Ich porównywalna moc nie ma znaczenia; ważne, ile magii zdołają zgromadzić – przypomniała mu Hapre. – Magia będzie dostępna tylko wokół siedziby Dahlego. Jeżeli otoczymy jego ludzi, ograniczymy im dostęp do mocy.

– Tyen zdoła się przebić – przestrzegła Rielle. – Między światami jest w stanie oprzeć się próbom kontrolowania jego ruchów i przemieszczać się tak szybko, że nie zdążycie zebrać wsparcia, by go dogonić.

– W takim razie to ty będziesz musiała się na nim skupić – rzekł Fornt. – Jeśli go czymś zajmiesz, my będziemy mogli uporać się z Dahlim i jego pozostałymi ludźmi.

Rielle już chciała zaprotestować, lecz nie odezwała się. To było rozsądne. Miało sens. Ale ogarnęło ją przerażenie. *Kto zadba o bezpieczeństwo Qalla, gdy ja będę zajmować się Tyenem?*

Rozmowa zeszła na temat magów, którzy dołączyli do Dahlego. Nim zdążyli zagłębić się w fakty i plotki, uwagę Rielle przykuł ruch przy drzwiach. Do pomieszczenia wchodziły właśnie dwie kobiety, jedna w długiej, luźnej i sztywnej sukni z niefarbowanej tkaniny, druga w delikatnej szacie ciężkiej od kolorowych paciorków. Rielle wyczytała z ich umysłów imiona i zamiary, czworo generałów zaś poderwało się na nogi i zaczęło energicznie protestować.

– Co o n e tu robią? – warknął Scith.

– Zaprosiłem je – odparł Baluka.

– O nie, Baluko. – Hapre odwróciła się do niego i pokręciła głową. – Ryzykujesz, że stracisz więcej wsparcia, niż zyskasz.

Zignorował ją i zwrócił się do Rielle.

– To Ambaru i Tamtee, byłe sojuszniczki Valhana, które teraz pragną zapobiec jego powrotowi.

Gdy nowo przybyłe usłyszały imię Rielle, wyprostowały się z zaciekawieniem i bacznie jej przyjrzały.

– Skąd pewność, że nie obrócą się przeciwko nam w najgorszym momencie? – spytał Scith z oburzeniem.

Patrząc na kobiety, Rielle stwierdziła, że Ambaru, tej skromniej ubranej, nigdy nie podobała się współpraca z Valhanem, lecz jakikolwiek sprzeciw stanowiłby dla niej wyrok śmierci. Odczuwała ogromne wyrzuty sumienia z powodu uczynków, których dopuściła się w jego imieniu, i miała nadzieję, że bogowie jej wybaczą, jeśli pomoże Odnowicielom.

Druga z nich, Tamtee, nie zdążyła na czas, by wziąć udział w bitwie z buntownikami, więc wysłała brata, który tam zginął. Pragnęła zemsty. Zrujnowanie planu wskrzeszenia Valhana było dla niej niemal równoznaczne z zabiciem go – nie sądziła, że trafi jej się taka gratka.

Obie kobiety nie chciały jego powrotu. Każda na swój sposób uważała, że życie bez niego jest lepsze.

Odkupienie i zemsta – pomyślała Rielle. *Oba cele zapewnią nam ich lojalność.* Odezwała się pośród spierających się głosów.

– Można im ufać.

Zapadła cisza. Popatrzyła na generałów – z zaskoczeniem i zadowoleniem stwierdziła, że jej uwierzyli, ponuro, niechętnie, lecz bez wątpliwości. Mimo przekonań na jej temat – a raczej z p o w o d u tych przekonań – szanowali ją. To właśnie najbardziej ją zaskoczyło.

Kiedy jednak skoncentrowała się z powrotem na dawnych sojuszniczkach Raena, zauważyła, że one jej nie ufają. Obie były potężne i nieśmiertelne. Potrafiły zajrzeć w umysły wszystkich tych młodych, niedoświadczonych śmiertelników – wyłowiły resztki tęsknego podziwu wobec Rielle u obdarzonego niezbyt wielką mocą przywódcy Odnowicieli – ale nie były w stanie dotrzeć do myśli Rielle. Już tylko z tego powodu bały się jej i nie darzyły zaufaniem. Lecz to, co o niej wiedziały, dodatkowo wzbudzało ich podejrzliwość.

Wiedziały, że Rielle była ostatnim magiem, którego Valhan wziął pod swoje skrzydła, i że uczył ją Dahli. Najnowsi rekruci Valhana bywali najwierniejsi.

Nie wiedziały, że Rielle nie dopuściła do wskrzeszenia i ocaliła Qalla.

Daj im czas – pomyślała Rielle. *Wkrótce dowiedzą się o tym z myśli generałów.*

Nagle do sali wpadł młody mężczyzna.

– Baluko – wydyszał. – Masz… gości. Nie… chcą… czekać… Już tu… są.

Obrócił się do drzwi i cofnął, gdy odgłos kroków oznajmił nadejście przybyszów. Rielle rozejrzała się za innymi umysłami i – zaskoczona i zachwycona – gwałtownie wciągnęła powietrze w płuca. Odwróciła się do Baluki – czworo generałów stało już wokół niego.

– Wszystko w porządku – rzekła do nich. – Są po naszej stronie. Przybyli, żeby do nas dołączyć.

– Wiem – potwierdził Baluka.

Zajrzał wcześniej w umysł posłańca. Jego oczy błyszczały z ekscytacji. Uśmiechnięta Rielle z niecierpliwością spojrzała ku drzwiom, gdy zaczęli wchodzić przez nie Podróżnicy.

– Podobno potrzebujecie pomocy – odezwała się Ulma. – Macie jakiś mały problem z Poprzednikiem, który nie chce pozostać wśród zmarłych.

Kobieta omiotła pomieszczenie spojrzeniem, a jej wzrok spoczął na Rielle. Uśmiechnęła się, potem rozłożyła ręce i uściskała ją.

– Witaj, Ulmo – rzekła Rielle, odwzajemniając uścisk. – Dziękuję wam za przybycie.

– Ojcze – odezwał się Baluka.

Rielle delikatnie odsunęła Ulmę i przyglądała się, jak Baluka wita się z Podróżnikami, od których zaczęło robić się tłoczno. Lejikh wyglądał na wyczerpanego i postarzał się – na jego czole pod wpływem zmartwień pojawiły się kolejne zmarszczki.

– Synu – odparł Lejikh. – Podobno szykujesz się na wojnę. Pomyśleliśmy, że przyda ci się paru magów.

– Jak udało się wam ujść obserwatorom Dahlego?

Lejikh uśmiechnął się bez wesołości, lecz z satysfakcją.

– Sądzą, że wyruszyliśmy, by zawrzeć nowe umowy kupieckie. Połowa rodu jest na zjeździe. Jedna czwarta rzeczywiście negocjuje warunki handlowe, dzięki czemu my zdołaliśmy się wymknąć.

– Ale… przecież jesteście neutralni – zauważył Baluka.

– Już nie. – Tym razem odezwała się Ankari, która wyszła zza męża, by uściskać syna. – Nie możemy pozwolić, by cała wasza praca i poświęcenie poszły na marne.

– Umowy zawarte z Raenem zakończyły się w chwili jego śmierci. Pragniemy, by tak pozostało. I oczywiście chcemy pomóc Qallowi – dodał Lejikh. Kiedy odwrócił się do Rielle, jej żołądek pod wpływem poczucia winy skręcił się w supeł. – Choć podobno dobrowolnie dołączył do Dahlego.

Rielle przytaknęła.

– Przestrzegaliście mnie, że miewa własne zdanie.

Wziął ją za ręce.

– Nie zrobił tego bez powodu.

Przez jej twarz przebiegł grymas.

– Obawiam się, że tym powodem było wasze bezpieczeństwo.

Przeniosła wzrok na Ankari, a potem na Ulmę. Nieśmiertelna Podróżniczka obdarzyła Rielle wymownym spojrzeniem – miała coś do powiedzenia, ale nie tu i teraz.

– Skoro tu jednak jesteście, Dahli nie może go już szantażować – zauważyła Tamtee.

Lejikh pokręcił głową.

– Pozostali Podróżnicy są obserwowani. Przechwycono wiadomości przekazywane między poszczególnymi grupami, a niektóre rody nie zdołały dotrzeć na zjazd. Uważamy, że Dahli zagroził zgładzeniem wszystkich Podróżników, jeśli Qall mu się sprzeciwi.

– To prawda – rzekł Baluka. – Próbowałem was ostrzec, ale nie chciałem ryzykować, że obserwatorzy Dahlego dowiedzą się o tym i rozpoczną pogrom.

– To nie ma znaczenia. Wiedzieliby czy nie, i tak bylibyśmy w takim samym niebezpieczeństwie. – Lejikh rozejrzał się wokoło. – Lecz to, co robimy teraz, to już o g r o m n e ryzyko. Jeśli wieści dotrą do Dahlego, zacznie się mścić.

– Ale nie możemy siedzieć bezczynnie – dodała Ankari.

Kilkoro kolejnych Podróżników weszło do sali, w której panował teraz spory tłok. Niektórych Rielle pamiętała ze zjazdu tak wiele cykli temu. Większości jednak nie rozpoznawała.

Baluka zaczął wszystkich przedstawiać. Dwie byłe sojuszniczki Raena z zaciekawieniem wpatrzyły się w Ulmę błyszczącymi oczami, gdy tylko się dowiedziały, że jest nieśmiertelna i bardzo stara. Posłaniec wciąż stał przy drzwiach jak sparaliżowany, wodząc wzrokiem po pomieszczeniu i z wolna dochodząc do wniosku, że wszystko jest w porządku i może się wymknąć. Gdy pojawiła się kolejna grupa przybyszów, odszedł wraz z ich przewodnikiem.

Rielle pociągnęła Hapre za rękaw. Kobieta odwróciła się w jej stronę.

– Ilu jeszcze generałów się spodziewaliście?

Hapre wzruszyła ramionami.

– Nie aż tylu… – Rozejrzała się, spoglądając na nowo przybyłych. – Chyba są już wszyscy, których zaprosiliśmy.

Rielle wyszła na korytarz i dogoniła posłańca.

– Mógłbyś przynieść więcej krzeseł? – spytała. – W miarę szybko?

Skinąwszy głową, ruszył w innym kierunku.

Załatwiwszy tę sprawę, Rielle chwyciła Ulmę za rękę i zaprowadziła na miejsca zwolnione przez siebie i Balukę. Rozejrzała się, zadowolona, że tym razem nikt nie zamierza się do niej zbliżyć. Stworzyła wokół siebie i Ulmy dźwiękoszczelną barierę i pochyliła się ku kobiecie.

– Powiedz mi, zanim zaczniemy planować działania wojenne – poprosiła – co twoim zdaniem zamierza zrobić Qall.

ROZDZIAŁ 19

Świat Dahlego sąsiaduje z pięcioma innymi – oznajmił Baluka zgromadzonym generałom i wojownikom. – Każdy jest pozbawiony magii. Do wszystkich można bezpiecznie zejść, lecz w kilku panuje taki nieurodzaj, że ludzie nie są w stanie tam przeżyć. W czterech z nich moi zwiadowcy trafili na ludzi Dahlego. Zakładamy, że piąty także jest dobrze strzeżony, gdyż zwiadowcy nie wrócili, a wokół nie ma zagrożeń, które mogłyby powstrzymać dwóch dość potężnych magów. Ci, którzy wrócili, przekazali mi, że kilkoro sojuszników Dahlego patroluje przestrzeń wokół co najmniej dwóch tych światów, ja natomiast podejrzewam, że wokół pozostałych również.

– Dahli prawdopodobnie spodziewa się ataku. – Przez twarz Baluki przebiegł grymas. – Kiedy dowiedziałem się, że obrał sobie siedzibę, zrozumiałem, że będziemy musieli działać szybko i że nie zdążymy rozesłać wszędzie prośby o wsparcie.

– Oszacowaliśmy, że dla Dahlego pracuje ponad stu magów. W ciągu kilku ostatnich dni obserwowaliśmy, kto zmierza do jego świata – stąd nasze wnioski. Ponad czterdzieścioro magów, których podejrzewaliśmy o potajemną współpracę z Dahlim, zniknęło z domów. Przynajmniej orientujemy się, jaką dysponują mocą. Na temat pozostałych mamy niewiele informacji.

– Nie powstrzymaliście ich od dołączenia do Dahlego? – wtrąciła Tamtee.

Baluka zaprzeczył ruchem głowy.

– Dowiedzieliśmy się za późno. I wtedy też nadeszła informacja, że Qall przybył do jego siedziby.

– A jeśli ten Qall z własnej woli dołączył do Najwierniejszego? – spytała Ambaru. – Jeżeli on pragnie stać się Raenem?

– Wątpię, by chciał, żeby jego umysł zastąpiono innym – odpowiedziała Rielle.

Ambaru wzruszyła ramionami.

– To zależy od stanu jego umysłu. Dla niektórych śmierć jest wyczekiwanym wybawieniem.

– Qall nie pragnie śmierci – oznajmiła Rielle.

– Może chce zostać Następcą i dostrzegł drogę na skróty?

– Nigdy nie wykazywał tego rodzaju ambicji – rzekł Lejikh.

Rielle mu przytaknęła.

– Nie musi stać się Raenem, by zostać Następcą. Jest dostatecznie potężny.

– Ale niedoświadczony – dodała Tamtee. – Wie, że będzie potrzebował wsparcia. Może szuka go u Dahlego.

– To dlaczego Dahli grozi Podróżnikom? – zapytała przytomnie Hapre. – Czy nie lepiej by było, gdyby chłopak znalazł sobie szczerych zwolenników, zamiast szukać człowieka, który chce zastąpić jego umysł umysłem Raena?

– Znalazłby ich wśród Odnowicieli – dodał Baluka.

– Przestańcie! – krzyknęła Ankari. Spojrzała na syna. – Wszyscy. Pojawienie się Następcy wcale nie jest konieczne. Nie bądźcie tacy skorzy, by kogoś obarczyć tym brzemieniem. Zwłaszcza kogoś tak młodego!

Baluka spuścił wzrok.

– Wcale nie zamierzam, ale gdyby Qall do nas dołączył i przyjął tytuł Następcy, łatwiej byłoby przywrócić wszędzie pokój.

Ankari już miała odpowiedzieć, ale zamknęła usta i pokręciła głową. Wrzał w niej gniew, a jednak rozumiała intencję Baluki, by Qall został przywódcą, wszystko jedno czy samodzielnym, czy Odnowicieli. *Baluka będzie mógł ustąpić ze stanowiska i pozbyć się odpowiedzialności. Ale to i tak nie usprawiedliwia zrzucenia jej na barki tak kruchego młodzika jak Qall.*

Zapadła chwila ciszy, a Ulma odchrząknęła.

– Wróćmy do rozmowy na temat sił Dahlego.

Generałowie i magowie wymienili spojrzenia. Wielu kiwało głowami, a kilkoro uśmiechało się ponuro.

Baluka wziął głęboki oddech.

– Chciałem zakończyć stwierdzeniem, że nie możemy dokładnie ocenić jego sił, ale jego strategie obronne wydają się dość oczywiste. Jego ludzie prawdopodobnie będą się starali uwięzić nas w martwych światach. Jeżeli przybędziemy w jednej grupie, poślą po pozostałych. Jeżeli rozdzielimy się i zaatakujemy we wszystkich pięciu światach, będą walczyli z każdą grupą z osobna, by nikt nie dotarł do siedziby. Jeżeli ich pokonamy, ocalali wrócą do bazy, by połączyć siły. Wówczas w głównym świecie zostanie już niewiele magii, więc będziemy musieli uważać, by po walce – bez względu na jej rezultat – zachować tyle mocy, żeby stamtąd odejść.

Rielle już zamierzała wyznać, że mogłaby w razie potrzeby odnowić zasoby mocy w świecie Dahlego, ale wówczas wszyscy by się dowiedzieli, że nie jest już nieśmiertelna. Choć wiedziała, że dwie byłe sojuszniczki Raena w pełni popierają walkę przeciwko jego powrotowi, nie chciała wyjawiać swoich słabych stron, póki nie będzie to konieczne. Mogła udusić się między światami i nie była w stanie leczyć ran. Zamknęła usta. Jej ruch zwrócił uwagę Baluki, który uniósł pytająco brwi, lecz ona pokręciła głową.

Kiedy powiedzieć, że znów jestem kreatorem? Przede wszystkim należało zadbać, by Odnowiciele nie uciekli z pola bitwy z obawy, że zabrakłoby im mocy na opuszczenie świata, gdyby walczyli dalej. Nie chciała stracić Qalla przez zatajenie, że zyskała umiejętność szybkiego generowania mocy. *Ale wyjawienie tego także nie jest zupełnie bezpieczne. Jeśli zużyją całą moc, a ja stracę życie, i tak zostaną uwięzieni.*

Kiedy bardziej doświadczeni wojownicy omawiali strategie natarcia, postanowiła, że powie Baluce, ale na osobności. Dawne sojuszniczki mogłyby wyczytać to później z jego myśli, ale warto było zaryzykować.

Aż nazbyt znajome imię przykuło jej uwagę z powrotem do debaty.

– ...użyje insektoidów?

– Wątpię – odparł Baluka. – Machiny wojenne nie są tak skuteczne przeciwko magom jak zwykłym ludziom; najwyżej zmusiłyby nas do zużycia większych ilości mocy.

– Ale mógł wynaleźć sposób na zwiększenie ich skuteczności – stwierdziła Ambaru.

Baluka pokręcił głową.

– Tyen nigdy nie był zadowolony, że jego wynalazek jest wykorzystywany w działaniach wojennych. Kiedy ostatni raz z nim rozmawiałem, pracował nad sposobem pozbycia się wszystkich tych urządzeń.

– To tylko jego słowo – mruknęła Hapre.

– Wierzę mu – oświadczył Baluka, patrząc jej w oczy. Hapre zacisnęła usta, ale skinęła głową i odwróciła wzrok. – W każdym razie nie stanowią zagrożenia dla magów.

– Szkoda by było, gdyby wszystkie zostały zniszczone – wyszeptała Tamtee. – Bywają przydatne. Niektórzy wykorzystują je jako alarm przeciwko intruzom lub złodziejom albo dla ochrony. Lub przekazywania wiadomości. Albo po prostu jako wspaniałe zabawki.

– A czy my powinniśmy wykorzystać insektoidy bojowe? – spytał Pather.

Wszyscy zwrócili oczy ku staremu Odnowicielowi – niektórzy spoglądali na niego wrogo, inni unosili brwi w wyrazie zamyślenia.

– Nie – odpowiedział Baluka. – Z tego samego powodu, o którym już mówiłem: machiny wojenne stanowią mniejsze zagrożenie dla magów niż dla zwykłych ludzi. Poza tym wątpię, żebyśmy zdążyli coś skonstruować. Jeśli jednak ktoś ma pomysł na użycie ich dla naszej korzyści, chętnie się zastanowię. – Rozejrzał się wokoło. Nikt się nie odezwał, a wielu kręciło głowami. – Przejdziemy do następnych punktów dyskusji?

Rozmowa zeszła na temat sposobów zdobycia kolejnych informacji o bazie Dahlego, Rielle zaś zastanawiała się, co powiedziałby Tyen, gdyby się dowiedział, że tak szybko odrzucono możliwość wykorzystania jego wynalazków. *Ulżyłoby mu* – pomyślała. Zmarszczyła brwi, gdy uświadomiła sobie, jak bardzo jest tego pewna. *Czyżby udzielało mi się przekonanie Baluki o odrazie Tyena wobec przemocy? Może ma rację, ale to nie znaczy, że Tyen nie jest oszustem i szpiegiem. Stanął przecież po stronie tych, którzy chcą mnie zabić i zastąpić wspomnienia Qalla wspomnieniami Valhana.*

Zawrzał w niej gniew, ale stłumiła go i skoncentrowała się z powrotem na spotkaniu. Kiedy wreszcie dobiegło końca, generałowie wstali z miejsc i automatycznie uformowały się cztery grupy: Tamtee i Ambaru dołączyły do garstki byłych sojuszników, Odnowiciele i Podróżnicy odszukali swoich, a przedstawiciele i przywódcy światów, które odpowiedziały na wezwanie, zebrali się razem. Rielle z powrotem znalazła się u boku Ulmy, a gdy Baluka zaproponował, by obie wraz z jego rodzicami przeszły do prywatnych pokojów, skwapliwie zgodziła się w ich imieniu.

Nim Podróżnicy rozsiedli się na krzesłach w kwaterze Baluki, wdali się w ożywioną dyskusję o tym, że uznanie Qalla za Następcę ściągnęłoby na niego niekończące się problemy. Zwłaszcza Ankari była rozzłoszczona, uznała bowiem, że przez to nie miałby szans na normalne życie – o ile w ogóle przetrwa spiski Dahlego. Nie milkli, dopóki jakiś czas później do pokoju nie wszedł Baluka – wówczas kulturalnie zmienili temat.

– Powiem raz jeszcze: dziękuję wam za przybycie. – Baluka popatrzył po kolei na wszystkich zebranych. – Wiem, że to głównie ze względu na Qalla i ród, ale…

– Nie tylko Qalla – przerwał mu Lejikh. – Wcześniej mówiłem poważnie. Skoro Raen nie żyje, Podróżników nie obowiązuje już zakaz wtrącania się w sprawy światów, choć mamy zamiar zachować przy tym ogromną ostrożność. Aktualna kwestia dotyczy wszystkich światów i oczywiście się w nią zaangażujemy.

Baluka wpatrywał się w ojca.

– Tyle się zmieniło, od kiedy od was odszedłem.

Rzeczywiście – pomyślała Rielle. Jej przeświadczenie, że lepiej nie mieszać się w sprawy światów, brało się z filozofii Podróżników. Wyznanie Valhana o nieprzewidywalności rezultatów jego interwencji dodatkowo ją w nim utwierdziło. *Kwestia Tyena i moja katastrofalna próba negocjacji pokojowych między Doum a Murai przekonały mnie, że to właściwe podejście. Może wszystko zależy od konkretnego świata i rodzaju interwencji.* Pomyślała o świecie, w którym ostatnio utknęła. Rysunki, które tam pozostawiła, miały zachęcić robotników do buntu. *Chyba nie jestem w stanie się nie wtrącać. Mogę jedynie liczyć na to, że nie pogorszyłam sytuacji i że ostatecznie podziały społeczne staną się bardziej sprawiedliwe.*

Podróżnicy zamilkli. To był najlepszy moment, by wyjawić Baluce swój sekret. Pochyliła się na krześle.

– Baluko… – zaczęła, ale ogarnęły ją wątpliwości i nie była w stanie powiedzieć nic więcej.

Przeniósł na nią wzrok.

– Rielle… Chyba chciałaś coś powiedzieć.

– Tak. – Przygryzła wargę i postanowiła mówić dalej. – Zmieniło się coś jeszcze. Nie musisz się martwić, że nie wystarczy nam magii na opuszczenie świata po bitwie. Ja… Znów jestem kreatorem.

Trzy pary brwi uniosły się, lecz Ulma się zasępiła.

Baluka z wolna pokiwał głową.

– Minie jeszcze trochę czasu, zanim zdołasz…

– Nie – przerwała mu. – Teraz jestem w stanie generować ogromne ilości mocy. Może nawet większe niż którykolwiek kreator. Kiedy ruszyłam w pościg za Qallem, zdołałam go dogonić. Pobrał całą magię ze świata, w którym się znaleźliśmy, i uwięził mnie. Po kilku dniach postanowiłam zużyć całą moc, jaka mi została, na przekształcenie wzorca swojego ciała, tak bym znów mogła być kreatorem. Udało się, i to lepiej, niż się spodziewałam. Popatrz…

Rozejrzała się i dostrzegła rysik i arkusze papieru, na których Baluka spisywał swoje pomysły i robił notatki. Wzięła czystą kartkę i zaczęła rysować.

Z początku czuła się niezręcznie. Była aż nadto świadoma, że pozostali ją obserwują. Odetchnęła głęboko i przegoniła te myśli. Skoncentrowała się, dopracowując zarys wozu Podróżników, który starała się odtworzyć z pamięci. Kiedy szkic był gotowy, przerwała i skupiła się na magii. Wokół niej było jej mnóstwo.

Podniosła wzrok i stwierdziła, że wszyscy wpatrują się w nią osłupiali, a jedna osoba była wręcz przerażona.

– O nie – wyszeptała Ulma.

Baluka, Ankari i Lejikh odwrócili się do niej.

– O co chodzi? – zapytała Ankari.

– Niektórzy nazywają to Klątwą, inni Przekleństwem Kreatorów – powiedziała wiekowa Podróżniczka. – To przepowiednia znacznie starsza niż Prawo Milenium. Jeżeli kreator kiedykolwiek zyska wieczną młodość, nastąpi katastrofa. Ponoć wszystkie światy ulegną zagładzie. Gdy Rielle straciła zdolności kreatora i stała się nieśmiertelna, uznałam, że nikt nie może być jednocześnie kreatorem i nieśmiertelnym.

– Ale Podróżnicy nie wierzą w przepowiednie – przypomniał jej Lejikh.

– Nie... ale zawsze kryje się w nich ziarno prawdy – rzekła Ulma. – Przestroga. – Podniosła wzrok ku Rielle. – Wkrótce zapewne dowiemy się jaka.

Rielle uśmiechnęła się.

– Nie dowiemy się. Nie jestem już nieśmiertelna. Kiedy przywróciłam swoje zdolności, zmieniłam tę część umysłu, która pojmowała przekształcanie wzorców.

Ulma uniosła brwi i westchnęła przeciągle. Tym razem to pozostali się nachmurzyli.

– Czy możesz odzyskać wieczną młodość? – zapytał Baluka.

– Myślę, że tak. – Rielle wzruszyła ramionami. – Przynajmniej mogłabym przy tym zapełnić świat mocą na tyle, by to osiągnąć, zamiast odzierać go z magii.

– Za drugim razem też zajmie to tyle czasu? – głośno zastanawiała się Ulma. – Bo już wiesz, jak to zrobiłaś. Czy pamięć o przyswojeniu wiedzy na temat przekształcania wzorców też znikła?

Rielle pokręciła głową. Nie zastanawiała się nad tym, czy ponowne zyskanie wiecznej młodości mogłoby przyjść jej szybciej.

– Jeśli to zrobię, stracę możliwość generowania magii. A jako kreator mogłabym odnowić zasoby mocy we wszystkich martwych światach.

– To dopiero poświęcenie – stwierdził Lejikh.

– Uzdrowić siebie lub światy. – Ulma zacisnęła usta. – Nieśmiertelność lub magia. Chociaż właściwie mogłabyś przeżyć życie i dopiero wówczas zyskać nieśmiertelność. Mogłabyś zmieniać ten stan w zależności od potrzeb?

– Chyba tak.

– Albo opracować metodę na zachowanie obu zdolności? – Baluka rozłożył ręce na widok marsowej miny Ulmy. – Przecież przepowiednie nie są prawdziwe. Jak nieśmiertelność w połączeniu z umiejętnościami kreatora miałaby doprowadzić do zagłady światów?

Ulma pokręciła głową.

– Kiedy jeszcze byłam młodą dziewczyną, ludzie dość poważnie traktowali prawo zabraniające kreatorom podejmowania prób zyskania wiecznej młodości. Nigdy nie dowiedziałam się dlaczego, ale może gdzieś zachowała się ta informacja.

– Jeśli przetrwamy bitwę, powinniśmy się tym zainteresować. Tymczasem odkryłem – Baluka z uśmiechem odwrócił się do Rielle – że jeśli tylko ma się dostatecznie wielu nieśmiertelnych przyjaciół, którzy pragną uzdrawiać, można żyć, ile się zechce.

Lejikh popatrzył na Ulmę, mrużąc oczy w zamyśleniu. Podróżniczka odwzajemniła spojrzenie, lecz potem odwróciła wzrok.

– Kiedy dalsza część spotkania? – spytała.

Baluka wyprostował się.

– Chyba już.

Ulma wstała.

– W takim razie chodźmy, zanim się zagadamy. Chciałabym się dowiedzieć, jak skoordynujemy działania podczas bitwy.

CZĘŚĆ DZIEWIĄTA

TYEN

ROZDZIAŁ 21

Między światami znajdowało się mnóstwo cieni. Wszystkie trzymały się z dala, lecz ich nieustanna obecność wzbudzała w Tyenie niepokój, gdy zbliżał się do siedziby Dahlego. Zapewne byli to zwolennicy Najwierniejszego, którzy wypatrywali nadciągających magów, lecz Tyen nie mógł wyzbyć się obawy, że Odnowiciele przypuścili szturm pod jego nieobecność, zwyciężyli i to właśnie ich zastanie po powrocie. Na wszelki wypadek czerpał moc w każdym świecie, w którym się zatrzymywał.

Kiedy w końcu dotarł do jednego z martwych światów otaczających siedzibę Dahlego, wyczuł, że jeden z cieni za nim podąża. Od razu odwrócił się i popędził w jego stronę. Mag zatrzymał się, ale nie uciekł.

Tyenie?

Tyen znał ten głos. Zbliżył się do cienia, z którego wyłoniła się znajoma sylwetka młodego wynalazcy.

Zeke? Dlaczego mnie śledzisz?

Zeke nie otwierał ust, Tyen jednak wyraźnie słyszał jego głos w swoim umyśle.

Chcę z tobą porozmawiać, zanim zobaczysz się z Dahlim.

Tyen pociągnął Zeke'a za rękę i przeniósł się do poprzedniego świata. Kiedy zeszli, Zeke chwilę dyszał ciężko, nim zdołał się odezwać.

– Potrafisz... – wysapał – potrafisz... czytać w myślach Dahlego... Chciałbym wiedzieć... dlaczego... tak bardzo... chce sprowadzić... Valhana. Tu chodzi... o coś więcej... niż lojalność.

Tyen zasępił się.

– Myślę, że wiesz o co.

– Podejrzewam. Domyślam się. – Zeke westchnął. – Ale dość mam podejrzeń i domysłów. Chcę mieć pewność. Czy oni byli...? Czy oni...?

Tyen rozważył możliwe konsekwencje potwierdzenia prawdy i doszedł do wniosku, że nie zmienią one zbytnio sytuacji. Przynajmniej nie dla Qalla.

– Nie, ale Dahli bardzo chciał. Kochał Raena przez setki cykli.

– A Raen?

– Nie odwzajemniał jego uczucia. Przynajmniej mogę wysnuć takie założenie na podstawie przeświadczenia Dahlego. Raen odczuwał wobec niego jedynie uznanie i sympatię, jak do dobrego, oddanego sługi.

Zeke pokiwał głową.

– Ach. Dahli sprawia wrażenie dobrego człowieka, w przeciwnym razie nie zależałoby mu tak bardzo na losie światów. Ma stanowcze przekonania na temat tego, co dobre, a co złe, choć gdy kwestionuję niektóre czyny Raena, wpada w złość. Przyznaje, że Raen dopuszczał się zła. Twierdzi, że sam też zrobił dla niego wiele straszliwych rzeczy. Których nie chciał. – Zeke westchnął. – On nie pragnie współczucia, ale nie rozumiem, dlaczego to wszystko uczynił. Albo dlaczego został, skoro jego uczucie było nieodwzajemnione.

– Nie miał dokąd pójść – wyjaśnił Tyen. – W czasie rządów Raena potężni magowie ukrywali się, służyli Raenowi albo byli zabijani.

– To dlaczego chce sprowadzić go z powrotem?

– A miłość i żal to za mało? – Tyen westchnął. – Przez lojalność. Złożył obietnicę.

Wynalazca posmutniał. Tyen już wiedział, czego ten młody człowiek obawia się tak bardzo, że nawet boi się głośno o tym mówić. *Jeśli Dahli nie zdoła wskrzesić Raena, nie będzie mógł zrzucić na nikogo odpowiedzialności za całe zło, jakie wyrządził* – myślał Zeke. *To usilne pragnienie wskrzeszenia go bierze się w równej mierze z żalu, co ze strachu. Ale wolałbym pomóc mu stawić temu czoła, niż zupełnie go stracić.* Potrząsnął głową. – Ależ to pokręcone. Albo przegramy i zginiemy, albo zwyciężymy, Dahli znów zostanie najwierniejszym przyjacielem Valhana i zginą wszyscy pozostali.

– Wszyscy? – Tyen uniósł brwi.

Ramiona Zeke'a uniosły się.

– Cóż, pewnie ty i ja się uchowamy, jeśli Valhan uzna, że jesteśmy przydatni. Ale Qall nie przeżyje, prawda?

Tyen pokręcił głową, uważnie przyglądając się Zeke'owi. Czy razem zdołaliby wymusić na Dahlim, by darował Qallowi życie?

Ramiona młodego wynalazcy opadły.

– I tak trudno jest lubić Dahlego, mając świadomość, czego dopuszczał się w przeszłości. Nie sądzę, bym był w stanie dalej z nim sympatyzować, gdyby skrzywdził tego chłopaka. – Spojrzał na Tyena, szukając w jego oczach potwierdzenia swoich słów. – A ty?

– Nigdy nie musiałem lubić Dahlego – przyznał Tyen.

– To dlaczego z nim współpracujesz?

– Zawarliśmy… umowę. – Tyen nie mógł zdradzić Zeke'owi, że zamierzał powstrzymać Dahlego od poszukiwań Rielle i Qalla ani że teraz chce jakoś pomóc chłopakowi. – Ale, jak sam powiedziałeś, jeśli Valhan wróci, lepiej być jego sojusznikiem niż wrogiem.

– Więc nie obchodzi cię, co się stanie z Qallem?

– Obchodzi – zapewnił Tyen. – Próbowałem znaleźć inny sposób na wskrzeszenie Raena, żeby Qallowi nie stała się krzywda.

– A potem on sam się pojawił. – Przez twarz Zeke'a przebiegł grymas. – Dlaczego w takim razie przy nim zostałeś, zamiast razem ze zwolennikami Dahlego przygotowywać się do walki?

– Dahli mnie o to nie prosił. Qall chce, bym był blisko, a Dahli uważa, że moje dobre relacje z Qallem skłaniają chłopaka do współpracy. A dlaczego ty zostałeś?

– Sądziłem, że mogę pomóc Dahlemu. – Zeke pochylił głowę. – Lecz zaczynam myśleć, że byłem głupi. – Wzruszył ramionami. – Ale nie poddajemy się, prawda? Dziękuję, że odpowiedziałeś na moje pytania, Tyenie.

– Nie zniechęcaj się, Zeke. Może razem damy radę przekonać Dahlego, by nie skrzywdził Qalla. Choć wątpię, czy wyperswadujemy mu wskrzeszenie Raena.

Zeke pokręcił głową.

– Raczej nie. Nie śmiem mu tego zaproponować, ale przynajmniej spróbuję go przekonać, by pozwolił ci wznowić badania.

– Dziękuję. Jeśli chcesz zachować siły, przeniosę cię do bazy.

– Dobrze. Jestem w stanie zgromadzić tylko tyle mocy, by dostać się do siedziby, więc jeśli świat Dahlego zostanie ogołocony z magii, samodzielnie się stamtąd nie wydostanę.

Tyen chwycił Zeke'a za ramię i odepchnął się od świata.

Portalu w martwym świecie strzegli ludzie Dahlego. Rozpoznali Tyena i Zeke'a i nawet do nich nie podeszli. Tyen zatrzymał się tylko na tyle, by Zeke zdołał nabrać powietrza. Przestrzeń między martwym światem a bazą Dahlego znaczyły nowe ścieżki – wszystkie prowadziły do sali z czarnego marmuru. W bezpiecznej, oświetlonej części Dahli i Qall siedzieli rozparci w swych krzesłach. Gdy pojawili się Tyen i Zeke, Dahli pochylił się naprzód, opierając łokcie o podłokietniki, i splótł palce obu dłoni.

– Witaj, Tyenie... – zaczął, zamierzając spytać, gdzie się podziewał, ale jego uwagę przykuły myśli Zeke'a. Młodzik aż emanował poczuciem winy, że wypytał Tyena o Dahlego.

Tyen wykorzystał ten moment i spojrzał na Qalla. *Znalazłem twoich bliskich* – przekazał mu w myślach. *Są cali i zdrowi.*

Oblicze Qalla nieco pojaśniało, lecz kiedy Tyen pomyślał o dziewczynie, jej reakcji na otrzymaną bransoletkę i zauroczeniu młodym mężczyzną z innego rodu, chłopak zwiesił ramiona i opuścił wzrok. Po chwili wyprostował się i mocno zacisnął usta.

Tyen odwrócił się. Sądził, że Qall odesłał bransoletkę, by zwolnić dziewczynę ze zobowiązań, ale być może jednak coś do niej czuł. Może oddał tę plecionkę w nadziei, że zerwanie zaręczyn zapewni jej większe bezpieczeństwo.

Zeke, aż nazbyt świadom wzroku Dahlego, zerknął na Tyena i potarł dłonie.

– Czy pod moją nieobecność wydarzyło się coś ciekawego?

– To zależy, co uznasz za ciekawe – odparł Dahli. Jego spojrzenie powędrowało ku Tyenowi, potem ku Qallowi. – Zajmowałem się przygotowaniami na atak Odnowicieli. Qall się uczył.

Dahli wiedział, że Tyen będzie obserwował jego myśli, więc odwrócił się, by spojrzeć na przedmiot spoczywający w dłoniach Qalla. Była to skrzyneczka, jakich używano do przechowywania butelek kosztownych trunków. Tyena zmroziło, gdy z umysłu Dahlego wyczytał, co naprawdę znajduje się w pudełku.

Dłoń Valhana.

Była tu, niemal w zasięgu jego ręki. Pomyślał o ludziach, którzy chcieli ją zniszczyć. Rielle. Baluka. Wszyscy Odnowiciele. Podróżnicy. Może nawet Zeke, gdyby wiedział, jak była ważna. *I ja* – dodał Tyen. *Ale nie od razu.* Gdyby choć na chwilę mógł ją zdobyć, może posiadłby całą wiedzę Valhana na temat wskrzeszania. Mógłby się dowiedzieć, jak przywrócić ciało Velli.

Qall, choć najbardziej powinien pragnąć zniszczyć dłoń, trzymał skrzynkę na kolanach niczym podarek. To niesamowite, że Dahli powierzył dłoń Qallowi. I niepokojące, że chłopak jej nie zniszczył.

– Qallu? – odezwał się Tyen.

Młodzieniec podniósł wzrok.

– Dahli i ja doszliśmy do porozumienia: zyskam dostęp do informacji w niej zawartych w zamian za wskrzeszenie Valhana. – Uśmiechnął się. – Oczywiście chętnie przyjmę twoją pomoc.

– No… tak – zdołał wydusić Tyen. Z ogromnym trudem odepchnął od siebie zdumienie i zebrał myśli. Spojrzał na Dahlego. – A zatem już nie musisz grozić Podróżnikom.

W uśmiechu Dahlego pojawił się chłód.

– Oczywiście, że muszę. Wciąż istnieje mnóstwo okazji do zdrady. Jeśli dłoń zostanie uszkodzona lub jeśli umrę, Podróżnicy zginą. Ale jeżeli wszystko dobrze się ułoży, nikt nie będzie musiał umierać. To znacznie korzystniejszy układ.

Tyen skinął głową. *Dahli będzie mógł się mnie teraz pozbyć. Stałem się niepotrzebny. Czyżby się domyślił, że pomagałem mu tylko po to, by pomóc Rielle i Qallowi? Może zechce, żebym trwał u jego boku, jeśli zamierza dotrzymać naszej umowy.*

– Czy to, co dla ciebie zrobiłem, wystarczy, bym mógł zdobyć informacje potrzebne do wskrzeszenia Velli?

Dahli skinął głową, a przez jego twarz przemknął irytujący wyraz samozadowolenia.

– Jeżeli zostaniesz i pomożesz Qallowi wskrzesić Valhana. Jaka jest twoja decyzja?

Tyen spojrzał na Qalla i przytaknął.

– Nawet jeśli osoba, której ciało wykorzystamy, będzie musiała zginąć.

– Tę decyzję pozostawiam Qallowi.

Oczy chłopaka otworzyły się nieco szerzej, po chwili jednak skinął głową.

– Dziękuję – powiedział, choć nie do końca było wiadomo, za co dziękował. Może tylko za to, że Tyen zgodził się mu pomóc.

Dahli wyprostował się.

– Tymczasem… usiądźcie z nami. Pora, byście poznali naszą strategię obrony.

Tyen i Zeke obrócili krzesła w stronę Dahlego i Qalla.

– Jak wiecie – zaczął Dahli – pięć sąsiednich światów to światy martwe. Czeka tam większość moich stronników, którzy przez kilka ostatnich dni zgromadzili mnóstwo magii. Odnowiciele będą musieli przebyć przynajmniej jeden z nich, by się tu dostać, lecz nasi ludzie postarają się ich powstrzymać.

– Staniemy razem z nimi do walki? – spytał Qall.

– Nie – stanowczo oznajmił Dahli. – Zaczekamy tutaj. Jeżeli Odnowiciele zdołają do nas dotrzeć, odblokuję wspomnienie związane z pułapką w tym pomieszczeniu. Pamiętam tylko, że jest bardzo skuteczna i nic nam się nie stanie, jeżeli pozostaniemy w oświetlonej przestrzeni.

Dahli zerknął dookoła, ale w jego głowie nie pojawiły się żadne myśli dotyczące umiejscowienia pułapki ani jej rodzaju.

Zwrócił się do Qalla.

– Kiedy Odnowiciele zaczną tu przybywać, musisz pobrać całą magię z tego świata.

Qall skinął głową.

– Żeby nie mogli użyć jej przeciwko nam.

– Zgadza się.

– A na co mam ją zużyć?

– Na obronę, rzecz jasna. – Dahli zwrócił się do Tyena. – Jeśli zaś chodzi o ciebie… Cóż, chyba muszę spytać, co zechcesz zrobić.

– Będę nas osłaniał – odparł Tyen, wytrzymując spojrzenie Dahlego. – Ale nie będę zabijał. – Popatrzył w oczy Qalla. – Nawet dla ciebie.

Młodzik odrobinę uniósł brwi. Dahli kiwnął głową; nie był zdziwiony.

– Valhan szanował twój upór w kwestii niestosowania przemocy. Ja również go szanuję. Niewątpliwie wiesz, że nie byłem pewien, na co możesz się przydać w tej konfrontacji. Zgodzisz się nas stąd przenieść, gdybyśmy musieli uciekać?

– Tak.

Qall unosił brwi coraz wyżej, opuścił je jednak, gdy Dahli przeniósł na niego wzrok.

– Rielle dołączyła do Odnowicieli, może nawet im przewodzi – rzekł Dahli. – Będziesz musiał zdecydować, czy pozwolisz jej zginąć.

Tyenowi zaschło w gardle, a jego serce zaczęło walić jak oszalałe. A potem poczuł dziwne pokrzepienie. Qall nie zabije Rielle. *Ale czy na pewno? Znał ją od niecałego cyklu.*

Qall się zasępił, ale nic nie powiedział.

– To nie ja popycham cię do decyzji – przypomniał Dahli, ściszając głos. – Oni wcale nie muszą nas atakować.

– Wiem – mruknął Qall.

– Chciałeś ją ochronić i zostawiłeś w bezpiecznym miejscu.

Qall zacisnął usta, aż pobladły.

– Nie wiem, czy będę w stanie... zadać ostateczny cios.

– W takim razie przekaż magię mnie i ja to zrobię.

Tyenowi zaparło dech. Starał się ukryć drżenie, które wywołały w nim słowa Dahlego. *Qall mu na to nie pozwoli. Na pewno w ostatniej chwili...*

– Obiecuję, że tego nie zrobię, jeżeli nie będzie konieczne – zapewnił Dahli. – Pamiętaj, że była moją uczennicą. Lubiłem ją. Nadal ją szanuję.

Gdy Dahli odwracał się ku niemu, Tyen zmusił się do rozluźnienia mięśni twarzy, skrywając gniew, przerażenie i strach głęboko w zaciśniętym żołądku.

Czy Dahli oszczędziłby Rielle, gdyby wiedział, że mi na niej zależy? – zastanawiał się. *Na pewno nie zabiłby kogoś, dzięki komu mógłby mnie szantażować.* Ale Dahli nie musiał szantażować Tyena, skoro

Qall chciał wskrzesić Valhana. *Nie jestem w stanie pomóc Rielle, nie opuszczając Qalla, a ona nie wybaczyłaby mi, gdybym go zostawił. Stracę ją bez względu na to, co zrobię.*

Dahli przyglądał się Tyenowi bystrym wzrokiem, starając się ocenić jego nastrój.

– Jakieś pytania?

– Tak – odparł Zeke.

Dahli odwrócił się do wynalazcy, a jego poirytowanie stopniało pod wpływem uśmiechu Zeke'a.

– Jakie?

– Jak ja mogę pomóc?

– Zostaniesz tu z nami – odpowiedział Dahli. *W bezpiecznym miejscu* – dodał w milczeniu. *Może powinienem zrobić z nim to samo, co Qall z Rielle: zostawić go dla bezpieczeństwa w martwym świecie. Ale co by się stało, gdybym zginął i nie mógł po niego wrócić?*
– Początkowo będziemy tu odbierać i wysyłać mnóstwo wiadomości – dodał, wiedząc, że musi zapewnić wynalazcy jakiś cel, by ten nie zajął się czymś niebezpiecznym. – Będę potrzebował pomocy.

– Żonglowanie wiadomościami – rzekł Zeke i wydął usta. – Dam radę. – Zmarszczył brwi. – Sądzicie, że Odnowiciele wykorzystają machiny wojenne?

Jego słowa uderzyły Tyena, który jednak szybko otrząsnął się z szoku, gdy zdał sobie sprawę, że to bardzo mało prawdopodobne.

– Nie. Narobiłyby kłopotu, ale ostatecznie nie stanowiłyby zagrożenia – odpowiedział Dahli, dając wyraz myślom Tyena. – Jeśli jednak wpadniesz na pomysł wykorzystania machin przeciwko magom, daj mi znać. I na wszelki wypadek opracuj sposób na odparcie ich ataku.

Zeke kiwnął głową.

– Tak zrobię.

– Mam pytanie – odezwał się Tyen. – Dlaczego po prostu stąd nie odejdziemy? Dlaczego musi dojść do walki?

– Wątpię, czy zaszlibyśmy daleko – odpowiedział Dahli. – Odnowiciele nas obserwują. Przepuścili cię tu prawdopodobnie tylko dlatego, że nie są jeszcze gotowi do bitwy, a ich przywódca przez twoje pacyfistyczne przekonania uznał zapewne, że nie stanowisz zagrożenia. Gdybyśmy spróbowali stąd odejść, czy to we czterech, czy wraz ze wszystkimi, którzy nam pomagają, i tak doszłoby do starcia.

– Ale zwyciężymy, prawda? – spytał Zeke.

– Tak – odparł Dahli pewnie i z uśmiechem. – Mamy po swojej stronie dwóch najpotężniejszych magów, więc jak możemy przegrać, nawet jeśli będzie nas bronił tylko jeden?

CZĘŚĆ DZIESIĄTA

RIELLE

Czas planowania i debatowania dobiegł końca. Wreszcie nadszedł czas działania. Choć Rielle miała świadomość, że atak należało obmyślić dokładnie, by do maksimum zwiększyć szanse na ocalenie Qalla, przez kilka ostatnich dni zgrzytała zębami, starając się zapanować nad zniecierpliwieniem.

Nawet teraz wyczekiwanie było nie do zniesienia. Stali w tej samej sali, w której spotkali się z Podróżnikami, gdy ci postanowili do nich dołączyć. *Niezbyt duże pomieszczenie dla armii* – pomyślała. *Ale dzięki magii mamy pewne możliwości. Tysiące ochotników gromadzą moc dla setki wojowników, by nikt poza tą setką nie musiał narażać życia.*

Choć Rielle generowała moc, były to ilości niewielkie w porównaniu z tym, co zostanie zużyte w walce. Trudno było skupić się na rysowaniu, gdy wciąż wracała myślami do nadciągającej bitwy i zastanawiała się, czy Qall jest jeszcze sobą i czy będą musieli stawić czoła wskrzeszonemu Valhanowi.

Jeśli Valhan wrócił, dowie się, że światy zmieniły się w sposób, którego mógł nie przewidzieć. Nie będzie mu łatwo nad wszystkim zapanować. Nie tylko my będziemy z nim walczyć.

Ochotnicy gromadzący moc przemieszczali się jak najdalej, by nie ogołocić światów sąsiadujących z siedzibą Odnowicieli. Generałowie także obawiali się o zasoby magii w światach. Zebrali moc do walki, lecz zarazem odkryli, że wszyscy mają podobne spostrzeżenia. Liczba martwych światów rosła, a światy, w których toczyły się wojny, były tak osłabione, że odbudowa ich zasobów zajęłaby setki cykli. Lokalne konflikty wygasały – nie tylko dlatego że któraś ze stron zdobywała przewagę, ale też ze względu na malejące zasoby magii; być może brak mocy utrudniał walkę, a może stanowił motywację do zawarcia pokoju.

Przyczyny uszczuplania zasobów były dwojakie. Podczas wojen ludzie generowali mniej magii i ginęli, więc malała liczba osób, które ją wytwarzały. Choć proces tworzenia broni zwiększał zasoby mocy, nie wystarczał, by wypełnić braki powstałe w bitwach.

Mimo że napędzane magią machiny stanowiły niewielkie zagrożenie dla magów, one także zużywały moc. W dodatku zazwyczaj wprowadzano je do walki w ostatecznym momencie, kiedy wyczerpywały się już zasoby magii, więc urządzenia nie miały znaczącego wpływu na końcowy rezultat. Baluka żywił nadzieję, że właśnie z tych powodów wkrótce odejdą w niepamięć.

Rielle podniosła wzrok, gdy do sali weszło kilkoro kolejnych wojowników: tym razem troje nieśmiertelnych magów reprezentujących światy, które zawarły sojusz z Odnowicielami. Baluka szybko przywitał się z magami. Omawiał wszystkie szczegóły z każdym nowo przybyłym, choć żadne plany związane z bitwą nie uległy zmianie.

Denerwuje się – pomyślała Rielle. *Rozładowuje napięcie, sprawdzając, czy wszyscy są gotowi i dobrze poinformowani; dzięki temu sprawia wrażenie kompetentnego przywódcy, który ma każdy szczegół pod kontrolą, bo osobiście odbiera raporty i wydaje rozkazy.*

– To urodzony przywódca.

Rielle drgnęła i odwróciła się. Obok niej stał Lejikh i przyglądał się synowi. Minę miał poważną, lecz biła od niego duma. A jednak w jego myślach dostrzegła żal wywołany tym, co zaobserwował. Choć światy zyskały na przewodnictwie Baluki, Podróżnicy na nim stracili.

– Każdy go szanuje, choć jest słabszym magiem od nich wszystkich – dodał Lejikh.

– Dobrze by się sprawdził w roli głowy rodu – odpowiedziała.

Zaprzeczył gestem.

– Nie, zawsze był niespokojny i niespełniony, zupełnie jak ja za młodu. Mój syn odziedziczył tę cechę zwielokrotnioną.

Obejrzała się i zobaczyła, że Baluka wita się z kolejnymi przybyszami.

– Kiedyś będzie miał dość przewodzenia Odnowicielom – zapowiedziała. – Już zaczyna mu to doskwierać. Może gdy odejdzie, założy własny ród handlarzy.

– Nie założy. – Lejikh pokręcił głową. – Albo stanie na czele jakiegoś przedsięwzięcia na mniejszą skalę, albo wróg go zmusi, by zupełnie zniknął.

– Może jeśli zwyciężymy, zmniejszy się liczba wrogów, przed którymi będzie musiał się ukrywać – powiedziała Ankari, która do nich dołączyła.

– Może – przyznał Lejikh, lecz nie wyglądał na zbyt przekonanego.

Pomieszczenie szybko się zapełniało. Prawie wszyscy wojownicy Odnowicieli już byli na miejscu. Stanowili ponad połowę armii. Kolejnych trzydzieści siedem osób reprezentowało ich sojuszników. Siedmioro wojowników wystawili Podróżnicy – Lejikhowi i Ankari towarzyszyło pięcioro najpotężniejszych magów z ich ludu. Niemal połowę armii tworzyli magowie wiecznie młodzi, z których większość zyskała nieśmiertelność niedawno. Nie byli zbyt doświadczeni w porównaniu z Dahlim, który przeżył pięćset cykli. Wśród jego stronników – przynajmniej tych, o których Odnowiciele wiedzieli – kilkoro żyło dłużej niż przeciętny człowiek.

Rielle kątem oka dostrzegła, że ktoś zbliża się do niej z boku. Odwróciła się i zobaczyła nadchodzącą Ulmę. Od kiedy kobieta dowiedziała się o odzyskaniu zdolności kreatora, sprawiała wrażenie zmartwionej, a jej niepokój udzielał się Rielle. Teraz jednak Ulma obdarzyła ją uśmiechem, a na jej obliczu malował się bardziej znajomy spokój.

– Rielle – odezwała się. – Dużo rozmyślałam nad twoją obecną sytuacją i podjęłam pewną decyzję. Jeśli zechcesz, pomogę ci szukać informacji na temat Klątwy Kreatorów. Znam kilka miejsc, w których od pradawnych czasów gromadzi się wiedzę – zarówno dostępną dla każdego, jak i w zbiorach osób prywatnych, które możemy odwiedzić. Na pewno nie znam wszystkich – być może sojusznicy Raena pilnują, by nikt się o nich nie dowiedział.

– Byłoby wspaniale – odpowiedziała Rielle. Ku jej uldze po odejściu armii Ulma miała przenieść pozostałych Podróżników z powrotem na zjazd. Jej lud poniósłby niepowetowaną stratę, gdyby jego jedyna wiecznie młoda zginęła, a Rielle tak bardzo lubiła Ulmę. Perspektywa wspólnej wyprawy przez światy ogromnie ją pociągała. Może mogłyby się zaprzyjaźnić. To z kolei przypomniało jej o biednej porzuconej Timane. – Najpierw będę musiała sprowadzić przyjaciółkę, która została w naszej kryjówce na obrzeżach światów.

– Będę ci towarzyszyć – zaproponowała Ulma. – Może na obrzeżach uda nam się znaleźć jakieś źródła starożytnej wiedzy. – Uśmiechnęła się. – Minęło wiele czasu, od kiedy mogłam swobodnie podróżować, dokąd dusza zapragnie. O, jest Baluka.

Rielle zamrugała, dziwiąc się, że się tu znalazł – widocznie obszedł pomieszczenie, gdy rozmawiała z Lejikhiem i Ulmą. Baluka uśmiechnął się do niej, rodziców i nieśmiertelnej Podróżniczki. Biły od niego spokój i pewność siebie, choć wewnątrz kipiały zniecierpliwienie i strach.

– Wciąż nie mamy dokładniejszych informacji od zwiadowców wysłanych do siedziby Dahlego i świata, w którym się znajduje – powiedział. – Postanowiłem, że nie będziemy czekać na ich powrót.

– W takim razie dodatkowo ryzykujemy – stwierdził Lejikh.

– Owszem – przyznał Baluka. – Przynajmniej wiemy, że można tam oddychać. Zbliżymy się powoli i osłonimy w chwili zejścia. Wy troje, generał Hapre i ja będziemy podróżowali przed armią, środkiem i nieco wyżej niż pozostali, żeby widzieć wszystko dookoła. Kiedy już zauważymy bazę Dahlego, ustawimy się tak, by po zejściu znaleźć się między wojownikami a wrogiem.

– I w zasięgu wzroku Qalla – dodała Ulma. – Żeby utrudnić mu decyzję o ataku.

Na widok grymasu Ankari w Rielle wezbrało współczucie. Ona także nie wyobrażała sobie, by Qall był zdolny zaatakować, kto jednak mógł przewidzieć, do czego zmusił go Dahli, grożąc jego bliskim? Mimo wszystko nakłonienie Qalla do uśmiercenia dwóch spośród osób, dzięki którym Dahli mógł go szantażować, nie miało sensu.

Czy Qall mnie zaatakuje? – zastanawiała się. Nie była co do tego przekonana, z drugiej strony jednak uwięził ją przecież w martwym świecie. Gdyby musiał wybrać między ochronieniem jej lub ludzi, którzy go wychowali, prawdopodobnie wybrałby Podróżników. Choć Rielle go ocaliła, nie znał jej tak dobrze.

Baluka odwrócił się do niej.

– Podczas bitwy raczej nie będziesz miała czasu na generowanie magii – powiedział. – Jeśli jednak ci się uda, dopilnuj, by nasi wojownicy byli gotowi na jej pobranie. Nie chcemy dodawać sił wrogowi.

Powstrzymała się od przypomnienia mu, że już o tym rozmawiali, i kiwnęła głową.

– Pod koniec, gdy będziemy rozprawiać się z Dahlim – kontynuował – zachowaj tyle magii, by móc nas stamtąd wydostać. Ale jeśli uznasz, że pokonasz go resztkami mocy, wykorzystaj ją. Zawsze możesz wygenerować więcej, by stamtąd odejść.

– Dobrze, Baluko – powiedziała. Mimo usilnych starań w jej głosie zabrzmiała nuta rozbawienia.

Zamilkł i uniósł brwi.

– Upewniam się, czy wszyscy wiedzą, co robić.

– Tak – odparła. – I upewniasz wszystkich, że t y wiesz, co każdy ma robić, jeśli wszystko pójdzie zgodnie z planem.

– Sęk w tym, że bitwy nigdy nie idą zgodnie z planem. – Zasępił się. – Mam jednak nadzieję, że zmianie ulegnie tylko kilka punktów, nie całość.

– Plan jest na tyle elastyczny, że możemy dostosowywać się do sytuacji w trakcie walki.

– To prawda. – Jego oblicze znów się rozpogodziło.

Podeszła do nich spięta i ponura generał Hapre.

– Wszyscy gotowi i na miejscach.

Baluka spojrzał na rodziców, Ulmę i Rielle, myśląc o wszystkim, co chciał im powiedzieć. Wyrazić miłość i wdzięczność, przestrzec przed nierozważnymi posunięciami. W pomieszczeniu jednak zaczęło się robić cicho i wszyscy skupili się na nim.

– Już czas – powiedział, po czym przeszedł na środek sali.

Armia trwała w wyczekiwaniu. Baluka obrócił się wokół własnej osi, wyrażając tym samym wdzięczność za obecność każdej osoby.

– Witajcie – powiedział, gdy ucichły ostatnie głosy. – I dziękuję. – Zamilkł na chwilę, kiwnął głową z aprobatą i satysfakcją, a potem wyprostował plecy. – Zjednoczyliśmy się, by zapobiec powrotowi Raena. Ale to nie wszystko. Jeśli tego dokonamy, ocalimy światy, ale też niewinnego młodego człowieka.

– Omawialiśmy to już, ale podsumuję, by uniknąć niejasności. – Odwrócił się w stronę namalowanego przez Rielle portretu Dahlego. – To nasz wróg Dahli, uprzednio znany jako Najwierniejszy Raena. Pragnie wskrzesić Raena, wykorzystując w tym celu tego oto młodego człowieka. – Podszedł do obrazu przedstawiającego

Qalla w stroju charakterystycznym dla Podróżników. – Wygląda jak Raen, ale nim nie jest. To niewinny chłopak, który został porwany; jego wspomnienia wymazano, a ciało przekształcono tak, by przygotować je na przyjęcie umysłu Raena. Rielle Lazuli go ocaliła, a Lejikh i Ankari wychowali wśród Podróżników. Choć jego wspomnienia nie powróciły, stał się nowym człowiekiem. Dobrym człowiekiem. Szantażowany niedawno dołączył do Dahlego i obawiamy się, że zgodził się poświęcić umysł na przyjęcie wspomnień Valhana. Zagrożono mu wymordowaniem Podróżników.

Baluka rozejrzał się po sali.

– Nie możemy do tego dopuścić.

Zapadła pełna napięcia cisza. Baluka odetchnął głęboko i mówił dalej.

– Nasza armia jest mniej liczna niż ta, którą poprowadziłem przeciw Raenowi pięć cykli temu, ale lepiej przygotowana. Mamy wśród nas generał Rielle Lazuli, mocą dorównującą Raenowi. – Baluka wskazał na nią. – Mamy wsparcie Podróżników. – Skinął ku Ulmie i jej towarzyszom. – Mamy także poparcie bardzo wielu światów reprezentowanych przez wszystkich, którzy się tu zebrali i którzy zgromadzili magię dla tej sprawy.

Rysy twarzy Baluki wyostrzyły się, a głos stwardniał.

– Sojuszników Dahlego jest wielu, są jednak rozproszeni po światach wokół jego siedziby. Jeśli uderzymy z zaskoczenia, być może uda nam się do niej przebić, nim dotrą do nas ci z najdalszych. Jednak nawet jeśli zdołamy tego dokonać, pewnie i tak staniemy im czoła w bazie Dahlego, choć może do tego czasu rezultat walki będzie już przesądzony. Jeżeli nie uda nam się ich zaskoczyć, prawdopodobnie będziemy musieli pokonać wszystkich sojuszników Dahlego, by dotrzeć do jego bazy. Na tę ewentualność też jesteśmy przygotowani.

– Nasi generałowie stojący na czele dziesięcioosobowych grup zajmą się ich przeniesieniem. Kiedy znajdziemy się w pobliżu świata Dahlego, moja grupa wysunie się nieco nad wasze, by wszyscy widzieli dawane przez nas znaki, my zaś będziemy mogli zobaczyć cel naszej podróży przed zejściem do świata. Wówczas znajdziemy się między wami a wrogiem. Znacie sygnał do odwrotu. – Uniósł dłoń i rozpostarł palce, a kciuk przygiął. – Jeżeli wyczerpiemy swoje zasoby, generał Rielle Lazuli zabierze nas z pola bitwy bez względu na to, czy będziemy przegrywać, czy zwyciężać. Bądźcie gotowi, gdy wyda rozkaz: „Razem".

Opuścił rękę.

– Czy ktoś ma pytania?

Znów zapadła cisza, tym razem jednak wojownicy wymieniali spojrzenia i rozglądali się po sali. Rielle skoncentrowała się na ich myślach. Niektórzy zastanawiali się, czy osiągnęli wieczną młodość tylko po to, by za chwilę zginąć w walce, lecz ich motywacja rosła na myśl o konsekwencjach powrotu Raena. Nie zdziwiło jej, że dla wielu ocalenie Qalla było sprawą drugorzędną – przede wszystkim nie chcieli dopuścić do wskrzeszenia Valhana. Niektórzy planowali nawet, że spróbują zabić Qalla, jeśli uznają, że przez niego ich armia nie będzie w stanie zwyciężyć. Przeszył ją dreszcz i zapamiętała sobie tych ludzi, pocieszając się myślą, że Dahli prawdopodobnie polegnie przed Qallem.

Lecz siła nie zawsze decydowała o zwycięstwie, porażce czy przeżyciu w bitwie magów.

– W takim razie zaczynajmy – zakończył Baluka. – Za mną.

Odwrócił się i gestem przywołał Rielle i rodziców. Gdy się zbliżyli, generał Hapre także stanęła u boku Baluki i wszyscy pięcioro chwycili za ręce stojące najbliżej osoby. Wojownicy uformowali zwarte dziesięcioosobowe grupy. Baluka zaczekał, aż wszyscy staną w gotowości, a potem skinął głową do rodziców.

– Nabierzcie powietrza – szepnął.

Zrobili to, a Rielle szybko poszła w ich ślady. Łatwo było zapomnieć, że między światami mogła wytrzymać tylko tyle, na ile pozwoli jej zaczerpnięte powietrze. Pomieszczenie rozmyło się w bieli, ale wojowników wciąż było widać – unosili się, nie mając gruntu pod nogami.

Baluka nie wybrał najprostszej drogi, chciał bowiem podejść do siedziby Dahlego od strony innej niż baza Odnowicieli. Musieli zatrzymywać się w każdym świecie, by ludzie mogli odetchnąć, przez co podróż się przeciągała. Generałowie rozważali, czy nie rozdzielić się i nie sformować szyku bliżej świata Dahlego, to jednak osłabiłoby każdą z grup i naraziło na większe niebezpieczeństwo. Pamiętali o generale Volku i setkach magów, którzy zginęli u jego boku, nim zdążyli dołączyć do szturmu buntowników na Raena. Poza tym rozproszenie się zwiększało szanse szpiegów wroga na wykrycie wojowników i rozpracowanie ich planu. Jeśli razem przeniosą się najszybciej, jak to możliwe, być może dotrą do świata Dahlego, nim mag zostanie ostrzeżony.

Jednak pierwszy znak, że ten fortel może się nie udać, pojawił się, gdy wylądowali w świecie niemal zupełnie opróżnionym z mocy, której niegdyś było tam mnóstwo. Rielle wyczuła nierówności w resztkach tamtejszej magii. Magowie, którzy ogołocili ten świat, pobrali moc, zostawiając w niej ogromne, okrągłe luki. Baluka kiwnął głową do Rielle, ona zaś przeniosła ich grupę do kolejnego świata. Pozostałe oddziały były w stanie za nią podążyć dzięki własnym rezerwom magii. Po lądowaniu Baluka rozkazał, by jeden mag z każdej grupy osłaniał pozostałych. W swojej grupie przydzielił to zadanie Rielle, po czym nakazał armii ruszyć za sobą dalej między światy.

Spowalniały ich kolejne martwe miejsca. W piątym ze światów portal mieścił się pośród ogromnych roślin przypominających trawy, przez co i Rielle, i pozostali mieli wrażenie, że skurczyli się do rozmiarów dziecięcych zabawek. Spomiędzy gigantycznych liści nadszedł magiczny atak – ich osłony zadrżały pod naporem pocisków unieruchomionego powietrza. Baluka nie zarządził kontrataku, lecz kazał Rielle przenieść oddział dalej, z początku powoli, by wszystkie grupy mogły nadążyć.

Nie ścigały ich żadne cienie i żaden oddział się nie odłączył. Bez przeszkód przebyli kilka kolejnych światów. Nie mieli pojęcia, dlaczego próby spowolnienia ich ustały, wkrótce jednak rozpoczęły się na nowo. Za każdym razem gdy trafiali do martwego świata, magowie atakowali z ukrycia, i za każdym razem Baluka ignorował wroga i parł dalej.

Z tego powodu byli zmuszeni przejść przez kilka dodatkowych światów pozbawionych magii i zużyć część swoich zasobów. Wówczas Baluka przekazał Rielle zadanie przeniesienia całej armii jak najszybciej ku światu Dahlego. Nie trafili na kolejne zasadzki. Podczas jednego z postojów Baluka stwierdził, że pewnie napastnicy zbierają się do ataku w światach otaczających siedzibę Dahlego.

– Nie mieliśmy zbyt wielkich szans, żeby ich zaskoczyć – powiedział.

– Chcesz ruszać dalej? – spytał Lejikh.

Baluka przytaknął.

– Straciliśmy tylko niewielką przewagę. Przygotowaliśmy się na stawienie czoła całym siłom Dahlego.

Rielle dostrzegła, jak rozczarowanie Baluki blednie pod wpływem determinacji. Miała świadomość, że wszyscy wojownicy zobaczą to w jego myślach oraz że wypatrują i u niej, i u Podróżników wszelkich oznak topniejącej pewności siebie.

– Znajdujemy się trzy światy od tych martwych – poinformowała go.

– Przenieś nas wszystkich do najdalszego, a potem znów będziemy podróżować grupami. W drogę.

Wziął głęboki wdech. Wszyscy poszli w jego ślady. Rielle odepchnęła się od świata i szybko przenosiła się dalej. Choć osłoniła ludzi, gdy lądowali w kolejnym miejscu, nikt ich nie zaatakował. W następnym także nie czekała na nich zasadzka. Trzeci świat niedawno ogołocono z magii, tym razem znacznie dokładniej niż poprzednie. Domyśliła się, że Dahli w ten sposób rozszerzał obronę.

W oddali widać było miasto. Rielle zastanawiała się, jak jego mieszkańcy zareagowali na nagły brak mocy w świecie.

Mogłabym odnowić tutejsze zasoby, ale czy będę miała ku temu okazję?

Spojrzała na Balukę.

– Ruszamy do ostatniego świata?

Przytaknął.

– Ruszamy do walki.

Odepchnęła się. Rozejrzała się wokoło, by sprawdzić, czy wszystkie grupy podążają za nią, i puściła się w dalszą drogę.

Minęli punkt równowagi, gdzie w bieli widać było wyłącznie magów.

A potem zaczęli wkraczać w ciemniejące cienie pola bitwy, które wybrał Dahli.

Szaroczarnego pola walki wśród dymu i popiołów. Wszystko, co otaczało portal, zostało doszczętnie spalone. Wszędzie stali ludzie ustawieni w kręgi.

Odnowiciele schodzili w sam środek armii Dahlego.

TYEN

Z sali usunięto wszystkie meble z wyjątkiem czterech krzeseł. Na dwóch siedzieli Tyen i Qall. Dahli i Zeke stali w kącie oświetlonej przestrzeni. Odbierali raporty od przybywających nieustannie posłańców i wysyłali ich dalej. To zajęcie całkowicie zaprzątało ich uwagę, dzięki czemu nie mogli słyszeć Tyena ani Qalla.

Teraz – pomyślał Tyen. Odwrócił się do chłopaka i otworzył usta, by się odezwać, wierząc, że młodzik stłumi ich głosy jak niejednokrotnie wcześniej.

– Tak, osłoniłem nas. Nie, nie zniszczę dłoni – powiedział Qall, patrząc Tyenowi w oczy.

– Ale gdybyś to zrobił, Dahli nie miałby powodu, by cię szantażować.

– Za to miałby powód, żeby zabić wszystkich Podróżników.

Tyen przygryzł wargę.

– W takim razie mnie pozwól ją zniszczyć.

– Wątpię, żeby zrobiło mu to różnicę.

Oczywiście miał rację.

– Poza tym zniszczenie dłoni wiązałoby się z utratą wiedzy gromadzonej przez tysiąclecia – kontynuował Qall. – Ty akurat powinieneś docenić jej wartość.

Tyen zmarszczył brwi.

– Z powodu Velli?

Qall spuścił wzrok ku piersi Tyena.

– I dlatego że jesteś uczonym. Ubolewałbyś nad utraconą wiedzą, bez względu na to, czy potrzebujesz jej dla Velli, czy nie. Ona także stanowi źródło wiedzy. Jak byś się czuł, gdybym kazał ci ją zniszczyć?

– To coś innego. Vella jest człowiekiem.

– Nie do końca – stwierdził Qall.

Tyen nie mógł się powstrzymać i spojrzał na niego spode łba.

– Jest bardziej ludzka niż ta dłoń.

Ramiona młodzika uniosły się i opadły.

– To prawda. – Znów spojrzał Tyenowi w oczy. – Mógłbyś ją o coś zapytać w moim imieniu?

Zaskoczony Tyen położył dłoń na piersi, wyczuwając palcami kształt książki.

– Teraz?

Qall przytaknął.

– To dotyczy obecnej sytuacji.

Tyen zerknął ku Dahlemu i doszedł do wniosku, że mag wciąż jest zajęty wydawaniem poleceń pojawiającym się i znikającym osobom. Chwycił za pasek torby i wyjął ją spod koszuli. Kiedy wydobył Vellę, przestawił krzesło tak, żeby znalazła się poza zasięgiem wzroku Dahlego, lecz żeby Qall widział jej karty.

Okładka była ciepła, skóra miękka i delikatna, strony cienkie. Kiedy książka się otworzyła, pojawiło się jej eleganckie pismo.

Witaj, Qallu. Czego chciałbyś się dowiedzieć?

Tyen spojrzał na chłopaka, wypatrując oznak zrozumienia, że ma do czynienia z czymś więcej niż książką. Z człowiekiem.

Niesprawiedliwie uwięzioną kobietą. I że starania Tyena dążące do przywrócenia jej ciała miały uzasadnienie.

Qall z fascynacją wpatrywał się w litery.

– Gdybym zapisał wspomnienia Valhana w swoim umyśle, to czy stłumiłyby moje? – spytał cicho młodzik.

Nie posiadam dość informacji, by odpowiedzieć na to pytanie – odparła. Mogę jednak stwierdzić, że wszystko, co człowiek wie, wpływa na jego osobowość. Przyswojenie obcych wspomnień cię zmieni, bez względu na to, czy zastąpią twoje wspomnienia, czy nie.

Qall pokiwał głową.

– Ale wszyscy zmieniamy się z wiekiem, pod wpływem nabywanej wiedzy i doświadczeń. Czym to się różni?

To, kim jesteśmy, określa, w jaki sposób się zmieniamy. To, czego się uczymy i czego doświadczamy, jest przesiewane przez zasady moralne i wartości, które przyswoiliśmy i którymi się kierujemy. Wspomnienia innego człowieka są zależne od tego, kim on był w danej chwili oraz za każdym razem, gdy przywoływał je z pamięci. Mogą okazać się niezgodne z twoim systemem wartości i prowadzić do cierpienia.

– Przewróć kartkę – szepnął Qall.

Tyen zamrugał zdziwiony, a potem usłyszał czyjeś kroki i zrobił to, co mu polecono. Rzucił okiem przez ramię i zobaczył nadchodzącego Dahlego.

– Nie – szepnął Qall, gdy Tyen chciał zamknąć Vellę. – Wie, że ją masz. A ja mam więcej pytań.

Tyen niechętnie pozostawił Vellę otwartą.

– Jak Rielle zdołała uciec ze świata, w którym ją zostawiłem? – spytał Qall.

Może ktoś ją uwolnił.

– Ale nikt nie wiedział, gdzie była.

– Może pomogli jej magowie ratujący innych uwięzionych przybyszów – rzekł Dahli zza pleców Tyena.

– Czy to możliwe, żeby moc w tamtym świecie tak szybko się zregenerowała? – spytał Qall.

To mało prawdopodobne.

– Mało prawdopodobne to nie to samo co niemożliwe – zauważył Qall. – Jak mogłoby do tego dojść?

Mogłoby się tak stać, gdyby mieszkało tam wielu kreatorów i wszyscy pracowali nieustannie, robiąc przerwy wyłącznie na sen i posiłek.

– Rielle była potężnym kreatorem – rzekł Dahli. – Dopóki nie stała się wiecznie młoda. Może odzyskała dawne zdolności.

Tyen poczuł ciarki na skórze, gdy przeczytał odpowiedź Velli.

Ale wówczas utraciłaby nieśmiertelność. Choć istnieje przepowiednia, według której jeśli kreator zyska wieczną młodość, światy zostaną rozdarte na strzępy.

Dahli wydał z siebie niski pomruk.

– Jak dokładnie brzmi ta przepowiednia?

Nie posiadam takiej informacji. Osoba, od której się o niej dowiedziałam, przekazała mi tylko tyle, ile ja przekazałam wam.

– Przepowiednie to tylko propaganda i bzdury. – Dahli pokręcił głową i odszedł.

Tyen popatrzył na Qalla i dostrzegł grymas, gdy chłopak obrzucił spojrzeniem starszego maga.

– Zablokował związane z tym wspomnienie – powiedział, unosząc brwi. – Nie chce, by miało na niego wpływ.

Tyen skupił się na oddalającym się mężczyźnie, lecz Dahli już rozmawiał z kolejnym posłańcem. Qall zabębnił palcami o wieko skrzynki, po raz kolejny przypominając Tyenowi, że leży w niej coś, co wielu ludzi chciałoby zniszczyć, a potem pochylił się i znów wpatrzył w Vellę.

– Vello. Czy chciałabyś odzyskać ludzkie ciało?

Nie jestem w stanie tego stwierdzić. Nie odczuwam pragnień ani emocji.

– A jednak wiesz, że wyrządzono ci krzywdę – przypomniał jej Tyen.

To prawda.

– Gdybyś znów stała się człowiekiem, byłabyś zdolna do odczuwania emocji – rzekł Qall. – Być może wówczas żałowałabyś odzyskania ludzkiej formy, zwłaszcza jeślibyś uznała, że sposób, w jaki tego dokonano, był dla kogoś krzywdzący.

Istnieje taka możliwość.

– Czy Tyen cię kocha?

Tyen nabrał powietrza, by zaprotestować.

Nie.

– Czy kiedykolwiek cię kochał?

Tak, choć nie w fizycznym rozumieniu tego słowa. Moim właścicielom często się to zdarza.

– Co się zmieniło?

– Qall! – oburzył się Tyen. – To nie twoja…

Poznał Rielle.

Tyen miał wrażenie, że uszło z niego całe powietrze. Wpatrywał się w imię Rielle wypisane eleganckimi literami na kartce. *To prawda* – pomyślał. *Naprawdę ją kocham. Wiedziałem, że jej los jest dla mnie ważny, ale nie byłem pewien, czy to miłość. Nie śmiałem zadać sobie tego pytania. Nie chciałem, by odpowiedź brzmiała: „Tak". Przecież odeszła i znalazła się bardzo daleko. A teraz nie widzę szans, by ją odzyskać. Albo opuszczę Qalla, by ją ratować, a ona mnie znienawidzi, albo zginie.*

– Możesz już odłożyć Vellę – powiedział Qall.

Gdy Tyen zamykał książkę, chłopak przyglądał mu się w zadumie.

– Fascynujące, jak wyglądasz, rozmawiając z Vellą – stwierdził. – Jakbyś mówił do siebie.

Tyen zmarszczył brwi.

– Co przez to rozumiesz?

– Wykorzystuje twój umysł, by zyskać świadomość. Jej odpowiedzi, jeśli nie zawierają zachowanych w niej informacji, są wytworem twojego umysłu. Rozmawiasz z nią zazwyczaj, gdy musisz coś przemyśleć, prawda?

– Czasami – przyznał Tyen, lecz z jakiegoś powodu poczuł się nieswojo.

– Nie twierdzę, że nie zachowało się w niej nic z osoby, którą była – zapewnił Qall. – Te elementy są tak samo trwałe jak zawarta w niej wiedza. Jej wspomnienia, osobowość oraz świadomość dobra i zła nie podlegają zmianom. – Jego usta wykrzywiły się w przelotnym, krzywym uśmiechu. – W tym stanie nie zdominowałaby jej osobowość Valhana, gdyby przyswoiła jego wspomnienia. Gdybyś umieścił te jej niezmienne cechy w nowym umyśle lub odpowiednio złożonym urządzeniu, jednak by się zmieniła. Sama twierdzi, że zmieniłbym się, gdybym przyswoił wspomnienia Valhana, i tak samo ona po transformacji stałaby się inną osobą, może nawet inną niż ta, którą pierwotnie była.

Tyen utkwił wzrok w Qallu.

– Czyli ostrzeżenie, którego ci udzieliła, dotyczy także jej.

Qall przytaknął.

Straciłbym Vellę, którą znam? – zastanawiał się Tyen. *Czy warto dawać jej ciało, skoro mogłoby to zniszczyć osobę, którą polubiłem i podziwiam? Z drugiej strony jednak czy to nie samolubne, że nie chcę, by się zmieniała, bo boję się, że ją stracę?*

Spojrzał na jej okładkę i zdał sobie sprawę, że złożona jej obietnica może przynieść skutki odwrotne do zamierzonych. Mogłoby się okazać, że uwolnił okruchy kobiety tylko po to, by je zniszczyć.

Czy właśnie o to chodziło Valhanowi, gdy mówił, że przeniesienie Velli do ludzkiego ciała by ją zniszczyło?

RIELLE

Rielle patrzyła ponad wojownikami i w półmroku obserwowała okolicę. Dostrzegła jasną, nierówną ścianę – naturalne, lecz strome zbocze. Pod stopami miała gładką powierzchnię, nieposznaczoną odciskami stóp. Za chwilę mieli wylądować na dnie niewielkiego, wyschniętego jeziora.

Wróg ustawił się wokół zagłębienia, otaczając armię Odnowicieli. Rielle oszacowała jego liczebność na połowę liczby wojowników Baluki. To dawało Odnowicielom spore szanse, chyba że w każdym z martwych światów również przebywało tylu popleczników Dahlego.

Podejrzewam, że podłoże może być niestabilne – ostrzegła.

Baluka odwrócił się do niej. *Ja przeniosę nas dalej.*

Skinęła głową i po chwili poczuła, jak Baluka przemieszcza całą armię bliżej świata. Poszybował ku skrajowi jeziora. Wojownicy Dahlego podążyli za nim. Kiedy Odnowiciele znaleźli się nad brzegiem, ich oczom ukazał się krajobraz poznaczony podobnymi zagłębieniami. Baluka poszybował ku jednemu z niewielu wyżej położonych miejsc, w którym mogła zmieścić się cała armia.

Wojownicy Dahlego od razu skupili się w jedną grupę. Między światami nie dało się słyszeć rozkazów, więc na pewno zaplanowali ten manewr, może nawet go przećwiczyli. Wrogowie rozmyli się, gdy wystrzelili naprzód, by przed Baluką dopaść do miejsca, w które zmierzał.

Rielle zaklęła cicho, gdy Odnowiciele się zatrzymali. Mag kontrolujący ruchy wroga musiał być potężniejszy, a zatem i szybszy niż Baluka. Baluka mógł skierować się ku innemu podwyższeniu terenu, lecz i tak nie zdążyłby przed wojownikami Dahlego, a co za tym idzie, i jemu, i innym magom, którzy nie poznali sekretu nieśmiertelności, zaczęłoby brakować powietrza.

Rielle odwróciła się i zauważyła, że Baluka na nią patrzy. Skinął głową z ponurą miną.

Prowadź – rozkazał.

Szybki rzut oka na okolicę i dostrzegła w pobliżu jeszcze dwa miejsca, które mogłyby pomieścić całą ich armię. Ruszyła ku jednemu z nich – prędko, ale nie był to szczyt jej możliwości. Zgodnie z przewidywaniami wróg od razu pomknął w tę samą stronę. Przyśpieszyła, by nabrać takiej samej szybkości, i w ostatniej chwili skierowała się ku drugiemu miejscu. Świat rozmył się w smugach szarości. Nie traciła czasu i od razu wylądowała, opuszczając grupę Baluki do tego samego poziomu co resztę armii, po czym natychmiast otoczyła wszystkich osłoną. Ciszę przerwał odgłos łapania haustów powietrza przez śmiertelnych magów.

Baluka zerknął na Rielle szeroko otwartymi oczami, a potem odwrócił się, by spojrzeć na wroga. Wojownicy Dahlego musieli rozdzielić się na trzy grupy i wylądować w zagłębieniach po wyschniętych jeziorach. Wszyscy generałowie stojący na czele poszczególnych oddziałów w armii Odnowicieli przesunęli się do środka, by naradzić się z Baluką.

– Chcesz zająć pozycję między nami a armią Dahlego? – spytała Rielle.

– Nie. Unieś nas trochę, żebyśmy mogli wszystko zobaczyć.

Unieruchomiła powietrze i utwardziła podłoże pod stopami grupy Baluki i generałów, po czym uniosła ją, by mogli spojrzeć ponad głowami towarzyszy. Ludzie Dahlego obserwowali ich w bezruchu i ciszy.

– Czy dna tych jezior rzeczywiście nie są bezpieczne, czy tylko chcieli nas spowolnić? – spytała generał Hapre.

– Prawdopodobnie chcieli nas spowolnić – odparł Baluka. – Zyskać czas na przekazanie wiadomości pozostałym oddziałom Dahlego. Wolałbym nie czekać na ich nadejście.

– Ja też nie – zgodziła się z nim Hapre.

Reszta grup już osłoniła się samodzielnie, więc Rielle zmniejszyła swoją osłonę tak, by chroniła tylko oddział Baluki. Mogłaby nadal osłaniać wszystkich, lecz Baluka chciał swobodnie szybować po polu walki, więc jeśli Rielle byłaby przy nim, pozostałe grupy straciłyby ochronę.

– Dlaczego nie atakują? – spytała Ankari.

– To my jesteśmy najeźdźcami – odpowiedział Baluka. – Do nas należy pierwszy ruch.

Hapre prychnęła cicho, by wyrazić sprzeciw.

– To dalsza część taktyki spowalniającej.

– W takim razie zaczynajmy – szepnął Baluka. Wziął głęboki oddech. – Nie dawajmy im dodatkowego czasu na przygotowania. Atak! – zawołał.

Powietrze wokół natychmiast zaczęło wibrować i zajaśniało od rozbłysków. Unieruchamiane i podgrzewane napotkało niewidoczne bariery osłaniające trzy oddziały wroga. Wojownicy Dahlego bronili się biernie, co utwierdziło Rielle w przekonaniu, że rzeczywiście czekają na wsparcie.

– Ci, którzy nie walczą, niech wypatrują przybywających magów – rozkazał Baluka, po czym dodał cicho: – Może uda nam się kilku zabić, zanim zdążą się osłonić.

Na dźwięk słowa „zabić" po plecach Rielle przebiegł dreszcz. W trakcie przygotowań nie chciała myśleć o czynach, do których może ją zmusić misja ratowania Qalla, lecz kilka razy w snach dręczyły ją wspomnienia ceny, jaką jej sumienie zapłaciło za dwa zabójstwa, których się dopuściła.

Obu zabiłam w obronie własnej, ale Sa-Gest nie zaatakował mnie bezpośrednio, a Gabeme'a mogłam w inny sposób powstrzymać od powrotu i dręczenia rzemieślników w nowym pałacu Valhana. Na obie sytuacje nie była przygotowana. Teraz jednak miała przy każdej sposobności celowo zabijać zwolenników Dahlego. Powinna czuć się usprawiedliwiona, ale nie mogła przestać patrzeć na tę sytuację z punktu widzenia wroga. *Oni są przekonani, że Valhan jest potrzebny. Być może niektórymi kieruje egoizm, ale są na tyle zdeterminowani, że postanowili zaryzykować życie dla sprawy Dahlego.*

W tej chwili nie obchodziło jej, czy Valhan wróci. Nie wiedziała, czy dołączyłaby do armii, gdyby była to wyłącznie misja powstrzymania wskrzeszenia. Nie chodziło nawet o to, że obietnica zapewnienia Qallowi bezpieczeństwa była ważniejsza niż postanowienie, że już nigdy nikogo nie zabije. *Chodzi o samego Qalla. Polubiłam go, mimo jego dąsów i egoistycznych zachowań. Choć nie jestem w stanie zajrzeć w jego myśli, wiem, że jest dobrym człowiekiem. Zasługuje na to, by dojrzeć i stać się tym, kim może się stać, mając za sobą tak okropne doświadczenia. Lub kim już się stał pomimo krzywd, jakie mu wyrządzono.*

– Cienie! – ostrzegła Ankari.

Rielle nie traciła czasu, by spojrzeć we wskazanym przez nią kierunku. Wyczytała informacje z jej umysłu. Rzeczywiście w zapadającym zmroku zaczęły odznaczać się ludzkie sylwetki – kilka kroków za każdym z oddziałów wroga. Nie było czasu na oszacowanie, w jakim tempie pojawiają się kolejni magowie ani jak szybko zdoła ich dosięgnąć atak. Rielle zaczerpnęła magii ze swoich zasobów, unieruchomiła powietrze za swoją tarczą, tworząc pociski, i posłała je w stronę jednej z grup.

Zamarła na kilka uderzeń szaleńczo bijącego serca. Atakowanie wroga, który nie zdążył jeszcze zejść do świata, było taktyką, której nauczył ją Tarren. W nagłym zagrożeniu szybciej można było się obronić, niż zaatakować. Stworzenie osłony wymagało tylko tyle czasu, ile mag potrzebował na zaczerpnięcie magii i unieruchomienie powietrza. Pociski również tworzyło się szybko, bo sam proces przebiegał podobnie, ale należało je jeszcze wprawić w ruch i ukierunkować, nawet jeśli stworzono je blisko celu, a to wymagało dodatkowego czasu.

Jeśli jednak mag wychwycił jakiś sygnał ostrzegawczy – zauważył cel będący jeszcze między światami – mógł stworzyć i wystrzelić pocisk p r z e d zejściem wroga do świata. Albo podgrzać powietrze do wysokiej temperatury w miejscu, w którym miał się pojawić. Lub usunąć stamtąd powietrze, tak by każdy śmiertelny mag się udusił.

Ostatnie dwie opcje były bardziej brutalne, ale i skuteczniejsze, nie wymagały bowiem wykonania konkretnej czynności w odpowiedniej chwili, jednak Rielle nie potrafiła zdobyć się na aż takie okrucieństwo. Mimo wszystko jakaś jej cząstka nie chciała wiedzieć, czy jej pociski trafiły w cel. Chciała się odwrócić. Nie zdążyła jednak tego zrobić, nim nowo przybyli zeszli do świata…

…i sześcioro lub siedmioro padło na miejscu.

Serce podeszło jej do gardła i już tam zostało, gdy dwie z powalonych osób wstały – przewróciły je ciała poległych. *Zabijanie mnie nie cieszy, ale nie cieszy mnie także fakt, że ocaleją ludzie popierający uśmiercenie Qalla i wszystkich, którzy sprzeciwiliby się Raenowi.*

– Dobra robota! – odezwał się Baluka i ścisnął ją za ramię.

A potem zaklął, gdy zginęło dwoje Odnowicieli. Ludzie Dahlego zaczęli atakować, gdy Odnowiciele skupili się na przybywających posiłkach. Odgłos wibrującej w powietrzu mocy i uderzeń nagle się wzmógł.

– Zapewne to na nich czekali – powiedziała Hapre.

– Nie. Nadchodzi kolejna fala! – krzyknął Lejikh. – O nie! Za późno.

Rzeczywiście za jednym z wrogich oddziałów pojawiła się grupa ludzi Dahlego. Od razu dołączyli do formacji. Jednak w tym samym momencie magowie z pierwszych szeregów zaczęli się wycofywać. Rielle zauważyła, że zebrali się na tyłach, a czworo z nich złapało się za ręce i zniknęło.

– Skończyła im się magia – stwierdziła, wyczytawszy tę informację z myśli innych wrogich wojowników.

– Lecz odchodząc małymi grupami, marnują moc – powiedziała Hapre. – Mają tego świadomość. Taki rozkaz wydał im Dahli, ale nie wiedzą dlaczego. Nowo przybyli wiedzą tylko, że mają zabrać wojowników, którzy wyczerpali swoje zasoby. – Pokręciła głową. – To nie ma sensu. Do przeniesienia czterech i czterdziestu potrzeba tyle samo magii. Lepiej przed ucieczką zaczekać, by zgromadzić większą grupę.

– Pobierają jeszcze moc?

– Być może. Ale skąd? Kilka światów po drodze zostało opróżnionych.

– Może gdzieś w okolicy jest kilka nienaruszonych. I służą jako droga ucieczki i źródło mocy.

– To byłoby ryzykowne. – Hapre zmarszczyła brwi. – A gdybyśmy na nie trafili i ogołocili je?

– Czy ktoś z nas mógłby to sprawdzić? – Rielle spojrzała na Balukę.

Zmarszczył czoło, rozważając tę możliwość. Widziała, że kusiło go, by to zrobić, ale jeżeli droga ucieczki istniała, na pewno była strzeżona. Musiałby wysłać najsilniejszych magów, a potrzebował ich tutaj.

– Nie. To może być pułapka – oznajmił. – Ja na ich miejscu wystawiłbym ludzi, którzy poradziliby sobie nawet z tak potężnym zwiadowcą jak...

– Kolejne posiłki! – ostrzegł Lejikh.

Rielle odwróciła się i zobaczyła cienie za trzecią grupą wojowników Dahlego. Przez kilka następnych chwil skupiła się więc na wysłaniu w tamtą stronę pocisków, tak by trafiły w chwili ich zejścia do świata. Tym razem zdołała wyeliminować dziewięcioro.

„Wyeliminować" – pomyślała z rozgoryczeniem. *Już zaczynam myśleć jak zabójca, jakby byli tylko pionkami w grze.*

– Jak nam idzie? – spytał Lejikh.

Baluka rozejrzał się.

– Trudno powiedzieć...

– Pięcioro naszych padło od przypadkowych trafień wroga, zużyliśmy połowę mocy – poinformowała go Hapre. Widocznie była na tyle potężna, by wyczytać to z umysłów większości wojowników w armii Odnowicieli. – W myśli wroga trudniej mi zajrzeć – powiedziała. – Nie działają w małych grupach tak jak my i nie mają przywódcy. Nie uda mi się tego sprawdzić tak samo dokładnie.

– Ale z ich myśli nie wyczytamy strategii Dahlego, najwyżej pojedyncze rozkazy. – Baluka pokręcił głową.

Rielle zauważyła, że zaczyna mieć wątpliwości co do strategii Odnowicieli. Magowie osłaniający poszczególne grupy musieli pozostawić w osłonach otwory, przez które wojownicy mogli atakować – po subtelnych oznakach można było je zlokalizować, lecz tylko z bliska. Przez to jednak atak wroga mógł przypadkowo trafić w dziurę, przejść przez osłonę i kogoś zabić. Choć wojownicy za tarczą mogli osłonić się dodatkowo, by temu zapobiec, podwajało to zużycie magii. Ludzie Dahlego chronili się indywidualnie.

– Zabiliśmy więcej przeciwników niż oni nas – zauważył Lejikh.

– Tak, ale tylko w momencie ich zejścia.

Tylko tych, których zabiłam ja – pomyślała Rielle i zadrżała.

– W bitwach magicznych ludzie zazwyczaj giną pod koniec – zwróciła się Hapre do Podróżnika. – Kiedy jedna ze stron nie ma już mocy, by się osłaniać. – Zacisnęła usta. – Tak się przynajmniej dzieje, gdy wojownicy są przeszkoleni i zorganizowani. Jeśli walka opiera się na improwizacji, krwawo może być już wcześniej. O! Kolejna fala. Widocznie zeszli gdzieś indziej i dotarli tu piechotą.

Rielle spojrzała w kierunku, w którym patrzyła Hapre, mrużąc oczy. Rzeczywiście ku polu walki zmierzała grupa około dwudziestu magów. Z ich myśli wyczytała, że zeszli nieco dalej, by odebrać jej wcześniejszą przewagę.

– Uważają się za ostatnią grupę – powiedziała Baluce. – Przybyli z sąsiedniego świata położonego najdalej od siedziby Dahlego.

– Czyli to już wszyscy?

– Tak sądzą.

– Skoro wszyscy zebrali się tutaj, będą się starali oszacować swoją siłę – stwierdził. – Powiedz mi, do jakich dojdą wniosków.

Skoncentrowała się i po chwili wyłowiła tę informację.

– Ponad połowie skończyła się magia.

– Wśród naszych zapewne więcej osób już wyczerpało zasoby. – Baluka nachmurzył się. – Nasze siły są zbliżone. *A nie zostało nam wiele na Dahlego, nie mówiąc już o Tyenie.*

Liczył na to, że siły Rielle i Tyena się zneutralizują, choć wszystko sprowadzało się do tego, ile mocy każde z nich zdołało zgromadzić w trakcie przygotowań.

– Nadchodzą kolejni! – ostrzegła Ankari.

– Co?! – krzyknęła Hapre. – Widocznie Dahli nie mówił o nich pozostałym.

Rielle obróciła się w stronę zagrożenia nadciągającego zza jednego z oddziałów Dahlego. Uwolniła zmysły, by zajrzeć w myśli przybyszów. Niemal krzyknęła z zaskoczenia.

– Nie! – wykrzyknęła. – To nie ludzie Dahlego. To nasi!

– Ale... – zaczął Baluka, a potem zamilkł, gdy za plecami nieprzyjaciela wylądowały dwie kolejne grupy. – Co się tu dzieje?

– To ludzie, którzy gromadzili magię dla naszej armii – odpowiedziała Hapre, wyczytawszy tę informację z myśli nowo przybyłych. – I większość Podróżników, którzy do nas dołączyli. Przewodzi im Ulma. Postanowili zgromadzić więcej mocy po odejściu z naszej bazy, a reszta zgłosiła się na ochotnika, by przybyć z odsieczą.

Baluka był oszołomiony.

– Kazałem im wracać do domów. Żebyśmy nie zginęli wszyscy w razie porażki. Ktoś powinien zostać, by kontynuować nasze dzieło, jeśli wróci Raen.

– Moi ludzie sami decydują, kiedy i ile chcą zaryzykować lub poświęcić – zwrócił się Lejikh do syna.

Baluka spojrzał na ojca, a potem skrzywił się i kiwnął głową.

– Skoro udało im się tego dokonać w tajemnicy przed tobą, i to w ostatniej chwili, szpiedzy Dahlego nie dowiedzieli się o ich przybyciu na tyle wcześnie, by mu o tym donieść – zauważyła Hapre.

Posiłki rzeczywiście odwracały uwagę ludzi Dahlego. Ataki nadchodzące od strony trzech grup nagle zelżały. Rielle zajrzała w umysły wrogów i zobaczyła narastające wątpliwości. Dahli rozkazał odwrót do bazy, jeśli zaczną przegrywać. Niektórzy już uznali bitwę za przegraną i czekali, aż inni potwierdzą ich wnioski. Nikt nie chciał jednak wycofać się jako pierwszy w obawie przed oskarżeniem o sprzeniewierzenie się przywódcy, który lojalność cenił ponad wszystko.

Potem wojowniczka Dahlego osunęła się na ziemię – moc zawiodła ją, nim kobieta zdążyła skryć się za czyjąś osłoną. Po chwili padł kolejny wojownik, a potem jeszcze jeden, który stanął w płomieniach. Wokół rozległy się pokrzykiwania i wszyscy podjęli zgodną decyzję. Dłonie spoczęły na ramionach. Mężczyźni i kobiety zniknęli, zostawiając za sobą kilkoro wojowników, którzy nie zdążyli się nikogo chwycić. Zostali powaleni, nim zdali sobie sprawę z popełnionego błędu.

Zapadła cisza, lecz na krótko. Po chwili posiłki pośpiesznie dołączyły do armii Odnowicieli i wokół rozbrzmiały pytania. Rielle opuściła Balukę i generałów na ziemię, a potem odszukała Ulmę. Wiecznie młoda Podróżniczka uściskała ją, po czym odwróciła się i obserwowała Balukę wkraczającego między wojowników, by oszacować ich siły. Rozkazał nowo przybyłym zastąpić wyczerpanych magów w poszczególnych grupach. Wkrótce armia podzieliła się na dwie części.

– Ruszajcie – rozkazał Baluka wojownikom, którzy wyczerpali zasoby, ci zaś zniknęli – zabrał ich mag dysponujący mocą, by przenieść się poza martwe światy. Baluka odwrócił się do pozostałych. – Zostańcie w swoich grupach; jedna osoba osłania, reszta walczy. Hapre, Rielle, Lejikh, Ankari i ja ruszymy przodem, żeby znaleźć się na najbardziej wysuniętej pozycji po zejściu. – Wszedł w środek oddziału i chwycił za ręce Rielle i Hapre. – W drogę do bazy Dahlego.

Pełen zagłębień po wyschniętych jeziorach krajobraz rozmył się w bieli.

TYEN

NA ŚRODEK!

Tyen i Qall aż podskoczyli, słysząc krzyk Dahlego. W sali pojawiali się mężczyźni i kobiety, przeważnie w oświetlonej strefie, kilkoro jednak wylądowało poza nią. Podchodzili i ustawiali się wokół krzeseł. Wielu przybyszów drgnęło na widok Qalla i kłaniało się pośpiesznie przed odwróceniem się twarzą na zewnątrz zgodnie z rozkazem Dahlego.

Qall ignorował ich zachowanie. Powoli wstał, mocno trzymając skrzynkę, i wyciągnął szyję, by spojrzeć ponad głowami magów. Tyen podniósł się i rozejrzał. Otaczało ich już ponad pięćdziesięcioro ludzi. Nadchodzili kolejni.

Tłum rozstąpił się na chwilę, by przepuścić Dahlego i Zeke'a. Dahli, nie spojrzawszy na Qalla ani na Tyena, podszedł do niezajętego krzesła i stanął na nim, kopnięciem pozbywając się poduszki. Zeke wskoczył na drugie.

– Osłońcie się i wypatrujcie! – zawołał Dahli. – Dajcie znać, gdy ich zobaczycie. – Spojrzał w dół na Qalla. – Pamiętasz, co masz robić?

Qall przytaknął. Pomieszczenie od razu pociemniało, a jednak Tyen wciąż wyraźnie je widział. Jego zmysły dostosowały się do sytuacji i zrozumiał, że ciemność wzięła się z braku magii. Uwolnił je, ale na całym świecie nie znalazł ani odrobiny mocy. Pomyślał o mieszkańcach i zaczął się zastanawiać, czy domyślili się, kim jest Dahli i jaką cenę zapłacą za to, że w ich świecie rozegra się bitwa magów.

Tyen poszedł w ślady Dahlego – zrzucił poduszkę ze swojego krzesła i wspiął się na nie. Spojrzał na Qalla, spodziewając się, że chłopak zrobi to samo. Qall zamarł, pobladł, ale gdy Tyen na niego popatrzył, drgnął, potrząsnął głową, jakby chciał się rozbudzić, a potem usiadł.

Może obserwować walkę oczami innych – zdał sobie sprawę Tyen. *Ja też.* Ale nie zszedł z krzesła. To było zbyt ważne i niebezpieczne wydarzenie, by całkowicie zaufać spostrzeżeniom innych ludzi.

W sali zaległa cisza. Dahli nieustannie strzelał wzrokiem wokoło, czujnie czegoś wypatrując. Tyen zajrzał w otaczające go umysły i wyłowił skrawki wspomnień walki, z której ci ludzie się wycofali, gdy do Odnowicieli dotarły posiłki. Wróg był lepiej zorganizowany i nie poniósł tylu strat w ludziach, więc coraz bardziej słabnący wojownicy Dahlego zarządzili odwrót.

Wszyscy się bali, że za chwilę przegrają bitwę i stracą życie... a potem zobaczyli Valhana. Teraz ich serca przepełniały nadzieja i bunt – oraz odrobina dezorientacji. Dlaczego Raen z nimi nie walczył, lecz czekał tutaj? Dlaczego teraz siedzi, nie zważając na otoczenie?

Ktoś krzyknął, a potem nastąpił świst zasysanego w płuca powietrza. Dahli odwrócił się szybko w stronę krzyczącego, który wskazywał poza oświetloną przestrzeń. Tyen podążył wzrokiem za jego spojrzeniem.

Pojawiło się tam pięć cieni. W miarę jak stawały się wyraźniejsze, wokół nich wykwitało mnóstwo słabiej widocznych sylwetek.

– Czekać – rozkazał Dahli, choć nikt nie zamierzał tracić mocy na kogoś, kto jeszcze nie zszedł do świata.

Tyen zajrzał w myśli Dahlego i zobaczył, że na pierwszy plan wysuwa się uwolnione wspomnienie. Coś związanego z pułapką. Coś, czego skuteczności Dahli nie był pewien, ale warto było spróbować…

A potem uwagę Tyena odwróciło pięć zgodnie poruszających się postaci, które szybowały ku ludziom Dahlego. Kiedy znalazły się nad kwadratem wyznaczonym przez lampy, zatrzymały się i ustawiły w szeregu, trzymając się za ręce. Mniej wyraźne cienie za nimi wyostrzyły się, przybierając ludzkie kształty. Ci wojownicy utworzyli łuk, przesuwając się odpowiednio w przód lub tył, by nie zejść w miejscach, w których stały lampy.

Tyen był już w stanie dojrzeć twarze pierwszej piątki. Żołądek podszedł mu do gardła, gdy pośrodku zobaczył Balukę. Choć doskonale wiedział, kto poprowadzi natarcie, nie pomagała mu świadomość, że stoi po przeciwnej stronie barykady. Po prawej przy Baluce stało dwoje starszych Podróżników. Po lewej dwie kobiety. Serce Tyena zacisnęło się, gdy dostrzegł tę z brzegu. Hapre zauważyła go i zmarszczyła brwi w wyrazie dezaprobaty.

Popatrzył na drugą kobietę i serce zamarło mu w piersi.

Rielle.

Ona także go dostrzegła. I również spojrzała na niego zasępiona, lecz bardziej z zaciekawieniem niż ze złością. Poprawiło mu to nieco nastrój, ale tylko odrobinę. *Może jest jeszcze szansa na…*

– Aha – odezwał się Dahli. – Czyli tak to…

Pod wpływem ogłuszającego dźwięku umysł Tyena zamarł. Otoczyły go sapnięcia i piski zaskoczenia. Qall wydał z siebie cichy okrzyk, poderwał się z miejsca i wszedł na krzesło.

A potem rozległy się wrzaski.

Baluka i jego towarzysze obrócili się za siebie. Pustą przestrzeń, do której schodziła właśnie armia Odnowicieli, wypełniały teraz niezliczone rzędy metalowych słupów sięgających od podłogi do sufitu. Kończyny, tułowia i głowy – lub ich części… – zwisały teraz z tych słupów lub były w nich osadzone, niektóre zaś oderwały się i zsuwały na posadzkę.

Czas jakby zwolnił, gdy Tyen starał się pojąć, co się właśnie stało. Dwie trzecie armii Odnowicieli zmaterializowało się poza oświetloną przestrzenią i wpadło w pułapkę. Słupy wysunęły się chwilę przed zejściem wojowników. Nie mieli szans przemieścić się w bezpieczniejsze miejsce. Zmaterializowali się w e w n ą t r z nich.

Ci, którzy mieli szczęście, zginęli od razu. Pozostali jeszcze żyli. Ich ciała nie były po prostu poprzebijane, lecz wręcz stopione z metalem, a w miejscach, w których się z nim połączyły, oddzielały się z wolna, więc niektóre fragmenty wciąż spadały na podłogę z ohydnymi plaśnięciami w rozbryzgach krwi.

To była bezlitosna pułapka. I skuteczna. Tyen podniósł wzrok i zobaczył w suficie niekończące się rzędy ciemnych kręgów. Część słupów nie opadła do końca i zawisła nad tą rzezią niczym złowieszcze stalaktyty. A zatem pułapka nie była niezawodna, choć i tak dostatecznie sprawna, by radykalnie osłabić armię. By przechylić szalę zwycięstwa na korzyść Dahlego.

A potem Tyen wyczuł coś jeszcze. W sali wykwitała magia uwalniana przez zmarłych i umierających magów. Została szybko przyciągnięta ku armii Dahlego. Ku Dahlemu.

Towarzyszył jej podmuch powietrza przemieszczonego przez pułapkę i jej ofiary oraz woń krwi, wymiocin i odchodów. Niektórzy z ludzi Dahlego zaczęli się krztusić lub wymiotować. Tyen widział na ich twarzach zdumienie, ulgę, a nawet podziw. Zajrzał w ich umysły. Choć wielu ogarnęło obrzydzenie, cieszyli się, że walczą po stronie Dahlego.

Poza jedną osobą.

Zeke utkwił wzrok w Dahlim. W jego głowie kotłowały się przerażenie i niedowierzanie. Dahli zerknął na niego z zimnym wyrazem twarzy.

– To jest wojna, Zeke.

Zeke pokręcił głową.

– Nie jestem w stanie kochać kogoś, kto dopuszcza się takich czynów – powiedział tak cicho, że Tyen zrozumiał jego słowa tylko dlatego, że patrzył w jego myśli. – Nie mogę sobie na to pozwolić.

Dahli drgnął.

Zeke zszedł z krzesła i zwrócił się do Qalla.

– Przykro mi. Nie jestem w stanie ci pomóc. Ale pamiętaj, że zrobiłbym to, gdybym mógł. Życzę ci wszystkiego najlepszego.

– Zeke… – zaczął Dahli.

Ale młody wynalazca wyprostował się i zniknął im z oczu.

Dahli sięgnął ku jego cieniowi, a poczucie triumfu wywołane skutecznością pułapki stopniało pod wpływem poczucia winy, żalu i zawiedzionych nadziei. *To konieczne* – powiedział sobie Dahli. *Muszę być bezwzględny.* A jednak rozumiał reakcję Zeke'a. Ta pułapka rzeczywiście była straszliwa. Dopuścił się masowego mordu. Znowu. Na tę myśl jego serce zapłonęło znajomym bólem i rozpaczliwym pragnieniem sukcesu. Kiedy Valhan wróci, pochwali jego działania. Powie, że podjął trudną, lecz właściwą decyzję. Że sam kazałby mu tak postąpić.

Tyen poczuł, jak zaciska mu się żołądek. Z rozgoryczeniem przełknął ślinę. Po raz pierwszy ogarnęła go nienawiść do Valhana. *Wykorzystał sumienie i miłość Dahlego, by go do siebie przywiązać. Dahli jest zdolny do wszystkiego, skoro to na Valhana spadnie wina.* Co by się stało, gdyby wszelkie nadzieje na powrót Raena zostały zniweczone? Dahlego pewnie już by nie było – Tyen zawsze zakładał, że Najwierniejszy będzie walczył za Valhana aż do śmierci. *Gdyby jednak przeżył… nie mógłby już spychać winy na Valhana. Czy doprowadziłby do samounicestwienia?*

Tyen popatrzył na Qalla. Chłopak dłonią zasłaniał usta, pobladły, z wytrzeszczonymi oczami. Kiedy jednak pochwycił spojrzenie Tyena, opuścił rękę i przybrał zawziętą minę. Zerknął w dół na pudełko z dłonią Valhana.

– Qall…? – zaczął Tyen.

Młodzik wpatrzył się w niego oczami szeroko otwartymi ze strachu. Nigdy dotąd nie był tak niepodobny do Valhana.

– Nic mi nie jest – powiedział. A potem pochylił głowę i zwiesił ramiona. – Obserwuj bitwę.

Żeby mógł patrzeć moimi oczami – zrozumiał Tyen. Wyprostował się, spojrzał nad głowami wojowników i zobaczył, że rozpoczęła się bardziej tradycyjna walka magów.

W powietrzu wibrowało i rozbłyskiwało, gdy ocalali Odnowiciele nacierali, a wojownicy Dahlego odpierali atak. Napastnicy walczyli w zorganizowanych grupach – jedna osoba osłaniała pozostałe, a wojownicy, których moc się wyczerpywała, wycofywali się na tyły. Ludzie Dahlego pojedynczo osłaniali się w walce.

Tyen zaglądał w myśli walczących po obu stronach. Baluka był niespokojny. Odnowiciele zyskali przewagę, gdy armia Dahlego wycofała się do tego świata, skoro jednak została im tylko jedna trzecia ludzi, a Dahli pobrał magię uwolnioną przez umierających, perspektywy nie były zbyt obiecujące.

Baluka spojrzał na Rielle. Jej zacięta mina wyrażała determinację; dziewczyna przygryzła dolną wargę.

– Dasz radę nas stąd przenieść? – spytał ją Baluka.

Nie odpowiedziała.

– Rielle!

– Nie ruszę się stąd bez Qalla.

– Zginiesz, jeśli przegramy i zostaniemy tu uwięzieni. Wszyscy zginiemy.

– Qall nie pozwoli nas zabić. Będzie się upierał, żeby Dahli nas tu porzucił. Ja wygeneruję magię. I w końcu uciekniemy.

– Widzisz, co robi Qall? – zapytał Baluka.

– Siedzi i wpatruje się w jakieś pudełko – odpowiedziała.

– Na pewno usłyszał, jak Lejikh i Ankari go wołają.

Skrzywiła się i pokręciła głową.

– Nie obserwuje. Może nawet nie słucha. Dahli na pewno mu coś zrobił.

– Jeśli mamy się wycofać, to teraz. Na pewno za nami ruszą. A wtedy będzie nam potrzebna moc, by im umknąć.

Pokręciła głową.

– Qall będzie musiał zwrócić na nas uwagę, jeśli zostaniemy do końca.

Ma rację – pomyślał Tyen. *Ale to straszliwe ryzyko.* I straszliwy wybór dla młodego człowieka. Pozwolić ukochanym przybranym rodzicom zginąć albo przejść na drugą stronę ze świadomością, że Dahli w akcie zemsty wybije wszystkich Podróżników.

A ja…? Po plecach Tyena przebiegł dreszcz. *Nie tylko on musi dokonać przerażającego wyboru.*

Czy byłby w stanie patrzeć na śmierć Rielle? Ponownie przeniósł na nią wzrok i nie mógł oderwać od niej oczu. Gdyby zmienił stronę, być może ocaliłby ją i Odnowicieli, ale musiałby porzucić Qalla. Dahli w razie porażki na pewno uciekłby z chłopakiem i dalej dążył do wskrzeszenia Raena. Podobnie jak u Odnowicieli część jego zwolenników nie brała udziału w walce; otrzymali instrukcje, by w razie przegranej atakować Podróżników. Wciąż miałby władzę nad Qallem.

Tyen zmusił się do przeniesienia wzroku na siedzącego chłopaka. Młodzik wciąż wpatrywał się w skrzynkę. *Potrzebuje doradcy i przewodnika. Powinienem zostać po tej stronie i służyć jako głos rozsądku, równoważący manipulacje Dahlego.*

Gdyby jednak Tyen pozwolił, by bliscy Qalla zginęli, to czy miałby na niego jeszcze jakikolwiek dobry wpływ? Czy Qall nie zacząłby go postrzegać jako maga równie bezwzględnego co Dahli? Czy zacząłby się na nich obu wzorować?

Tyen popatrzył na Odnowicieli. Skupili się w jedną grupę chronioną przez Rielle. Większość wyczerpała swoje zasoby. Wielu obserwowało Rielle z narastającą obawą. Mieli świadomość porażki. Wiedzieli, że ma ich stąd przenieść.

Ludzie Dahlego zbliżali się z wolna, otaczając Odnowicieli. Dahli wciąż stał na krześle, choć teraz znajdowało się ono na tyłach jego armii. Spojrzał w dół na Qalla, a jego usta wykrzywiły się w lekkim uśmiechu zadowolenia. Zerknął na Tyena – ostrożnie i badawczo – a potem znów zwrócił się ku walce.

Tyen poczuł ciarki na skórze. *Co on knuje?* Zszedł z krzesła, usiadł i pochylił się ku Qallowi. Młodzik wpatrywał się w skrzynkę – nie mrugał, a oczy miał szkliste.

– Qallu – odezwał się Tyen cicho. – Zamierzam przejść na drugą stronę. Tylko tak mogę ocalić Rielle i twoich rodziców. Chodź ze mną.

Wyraz twarzy Qalla nie zmienił się.

– Znajdujesz się w lepszym położeniu, niż sądzisz. Nie będę udawał, że Dahli nie stanowi zagrożenia dla Podróżników, ale jeśli zniszczysz dłoń i dołączysz do Odnowicieli, pomogą ci ich ochronić.

Młodzik przechylił lekko głowę na lewo, a potem na prawo. Z ruchu jego warg Tyen wyczytał jedno słowo: „Idź".

Tyen skinął głową i westchnął.

– Rozumiem. To twoja decyzja. Pamiętaj, że życzę ci wszystkiego dobrego. Jesteś silniejszy i mądrzejszy, niż ci się wydaje, Qallu. Nie przestawaj walczyć.

Tyen wstał i zwrócił się ku oddziałom Dahlego. Przejście blokowały mu szeregi pleców. Ukształtował magię w klin unieruchomionego powietrza, zmusił ludzi, by się rozstąpili, i przepchnął się przez grupę nieosłoniętych magów, którzy wyczerpali swoje zasoby. Towarzyszyły mu okrzyki zaskoczenia, formujące się w słowa zachęty, lecz gdy wyłonił się po drugiej stronie i nie zatrzymał, przerodziły się w okrzyki złości.

Przykuł uwagę wszystkich. Wojownicy przestali walczyć. Robiło się coraz ciszej.

Tyen spojrzał na Balukę. Na twarzy przyjaciela podejrzliwość ustąpiła miejsca przerażeniu, potem nadziei, a później jego oblicze wróciło do poprzedniego wyrazu. Tyen popatrzył na Rielle. Stała czujnie w pozycji obronnej, ale oczy miała szeroko otwarte.

Tyen napotkał jej osłonę, a potem pchnął mocno i zmusił ją, by cofała barierę, dopóki nie znalazł się kilka kroków od ich dwojga. Następnie zwrócił się w stronę sił Dahlego i unieruchomił powietrze wokół armii Odnowicieli, by osłonić ich przed wznowionym atakiem wroga.

– WSTRZYMAĆ ATAK! – rozległ się rozkaz Dahlego.

Napór ustał. Tyen podniósł wzrok, spodziewając się, że ujrzy głowę Dahlego nad jego wojownikami oraz piorunujące spojrzenie pełne wyrzutu, ale mag zniknął. Tyen uwolnił zmysły, by zajrzeć w jego myśli, zanim jednak mu się udało, ktoś zaczął wykrzykiwać rozkazy. Siły wroga rozstąpiły się, a Dahli i Qall ruszyli naprzód. Tyen poczuł, jak żołądek zamienia mu się w bryłę lodu. Na twarzy chłopaka malowały się chłód i duma. Omiótł wzrokiem resztki armii Odnowicieli, a jego oblicze wykrzywił grymas satysfakcji.

To Valhan. Tyen wpatrywał się w niego z niedowierzaniem. *Co się stało? Qall jeszcze przed chwilą był sobą.*

Tyen przypomniał sobie szkliste oczy chłopaka skupione na skrzynce. *Nie musi dotykać dłoni, by zajrzeć w zgromadzone tam wspomnienia. Wystarczy, że sięgnie do nich umysłem*... Potem zdał sobie sprawę, czego Qall dokonał tuż pod jego nosem. Młodzik tak bardzo pragnął znaleźć alternatywne wyjście, że przyswoił wspomnienia Valhana. Stał się Valhanem, by ocalić rodzinę.

Ale jak miałby ją ocalić? Valhan pewnie będzie pragnął ich zabić tak samo jak Dahli. Chyba że Qall chciał wywrzeć na niego jakiś wpływ...

– Spóźniliście się – rzekł Dahli, uśmiechając się do Odnowicieli i Tyena. – Wszyscy. – Przystanął i pochylił głowę przed Qallem. – Witaj, władco światów.

– O nie – szepnęła Rielle.

Z wolna, lecz z gracją, Qall zbliżył się do Odnowicieli. Skrzynkę trzymał w jednej dłoni, lecz już jej tak mocno nie ściskał.

– Raen – odezwał się ktoś.

Tyen nie wiedział, czy powiedział to Odnowiciel, czy któryś ze stronników Dahlego, ale wkrótce wszyscy zaczęli powtarzać to słowo ściszonymi głosami z czcią i przerażeniem.

– O nie – powtórzyła Rielle, tym razem głośniej. Zrobiła krok naprzód, zmuszając Tyena do rozszerzenia osłony. – Qall! – zawołała, patrząc dookoła. – To jest Qall.

Lecz w uśmiechu Dahlego widać było zadowolenie i pewność siebie. Odwrócił się z powrotem do Qalla. Albo Valhana.

– Jakie jest twoje pierwsze życzenie, Raenie?

Qall, a może Valhan, spojrzał na niego i zmarszczył brwi, a potem jakby coś sobie przypomniał. Uśmiechnął się z aprobatą. W Tyenie zapłonął ognik nadziei, lecz przygasł pod wpływem tego uśmiechu, a gdy Qall/Valhan się odezwał, cała nadzieja zgasła.

– Odblokuj swoje wspomnienia, mój najwierniejszy przyjacielu.

Głos Qalla zastąpił głębszy tembr głosu Valhana.

Dahli skinął głową. Kiedy zdjął blokadę, wspomnienia rozkwitły niczym trujące kwiaty. Przypomniał sobie, jak sam zaglądał we wspomnienia Valhana i dowiedział się, że Raen rozważał nakazanie mu ich przyswojenia, gdyby wskrzeszenie się nie powiodło. Jako Dahli i Valhan w jednej osobie byłby w stanie kontynuować eksperymenty Valhana i z czasem znaleźć sposób na wskrzeszenie go.

Dahli zdał sobie sprawę, że połączenie Qalla i Valhana to być może nawet lepsze rozwiązanie. Odmieniony Qall z własnej woli pomógłby mu wskrzesić Valhana i, w przeciwieństwie do Tyena, nie stawiałby warunków. Choć zatrzymałby przy sobie Tyena, na wypadek gdyby popełnił błąd.

Wystarczyło podstępem zmusić Qalla do przyswojenia wspomnień. Lecz Qall był zbyt sprytny, by dać się tak łatwo zwieść. Aby mieć pewność, że chłopak nie zdąży zastanowić się nad konsekwencjami, Dahli skłonił Odnowicieli do ataku, stawiając chłopaka w rozpaczliwej sytuacji, w której ryzyko przyswojenia wspomnień wydawało się warte zachodu.

Qall/Valhan utkwił wzrok w Rielle. Nagle wyrwał się z bezruchu i zaczął szybko iść w jej stronę. W głowie Tyena dźwięczała tylko jedna myśl.

On chce ją zabić.

– Nie! – wykrztusił Tyen.

Zawtórował mu Baluka. Tyen wzmocnił osłonę, by ochronić Rielle.

Sylwetka Qalla… Valhana… nagle się rozmyła. Tyen za późno zdał sobie sprawę, że odepchnął się on od świata, by szybując, przedostać się przez jego tarczę. Rielle odruchowo uniosła dłoń, żeby odeprzeć intruza. Valhan ją chwycił.

A potem zniknęli.

CZĘŚĆ JEDENASTA

RIELLE

Przed oczami Rielle śmigały kolejne światy. Ledwie je zauważała. Całą uwagę skupiła na obliczu Qalla. A może Valhana. Każda zmiana w wyrazie jego twarzy wzbudzała w niej nadzieje lub obawy. W jednej chwili jego oblicze było zimne i beznamiętne, w następnej łagodniało pod wpływem zwątpienia i ulgi. Dzięki temu mogłaby mieć nadzieję, że wciąż pozostało w nim coś z Qalla, gdyby nie przekonanie, że takich reakcji można się spodziewać po kimś, kto narodził się na nowo i przyzwyczaja się do nowego ciała.

Jej uwagę przykuło coś innego niż strach – uczucie to wzmagało się niczym szept narastający do krzyku. Odwróciła wzrok, starając się wyczuć źródło tych emocji, lecz gdy zdała sobie sprawę, że nie pochodzą z zewnątrz, lecz wzbierają w niej samej, nowe złe przeczucie przegoniło zarówno nadzieję, jak i lęk.

Dusiła się. Odruchowo otworzyła usta, starając się złapać oddech, ale między światami niczego jej to nie dało. W każdym kolejnym świecie przebywała zbyt krótko, by zdążyć nabrać powietrza, choć starała się to robić. Jej świadomość zaczęła się rozmywać i kruszyć...

Miała wrażenie, że uderzyła w mur oszołomienia i bólu. Odczuwała grawitację, ale zupełnie straciła poczucie równowagi. Jakieś podłoże – albo coś dużego i płaskiego – uderzyło w jej plecy. Jej płuca płonęły, a serce waliło jak szalone. Mogła już zaczerpnąć powietrza, ale wciąż było jej mało.

Panika ustąpiła tak nagle, jak się zaczęła. Po ciele rozeszło się znajome uczucie, choć nigdy dotąd nie było tak intensywne.

Uzdrawiała się.

Ale to niemożliwe. Chyba że... Chyba że pomyliłam się, gdy powiedziałam Ulmie, że nie jestem już nieśmiertelna. Czyli co to właściwie oznacza? Koniec światów?

Nie była w stanie zebrać w sobie energii na tyle, by się tym teraz przejmować. Liczyło się tylko, że ból i zawroty głowy ustępowały. Uświadomiła sobie, że czuje ciepły nacisk na ramieniu, i dotarło do niej, co się dzieje. Ktoś ją uzdrawiał. Ktoś, kto potrafił przekształcać wzorce. *W każdym razie nie ja.* Jej wzrok wyostrzył się i zobaczyła, że z zatroskaną miną klęczy nad nią Qall; poczuła ulgę, gdy spojrzał jej w oczy.

Qall. Ale przecież Qall nie potrafił przekształcać wzorców. To musiał być Valhan.

Lecz jej naiwne serce wciąż nie porzucało nadziei. Podpowiadało, że Valhan nigdy nie okazałby takich emocji. Valhan pragnął jej śmierci. Valhan ukarałby ją za niedopuszczenie do jego wskrzeszenia, nie ocaliłby jej od uduszenia.

Chyba że zmienił zdanie. Chyba że mi wybaczył. Ale... dlaczego?

– Rielle – odezwał się. – Rielle, nic ci nie jest?

Mówił głosem Qalla, już nie niskim, lecz wysokim. Z akcentem rodu Lejikha. A jednak mógł udawać. Przyjrzała mu się, nie chcąc się odzywać, póki się nie dowie, z kim miałaby rozmawiać.

– Już dobrze – powiedział, a jego usta drgnęły znajomo. – To ja. Qall.

Zmarszczyła brwi – czy aż tak bardzo pragnęła, by był to Qall, że zamierzała mu zaufać?

– Udowodnij to.

Uśmiechnął się.

– Jesteś dumna z Timane i tego, co osiągnęła w Deeme. Masz wyrzuty sumienia, że nie wróciłaś, by sprawdzić, co słychać u służącej, z którą zaprzyjaźniłaś się w wiszącym kryształowym pałacu.

Zmarszczyła czoło. To było już po śmierci Valhana. Nie myślała o tym, od kiedy dotarła do siedziby Dahlego. Skąd miałby o tym wiedzieć?

Bo ma wspomnienia Qalla.

– Niemożliwe, że jesteś Qallem. On nie jest nieśmiertelny.

Westchnął i uniósł pudełko. Otworzył je i przechylił, by mogła zobaczyć, co jest w środku. Wyschnięta, zasuszona dłoń.

– Stąd się nauczyłem.

Dłoń Valhana. Qall uzyskał dostęp do zgromadzonych w niej wspomnień. A może to Valhan wykorzystywał właśnie wspomnienia Qalla, by móc się pod niego podszywać?

– Ale to trwa wiele dni i wymaga ogromnych ilości magii.

– Zazwyczaj. Nie musiałem odciskać niczego w magii, bo wzorzec już został zawarty w dłoni. Wystarczyło, że zapisałem go w swoim umyśle. – Przechylił nieco głowę. – Gdybym był Valhanem, to czy nie zniszczyłbym jej od razu po swoim wskrzeszeniu? Nie zabiłbym cię i nie zaczął wydawać rozkazów na polu bitwy? – Zamknął skrzynkę i odłożył ją.

Wszystko podpowiadało jej, że to jednak Qall. Im więcej mówił i się poruszał, tym bardziej była przekonana, że to nie Valhan przy niej klęczy. *Jeśli się mylę, i tak nic na to nie poradzę. Muszę grać według zasad wyznaczonych przez Valhana. Mogę na razie udawać, że uważam go za Qalla, i zobaczymy, czy coś sprawi, że zmienię zdanie.* Podniosła się do pozycji siedzącej i zaczekała, aż miną jej zawroty głowy.

– Powoli – ostrzegł.

– Wiem – odparła z niezamierzoną oschłością.

Zachichotał. Jego śmiech przyprawił ją o dreszcz. Zabrzmiał jak śmiech kogoś starszego. Dojrzalszego i bardziej pewnego siebie niż Qall. A jednak Valhan nigdy nie spojrzałby na nią z taką skruchą i sympatią. *Qall mógł nieco dorosnąć, od kiedy mnie opuścił. O ile to on.* Powoli stanęła na nogach.

– Jestem ci winien przeprosiny – powiedział.

Wzruszyła ramionami.

– Nie mogłeś wiedzieć, że już nie jestem nieśmiertelna.

– Nie... Ale chodziło mi o to, że zostawiłem cię w tamtym świecie.

– Ach tak. – Zmarszczyła czoło. – Dlaczego to zrobiłeś?

– Ukrywanie się nie wyszło nam na dobre. Uciekaliśmy przez niemal cykl, a łowcy Dahlego i tak nas wytropili. Kiedy zaczęłaś szkolić mnie w walce, okazało się, że jesteś fatalną nauczycielką. Wiem, że się starałaś, ale nigdy nie brałaś udziału w bitwie. Wyczytałem z twoich myśli wszystko, co zdołałem, na temat Dahlego i Tyena, a potem postanowiłem, że spróbuję poradzić sobie z Dahlim, zamiast czekać i liczyć na to, że moi bliscy będą bezpieczni. Byłem przecież od niego potężniejszy i potrafiłem czytać w jego myślach, a on nie mógł mnie zabić, bo straciłby ciało, w którym miał zamieszkać Valhan. Miał nade mną jedną przewagę: nie zdążyłbym powstrzymać jego ludzi przed mordowaniem Podróżników, gdyby wydał rozkaz. Nie mogę być w kilku miejscach naraz. Wiem, że gdyby miał możliwość, wykorzystałby ciebie przeciwko mnie. Jedynym sposobem, by mu w tym przeszkodzić, było uwięzienie cię w martwym świecie. – Przerwał na chwilę. – Jak uciekłaś?

– Znów zostałam kreatorem. – Nie było sensu ukrywać prawdy, skoro mógł ją po prostu wyczytać z jej myśli. – I właśnie dlatego nie jestem już nieśmiertelna. Obie te zdolności potrzebują tej samej części umysłu.

– Stałaś się kimś więcej niż zwykłym kreatorem – zauważył, zaglądając w jej myśli. – Vella powiedziała mi o przepowiedni, według której światy czeka zguba, gdy kreator zyska wieczną młodość.

Na wspomnienie Velli poczuła ciarki na skórze, ale nie była gotowa, by spytać o Tyena.

– Ulma powiedziała to samo, ale to podobno bardzo stara przepowiednia i być może niezbyt wiarygodna.

Skinął głową.

– Valhan nie wierzył w Prawo Milenium, choć zachęcał innych, by wierzyli. W ten sposób zmusił buntowników do walki i pozbył się swoich sojuszników. Nie wiem jeszcze, czy znał proroctwo dotyczące kreatorów. Dahli i Tyen też nie wierzą, że przepowiednie mają wpływ na kształtowanie przyszłości.

Jeszcze nie wie? Rielle nie była pewna, co o tym myśleć.

– Tyen pozwolił ci czytać w swojej książce? – spytała, pamiętając, że Vella poznaje myśli każdego, kto jej dotknie. Gdyby teraz dotknął Velli, wiedziałaby, czy jest Qallem, czy Valhanem…

– Nie, poprosiłem, by zadał jej kilka pytań.

– Na jaki temat?

– Powiem ci później. Musimy ruszać dalej. Dahli na pewno nas ściga.

Pochylił się i podniósł skrzynkę, a potem wyciągnął rękę do Rielle.

– Dokąd zmierzamy?

– Zobaczysz, gdy będziemy na miejscu.

Znów dostrzegła w nim nowo zdobytą pewność siebie. Zignorowała kłębiące się w jej głowie pytania i wzięła go za rękę.

Qall – nie potrafiła nazywać go inaczej – przemieszczał się szybko, ale zatrzymywał się często, by mogła nabrać powietrza. Przebywali martwe i zasobne światy, widzieli krajobrazy zrujnowane przez bitwy oraz miejsca w rozkwicie. Niektóre wyglądały znajomo, większość jednak nie.

A potem Qall zaczął przecierać nowy szlak. Wylądowali wśród nieprzyjaznych szczytów martwego świata. Kiedy nabrała powietrza, Qall nie podążył dalej, lecz poszybował nad górami, pustynią i zszedł na dużą, niską wydmę ozłoconą przez wschodzące słońce. W oddali widać było białe mury miasta osadzonego w zakolu srebrzystej rzeki. Rielle utkwiła w nim wzrok, bo bardzo jej coś przypominało...

– Fyre!

– Tak – odparł Qall. – Zobaczyłem je w twoich wspomnieniach.

Sprowadził ją do domu. Ta świadomość wzbudziła w niej trwogę. Uznał, że chciała się tu znaleźć? Uwolniła zmysły w poszukiwaniu magii, ale niczego nie znalazła.

– To wciąż martwy świat.

– Niezupełnie. Od kiedy Valhan ogołocił go, by odejść, wygenerowano nieco magii.

– Ale tak niewiele, że jest praktycznie niewyczuwalna. Dlaczego mnie tu sprowadziłeś?

– Żeby ktoś wiedział, gdzie jestem.

– Ty? – Odwróciła się i popatrzyła na niego. – Tutaj?

– Tak. Tutaj ludzie mnie znają. Nie jako Qalla albo Valhana, lecz kogoś, kogo większość osób nie skrzywdzi.

Zmarszczył brwi, ale raczej w wyrazie skupienia niż lęku czy złości. Jego włosy pociemniały i nabrały blasku. Światło odbijające się od ich lśniącej powierzchni miało znajomy, ciemnoniebieski odcień. Jego skóra rozjaśniła się do białości. Do świata wrócił Anioł.

– Dlaczego? – zapytała. – Dlaczego chcesz tu zamieszkać?

– Bo potrzebuję czasu, by rozgryźć, które wspomnienia należą do mnie, a które do niego, tak aby ludzie, którzy go znali, nie mogli na mnie wpływać. – Qall uniósł skrzynkę. – Bo chcę mieć pewność, że jeśli osobowość Valhana zapanuje nad moją, zostanie we mnie uwięziona, zestarzeje się i umrze. Zanim przyswoję jego kolejne wspomnienia, zużyję magię, którą zachowałem

– prawdopodobnie będzie mi potrzebna, by się tu zadomowić; zostawię odrobinę na wypadek problemów, lecz nie tyle, by móc stąd odejść.

Pokręciła głową.

– Nie rozumiem.

– Valhan doszedł do tego, że naczynie, z którego nie wymazano wspomnień, będzie zawierało dwie osobowości walczące o przewagę. Uznał, że jeśli jego umysł znajdzie się w czyimś ciele, w końcu zacznie dominować, bo żył dłużej i miał więcej wspomnień. Jak wiesz, znalazł potem sposób na opróżnienie mózgu w nowym ciele i okazało się, że to lepsza metoda. – Qall wzruszył ramionami. – Dowiedziałem się o tym z jego dłoni. Jednak dokładne jej zbadanie zajęłoby zbyt wiele czasu. Walka dobiegłaby końca, nim zdołałbym dowiedzieć się wszystkiego, czego chciałem. Dlatego wyszukałem i przyswoiłem tylko te wspomnienia, które mogły mi się przydać do udawania Valhana na tyle przekonująco, by rozkazać Dahlemu zakończenie walki, i do nauczenia się przekształcania wzorców, na wypadek gdybym musiał kogoś uzdrowić lub zupełnie zmienić swój wygląd.

Rielle przeszył zimny dreszcz.

– To było ogromne ryzyko.

– To prawda. Ale zminimalizowałem je. Mimo wszystko te wspomnienia... zmieniły mnie. – Spojrzał na pudełko, a na jego twarzy pojawiła się tęsknota. – Chcę znów w nie zajrzeć, żeby się dowiedzieć, kim byłem, ale nie odważę się, póki nie będę pewien, że nad wszystkim panuję. A jeśli on tylko czeka, aż spróbuję, i przejmie kontrolę nad moją tożsamością? Muszę dopilnować, by został uwięziony w tym świecie, gdyby rzeczywiście tak było.

Rielle powoli pokiwała głową. Robiło jej się coraz lżej na sercu. Valhan nie zostałby tu z własnej woli. Valhan pragnąłby odzyskać kontrolę nad światami.

– To naprawdę ty.

– W większości ja – odparł, podnosząc ku niej wzrok.

Jego oczy błyszczały z bólu. Uniósł skrzynkę i wyjął z niej dłoń.

– Jest niesamowita. Przygotował ją przed atakiem buntowników, więc przez cały dzień chodził z martwą dłonią. Zawarte w niej informacje są powielone po stokroć, a może nawet tysiąckroć, więc w samym tym palcu – chwycił najmniejszy palec i zgiął go, ten zaś odłamał się od dłoni z suchym trzaskiem – znajduje się całe mnóstwo kopii wiadomości zawartych w pozostałej części.

Rielle wzdrygnęła się mimowolnie, gdy tak bezceremonialnie oderwał palec. Schował go do kieszeni.

– Dahli postanowił, że nie zmieni mnie w Valhana – kontynuował Qall. – Po części pod wpływem Tyena i Zeke'a. Obaj uważali, że jeśli istnieje inny sposób na wskrzeszenie Raena, Dahli powinien go wykorzystać. Odblokował więc wspomnienie związane z miejscem ukrycia dłoni, zajrzał we wspomnienia Valhana i wpadł na pomysł, że przekona mnie, bym je przyswoił. Sądził, że jeśli lepiej zrozumiem Valhana, jeśli choć po części się nim stanę, zechcę pomóc we wskrzeszeniu. Dahli był przekonany, że wszyscy pokochalibyśmy Valhana, gdybyśmy poznali go tak samo jak on; to jego wielka słabość. – Qall podniósł wzrok ku Rielle. – Właśnie dlatego twoja zdrada tak go rozzłościła. Jako jedna z niewielu osób miałaś okazję zrozumieć Valhana, zarówno w osobistym kontakcie, jak i poprzez jego wspomnienia podczas wskrzeszania, a jednak nie przywróciłaś mu życia.

– Chciał mnie zabić.

– Nie chodziło tylko o to – przypomniał jej. – Nie mogłaś pozwolić mu zabić niewinnego chłopca. Z tego powodu jestem ci winien bardzo wiele.

– Nie jesteś mi nic winien. Po prostu nie… – Zawahała się, zdając sobie sprawę, jak ciężkie brzemię może na niego nałożyć.

– Nie stań się potworem, którym był Valhan – dokończył Qall. – Nie ty nałożyłaś na mnie to brzemię. Sam to zrobiłem. Mogę jedynie obiecać, że będę się starał z całych sił. I właśnie dlatego tu jestem. Jeżeli mam zyskać choćby ułamek jego wiedzy, muszę zaryzykować, że się do niego upodobnię.

Zmarszczyła czoło.

– Nie musisz przyswajać jego wspomnień, by dowiedzieć się, kim byłeś.

Przytaknął.

– To prawda. Ale też bez jego wiedzy nie przetrwam zbyt długo wśród światów. Jestem przecież jego Następcą.

– Przepowiednie nie…

– Nieważne, czy są prawdą, czy nie; jeśli ludzie w nie wierzą, postępują tak, jakby były prawdziwe. Kiedy wrócę… jeśli wrócę… będę chciał pomóc światom.

– To nie takie proste, jak ci się wydaje.

– Wcale nie uważam, że to proste – zapewnił. – Niewątpliwie nie wszystko mi się uda. Ale część na pewno. Nie mogę nie spróbować. A moje szanse na czynienie dobra zwiększą się, jeśli posiądę wiedzę Valhana.

– Albo staniesz się Valhanem. Nie ryzykuj. Spróbuj dłuższej drogi. Sam zdobądź wiedzę.

– To zajęłoby tysiąc cykli. – Na jego twarzy pojawił się krzywy uśmiech, który szybko znikł. Qall wziął głęboki wdech i powoli wypuścił powietrze z płuc. – Będziesz mnie tu odwiedzała raz na cykl? Kiedy będę gotów, i jeśli nadal będę sobą, zabierzesz mnie z tego świata. Zgadzasz się?

– Tak, ale mam lepszy pomysł. Mogę tu zostać i cię doglądać.

– Nie.

– Potrzebujesz kogoś, kto cię zna. Kto powie ci, kim naprawdę jesteś.

– Ale to nie możesz być ty – oznajmił stanowczo. – Znałaś Valhana. Twoje oczekiwania związane i z nim, i ze mną będą miały na mnie wpływ.

Rielle już chciała zaprotestować, lecz nie mogła się z nim nie zgodzić. Zawsze gdy na niego patrzyła, dostrzegała Valhana, nawet jeśli trwało to zaledwie chwilkę. A i tak zawsze przeszywał ją dreszcz strachu i fascynacji. Qall przyglądał się jej uważnie. *Musi być inny sposób* – pomyślała.

– A jeśli uzgodnimy, że nigdy nie zajrzysz w moje myśli? – zaproponowała. – Ja…

Qall odwrócił wzrok.

– O proszę, nadchodzą – powiedział cicho i zacisnął usta w cienką linię.

Odwróciła się i zobaczyła dwa cienie, szybko przybierające ludzkie kształty i nabierające wyrazistości. Mężczyzna i kobieta.

– Tyen – powiedziała Rielle, rozpoznając mężczyznę. – Pewnie oczekuje wybaczenia, skoro nas ocalił.

– Zawsze stał po twojej stronie. Pozwól mu chociaż się wytłumaczyć.

Spojrzała na Qalla. Chyba chciał coś dodać, ale skupił się z powrotem na przybyszach. Tyenowi towarzyszyła Ankari. Rielle zastanawiała się, gdzie są Baluka i Lejikh. Gdy Tyen i Ankari zeszli do świata, wyczytała odpowiedź z myśli kobiety: pozostawali jeszcze w bazie Dahlego. Gdy Ankari zorientowała się, że Tyen się odepchnął, by podążyć za Rielle, chwyciła go za rękę.

Tyen powoli ruszył naprzód.

– Puść ją – powiedział.

Qall uśmiechnął się.

– Nie jest moim więźniem.

– To Qall – oznajmiła Rielle.

Tyen zmrużył oczy.

– Jesteś pewna, że to nie…?

– Jak najba…

– Dahli – przerwał Qall ponurym tonem.

Wszyscy troje spojrzeli na niego, a potem obrócili się w stronę, w którą patrzył. W pobliżu wyostrzał się kolejny cień. Oblicze Najwierniejszego nie wyrażało emocji, lecz gdy zszedł do świata, jego oczy rozświetlił wyraźny błysk triumfu i ekscytacji. Rzucił okiem na Tyena i Ankari, a potem zrobił krok naprzód.

– Raenie – odezwał się i ukłonił.

– Dahli – odparł Qall. – Zrobiłem to, czego chciałeś. Przyswoiłem wspomnienia Valhana. – Uniósł dłoń Raena, tak by nie było widać brakującego palca. – Już po wszystkim.

Z dłoni buchnął pomarańczowy płomień i rozszedł się po niej szybko, trawiąc uschnięte ciało i obracając je w popiół, który opadał na piasek.

Dahli zamarł, spoglądając to na ogień, to na Qalla. Gdy cała dłoń została spopielona, Qall rozwarł palce i pozwolił opaść resztkom pyłu, Dahli zaś skupił wzrok na jego twarzy.

– Nie jestem Valhanem – rzekł Qall.

Twarz Dahlego nabrała surowego wyrazu.

– Nie jesteś – przyznał. – Nie w pełni. A jednak mieszka w tobie.

– Rzeczywiście, część jego wspomnień – przyznał Qall. – Ale nic więcej. Umysł ma ograniczoną pojemność. Zdecydowanie nie jest w stanie przyswoić każdej chwili z okresu tysiąca cykli. Na setki lat przed przygotowaniem tej dłoni Valhan zdecydował, co chce zachować, a co odrzucić. Poświęcił wiele, by zgromadzić to, co uznał za niezbędne.

– Na przykład zdolność do odczuwania miłości – dodała Ankari.

Wszyscy odwrócili się w jej stronę.

– Ulma mi powiedziała – wyjaśniła. – Setki cykli temu byli kochankami. Stwierdziła, że nawet miłość może stracić wartość, gdy doświadczyło się jej wiele razy. Ważniejsze staje się przetrwanie. Tak powiedział jej Valhan. Jego zdaniem władza była dla przetrwania absolutnie najważniejsza, więc poświęcił te bardziej ludzkie cechy, by się przy niej utrzymać.

– Poświęcił znacznie więcej – kontynuował Qall, odwracając się z powrotem do Dahlego. – Zachował jednak uznanie dla porządku i lojalności. Traktował cię, Dahli, z szacunkiem, a to było najbliższe miłości uczucie, do jakiego był zdolny. Nie zasługiwał na wzajemność, bo wykorzystał twoją miłość przeciwko tobie. Przez to postanowiłeś dopuścić się czynów, na które własne sumienie nigdy by ci nie pozwoliło.

Dahli wyprostował się, a jego twarz przybrała kamienny wyraz.

– Nie waż się twierdzić, że rozumiesz…

– Ależ twierdzę – rzekł Qall, podnosząc głos, by uciąć słowa Dahlego – bo ty także wykorzystałeś miłość jako narzędzie do krzywdzenia innych. Wykorzystałeś moją miłość, by mnie szantażować. Tyen, Rielle i ja wiemy, że nie miałeś wyjścia i musiałeś służyć Valhanowi. Wiemy, jak straszliwym żalem przepełniła cię jego śmierć. Lecz choć się od niego uwolniłeś, nadal w jego imię postępowałeś bezwzględnie i zabijałeś. Zagroziłeś, że uśmiercisz nie tylko rodzinę, która mnie wychowała, lecz całą nację. Doprowadziłeś do bitwy, w której zginęły setki ludzi, a wielu umierało w męczarniach, bo zapędziłeś ich w okrutną pułapkę. – Głos uwiązł Qallowi w gardle i chłopak przełknął ślinę, nim znów spojrzał piorunującym wzrokiem na Dahlego. – Powiedz, dlaczego miałbym cię teraz nie zabić.

– Nie! – krzyknęła Rielle zduszonym głosem. – Jeśli zabijesz…

– Qallu, nie musisz… – zaczął w tym samym momencie Tyen, lecz Qall uciszył oboje, unosząc dłoń.

O dziwo, ten władczy gest nie przywiódł Rielle na myśl Valhana. *To jest Qall. Tylko on jest w stanie rozwiązać sprawę Dahlego, gdyby bowiem pozwolił komuś na rozwiązanie jej w swoim imieniu, postąpiłby jak Valhan.*

– Powiedz mi, Dahli.

Mag zerknął na Rielle i Tyena. Zdał sobie sprawę, jaki jest bezbronny, i natychmiast pomyślał o ludziach czekających na stanowiskach, gotowych zabić Podróżników, gdyby umarł lub zniknął na dłużej niż ćwierć cyklu. Potem uświadomił sobie, że gdyby Qall go zabił, nikt by się o tym nie dowiedział, a po upływie ćwierci cyklu Odnowiciele prawdopodobnie zapobiegliby większości ataków na Podróżników.

Właśnie ta groźba najbardziej rozgniewała Qalla.

A teraz była bezużyteczna. Nie istniała już szansa na wskrzeszenie Valhana. Tylko w Qallu zostały cząstki jego osobowości. Lecz z nich nie dałoby się przywrócić choćby cienia tamtego człowieka.

Dahli otworzył usta, lecz nie wydobył się z nich żaden dźwięk. Utkwił wzrok w ziemi pod stopami Qalla. Rielle dostrzegła w mężczyźnie strach i ból. Nawet świadomość, że Qall i mieszkańcy wszystkich światów słusznie pragnęli jego śmierci, nie powstrzymała go od prób usprawiedliwienia swoich czynów. *Nie miałem wyboru, musiałem służyć Raenowi nawet po jego śmierci!* Ale to było kłamstwo. Uświadomił mu to Zeke. *Powinienem był posłuchać...*

– Zeke dostrzegł w tobie resztki sumienia i moralności – zwrócił się do niego Tyen. – Dał ci szansę stać się człowiekiem, jakim byś był, gdyby nie Valhan. Wątpię, by wiele osób zdobyło się na coś takiego.

A ja go odtrąciłem – pomyślał Dahli. Ogarnęło go ogromne poczucie winy i żal. *Nigdy mi nie wybaczy. Zresztą nawet tego nie oczekuję.* Wyprostował się. *Przegrałem. Zawiodłem Valhana i straciłem wszelkie szanse, by się od niego uwolnić. Z godnością przyjmę konsekwencje.*

– Powiesz mu, co się ze mną stało, Tyenie? – spytał z napięciem.

– Oczywiście – odpowiedział Tyen. – Kiedy Podróżnicy będą bezpieczni. Jeśli wybaczy mi udział w tym wszystkim, zostanie nam jeszcze problem insektoidów.

– Był bliski znalezienia rozwiązania – rzekł Dahli i zdobył się na uśmiech. – Jest nadzwyczaj bystry.

– Nie zasługujesz na niego – powiedział Qall. – Ale może zdoła ci wybaczyć. – Odetchnął głęboko. – Masz świadomość, że Valhana już nie da się wskrzesić?

Dahli spojrzał na popiół i przytaknął. Wszystkie spiski i nadzieje, które ostatnio zaprzątały jego myśli, właśnie przepadły. Teraz ziała w nim przeraźliwa pustka, której zawsze tak się bał, ale

– o dziwo – nie przytłoczyła go. Nie była to otchłań bez dna. Dostrzegał… iskierkę nadziei.

Czy właśnie to dał mi Zeke? – zastanawiał się. *Przecież taki młody i oderwany od rzeczywistości człowiek nie zdołałby przedrzeć się przez mój mur obronny.* Było coś jeszcze. Coś, nad czym nigdy się nie zastanawiał. *Wolność.* Mógłby zostać, kim by zechciał. Mógłby zostać tym, kim chciałby go widzieć Z e k e. Kimś, kim, jak sądził, już nigdy nie zostanie.

Ale nie będzie miał okazji. Za swoje uczynki mógł spodziewać się jedynie egzekucji.

Po co jednak Qall pytałby go, czy pogodził się z bezpowrotną stratą Valhana, gdyby nie zamierzał dać mu jeszcze jednej szansy? Qall raczej nie zmuszałby wroga do przyznania się do porażki i nie dawałby mu nadziei na odkupienie tylko po to, by go zabić.

Chyba że stał się Valhanem…

– Nie – rzekł Qall. – Nie stałem się. Ale nie pozwolę ci odejść, jeśli mi czegoś nie obiecasz.

Dahli skinął głową.

– Jaka czeka mnie kara?

– Myślę, że twoje sumienie zapewni ci dostateczną karę na nadchodzące wieki. Chcę, żebyś obiecał, że zaczniesz wędrować po światach i naprawiać przynajmniej część wyrządzonego zła.

– Ale ludzie mogą mnie rozpoz… Ach. Będę musiał zmienić wygląd.

– Tak, i uważać na silniejszych magów, którzy z twoich myśli zdołają odczytać twoją tożsamość. Będziesz miał większe szanse, jeśli zobaczą, że naprawdę zamierzasz dotrzymać obietnicy.

Dahli popatrzył na Qalla i powoli wyprostował plecy.

– Obiecuję poświęcić resztę życia na naprawienie szkód, które wyrządziłem w służbie Raenowi.

Rielle zadrżała. Zobaczyła, że Dahli rzeczywiście zamierza dotrzymać obietnicy. Dostrzegła w nim także pewne poruszenie. Nieugięta lojalność oraz obarczanie odpowiedzialnością mistrza mogły z łatwością przenieść się na Qalla. Który przynajmniej wyglądał jak Valhan...

– Nie chcę, żebyś był moim sługą – warknął Qall. – Jeśli wykorzystasz tę przysięgę, żeby zrzucić winę za swoje uczynki na mnie, użyję wiedzy Valhana, by cię odnaleźć i ukarać. – Jego głos złagodniał. – Musisz brać odpowiedzialność za własne decyzje, Dahli.

Dahli szybko pokiwał głową, a pragnienie posiadania nowego mistrza stopniało. Poczuł spóźnione wyrzuty sumienia i ulgę. Qall zamierzał darować mu życie.

– Rozumiem. Dziękuję, Qallu. I... Przepraszam za wszystko, co ci zrobiłem.

Qall przyjął przeprosiny skinieniem głowy.

– Ruszaj – powiedział. – I pozdrów ode mnie Zeke'a, gdy go znajdziesz. Nie mógł odejść daleko. Zbyt wiele światów wokół bazy zostało pozbawionych mocy.

– Pozdrowię. – Dahli zmarszczył brwi. – Chyba... lepiej jednak nie wrócę do bazy. Zadbacie o to, by wojownicy tam nie utknęli? Kończyła im się moc.

Qall przytaknął.

– Uwolnię tych, którzy przeżyli.

Dahli zawahał się, a potem znów skłonił się Qallowi.

– Żegnaj – szepnął. – I dziękuję.

Gdy zaczął się rozmywać, na jego twarzy malował się smętny wyraz. Qall, Rielle, Tyen i Ankari wpatrywali się w niego, dopóki zupełnie nie zniknął im z oczu.

– Tyenie – odezwał się Qall.

Tyen drgnął i odwrócił głowę do chłopaka.

– Tak, Qallu? – Zmrużył oczy. – Nadal jesteś Qallem, prawda?

Qall uśmiechnął się.

– Tak. W większości.

– Przyswoiłeś wspomnienia Valhana – domyślił się Tyen.

– Nie wszystkie. – Qall wzruszył ramionami. – Nie miałem na to czasu. Tylko tyle, by nauczyć się przekształcania wzorców i kilku innych rzeczy. Vella miała rację, to mnie odmieniło. I właśnie dlatego się tu znalazłem. Muszę pobyć sam, by mieć pewność, że nad wszystkim panuję. Ale cieszę się, że tu jesteś. Pragnę podziękować wam wszystkim za pomoc.

– Ja raczej na wiele się nie przydałem – przyznał Tyen.

– Oczywiście, że się przydałeś – sprzeciwił się Qall. Podszedł do Tyena i położył mu dłoń na prawym ramieniu. – Twoje rady, wizyta u Podróżników, wszystkie informacje, które wyczytałem z twoich myśli, pytania, które zadałeś Velli – wyliczył. Uśmiechnął się i pokręcił głową. – Dostrzegasz w sobie tylko to, co złe, Tyenie. Jesteś niezwykle potężny, ale pozwalasz, by inni podstępem zmuszali cię do czegoś, czego z własnej woli byś nie zrobił. Postępuj tak dalej, a skończysz jak Dahli. Niektóre z twoich decyzji były w pełni uzasadnione, a jednak zachowałeś je w tajemnicy przed ludźmi, którzy najprędzej by je zrozumieli i wybaczyli. – Qall wymownie spojrzał na Rielle. – Obwiniasz się za powstanie machin wojennych, a jednak nie dostrzegasz, jak bardzo światy skorzystały na magii mechanicznej. Jedno nie istnieje bez drugiego. Ludzie zawsze będą się starali przekształcić nowe pomysły na swoją korzyść, zwłaszcza podczas wojen. – Położył drugą dłoń na lewym ramieniu Tyena i lekko nim potrząsnął. – T o n i e t w o j a w i n a.

Na twarzy Tyena zaskoczenie walczyło z pokorą. Otworzył usta, ale nie wykrztusił ani słowa. Rielle nie zdołała powstrzymać się od krzywego uśmiechu. Ten szczery do bólu i przenikliwy Qall z pewnością go zadziwił. Ją na pewno, zwłaszcza gdy porównała go z tym poprzednim, nadąsanym i małomównym.

Na ile jest to rezultat przyswojenia wspomnień Valhana? Na ile natomiast trudnych doświadczeń, których przysporzył mu Dahli?

Chłopak puścił Tyena i zwrócił się do niej; spoważniał nagle.

– To skutek jednego i drugiego – wyjaśnił. – To wpływ i twój, i Tyena, a nawet Zeke'a i Dahlego. – Zawahał się, a potem podszedł i położył jej dłoń na ramieniu, jak wcześniej Tyenowi. – Dziękuję, że mnie chroniłaś i uczyłaś – powiedział. – Teraz musisz pogodzić się z tym, że nie jestem już dzieckiem, które ocaliłaś. Światom jesteś potrzebna bardziej niż mnie. Jesteś kreatorem o niezwykłej mocy. Możesz odbudować zasoby magii w światach, które ogołocono po śmierci Raena.

Od razu przyszła jej do głowy wytwórnia, w której została uwięziona.

– Nie jestem pewna. Może w niektórych światach byłoby lepiej bez magii.

– Nie możesz decydować, jak ludzie mają korzystać z mocy, tak samo jak Tyen nie może decydować, co zrobią z urządzeniami napędzanymi magią mechaniczną – rzekł Qall. – Skoro coś można wykorzystać w dobrym lub złym celu, należy dać ludziom szansę na wybór tego pierwszego.

– A co z moim światem? – spytała. – Mam ocalić inne, lecz własnemu nie mogę dać szansy?

Pokręcił głową.

– Nie w tym rzecz. Tutaj magii jest niewiele od dawna. Nie ma tu zbudowanych na bogatych zasobach mocy cywilizacji mogących upaść, bo magii zabrakło – i z tego samego powodu ten świat nie skorzysta, gdy nagle pojawią się jej nowe pokłady. Należy uzdrawiać go stopniowo. Właśnie dlatego chciałbym, żebyś mnie tu odwiedzała. Jeśli wszystko dobrze się ułoży, świat będzie w lepszym stanie, gdy będę go opuszczał. W przeciwieństwie do tego, co się stało, gdy trafił tu poprzedni Anioł.

Zmarszczyła czoło.

– Mamy okłamywać mój lud tak samo jak Valhan?

– To niezupełnie uczciwe i nie będę udawał, że jest inaczej. Ale nie uwierzą w magię, istnienie innych światów i Aniołów, jeśli powie im o tym ktoś inny niż sam Anioł.

– Jeżeli kapłani odkryją, że ich okłamujesz, zabiją cię! – ostrzegła podniesionym głosem.

– Zachowałem jeszcze trochę magii – powiedział. – Oni nie mają już nic. Poradzę sobie. Ty natomiast zostałaś wygnana. Nie możesz wrócić. – Puścił jej ramię i zerknął na Tyena. – Wszyscy troje jesteśmy wygnańcami i imigrantami. Zawsze gdy gdzieś się osiedlamy, ludzie oczekują, że ofiarujemy im coś użytecznego w zamian za schronienie. Jak już wspomniałem, chcę pomóc światom. Skoro mogę zacząć, wiodąc ten ku dobrobytowi i prawdzie, warto spróbować.

Chwyciła go za rękę.

– Pozwól, żebym ci towarzyszyła.

– Nie, Rielle.

Tych słów nie wypowiedział jednak Qall, lecz Ankari. Jej dłoń dotknęła pleców Rielle.

– Pozwól mu odejść – poprosiła cicho Ankari. – Każda matka musi wypuścić w świat swoje dzieci.

– Nie jest moim synem – odparła Rielle, zirytowana jej uwagą. A potem zdała sobie sprawę z tego, co powiedziała, i skrzywiła się ze skruchą. – Ale za niego odpowiadam.

– Już nie – rzekła Ankari. – Nie trzeba go już chronić przed Dahlim.

– Ale wciąż istnieje ryzyko, że stanie się Valhanem.

– Nie – sprzeciwiła się kobieta. – Istnieje tylko ryzyko, że się do niego u p o d o b n i. Spełniłaś swój obowiązek, Rielle. Nie wydoroślejesz za niego. To musisz zostawić jemu.

– Innym jesteś bardziej potrzebna – rzekł Qall. – Musisz uwolnić Balukę i armię Odnowicieli, którzy utknęli w świecie Dahlego. Potrzebuje cię Timane. I wszystkie światy pozbawione magii po śmierci Valhana. Ja tylko chcę, żebyś przybyła tu po upływie cyklu. Wtedy możemy wrócić do tej rozmowy. A teraz ruszaj.

– Zrób, o co prosi – zachęciła ją Ankari, ściskając za ramię.

Rielle spojrzała na Podróżniczkę, potem na Qalla i niechętnie pokiwała głową. Na wspomnienie Baluki jej serce zabiło niespokojnie. Czy on i Lejikh wciąż żyją? A Ulma? Wyczuła u Ankari pragnienie powrotu.

Qall cofnął się o krok.

– Jeszcze się spotkamy.

– Uważaj na siebie – powiedziała.

Skinął głową.

– Zawsze.

Ankari ścisnęła ją mocniej. Pustynia, teraz skąpana w blasku poranka, pojaśniała jeszcze bardziej i zniknęła im z oczu. Wkrótce Rielle widziała już tylko Podróżniczkę, która uśmiechem odpowiedziała na jej spojrzenie.

Poradzi sobie – przekazała jej Ankari w myślach.

Skąd ta pewność?

Bo to my go wychowaliśmy. Ty, ja, Podróżnicy, a nawet tamten młody mag. Jak mógłby nie wyrosnąć na dobrego, bystrego i odpornego na przeciwności człowieka?

Rielle nie mogła się nie uśmiechnąć. *Skoro ty i Lejikh wzięliście na siebie większość ciężaru wychowania, to winę za ewentualne niepowodzenie Qalla mogę zrzucić na was?*

Usta Ankari rozciągnęły się w uśmiechu i po chwili, gdy znalazły się w kolejnym świecie, w uszach Rielle zadźwięczał jej chichot.

CZĘŚĆ DWUNASTA

EPILOG

TYEN

Wróciłeś szybciej, niż się spodziewałem.

Tyen westchnął, zdjął kurtkę i rzucił ją na oparcie krzesła. Żuczek zabzyczał na znak oburzenia, gdy odbił się od drewna.

– Nie chcą mieć ze mną nic wspólnego.

Opadł na drugie krzesło.

Tarren uniósł brwi.

– To... niezupełnie pokrywa się z moimi wnioskami z rozmów ze znajomymi z Liftre.

– Och, na pokaz powitali mnie z otwartymi ramionami, ale było jasne, że połowa wciąż uważa mnie za zdrajcę, a druga połowa nie widzi korzyści z zatrudnienia mnie jako nauczyciela.

– Przecież wynalazłeś magię mechaniczną!

– Niezupełnie – poprawił go Tyen. – Rozwinąłem ją, by tworzyć insektoidy. Rozpowszechniłem wiedzę przyniesioną z ojczystego świata i wymieniłem za miejsce w szkole. – Wzruszył ramionami. – Zresztą sam nie wiem, czy w ogóle chciałbym tam uczyć.

Liftre się zmieniło. Zbyt wielu ludzi, którzy wykorzystują magię mechaniczną, nie ma skrupułów co do jej zastosowań.

– Liczyłem, że właśnie z tego powodu znów do nich dołączysz. – Tarren wstał. – Miałbyś na nich dobry wpływ. Powinni cię szanować jako człowieka, który ma więcej doświadczenia w posługiwaniu się magią mechaniczną.

– Szanują tylko moją moc – rzekł Tyen. – A to na niewiele się zda w takim miejscu jak Liftre. Tak było kiedyś i tak jest teraz.

Tarren położył dłoń na oparciu krzesła, na którym wisiała kurtka Tyena, i lekko zabębnił o nie palcami.

– Dlaczego nie założysz własnej szkoły?

Tyen zaśmiał się gorzko.

– Nawet gdyby ludzie wybaczyli mi współpracę z Raenem i Dahlim, to chyba nie mam do tego odpowiednich kwalifikacji.

– To wcale nie takie trudne. Kiedy zakładaliśmy Liftre, ludzie sami nam pomagali. – Tarren zamilkł na chwilę. – Ja ci pomogę. Masz też potężnych przyjaciół, którzy poprą taką inicjatywę.

– Kogo? Balukę? Nie wiem, czy mi wybaczył.

– Odnowiciele twierdzą, że ich ocaliłeś.

– To nie znaczy, że Baluka mnie rozgrzeszył.

– W takim razie musisz z nim porozmawiać.

Tyen pokręcił głową. Kiedy wrócił na pole bitwy, Rielle przeniosła już ocalałych Odnowicieli i ludzi Dahlego. Zostały tylko ciała poległych. Zajęła się więc przygnębiającym zadaniem przeniesienia zwłok do bazy Odnowicieli, skąd miały zostać odesłane rodzinom. Ogromnie pragnął jej wyjaśnić, dlaczego dołączył do Dahlego i szpiegował dla Raena, ale najwyraźniej nie był to odpowiedni moment. Zaproponował więc pomoc, którą niechętnie przyjęła.

Był przy niej, gdy trafiła na szczątki znajomej Podróżniczki. Jedynej wiecznie młodej Podróżniczki. Starszej od Raena. Chyba nigdy nie zapomni wyrazu zaskoczenia na twarzy tej zmarłej kobiety.

Powiedział, że jest mu przykro. Rielle rozzłościła się i oznajmiła, że nie potrzebuje jego pomocy, a potem kazała mu odejść. Odszedł więc. Wrócił do warsztatu, w którym pracował z Zekiem, ale insektoidy i humanoid zniknęły. Skoro więc nie miał czym się zająć i z kim spotkać, wrócił do jedynej osoby, która jeszcze mogła ucieszyć się na jego widok – do Tarrena.

Ponieważ prawda wyszła na jaw, o wszystkim starcowi opowiedział. Tarren zareagował na to wzruszeniem ramion.

– Zrobiłeś, co zrobiłeś, bo uznałeś, że tak będzie najsłuszniej, a nie że na tym zyskasz. Niestety to nie zawsze daje gwarancję, że wszystko ułoży się dobrze. – Potem poklepał Tyena po dłoni. – Zostań tu na trochę. Pomóż mi w nauczaniu, jeśli chcesz się oderwać od ostatnich wydarzeń. Poćwicz kaligrafię – na większość moich uczniów działa uspokajająco.

Tyen poszedł za jego radą i tak minęło ćwierć cyklu, potem kolejne, przeszłość zaczęła się zacierać, a przyszłość wyglądać obiecująco. Lubił uczyć. Zdał sobie sprawę, że brakowało mu zarówno tego, jak i poczucia uczestnictwa w procesie wymiany wiedzy. Brakowało mu Akademii i Liftre. Tarren zachęcał go do rozważenia możliwości powrotu do słynnej szkoły magii i życia nauczyciela.

Ale na tym się skończyło.

Tarren podszedł do drzwi.

– Mam gościa, który być może zechce ci pomóc. Chodź.

Starzec lubił zaskakiwać, więc Tyen powstrzymał się od zaglądania w jego myśli. Wstał i wyszedł za nim z pokoju, a potem podążali przez pomieszczenia ogromnej rezydencji. Kiedy opuścili budynek i wkroczyli na schody prowadzące do okrągłej jaskini, Tyen poczuł bolesny ucisk w piersi na wspomnienie chwil spędzonych tam z Rielle. W szybach tworzących jedną ze ścian odbijało się światło słoneczne, więc nie było widać, co jest po drugiej stronie. Z ulgą wszedł za Tarrenem do środka.

Od razu dostrzegł czekające tam osoby. Na poduszkach rozłożonych na ławie pod tylną ścianą siedziały dwie kobiety. Pierwszą skądś znał, choć nie wiedział skąd. Była ładna i opanowana;

popatrzyła na niego otwarcie i badawczo, ale od razu o niej zapomniał, gdy spojrzał na drugą.

– Rielle!

Ogarnęła go plątanina emocji. Zachwyt na jej widok połączony z obawą, że wciąż go nienawidzi, oraz wyrzuty sumienia.

– Witaj, Tyenie. – Wstała i podeszła do niego. Jej prosta suknia zaszeleściła cicho. Przypominała tę, którą miała na sobie, gdy po raz pierwszy odwiedził ją w Murai. Ten sam srebrny wisiorek w kształcie rombu spoczywał na jej dekolcie. Była aż do bólu piękna i pełna wdzięku, więc spuścił wzrok. – Jak poszło spotkanie w Liftre? – spytała.

– Kiepsko – odparł. – A ty? Gdzie…? Co…?

– Właśnie ocaliłam Timane. Została w świecie, z którego wyruszyłam za Qallem, gdy wymknął się do Dahlego. – Zerknęła na urodziwą dziewczynę i uśmiechnęła się czule. – Choć słowo „ocalenie" niezbyt dobrze oddaje sytuację. Całkiem nieźle sobie tam radziła. Teraz jednak postanowiła otworzyć teatr w swoim ojczystym Murai. Pamiętasz ją?

Pokręcił głową.

– Przepraszam – zwrócił się do Timane.

– Nie szkodzi – odpowiedziała. – Trochę się zmieniłam. – Wstała i również podeszła do Tyena. – Byłam służącą Rielle – wyjaśniła. – Miło znów cię widzieć.

Ujął jej wyciągniętą dłoń.

– Cała przyjemność po mojej stronie.

Uścisnęła jego rękę i uśmiechnęła się do Rielle.

– Zostawię was, żebyście mogli nadrobić stracony czas. Jestem zmęczona po podróży. Tarrenie, zaprowadzi mnie pan do pałacu?

Tarren zachichotał, gdy wzięła go pod ramię.

– Już ci mówiłem – rzekł do niej, kiedy skierowali się ku drzwiom – że to żaden pałac. A ja nie jestem imperatorem.

Rielle skinęła na Tyena i poprowadziła go ku ławie.

– Wina?

– Poproszę.

Pochyliła się i napełniła kieliszek.

– Rozmawiałeś po bitwie z Baluką?

– Nie. Wiem tylko, że wciąż przewodzi Odnowicielom. A ty rozmawiałaś z Podróżnikami?

– Z kilkorgiem. Lejikh i Ankari wrócili do swojego rodu, podobnie jak pozostali, którzy przeżyli bitwę. – Zamilkła na chwilę. – Masz jakieś wieści od Dahlego?

– Nie. Nie widziałem się ani z nim, ani z Zekiem, ale doszły mnie słuchy o parze magów podróżujących po niespokojnych światach. Podobno wypuszczają maleńkie insektoidy, które rozmontowują wszystkie przedmioty wykorzystujące magię mechaniczną. Opisy nie pasowały ani do Dahlego, ani Zeke'a, ale Dahli na pewno zmienił ich wygląd, żeby nikt ich nie rozpoznał.

Podała mu kieliszek.

– Mam nadzieję, że to oni.

– Chcesz ich szukać?

Upiła z własnej lampki, po czym oparła się o poduszki i popatrzyła na niego uważnie.

– Po co? Sądzisz, że chcę się zemścić?

Wzruszył ramionami.

– Być może.

Pokręciła głową.

– Nie śpieszy mi się, by do wszystkich zabójstw, które już mam na koncie, dodać kolejne, tym razem z zemsty. Mogę jedynie mieć nadzieję, że Qall nie popełnił błędu, darowując mu życie.

Tyen pokiwał głową.

– Podobnie jak ja.

– I że wciąż będzie Qallem, gdy go odwiedzę.

– Myślę, że będzie.

Spojrzała na niego.

– Jesteś tego taki pewny. Chciałabym móc powiedzieć to samo.

Zamrugał zaskoczony. „Pewny" nie było słowem, którego użyłby teraz, by opisać swoje odczucia.

– Jakie masz plany? – zapytała.

Odetchnął głęboko.

– Tarren uważa, że powinienem założyć własną szkołę magii, ale nie sądzę, by ktokolwiek chciał ze mną współpracować po tym, co zrobiłem.

– A podoba ci się ten pomysł?

Przytaknął.

– Choć trochę mnie przeraża. Tarren zaoferował pomoc, ale żeby wszystko się udało, sam Tarren nie wystarczy. Chciałbym uczyć nie tylko przedmiotów magicznych, lecz również tych, których uczono w Akademii, w moim ojczystym świecie.

– Przyjęliby cię tam z powrotem?

Wzdrygnął się.

– Wątpię. Pewnie wciąż uważają mnie za złodzieja.

– Złodzieja? Ukradłeś coś?

– Można tak powiedzieć. Ja wolę raczej twierdzić, że coś ocaliłem. *Albo kogoś. Lub przynajmniej cząstkę kogoś, jak Qall określił Vellę.*

Spojrzał na Rielle i na jej twarzy dostrzegł zarówno czujność, jak i zaciekawienie. W pamięci usłyszał słowa Qalla. „Niektóre z twoich decyzji były w pełni uzasadnione, a jednak zachowałeś je w tajemnicy przed ludźmi, którzy najprędzej by je zrozumieli i wybaczyli".

Postanowił sobie wcześniej, że jeśli jeszcze kiedyś spotka Rielle, opowie jej o wszystkim. Lepsza chwila mogła już nie nadejść.

Więc opowiedział.

RIELLE

Uzupełnił jej wiedzę – o niektórych wydarzeniach słyszała już wcześniej, o innych nie miała pojęcia. Zaczął od znalezienia Velli i wyjaśnił, że starał się mówić o niej innym tylko tyle, ile konieczne, teraz jednak już chyba nie byłby aż tak ostrożny. Potem nastąpiła opowieść o fałszywym profesorze, upadku wielkiego pałacu oraz nauce podróżowania między światami. Następnie ominął czasy spędzone w Liftre, bo o tym już jej kiedyś opowiadał, i przeszedł do spotkania i umowy z Raenem. Tu zwolnił tempo, tłumacząc się ze wszystkiego, co zrobił, będąc wśród buntowników – wyjawił jej zarówno altruistyczne, jak i egoistyczne powody szpiegowania i manipulacji. Wyraził szczere poczucie winy i smutek z powodu Yiry – przywódczyni, której miejsce zajął – oraz podziw dla Baluki, któremu sam przekazał stanowisko.

Opisał śmierć Raena i opowiedział, jak szukając Rielle, trafił na Dahlego, oraz zapewnił, że po nieudanej próbie wskrzeszenia podążył za nią tylko po to, by umożliwić Qallowi ucieczkę. Potem szpiegował zarówno dla Dahlego, jak i Baluki, głównie by mieć oko na tego pierwszego.

Następnie wyjaśnił, że gdy odeszła z Qallem, zawarł układ z Dahlim. W zamian za wiedzę na temat przywrócenia Velli postaci cielesnej obiecał wskrzesić Raena, ale pod warunkiem że nie będzie musiał nikogo zabić. To miało osłabić determinację Dahlego w poszukiwaniach Qalla. Tyen liczył na to, że po wskrzeszeniu Raenowi nie przyjdzie łatwo odzyskanie kontroli nad światami. Odnowiciele mieli sporą szansę na ponowne zwycięstwo. Tyen współpracował z Zekiem nad rozwiązaniem problemu urządzeń bojowych, co z pomocą Dahlego okazało się znacznie łatwiejsze. Oczywiście Qall zepsuł mu plan, dołączając do Najwierniejszego, lecz Tyen postanowił zostać i pomóc chłopakowi.

Kiedy zakończył opowieść, Rielle przez chwilę milczała zamyślona. A potem odwróciła się do niego.

– A Vella? Znalazłeś rozwiązanie? I czemu miało służyć urządzenie, które znalazłam?

Przez jego twarz przemknął grymas bólu. Pokręcił głową i chciał coś powiedzieć, ale nie zdołał. Serce na chwilę zamarło jej w piersi.

– Co się stało? Straciłeś ją? Została zniszczona?

– Nie. Ja… Zrezygnowałem z planu przywrócenia jej ciała.

– Dlaczego? – Zmarszczyła czoło. – Dlatego że musiałbyś wykorzystać ciało żywego człowieka?

– Nie… Gdyby to było konieczne, nie podjąłbym się tej misji. W swoich eksperymentach wykorzystywałem ciała niedawno zmarłych osób, które nie miały nikogo bliskiego, i nawet to wydawało mi się niewłaściwe. – Westchnął. – Po prostu już jej nie mam. Oddałem ją.

Rielle wpatrywała się w niego z niedowierzaniem.

– Ale była… wyjątkowa. Cenna. Znała wszystkie twoje sekrety. O ile się nie mylę, była dla ciebie jak przyjaciółka i mentorka.

– To prawda – przyznał. – Strasznie mi jej brakuje. Ale… Qall widział, jak z nią rozmawiałem, i powiedział mi coś, co naprowadziło mnie na pewien wniosek.

– Co powiedział?

– Że kiedy z nią rozmawiam, wyglądam, jakbym mówił sam do siebie. Że choć jej pierwotna osobowość i zasady moralne są ustalone i niezmienne – co samo w sobie już odróżnia ją od zwykłych ludzi – wykorzystuje mój umysł do interakcji ze mną, zatem większość jej reakcji to tak naprawdę moje reakcje. – Pokręcił głową. – Lecz tylko z tego powodu bym jej nie oddał. Nie widziałem nic złego w tych rozmowach. Ale Qall powiedział też, że gdybym to, co z niej zostało, umieścił w ciele, nie byłaby już tą Vellą, którą znałem. Ona sama potwierdziła te słowa. Zdałem sobie sprawę, że gdy Valhan utrzymywał, że w procesie przywrócenia jej ciała książka zostanie zniszczona, być może właśnie to miał na myśli.

– A zatem nie chciałeś zniszczyć osoby, którą znałeś. A czego chciała o n a? Może wolałaby się wydostać, nawet jeśli miałaby stać się kimś innym?

Tyen pokręcił głową i zaśmiał się gorzko.

– W tym sęk: jej było to obojętne. Choć wie, że wyrządzono jej krzywdę, nie jest w stanie odczuwać emocji, więc nie może być niezadowolona.

– Ani zadowolona.

Skrzywił się.

– Fakt. Najtrudniejsze jednak było to… że Qall otworzył mi oczy… Zrozumiałem, że książka nie była Vellą. Vella umarła ponad tysiąc cykli temu. Książka była zaledwie jej echem. Duchem. Jej cząstką, przechowaną w bardzo przekonującym stanie przez tak długi czas po śmierci. Bardzo się cieszę, że miałem okazję z nią porozmawiać, mieć dostęp do zachowanej w niej wiedzy i zadbać o bezpieczeństwo tego ostatniego skrawka jej osoby, ale…

Rozłożył ręce.

– Ale?

Spojrzał jej w oczy, a potem odwrócił wzrok.

– Ktoś inny potrzebował jej bardziej.

Wyprostowała się nieco.

– Kto? – Zamrugała. – Baluka?

– Nie.

Zwiesiła ramiona.

– Tarren? – spytała z powątpiewaniem.

Zaprzeczył ruchem głowy.

– Chyba nie Dahli?

– Oczywiście, że nie.

– To kto?

Uśmiechnął się krzywo.

– Z miejsca, w którym stałem, widać było brak palca.

Chciała spojrzeć mu w oczy, by zrozumieć znaczenie tych słów. A gdy je sobie uświadomiła, gwałtownie nabrała powietrza.

– Qall! – zawołała. – Dałeś ją Qallowi!

– Tak. Po twoim…

W pierwszym odruchu, zamiast zamartwiać się konsekwencjami, rzuciła się ku niemu, objęła go i uściskała tak mocno, że zaparło mu dech.

– Dziękuję! – powtarzała raz za razem. A potem, gdy niepewnie położył dłonie na jej plecach, puściła go i odsunęła się. *Nie chcę, żeby wyciągnął błędne wnioski. Potrzeba czegoś więcej, bym zdołała mu znowu zaufać.*

Wstała i zaczęła krążyć po jaskini.

– Idealnie! Jeśli uda mu się przenieść do niej wspomnienia Valhana, będzie mógł bezpiecznie do nich sięgać, a gdy zniszczy palec, już nikt nie zdoła wskrzesić Valhana.

– Wystarczy dotyk, żeby przyswoiła czyjąś wiedzę – przypomniał jej Tyen. – Czyli musi tylko dotknąć palcem książki, a wszystkie wspomnienia zostaną przeniesione.

– Cudowne rozwiązanie. – Uśmiechnęła się do niego szeroko. – Dziękuję, Tyenie.

Skinął głową. Na jego twarzy malował się smutek, lecz poza wyrażała wahanie. Nic już nie powiedział, więc odwróciła się do stołu, uniosła karafkę i napełniła kieliszki. Wziął jeden do ręki, upił łyk i popatrzył na nią.

– Rozmawialiśmy głównie o mnie. A jakie ty masz plany? – spytał.

Przełknęła łyk wina, odstawiła lampkę i wróciła na miejsce.

– Będę odnawiać zasoby magii – odparła. – Baluka pewnie przygotował mi długą listę. Najpierw chciałabym się zająć światami, które ogołocili ludzie Dahlego. Potem tym, w którym uwięził mnie Qall. – Spojrzała na Tyena. – Znasz jeszcze jakieś potrzebujące pomocy? – Uniosła dłoń, by go uciszyć, gdy chciał odpowiedzieć. – Chwileczkę. A twój świat? Mówiłeś, że ledwie udało ci się z niego odejść.

Przytaknął.

– A skoro urządzenia zużywają tyle magii, teraz prawdopodobnie jest jej tam jeszcze mniej – powiedział.

– Chciałbyś, żebym odnowiła tamtejsze zasoby?

Otworzył usta, lecz zamknął je z powrotem.

– Nie – powiedział w końcu. – Mieszkańcy tylko je zmarnują. Nie ma to sensu, dopóki Akademia nie uzna faktu, że twórczość generuje magię.

– Jeśli zobaczą, jak ją wytwarzam, nie będą mogli zaprzeczyć.

Uśmiechnął się.

– Ani stwierdzić, że kobiety nie mogą być potężnymi magami. – Po chwili się otrząsnął. – Nie mogę tam wrócić. Jestem złodziejem.

– Przymkną na to oko, jeśli dasz im magię.

– Dyrekcja nie... – Zmrużył oczy. – Ale może imperator... – Po chwili pokręcił głową. – Nie. Podzielenie się skrawkiem wiedzy na temat magii mechanicznej okazało się katastrofalne w skutkach. Nie chcę ryzykować, że coś jeszcze ludzie zdołają wykorzystać w działaniach wojennych. Mieszkańcy mojego świata przywykli, że magii jest niewiele. Muszą istnieć światy, które bardziej zasługują na przywrócenie zasobów.

– A ty chcesz założyć szkołę magii – dodała.

Kiwnął głową.

– Może mógłbym pójść w ślady Dahlego, zmienić wygląd i imię.

– Po co? – Zmarszczyła brwi i uśmiechnęła się, kiedy przyszła jej do głowy odpowiedź. – O niczym nie wiesz, prawda? Baluka ogłosił cię bohaterem. Rozpowiada wszystkim, że to dla niego szpiegowałeś i że tylko dzięki twojej pomocy Dahli został pokonany. Ludzie uważają cię za takiego geniusza, że bez wahania podjęliby współpracę z tobą.

Utkwił w niej zdumione spojrzenie.

Roześmiała się.

– N a p r a w d ę musisz porozmawiać z Baluką – powiedziała. – Pewnie będzie cię namawiał do przejęcia przywództwa nad Odnowicielami, ale sądzę, że chętnie pomoże ci otworzyć szkołę.

Tyen przełknął ślinę.

– Przy... Przyda mi się jego pomoc – powiedział. – Mimo że Tarren już zaoferował swoją. Stworzenie biblioteki dorównującej tej w Liftre może zająć całe wieki.

Rielle skrzywiła się.

– Kiedy już tego dokonasz, a trafisz na wzmianki o Klątwie Kreatorów, wynotuj je dla mnie. Ulma i ja zamierzałyśmy ich poszukać. Wciąż mam taki zamiar. Jeśli nieśmiertelny kreator doprowadzi światy do upadku, chcę o tym wiedzieć. A jeśli nie, chcę wiedzieć, jak pogodzić obie zdolności.

Tyen pokiwał głową.

– Dobrze. Przynajmniej tyle mogę zrobić.

– Jeśli w szkole przyda ci się dodatkowa magia, wygeneruję ją.

– A jeśli ty będziesz potrzebowała uzdrowiciela lub dodatkowych lat życia, pomogę ci.

Zamilkli i uśmiechnęli się do siebie. Jakby zawarli umowę. Nie taką, jakie zawierał Raen, lecz prostą umowę popartą dobrymi intencjami. Uniosła kieliszek.

– Za przyszłość uzdrawiającą światy i przyjaźnie.

Dołączył do toastu.

– I dającą wiedzę. Nigdy więcej szpiegowania!

Unieśli kieliszki do ust i spełnili toast.

PODZIĘKOWANIA

Obietnica Następcy z konieczności powstawała powoli i jej publikacja opóźniła się – a to za sprawą niezwykle dokuczliwego bólu pleców. Dlatego też pragnę podziękować za cierpliwość mojej agentce Fran Bryson, mojemu wydawcy oraz wszystkim czytelnikom. Mam nadzieję, że warto było czekać.

Dodatkowe ogromne podziękowania dla Fran Bryson, Liz Kemp, Paula Ewinsa, Donny Hanson, Shireen Hanson-Pou i Kerri Valkovej za dwukrotne przeczytanie powieści oraz przydatne sugestie. I raz jeszcze uściski dla czytelników na całym świecie, którzy kupują, wypożyczają, czytają i polecają moje książki. Wasze wsparcie i entuzjazm pomogły mi przetrwać chwile zwątpienia i walki.

O AUTORCE

Trudi Canavan wydała swoje pierwsze opowiadanie w 1999 roku i otrzymała Nagrodę Aurealis za najlepsze opowiadanie fantasy. Debiutancka „Trylogia Czarnego Maga" przyniosła jej popularność na całym świecie, a wszystkie trzy tomy „Ery Pięciorga" trafiły na listę bestsellerów „Sunday Timesa". Trudi Canavan mieszka z partnerem w Melbourne w Australii, a jej czas wypełniają pisanie, malowanie i tkanie.

Więcej o Trudi Canavan i innych autorach wydawnictwa Orbit na stronie www.orbitbooks.net.

Wyłączny dystrybutor:
Platon Sp. z o.o.
ul. Sławęcińska 16, Macierzysz
05-850 Ożarów Mazowiecki
tel./faks 22 631 08 15

Druk i oprawa: CPI Moravia Books s.r.o.

CPI
MORAVIA BOOKS
www.cpi-moravia.com